Emma

Jane Austen

PÉ da letra

Emma

Jane Austen

Tradução
Erika Patrícia Moreira
João Pedro Nodari

Revisão
Ana Carolina Morais

Pé da letra

Dados Internacionais de Catalogação na Publicação (CIP)
Angélica Ilacqua CRB-8/7057

Austen, Jane, 1775-1817

Emma / Jane Austen ; tradução de Erika Patrícia Moreira. -- Brasil : Pé da Letra, 2021.
448 p. ; 16 x 23 cm

ISBN 978-65-5888-296-1
Título original: Emma

1. Literatura inglesa – Ficção inglesa I. Título II. Moreira, Erika Patricia III. Nodari, João Pedro

21-2728 CDD 823

Índices para catálogo sistemático:
1. Literatura inglesa

Diretor
James Misse

Coordenação Editorial
James Misse

Direção de Arte
Luciano F. Marcon

Diagramação
Luciano F. Marcon

Tradução
Erika Patrícia Moreira
João Pedro Nodari

Revisão
Ana Carolina Morais

Contato
atendimento@editorapedaletra.com.br

1ª edição em 2021
www.editorapedaletra.com.br

SUMÁRIO

PARTE 1 8
CAPÍTULO 1 9
CAPÍTULO 2 18
CAPÍTULO 3 23
CAPÍTULO 4 28
CAPÍTULO 5 37
CAPÍTULO 6 43
CAPÍTULO 7 50
CAPÍTULO 8 57
CAPÍTULO 9 68
CAPÍTULO 10 82
CAPÍTULO 11 89
CAPÍTULO 12 95
CAPÍTULO 13 104
CAPÍTULO 14 112
CAPÍTULO 15 118
CAPÍTULO 16 127
CAPÍTULO 17 132
CAPÍTULO 18 135
PARTE 2 142
CAPÍTULO 1 143
CAPÍTULO 2 151
CAPÍTULO 3 157
CAPÍTULO 4 168
CAPÍTULO 5 173
CAPÍTULO 6 182
CAPÍTULO 7 190
CAPÍTULO 8 196
CAPÍTULO 9 213

CAPÍTULO 10 ... 222
CAPÍTULO 11 ... 228
CAPÍTULO 12 ... 237
CAPÍTULO 13 ... 243
CAPÍTULO 14 ... 248
CAPÍTULO 15 ... 258
CAPÍTULO 16 ... 266
CAPÍTULO 17 ... 275
CAPÍTULO 18 ... 281
PARTE 3 ... 289
CAPÍTULO 1 ... 290
CAPÍTULO 2 ... 294
CAPÍTULO 3 ... 306
CAPÍTULO 4 ... 311
CAPÍTULO 5 ... 317
CAPÍTULO 6 ... 325
CAPÍTULO 7 ... 339
CAPÍTULO 8 ... 348
CAPÍTULO 9 ... 355
CAPÍTULO 10 ... 362
CAPÍTULO 11 ... 371
CAPÍTULO 12 ... 383
CAPÍTULO 13 ... 391
CAPÍTULO 14 ... 400
CAPÍTULO 15 ... 409
CAPÍTULO 16 ... 416
CAPÍTULO 17 ... 425
CAPÍTULO 18 ... 434
CAPÍTULO 19 ... 444
SOBRE A AUTORA ... 448

Parte 1

CAPÍTULO 1

Emma Woodhouse, bonita, inteligente e rica, com lar confortável e disposição feliz, parecia unir algumas das melhores bênçãos da existência; e viveu quase vinte e um anos no mundo com muito pouco para incomodá-la ou irritá-la.

Ela era a mais nova das duas filhas do mais carinhoso e indulgente dos pais, e tinha, em consequência do casamento de sua irmã, se tornado senhora de sua casa desde muito cedo. A mãe dela tinha morrido há tanto tempo que ela não tinha mais do que uma lembrança indistinta de seus carinhos, e seu lugar tinha sido ocupado pela governanta, uma excelente mulher, que também lhe dedicara muito afeto.

A Srta. Taylor ficou na família do Sr. Woodhouse por dezesseis anos, mais como uma amiga do que uma governanta, muito afeiçoada às duas filhas, mas particularmente à Emma. Entre elas havia intimidade como a de irmãs. Mesmo antes da senhorita Taylor ter deixado de ocupar o cargo nominal de governanta, a brandura de seu temperamento dificilmente permitia que ela impusesse qualquer restrição; e depois que a sombra da autoridade já havia passado há muito tempo, viviam juntas como amigas muito afeiçoadas, e Emma fazendo apenas o que gostava; respeitava muito o julgamento da Srta. Taylor, mas guiava-se apenas pelo seu próprio.

Os verdadeiros males da situação de Emma, de fato, o poder de ter as coisas feitas à sua maneira, e uma disposição para pensar um pouco bem demais de si mesma; essas eram as desvantagens que ameaçavam limitar seus muitos divertimentos. O perigo, no entanto, passava tão despercebido, que eles de forma alguma eram considerados infortúnios para ela.

A tristeza chegou, uma tristeza suave, mas não na forma de uma conscientização desagradável: A senhorita Taylor se casou. A perda da senhorita Taylor foi a primeira tristeza de sua vida. Foi no dia do casamento dessa amada amiga que Emma pensou pela primeira vez com pesar, na continuidade da vida. O casamento acabou, a noiva e as pessoas se foram, seu pai e ela foram deixados para que jantassem juntos, sem perspectiva de uma terceira pessoa para alegrar uma noite tão longa. Seu pai se recompôs para dormir depois do jantar, como de costume, e ela então apenas se sentou e começou a pensar no que havia perdido.

O evento tinha todas as promessas de felicidade para sua amiga. Sr. Weston era um homem de caráter irrepreensível, fortuna razoável, idade adequada e maneiras agradáveis, e ela sentia certa satisfação em considerar com que abnegação e generosa amizade ela mesma havia desejado e promovido a união.

Mas o dia seguinte foi muito difícil para Emma. Sentiria a falta da Srta. Taylor todas as horas de todos os dias. Lembrou de sua bondade no passado, a bondade e a afeição de dezesseis anos, como a havia ensinado e brincado com ela desde os seus cinco anos; como havia devotado todos os seus sentidos em entretê-la e diverti-la na saúde, e como velara por ela durante as várias doenças da infância. Tinha uma grande dívida de gratidão. Mas os últimos sete anos eram ainda uma preciosa e terna recordação, dado o grau de intimidade e a perfeita confiança que se seguiram ao casamento de sua irmã Isabella, quando ficaram as duas sozinhas. Tinha sido uma amiga e companheira como poucos possuíam: inteligente, bem informada, útil, gentil, conhecendo todos os modos da família, interessada em todas as suas preocupações, e peculiarmente interessada por ela, em cada alegria, por qualquer coisa que lhe dissesse respeito. Era uma pessoa com quem podia falar de qualquer pensamento que tivesse, e que lhe dedicava uma afeição tão profunda que jamais poderia terminar. Como ela suportaria a mudança? Era verdade que sua amiga estava indo viver a apenas oitocentos quilômetros deles; mas Emma estava ciente de que havia uma grande diferença entre uma Sra. Weston, a apenas meia milha deles, e uma Srta. Taylor dentro da casa; e com todas as suas vantagens, natural e doméstica, ela agora corria grande risco de sofrer de solidão intelectual. Ela amava profundamente seu pai, mas ele não era considerado um companheiro para ela. Sua conversa não se comparava com a dela, fosse o assunto racional ou divertido.

A disparidade de idade entre ela e o pai (e Sr. Woodhouse não se casara cedo) fora muito aumentada pela constituição física dele e por seus hábitos; tendo sido um doente toda sua vida, sem atividade física ou mental, era muito mais velho fisicamente do que de idade, e embora todos o estimassem pelo seu temperamento amável, não possuía nenhum talento que o recomendasse.

Sua irmã, ainda que comparativamente pouco afastada dela pelo matrimônio, sendo estabelecida em Londres, a apenas vinte e cinco quilômetros de distância, estava muito distante para uma visita diária, e muitas longas noites de outubro e novembro se passariam em Hartfield, antes que o Natal trouxesse a próxima visita de Isabella, seu marido e seus filhos pequenos, para encher a casa, e proporcionar-lhe de novo uma agradável companhia.

Highbury, a grande e populosa vila, quase uma cidade, ao qual Hartfield realmente pertencia, apesar dos prados e plantações de arbustos separadas, e do nome diferente, não lhe proporcionava companhia de seu próprio nível. Os Woodhouse eram a família mais importante da região, todos os tomavam como exemplo. Ela tinha muitos conhecidos no lugar, pois seu pai era muito educado com todos, mas nenhum entre eles que poderia ser aceito no lugar da Srta. Taylor nem mesmo por meio dia. Foi uma mudança melancólica, e Emma não pôde deixar de suspirar e desejar coisas impossíveis, até que seu pai percebesse e ela tivesse que mostrar-se alegre. Ele precisava de apoio. Era um homem nervoso, que facilmente ficava depressivo, apegado com todas as pessoas que estava acostumado, e odiava se separar delas e detestava mudanças de qualquer espécie. E o matrimônio, como origem de mudança, sempre era desagradável, ainda não havia se conformado com o casamento da própria filha, e só falava dela com compaixão, apesar de ter sido um casamento por amor, e agora era obrigado a aceitar a partida da senhorita Taylor também. Graças aos seus hábitos de gentil egoísmo, e de nunca ser capaz de supor que outras pessoas poderiam se sentir diferentes de si mesmo, estava bastante disposto a acreditar que Srta. Taylor tinha feito uma coisa muito triste, tanto para ela como para eles, e que teria sido muito mais feliz se passasse o resto de sua vida em Hartfield.

Emma sorria e conversava tão alegremente quanto podia, para ocultar-lhe tais pensamentos; mas quando o chá foi servido, era impossível para ele não dizer exatamente como disse no jantar:

– Pobre Srta. Taylor! Eu queria que ela estivesse aqui. Que pena o Sr. Weston ter pensado nela!

– Não posso concordar com você, papai; você sabe que não posso. Sr. Weston é um homem bem-humorado, agradável, excelente, que merece totalmente uma boa esposa, e o senhor acha que a Srta. Taylor iria morar conosco para sempre, e suportar todos os meus humores estranhos, quando ela poderia ter sua própria casa?

– Sua própria casa! Mas qual é a vantagem de ter sua própria casa? Esta é três vezes maior; e você não é esquisita, minha querida.

– Podemos visitá-los sempre, e eles vêm nos ver! Estaremos sempre nos encontrando! Nós devemos visitá-los primeiro, temos que ir logo fazer a visita de cumprimento aos recém-casados.

– Minha querida, como poderia ir tão longe? Randalls é tão distante. Eu não poderia caminhar nem até a metade do caminho.

– Não, papai, ninguém pensou em fazê-lo andar. Vamos de carruagem, é claro.

– De carruagem! James não vai gostar de preparar os cavalos para uma distância tão pequena. E onde os pobres cavalos vão ficar, enquanto estivermos de visita?

– Eles irão ser colocados no estábulo do Sr. Weston, papai. Falamos sobre o assunto com Sr. Weston ontem à noite. Quanto a James, o senhor pode estar certo de que ele sempre ficará feliz de ir a Randalls, pois sua filha trabalha lá como criada. Duvido até que ele gostaria de nos levar a outro lugar. Isso foi obra sua, papai. Você conseguiu esse bom lugar para Hannah. Ninguém pensou em Hannah até que o senhor mencionou, James é tão grato ao senhor!

– Estou muito feliz por ter pensado nela. Foi pura sorte, não gostaria que o pobre James se sentisse obrigado por conta disso. E estou certo que ela será uma boa criada, é uma menina educada e fala muito bem, tenho bastante consideração por ela. Sempre que a vejo, ela faz uma reverência e me pergunta como estou, de uma maneira muito gentil. E quando você a chamava ao salão para bordar percebi que ela girava a tranca e fechava a porta do modo certo, sem bater.

Tenho certeza que ela será uma excelente criada, e será um grande conforto para a pobre Srta. Taylor ter alguém que já conhece perto dela. Sempre que James for ver a filha, você sabe, Srta. Taylor terá notícias nossas, ele poderá contar-lhe como estamos indo.

Emma não poupou esforços para manter esse feliz fluxo de ideias, e com a ajuda do gamão, esperava fazer com que seu pai passasse de maneira tolerável à noite, sem outros pesares além do seu. O tabuleiro de gamão foi colocado, mas a imediata entrada de um visitante tornou o jogo desnecessário.

Sr. Knightley, um homem sensato com cerca de trinta e sete ou trinta e oito anos, não era apenas um amigo íntimo da família, mas particularmente ligado a ela, pois era o irmão mais velho do marido de Isabella. Ele vivia a cerca de um quilômetro de Highbury, era um visitante frequente e sempre bem-vindo, e neste momento mais bem-vindo do que o normal, pois acabava de chegar de uma visita ao irmão e à Isabella em Londres. Ele havia voltado depois do jantar, após alguns dias de ausência, e foi até Hartfield para dizer que todos estavam bem em Brunswick Square. Foi uma circunstância feliz e deixou o senhor Woodhouse animado por algum tempo.

O Sr. Knightley tinha um jeito alegre, o que sempre lhe fez bem; e suas muitas perguntas sobre a "pobre Isabella" e seus filhos foram atendidas da forma mais satisfatória. Após receber as notícias, o senhor Woodhouse observou com gratidão:

– É muito gentil da sua parte, Sr.Knightley, vir a esta hora tardia para nos visitar. Temo que tenha feito uma caminhada horrível.

– Nem um pouco, senhor. Esta uma bela noite de luar; e tão amena que prefiro me afastar um pouco de sua lareira.

– Mas deve estar muito úmido e enlameado. Espero que não pegue um resfriado.

– Sujos, senhor! Olhe para os meus sapatos. Nem uma partícula neles.

– Bem, isso é bastante surpreendente, pois tivemos uma grande chuva aqui. Choveu terrivelmente forte por meia hora enquanto tomávamos o café da manhã. Queria até que eles adiassem o casamento.

– A propósito, não lhes desejei felicidade. Sei o quanto vocês dois estão felizes, por isso não tive pressa em dar meus parabéns; mas espero que tudo tenha corrido razoavelmente bem. Como vocês se comportaram? Quem chorou mais?

– Ah! Pobre senhorita Taylor! Isso é muito triste.

– Pobre senhor e senhorita Woodhouse, talvez, mas não posso dizer "pobre senhorita Taylor". Tenho grande estima pelo senhor e por Emma, mas quando é uma questão de dependência ou independência... De qualquer forma, é melhor ter apenas uma pessoa para agradar do que duas.

– Especialmente quando uma delas é uma criatura caprichosa e impertinente! – disse Emma, brincando. – Isso é o que o senhor quis dizer, eu sei... E o que certamente diria se meu pai não estivesse aqui.

– Eu acredito que é bem verdade, minha querida, de fato – disse o Sr. Woodhouse, com um suspiro. – Receio que às vezes e seja bastante impertinente e caprichoso.

– Meu querido papai! Você não acha que eu poderia estar me referindo ao senhor, ou supor que o Sr. Knightley se referisse ao senhor. Que ideia horrível! Não! Eu me referia a mim mesma. Sr. Knightley adora encontrar defeitos em mim, o senhor sabe... De brincadeira. É tudo brincadeira. Sempre dizemos o que pensamos um ao outro.

O Sr. Knightley, na verdade, era uma das poucas pessoas que conseguia ver os defeitos de Emma Woodhouse, e a única que sempre os apontava para ela. E embora isso não fosse particularmente agradável para a própria Emma, ela sabia que seria muito menos para seu pai, ele jamais imaginaria que ela não fosse perfeita para todo mundo.

– Emma sabe que nunca a lisonjeio – disse Sr. Knightley –, mas não estendo isso aos outros. Srta. Taylor estava acostumada a ter duas pessoas para agradar, agora só terá uma. As chances são de que ela saia ganhando.

– Bem – disse Emma, disposta a mudar de assunto –, você quer ouvir sobre o casamento; e ficarei feliz em te contar, pois todos nós nos comportamos de maneira encantadora. Todo mundo foi pontual, todos vestindo seus melhores trajes, nem uma lágrima, e apenas uma ou outra cara triste. Ah, não! Todos sabemos que estamos a apenas oitocentos metros de distância, e certos de que vamos nos ver todos os dias.

– A querida Emma suporta tudo tão bem – disse o pai. – Mas, Sr. Knightley, ela realmente sente muito por perder a pobre Srta. Taylor, e tenho certeza que vai sentir falta dela mais do que pensa.

Emma desviou o rosto, dividida entre lágrimas e sorrisos.

– É impossível que Emma não sentisse falta da tal companheira – disse o sr. Knightley. – Não gostaríamos tanto dela como gostamos se isso fosse possível, senhor. Mas ela sabe o quanto o casamento é vantajoso para a Srta. Taylor, sabe que é perfeitamente aceitável que, a esta altura da vida, Srta. Taylor tenha sua própria casa, e o quanto é importante a garantia de uma vida confortável com o marido. Portanto, só pode se permitir sentir alegria por ela e não tristeza. Todos os amigos de Srta. Taylor devem estar felizes de vê-la tão bem casada.

– E o senhor se esqueceu de outra questão de alegria para mim – disse Emma –, e um muito considerável: que eu mesma planejei o casamento. Comecei a planejá-lo, o senhor sabe, há quatro anos atrás. E conseguir que essa união acontecesse, provando que eu estava certa, quando todos diziam que Sr. Weston jamais se casaria de novo, me consola de qualquer coisa.

O Sr. Knightley balançou a cabeça para ela. Seu pai respondeu afetuosamente:

– Bem, minha querida, gostaria que não fizesse mais casamentos nem prognósticos, pois tudo que você diz sempre acaba por acontecer. Por favor, não faça mais casamento algum.

– Eu prometo a você não fazer nada para mim, papai, mas eu devo, de fato, fazer para outras pessoas. É a coisa mais divertida do mundo. E depois deste sucesso, então! Todos diziam que Sr. Weston nunca mais se casaria. Nossa, não! Sr. Weston, que era viúvo há tanto tempo, e que parecia tão perfeitamente confortável sem uma esposa, tão constantemente ocupado em seus negócios na cidade ou entre seus amigos aqui, sempre querido onde quer que fosse, sempre alegre, Sr. Weston não precisaria uma única noite do ano sozinho se não gostasse disso. Ah, não! O senhor Weston com certeza jamais voltaria a se casar. Algumas pessoas até falavam de uma promessa que ele havia feito para a sua esposa em seu leito de morte, e outras que o filho e o cunhado não permitiam. Todos os tipos de solenes bobagens foram ditas sobre o assunto, mas não acreditei em nenhuma delas. Desde o dia, cerca de quatro anos atrás, que a Srta. Taylor e eu nos encontramos com ele na Broadway Lane, e, como começasse a garoar, ele galantemente correu a buscar duas sombrinhas para nós em Farmer Mitchell. Comecei a planejar o casamento deles naquele momento, e como fui abençoada com o sucesso, papai, o senhor não pode querer que eu deixe de arranjar casamentos.

– Não entendo o que você quer dizer com "sucesso" – disse o senhor Knightley. – O sucesso pressupõe empenho. Seu tempo seria apropriada e delicadamente usado se você tivesse se esforçado durante quatro anos para realizar este casamento. Um digno emprego para a mente de uma jovem! Mas se fazer o casamento no seu entender, como imagino, significa apenas planejá-lo, ou dizer para si mesma em um dia em que não tivesse nada mais para se ocupar "Acho que seria muito bom para Srta. Taylor se Sr. Weston se casasse com ela", e depois repetir isso sempre para si mesma, por que fala em sucesso? Qual o seu mérito? Do que se orgulha? Você teve um palpite feliz, e isso é tudo que pode ser dito.

– E o senhor nunca sentiu o prazer e o triunfo de ter tido um palpite feliz? Tenho pena do senhor... Eu pensei que você era mais inteligente, pois, pode ter certeza que confiar em um palpite feliz não é apenas sorte. Tem sempre algum talento envolvido. E quanto à pobre palavra "sucesso" com a qual implicou, não sei se estou inteiramente errada em reivindicá-lo. O senhor desenhou duas lindas situações, mas penso que há uma terceira, algo entre o fazer nada e o fazer tudo. Se eu não tivesse promovido as visitas do Sr. Weston aqui, e dado muitos pequenos incentivos, e contornado alguns pequenos obstáculos, poderia não ter acontecido nada, afinal de contas. Acho que conhece Hartfield o suficiente para compreender isso.

– Um homem franco, racional e de coração aberto como Weston, e uma mulher equilibrada, como a Srta. Taylor, podem seguramente conduzir seus próprios assuntos sozinhos. É provável que você tenha feito mais mal a si mesma do que bem a eles, com sua interferência.

– Emma nunca pensa em si mesma, quando pode fazer o bem a outros – respondeu o senhor Woodhouse, entendendo apenas em parte a conversa. – Mas, minha querida, por favor, não faça mais casamentos, são coisas tolas e destroem o círculo familiar de modo cruel.

– Só mais um, papai, só para o Sr. Elton. Pobre Sr. Elton! Você gosta do Sr. Elton, papai, devo procurar uma esposa para ele. Não há ninguém em Highbury que o mereça, e ele está aqui há um ano inteiro, e mobiliou sua casa tão confortavelmente, que seria uma pena ficar solteiro por mais tempo. E hoje, no casamento, quando todos se deram as mãos, pensei que ele parecia querer que fizessem por ele a mesma coisa que fiz por Srta. Taylor. Admiro muito Sr. Elton, e esta é a única maneira que tenho de prestar-lhe um serviço.

– Sr. Elton é um jovem muito elegante e de bom caráter, com certeza, tenho grande consideração por ele. Mas se você quiser mostrar a ele alguma atenção, minha querida, peça a ele que venha jantar conosco algum dia. Será muito melhor. Ouso dizer que o Sr. Knightley será gentil o bastante para encontrá-lo.

– Com grande prazer, senhor, quando quiser – disse Sr. Knightley rindo – e concordo inteiramente com o senhor que é a melhor coisa a fazer. Convide-o para jantar, Emma, e ofereça-lhe o melhor peixe e a melhor ave, mas deixe-o escolher a própria esposa. Pode acreditar, um homem de vinte e seis ou vinte e sete anos é capaz de tomar conta de si mesmo.

CAPÍTULO 2

O senhor Weston era natural de Highbury, de uma família respeitável, que nas últimas duas ou três gerações havia ascendido em nobreza e prosperidade. Recebera uma boa educação, mas, atingindo certa independência ainda muito jovem, não se achava disposto a engajar-se nos negócios corriqueiros a que seus irmãos se dedicavam. Para ocupar sua mente ativa e alegre e seu temperamento sociável, entrou para a milícia do condado, e seguiu a carreira militar. O capitão Weston era muito estimado por todos, e quando as circunstâncias de sua carreira militar o levaram a conhecer Srta. Churchill, de uma importante família do Yorkshire, e ela se apaixonou por ele, ninguém ficou surpreso, exceto o irmão dela e a esposa. Como nunca o tinham visto, e eram cheios de orgulho e arrogância, sentiam-se ofendidos com este relacionamento.

Srta. Churchill, no entanto, sendo maior de idade, e com o pleno comando de sua fortuna , embora sua fortuna não tivesse proporção com a propriedade da família, não se deixou dissuadir, e o casamento se realizou, para infinita mortificação de Sr. e Sra. Churchill, que se afastaram dela com o devido decoro. Era uma união inadequada e não produziu muita felicidade. A Sra. Weston deve ter sido mais feliz, pois ela tinha um marido cujo coração caloroso e temperamento doce, que achava que ela merecia tudo como retribuição pela grande bondade de ter se apaixonado por ele, e embora ela tivesse alguma disposição de espírito, esta não era das melhores. Ela teve resolução suficiente para seguir a sua própria vontade, apesar de seu irmão, mas não para refrear seu insensato pesar ante a insensata ira do irmão, nem para deixar de sentir falta dos luxos do seu antigo lar. Eles viviam além de sua renda, mas ainda não era nada em comparação com Enscombe, não deixara de amar o marido, mas queria ser ao mesmo tempo a esposa do Capitão Weston e a senhorita Churchill de Enscombe.

O Capitão Weston, que na opinião de todos, especialmente dos Churchill, havia feito um excelente casamento, terminou por ficar com a pior parte da barganha. Quando sua esposa morreu, após um casamento de três anos, estava ainda mais pobre do que no início e com um filho para criar. Logo seria liberado das despesas de manutenção da criança, no entanto. O filho havia sido um meio de reconciliação, ajudado pelo suave apelo da prolongada doença da mãe. Sr. e Sra. Churchill, não possuindo filhos nem qualquer outra criança de igual parentesco para se dedicar, ofereceram-se para cuidar integralmente do pequeno Frank, logo após a morte da mãe. O pai viúvo deve ter relutado e sentido alguns escrúpulos, mas como estes foram superados por outras considerações, a criança foi deixada para desfrutar do cuidado e da riqueza dos Churchill, e ele tinha agora que prover apenas seu próprio conforto e tentar melhorar sua situação tanto quanto pudesse.

Uma mudança completa de vida tornou-se desejável. Ele deixou a milícia e engajou no comércio, pois seus irmãos já haviam se estabelecido com sucesso em Londres e lhe propiciaram uma boa abertura. Era um trabalho que o ocupava bastante. Ele ainda tinha uma pequena casa em Highbury, onde passava a maior parte de seus dias de lazer, e entre uma ocupação útil e os prazeres da sociedade, os dezoito ou vinte anos seguintes de sua vida passaram animadamente. Por essa época ele já havia se estabelecido com sucesso – o suficiente para comprar uma pequena propriedade vizinha a Highbury, que ele sempre desejara, o suficiente para casar-se com uma mulher sem dote como Srta. Taylor, e para viver de acordo com a sua própria disposição amigável e sociável.

E foi desde então que a Srta. Taylor havia começado a influenciar suas decisões, mas como não era a influência tirânica da juventude sobre a juventude, não abalou sua determinação de não se casar até que pudesse comprar Randalls. A compra da propriedade era algo que ele desejava há muito tempo, mas seguiu firme na perseguição de seus objetivos, até que se realizassem. Fizera sua fortuna, comprara sua casa, e conseguira a sua esposa. Começava um novo período em sua vida, com grandes possibilidades de ser muito feliz, mais do que no passado. Ele nunca foi um homem infeliz; seu próprio temperamento o protegeu disso, mesmo em seu primeiro casamento. Mas o segundo iria demonstrar-lhe como podia ser prazeroso ter uma companheira de bom senso e verdadeiramente amável, e dar-lhe a mais agradável prova de que era melhor escolher do que ser escolhido, despertar gratidão do que senti-la.

Sua escolha devia agradar apenas a ele mesmo, pois tinha sua própria fortuna. Quanto a Frank, havia sido tacitamente criado como herdeiro do tio, e tornou-se tão natural sua adoção a ponto dele assumir o sobrenome Churchill quando atingiu a maioridade. Era bastante provável que nunca precisasse do auxílio financeiro do pai, o qual estava bastante tranquilo quanto a isso. A tia era uma mulher caprichosa e governava o marido totalmente. Mas não era da natureza de Sr. Weston acreditar que um capricho qualquer pudesse afetar alguém tão querido e, como pensava, tão merecedor do afeto que lhe dedicavam. Ele via seu filho todos os anos em Londres e estava orgulhoso dele; e seu carinhoso relato sobre ele como um jovem muito bom fez com que Highbury também sentisse uma espécie de orgulho por ele. Era considerado como pertencente à comunidade, a ponto de seus méritos e perspectivas serem alvo do interesse comum.

O Sr. Frank Churchill era um dos orgulhos de Highbury, e todos tinham grande curiosidade em conhecê-lo, embora a recíproca não fosse verdadeira, pois ele nunca estivera lá em toda a sua vida. Falava-se muito que ele viria visitar o pai, mas isso nunca acontecera. Agora, com o casamento do pai, era em geral aceita que, como demonstração de atenção, a visita deveria acontecer. Não havia uma só voz discordante, nem quando Sra. Perry tomou chá com Sra. e Srta. Bates, nem quando Sra. e Srta. Bates retribuíram a visita de Sra. Perry. Agora era a hora de o Sr. Frank Churchill estar entre eles e as esperanças se renovaram quando soube-se que ele escrevera uma carta para a madrasta na ocasião. Durante alguns dias, cada visita matinal em Highbury incluía alguma menção à bela carta que Sra. Weston tinha recebido.

– Suponho que tenha ouvido falar da bela carta que Sr. Frank Churchill escreveu para Sra. Weston. Dizem que é uma carta belíssima, de fato. Foi o senhor Woodhouse que me contou. O senhor Woodhouse viu a carta, e diz que nunca viu uma carta tão bonita em toda a sua vida.

A carta foi bastante apreciada, na verdade. A Sra. Weston tinha, é claro, formado uma ideia muito favorável do jovem; e tão agradável gentileza foi uma prova irresistível de seu grande bom senso, e a mais bem-vinda adição a todas as congratulações que já havia recebido pelo casamento. Sentiu-se como a mais afortunada das mulheres, e vivera o bastante para saber quão afortunada devia se considerar. Onde o único arrependimento foi por uma separação parcial de seus amigos cuja amizade por ela nunca esfriara, e que suportavam mal sua partida.

Ela sabia que às vezes sua falta seria sentida; e não conseguia pensar, sem dor, em Emma perdendo um simples prazer, ou tendo algum aborrecimento por falta de sua companhia.

Mas a querida Emma não era fraca de caráter, e estava à altura da situação muito mais do que a maioria das moças estaria; além disso, tinha bom senso, energia e ânimo, que deviam ajudá-la a suportar bem e felizmente suas pequenas dificuldades e privações. E depois, havia o conforto da pequena distância entre Randalls e Hartfield, uma caminhada conveniente para mulheres sozinhas, e da disposição e condições de Sr. Weston, que não haveria nenhum obstáculo para que passassem metade das noites da semana juntos na estação que se aproximava.

A situação de Sra. Weston era, de forma geral, motivo para muitas horas de gratidão ao marido e poucos momentos de pesar. Sua satisfação, mais do que satisfação, sua prazerosa alegria, era tão aparente que Emma, apesar de conhecer bem o pai, às vezes ficava surpresa por ele ser ainda capaz de lamentar a "pobre Srta. Taylor" quando a deixavam em Randalls, cercada de todos os confortos domésticos, ou quando a via partir à noite, assistida pelo atencioso marido, em sua própria carruagem.

Mas ela nunca partiu sem que o Sr. Woodhouse desse um gentil suspiro e dissesse: "Ah, pobre Srta. Taylor! Ela ficaria muito feliz em ficar".

Não havia como a senhorita Taylor voltar, nem era provável que o senhor Woodhouse parasse de lamentar, mas depois de algumas semanas estava mais aliviado. Os cumprimentos dos vizinhos haviam cessado e ele não era mais obrigado a receber felicitações por um evento tão triste, e o bolo de casamento, que havia sido motivo de grande angústia para ele, fora totalmente comido. Seu estômago não podia suportar nada pesado, e ele nunca poderia acreditar que outras pessoas fossem diferente dele.

O que era prejudicial para ele era considerado impróprio para qualquer pessoa, e ele havia tentado seriamente dissuadi-los de fazer o bolo de casamento, e quando não obteve sucesso, tentou seriamente impedir todo mundo de comê-lo. Ele tinha se dado ao trabalho de consultar o Sr. Perry, o boticário, sobre o assunto.

O Sr. Perry era um homem inteligente e cavalheiro, cujas visitas frequentes foram um dos confortos da vida do Sr. Woodhouse; quando consultado, só pôde reconhecer (apesar de parecer um tanto contra a opinião geral) que bolo de casamento poderia com certeza fazer mal a muitos, talvez à maioria das pessoas, a menos que fosse consumido com moderação.

Com tal opinião, que confirmava a sua, Sr. Woodhouse tentava influenciar cada visitante dos recém-casados, mas mesmo assim o bolo foi comido, e não houve descanso para seus nervos benevolentes até que todo o bolo acabasse. Houve um estranho boato em Highbury, dizendo que todos os filhos dos Perry foram vistos com um pedaço do bolo de casamento de Sra. Weston nas mãos, mas Sr. Woodhouse nunca acreditou nisso.

CAPÍTULO 3

O Sr. Woodhouse gostava da sociedade à sua maneira. Ele gostava muito que os seus amigos viessem vê-lo; e devido a várias causas, desde sua longa residência em Hartfield, sua boa natureza, sua fortuna, sua casa e sua filha, ele podia comandar em grande parte as visitas de pequeno círculo de amigos, como ele gostava. Não tinha muito contato com nenhuma família fora deste círculo. Seu horror às horas tardias, e grandes jantares, tornavam-no impróprio para qualquer conhecido que não pudesse visitá-lo em seus próprios termos. Para sua felicidade, Highbury compreendia muitas propriedades, incluindo Randalls na mesma paróquia e Donwell Abbey na paróquia vizinha, a casa de Sr. Knightley. Várias vezes, devido à persuasão de Emma, ele convidava alguns dos melhores amigos para jantar, mas preferia mesmo as festas noturnas. E, a menos que estivesse indisposto para receber visitas, era raro haver uma noite na semana em que Emma não organizasse uma mesa de jogos para ele.

Sr. Knightley e os Weston o visitavam devido a uma consideração real e duradoura e ao conhecimento de longa data. E quanto ao Sr. Elton, um jovem que vivia sozinho e não apreciava isso, o privilégio de trocar qualquer noite vaga de sua própria solidão em branco pela elegância e sociabilidade da sala de estar do Sr. Woodhouse, e o sorriso de sua adorável filha não poderia ser desperdiçado.

Depois deste, vinha um segundo grupo. Entre os mais assíduos estavam Sra. e Srta. Bates e também Sra. Goddard, três senhoras quase sempre à disposição para um convite de Hartfield, e que eram buscadas e levadas em casa com tanta frequência, que Sr. Woodhouse não considerava isso um incomodo, nem para James, nem para os cavalos. Se isso acontecesse apenas uma vez por ano seria motivo de lamentação.

A Sra. Bates, a viúva de um antigo vigário de Highbury, era uma senhora muito idosa, que já havia deixado quase tudo para trás, exceto o chá e quadrilha. Vivia, com sua única filha solteira, de forma muito simples, e era tratada com todo o respeito e consideração que uma velha e inofensiva dama merecia. Sua filha desfrutava do mais incomum grau de popularidade para uma mulher que não era nem jovem, nem bonita, nem rica e nem casada. A Srta. Bates estava na pior situação do mundo para obter a boa vontade das pessoas e não tinha nenhuma superioridade intelectual para compensar, ou até mesmo amedrontar aqueles que podiam odiá-la, fazendo com que a respeitassem. Ela nunca tinha se gabado de beleza ou inteligência. Sua juventude havia passado sem distinção, e seu meio de vida foi dedicado aos cuidados de uma mãe doente, e ao esforço de fazer com que seu pequeno rendimento durasse o máximo possível. E ainda assim ela era uma mulher feliz, e uma mulher que todos mencionavam com palavras gentis. Era sua universal boa vontade e temperamento alegre que produziam tais maravilhas. Ela gostava de todo mundo, interessava-se pela felicidade de todos, percebia logo as qualidades das pessoas; considerava-se a mais afortunada das criaturas, e rodeada de bênçãos por ter uma mãe excelente, tantos bons amigos e vizinhos, e um lar onde nada faltava. A simplicidade e alegria de sua natureza, seu espírito satisfeito e grato, eram uma recomendação para todos, e uma fonte de felicidade para ela mesma. Era ótima para conversar sobre assuntos banais, falava sempre sobre trivialidades e fofocas inofensivas, o que agradava bastante ao Sr. Woodhouse.

A Sra. Goddard era a professora de uma escola, não de um seminário ou estabelecimento, ou qualquer lugar que fosse denominado por longas e refinadas frases sem sentido, para combinar conhecimentos liberais com elegante moralismo, em novos princípios e novos métodos – e onde jovens ricas podiam ser despojadas de sua saúde em tributo à vaidade –, mas um verdadeiro, honesto e antiquado internato, onde uma quantidade razoável de conhecimentos era vendido a um preço razoável, e onde as meninas podiam ser mandadas para ficar fora do caminho dos pais, e se depararem com uma educação moderada, sem nenhum perigo de se tornarem prodígios. A escola da Sra. Goddard gozava de alta reputação, e muito merecidamente, para Highbury era considerado um local particularmente saudável: possuía uma casa e jardim amplos, fornecia às crianças somente alimento saudável, as deixava correr bastante ao ar livre no verão, e no inverno curava suas frieiras com as próprias mãos. Não era de se admirar que um grupo de vinte jovens casais caminhavam atrás dela para a igreja. Era uma mulher do tipo simples e maternal, que trabalhara duro na juventude, e acreditava ter direito a uma folga ocasional para uma visita na hora do chá. Devia muito à bondade de Sr. Woodhouse anos atrás, portanto, sempre que podia, atendia ao seu chamado, deixando sua organizada sala de sala de estar e seus trabalhos de agulha para ganhar ou perder algumas poucas moedas de meio xelim diante da sua lareira em Hartfield. Essas eram as senhoras que Emma frequentemente conseguia reunir, e estava feliz por conseguir agradar o seu pai, embora, como ela mesma dizia, não era remédio para a ausência da Sra. Weston. Ficava contente por ver o pai tranquilo e bastante satisfeita por planejar as coisas tão bem. A tranquila prosa das três senhoras, no entanto, antecipava uma daquelas longas noites sem atrativos que ela tanto temia.

Certa manhã, enquanto estava sentada pensando exatamente que hoje seria uma destas noites, chegou uma nota da Sra. Goddard, solicitando permissão nos termos mais respeitosos, para trazer a Srta. Smith com ela, era um pedido bem-vindo, pois a senhorita Smith era uma menina de dezessete anos, a quem Emma conhecia muito bem de vista, e que tinha bastante interesse em conhecer pessoalmente, devido a sua beleza. Um convite muito gentil foi enviado, e a bela senhora da mansão deixou de temer o serão daquela noite.

Harriet Smith era a filha natural de alguém. Alguém a colocara, vários anos atrás, na escola de Sra. Goddard, e esse alguém mais tarde elevou-a da condição de estudante mantida por uma bolsa de estudos à de pensionista. Isso era tudo que se sabia da história dela. Ela não tinha amigos conhecidos, exceto os que fizera em Highbury, e acabara de voltar de uma longa visita ao campo como hóspede de algumas jovens damas que foram suas colegas na escola.

Ela era uma menina muito bonita, e sua beleza passou a ser muito admirada por Emma. Era pequena, roliça e de tez clara, com uma pele viçosa, olhos azuis, cabelos loiros, feições regulares e um ar de grande doçura, e, antes do final da noite, Emma estava muito satisfeita com suas maneiras quanto com a sua aparência, e bastante determinada a amizade.

Ela não ficou impressionada com nada extraordinariamente inteligente na conversa da Srta. Smith, porém considerou-a bastante envolvente de forma geral, não era tímida em excesso, nem relutante em falar, e se mostrava muito discreta. Comportava-se com elegante e apropriada deferência, expressava uma agradável gratidão por ter sido convidada a vir a Hartfield, e mostrava uma admiração tão ingênua por todas as coisas, de estilo muito superior ao que ela estava acostumada, que Emma pensou que devia ter bom senso e merecia ser incentivada. E este encorajamento lhe seria dado. Aqueles suaves olhos azuis, e todos aquelas graças naturais, não deveriam ser desperdiçadas na sociedade inferior de Highbury e suas conexões. As amizades que ela já possuía eram indignas dela e os amigos que ela tinha acabado visitar, embora fossem pessoas muito boas, poderiam prejudicá-la. Eles eram uma família de nome Martin, a quem Emma conhecia muito bem, arrendavam uma grande fazenda nas terras do Sr. Knightley, na paróquia de Donwell. Eram pessoas muito dignas, ela supunha, pois Sr. Knightley os considerava bastante, mas deviam ser rudes e incultos, e inadequados como companhia para uma moça que precisava apenas de um pouco mais de instrução e elegância para ser quase perfeita. Ela a ensinaria, ela iria aperfeiçoá-la, separá-la de amizades impróprias, e apresentá-la a boa sociedade, ela formaria suas opiniões e suas maneiras. Seria um empreendimento interessante e certamente muito amável, bastante atrativa para sua situação de vida, seu tempo livre e suas possibilidades.

Ela estava tão ocupada em admirar aqueles suaves olhos azuis, em falar e ouvir, e formando seus esquemas ao mesmo tempo, que a noite voou de maneira incomum. E a mesa do jantar, que sempre encerrava tais reuniões, e sempre supervisionada por ela, já estava colocada junto à lareira e servida antes que ela percebesse. Com uma vivacidade além do comum para alguém que sempre apreciara o crédito de organizar todas as coisas bem e com atenção, com a verdadeira boa vontade de uma mente encantada com as suas boas ideias, ela então fez todas as honras da refeição, orientou e recomendou o frango fatiado e ostras recheadas, com uma insistência que sabia ser aceitável para o avançado da hora e os escrúpulos de boa educação de seus convidados.

Nessas ocasiões, os sentimentos do pobre Sr. Woodhouse entravam em triste conflito. Adorava ter a mesa bem posta, sempre fora um dos hábitos da sua juventude, mas estava convencido de que as ceias eram prejudiciais à saúde; enquanto sua hospitalidade o levava a oferecer de tudo aos convidados, ficava apreensivo ao vê-los comer.

Tudo o que ele podia, em sã consciência, recomendar aos outros, era um pequeno prato de mingau ralo igual ao que ele mesmo comia. Tinha que se controlar, enquanto as senhoras se serviam das comidas mais apetitosas, para dizer:

– Senhora Bates, permita-me propor-lhe que experimente um destes ovos. Um ovo quente, muito macio, não é prejudicial. Serle entende de cozinhar um ovo como ninguém. Não recomendo ovos cozidos para mais ninguém. Não precisa se preocupar, são bem pequenos... Está vendo? Um destes ovos não vai fazer-lhe mal. Senhorita Bates, deixe que Emma lhe sirva um pequeno pedaço de torta... Um pedacinho. As nossas são tortas de maçã, não precisa temer as compotas que temos aqui. Não recomendo o creme de ovos. Sra. Goddard, o que acha de meio copo de vinho? Meia taça com um pouco de água? Acho que não vai lhe fazer mal.

Emma deixava o pai falar, mas atendia os convidados de modo mais satisfatório, e neste dia em particular sentiu prazer em vê-los irem embora satisfeitos. A felicidade da senhorita Smith comparava-se às suas intenções. A senhorita Woodhouse era uma pessoa tão importante em Highbury, que a perspectiva de lhe ser apresentada havia causado tanto pânico como prazer; mas a humilde e agradecida menina partiu com sentimentos de grande reconhecimento, deliciada com a amabilidade com que Emma a tratara durante toda a noite, e finalmente apertara sua mão!

CAPÍTULO 4

A intimidade de Harriet Smith em Hartfield logo foi resolvida. Rápida e decidida em seus caminhos, Emma não perdeu tempo em convidar, encorajar e dizer a ela para vir com frequência; e à medida que o conhecimento deles aumentava, aumentava também a satisfação mútua. Como companheira de caminhada, Emma previu muito cedo o quão útil ela poderia achá-la. A esse respeito, a perda de Sra. Weston foi importante. O pai dela nunca foi além dos arbustos, onde duas divisões no terreno determinavam sua longa caminhada, ou sua curta, conforme o ano variava; e desde o casamento da Sra. Weston, sua caminhada estava bastante restringida. Ela havia se aventurado uma vez sozinha a Randalls, mas não achou agradável; e uma Harriet Smith, portanto, a quem ela poderia convocar a qualquer momento para um passeio, seria um valioso acréscimo a seus privilégios. Mas em todos os aspectos, à medida que ela a conhecia mais, ela a aprovava e confirmava que era adequada a todos os seus projetos.

Harriet certamente não era muito inteligente, mas tinha um temperamento doce, dócil e grato, era totalmente livre de vaidade e só desejava ser guiada por qualquer pessoa que admirasse. Seu cuidado consigo mesma era muito amável; e sua inclinação para boa companhia e poder de apreciar o que era elegante e inteligente, mostrou que não havia falta de bom gosto, embora muita compreensão das coisas não pudesse ser esperada.

No geral, ela estava bastante convencida de que Harriet Smith era exatamente a jovem amiga que ela queria – exatamente o que sua casa precisava. Uma amiga como a Sra. Weston estava fora de questão. Duas iguais nunca poderiam dar certo, ela não queria. Era um tipo de coisa bem diferente, um sentimento distinto e independente. Sra. Weston era objeto de uma consideração que se baseava na gratidão e na estima. Harriet seria amada como alguém a quem poderia ser útil. Para Sra. Weston, não havia nada a ser feito; para Harriet tudo.

Suas primeiras tentativas de utilidade foram no intuito de descobrir quem eram os pais, mas Harriet não sabia. Ela estava pronta para dizer tudo ao seu alcance, mas sobre esse assunto as perguntas eram em vão. Emma foi obrigada a imaginar o que ela gostava – mas ela nunca poderia acreditar que na mesma situação ela não deveria ter descoberto a verdade. Harriet não teve percepção. Ela ficara satisfeita em ouvir e acreditar exatamente no que a Sra. Goddard decidira lhe dizer, e não olhava mais longe.

A Sra. Goddard, e os professores, e as meninas e os negócios da escola em geral, formaram naturalmente uma grande parte da conversa – e, a não ser por ela conhecer os Martin de Abbey-Mill Farm, era tudo. Mas os Martin ocupavam muito seus pensamentos; ela havia passado dois meses muito felizes com eles e agora adorava falar sobre os prazeres de sua visita e descrever os muitos confortos e maravilhas do lugar. Emma encorajou sua tagarelice divertida com tal imagem de outro conjunto de seres, e apreciando a simplicidade juvenil que poderia falar com tanta exultação da Sra. Martin ter "duas salas, duas salas muito boas, na verdade; uma delas tão grande como a sala de estar da Sra. Goddard; e dela ter uma criada que viveu vinte e cinco anos com ela; e de terem oito vacas, duas delas Alderneys, e uma pequena vaca Welch, uma muito bonita vaca Welch, de fato; e da Sra. Martin dizendo que ela gostava tanto dela, deveria ser chamada de sua vaca; e deles terem uma casa de verão muito bonita em seu jardim, onde no ano seguinte todos iriam tomar chá: Uma casa de verão muito bonita, grande o suficiente para abrigar uma dúzia de pessoas".

Por algum tempo ela se divertiu, sem pensar além da causa imediata, mas quando ela passou a entender melhor a família, outros sentimentos surgiram. Ela pegou uma ideia errada, imaginando que se tratava de mãe e filha, filho e esposa deste, que viviam todos juntos; mas quando ficou claro que o Sr. Martin, que desempenhou um papel na narrativa e sempre foi mencionado com aprovação por sua grande bondade em fazer uma coisa ou outra, era um homem solteiro; que não havia nenhuma jovem Sra. Martin, nenhuma esposa no caso; ela suspeitava do perigo para sua pobre amiguinha por causa de toda essa hospitalidade e bondade, e que, se ela não fosse cuidada, poderia se afundar para sempre.

Com este fato em mente, suas perguntas aumentaram em número e significado; em particular, ela levou Harriet a falar mais sobre o Sr. Martin, o que evidentemente não desagradou. Harriet estava pronta para falar sobre a participação que ele tivera nas caminhadas ao luar e nos alegres jogos noturnos; e pensava muito em ser tão bem-humorado e prestativo. Certo dia, ele dera uma volta de cinco quilômetros para trazer-lhe algumas nozes, porque ela dissera que gostava muito delas e que em tudo o mais ele era muito prestativo. Ele levou o filho de seu pastor para a sala de estar uma noite com o propósito de cantar para ela. Ela gostava muito de cantar. Ele mesmo poderia cantar um pouco. Ela acreditava que ele era muito inteligente e entendia tudo. Ele tinha um rebanho muito bom e, enquanto ela estava com eles, ele recebeu mais ofertas por sua lã do que qualquer outro no país. Ela acreditava que todos falavam bem dele. Sua mãe e irmãs gostavam muito dele. A Sra. Martin lhe dissera um dia (e ela ficou vermelha ao dizer isso) que era impossível para qualquer pessoa ser um filho melhor e, portanto, ela tinha certeza de que, sempre que ele se casasse, ele seria um bom marido. Não que ela quisesse que ele se casasse. Ela não tinha pressa nenhuma.

"Muito bem, Sra. Martin!", pensou Emma. "Você sabe o que faz".

– E quando ela voltou, a Sra. Martin teve a gentileza de enviar à Sra. Goddard um lindo ganso – o melhor ganso que a Sra. Goddard já tinha visto. A Sra. Goddard o preparou em um domingo e convidou os três professores, Srta. Nash e Srta. Prince, e Srta. Richardson, a jantar com ela.

– O Sr. Martin, suponho, não é um homem de informações além do ramo de seus próprios negócios? Ele não costuma ler?

– Oh, sim! Isto é, não, eu não sei, mas acredito que ele lê bastante, mas não o que você pensaria. Ele lê os Relatórios Agrícolas e alguns outros livros que estão em um dos os assentos da janela, mas ele lê todos para si mesmo. Mas às vezes, à noite, antes de irmos para as cartas, ele lia em voz alta algo dos Extratos Elegantes, muito divertido. E eu sei que ele leu o Vigário de Wakefield. Ele nunca leu Romance da Floresta, nem The Children of the Abbey. Ele nunca tinha ouvido falar desses livros antes de eu mencioná-los, mas está determinado a obtê-los agora o mais rápido que puder.

A próxima pergunta era:

– Como é a aparência do Sr. Martin?

– Oh! Não é bonito, nem um pouco bonito. Eu o achei muito comum no início, mas não o acho tão comum agora. Deixamos de achar, você sabe, depois de um tempo. Mas você nunca o viu? Ele está em Highbury de vez em quando, e passa por aqui todas as semanas em seu caminho para Kingston. Deve passar por você com frequência.

– Pode ser, e eu posso tê-lo visto muitas vezes, mas sem ter qualquer ideia do seu nome. Um jovem agricultor, seja a cavalo ou a pé, é o último tipo de pessoa para levantar a minha curiosidade. Os pequenos agricultores são precisamente a ordem das pessoas com as quais sinto que não posso ter nada a ver. Um grau ou dois mais abaixo, e uma aparência honesta, podem até me interessar, procuro ser útil para estas famílias do jeito que posso. Mas um fazendeiro não precisa da minha ajuda, e está, de certa maneira, mais além da minha atenção do que qualquer outro que esteja abaixo dele.

– Com certeza. Ah, sim! Não é provável que você alguma vez o tenha notado; mas ele a conhece muito bem, de fato, quero dizer, de vista...

– Não tenho dúvidas de que ele é um jovem muito respeitável. Sei, de fato, que ele é e, como tal, desejo-lhe tudo de bom. Qual é a sua idade?

– Ele fez vinte e quatro anos no dia 8 de junho passado, e meu aniversário é no dia 23, apenas uma quinzena e um dia de diferença, o que é muito estranho.

– Apenas vinte e quatro anos. É muito jovem para casar. A mãe dele tem toda a razão em não ter pressa. Eles parecem muito confortáveis como estão, e se ela se apressasse para casar-lhe, provavelmente o faria arrepender-se. Daqui a seis anos, se ele pudesse se encontrar com uma boa espécie de jovem na mesma posição que a dele, com um pouco de dinheiro, isso seria muito desejável.

– Daqui a seis anos! Querida Srta. Woodhouse, ele faria trinta anos!

– Bem, e essa é a idade mínima com que a maioria dos homens que não nasceram independentes consegue se casar. O Sr. Martin, eu creio, ainda tem que construir sua fortuna... Não pode adiantar-se às circunstâncias. Seja qual for o dinheiro que ele tenha recebido quando o pai morreu, seja qual for a sua parte na propriedade da família, deve estar tudo em circulação, empregado em seu próprio negócio, e assim por diante; e embora ele possa, com esforço e boa sorte, ficar rico dentro de algum tempo, é quase impossível que já o tenha conseguido.

– Com certeza, é. Mas eles vivem com muito conforto. Eles não têm empregados dentro de casa, mas isso não lhes faz falta; e a Sra. Martin fala em empregar alguém no próximo ano.

– Eu desejo que você não se encrenque, Harriet, quando ele se casar; quero dizer, quanto a conhecer sua esposa, pois embora suas irmãs, de uma educação superior, não criarem obstáculos, não quer dizer que possa se casar com qualquer uma. A infelicidade do seu nascimento deve fazê-la especialmente cuidadosa na escolha de suas amizades. Não pode haver dúvida de que você é filha de um cavalheiro, e você deve apoiar sua alegação a essa posição por tudo que está ao seu alcance, ou haverá muitas pessoas que teriam prazer em degradá-la.

– Sim, com certeza, suponho que sim. Mas embora eu visite Hartfield e você seja tão gentil comigo, Srta. Woodhouse, não tenho medo do que qualquer pessoa possa me fazer.

– Você entende a força de influência muito bem, Harriet; mas eu gostaria que você se estabelecesse tão firmemente em uma boa sociedade, a ponto de ser independente até de Hartfield e Srta. Woodhouse. Eu quero ver você permanentemente bem conectada, e para esse fim será aconselhável ter o mínimo de amizades pouco relacionadas; e, portanto, eu digo que se você ainda estivesse neste país quando o Sr. Martin se casar, eu gostaria que você não fosse atraída por sua intimidade com as irmãs, a ser amiga da esposa dele, que provavelmente será filha de algum mero fazendeiro, sem educação.

– Sim, com certeza. Não que eu ache que o Sr. Martin algum dia se casaria com alguém que teve alguma educação e seja bem nascida. No entanto, não pretendo colocar minha opinião contra a sua, e estou certa que não desejarei conhecer sua esposa. Sempre terei uma grande consideração pelas Srtas. Martin, especialmente Elizabeth, e ficaria muito triste em me afastar delas, pois elas são tão bem educadas quanto eu. Mas se ele casar com uma mulher muito ignorante e vulgar, certamente é melhor eu não visitá-la, se puder evitar.

Emma observou-a através das flutuações de seu discurso e não viu nenhum sintoma alarmante de amor. O jovem fora o primeiro admirador, mas ela acreditava que não havia nenhum laço mais forte, assim não deveria haver sérias dificuldades da parte de Harriet, que não se oporia a qualquer acordo amigável que ela fizesse.

Encontraram o Sr. Martin no dia seguinte, enquanto caminhavam pela estrada de Donwell. Ele estava a pé e, depois de olhá-la com muito respeito, olhou com a mais sincera satisfação para sua companheira. Emma não lamentou ter essa oportunidade para observar; e caminhar alguns metros à frente, enquanto conversavam, logo tornou seu olhar rápido suficientemente familiarizado com o Sr. Robert Martin. Sua aparência era muito elegante e ele parecia um jovem sensato, mas as vantagens acabavam aí; e quando fosse confrontado a um cavalheiro, perderia todo o terreno que ganhara na afeição de Harriet. Harriet não era insensível aos modos; ela havia voluntariamente notado a gentileza de seu pai com admiração. Senhor Martin parecia não saber o que era isso.

Ficaram apenas alguns minutos juntos, pois Srta. Woodhouse não devia ficar esperando; e Harriet então veio correndo até ela com um rosto sorridente e animado, que Emma esperava acabar brevemente.

– Que felicidade encontrá-lo!... Que estranho!

Foi sorte, ele disse, que não tivesse ido pelo caminho de Randalls.

Ele nem imaginava que costumávamos passear por esta estrada. Achou que sempre íamos pelo caminho de Randalls. Ele ainda não conseguiu o Romance da Floresta, esteve tão ocupado a última vez que esteve em Kingston que quase esqueceu, mas amanhã ele vai de novo. Que curioso termos encontrado com ele! Bem, Srta. Woodhouse, o que achou dele? Achou-o muito simples?

– Ele é muito simples, sem dúvida, extraordinariamente simples, mas isso não é nada comparado com toda a sua falta de gentileza. Eu não tinha o direito de esperar muito, e não esperava muito; mas não tinha ideia de que ele poderia ser tão palhaço, totalmente sem porte. Eu o imaginava, confesso, um grau ou dois mais próximo da gentileza.

– Com certeza – disse Harriet, com voz mortificada –, ele não é tão gentil quanto os verdadeiros cavalheiros.

– Eu acho, Harriet, que desde que nos conheceu, você tem estado repetidamente na companhia de alguns cavalheiros tão reais, que você deve se impressionar com a diferença no Sr. Martin. Em Hartfield, você teve muito bons espécimes de homens bem educados. Eu ficaria surpresa se, depois de vê-los, você pudesse estar em companhia do Sr. Martin novamente sem percebê-lo como uma criatura muito inferior, e sem se perguntar como já tenha o considerado agradável antes. Você não começa a sentir isso agora? Não foi atingida? Tenho certeza de que deve ter ficado impressionada com seu olhar estranho e maneiras abruptas, e a grosseria de uma voz que ouvi ser totalmente rude enquanto eu estava aqui.

– Certamente, ele não é como o Sr. Knightley. Ele não tem um ar e um jeito de andar tão refinados quanto o Sr. Knightley. Vejo a diferença claramente. Mas o Sr. Knightley é um homem tão bom!

– O ar do Sr. Knightley é tão notavelmente bom que não é justo comparar o Sr. Martin com ele. Você pode não ver um em cem com um cavalheiro tão claramente escrito como no Sr. Knightley. Mas ele não é o único cavalheiro que você tem tido contato ultimamente. O que você diria ao Sr. Weston e ao Sr. Elton? Compare o Sr. Martin com qualquer um deles. Compare sua maneira de se portar; de andar; de falar; de ficar em silêncio. Você deve ver a diferença.

– Oh, sim! Há uma grande diferença. Mas o Sr. Weston é quase um homem velho. O Sr. Weston deve ter entre quarenta e cinquenta anos.

– O que torna suas boas maneiras mais valiosas. Quanto mais velha uma pessoa fica, Harriet, mais importante é que suas maneiras não sejam más; mais gritante e repugnante se torna o barulho, ou aspereza, ou embaraço. O que é tolerável na juventude é detestável na idade avançada. O Sr. Martin agora é estranho e abrupto, o que ele será na idade do Sr. Weston?

– Não há como dizer, de fato – respondeu Harriet com bastante solenidade.

– Mas pode haver boas suposições. Ele será um fazendeiro completamente grosseiro e vulgar, totalmente desatento às aparências e pensando em nada além de lucros e perdas.

– Será que vai mesmo? Isso seria muito ruim.

– Quanto mais ele se ocupar de seus negócios, mais chances terá de esquecer de procurar pelo livro que você recomendou. Vai estar ocupado demais com as oscilações do mercado para pensar em outras coisas, o que é normal para um homem de negócios. Ele não tem nada a ver com livros, mas tenho certeza que ele vai prosperar e tornar-se um homem rico... nós não temos que nos perturbar por ele ser rude e sem instrução.

– Me admira que ele não tenha se lembrado do livro – foi a resposta de Harriet.

Falou com tão evidente desprazer que Emma julgou melhor não insistir no assunto. Durante algum tempo não disse nada. O próximo comentário de Emma foi:

– Talvez as maneiras do Sr. Elton sejam melhores do que as do Sr. Weston ou Sr. Knightley em um aspecto. São mais suaves, podem ser tomadas como modelo, seguramente. Há uma franqueza, uma vivacidade, quase uma brusquidão em Sr. Weston, que todos apreciam nele porque são sempre acompanhadas de muito bom humor, mas não devem ser imitadas. Já Sr. Knightley tem maneiras perfeitas, decididas, de comando, que ficam muito bem nele; sua posição, sua aparência e sua situação de vida permitem isso. Mas se qualquer jovem cavalheiro resolvesse copiá-lo não seria tolerável. Por outro lado, acho que Sr. Elton pode ser recomendado com segurança como modelo para qualquer jovem cavalheiro. Sr. Elton é bem humorado, agradável, atencioso e gentil. Parece que nos últimos tempos se tornou ainda mais gentil. Não sei se ele tem algum plano de se insinuar nas graças de alguma de nós, Harriet, com essa gentileza adicional, mas me ocorreu que suas maneiras estão mais gentis que antes. Se ele tem alguma intenção, deve ser a de agradá-la. Não lhe contei o que ele disse de você outro dia?

Em seguida, ela repetiu alguns elogios pessoais calorosos que recebera do Sr. Elton, e agora fazia justiça a eles; e Harriet enrubesceu e sorriu, e disse que sempre achou o Sr. Elton muito agradável.

O Sr. Elton foi a pessoa escolhida por Emma para tirar o jovem fazendeiro da cabeça de Harriet. Ela achou que seria uma combinação excelente; e muito palpavelmente desejável, natural e provável que ela tivesse o mérito de planejá-la. Ela temia que fosse o que todo mundo pensava e previa. Não era provável, porém, que alguém tivesse pensado nisso tão cedo quanto ela, pois imaginou isso na primeira noite que Harriet foi a Hartfield. Quanto mais pensava no assunto, mais o achava conveniente. A situação de Sr. Elton era muito apropriada, assim como o próprio cavalheiro, além de não possuir ligações escusas nem uma família que pudesse opor-se devido à baixa condição de nascimento de Harriet. Ele tinha uma casa confortável para ela, e Emma imaginava uma renda bastante suficiente; pois embora o vicariato de Highbury não fosse grande, ele era conhecido por possuir algumas propriedades independentes; e ela o considerava muito bom, como um jovem bem-humorado, bem-intencionado e respeitável, sem qualquer deficiência de compreensão útil ou conhecimento do mundo.

Estava quase certa que ele achasse Harriet uma bela moça, e com alguns frequentes encontros em Hartfield, isso seria suficiente da parte dele. Quanto à Harriet não havia dúvida que a simples preferência dele por ela seria bastante eficaz e teria um grande peso. E ele era de fato um jovem agradável, de quem qualquer mulher gostaria. Tinha reputação de ser muito bonito, e muito admirado de forma geral, não por ela, é claro, que não dispensava alguém de feições mais elegantes; mas uma menina que se satisfazia com um Robert Martin correndo pelos campos para trazer-lhe algumas nozes podia muito bem ser conquistada pela admiração de Sr. Elton.

CAPÍTULO 5

– Não sei qual pode ser sua opinião, Sra. Weston – disse o Sr. Knightley –, sobre esta grande intimidade entre Emma e Harriet Smith, mas acho que é uma coisa ruim.

– Uma coisa ruim! Você realmente acha que é uma coisa ruim? Por que então?

– Acho que nenhuma delas fará nenhum bem à outra.

– O senhor é surpreendente! Emma pode fazer muito bem a Harriet, e por trazer-lhe um novo interesse, Harriet pode fazer bem a Emma também. Tenho visto a amizade das duas com bastante entusiasmo. Como pensamos diferente! Achar que não possam fazer bem uma à outra, isto é certamente o começo de uma de nossas discussões a respeito de Emma, Sr. Knightley

– Talvez você ache que vim como o propósito de brigar, sabendo que Weston está fora e que você terá que se defender sozinha.

– O Sr. Weston sem dúvida me apoiaria, se estivesse aqui, pois ele pensa exatamente como eu sobre o assunto. Estávamos conversando sobre isso ontem, e concordamos como foi sorte para Emma, que tenha uma garota assim em Highbury para ela se associar. Sr. Knightley, não permitirei que seja um juiz neste caso. Você está tão acostumado a viver só, que não sabe o valor de uma companheira; e, talvez nenhum homem possa julgar bem o conforto que uma mulher sente na companhia de alguém de seu próprio sexo, depois de estar acostumada a isso por toda a vida. Posso imaginar sua objeção a Harriet Smith. Ela não é a jovem superior que a amiga de Emma deveria ser. Mas, por outro lado, como Emma deseja vê-la mais bem informada, será um incentivo para que ela própria leia mais. Elas vão ler juntas. Ela fala sério, eu sei.

– Emma quer ler mais desde os 12 anos de idade. Em várias ocasiões, vi muitas listas de livros que ela pretendia ler regularmente, e listas muito boas eram, muito bem escolhidas e muito bem organizadas, às vezes em ordem alfabética, às vezes por alguma outra regra. A lista que ela fez quando tinha apenas quatorze anos, lembro-me de ter pensado que deu tanto crédito ao seu julgamento que a preservei algum tempo; e atrevo-me a dizer que ela pode fazer uma lista ainda melhor agora. Mas acabei com a expectativa de qualquer curso de leitura constante de Emma. Ela nunca se submeterá a nada que exija diligência e paciência, e uma sujeição da fantasia ao entendimento. Onde a Srta. Taylor falhou em estimular, posso afirmar com segurança que Harriet Smith não fará nada.

– Você nunca conseguiu persuadi-la a ler metade do que gostaria. Você sabe que não poderia.

– Ouso dizer – respondeu a senhora Weston, sorrindo –, que eu pensava assim, então, mas desde que se separaram, eu nunca consigo lembrar de Emma se omitindo a fazer qualquer coisa que eu quisesse.

– Dificilmente há qualquer desejo de refrescar uma memória como essa – disse o Sr. Knightley, comovidamente; e por um ou dois momentos ele ficou em silêncio. – Mas eu – ele logo acrescentou – que não tive esse charme jogado sobre meus sentidos, ainda devo ver, ouvir e lembrar. Emma é estragada por ser a mais inteligente de sua família. Aos dez anos, ela teve a desgraça de ser capaz de responder a perguntas que intrigavam sua irmã aos dezessete. Ela sempre foi rápida e segura. Isabella, lenta e acanhada. E desde os doze anos, Emma é dona da casa e de todos vocês. Com a mãe, ela perdeu a única pessoa capaz de lidar com ela. Ela herda os talentos de sua mãe, a quem deveria estar sujeita.

– Eu lamentaria, Sr. Knightley, se dependesse de sua recomendação, caso tivesse deixado a família do Sr. Woodhouse e quisesse outra situação; não acho que você teria falado uma palavra boa sobre mim a qualquer pessoa. Tenho certeza você sempre me achou inadequada para o cargo que ocupei.

– Sim – disse ele, sorrindo. – Você está melhor aqui; muito adequada para uma esposa, mas não para uma governanta. Mas você estava se preparando para ser uma excelente esposa durante todo o tempo que esteve em Hartfield. Você pode não ter dado a Emma uma educação tão completa quanto seus poderes pareciam prometer; mas você estava recebendo uma educação muito boa dela, no próprio ponto matrimonial de submeter sua própria vontade e fazer o que lhe foi pedido; e se Weston tivesse me pedido para recomendar uma esposa, eu deveria certamente nomear Srta. Taylor.

– Obrigada. Há muito pouco mérito em ser uma boa esposa para um homem como o Sr. Weston.

– Ora, para dizer a verdade, temo que a senhora tenha sido desperdiçada, e com toda disposição que tem para suportar não haverá nada mais para criar. Não vamos desesperar, no entanto. Weston deve crescer ainda mais, apesar do excesso de conforto, ou o filho pode incomodá-lo.

– Espero que não. Não é provável. Não, Sr. Knightley, não preveja aborrecimentos dessa parte.

– Não, de fato. Eu apenas menciono possibilidades. Não pretendo ser o gênio de Emma em predições e adivinhações. Espero, de todo o coração, que o jovem possa ser um Weston em mérito e um Churchill em fortuna. Mas Harriet Smith... Ainda não terminei com Harriet Smith. Acho que ela é o pior tipo de companhia que Emma poderia ter. Ela mesma não sabe de nada e considera que Emma sabe de tudo. Ela é uma bajuladora em todos os seus aspectos; e assim muito pior, porque bajula sem outras intenções. Sua ignorância é toda bajulação. Como Emma pode imaginar que ela mesma tem algo a aprender, enquanto Harriet está apresentando uma inferioridade tão grande? E quanto a Harriet, atrevo-me a dizer que ela não pode ganhar com Hartfield, só vai deixá-la presunçosa com a sociedade a que pertence. Ela vai se tornar refinada o suficiente para se sentir desconfortável com aqueles entre os quais o nascimento e as circunstâncias a colocaram em casa. Estou muito enganado se as doutrinas de Emma dão alguma força de pensamento, ou tendem a fazer com que uma garota se adapte racionalmente às variedades de sua situação na vida. Elas apenas dão um pouco de polimento.

– Acredito mais no bom senso de Emma do que você, ou estou mais ansiosa por seu conforto, pois não posso lamentar a amizade. Como ela estava bem na noite passada!

– Oh! Você prefere falar sobre a pessoa dela do que sobre sua mente, não é? Muito bem; não tentarei negar que Emma seja bonita.

– Bonita? Melhor dizer que é linda. Você consegue imaginar algo mais próximo da beleza perfeita do que Emma ao todo: rosto e corpo?

– Não sei o que poderia imaginar, mas confesso que raramente vi um rosto ou figura mais agradável para mim do que o dela. Mas sou um velho amigo parcial.

– Os verdadeiros olhos cor de avelã, e tão brilhantes! Traços regulares, semblante aberto, e uma bela compleição! Ah, que viço e ar de saúde, e a altura e peso perfeitos. Que silhueta firme e altiva. Há um ar saudável não apenas no viço da pele, mas no semblante, na cabeça, no olhar. Às vezes ouvimos dizer que uma criança é "o retrato da saúde"; bem, Emma sempre me deu a impressão de ser a imagem completa da saúde adulta. Ela é a própria beleza, Sr. Knightley, não é?

– Eu não vejo nenhum defeito nela – respondeu ele. – Acho que ela é tudo o que você descreve. Adoro olhar para ela; e vou acrescentar este elogio, que não a considero pessoalmente vaidosa. Considerando o quão bonita ela é, ela parece estar pouco ocupada com isso; sua vaidade existe de outra forma. Sra. Weston, não devo dizer mais que não gosto de Harriet Smith, ou de meu temor de que ela esteja fazendo mal a ambas.

– E eu, Sr. Knightley, sou igualmente forte em minha confiança de que isso não lhes fará mal. Com todos os pequenos defeitos da querida Emma, ela é uma criatura excelente. Onde veremos uma filha melhor, ou uma irmã mais gentil, ou uma amiga mais verdadeira? Não, não; ela tem qualidades nas quais podemos confiar; ela nunca fará realmente errado; ela não cometerá asneira duradoura; onde Emma erra uma vez, ela está certa cem vezes.

– Muito bem; eu não vou mais te atormentar. Emma será um anjo, e eu vou manter minha raiva para mim até que o Natal traga John e Isabella. John ama Emma com uma afeição razoável e, portanto, não cega, e Isabella sempre pensa como ele; exceto quando ele não está assustado o suficiente com as crianças. Tenho certeza de ter suas opiniões comigo.

– Sei que todos vocês a amam demais para serem injustos. Desculpe, Sr. Knightley, se tomo a liberdade – considero-me como tendo o privilégio de falar como a mãe de Emma teria feito – de sugerir que não acho que nada de bom possa advir do fato de discutirem entre si sobre a amizade com Harriet Smith. Peço que me perdoe, mas se alguma pequena inconveniência vier desse relacionamento, não se pode esperar que Emma, sob a responsabilidade apenas do pai, o qual aprova totalmente a amizade, acabe pondo um fim na relação, ainda mais que lhe traz tanto prazer. Durante tantos anos me acostumei a dar conselhos, Sr. Knightley, que não devem surpreendê-lo estes resquícios do meu ofício.

– Nem um pouco! – exclamou ele. – Estou muito grato a você por isso. É um conselho muito bom, e terá um destino melhor do que o seu conselho muitas vezes encontrou; pois ele será atendido.

– A Sra. John Knightley se alarma facilmente e pode ficar infeliz com a irmã.

– Fique tranquila – disse ele –, não vou levantar nenhum clamor. Vou guardar meu mau humor para mim mesmo. Tenho um interesse muito sincero por Emma. Isabella não parece mais minha irmã; nunca despertou um interesse maior; talvez não como Emma. Há uma ansiedade, uma curiosidade pelo que cada um sente por Emma. Eu me pergunto o que será dela!

– Assim como eu – disse a senhora Weston suavemente – me preocupo muito.

– Ela sempre declara que nunca vai se casar, o que, é claro, não significa nada. Mas eu não tenho conhecimento de que ela já viu um homem de quem gostava. Não seria uma coisa ruim para ela ser apaixonada por um homem adequado. Gostaria de ver Emma apaixonada e com alguma dúvida de ser correspondida, faria bem a ela. Mas não há ninguém por aqui para prendê-la; e ela sai tão raramente de casa.

– Na verdade, parece difícil tentá-la a quebrar sua resolução no momento – disse a Sra. Weston –, como pode muito bem ser; e embora ela esteja tão feliz em Hartfield, não posso desejar que ela esteja formando qualquer ligação que estaria criando tais dificuldades por conta do pobre senhor Woodhouse. Não recomendo matrimônio a Emma no momento, embora não pretenda menosprezar esta possibilidade, asseguro-lhe.

Sra. Weston desejava, pelo menos em parte, esconder alguns

pensamentos que ela e o marido acalentavam em relação ao assunto, tanto quanto possível. Em Randalls havia intenções quanto ao destino de Emma, mas eles não desejavam que alguém suspeitasse. E a mudança de assunto que se seguiu, com Sr. Knightley perguntando "o que Weston acha do tempo, será que vai chover?", convenceu-a de que ele não tinha nada mais a dizer sobre Hartfield.

CAPÍTULO 6

Emma não podia duvidar de ter dado à fantasia de Harriet uma direção adequada e elevado a gratidão de sua jovem vaidade a um propósito muito bom, pois ela a achou decididamente mais interessada do que antes no fato de Sr. Elton ser um homem notavelmente bonito, com muito boas maneiras; e como ela não hesitou em seguir a garantia de sua admiração por meio de sugestões agradáveis, ela logo se sentiu bastante confiante em criar tanta simpatia por parte de Harriet quanto fosse possível. Ela estava bastante convencida de que Sr. Elton estava muito próximo de se apaixonar, se é que já não estava apaixonado. Ela não tinha escrúpulos em relação a ele. Ele falava de Harriet e a elogiava tão calorosamente, que ela não podia supor que faltasse nada que um pouco de tempo não acrescentasse. Sua percepção da notável melhora nos modos de Harriet, desde sua apresentação em Hartfield, não era uma das provas menos agradáveis de seu crescente apego.

– Você deu à Srta. Smith tudo o que ela exigiu – disse ele. – Você a tornou graciosa e fácil. Ela era uma bela criatura quando veio até você, mas, em minha opinião, as atrações que você adicionou são infinitamente superiores ao que ela recebeu da natureza.

– Fico feliz que você pense que tenho sido útil para ela; mas Harriet só queria prolongar e receber algumas, muito poucas dicas. Ela tinha toda a graça natural da doçura de temperamento e da falta de arte em si mesma. Eu fiz muito pouco.

– Se fosse admissível contradizer uma dama... – disse o galante senhor Elton.

– Talvez eu tenha dado a ela um pouco mais de decisão de caráter, ensinado-a a pensar em pontos que não haviam caído em seu caminho antes.

– Exatamente; isso é o que mais me impressiona. Tanta decisão de caráter! Hábil tem a mão que o fez!

– Grande foi o prazer, asseguro-lhe. Nunca encontrei uma disposição mais verdadeiramente amável.

– Não tenho dúvidas disso. – E foi falado com uma espécie de suspiro de animação, que tinha muito de um apaixonado.

Ela não ficou menos satisfeita outro dia com a maneira como ele apoiou um desejo repentino dela de ter a foto de Harriet.

– Alguma vez você já fez um retrato seu, Harriet? – disse ela. – Você alguma vez posou para uma foto?

Harriet estava a ponto de sair da sala e só parou para dizer, com uma ingenuidade muito interessante:

– Oh! Deus, não, nunca.

Assim que ela estava fora de vista, Emma exclamou:

– Que beleza seria um bom retrato dela! Eu daria qualquer dinheiro por ele. Daria qualquer dinheiro por isso. Quase tenho vontade de pintar este retrato eu mesma. O senhor não sabe, mas dois ou três anos atrás eu tinha enorme prazer em fazer retratos e pintei vários dos meus amigos. Diziam que eu tinha algum talento, de forma geral. Mas, por uma coisa ou outra, acabei deixando de gostar disso. Mas... eu até poderia arriscar, se Harriet posar para mim. Seria um prazer ter uma foto dela!

– Permita-me suplicar-lhe – gritou Sr. Elton – Seria realmente um prazer! Deixe-me suplicar-lhe, Srta. Woodhouse, que exerça um talento tão encantador em favor de sua amiga. Eu conheço suas pinturas. Como você pode supor que não as conheço? Esta sala não é rica em espécimes de suas paisagens e flores? E a Sra. Weston não tem algumas figuras inimitáveis em sua sala de estar, em Randalls?

"Sim, santo homem!", pensou Emma, "mas o que isso tudo tem a ver com fazer retratos? O senhor não entende nada de desenho. Não finja ficar arrebatado por conta das minhas pinturas. Guarde seus arroubos para o retrato de Harriet".

– Bem, Sr. Elton, com tal apoio da sua parte, acho que vou tentar ver o que posso fazer. Harriet tem feições tão delicadas que é difícil retratá-las. Além disso, há certas peculiaridades no formato dos olhos e nas linhas ao redor da boca que são difíceis de captar.

– Exato... O formato dos olhos e as linhas ao redor da boca... Não tenho dúvida do seu sucesso. Por favor, tente fazê-lo. Se conseguir, tenho certeza que será, nas suas próprias palavras, um requintado prazer.

– Temo, Sr. Elton, que Harriet não gostará de posar. Ela não dá valor à própria beleza. Não notou a maneira como me respondeu? Como se dissesse "para que fazer meu retrato"?

– Oh, sim! Claro que notei. Mas me recuso a crer que ela não possa ser persuadida.

Harriet logo voltou, e a proposta foi feita quase imediatamente; ela não tinha escrúpulos que pudessem resistir muitos minutos contra a pressão fervorosa de ambos os outros. Emma desejava trabalhar diretamente e, portanto, produziu o portfólio contendo suas várias tentativas de retratos, pois nenhuma delas havia sido concluída, para que pudessem decidir juntas sobre o melhor tamanho para Harriet. Seus muitos começos foram exibidos. Miniaturas, meios-comprimentos, inteiros, lápis, giz de cera e aquarelas, todos foram testados um a um. Ela sempre quis fazer tudo, e fez mais progresso tanto no desenho quanto na música do que muitos poderiam ter feito com tão pouco trabalho. Ela tocava e cantava; e desenhou em quase todos os estilos; mas sempre faltou estabilidade; e em nada ela se aproximou do grau de excelência que ela teria prazer em comandar, e não deveria ter falhado. Ela não se enganou muito quanto a sua própria habilidade como artista ou musicista, mas não estava disposta a deixar os outros serem enganados, nem lamentava saber que sua reputação de realizações muitas vezes era mais alta do que merecia.

Havia mérito nos desenhos de Emma, nos poucos que terminou, talvez na maioria. Tinha um estilo vivaz, mas mesmo que fossem bem piores, ou dez vezes melhores, a admiração de seus dois amigos seria a mesma. Estavam ambos em êxtase. Um retrato encanta todo mundo, e o desempenho de Srta. Woodhouse devia ser impecável.

– Não há grande variedade de modelos – disse Emma. – Eu só tinha minha própria família para estudar. Aqui está meu pai: outro de meu pai, mas a ideia de posar para uma foto dele o deixou tão nervoso que eu só pude pegá-lo furtivamente; nenhum deles está muito parecido. Sra. Weston de novo, e de novo, e de novo, você vê. Cara Sra. Weston! Sempre minha amiga mais gentil em todas as ocasiões. Ela posava sempre que eu pedia. Lá está minha irmã; e sua pequena figura elegante! e o rosto não muito diferente. Eu deveria ter feito uma boa semelhança dela, se ela tivesse ficado mais tempo sentada, mas ela estava com tanta pressa de que eu desenhasse seus quatro filhos que ela não quis ficar quieta. Então, aí vêm todas as minhas tentativas em três desses quatro filhos; lá estão eles, Henry e John e Bella, de uma ponta a outra da folha, e qualquer um deles poderia servir para qualquer um dos outros. Ela estava tão ansiosa para tê-los desenhado que eu não poderia recusar; mas não há como fazer crianças de três ou quatro anos ficarem paradas, você sabe; nem pode ser muito fácil de tomar qualquer semelhança com eles, além do ar e compleição, a menos que tenham feições muito grosseiras. Aqui está meu esboço do quarto, que era um bebê. Eu o peguei enquanto ele dormia no sofá, o topete está bastante parecido.

"Ele havia aninhado sua cabeça da forma mais conveniente. É muito parecido. Estou bastante orgulhosa do pequeno George. O canto do sofá também está muito bom. Então aqui está o meu último. – Revelando um belo esboço de um cavalheiro, de corpo inteiro – O meu último e meu melhor, meu irmão, Sr. John Knightley. Este não consegui terminar, então o pus de lado num acesso de mau humor, e decidi nunca mais fazer um retrato. Mas eu fui provocada, depois de todo meu esforço, e quando consegui fazer um retrato muito parecido com ele (Sra. Weston e eu concordamos que estava muito parecido), apenas um pouco bonito demais, lisonjeiro demais, com uma pequena falha no lado direito, depois de tudo isso recebi a fria aprovação da querida Isabella que disse

– É, está um pouco parecido... mas com certeza não lhe faz justiça.

– Tivemos o maior trabalho para convencê-lo a posar, e agia como se estivesse fazendo um favor. Bem, depois disso não pude suportar mais. E também jamais vou terminá-lo, para que não tenham que se desculpar com cada visitante matinal que aparecer em Brunswick Square, pela falta de parecença do retrato. E como eu disse, resolvi nunca mais pintar ninguém. Mas pelo bem de Harriet, e pelo meu bem, e como não há maridos e esposas no caso no momento, vou quebrar minha resolução agora.

O Sr. Elton parecia muito impressionado e encantado com a ideia, e estava repetindo:

– Nenhum marido e mulher no caso no momento, como você observa. Exatamente assim. Nenhum marido e mulher.

Com uma consciência tão interessante, que Emma começou a considerar se não seria melhor deixá-los sozinhos imediatamente. Mas como ela queria desenhar, a declaração deve esperar um pouco mais.

Ela logo fixou o tamanho e o tipo de retrato. Seria um corpo inteiro em aquarela, como o de Sr. John Knightley, e estava destinado, se ela pudesse agradar a si mesma, a ocupar uma posição muito honrosa sobre o consolo da lareira.

A sessão começou. Harriet, sorrindo e corando, e com medo de não manter sua atitude e semblante, apresentava aos olhos firmes da artista uma mistura muito doce de expressões juvenis. Mas não havia nada a fazer, com o Sr. Elton mexendo-se atrás dela e observando cada toque. Ela deu a ele o crédito por se posicionar onde pudesse olhar e olhar novamente sem se ofender; mas foi realmente obrigada a acabar com isso, e pedir-lhe que se colocasse em outro lugar. Então, ocorreu a ela empregá-lo na leitura.

"Se ele fosse tão bom a ponto de ler para elas, seria uma gentileza! Isso diminuiria as dificuldades da parte dela e diminuiria o aborrecimento da Srta. Smith".

O Sr. Elton ficou muito feliz. Harriet ouvia e Emma ficou em paz. Devia permitir-lhe que viesse olhar com frequência, menos que isso não seria aceitável num homem apaixonado. Ele estava pronto, a cada vez que Emma levantava o lápis, a correr para olhar o progresso do desenho e ficar encantado. Não tinha como zangar-se com alguém tão encorajador, pois a admiração dele o fazia ver parecenças no desenho quando isso ainda nem era possível. Ela não acreditava nos seus olhos, mas seu amor e complacência eram excepcionais.

A sessão foi totalmente satisfatória; ela estava bastante satisfeita com o esboço do primeiro dia e se animou para continuar. Não havia falta de semelhança, ela teve sorte na escolha da pose, e como pretendia melhorar um pouco a figura, dar um pouco mais de altura e consideravelmente mais elegância, estava bastante segura de que faria um quadro muito bonito no final, o que daria crédito às duas; um perene memorial à beleza de uma, à habilidade da outra e à amizade de ambas; com tantas outras associações agradáveis quanto o apego muito promissor do Sr. Elton provavelmente acrescentaria.

Harriet posaria novamente no dia seguinte; e o Sr. Elton, como deveria, pediu permissão para assisti-las e ler para elas novamente.

– Certamente. Ficaremos muito felizes em considerá-lo um membro do grupo.

As mesmas delicadezas e cortesias, o mesmo sucesso e satisfação aconteceram no dia seguinte e acompanharam todo o andamento da pintura, que foi rápido e feliz. Todos que viram ficaram satisfeitos, mas o Sr. Elton estava em êxtase contínuo e defendia-o de todas as críticas.

– Srta. Woodhouse deu a sua amiga a única beleza que lhe falta – observou Sra. Weston, sem suspeitar de que ela estava se dirigindo a um apaixonado. – A expressão do olho é a mais correta, mas a Srta. Smith não tem aquelas sobrancelhas e cílios. É só o que lhe falta no rosto.

– Você acha? – respondeu ele – Não posso concordar com você. Parece-me uma semelhança perfeita em todos os traços. Nunca vi tal semelhança em minha vida. Devemos considerar o efeito de sombra, você sabe.

– Você a deixou alta demais, Emma – disse o Sr. Knightley.

Emma sabia que sim, mas não iria admitir; e o Sr. Elton acrescentou calorosamente:

– Oh, não! Certamente não muito alta; nem um pouco alta demais. Considere, ela está sentada, o que naturalmente apresenta uma diferença, que em resumo dá exatamente a ideia, e as proporções devem ser preservadas, você sabe. Proporções, perspectivas. Oh não! dá exatamente a ideia de uma altura como a da Srta. Smith!

– É muito bonita – disse o Sr. Woodhouse – Tão bem feito! Como seus desenhos sempre são, minha querida. Não conheço ninguém que desenhe tão bem como você. A única coisa que não gosto é que ela parece estar sentada ao ar livre, com apenas um pequeno xale sobre os ombros, e isso faz pensar que ela vai pegar um resfriado.

– Mas, meu querido papai, é suposto ser verão; um dia quente de verão. Olhe para a árvore.

– Mas nunca é seguro sentar do lado de fora, minha querida.

– O senhor pode dizer qualquer coisa – exclamou o Sr. Elton

–, mas devo confessar que considero um pensamento muito feliz, colocar a Srta. Smith ao ar livre; e a árvore é tocada com um espírito inimitável! Qualquer outra situação teria sido muito menos característica. A ingenuidade dos modos da Srta. Smith, e no geral. Oh, é admirável! Não consigo tirar meus olhos dela. Nunca vi tal semelhança.

A próxima coisa que queria era emoldurar o retrato; e aqui estavam algumas dificuldades. Deveria ser feito diretamente; deveria ser feito em Londres; o pedido deveria passar pelas mãos de alguma pessoa inteligente em quem se pudesse confiar; e Isabella, a executora habitual de todas as comissões, não deveria ser questionada, porque era dezembro, e o Sr. Woodhouse não suportava a ideia de que ela saísse de casa na neblina de dezembro. Mas assim que a angústia foi conhecida pelo Sr. Elton, foi removida. Sua bravura estava sempre alerta.

Se ele merecesse a missão, que prazer infinito ele teria em executá-la! Ele poderia cavalgar para Londres a qualquer momento. Era impossível dizer o quanto ele estava satisfeito por estar empregado em tal missão.

"Ele era bom demais!" ela não suportou o pensamento! Ela não lhe daria um cargo tão incômodo. Repetiram-se as súplicas e certezas, e em poucos minutos o assunto estava acertado.

O Sr. Elton deveria levar o desenho para Londres, escolher a moldura e dar as instruções; e Emma pensou que poderia embalá-lo para garantir sua segurança sem incomodá-lo muito, enquanto ele parecia principalmente temeroso de não se incomodar o suficiente.

– Que encargo precioso! – disse ele com um suspiro terno, ao recebê-lo.

"Este homem é quase galante demais para estar apaixonado", pensou Emma, "Eu deveria dizer isso, mas suponho que pode haver uma centena de maneiras diferentes de estar apaixonado. Ele é um jovem excelente e se adequará perfeitamente a Harriet; será 'Exatamente isso', como ele mesmo diz; mas ele suspira e definha, e estuda para receber elogios um pouco mais do que eu poderia suportar, como mentora já tive que partilhar bastante disso. Mas é seu afeto por Harriet que conta".

CAPÍTULO 7

O dia da ida do Sr. Elton a Londres produziu uma nova ocasião para os serviços de Emma para sua amiga. Harriet estivera em Hartfield, como sempre, logo após o café da manhã; e, depois de algum tempo, fora para casa na intenção de voltar para jantar: ela voltou, e mais cedo do que se dizia, e com um olhar agitado e apressado, anunciou algo extraordinário que tinha acontecido e que ela ansiava por contar. Meio minuto trouxe tudo para fora. Quando chegou em casa, Sra. Goddard disse-lhe que Sr. Martin havia estado lá uma hora antes, e como ela não estava em casa, nem era esperada, deixou um pequeno pacote para ela, da parte de uma das irmãs dele, e partiu. Ao abrir este pacote, ela encontrou, além das duas canções que emprestou para Elizabeth copiar, uma carta para si mesma; e esta carta era dele, do Sr. Martin, e continha uma proposta direta de casamento. Quem poderia ter pensado nisso?

Ela ficou tão surpresa que não sabia o que fazer. Sim, uma bela proposta de casamento; e uma carta muito bem escrita, pelo menos ela achava. E ele escreveu como se realmente a amasse muito – mas ela não sabia – e então, ela veio o mais rápido que pôde para perguntar a Srta. Woodhouse o que ela deveria fazer.

Emma estava um pouco envergonhada por ver a amiga tão contente e com tanta dúvida.

– Palavra minha – exclamou ela –, o jovem está decidido a não perder nada por falta de pedir. Pretende se relacionar bem, se puder.

– Você vai ler a carta? – exclamou Harriet. – Por favor, faça. Eu prefiro que você faça.

Emma não lamentou ser pressionada. Ela leu e ficou surpresa. O estilo da carta foi muito acima de suas expectativas. Não apenas não havia erros gramaticais, como a composição, não desonraria qualquer cavalheiro. A linguagem, embora clara, era forte e não afetada, e os sentimentos que transmitia conferiam muito crédito para o escritor. Era curta, mas expressava bom senso, apego, liberalidade, decoro e até delicadeza de sentimentos. Ela fez uma pausa enquanto Harriet aguardava ansiosamente sua opinião, com um "Bem, bem" e foi finalmente forçada a acrescentar:

– É uma boa carta? Ou é muito curta?

– Sim, de fato, uma carta muito boa – respondeu Emma bem devagar –, uma carta tão boa, Harriet, que considerando tudo, acho que uma de suas irmãs deve tê-lo ajudado. Mal posso imaginar que o jovem que vi falando com você outro dia poderia se expressar tão bem, se deixado inteiramente às suas próprias forças, e ainda não é o estilo de uma mulher; não, certamente, é muito forte e conciso; não é difuso o suficiente para uma mulher. Sem dúvida ele é um homem sensato, e suponho que tenha um talento natural para pensar forte e claramente, e quando ele pega uma caneta, seus pensamentos encontram naturalmente as palavras adequadas. É assim com alguns homens. Sim, entendo o tipo. Vigoroso, decidido, com sentimentos até certo ponto, não grosseiro. Uma carta melhor escrita, Harriet (devolvendo a ela), do que eu esperava.

– Bem – disse a ansiosa Harriet. – Bem, o que devo fazer?

– O que você deve fazer? Em que aspecto? Você quer dizer com relação a esta carta?

– Sim.

– Mas do que você está em dúvida? Você deve responder, é claro, e rapidamente.

– Sim. Mas o que devo dizer? Cara Srta. Woodhouse, aconselhe-me.

– Oh, não, não! É melhor que a carta seja toda sua. Você vai se expressar muito bem, tenho certeza. Não há perigo de você não ser inteligível, que é a coisa mais importante. Seu significado deve ser inequívoco; sem dúvidas ou rodeios. E algumas expressões de gratidão e preocupação pela mágoa que você pode estar infligindo, conforme requer a propriedade, se apresentarão espontaneamente à sua mente, tenho certeza.

– Você acha que eu deveria recusá-lo, então? – disse Harriet, baixando os olhos.

– Deveria recusá-lo! Minha querida Harriet, o que você quer dizer? Tem alguma dúvida quanto a isso? Eu pensei, mas me desculpe, talvez eu tenha me enganado. Eu certamente a entendi mal, se você tem dúvidas quanto ao significado de sua resposta. Imaginei que você estivesse me consultando apenas quanto ao teor da mesma.

Harriet ficou em silêncio. Com um pouco de reserva, Emma continuou:

– Você pretende devolver uma resposta favorável, suponho.

– Não, não quero; isto é, não quero dizer... O que devo fazer? O que você me aconselharia a fazer? Ora, querida Srta. Woodhouse, diga-me o que devo fazer.

– Não vou lhe dar nenhum conselho, Harriet. Não terei nada a ver com isso. Este é um ponto que você deve resolver com seus sentimentos.

– Não imaginei que ele gostasse tanto de mim – disse Harriet, contemplando a carta. Por algum tempo, Emma perseverou em seu silêncio; mas começou a suspeitar que a bajulação encantadora daquela carta poderia ser muito poderosa. Ela achou melhor dizer:

– Eu estabeleço como regra geral, Harriet, se uma mulher duvida se deve aceitar um homem ou não, ela certamente deve recusá-lo. Se ela pode hesitar em 'Sim', ela deve dizer ' Não' diretamente. Não é um estado em que se possa entrar em segurança com sentimentos duvidosos, com meio coração. Achei que era meu dever como amiga, e mais velha do que você, dizer isso. Mas não imagine que eu quero influenciá-la.

– Oh! Não, tenho certeza de que você é muito gentil, mas se você apenas me aconselhar o que eu devo fazer... Não, não, não quero dizer isso... Como você diz, a mente de alguém deve estar bastante certa. Não se deve hesitar. É uma coisa muito séria. Seria mais seguro dizer 'Não', talvez. Você acha que seria melhor eu dizer 'Não'?

– Por nada no mundo – disse Emma, sorrindo graciosamente –, eu o aconselharia nesse sentido. Você deve ser a melhor juíza de sua própria felicidade. Se você prefere o Sr. Martin a qualquer outra pessoa; se você o considera o mais agradável homem com quem você já esteve na companhia, por que você deveria hesitar? Você fica vermelha, Harriet. Alguém mais lhe ocorre neste momento sob tal definição? Harriet, Harriet, não se engane; não fuja com por gratidão e compaixão. Neste momento, em quem você está pensando?

Os sintomas eram favoráveis. Em vez de responder, Harriet se virou confusa e ficou pensativa perto do fogo; e embora a carta ainda estivesse em suas mãos, agora estava mecanicamente torcida sem consideração. Emma esperou o resultado com impaciência, mas não sem grandes esperanças. Por fim, com alguma hesitação, Harriet disse:

– Senhorita Woodhouse, como você não vai me dar sua opinião, devo fazer o melhor que puder por mim mesma; e agora estou bastante determinada, e realmente quase decidida a... recusar o Sr. Martin. Você acha que eu tenho esse direito?

– Perfeitamente, perfeitamente minha querida Harriet; você está fazendo exatamente o que deve. Enquanto você estava em suspense, guardei meus sentimentos para mim, mas agora que você está tão completamente decidida, não hesito em aprovar. Querida Harriet, eu me alegro com isso. Teria me entristecido perder sua companhia, o que aconteceria em consequência de seu casamento com o Sr. Martin. Enquanto você estava hesitando um pouco, eu não disse nada a respeito, porque não queria te influências; mas teria sido a perda de uma amiga para mim. Eu não poderia visitar a Sra. Robert Martin, de Abbey-Mill Farm. Agora estou segura de sua amizade para sempre.

Harriet não havia imaginado seu próprio perigo, mas a ideia disso a atingiu com força.

– Você não poderia me visitar! – ela exclamou, parecendo horrorizada. – Não, com certeza você não poderia; mas eu nunca pensei nisso antes. Isso teria sido terrível demais! Querida Srta. Woodhouse, eu não desistiria do prazer e da honra de ser íntima de você por qualquer coisa no mundo.

– Na verdade, Harriet, teria sido uma grande dor perdê-la, mas teria que acontecer. Você teria se jogado para fora de toda a boa sociedade. Teria desistido de você.

– Meu Deus! Como eu iria aguentar isso! Teria me matado nunca mais vir para Hartfield!

– Querida criatura afetuosa! Você seria banida para a Fazenda Abbey-Mill! Confinada à sociedade dos analfabetos e vulgares por toda a sua vida! Eu me pergunto como esse jovem teve a coragem de te pedir em casamento. Ele deve ter uma opinião muito boa sobre si mesmo.

– Não acho que ele seja vaidoso, de maneira geral – disse Harriet, cuja consciência se opunha a tal censura –, pelo menos ele tem uma boa natureza, e eu sempre lhe serei muito grata e terei grande estima por ele... Mas isso é uma coisa muito diferente... E a senhorita sabe, apesar dele gostar de mim não quer dizer que eu deva... E devo confessar que desde que visitei os Martin tenho conhecido outras pessoas... E quando os comparo, na aparência e nas maneiras, vejo que não há comparação possível, um deles é tão bonito e agradável. Acho, no entanto, que Sr. Martin é um jovem muito gentil, e o tenho em alta conta; o fato de gostar tanto de mim... E escrever tal carta... Mas ter que deixá-la, Srta. Woodhouse, não quero nem ter que pensar nisso.

– Obrigada, obrigada, minha doce amiguinha. Não nos separaremos. Uma mulher não deve se casar com um homem apenas porque ela é convidada, ou porque ele é apegado a ela, e pode escrever uma carta tolerável.

– Oh, não; e além disso, a carta é bem curta.

Emma sentiu o mal gosto de sua amiga, mas deixou passar com um:

– É verdade; e seria um pequeno consolo para ela saber que o marido era capaz de escrever uma boa carta, depois de se sentir ofendida todas as horas do dia pelas suas maneiras grosseiras.

– Oh! Sim, muito. Ninguém liga para uma carta; a questão é estar sempre feliz com companheiros agradáveis. Estou decidida a recusá-lo. Mas como devo fazer? O que direi?

Emma assegurou-lhe que não haveria dificuldade na resposta e aconselhou que fosse escrita diretamente, o que foi acertado, na esperança de sua ajuda; e embora Emma continuasse a protestar contra qualquer necessidade de ajuda, ela foi de fato prestada na formação de cada sentença. O fato de reler sua carta, em resposta a ela, teve uma tendência tão suavizante que foi particularmente necessário prepará-la com algumas expressões decisivas; e ela estava tão preocupada com a ideia de torná-lo infeliz, e pensava tanto no que sua mãe e irmãs iriam pensar e dizer, e estava tão ansiosa para que elas não a considerassem ingrata, que Emma acreditou que se o jovem tivesse entrasse em seu caminho naquele momento, ele teria sido aceito afinal.

Esta carta, entretanto, foi escrita, selada e enviada. O negócio estava encerrado e Harriet estava bem. Ela ficou bastante abatida durante toda a noite, mas Emma podia permitir seus suaves lamentos e, às vezes, os aliviava falando de sua própria afeição, às vezes trazendo a ideia do Sr. Elton.

– Eu nunca serei convidado para Abbey-Mill novamente – foi dito em um tom bastante triste.

– Nem se fosse, eu jamais suportaria me separar de você, minha Harriet. Você é muito necessária em Hartfield para ser entregue a Abbey-Mill.

– E estou certa de que nunca deveria ir para lá, pois nunca sou feliz a não ser em Hartfield.

Algum tempo depois:

– Acho que a Sra. Goddard ficaria muito surpresa se soubesse o que aconteceu. Tenho certeza de que a Srta. Nash ficaria, pois a Srta. Nash acha que sua própria irmã é muito bem casada e é apenas a esposa de um negociante de linho.

– Deveríamos lamentar ver maior orgulho ou requinte na professora de uma escola, Harriet. Ouso dizer que a Srta. Nash invejaria você por uma oportunidade como esta de se casar. Até mesmo essa conquista pareceria valiosa aos olhos dela. Em relação a qualquer coisa superior para você, suponho que ela está totalmente no escuro. As atenções de uma certa pessoa dificilmente podem estar entre os mexericos de Highbury ainda. Até agora, eu imagino que você e eu somos as únicas pessoas a quem sua aparência e maneiras se explicaram.

Harriet corou e sorriu, e disse algo sobre se perguntar se as pessoas gostariam tanto dela. A ideia do Sr. Elton certamente era animadora; mas ainda assim, depois de um tempo, ela estava de coração terno novamente para o rejeitado Sr. Martin.

– A essa hora ele já recebeu minha carta – disse ela suavemente.

– Eu me pergunto o que eles estão fazendo, se as irmãs dele sabem... se ele está infeliz, elas ficarão infelizes também. Espero que ele não se importe tanto.

– Vamos pensar naqueles entre nossos amigos ausentes que estão empregados com mais alegria! – exclamou Emma. – Neste momento, talvez, o Sr. Elton esteja mostrando sua foto para sua mãe e irmãs, contando o quão mais bonita é a original, e depois de ser solicitado cinco ou seis vezes, permitindo que ouçam seu nome, seu querido nome.

– Meu retrato! Mas ele deixou meu retrato na Bond-street.

– Foi mesmo? Então não sei nada sobre o Sr. Elton. Não, minha querida modesta Harriet, pode ter certeza de que o quadro só estará na Bond-street um pouco antes de ele montar em seu cavalo amanhã. É seu companheiro toda esta noite, seu consolo, seu deleite. Abre seus projetos para sua família, apresenta você entre eles, difunde através da festa aqueles sentimentos mais agradáveis de nossa natureza, curiosidade ávida e presunção calorosa. Que alegre, que animado, que desconfiado, como suas imaginações estão todas ocupadas!

Harriet sorriu novamente...

CAPÍTULO 8

Harriet dormiu em Hartfield naquela noite. Já fazia algumas semanas que ela passava mais da metade do tempo ali e, aos poucos, conseguiu um quarto próprio para ela; e Emma julgou melhor em todos os aspectos, o mais seguro e gentil, mantê-la com eles tanto quanto possível no momento. Ela foi obrigada a ir na manhã seguinte por uma ou duas horas à casa de Sra. Goddard, mas então ficou decidido que ela deveria retornar a Hartfield, para fazer uma visita de alguns dias.

Enquanto ela estava fora, o Sr. Knightley veio visitá-los e sentou-se algum tempo com o Sr. Woodhouse e Emma, até que o Sr. Woodhouse, que já havia decidido sair, foi persuadido por sua filha a não adiar, e foi induzido pelas súplicas de ambos, embora contra os escrúpulos de sua própria civilidade, a deixar o Sr. Knightley com esse propósito. O Sr. Knightley, que não tinha nada de formal, estava oferecendo, com suas respostas curtas e decididas, um contraste divertido com as longas desculpas e hesitações educadas do outro.

– Bem, eu acredito, se você me dá licença, Sr. Knightley, se você não vai me considerar como uma coisa muito rude, vou seguir o conselho de Emma e sair por um quarto de hora. Eu acredito que é melhor eu dar minhas três voltas enquanto posso. Eu o trato sem cerimônia, Sr. Knightley. Nós, inválidos, pensamos que somos pessoas privilegiadas.

– Meu caro senhor, não me torne um estranho.

– Deixo uma excelente substituta em minha filha. Emma ficará feliz em entretê-lo. E, portanto , acho que vou implorar sua desculpa e fazer minhas três voltas, minha caminhada de inverno.

– Você não pode fazer melhor, senhor.

– Eu pediria o prazer de sua companhia, Sr. Knightley, mas eu ando muito devagar e meu passo seria tedioso para você; e, além disso, você tem outra longa caminhada pela frente, para Donwell Abbey.

– Obrigado, senhor, obrigado; eu mesmo vou neste momento; e acho que quanto mais cedo você for, melhor. Vou buscar o seu sobretudo e abrir a porta do jardim para você.

Sr. Woodhouse finalmente saiu; mas o Sr. Knightley, em vez de sair imediatamente da mesma forma, sentou-se novamente, aparentemente inclinado a conversar mais. Ele começou a falar de Harriet, e a falar dela com mais elogios voluntários do que Emma jamais ouvira antes.

– Não posso avaliar sua beleza como você – disse ele –; mas ela é uma criaturinha bonita, e estou inclinado a pensar muito bem sobre sua disposição. Seu caráter depende daqueles com quem está; mas em boas mãos ela se tornará uma mulher valiosa.

– Fico feliz que você pense assim; e as boas mãos, espero, podem não estar faltando.

– Venha – disse ele –, você está ansiosa por um elogio, então vou lhe dizer que você a melhorou. Você a curou do riso de colegial dela; ela realmente lhe dá crédito.

– Obrigado. Eu ficaria realmente mortificada se não acreditasse que tenho sido útil. Não é todo mundo que se dispõe a elogiar quando devido; o senhor mesmo não costuma elogiar-me

– Você está esperando por ela de novo, você disse, esta manhã?

– A qualquer momento. Ela já se foi há mais tempo do que pretendia.

– Algo aconteceu para atrasá-la; talvez alguns visitantes.

– Fofocas de Highbury! Infelizes!

– Harriet pode não considerar todo mundo cansativo, como você.

Emma sabia que isso era muito verdadeiro para contradição e, portanto, não disse nada. Ele logo acrescentou, com um sorriso:

– Não pretendo fixar horários ou lugares, mas devo lhe dizer que tenho boas razões para acreditar que sua amiguinha logo saberá de algo em seu favor.

– Como assim? Algo de que tipo?

– Um tipo muito sério, garanto-lhe. – Ainda sorrindo.

– Muito sério! Só consigo pensar em uma coisa: Quem está apaixonado por ela? Quem lhe confidenciou isso?

Emma estava quase certa de que o Sr. Elton tinha insinuado alguma coisa. O Sr. Knightley era uma espécie de amigo e conselheiro geral, e ela sabia que o Sr. Elton o admirava.

– Tenho motivos para pensar – respondeu ele – que Harriet Smith em breve terá uma oferta de casamento, e de alguém irrepreensível: Robert Martin é o homem. Sua visita a Abbey-Mill, neste verão, parece ter deixado marcas. Ele está desesperadamente apaixonado e pretende se casar com ela.

– Ele é muito prestativo – disse Emma –; mas ele tem certeza de que Harriet pretende se casar com ele?

– Bem... ele vai tentar pedi-la. Melhor assim? Ele me visitou em Abbey, antes de ontem, com a intenção de consultar-me sobre o assunto. Sabe que tenho a máxima consideração por ele e toda sua família, e creio que me considera um de seus melhores amigos. Veio perguntar-me se eu achava muito imprudente da parte dele casar-se tão cedo, se eu a considerava jovem demais, em suma, se eu aprovava sua escolha. Tinha alguns temores de que ela poderia ser considerada acima dele no nível socia, especialmente depois que você fez tanto por ela. Fiquei bastante contente com tudo que ele me disse, nunca vi alguém com tanto bom senso como Robert Martin. Sempre fala de forma direta, sem rodeios, e é muito ajuizado. Contou-me tudo, suas condições, seus planos, e o que todos pretendem fazer caso ele se case. É um excelente homem, bom filho, bom irmão. Não hesitei em aconselhá-lo a tentar o casamento. Me provou que tem condições financeiras para isso, e nesse caso, acho que não poderia fazer nada melhor. Elogiei a escolha da noiva também, e ele partiu muito feliz. Se antes ele nunca tivesse considerado minha opinião, tenho certeza que naquele momento passou a considerar-me muito, foi embora pensando que eu era o melhor amigo e conselheiro que ele já tivera. Isso aconteceu há duas noites. E agora, como podemos bem supor, ele não deve ter deixado passar muito tempo antes de falar com a moça. Como parece que ele não falou ontem, acho que foi hoje à casa de Sra. Goddard. Ela pode ter sido atrasada por alguma visita, como vê, e não deve considerá-lo um miserável cansativo de forma alguma!

– Diga, Sr. Knightley – disse Emma, que estivera sorrindo para si mesma durante grande parte de seu discurso –, como você sabe que o Sr. Martin não falou ontem?

– Certamente – respondeu ele, surpreso – não sei, mas pode-se inferir. Ela não passou o dia todo com você?

– Venha – disse ela –, vou lhe dizer uma coisa, em troca do que você me disse. Ele falou ontem... isto é, ele escreveu, e foi recusado.

Isso foi obrigado a ser repetido antes que pudesse ser acreditado; e o Sr. Knightley realmente parecia vermelho de surpresa e desagrado, quando se levantou indignado, e disse:

– Então ela é mais simplória do que eu jamais acreditei. Do que se trata essa garota tola?

– Oh! Com certeza – exclamou Emma –, é sempre incompreensível para um homem que uma mulher recuse uma oferta de casamento. Um homem sempre imagina uma mulher pronta para qualquer corpo que a peça.

– Bobagem! Um homem não imagina tal coisa. Mas qual é o significado disso? Harriet Smith recusou Robert Martin? Loucura, se for assim; mas espero que você esteja enganada.

– Eu vi a resposta dela! Nada poderia ser mais claro.

– Você viu a resposta dela? Você também escreveu a resposta dela. Emma, isso é obra sua. Você a convenceu a recusar.

– E se o fizesse o que, no entanto, estou longe de admitir, não acharia que fiz algo errado. O Sr. Martin é um jovem muito respeitável, mas não posso admitir que esteja ao nível de Harriet; estou realmente surpresa por ele ter se aventurado a se dirigir a ela. Pelas suas contas, ele parece ter tido alguns escrúpulos. É uma pena que eles tenham sido superados.

– Não está ao nível de Harriet! – exclamou Sr. Knightley em voz alta. Após alguns momentos, acrescentou com calma aspereza: – Não, ele de fato não é do mesmo nível de Harriet, pois é superior a ela em situação e em bom senso. Emma, seu orgulho em relação a essa menina a está cegando. Que aspirações Harriet Smith pode ter, seja por nascimento, educação ou natureza, para pretender alguém de nível mais elevado que Robert Martin? Ela é a filha natural de alguém que ninguém conhece, sem meios para se estabelecer, e certamente sem relações sociais respeitáveis. É apenas uma pensionista em uma escola comum. Não tem sensibilidade, nem conhecimento. Não lhe ensinaram nada de útil e é muito jovem para ter aprendido alguma coisa por si mesma. Ainda não tem experiência de vida, e com sua pouca inteligência, provavelmente jamais surgirá alguém que lhe dê valor. Ela é bonita e tem bom gênio, e isso é tudo. Minha única dúvida em aconselhar o casamento foi em relação a Robert, pois achei que ela podia estar abaixo do que ele merece e a relação lhe seria desfavorável. Sei que, em termos de fortuna, ele provavelmente vai chegar bem mais longe, e como companheiro sensato e prestativo não se sairia mal. Mas não se pode argumentar tal coisa com um homem apaixonado; e fui levado a acreditar que ela não teria como fazer-lhe mal, e que em boas mãos, como as dele, poderia até melhorar e sair-se bem. A vantagem do casamento, penso, seria toda dela, e não tive a menor dúvida, nem tenho agora, de que haveria um comentário geral sobre a enorme sorte de Harriet. Tinha certeza até mesmo da sua satisfação, Emma. Imediatamente passou pela minha cabeça que você não iria lamentar que sua amiga deixasse Highbury, se fosse para vê-la tão bem casada. Lembro que cheguei a pensar "até mesmo Emma, com toda sua predileção por Harriet, vai achar este, um ótimo casamento".

– Não posso deixar de imaginar que você saiba tão pouco de Emma a ponto de dizer tal coisa. O quê? Pensa ser um fazendeiro, e com todo o seu bom senso e todo o seu mérito, o Sr. Martin ainda é um fazendeiro, um bom par para minha amiga íntima? Não lamentar de ela ter deixado Highbury para se casar com um homem que eu nunca poderia admitir como um conhecido meu? Admira-me que o senhor possa ter me considerado capaz de ter tais pensamentos. Os meus são bem diferentes, asseguro-lhe. Acho suas opiniões muito erradas, não é justo com as aspirações de Harriet. Assim como eu, outros também consideram muito as qualidades dela. O Sr. Martin pode ser o mais rico dos dois, mas ele é, sem dúvida, seu inferior quanto à posição social. A esfera em que ela se move está muito acima da dele. Seria uma degradação.

– Uma degradação para uma moça ilegítima e ignorante, ser casada com um respeitável e inteligente fazendeiro!

– Quanto às circunstâncias de seu nascimento, embora em um sentido legal ela possa ser chamada de "ninguém", isso não será válido no bom senso. Ela não deve pagar pela ofensa de outros, sendo mantida abaixo do nível daqueles com quem ela é educada. Dificilmente pode haver dúvida de que seu pai é um cavalheiro, e um cavalheiro de fortuna. Sua mesada é muito alta; nada jamais foi poupado para sua melhoria ou conforto. Que ela é filha de um cavalheiro, é indubitável para mim; que ela se relaciona com as filhas de cavalheiros, ninguém, eu presumo, vai negar. Ela é superior ao Sr. Robert Martin.

– Sejam quem forem seus pais – disse Sr. Knightley –, seja quem for que tenha se encarregado do sustento dela, não parece que tenha tido a intenção de introduzi-la no que você chamaria de boa sociedade. Recebeu apenas uma educação indiferente, e foi deixada nas mãos de Sra. Goddard para que fizesse o que pudesse... Para viver no círculo de Sra. Goddard e contar com a amizade de Sra. Goddard. É evidente que seus amigos acharam que isso era bom o bastante para ela, e foi bom o bastante. Ela mesma não desejava nada melhor. Até que você decidiu torná-la sua amiga, Harriet nunca se desgostara com sua posição, nem ambicionava nada além disso. Passou um verão bastante feliz com os Martin, sem considerar-se superior, e se agora ela acha que é deve-o a você. Você não tem sido amiga de Harriet Smith, Emma. Robert Martin jamais teria ido tão longe se não sentisse que era correspondido, eu o conheço bem. Tem bastante senso de realidade para dirigir-se a uma mulher apenas ao acaso de sua própria paixão. E quanto à presunção, ele é o homem mais humilde que conheço. Aposto que ele foi encorajado.

Era muito conveniente para Emma não dar uma resposta direta a essa afirmação; ela preferiu retomar sua própria linha do assunto.

– Você é um amigo muito caloroso do Sr. Martin; mas, como eu disse antes, é injusto com Harriet. As aspirações de Harriet de se casar bem não são tão desprezíveis como você as representa. Ela não é uma garota inteligente, mas tem mais bom senso do que você está ciente, e não merece que sua compreensão seja falada tão levianamente. Renunciando a esse ponto, no entanto, e supondo que ela seja, como você a descreve, apenas bonita e bem-humorada, deixe-me dizer-lhe, que em o grau que ela os possui, eles não são recomendações triviais para o mundo em geral, pois ela é, de fato, uma menina bonita, e deve ser considerada assim por noventa e nove pessoas em cem; e como parece que os homens são muito mais filosóficos a respeito da beleza do que geralmente se supõe, ainda que se apaixonem por mentes bem informadas em vez de rostos bonitos, uma garota, com tanta beleza como Harriet, tem a certeza de ser admirada e procurada, de ter o poder de escolher entre muitos. Sua boa natureza, também, não é uma pretensão tão desprezível, compreendendo, como o faz, uma doçura real e completa de temperamento e maneiras, uma opinião muito humilde de si mesma e uma grande prontidão para se agradar às outras pessoas. Estou muito enganado se o seu sexo em geral não consideraria tal beleza, e tal temperamento, as maiores reivindicações que uma mulher pode possuir.

– Dou minha palavra, Emma, que vê-la abusar da inteligência que possui é quase o suficiente para me fazer pensar assim também. Melhor ser sem inteligência, do que a aplicar mal como você faz.

– Pode ter certeza! – exclamou ela de brincadeira. – Eu sei que esse é o sentimento de todos vocês. Eu sei que uma garota como Harriet é exatamente o que todo homem gosta, o que ao mesmo tempo enfeitiça seus sentidos e satisfaz seu julgamento. Oh! Harriet pode escolher à vontade. Para se casar, ela é a mulher certa para você. E ela, aos dezessete anos, está apenas entrando na vida, apenas começando a ser conhecida, a ser admirada. Deve ser questionada por não aceitar a primeira oferta que recebe? Não, por favor, deixe que ela tenha tempo para se conhecer.

– Sempre achei que seria uma intimidade muito tola essa amizade entre vocês – disse o Sr. Knightley em seguida –, embora tenha guardado meus pensamentos para mim mesmo; mas agora percebo que será ainda mais infeliz para Harriet. Você a inflará com tal ideias de sua própria beleza, e do que ela tem direito, que, em pouco tempo, ninguém ao seu alcance será bom o suficiente para ela. A vaidade trabalhando em uma cabeça fraca, produz todo tipo de travessuras. Nada tão fácil como para uma jovem elevar muito as expectativas. A Srta. Harriet Smith pode não encontrar ofertas de casamento fluindo tão rápido, embora ela seja uma garota muito bonita. Homens de bom senso, não importa o que você diga, não querem esposas tolas. Os homens de família não gostariam muito de se conectar com uma garota de tal obscuridade, e os homens mais prudentes temeriam a inconveniência e a desgraça em que poderiam se envolver, quando o mistério de sua linhagem viesse a ser revelado. Deixe-a se casar com Robert Martin e ela estará segura, respeitável e feliz para sempre; mas se você a encorajar a esperar um grande casamento, e ensiná-la a ficar satisfeita com nada menos do que um homem importante e grande fortuna, ela pode ser uma hospedeira da Sra. Goddard pelo resto de sua vida, ou, no pelo menos, pois Harriet Smith é uma garota que vai se casar com alguém, até ficar desesperada e ficar feliz por se casar com o filho do velho professor de caligrafia.

– Pensamos de forma muito diferente neste ponto, Sr. Knightley, que não há nenhuma utilidade em angariar isso. Nós apenas estaremos irritando um ao outro. Mas quanto a eu deixá-la se casar com Robert Martin, é impossível; ela já recusou e, portanto, decididamente, creio eu, deve impedir qualquer segundo pedido. Ela deve suportar o mal de tê-lo recusado, seja ele qual for; e quanto à recusa em si, não vou fingir que não posso influenciá-la um pouco; mas garanto-lhe que havia muito pouco para mim ou para qualquer outra pessoa fazer. Sua aparência é tão contra ele, e seus modos são tão ruins, que se ela alguma vez esteve disposta a favorecê-lo, não seria agora. Imagino que antes de ver alguém superior Harriet talvez o tivesse tolerado, era o irmão das suas amigas e fez o possível para agradá-la. E como ela não encontrou ninguém melhor em Abbey-Mill, o que deve ter sido de grande ajuda para ele, não o achou desagradável enquanto esteve lá. Mas agora a situação é diferente, ela sabe o que é um cavalheiro, e ninguém menos que um verdadeiro cavalheiro, tanto na educação quanto nas maneiras, tem alguma chance com Harriet.

– Bobagem, como sempre foi falado! – exclamou o Sr. Knightley. – Os modos de Robert Martin têm bom senso, sinceridade e bom humor para recomendá-los; e sua mente tem mais gentileza verdadeira do que Harriet Smith poderia entender.

Emma não respondeu e tentou parecer alegremente despreocupada, mas na verdade estava se sentindo desconfortável e querendo muito que ele fosse embora. Ela não se arrependeu do que havia feito; ela ainda se considerava uma juíza melhor de tal ponto de direito feminino e requinte do que ele; mas ainda assim ela tinha uma espécie de respeito habitual pelo julgamento dele em geral, o que a fazia não gostar de ouvi-lo tão ruidosamente contra ela; e tê-lo sentado em frente a ela em estado de raiva era muito desagradável. Alguns minutos se passaram nesse silêncio desagradável, com apenas uma tentativa da parte de Emma de falar sobre o tempo, mas ele não respondeu. Ele estava pensando. O resultado de seus pensamentos apareceu finalmente nestas palavras.

– Robert Martin não perdeu grande coisa... Ele ainda não sabe disso, mas acredito que logo irá perceber. Suas ideias para o futuro de Harriet só você sabe; mas conhecendo seu gosto por fazer casamentos, é fácil imaginar que tenha planos, ideias e projetos... E como seu amigo, digo apenas que, se é Sr. Elton que você tem em mente, todo o trabalho será em vão.

Emma riu e negou. Ele continuou:

– Pode ter certeza, Elton não vai servir. Elton é um tipo de homem muito bom, e um vigário muito respeitável de Highbury, mas nada provável de fazer um casamento imprudente. Ele conhece o valor de uma boa renda tão bem como qualquer Elton e agirá com racionalidade. Ele conhece bem suas próprias reivindicações, assim como você conhece as de Harriet. Ele sabe que é um jovem muito bonito e um grande favorito aonde quer que vá; e por sua maneira geral de falar em momentos sem reservas, quando só há homens presentes, estou convencido de que ele não tem a intenção de se jogar fora. Eu o ouvi falar com grande animação de uma numerosa família de moças que suas irmãs são íntimas, que possuem vinte mil libras de renda cada.

– Estou muito grata a você – disse Emma, rindo novamente. – Se eu tivesse decidido que o Sr. Elton se casasse com Harriet, teria sido muito gentil abrir meus olhos; mas, no momento, só quero manter Harriet para mim. De fato, acabei com os casamentos. Nunca poderia esperar para igualar minhas próprias ações em Randalls. Devo parar enquanto estou bem.

– Bom dia para você – disse ele, levantando-se e afastando-se abruptamente. Ele estava muito aborrecido. Sentiu a decepção da jovem e ficou mortificado por ter sido o meio de promovê-la, pela sanção que lhe dera; e a parte que ele estava convencido de que Emma havia assumido no caso, o estava provocando excessivamente.

Emma permaneceu em um estado de aborrecimento também;

mas havia mais indistinção nas causas dela do que nas dele. Ela nem sempre se sentia tão absolutamente satisfeita consigo mesma, tão inteiramente convencida de que suas opiniões estavam certas e as de seu adversário erradas, como o Sr. Knightley. Ele se afastou com uma grande certeza de estar com a razão. Ela não estava tão abatida, no entanto... um pouco de tempo e o retorno de Harriet foram restauradores muito adequados. O fato de Harriet ficar longe por tanto tempo estava começando a deixá-la inquieta. A possibilidade de o jovem ir à casa da Sra. Goddard naquela manhã, encontrar-se com Harriet e defender sua própria causa trazia ideias alarmantes. Afinal, o pavor de tal fracasso tornou-se a inquietação proeminente; e quando Harriet apareceu, e de muito bom humor, e sem nenhum motivo para dar por sua longa ausência, ela sentiu uma satisfação que a estabeleceu com sua própria mente e a convenceu de que deixou o Sr. Knightley pensar ou dizer o que ele faria, ela não tinha feito nada que a amizade e os sentimentos de mulher não justificassem.

Ele a assustou um pouco por causa do Sr. Elton; mas quando ela considerou que o Sr. Knightley não poderia tê-lo observado como ela havia feito, nem com o interesse, nem (ela deveria ter permissão para dizer a si mesma, apesar das pretensões do Sr. Knightley) com a habilidade que ela tinha para observar essas questões. Acreditava que, embora ele falasse com aspereza e ressentimento, dizendo o que pensava ser verdade, não sabia de fato nada sobre o assunto. Com certeza ouvira Sr. Elton falar com mais liberdade do que ela jamais tinha ouvido, e Sr. Elton podia não ser irresponsável ou imprudente em questões de dinheiro; era natural que fosse mais atento do que descuidado nessas questões. Sr. Knightley, todavia, não estava considerando a influência que uma grande paixão pode ter na guerra contra os motivos de interesse. Sr. Knightley não conhecia tal paixão, e é claro que não sabia nada de seus efeitos; mas ela vira o suficiente disso para não duvidar da capacidade desse sentimento de superar quaisquer hesitações que uma razoável prudência pudesse sugerir; e ela estava certa que a prudência de Sr. Elton não ia além do razoável.

O olhar e as maneiras alegres de Harriet melhoraram sua disposição: ela voltou, não para pensar no Sr. Martin, mas para falar no Sr. Elton. Srta. Nash estava lhe contando algo, o que ela repetiu imediatamente com grande prazer. O Sr. Perry tinha estado na casa da Sra. Goddard para cuidar de uma criança doente, e a Srta. Nash o viu, e ele disse à Srta. Nash, que como ele estava voltando ontem de Clayton Park, ele conheceu o Sr. Elton, e descobriu com grande surpresa, que Sr. Elton estava realmente a caminho de Londres, e não pretendia retornar até a manhã seguinte, embora fosse a noite do clube de whist, que ele nunca tinha visto antes; e o Sr. Perry havia protestado com ele sobre isso, e lhe disse como era ruim para ele, seu melhor jogador, ausentar-se, e tentou muito persuadi-lo a adiar sua viagem apenas um dia; mas não funcionou.

O Sr. Elton estava determinado a continuar, e disse de uma maneira muito particular, que estava indo para um negócio que não iria adiar por nenhum incentivo no mundo; e algo sobre uma comissão muito invejável, e ser o portador de algo extremamente precioso. O Sr. Perry não conseguia entendê-lo bem, mas tinha certeza de que devia haver uma senhora no caso, e disse isso a ele; e Sr. Elton apenas parecia muito consciente e sorridente, e partiu muito animado. A Srta. Nash havia contado tudo isso a ela e falado muito mais sobre o Sr. Elton; e disse, olhando tão significativamente para ela – que ela não fingiu entender qual poderia ser o negócio dele, mas ela só sabia que qualquer mulher que o Sr. Elton pudesse preferir, ela deveria pensar ser a mulher mais sortuda do mundo; pois, sem dúvida, o Sr. Elton não tinha um igual em beleza ou amabilidade.

CAPÍTULO 9

O senhor Knightley podia discutir com Emma, mas ela não podia discutir consigo mesma. Ele estava tão descontente que demorou mais tempo do que o normal para que viesse novamente para Hartfield, e quando eles se encontraram, seu olhar austero parecia que não a havia perdoado. Ela sentia muito, mas não estava arrependida. Ao contrário, seus planos e ações foram ainda mais justificados e fortalecidos pelos acontecimentos dos poucos dias que se seguiram.

O retrato, elegantemente emoldurado, foi entregue em segurança logo após o retorno do senhor Elton, pendurado sobre a lareira da sala de estar, e apreciado por ele entre suspiros e meias frases de admiração. E quanto aos sentimentos de Harriet, eles estavam visivelmente se formando em um apego tão forte e estável, tanto quanto sua juventude e caráter admitiam. Emma ficou muito satisfeita de que o senhor Martin não fosse mais lembrado, a não ser como contraste a senhor Elton, com enorme vantagem para este último.

Suas intenções de melhorar a cultura de Harriet através de leituras úteis e conversas nunca passara dos primeiros capítulos de algum livro, e fora sempre adiada para o dia seguinte. Era muito mais fácil conversar do que estudar; deixar sua imaginação divagar e trabalhar a favor de Harriet do que tentar aumentar a compreensão dela sobre fatos concretos. A única provisão mental que reservava para o entardecer da vida, era coletar e transcrever enigmas de todos os tipos que pudesse encontrar para um elegante caderno, fornecido pela amiga, com finas e macias folhas de papel ornamentadas com criptogramas e troféus.

Nessa época da literatura, tais coleções em grande escala não eram incomuns. A senhorita Nash, diretora da escola da senhora Goddard, havia escrito pelo menos trezentos enigmas; e Harriet, que a princípio se inspirara nela, pretendia fazer uma coleção ainda maior com a ajuda da senhorita Woodhouse. Emma a auxiliava com sua memória, bom gosto e criatividade, e como Harriet tinha uma bela letra, resultara em um trabalho de primeira classe, tanto na forma como no conteúdo.

O Sr. Woodhouse estava quase tão interessado no negócio quanto as moças, e muitas vezes tentava se lembrar de algo que valesse a pena figurar no caderno.

Havia tantos enigmas inteligentes quando ele era jovem... ele perguntou-se porque não conseguia se lembrar deles! Mas esperava consegui-lo um dia. E ele sempre terminava com "Kitty, uma bela, mas fria donzela"

Seu amigo Perry, a quem ele falara do assunto, ainda não se lembrara de nenhuma charada, mas pediu a Perry que ficasse atento, e como ele estava tentando com afinco, Sr. Woodhouse acreditava que alguma coisa poderia surgir daquele lado.

Não era de forma alguma o desejo de sua filha que os intelectos de Highbury em geral fossem requisitados para tal propósito, e o único a quem ela pediu ajuda foi o senhor Elton. Ele foi convidado a contribuir com quaisquer bons enigmas, adivinhas ou charadas de que conseguisse lembrar-se. Emma teve o prazer de vê-lo dedicar-se bastante ao assunto, e ao mesmo tempo também percebeu que tinha o cuidado de não proferir nenhuma palavra menos galante ou que pudesse ser ofensiva ao sexo frágil. Deviam a ele as duas ou três charadas mais polidas, e foi com alegria e exultação que ele afinal lembrou-se e recitou, de forma bastante sentimental, esta charada bem conhecida:

Minha primeira a aflição revela
O que a segunda está destinada a notar
E o conjunto das duas é o melhor remédio
Para esta aflição abrandar e curar.

E a deixou um tanto triste, ao verificar que já havia sido transcrita para o caderno, algumas páginas antes.

– Por que o senhor mesmo não cria um enigma para nós, Sr. Elton?– disse Emma. – Assim teríamos uma charada inédita, e sei que isso é muito fácil para o senhor.

Oh, não! Ele nunca tinha escrito nada do tipo em sua vida. Temia que nem mesmo a senhorita Woodhouse e a senhorita Smith pudessem inspirá-lo.

No dia seguinte, entretanto, forneceu uma prova de inspiração. Fez uma breve visita a Highbury, apenas para deixar um pedaço de papel sobre a mesa contendo, como ele disse, uma charada, que um amigo escreveu dirigida a uma jovem dama, a quem ele admirava, mas Emma imediatamente convenceu-se, pelo estilo, que ele mesmo devia tê-la escrito.

– Não o ofereço para a coleção da Srta. Smith – disse ele. – Sendo de um amigo, não tenho o direito de expor isso em qualquer grau aos olhos do público, mas talvez a senhorita queira dar uma olhada.

Estas palavras foram dirigidas mais a Emma do que a Harriet, o que Emma compreendia. Ele tinha um comportamento muito apropriado e achou mais fácil sustentar o olhar dela do que o da amiga. Ele se foi no momento seguinte, depois de outro momento de pausa:

– Pegue – disse Emma, sorrindo, e empurrando o papel para Harriet. – É para você. Pegue-o.

Mas Harriet tremia tanto que não conseguia tocá-lo. E Emma, ainda que não quisesse ser a primeira, foi obrigada a ler. Para a senhorita...

Charada.

A primeira ostenta a riqueza e a pompa dos reis
Senhores do universo! Seu luxo e esplendor.
E da segunda já outra visão do homem vem,
O rei dos mares, a sofrer sua dor!

Mas, unidas! Que reverso veremos!
Perde o homem a liberdade e o poder do agravo.
E o senhor da terra e do mar curva-se escravo,
A uma mulher, adorável mulher que sozinha reinará.
Tua sagaz inteligência a palavra logo vai conjurar,

Possa a aprovação emanar de esse suave olhar!

Ela leu o texto, ponderou, captou o significado, leu outra vez para ter certeza e dominar bem seu conteúdo, e então o passou para Harriet. Sentou-se, sorrindo alegremente, e enquanto Harriet se debruçava confusa sobre o papel, num misto de esperança e estupidez, Emma pensava:

"Muito bem, Sr. Elton, muito bem mesmo. Já li charadas piores. Cortejar... uma pista muito boa. Merece crédito por isso, é como dizer claramente 'Por favor, Srta. Smith, permita que me dirija a você. Aceite minha charada e minhas intenções ao mesmo tempo."

Possa a aprovação irradiar desse suave olhar!

Harriet, exatamente. Suave é a palavra certa para seus olhos... De todos os adjetivos este é o mais apropriado. Tua sagaz inteligência a palavra logo vai conjurar. Hum!... A sagaz inteligência de Harriet. Um homem tem que estar muito apaixonado para descrevê-la dessa forma. Ah! Sr. Knightley, eu gostaria que o senhor tivesse aqui para ver isso, acho que te convenceria. Pela primeira vez na sua vida o senhor seria obrigado a reconhecer-se enganado. Uma ótima charada, de fato, e muito a propósito. Logo as coisas vão entrar no estado de crise.

Emma foi obrigada a interromper essas observações muito agradáveis, que podiam ir bem longe, pela ânsia das perguntas intrigantes de Harriet.

– O que pode significar isso, senhorita Woodhouse? O que pode ser? Não tenho a menor ideia... não consigo nem adivinhar. O que tudo isso quer dizer? Tente descobrir, senhorita Woodhouse, me ajude, nunca vi nada tão difícil. Pergunto-me quem foi o senhor da terra... E quem pode ser a mulher? Acha que é uma charada boa? Que mulher é essa? A uma mulher, adorável mulher que sozinha reinará. Será que é Netuno? O rei dos mares, a sofrer sua dor! Ou seria um tridente? Ou uma sereia? Ou o mar? Oh, não, mar tem apenas uma sílaba. Ele deve ser muito inteligente, ou não teria escrito isso. Oh! Senhorita Woodhouse, você acha que algum dia iremos descobrir?

– Sereias e tridentes! Bobagem! Minha querida Harriet, o que está pensando? Qual seria o sentido dele nos trazer uma charada feita por um amigo sobre uma sereia ou um tridente? Dê-me o papel e ouça: Para senhorita... aqui você pode ler 'Para senhorita Smith'. A primeira ostenta a riqueza e a pompa dos reis Senhores do universo! Seu luxo e esplendor. Esta primeira parte é corte. E da segunda já outra visão do homem vem, o rei dos mares, a sofrer sua dor! Esta é já. Sem a menor dúvida. E aí temos corteja, cortejar. Agora o principal. Mas, unidas! (a corte, você sabe) Que reverso veremos! Perde o homem a liberdade e o poder do agravo. E o senhor da terra e do mar curva-se escravo, a uma mulher, adorável mulher que sozinha reinará. Um cumprimento muito apropriado, sem dúvida! E então temos a explicação que eu penso, minha querida Harriet, você não terá muita dificuldade em entender. Leia sozinha, com calma. Não há dúvida de que foi escrito para você e somente você.

Harriet não podia resistir muito tempo a tão deliciosa persuasão. Leu as linhas finais com o coração palpitando de felicidade. Não conseguia falar, e nem desejava, bastava apenas sentir. Emma falou por ela.

– Há um significado tão acentuado e tão particular neste elogio – disse ela – que não posso ter dúvidas quanto às intenções do Sr. Elton. É a você que ele se refere... E logo terá uma prova concreta sobre isso. Só pode ser isso, não posso estar tão enganada. Agora, porém, tudo ficou claro, ele está tão decidido quanto sempre desejei desde que te conheci. Sim, Harriet, desde então venho desejando que isso aconteça. Jamais poderia dizer se uma ligação entre você e o senhor Elton é a mais desejável ou a mais natural das circunstâncias. Sua elegibilidade e sua probabilidade se igualam. Estou muito feliz. Eu te parabenizo minha querida Harriet, de todo o meu coração. Essa é uma união que só oferece coisas boas. Ele lhe dará tudo o que você deseja, consideração, independência, um lar adequado, vai colocá-la junto de seus verdadeiros amigos, perto de Hartfield e de mim, e selará nossa amizade para sempre. Esta é uma aliança, Harriet, que jamais envergonhará nenhuma de nós.

– Querida senhorita Woodhouse!

E "querida sehorita Woodhouse" era tudo que Harriet conseguia articular no início, entre ternos abraços. E quando afinal chegaram a algo mais parecido com uma conversa, ficou claro para Emma que sua amiga via, sentia, antecipava e se lembrava apenas do que ela desejava. A superioridade do Sr. Elton tinha amplo reconhecimento.

– Tudo o que a senhorita diz está sempre certo – exclamou Harriet – e, portanto, eu suponho, acredito e espero que seja assim; de outra forma, eu não teria imaginado isso. Está muito além do que mereço, pois Sr. Elton pode se casar com qualquer pessoa! Não pode haver duas opiniões sobre ele. Ele é tão superior! Pense apenas naqueles versos doces 'Para senhorita...'. Minha nossa, tão inteligente! Poderia realmente ser feito para mim?

– Não quero fazer nem ouvir nenhuma pergunta sobre isso. É uma certeza. Pode acreditar no meu julgamento. É uma espécie de prólogo para uma peça, uma introdução para um capítulo, e logo será seguida pelo texto em si.

– É um tipo de coisa que ninguém poderia esperar. Tenho certeza que um mês atrás eu não imaginaria isso! As coisas estranhas que acontecem na vida!

– Quando as senhoritas Smith e os senhores Elton se relacionam, e eles de fato o fazem, é realmente estranho; é tão fora do curso natural das coisas, do que é evidente e verdadeiramente desejável, que necessitam do pré-arranjo de outras pessoas para colocar as coisas na sua forma correta. Você e o senhor Elton estão juntos por circunstâncias, pertencem um ao outro por cada circunstância de seus respectivos lares. Seu casamento será igual ao dos Randalls. Parece haver algo no ar de Hartfield que dá ao amor a direção correta, e leva-o ao exato canal por onde deve fluir. A jornada do amor verdadeiro nunca é fácil...

Uma edição Hartfield de Shakespeare teria uma longa dissertação sobre esta passagem.

– É uma surpresa que o senhor Elton tenha se apaixonado por mim... Eu, entre todas as mulheres, que não o conhecia, que sequer havia lhe dirigido a palavra até a Festa de São Miguel. E logo ele, o mais belo homem que já vi, a quem todo mundo admira, quase como o senhor Knightley! Sua companhia é tão disputada que dizem que ele jamais precisaria fazer uma refeição sozinho, a não ser que quisesse, e que recebe mais convites do que os dias da semana. E é tão competente na igreja! Srta. Nash copiou todos os sermões que ele fez desde que chegou a Highbury. Oh, Deus! Quando me lembro da primeira vez que o vi! Como é pequeno, pensei. As duas Abbot e eu corremos para a sala da frente e ficamos espiando pela veneziana quando nos disseram que ele ia embora, e a senhorita Nash veio e nos repreendeu, mandou que saíssemos e ficou lá para espiar ela mesma, no entanto, ela me chamou de volta logo em seguida, e me deixou ver também, o que foi muito gentil. E como nós o achamos bonito! Ele vinha de braço dado com o senhor Cole.

– Esta é uma aliança que todos os seus amigos, sejam eles quem forem, vão considerar agradável, desde que tenham bom senso, e não devemos dirigir nossa conduta aos tolos. Se os seu amigos estão ansiosos para ver você feliz e casada, aqui está um homem cujo caráter amável garante isso, se desejam que você frequente o mesmo meio a que pertencem, é dessa forma que conseguirão, e se o único objetivo deles é vê-la bem casada, como se costuma dizer, eis aí a tranquila fortuna, o respeitável estabelecimento e a elevada posição social que deve satisfazê-los.

– Sim, é verdade. Como a senhorita fala bem; adoro ouvi-la. A senhorita entende tudo. O senhor Elton e a senhorita são cada um mais inteligente que o outro. Esta charada! Mesmo se eu tivesse estudado por doze meses, nunca poderia ter feito qualquer coisa parecida.

– Acho que ele estava testando suas habilidades, pela forma com que negou isso ontem.

– Acho que é, sem exceção, a melhor charada que já li.

– Eu nunca li uma charada para esse propósito, com certeza.

– E é mais longa de todas que já vi.

– Não considero que o tamanho a favoreça muito. Essas coisas, de forma geral, não podem ser muito curtas.

Harriet estava concentrada demais nos versos para ouvir. As mais satisfatórias comparações estavam surgindo em sua mente.

– São coisas diferentes – disse ela, então, com as faces coradas. – Uma coisa é ter bom senso como todo mundo e, tendo algo a dizer, sentar-se e escrever uma carta dizendo só o que deve, sem rodeios; outra coisa é escrever versos e enigmas como estes.

Emma não poderia desejar uma rejeição mais veemente à carta

escrita pelo senhor Martin.

– Que linhas doces! – continuou Harriet. – Especialmente os dois últimos! Mas como farei para lhe devolver a poesia ou dizer que descobri a charada? Ah, senhorita Woodhouse, o que podemos fazer sobre isso?

– Deixe comigo. Você não faz nada. Ele estará aqui esta noite, ouso dizer, e então eu lhe devolverei o papel, dizendo alguma coisa sem importância que não a comprometa... Seus olhos suaves devem esperar o tempo certo para irradiar. Confie em mim.

– Oh! Srta. Woodhouse, que pena que eu não possa escrever essa linda charada em meu livro! Nunca consegui uma que valesse nem a metade.

– Deixe de fora as duas últimas linhas, e não haverá razão para que não possa copiá-la.

– Ah, mas aquelas duas linhas são...

– O melhor de tudo. Concordo, para sua diversão particular, e deve guardá-las apenas para isso. Mesmo que não as compartilhe com ninguém, não deixam de ter sido escritas, nem mudam de significado. Se as eliminar, toda a apropriação cessará, e restará apenas uma charada muito galante e bonita, digna de qualquer coleção. Pode acreditar, ele não deseja ver sua charada desprezada, muito menos sua paixão. Um poeta apaixonado deve ser encorajado em ambas as funções, ou em nenhuma. Dê-me o caderno, escreverei eu mesma, assim ninguém poderá acusá-la de nada.

Harriet se submeteu, embora sua mente dificilmente pudesse separar aquela parte, ficou a observar para ter certeza de que sua amiga não estava escrevendo uma declaração do amor. Parecia uma oferta muito preciosa para qualquer tipo de divulgação.

– Nunca devo permitir que esse caderno saia das minhas mãos – disse ela.

– Muito bem – respondeu Emma –, é um sentimento muito natural, e quanto mais durar, mais me fará feliz. Meu pai está vindo, espero que não se importe que eu leia a charada para ele. Vai deixá-lo muito feliz! Ele adora qualquer coisa desse tipo e, especialmente, qualquer coisa que seja um elogio às mulheres. Ele tem o mais terno espírito de galanteria em relação a todas nós! Você tem que permitir que eu leia para ele.

Harriet estava séria.

– Minha querida Harriet, você não deve exaltar tanto essa charada, vai trair seus sentimentos indevidamente, a, se for consciente demais ou ansiosa demais, e se atribuir mais significado ou talvez até todo o significado que esses versos possam ter. Não se deixe dominar por uma homenagem tão pequena de admiração. Se ele estivesse ansioso por segredo, ele não teria deixado a charada enquanto eu estava por perto, mas parece que a entregou mais para mim do que para você. Não vamos ser tão solenes sobre o assunto, ele já tem encorajamento suficiente sem que nossas almas precisem suspirar diante dessa charada.

– Oh, claro que não! Espero não estar sendo ridícula sobre isso, faça como achar melhor.

O senhor Woodhouse entrou e logo tocou no assunto, perguntando como fazia a toda hora:

– Bem, minhas queridas, como vai indo o caderno? Conseguiram alguma coisa nova?

– Sim, papai, temos algo para ler, algo bem novo. Achamos um papel sobre a mesa esta manhã... Deixado por uma fada, talvez... Contendo uma charada muito bonita, acabamos de copiá-la.

Ela leu para ele, assim como ele gostava que qualquer coisa fosse lida, devagar e distintamente, e duas ou três vezes, com explicações de cada parte enquanto prosseguia,e ele ficou muito satisfeito e, como ela previra, especialmente impressionado com a conclusão complementar.

– Ah, muito justo, muito apropriado, de fato... Verdade. "Mulher, adorável mulher". É uma charada tão bonita, minha querida, que posso facilmente imaginar quem é a fada que a trouxe. Ninguém a não ser você Emma, escreveria de forma tão bela.

Ela apenas inclinou a cabeça e sorriu. Depois de pensar um pouco e dar um pequeno suspiro, Sr. Woodhouse acrescentou:

– Ah! Não é difícil saber de quem você herdou esse talento! Sua querida mãe era tão inteligente para todas essas coisas! Se ao menos eu tivesse a memória dela, mas não consigo lembrar-me de nada... Nada além dessa charada que você me ouviu mencionar, só consigo lembrar-me da primeira estrofe e sei que tem várias:

Kitty, uma bela, mas fria donzela,
Acendeu uma vela que ainda lamento,
O rapaz de capuz que chamei para ajudar,
Temeroso de tão perto se aproximar,
Foi fatal para o meu terno no momento.

Isso é tudo de que consigo lembrar-me... Mas é um enigma muito inteligente, todo ele. Eu pensei, minha querida, que já o tivesse conseguido.

– Sim, papai, está na segunda página. Nós o copiamos dos Extratos Elegantes. É de Garrick, como sabe.

– Ah, é verdade. Gostaria de me lembrar um pouco mais dele. Kitty, uma bela, mas fria donzela, O nome me faz pensar na pobre Isabella; pois ela quase foi batizada como Catherine em homenagem a sua avó. Espero que a tenhamos aqui na semana que vem. Você já pensou, minha querida, onde vai colocá-la e qual será o quarto das crianças.

– Oh! Sim, ela terá seu próprio quarto, é claro; o quarto que ela sempre ocupa, e temos quartos destinados às crianças, como sempre, o senhor sabe. Por que deveria haver alguma mudança?

– Não sei, minha querida..., mas faz tanto tempo que ela não vem aqui! Desde a última Páscoa e mesmo assim por poucos dias... É muito desagradável que Sr. John Knightley seja um advogado... Pobre Isabella! Foi afastada de todos nós de modo muito triste!... E como vai lamentar que Srta. Taylor não esteja aqui!

– Pelo menos não vai ser uma surpresa, papai.

– Não sei, minha querida. Posso afirmar que fiquei muito surpreso quando soube que Srta. Taylor ia casar-se.

– Podemos pedir a Sr. e Sra. Weston que venham jantar conosco, enquanto Isabella estiver aqui.

– Sim, minha querida, se houver tempo..., mas... – em um tom de voz muito deprimido. – Ela vem para ficar uma semana, apenas. Não haverá tempo para nada.

– É uma pena que eles não possam ficar mais tempo, mas parece que é um caso de necessidade. O Sr. John Knightley deve estar na cidade novamente no dia 28, e nós deveríamos ser gratos, papai, pois ficarão conosco todo o tempo em que estiverem aqui na região, não irão ficar dois ou três dias em Donwell Abbey. Sr. Knightley foi bastante gentil em desistir da visita deles neste Natal, apesar de que não os recebe em sua casa há tanto tempo como nós.

– Seria de fato bastante difícil, minha querida, se a pobre Isabella tivesse que ir a outro lugar além de Hartfield. Sr. Woodhouse jamais permitiria que Sr. Knightley tivesse algum direito sobre o irmão, nem que qualquer pessoa tivesse direitos sobre Isabella, além dele mesmo.

Sentou-se e pensou por alguns momentos, depois disse:

– Mas eu não vejo porque a pobre Isabella deveria ser obrigada a voltar tão cedo, embora ele faça. Eu acho, Emma, vou tentar persuadi-la a ficar mais tempo conosco. Ela e as crianças podem ficar muito bem.

– Ah, papai... Isso é uma coisa que o senhor nunca foi capaz de compreender, e acho que nunca será. Isabella não gosta de ficar longe do marido.

Era uma verdade incontestável. Apesar de contrariado, Sr. Woodhouse apenas concordou com um suspiro de submissão. Quando Emma viu que ele estava desanimado pela ideia de sua querida filha ser tão apegada ao marido, imediatamente levou o assunto por outro caminho, de modo a melhorar a disposição do pai.

– Harriet nos dará o prazer da sua companhia tanto quanto puder, enquanto minha irmã e o marido estiverem aqui. Tenho certeza que ela ficará satisfeita com as crianças. Temos muito orgulho das crianças, não é, papai? Eu me pergunto qual ela vai achar o mais bonito, Henry ou John?

– Ah, me pergunto qual dos dois. Meus pobres queridos, como ficarão felizes em vir. Eles adoram ficar em Hartfield, Harriet.

– Ouso dizer que sim, senhor. Não conheço ninguém que não goste.

– Henry é um ótimo menino, mas John é igual à mãe. Henry é o mais velho, e recebeu o meu nome, não o do pai. John, o segundo, recebeu o nome do pai. Algumas pessoas se surpreendem, eu acho, que o mais velho não tenha o nome do pai, mas Isabella quis que ele se chamasse Henry, o que achei muito bonito da parte dela. E ele é um menino muito inteligente, de fato. Todos são notavelmente inteligentes, e tem modos muito bonitos. Eles chegam perto da minha cadeira e dizem "Vovô, pode me dar um pedaço de barbante?" e uma vez Henry me pediu uma faca, mas eu lhe disse que facas são apenas para avós. Acho que às vezes o pai é rude demais com eles.

– Ele lhe parece rude porque o senhor é tão gentil, papai – disse Emma –, mas se o comparar com outros pais verá que ele não é rude. Ele quer que os meninos sejam ativos e fortes, e se eles se comportam mal, ele os repreende na mesma hora. Mas Sr. John Knightley é um pai afeiçoado, com toda certeza. As crianças o adoram.

– E então o tio deles entra e os joga para o teto de uma maneira tão assustadora!

– Mas eles gostam, papai; não há nada que eles gostem tanto. É uma alegria para eles, que se seu tio não estabelecesse a regra do revezamento, aquele que começasse nunca daria lugar ao outro.

– Bem, eu não consigo entender.

– Esse é o caso de todos nós, papai. Metade do mundo não consegue compreender os prazeres do outro.

Mais tarde, na mesma hora que as meninas iam se separar para a preparação do usual chá das quatro, o herói da charada inimitável entrou novamente. Harriet afastou-se, mas Emma o recebeu com o sorriso de sempre; seu olhar atento logo percebeu nele a consciência de ter feito uma jogada.... Lançado um dado... E voltava para ver o resultado. Seu motivo aparente, no entanto, era perguntar se a sua presença era necessária em Hartfield naquela noite como parceiro de jogo para Sr. Woodhouse, ou se ele poderia ser dispensado. Se fosse necessário, poria tudo o mais de lado; mas se não fosse o caso, seu amigo Cole o havia convidado com tanta insistência para jantar... E tinha feito tanta questão disso que ele prometera ir dependendo de confirmação.

Emma agradeceu, mas não podia permitir que ele decepcionasse o amigo por conta deles, seu pai certamente tinha parceiros de jogo. Ele insistiu... Ela tornou a declinar. Quando Sr. Elton parecia prestes a fazer a saudação de despedida, ela pegou o papel e devolveu-lhe, dizendo:

– Oh! Aqui está a charada que o senhor foi tão amável a ponto de deixar conosco, obrigada por nos deixar vê-la. Nós o admiramos tanto, que me aventurei a copiá-la na coleção da Srta. Smith. Seu amigo não se importará, espero. É claro que só transcrevi as oito primeiras linhas.

O Sr. Elton certamente não sabia muito bem o que dizer. Ele parecia bastante confuso, disse algo sobre honra – olhou para Emma e para Harriet, e então vendo o livro aberto sobre a mesa, pegou-o e examinou-o com muita atenção. Tentando superar aquele momento embaraçoso, Emma sorriu e disse:

– Peço que me desculpe com seu amigo, mas uma charada tão boa não pode ser conhecida apenas de umas poucas pessoas. Ele pode contar com a aprovação de qualquer mulher, enquanto escrever de modo tão galante.

– Não hesito em dizer – respondeu Sr. Elton, apesar de hesitar bastante enquanto falava –, não hesito em dizer... Enfim, se meu amigo sentir o mesmo que eu sinto... Não tenho a menor dúvida que, se pudesse ver seu pequeno poema tão apreciado como eu vi – olhando de novo para o livro e recolocando-o sobre a mesa –, consideraria este o momento mais importante de sua vida.

Após esse discurso, ele foi embora o mais rápido possível. Emma não pode refletir logo sobre o assunto, pois com todas as suas qualidades boas e agradáveis, havia uma espécie de exibicionismo em seus discursos, o que a inclinava a rir.

Ela afastou essa vontade e partilhou com Harriet a sensação de terno e sublime prazer.

CAPÍTULO 10

Apesar do mês de dezembro já estar na metade, o tempo ainda estava bom o suficiente para permitir às jovens exercitar-se regularmente. No dia seguinte Emma iria fazer uma visita de caridade, para uma pobre família doente que vivia a pouca distância de Highbury. Seu caminho para essa cabana um pouco afastada ficava abaixo da alameda do Vicariato, uma estrada em ângulos retos que levava à larga, porém irregular, rua principal do povoado. E, como se pode deduzir, era nesse caminho que se encontrava a abençoada residência de Sr. Elton. Passava-se primeiro por algumas poucas casas simples, e depois, descendo cerca de quatrocentos metros pela alameda, encontrava-se o Vicariato. Era uma casa antiga e não muito boa, quase tão perto da estrada como seria possível. Não era uma localização privilegiada, mas fora bastante melhorada pelo atual ocupante; da maneira como agora se encontrava, era impossível para as duas amigas passarem por ali sem diminuir o passo e observá-la com atenção.

A observação de Emma foi:

– Aí está, onde você e seu caderno de enigmas vão estar um dia desses.

E a resposta de Harriet:

– Ah, que casa encantadora!... Como é linda!... Tem cortinas amarelas, daquelas que a senhorita Nash tanto admira.

– Não costumo andar muito por esse caminho agora – disse Emma, enquanto prosseguiam –, mas acho que quando houver um motivo, gradualmente ficarei conhecendo todas as sebes, portões, laguinhos e árvores desta parte de Highbury.

Emma descobriu que Harriet nunca havia visto o interior do

Vicariato e ardia de curiosidade. Ela só podia classificar a atitude da jovem, considerando as aparências e probabilidades, como uma prova de amor; e também de Sr. Elton que via nela uma sagaz inteligência.

– Gostaria que arranjássemos um pretexto para entrar – disse ela –, mas não consigo pensar em um pretexto razoável... Nenhuma criada sobre quem eu possa perguntar à governanta dele... Nenhuma mensagem de meu pai.

Ela ponderou, mas não conseguiu pensar em nada. Depois de um silêncio mútuo de alguns minutos, Harriet falou:

– Eu me pergunto, Srta. Woodhouse, que a senhorita não tenha se casado nem esteja por fazê-lo! Tão encantadora como é!

Emma riu e respondeu:

– Meu encanto, Harriet, não é o bastante para me induzir a casar, devo achar outras pessoas encantadoras, pelo menos uma outra pessoa. E não só não estou para me casar no momento, como não tenho intenção de um dia vir a fazê-lo.

– Ah! Isso é o que a senhorita diz. Mas não consigo acreditar.

– Eu teria que encontrar alguém muito superior às pessoas que conheço para sentir-me tentada. Sr. Elton, você sabe – lembrando-se a tempo –, está fora de questão, e não consigo ver mais ninguém igual. Espero não ser tentada, não posso de fato mudar para melhor, se me casasse sei que iria me arrepender.

– Meu Deus! – É tão estranho ouvir uma mulher falar assim!

– Não tenho nenhum dos motivos que as mulheres normalmente têm para se casar. Se eu me apaixonasse, é claro, seria outra coisa! Mas nunca me apaixonei, não é o meu jeito, não está na minha natureza, e acho que isso nunca acontecerá. E sem amor, tenho certeza de que seria uma tola se mudasse uma situação como a minha. Não preciso de fortuna, nem ocupação, nem importância; acho que poucas mulheres casadas são tão donas de suas casas como eu sou de Hartfield. E nunca, nunca mesmo, poderia esperar ser tão verdadeiramente amada, tão importante, ser a primeira e a mais admirada aos olhos de um homem, como sou aos olhos de meu pai.

– Mas então a senhorita quer se tornar uma solteirona, como Srta. Bates!

– É uma imagem realmente espantosa essa que você apresenta, Harriet. Se eu achasse que podia me tornar igual a senhorita Bates... Tão tola, tão satisfeita, tão sorridente, tão conversadora, tão insignificante e subserviente como ela, e tão pronta a falar tudo sobre todo mundo, eu me casaria amanhã. Mas entre nós duas, estou convencida de que nunca pode haver qualquer semelhança, exceto o fato de sermos solteiras.

– Mas ainda assim seria uma velha solteirona! Isso é tão terrível!

– Não se preocupe, Harriet, nunca serei uma solteirona pobre, e é a pobreza o que torna o celibato desprezível para muita gente! Uma mulher solteira, com uma renda ínfima, é uma ridícula e desagradável solteirona, motivo de riso para os rapazes e moças. Uma mulher solteira de fortuna, no entanto, sempre será respeitável, e pode ser tão agradável e sensível quanto qualquer outra pessoa. E essa distinção não está tão contra a candura e o bom senso do mundo, como parece à primeira vista, pois uma renda insuficiente tem a tendência de estreitar a mente e azedar o caráter. Aqueles que mal conseguem sobreviver, e que são forçados a viver em uma sociedade muito restrita e muito inferior, podem se tornar intolerantes e mesquinhos. Isso, é claro, não se aplica a senhorita Bates, ela é apenas amável e tola demais para o meu gosto. Mas, de maneira geral, ela agrada a todos, ainda que seja solteira e pobre. A pobreza certamente não contraiu sua mente, acredito que se ela tivesse apenas um xelim no mundo, doaria a metade. E ninguém tem medo dela: isso é um grande encanto.

– Meu Deus! Mas o que a senhorita fará? Como vai empregar seu tempo quando ficar mais velha?

– Se eu me conheço, Harriet, minha mente é ativa, ocupada e com muitos recursos independentes, não vejo por que eu teria menos coisas para me ocupar aos quarenta ou cinquenta anos do que tenho agora aos vinte e um. As ocupações usuais das mulheres, com as mãos ou com a cabeça, estarão à minha disposição no futuro tanto quanto estão agora, ou ao menos não serão muito diferentes. Se eu pintar menos, posso ler mais; se desistir da música, posso fazer tapeçaria. E quanto aos objetos de interesse, ou mesmo de afeição, cuja falta é o único verdadeiro mal de não ser casada, acredito que sempre terei os filhos de uma irmã que adoro, a quem posso me dedicar. Com toda certeza vai haver bastante deles para suprir qualquer necessidade da idade madura; haverá afeição suficiente para manter a esperança e evitar o medo. Mesmo que o meu afeto por eles não possa se igualar ao de uma mãe, satisfaz mais minha ideia de tranquilidade do que se fosse mais caloroso e mais cego. Meus sobrinhos e sobrinhas! Poderei sempre ter uma sobrinha comigo.

– A senhorita conhece a sobrinha de Srta. Bates? Isto é, sei que deve tê-la visto mil vezes..., mas são amigas?

– Oh! Sim, somos forçadas a nos aproximarmos sempre que ela vem a Highbury. A propósito, ela é suficiente para diminuir o conceito em que se tem uma sobrinha. Deus me livre! Que eu jamais aborreça alguém a respeito de todos os Knightleys juntos, quanto Srta. Bates faz com Jane Fairfax. Me dá náuseas só em ouvir o nome Jane Fairfax. As cartas dela são lidas pelo menos quarenta vezes; seus cumprimentos aos amigos são transmitidos e retransmitidos de novo; e se ela manda para a tia o modelo de algum colete, ou tricota um par de ligas para a avó, não se ouve falar de outra coisa durante um mês. Desejo todo o bem a ela, mas ela me cansa mortalmente.

Eles agora estavam se aproximando da cabana, e todos os tópicos triviais foram deixados de lado. Emma era muito compassiva, e aliviava os sofrimentos dos pobres com toda sua atenção e bondade, seus conselhos e paciência, assim como com sua carteira. Ela entendia seus modos, poderia permitir sua ignorância e tentações, e não tinha expectativas românticas de extraordinária virtude a respeito de pessoas tão desfavorecidas pela educação. Procurava saber de seus problemas com pronta simpatia, e sempre lhes prestava ajuda com boa vontade e inteligência. Naquele momento visitava a pobreza e a doença juntas, e ficou ali tempo suficiente para dar-lhes conforto e conselhos. Quando deixou o chalé, sua impressão era tão profunda que a fez dizer para Harriet, enquanto caminhavam:

– Esta é a visão que temos, Harriet, quando fazemos o bem ao próximo. Quão insignificantes eles fazem todas as outras coisas parecerem! Sinto agora como se não pudesse pensar em nada além dessas pobres criaturas o resto do dia. Quem poderá dizer quando tudo isso desaparecerá da minha mente?

– É verdade – disse Harriet. – Pobres criaturas! Não se pode pensar em outra coisa.

– Realmente, acho que não vou esquecer tão cedo – disse Emma, enquanto cruzava a sebe baixa, e percorria com passos cambaleantes o estreito e deslizante caminho que levava do terreno da cabana até a alameda. – Acho que não vou mesmo. – E parou para olhar de novo e lembrar toda a infelicidade daquele lugar, que era ainda maior no seu interior.

– Oh, meu Deus! Não! – disse a sua companheira.

Elas seguiram em frente. A pista fazia uma ligeira curva, e quando aquela curva terminou, viram o Sr. Elton, e estava tão perto que Emma mal teve tempo de dizer a Harriet:

– Ah, Harriet, aí vem um desafio repentino para a estabilidade dos nossos bons pensamentos. Bem, sorrindo, pelo menos espero que seja aceitável que, se a compaixão e o empenho trouxeram alívio para os sofredores, já fizeram tudo o que era importante de verdade. Se tivermos bondade suficiente para fazer o que pudermos por esses infelizes, o resto é apenas simpatia sem sentido, só estaremos nos afligindo.

Harriet só conseguiu responder: "Oh, querida, sim", antes que o cavalheiro se juntasse a elas. As necessidades e sofrimentos da pobre família, no entanto, foram o primeiro assunto de sua conversa. Ele estava vindo visitá-los, mas agora sua visita poderia ser adiada. Tiveram uma conversa muito interessante sobre o que poderia e deveria ser feito pela família. Sr. Elton então resolveu retornar para acompanhá-las.

"Se juntarem a uma missão como esta" pensou Emma; "unirem-se em um esquema de caridade; com certeza vai aumentar o amor de ambos. Não sei se ele não está a ponto de se declarar. Se eu não estivesse aqui, acho que o faria. Como gostaria de estar em outro lugar."

Ansiosa para afastar-se tanto quanto pudesse, ela logo enveredou por um estreito caminho, um pouco acima da lateral da rua, e os deixou sozinhos na alameda principal. Mas não estava ali há dois minutos quando viu que Harriet a seguia, obedecendo aos seus hábitos de dependência e imitação, e logo os dois estavam bem próximos dela. Isso não funcionaria, ela imediatamente parou, sob o pretexto de ter alguma alteração a fazer no laço de sua bota, e abaixou-se ocupando toda a largura da estradinha e pediu-lhes que seguissem em frente, ela os alcançaria em meio minuto. Eles fizeram o que fora pedido, e depois de esperar pelo tempo que achou razoável para amarrar a botina, viu nova oportunidade para atrasar-se. Uma criança da cabana, que saíra com uma vasilha de barro, a pedido dela, para buscar um pouco de sopa em Hartfield, apareceu na estrada, e Emma se dispôs a tomar conta dela. Andar ao lado desta criança, conversar e questioná-la, era a coisa mais natural do mundo, ou seria a coisa mais natural se ela estivesse agindo sem intenção. Assim, os dois podiam seguir na frente, sem ter que esperá-la. Ela os alcançou, no entanto, sem querer, pois o passo da criança era muito rápido e o deles muito lento. Emma ficou muito preocupada por interrompê-los em uma conversa que parecia ser de mútuo interesse. O Sr. Elton falava com animação e Harriet ouvia com muita atenção. Emma, tendo despachado a criança, estava pensando se devia atrasar-se um pouco mais, quando os dois olharam ao redor e ela foi obrigada a juntar-se a eles.

Sr. Elton ainda estava falando, entusiasmado com algum detalhe interessante. Emma decepcionou-se quando percebeu que ele apenas fazia um minucioso relato à sua bela companheira da festa na casa de seu amigo Cole, ocorrida na véspera; e que ela deveria estar lá para provar o queijo Stilton, a manteiga, o aipo, a beterraba, e todas as sobremesas.

“Esse assunto com certeza vai levar a algo melhor”, pensava Emma, consolando-se. “Afinal, todos os assuntos são interessantes para aqueles que se amam, e além do mais pode servir de introdução para os assuntos do coração. Se ao menos eu tivesse me afastado por mais tempo!”

Continuaram caminhando juntos, em silêncio, quando avistaram o Vicariato ao longe. Emma lembrou-se então de sua intenção de fazer Harriet entrar na casa, e logo voltou a encontrar alguma coisa muito errada com sua botina, que mais uma vez obrigou-a a ficar para trás. Desta vez arrebentou o cordão, e atirando-o em uma valeta com grande destreza, foi obrigada a pedir-lhes que parassem, e reconhecer que não podia consertar a botina, quanto a ser capaz de caminhar para casa com conforto tolerável.

– O cordão arrebentou – disse ela – e não sei como vou fazer. Sou uma companheira muito desajeitada, mas espero nem sempre ficar em tão más condições. Sr. Elton, sou obrigada a pedir-lhe para parar em sua casa e pedir à sua governanta algum pedaço de cordão, fita ou qualquer outra coisa para amarrar minha botina.

O Sr. Elton parecia feliz com essa proposta, e nada poderia exceder seu estado de alerta e atenção em conduzi-las para sua casa e esforçando-se para causar uma impressão agradável. A sala em que entraram, localizada na frente, era o lugar onde ele passava a maior parte do tempo, e comunicava-se por uma porta com outra sala na parte posterior. Emma passou pela porta entreaberta junto com a governanta, para que a mesma a auxiliasse de modo mais confortável. Foi obrigada a deixar a porta entreaberta como estava, mas esperava que Sr. Elton tomasse a iniciativa de fechá-la. Como ele não a fechou, Emma empenhou-se em conversar com a governanta, esperando que ele aproveitasse a oportunidade de ficar a sós com Harriet para entrar no assunto de seu interesse. Por dez minutos, no entanto, não ouviu nada que não fosse a própria voz. Não era mais possível demorar e ela foi obrigada a voltar para a sala da frente.

Os namorados estavam juntos em pé em uma das janelas. Seu aspecto era favorável, e, por meio minuto, Emma sentiu a glória de ver seu que seu plano tivera sucesso. Mas isso não funcionou, ele não tinha ido direto ao ponto. Fora o mais agradável e encantador possível, contando a Harriet que as seguira de propósito, depois de vê-las deixar Hartfield; dissera mais algumas galanterias e fizera algumas insinuações, mas nada sério.

"Cauteloso, bastante cauteloso, de fato", pensava Emma. "Avança centímetro a centímetro, e não vai arriscar nada até se sentir seguro."

Ainda que as coisas não tivessem saído de acordo com o seu inteligente esquema, ela não podia senão felicitar a si mesma, pois o encontro havia trazido muita alegria a ambas, e devia levar os dois em direção ao grande evento.

CAPÍTULO 11

O Sr. Elton agora deveria ser deixado por conta própria. Não estava mais nas mãos de Emma supervisionar sua felicidade ou acelerar suas medidas. A vinda da família de sua irmã estava tão próxima que, tanto pela expectativa quanto pela visita em si, tornou-se seu principal interesse a partir daquele momento. Durante os dez dias de sua estada em Hartfield, ninguém esperava, nem ela mesma, que pudesse prestar alguma assistência aos namorados que não fosse fortuita e ocasional. Podiam avançar rapidamente se quisessem, no entanto; eles iriam avançar de uma forma ou de outra, quisessem ou não. Emma não pensava em ocupar-se muito deles, pois eram do tipo de pessoas que quanto mais se fizesse por elas, menos faziam por si próprias.

O Sr. e a Sra. John Knightley, por terem ficado mais tempo ausentes do que o normal de Surry, estavam mais animados com a viagem, é claro, do que o usual. Até agora, todas as viagens que fizeram à região desde que se casaram foram divididas entre Hartfield e Donwell Abbey. Neste outono, todavia, haviam levado as crianças à praia em todos os feriados, e fazia vários meses que não visitavam seus parentes de Surry nem viam o senhor Woodhouse, que não poderia ser induzido a ir tão longe quanto Londres, mesmo pelo bem da pobre Isabella, e consequentemente estava agora na mais nervosa e feliz apreensão com essa visita tão curta.

Ele temia os perigos da viagem por causa da filha, mas não se preocupava nem um pouco com a fadiga dos cavalos ou de seu cocheiro, que fora encarregado de trazer parte da família no último trecho do caminho. Mas seus temores foram em vão, pois os vinte e cinco quilômetros foram tranquilamente vencidos, e o senhor e a senhora John Knightley, seus cinco filhos, e um número conveniente de babás chegaram a Hartfield em segurança. O prazer e a correria de tal chegada, o muito que tinham para falar, saudar, encorajar, decidir e providenciar, produziu um barulho e uma confusão que os nervos do senhor Woodhouse jamais resistiriam em outra situação, e mesmo neste caso não aguentavam muito tempo.

Mas a senhora John Knightley prezava tanto os costumes de Hartfield e os sentimentos do pai que, apesar de sua solicitude maternal, as crianças não tiveram permissão para perturbar o senhor Woodhouse por muito tempo, por si mesmas ou pela necessidade da atenção dela. Providenciou sem a menor demora que tivessem toda a assistência para se acomodar, toda a comida e bebida necessárias, que dormissem, brincassem ou o que mais desejassem.

A Sra. John Knightley era pequena, elegante e bonita, de modos calmos e gentis e temperamento notavelmente amigável e afetuoso. Dedicada à família, esposa devotada e tão afeiçoada ao pai e à irmã que seria impossível encontrar um amor maior que o dela. Jamais via defeito em nenhum deles. Não era uma mulher de profunda inteligência ou sagacidade, características estas que herdara do pai. Possuía também a mesma constituição física dele, evidente na sua saúde delicada, no extremo cuidado com a saúde dos filhos, no nervosismo e no temor a muitas coisas, e era tão apegada ao seu farmacêutico na cidade quanto o pai o era com Sr. Perry. Também se pareciam na bondade geral do caráter e no extremo afeto por todas as antigas amizades.

O Sr. John Knightley era um homem alto, cavalheiro e muito inteligente, crescendo em sua profissão, apreciava a vida doméstica e era muito respeitável na vida privada. Suas maneiras, porém, eram um tanto reservadas, o que evitava que fosse amplamente apreciado, e algumas vezes perdia o bom humor. Não era mal humorado, nem tão irritadiço que merecesse tal censura, mas seu temperamento não era sua melhor qualidade; e, na verdade, com uma esposa que o adorava, era quase impossível que seus defeitos não aumentassem. A extrema doçura do caráter dela devia feri-lo, pois possuía toda a clareza e inteligência que faltavam à esposa, e às vezes agia de modo desagradável ou dizia alguma coisa mais severa.

Não era exatamente um favorito da cunhada, pois Emma não deixava escapar nada de errado que houvesse nele. Percebia com rapidez as pequenas ofensas à irmã, o que nem a própria Isabella notava. Talvez Emma passasse por cima disso, se suas maneiras para com ela fossem mais lisonjeiras, mas eram apenas aquelas apropriadas a um calmo cunhado e amigo, sem elogios nem cegueira. Nenhum tipo de cumprimento pessoal, no entanto, seria suficiente para fazê-la esquecer da maior falha de todas aos seus olhos, na qual ele às vezes incorria: a falta de respeito e tolerância para com seu pai. O senhor Knightley nem sempre possuía a paciência necessária. As peculiaridades e inquietações do Sr. Woodhouse às vezes provocavam um protesto racional ou a uma réplica afiada igualmente desagradáveis. Isso não acontecia com frequência, pois o Sr. John Knightley tinha realmente uma grande consideração por seu sogro e a consciência de tudo que lhe devia. Para Emma, porém, era demais, e ela estava sempre muito apreensiva procurando evitar a ofensa, mesmo que não acontecesse. No começo da visita, entretanto, afloravam apenas os bons sentimentos, e já que desta vez a visita seria mais curta, havia esperanças de que passasse na mais pura cordialidade.

Estavam sentados há não muito tempo, conversando, quando Sr. Woodhouse, balançando a cabeça e suspirando, chamou a atenção da filha para a triste mudança ocorrida em Hartfield desde que ela estivera ali pela última vez.

– Ah, minha querida – disse ele –, pobre Srta. Taylor... É um caso muito triste.

– Ah sim! – ela exclamou, com pronta simpatia. – O senhor deve sentir muita a falta dela! E a querida Emma também! Que grande perda para os dois... Senti tanto por vocês! Não imagino como estão vivendo sem ela, foi uma mudança muito triste, de fato..., mas espero que ela esteja bem, senhor.

– Muito bem, minha querida... Espero que sim... Muito bem. Mas não sei se aquele lugar é tolerável para ela.

Sr. John Knightley então perguntou em voz baixa para Emma se havia algum problema com Randalls.

– Oh, não! Nenhum problema. Nunca vi Sra. Weston tão bem em minha vida, nunca me pareceu tão bem disposta. Papai está falando apenas de sua própria tristeza.

– O que é uma grande honra para ambos – foi a educada resposta.

– E o senhor a vê com frequência? – perguntou Isabella em um tom lamentoso que combinava com o do pai.

Sr. Woodhouse hesitou.

– Não tanto quanto gostaria, minha querida.

– Ah, papai, desde que eles se casaram só deixamos de vê-los por um único dia. De manhã ou à noite de todos os dias, exceto um, vimos o Sr. Weston ou a Sra. Weston, e geralmente ambos, seja em Randalls ou aqui, e como você pode supor, Isabella, a maioria das vezes é frequentemente aqui. Eles são muito, muito gentis em suas visitas. Sr. Weston é realmente tão gentil quanto ela. Se o senhor continuar falando nesse tom melancólico, papai, vai dar a Isabella uma ideia errada sobre nós. Todos devem saber que sentimos a falta dela, mas todos também devem estar cientes de que os dois fazem tudo que é possível para evitar que sintamos a falta dela... O que é a exata verdade.

– Como deve ser, é claro – disse Sr. John Knightley –, e como pensei que fosse, pelas suas cartas. Não há dúvida do desejo dela de ser atenciosa, e o fato dele ser um homem sociável e com tempo livre torna tudo mais fácil. Eu sempre lhe disse, meu amor, que eu não imaginava a mudança em Hartfield tão grande quanto você temia. Agora que temos o relato de Emma espero que fique satisfeita.

– Seria muito triste para o senhor Weston se ela não fosse, papai. O senhor está se esquecendo do pobre Sr. Weston.

– Eu acredito, de fato, disse Sr. John Knightley, brincando, que o senhor Weston tem alguns direitos. Você e eu, Emma, devemos nos aventurar a tomar o partido do pobre marido. Eu, sendo um marido, e você, mesmo não sendo uma esposa, podemos ser atingidos com igual força pelos direitos do pobre homem. Quanto a Isabella, está casada há tempo suficiente para achar conveniente colocar de lado todos os direitos de Sr. Weston, tanto quanto possível.

– Eu, meu amor – falou sua esposa, ouvindo e entendendo apenas em parte. – Você está falando de mim? Tenho certeza de que ninguém deve ser, ou pode ser, um maior defensor do matrimônio do que eu, E se não fosse pelo infortúnio dela ter deixado Hartfield, nunca pensaria na senhorita Taylor senão como a mulher mais feliz do mundo, e quanto a desdenhar do senhor Weston, esse excelente homem, acredito que não há nada que ele não mereça. Eu acredito que ele é um dos homens de melhor temperamento que já existiram. Exceto você e seu irmão, não conheço nenhum outro de igual temperamento. Nunca vou me esquecer daquele dia ventoso, na última Páscoa, quando ele empinou o papagaio para Henry... Nem da enorme bondade dele em setembro do ano passado, quando escreveu aquele bilhete, tarde da noite, para me assegurar de que não havia um surto de escarlatina em Cobham. Desde então estou convencida de que não pode existir um homem melhor ou mais bondoso que o senhor Weston. Se alguém o merece, é a senhorita Taylor.

– E onde se encontra o jovem cavalheiro? – disse John Knightley.

– Veio para cumprimentá-los pelo casamento ou não?

– Ele ainda não esteve aqui – respondeu Emma. – Houve muita expectativa sobre sua chegada logo após o casamento, mas não deu em nada. E não tenho ouvido falar nele ultimamente.

– Mas você deveria contar a eles sobre a carta, minha querida – disse o pai dela. – Ele escreveu uma carta para a pobre Sra. Weston, para parabenizá-la. Ela me mostrou, é uma carta muito apropriada, muito linda, de fato. Achei muito bonito da parte dele, mas se a ideia foi dele mesmo, ninguém sabe. Ele é muito jovem, talvez o tio...

– Meu querido papai, ele tem vinte e três anos. Você esquece como o tempo passa.

– Vinte e três!... É mesmo?... Bem, eu jamais imaginaria... E ele tinha apenas dois anos quando sua pobre mãe morreu! O tempo voa, de fato, e minha memória é muito ruim. Todavia, foi uma bela carta, muito bem escrita, e deu bastante alegria ao senhor e senhora Weston. Lembro-me que foi escrita de Weymouth, no dia 28 de setembro... e começava assim "Minha cara senhora", mas me esqueço de como continuava. E estava assinada "F. C. Weston Churchill". Lembro-me disso perfeitamente.

– Que agradável e apropriado da parte dele – exclamou a bondosa Sra. John Knightley. – Não tenho dúvidas de que ele é um jovem muito amável. Mas é muito triste que ele não viva em casa com o pai! Há algo tão chocante em uma criança ser tirada de seus pais e lar natural! Eu nunca pude compreender como o Sr. Weston poderia separar-se dele. Desistir de um filho! Na verdade, nunca consegui pensar bem de ninguém que propusesse tal tipo de coisa a outra pessoa.

– Ninguém nunca pensou bem dos Churchill, imagino – observou o sr. John Knightley friamente. – Mas não deve imaginar que o senhor Weston sentiria o mesmo que você se tivesse que desistir de Henry ou de John. O senhor Weston é mais um homem afável e de temperamento alegre, do que um homem de fortes sentimentos. Ele aceita as coisas como são, e as utiliza para o seu prazer de um modo ou outro. Gosta do que chamamos de sociedade muito mais pelos seus confortos, comer bem, beber, jogar cartas com seus vizinhos cinco vezes na semana, do que pelos prazeres do lar e da afeição familiar.

Emma não gostava de semelhante reflexão sobre Sr. Weston, e esteve a ponto de iniciar uma discussão, mas pensou melhor e deixou passar. Queria manter a paz familiar, se possível. No entender do cunhado havia algo de tão honrado e valioso nos hábitos familiares e na autossuficiência do lar, que resultava nessa disposição de menosprezar as relações sociais comuns, e aqueles para quem isso era importante. Ele tinha todo direito à indulgência.

CAPÍTULO 12

Sr. Knightley veio jantar com eles, um tanto contra o desejo de Sr. Woodhouse, que não gostava de partilhar Isabella com ninguém no primeiro dia da visita. Emma decidira assim, no entanto, atendendo ao seu senso de dever. Ela teve grande prazer em fazer-lhe o convite apropriado, tanto pela consideração que era devida aos dois irmãos, quanto pelo recente desentendimento ente ela e Sr. Knightley. Esperava que agora voltassem a ser amigos, pois já era tempo de se reconciliarem. Uma reconciliação, de fato, não seria possível. Ela com certeza não estava errada, e ele nunca admitiria que o erro fosse dele. Qualquer concessão estava fora de questão, mas chegara a hora de demonstrar esquecer que eles um dia discutiram. Emma pensou que poderia ajudar a restauração da amizade se, quando ele entrasse na sala, ela estivesse com uma das crianças, a menorzinha, uma linda menina de oito meses que fazia a sua primeira visita a Hartfield e estava muito feliz de ser balançada nos braços da tia. E de fato ajudou, pois embora ele entrasse na sala com ar sério e poucas palavras, logo passou a conversar com todos na maneira de sempre, e pegou a menininha dos braços dela com a sem cerimônia da perfeita amizade.

Emma sentiu que eram amigos de novo. A certeza deu-lhe grande satisfação, e ela não pode evitar dizer, com uma ponta de atrevimento, enquanto ele admirava o bebê:

– Como é agradável que a gente pense da mesma maneira a respeito dos nossos sobrinhos e sobrinhas. Quando se trata de homens e mulheres podemos às vezes ter opiniões diferentes, mas no que diz respeito a essas crianças vejo que nunca discordamos.

– Se você fosse guiada mais pela natureza na sua avaliação dos homens e mulheres em vez de lidar com eles com a força da fantasia e do capricho, como faz com essas crianças, nós poderíamos estar sempre de acordo.

– Mas é claro... nossas discordâncias sempre surgem porque estou errada!

– Sim, por um bom motivo – disse ele, sorrindo. – Eu tinha dezesseis anos quando você nasceu.

– Uma diferença apreciável, de fato – ela respondeu – e não há dúvida que o seu poder de julgamento era superior ao meu naquela época das nossas vidas. Mas não acha que o lapso de vinte e um anos tenha tornado nossos intelectos bem mais próximos?

– Sim, bem mais próximos.

– Mas ainda não o suficiente para me dar a chance de estar certa, quando tivermos opiniões diferentes.

– Eu ainda tenho a vantagem de dezesseis anos a mais de experiência, e de não ser uma bela jovem nem ter sido uma criança mimada. Vamos ser amigos, minha querida Emma, não falemos mais disso. Diga à sua tia, pequena Emma, que ela deve dar melhor exemplo do que ficar relembrando antigas queixas, e que se ela não estava errada antes, está errada agora.

– É verdade – ela exclamou –, a mais pura verdade. Pequena Emma, cresça e torne-se uma mulher melhor que sua tia. Seja bem mais inteligente e muito menos convencida. Agora, Sr. Knightley, devo lhe dizer apenas mais uma ou duas palavras. Quanto às boas intenções, ambos estávamos certos, e não vi nada ainda que provasse que meus argumentos estavam errados. Só queria saber se Sr. Martin não está amargamente desapontado.

– Nenhum homem poderia estar mais triste – foi sua curta e pronta resposta.

– Oh! Eu sinto muito, de fato... Vamos apertar as mãos, está bem?

Acabavam de trocar um cordial aperto de mãos quando John Knightley entrou. Os cumprimentos entre os dois irmãos não passaram de "Como vai, George?" e "John, como está você?" no verdadeiro estilo inglês. Sob esta calma que parecia indiferença, os dois ocultavam um afeto verdadeiro, que os teria levado, se necessário, a fazer qualquer coisa pelo bem do outro.

A noite transcorreu em calma e tranquilidade. Sr. Woodhouse desistiu por inteiro do jogo de cartas pelo prazer de conversar com sua querida Isabella, e o grupo se dividiu naturalmente em dois: de um lado ele e a filha, do outro os dois Sr. Knightley.

Os assuntos eram bem distintos, raramente havia uma conversa comum, e Emma só às vezes se juntava a um ou outro grupo. Os irmãos conversavam sobre suas próprias preocupações e atividades, mas principalmente sobre as do mais velho, cujo temperamento era bem mais comunicativo, e que sempre fora o mais falante. Como magistrado geralmente consultava John a respeito de algum ponto da lei, ou contava alguma anedota, pelo menos. Como fazendeiro, responsável pela administração das terras de Donwell Abbey, tinha que prestar contas sobre os rendimentos dos campos no próximo ano, e dar-lhe todas as informações locais que pudessem interessá-lo, pois a propriedade fora o lar de John durante a maior parte da vida e ele tinha forte apego a ela. Os planos para um dreno, a mudança de uma cerca, a queda de uma árvore, e a destinação dos campos para o plantio de trigo, nabos ou milho eram de grande interesse para John, mais do que permitiam supor suas maneiras reservadas. E se o disposto irmão deixasse alguma pergunta por fazer, suas questões seriam até mesmo ansiosas.

Enquanto eles estavam agradavelmente ocupados, Sr. Woodhouse desfrutava de uma torrente contínua de felizes lamentos e temerosa afeição na companhia da filha.

– Minha pobre querida Isabella – disse ele, pegando sua mão com carinho, e interrompendo por alguns momentos o ágil trabalho de agulha que ela fazia para algum dos cinco filhos. – Quanto tempo, muito tempo mesmo, desde que você esteve aqui! E como deve estar cansada depois dessa viagem! Deve se deitar cedo, minha querida, e eu sugiro que tome um pouco de mingau de aveia antes. Eu e você tomaremos um belo prato de mingau juntos. Minha querida Emma, imagino que todos vamos tomar mingau.

Emma jamais suporia tal coisa, pois sabia que os dois Knightley detestavam mingau tanto quanto ela, por isso mandara preparar apenas dois pratos. Sr. Woodhouse ainda falou mais um pouco sobre os benefícios do mingau, e questionava as razões por que todos não tomavam um prato todas as noites. Depois disso continuou, com ar de grande reflexão:

– Foi muito estranho, minha querida, você passar o outono em South End em vez de vir aqui. Nunca gostei muito do ar marinho.

– Sr. Wingfield recomendou-nos com muita insistência, senhor... do contrário não teríamos ido. Ele recomendou isso para todas as crianças, mas em especial para a fraqueza da garganta da pequena Bella, tanto o ar marinho como o banho de mar.

– Ah, minha querida, Sr. Perry teve muitas dúvidas de que o mar fizesse algum bem a ela. Eu mesmo há muito tempo estou perfeitamente convencido de que o mar não é útil para ninguém, embora nunca tenha lhe dito isso. Tenho certeza que ele quase me matou, uma vez.

– Vamos, vamos – exclamou Emma, sentindo que o assunto era perigoso. – Peço-lhe que não fale do mar, pois me deixa invejosa e infeliz... Logo eu, que nunca vi o mar! Falar de South End está proibido, por favor. Minha querida Isabella, não a ouvi perguntar por Sr. Perry e ele nunca se esquece de você.

– Ah! O bom Sr. Perry. Como está ele, senhor?

– Está bastante bem, embora não totalmente. O pobre Perry é bilioso e não tem tempo para cuidar de si mesmo... ele mesmo me disse que não tem tempo para cuidar de si mesmo... O que é muito triste, mas ele está sempre sendo chamado em toda a região. Suponho que não haja outro médico tão bom nesses lugares. De qualquer modo não há outro tão inteligente como ele.

– E Sra. Perry e as crianças, como estão? As crianças estão muito crescidas? Tenho grande afeição por Sr. Perry, espero que venha nos visitar logo. Ele ficaria tão feliz de ver os meus pequenos.

– Espero que ele venha amanhã, pois tenho algumas perguntas importantes a fazer-lhe sobre a minha saúde. E quando ele vier, minha querida, você deve permitir-lhe examinar a garganta de Bella.

– Oh, querido senhor, a garganta dela melhorou tanto que quase não tenho mais preocupações a esse respeito. Pode ser que o banho de mar tenha feito bem a ela, ou então foi o linimento preparado por Sr. Wingfield, que estamos aplicando desde agosto.

– Não é provável que o banho de mar tenha feito bem a ela, minha querida... E se eu soubesse que estava usando um linimento, teria pedido a...

– Parece que você se esqueceu de Sra. e Srta. Bates – disse Emma. – Não a ouvi perguntar por elas.

– Ah! As boas Bates... estou tão envergonhada... mas você as menciona em quase todas as suas cartas. Espero que estejam bem. A boa e velha Sra. Bates, vou visitá-la amanhã e levar as crianças. E a excelente Srta. Bates! São pessoas tão dignas!... Como elas estão, senhor?

– Estão bastante bem, minha querida, de modo geral. Mas a pobre Sra. Bates teve um resfriado muito forte um mês atrás.

– Lamento muito! Mas os resfriados nunca foram tão comuns quanto neste outono. Sr. Wingfield disse-me que nunca viu um muito intenso ou forte... exceto quando eram casos de gripe.

– Aqui tivemos muitos casos, minha querida, mas não tanto quanto você diz. Perry diz que os resfriados foram bastante comuns, mas não tão fortes como em novembro passado. Mesmo assim ele acha que não foi um inverno de muitas doenças.

– Bem, acho que Sr. Wingfield também não achou que houvesse muitas doenças no inverno passado...

– Oh, minha pobre querida criança, a verdade é que em Londres sempre há muitas doenças. Ninguém é saudável em Londres, nem pode ser. É muito doloroso que você tenha sido forçada a viver lá! Tão longe... e o ar é tão ruim!

– Ah, não! Na verdade, nós não estamos em uma zona de ar ruim, de jeito nenhum. Moramos em uma parte de Londres bem superior às outras. Não deve confundir o nosso lar com Londres de forma geral, meu querido senhor. A vizinhança de Brunswick Square é bem diferente de quase todo o resto. É bastante arejada! Eu não gostaria de viver em nenhuma outra parte da cidade, nem ficaria satisfeita de manter meus filhos em outro lugar. Mas a nossa região é tão notavelmente arejada! Sr. Wingfield acha que o mais notável de Brunswick Square é justamente o ar.

– Oh, minha querida, mas não é como Hartfield. Você faz o melhor que pode, mas depois de uma semana em Hartfield verá como todos estarão diferentes, nem parecerão os mesmos. Não deveria dizer isso, mas acho que nenhum de vocês parece muito bem no momento.

– Sinto que diga isso, senhor, mas lhe asseguro que estou muito bem, com exceção de algumas pequenas dores de cabeça nervosas e palpitações, das quais não consigo me livrar em lugar nenhum. Se as crianças pareceram um pouco pálidas antes de se deitar é porque estavam mais cansadas que o normal, por causa da viagem e da emoção da chegada. Espero que amanhã o senhor as encontre com uma aparência melhor. Sr. Wingfield disse-me que jamais permitiria a viagem se não estivéssemos bem, posso lhe garantir. Acredito que pelo menos Sr. Knightley não lhe pareça doente.

Isabella então voltou os olhou para o marido, com afetuosa ansiedade.

– Mais ou menos, minha querida, não posso lhe dar os cumprimentos. Acho que Sr. John Knightley está muito longe de parecer saudável.

– Qual é o problema, senhor? Está falando comigo? – questionou Sr. John Knightley, ouvindo seu nome.

– Lamento dizer, meu amor, que meu pai acha que você não parece muito saudável... mas espero que seja só um pouco de cansaço. Eu gostaria que você tivesse consultado Sr. Wingfield antes de deixarmos Londres, como já sabe.

– Minha querida Isabella! – exclamou ele, rapidamente. – Peço-lhe que não se preocupe com a minha aparência. Contente-se em fazer consultas e tratamentos para você e as crianças, e permita-me ficar com a aparência que eu escolher.

– Não entendi bem o que o senhor estava contando ao seu irmão – exclamou Emma – sobre seu amigo Sr. Graham estar procurando um oficial escocês para tomar conta de sua nova propriedade. Será que vai funcionar? O antigo preconceito não será forte demais?

Emma continuou falando do assunto por algum tempo e com tanto sucesso que, ao voltar sua atenção outra vez para o pai e a irmã, teve o desprazer de ouvir as amáveis perguntas de Isabella sobre Jane Fairfax. E embora ela não apreciasse Jane Fairfax tanto assim, estava bastante feliz de poder elogiá-la agora.

– A doce e amável Jane Fairfax! – disse Sra. John Knightley. – Faz tanto tempo que não a vejo, exceto por alguns momentos, quando a encontro na cidade por acaso. Que alegria deve ser a visita dela para a boa e velha avó e sua excelente tia! Eu sempre lamentei muito que ela não pudesse vir mais a Highbury por causa da querida Emma, mas agora que a filha deles está casada, acho que o coronel e Sra. Campbell não serão capazes de dispensá-la. Ela seria uma companheira maravilhosa para Emma.

Sr. Woodhouse concordava com tudo, e acrescentou:

– A nossa pequena amiga Harriet Smith, todavia, é outra jovem da mesma espécie encantadora. Você vai gostar dela. Emma não pode ter uma companheira melhor que Harriet.

– Fico feliz em ouvir isso... mas apenas Jane Fairfax sabe ser tão perfeita e superior! E tem a exata idade de Emma.

O assunto foi discutido com muita alegria, e outros semelhantes se sucederam do mesmo jeito harmonioso. Mas a noite não terminou sem que houvesse nova agitação. O mingau foi servido e motivou uma enorme discussão, com vários elogios e muitos comentários. Foram feitas veementes afirmativas a respeito dos seus benefícios para qualquer constituição física e severas filípicas contra as muitas casas que não o toleravam. Infelizmente, porém entre as falhas que Isabella citou, a mais recente e por isso mais importante, era relacionada à cozinheira que a acompanhara a South End, uma jovem contratada para a ocasião, e que nunca fora capaz de entender o que ela queria dizer com um prato de saboroso mingau, um pouco ralo, mas não ralo demais.

Cada vez que pedia o mingau, Isabella nunca conseguira que a moça o preparasse de modo pelo menos tolerável. E aí estava uma perigosa abertura.

– Oh! – disse Sr. Woodhouse, balançando a cabeça e olhando a filha com terna preocupação, enquanto Emma ouvia atentamente. – Ah! Esta é outra terrível consequência de sua ida a South End. Nem é bom falar disso.

Por alguns momentos Emma achou que o pai não falaria mais do assunto, e que uma silenciosa ruminação seria suficiente para que ele retornasse ao seu delicioso e suave mingau. Após alguns minutos, no entanto, ele recomeçou.

– Eu sempre vou lamentar que você tenha ido à praia neste outono, ao invés de vir aqui.

– Mas por que lamentar, senhor? Eu lhe asseguro que fez muito bem às crianças.

– E, além do mais, se fosse necessário ir à praia seria melhor não ter ido a South End. Esse lugar não é saudável. Perry ficou surpreso ao saber que você escolheu South End.

– Sei que muitos pensam assim, mas é um grande engano, senhor. Todos nós nos mantivemos perfeitamente saudáveis lá, não tivemos nenhum problema com a lama. Sr. Wingfield diz que é um enorme erro achar que o lugar não é saudável. E estou certa de que podemos confiar nele, pois ele entende tudo sobre a natureza do ar, e seu próprio irmão sempre vai para lá com a família.

– Vocês deveriam ter ido para Cromer, minha querida, se fosse necessário ir à praia. Perry esteve uma semana em Cromer certa vez, e acha que é o melhor de todos os lugares para o banho de mar. Tem um belo mar aberto e o ar é muito puro. E, pelo que entendi, pode-se conseguir alojamentos muito confortáveis bem longe do mar, cerca de quatrocentos metros. Você devia ter consultado Sr. Perry.

– Mas meu querido senhor, a distância seria bem maior. Pense na diferença... cento e sessenta quilômetros, em vez de sessenta e quatro.

– Oh, minha querida, como diz Perry, quando se trata da saúde nada mais importa. E se uma pessoa resolve viajar não há muita diferença entre sessenta quilômetros e cento e sessenta... É melhor nem viajar e ficar em casa em Londres, do que viajar sessenta quilômetros para um lugar onde o ar é pior. Isso foi exatamente o que Perry disse, ele achou essa medida muito imprudente.

Emma tentou em vão fazer o pai calar-se. E quando chegou a esse ponto ela não se surpreendeu de ver o cunhado interromper bruscamente a conversa.

– Sr. Perry – disse ele, revelando no tom de voz seu enorme desprazer – deveria guardar sua opinião até que ela lhe fosse solicitada. Como ele pode pensar que seja da conta dele o que eu faço? Se levo minha família para uma parte ou outra do litoral?... Tenho direito ao meu próprio julgamento, assim como Sr. Perry. Desejo suas opiniões tanto quanto seus remédios. – Ele parou, e controlando-se por um instante, acrescentou com sarcástica frieza – Se Sr. Perry puder me dizer como transportar uma esposa e cinco filhos por uma distância de duzentos quilômetros, sem maiores despesas ou inconvenientes que uma viagem de sessenta, estarei tão disposto quanto ele a escolher Cromer em vez de South End.

– Verdade, verdade! – exclamou Sr. Knightley, interpondo-se prontamente –, absoluta verdade. Esta é uma consideração importante, sem dúvida. Mas John, quanto àquela ideia de que lhe falei sobre a mudança do caminho para Langham, de desviá-lo um pouco para a direita a fim de que não atravesse o gramado junto a casa, acho que não haverá nenhuma dificuldade. Eu não faria isso se viesse a trazer algum inconveniente para os habitantes de Highbury, mas se você se lembrar exatamente do traçado atual da estrada... O único meio de termos certeza, no entanto, será olharmos os mapas de novo. Espero que amanhã de manhã você vá até Abbey, vamos consultá-los e você me dará sua opinião.

Sr. Woodhouse estava bastante agitado com essas ásperas ponderações sobre seu amigo Perry, a quem ele tinha, ainda que de forma inconsciente, atribuído várias de suas próprias opiniões e ideias. Mas as carinhosas atenções das filhas afastaram aos poucos o desconforto.

Além disso, a pronta e alerta intervenção de um irmão e as boas lembranças do outro impediram que a situação voltasse a ocorrer.

CAPÍTULO 13

Seria muito difícil encontrar no mundo criatura mais feliz que Sra. John Hartfield em sua curta visita a Hartfield. Saía quase todas as manhãs com seus cinco filhos para visitar antigos conhecidos e contar-lhes o que tinha feito a cada noite, na companhia do pai e da irmã. A única coisa que desejava é que os dias não passassem tão depressa. Era uma visita encantadora e perfeita, justamente por ser tão curta.

As noites, em geral, eram menos dedicadas aos amigos do que as manhãs. Não havia como evitar, porém, um convite para um jantar formal fora de casa no Natal. Sr. Weston não aceitou desculpas, deviam todos ir a Randalls para jantar; até mesmo Sr. Woodhouse foi persuadido a comparecer, para evitar a divisão do grupo.

Sr. Woodhouse teria criado obstáculos, se pudesse, quanto ao transporte do grupo a Randalls, mas como a carruagem e os cavalos do genro e da filha estavam em Hartfield ele não pode fazer nenhuma pergunta a respeito, nem pode levantar dúvidas. Emma não teve muito trabalho em convencê-lo de que deviam encontrar lugar também para Harriet em uma das carruagens.

Harriet, Sr. Elton e Sr. Knightley, acompanhantes do velho senhor, foram as únicas outras pessoas convidadas; o jantar deveria ser servido cedo e os convidados em pequeno número. Os hábitos e gostos de Sr. Woodhouse foram consultados e respeitados em todos os detalhes.

Na noite anterior ao grande acontecimento, pois era um grande acontecimento que Sr. Woodhouse jantasse fora no dia 24 de dezembro, Harriet passara o serão em Hartfield. Estava, porém, tão indisposta ao ir embora, com um resfriado, que se não fosse pelo seu intenso desejo de ser confiada aos cuidados de Sra. Goddard, Emma não teria permitido que partisse. No dia seguinte Emma foi visitá-la, e encontrou Harriet fraca e sem condições de ir a Randalls, com muita febre e uma forte dor de garganta. Sra. Goddard cuidava da moça com todo o carinho e afeição, e Sr. Perry fora avisado. Harriet estava fraca e doente demais para resistir à autoridade que a excluiu do delicioso compromisso, mas não podia falar nessa perda sem muitas lágrimas.

Emma ficou ao lado dela o maior tempo possível, para assisti-la quando Sra. Goddard precisasse afastar-se, e também para animá-la, dizendo-lhe o quanto Sr. Elton ficaria deprimido ao saber de seu estado. Deixou-a afinal em relativo conforto, com o doce consolo de ter recebido uma visita bastante alentadora, e a certeza de que todos sentiriam muito a sua falta. Emma não tinha se afastado mais do que alguns metros da porta da casa de Sra. Goddard quando encontrou o próprio Sr. Elton, que vinha saber da doente, e caminharam um pouco juntos, devagar, falando sobre Harriet. Sr. Elton estava contando que ouvira um rumor sobre uma forte indisposição e vinha saber notícias para levar a Hartfield, quando encontraram Sr. John Knightley. O cavalheiro voltava de sua visita diária a Donwell Abbey, e estava com os dois filhos mais velhos, cujas faces saudáveis e brilhantes mostravam os benefícios de um passeio pelo campo e faziam prever um rápido fim para o carneiro assado e o pudim de arroz que os esperavam em casa. Juntaram-se a eles e prosseguiram, enquanto Emma descrevia a natureza das queixas da amiga como "uma garganta muito inflamada, bastante febre e calor, pulso fraco, etc., e que lamentara saber por Sra. Goddard que Harriet era predisposta a sérias dores de garganta e que sempre a alarmara com esse problema". Sr. Elton ficou bastante alarmado e exclamou:

– Uma dor de garganta!... Espero que não seja infecciosa, pelo menos não daquele tipo pútrido de infecção. Sr. Perry foi vê-la? Acho que a senhorita devia cuidar-se também, tanto quanto sua amiga. Permita que lhe peça para não correr riscos. Por que Perry não foi vê-la?

Emma não estava tão assustada assim, na verdade, e acalmou esse excesso de preocupação assegurando-lhe que Sra. Goddard era experiente e cuidadosa. Permaneceu ainda um pouco de inquietação, que Emma não via razão para desfazer, e preferia mesmo alimentar.

Por isso disse logo depois, como se estivesse falando de outro assunto:

– Está fazendo frio, tanto frio... parece mesmo que vai nevar. Se fosse outro lugar ou outras pessoas, eu preferiria não sair esta noite e tentaria convencer meu pai a não se aventurar. Mas como ele já se decidiu e parece não sentir tanto frio, não quero interferir, ainda mais que sei o desapontamento que seria para Sr. e Sra. Weston. Mas no seu caso, Sr. Elton, eu certamente não iria. O senhor já me parece um pouco rouco, e se pensar em quanto terá que falar e se desgastar com o sermão de amanhã, acho que seria mais prudente se ficasse em casa esta noite e se cuidasse bem.

Sr. Elton aparentava não saber bem que resposta devia dar, o que era exatamente o caso. Apesar de sentir-se bastante gratificado pela bondosa preocupação de uma jovem tão bela, a cujos conselhos não pretendia resistir, na verdade não tinha nenhuma intenção de desistir da visita. Mas Emma estava ansiosa e ocupada demais com suas próprias ideias e conceitos para ouvi-lo de forma imparcial, ou vê-lo com mais clareza, e ficou bastante satisfeita quando ele limitou-se a gaguejar sua concordância dizendo " muito frio, com certeza, muito frio " . Ela então seguiu em frente, regozijando-se por tê-lo livrado de Randalls e lhe dado a possibilidade de ir saber de Harriet a cada hora da tarde e início da noite.

– O senhor está fazendo o que é certo – disse ela. – Vou apresentar suas desculpas ao Sr. e Sra. Weston.

Mal tinha dito essas palavras quando percebeu que seu cunhado estava gentilmente oferecendo um lugar em sua carruagem para Sr. Elton, caso seu único problema fosse o tempo, e Sr. Elton estava aceitando a oferta com a maior satisfação. Estava resolvido. Sr. Elton iria ao jantar, e nunca seu belo rosto redondo expressara tanta satisfação, seu sorriso nunca fora tão aberto e nem seus olhos tão exultantes como no momento em que olhou para Emma.

"Bem, pensava Emma consigo, que coisa mais estranha! Depois do trabalho que tive para dispensá-lo ele prefere ir conosco e deixar Harriet para trás, doente como está! É muito estranho, de fato. Mas isso acontece com muitos homens, eu acho, especialmente os solteiros. Eles têm tamanha disposição – tamanha paixão por jantar fora – que deixam qualquer coisa para trás. Um convite para jantar está colocado tão alto na sua lista de prazeres e ocupações que é quase uma obrigação; o caso de Sr. Elton deve ser esse.

É sem dúvida um jovem muito valioso, amável e agradável, e está muito apaixonado por Harriet, mas mesmo assim não pode recusar um pedido para jantar, quando é convidado. Que coisa estranha é o amor! Ele é capaz de ver uma sagaz inteligência em Harriet mas não é capaz de jantar sozinho por causa dela". Sr. Elton deixou-os em seguida, e Emma fez-lhe a justiça de admitir que havia uma grande dose de sentimento na maneira com que disse o nome de Harriet, no momento de despedir-se, e na emoção da sua voz enquanto lhe assegurava que iria fazer uma visita a Sra. Goddard para saber notícias de sua querida amiga. Depois disso iria preparar-se para a felicidade de encontrá-la novamente, quando então esperava ser capaz de dar-lhe notícias melhores. Suspirou e sorriu consigo de um modo que fez a balança pender bastante a seu favor.

Depois de alguns minutos de silêncio, John Knightley disse:

– Jamais na minha vida vi um homem com tanta vontade de ser agradável como Sr. Elton. Ele se empenha totalmente quando as damas estão envolvidas. Com os homens ele é racional e despretensioso, mas muda de maneiras sempre que existam damas a quem agradar.

– As maneiras de Sr. Elton não são perfeitas – respondeu Emma –, mas onde existe o desejo de agradar deve-se tolerar muitas coisas, e é isso que ocorre. Quando um homem faz o melhor com um esforço apenas moderado, terá a vantagem de ser superior à negligência. Sr. Elton tem tão bom caráter e tanta boa vontade, que mal podemos avaliar.

– Sim – concordou Sr. John Knightley, com ar um pouco malicioso –, ele parece que tem muito boa vontade para com você.

– Eu? – ela replicou, com um sorriso de surpresa. – Acha que Sr. Elton está interessado em mim?

– Tal ideia já passou pela minha cabeça, Emma, eu admito. E se nunca ocorreu a você antes, é melhor que passe a considerá-la a partir de agora.

– Sr. Elton apaixonado por mim! Que ideia!

– Não sei se é o caso, de fato. Mas você faria melhor se considerasse assim, fosse o caso ou não, para adaptar seu comportamento às circunstâncias. Acho que suas maneiras para com ele são encorajadoras. Falo como amigo, Emma. Você é quem deve analisar sua mente, decidir o que quer e agir de acordo.

– Agradeço, mas asseguro-lhe que está muito enganado. Sr. Elton e eu somos bons amigos e nada mais.

Ela seguiu em frente, divertindo-se com as tolices que surgem às vezes por um conhecimento parcial das circunstâncias, e com os enganos em que incorrem as pessoas que tem altas pretensões sobre seu poder de julgamento. Não estava muito satisfeita com o cunhado, julgando-o cego e ignorante, e necessitado de conselhos. Ele não disse mais nada.

Sr. Woodhouse aceitara tão completamente a ideia da visita que, a despeito do frio estar aumentando, não parecia ter a menor intenção de encolher-se. Sentou-se pontualmente ao lado da filha mais velha na sua própria carruagem, aparentando não ter consciência nem do tempo nem dos outros. Estava tão satisfeito com sua ousadia de sair e com o prazer que teria em Randalls, que nem percebia que estava frio. Além disso, estava bem agasalhado demais para senti-lo. O frio, todavia, era intenso; e quando a segunda carruagem movimentou-se os primeiros flocos de neve começaram a cair. O céu parecia estar sobrecarregado, esperando apenas um ar mais ameno para produzir um mundo todo branco em bem pouco tempo. Emma logo viu que seu companheiro não estava de bom humor. Preparar-se para sair com esse tempo, e separar-se das crianças logo após o jantar, eram males, ou inconvenientes pelo menos, que Sr. John Knightley não aceitava de bom grado. Não via nada na visita que valesse todo esse esforço, e expressou o seu desagrado durante a maior parte do tempo da viagem até o Vicariato.

– Um homem – disse ele – deve pensar muito bem de si mesmo, para pedir às pessoas que abandonem o aconchego de suas lareiras e saiam com um tempo desses, apenas pelo prazer de vê-lo. Deve se achar a pessoa mais agradável do mundo, e não posso aceitar uma coisa dessas. É o maior absurdo... Na verdade, está nevando neste momento!... A loucura de não permitir que as pessoas fiquem confortavelmente em casa... e a loucura das pessoas não ficarem confortavelmente em casa, se podem fazê-lo! Se fosse necessário sair em uma noite como essa, por uma questão de dever ou de negócios, seria considerada uma grande dificuldade... e aqui estamos nós, provavelmente com roupas insuficientes, seguindo voluntariamente, sem desculpas, desafiando a voz da natureza que diz ao homem, quaisquer que sejam suas opiniões ou sentimentos, para ficar em seu próprio lar e manter-se ao abrigo o quanto puder... E aqui estamos nós, seguindo em frente para passar cinco horas aborrecidas na casa de outro homem, sem nada para dizer ou ouvir que já não tenha sido dito ou ouvido ontem, e que não possa ser dito ou ouvido amanhã. Vamos com um tempo péssimo para voltar com um tempo pior ainda, provavelmente... Quatro cavalos e quatro criados que foram levados para nada, além de transportar cinco criaturas ociosas e trêmulas para salas ainda mais frias e companhia pior do que teriam em casa.

Emma não se achava em condições de oferecer-lhe o gentil assentimento, que sem dúvida ele tinha o hábito de receber. Não conseguia emular o "É verdade, meu amor" que seria a resposta usual da sua companheira de viagem. Teve, porém, resolução suficiente para não dar resposta alguma.

Ela não podia concordar e temia ser briguenta; seu heroísmo chegou apenas até o silêncio. Deixou-o falar, fechou a janela, enrolou-se no abrigo, e não abriu a boca. Chegaram ao Vicariato, a carruagem deu a volta, o estribo foi baixado e Sr. Elton, elegantemente vestido de preto e sorridente, juntou-se a eles imediatamente. Emma pensou com prazer na mudança de assunto que se seguiria. Sr. Elton era todo amabilidades e gentilezas. Suas maneiras eram de fato tão alegres que Emma pensou que talvez ele tivesse melhores notícias sobre a saúde de Harriet do que as que ela tivera. Mandara um criado indagar enquanto se vestia e a resposta fora "Está na mesma... ainda não melhorou".

– A informação que eu recebi de Sra. Goddard – disse ela então – não foi tão boa quanto esperava... "não melhorou", foi a resposta que recebi.

O rosto de Sr. Elton se contraiu imediatamente e sua voz era emocionada quando respondeu.

– Ah, não... Fico tão triste em saber... Estava para lhe dizer que quando bati à porta de Sra. Goddard, logo antes de voltar para me vestir, me disseram que Srta. Smith não estava melhor, de modo nenhum, talvez até pior. Fiquei muito triste e preocupado, mas me animei pensando que ela com certeza vai melhorar depois do verdadeiro remédio fortificante que foi a visita que ela recebeu pela manhã.

Emma sorriu e respondeu:

– Minha visita foi útil apenas para a parte espiritual da doença, espero. Não tenho esse poder de curar uma dor de garganta; o resfriado é muito severo, na verdade. Sr. Perry foi vê-la, como o senhor deve saber.

– Sim... Eu imagino que sim... quer dizer... eu não...

– Ele está acostumado a tratar desse problema dela, e espero que amanhã de manhã nos traga notícias mais alentadoras. Mas é difícil não se inquietar. Que perda para o nosso grupo hoje!

– Terrível! Exatamente isso, de fato. Sentiremos a falta dela a cada momento.

Foi muito apropriado da parte dele, e o suspiro que acompanhou a resposta foi mais apreciado ainda, mas não durou muito tempo. Emma ficou bastante triste quando, apenas meio minuto depois, ele começou a falar de outras coisas, demonstrando grande alegria e contentamento.

– Que ideia excelente – disse ele – usar uma pele de carneiro em carruagens. Torna tudo tão confortável, é impossível sentir frio com essas precauções. Os dispositivos da vida moderna de fato tornam a carruagem de um cavalheiro totalmente completa. Fica-se tão resguardado do frio, que não entra sequer uma leve brisa sem que se permita. Fica-se livre das consequências do mau tempo. Está uma tarde muito fria, mas nesta carruagem nem se percebe isso. Ah! Está nevando um pouco.

– Sim – disse John Knightley – e parece que vamos ter bastante neve.

– É o tempo de Natal – observou Sr. Elton. – Bem próprio da estação. Acho que temos muita sorte de que não tenha começado ontem, pois provavelmente impediria a festa de hoje. Sr. Woodhouse com certeza não se aventuraria a sair se houvesse muita neve no caminho, mas agora já não tem importância. É uma estação bastante apropriada para os encontros entre amigos. No Natal todo mundo convida os amigos para uma visita e ninguém dá a menor importância ao tempo, por pior que seja. Uma vez fiquei retido pela neve durante uma semana na casa de um amigo. Nada podia ter sido mais agradável. Fui para ficar uma noite e não pude ir embora senão uma semana depois.

Sr. John Knightley olhou-o como se não entendesse o prazer daquilo, mas apenas disse, com frieza:

– Não tenho a menor intenção de ficar uma semana retido pela neve em Randalls.

Se a ocasião fosse outra Emma teria achado engraçado, mas agora estava surpresa demais com a alegria demonstrada por Sr. Elton. Parecia ter esquecido totalmente de Harriet, na expectativa de uma agradável noitada.

– Tenho certeza que existem excelentes lareiras lá – ele continuou – e tudo será muito confortável. Sr. e Sra. Weston são pessoas encantadoras... Sra. Weston está acima de qualquer elogio, e Sr. Weston é um homem de valor, tão hospitaleiro e tão apegado à sociedade... O grupo é pequeno, mas quando se escolhe bem as pessoas são as festas mais agradáveis de todas. A sala de jantar de Sr. Weston não acomoda mais de dez pessoas com conforto e, da minha parte, prefiro dois convidados a menos que dois a mais. Acho que a senhorita concordará comigo – voltando-se para Emma com ar suave –, e tenho certeza que aprovará, embora Sr. Knightley talvez não sinta o mesmo, pois deve estar acostumado com as grandes festas de Londres.

– Não sei nada sobre as grandes festas de Londres, senhor... Nunca janto com ninguém.

– Verdade? – em tom de admiração e piedade. – Nunca imaginei que a profissão de advogado escravizasse tanto. Bem, senhor, chegará o tempo em que será recompensado por tudo isso, quando terá pouco trabalho e muito prazer.

– Meu primeiro prazer – respondeu John Knightley, enquanto passavam pelo portão de Randalls – seria estar são e salvo em Hartfield outra vez.

CAPÍTULO 14

Uma mudança na expressão dos dois cavalheiros ao entrarem na sala de estar de Sra. Weston era necessária. Sr. Elton devia refrear a alegria e Sr. Knightley espantar o mau humor. Para estarem de acordo com o ambiente Sr. Elton devia sorrir menos e Sr. Knightley um pouco mais. Emma podia mostrar-se apenas como a natureza a fizera, uma pessoa feliz. Para ela era um grande prazer estar com os Weston. Sr. Weston era seu grande favorito, e não havia pessoa no mundo com quem ela falasse mais abertamente do que sua esposa, ninguém com quem pudesse falar na certeza de ser ouvida e compreendida. Sra. Weston sempre era interessada e compreensiva com os pequenos assuntos, arranjos, perplexidades e prazeres do pai e dela própria. Não havia nada que se referisse a Hartfield que não interessasse vivamente a Sra. Weston. A conversa de meia hora que mantinham sobre todos esses pequenos assuntos, dos quais depende a felicidade diária da vida privada, era um dos grandes prazeres de ambas. Este era um prazer que uma visita de dia inteiro talvez não pudesse proporcionar, nem seria possível no momento obter aquela meia hora de conversa. Mas a simples visão de Sra. Weston, seu sorriso, seu toque, sua voz já era gratificante para Emma, e ela decidiu pensar o menos possível nas esquisitices de Sr. Elton e em qualquer outra coisa desagradável, e aproveitar ao máximo tudo que houvesse de bom.

A desventura do resfriado de Harriet já havia sido discutida antes que chegassem. Sr. Woodhouse estava sentado confortavelmente a tempo suficiente para relatar todo o caso do resfriado, bem como a história de sua vinda junto com Isabella, a vinda de Emma prevista para breve, e já tinha na verdade chegado até a sua satisfação de que James pudesse ver a filha, quando os outros apareceram. Sra.

Weston, que dedicava sua atenção quase totalmente ao cavalheiro, afastou-se para dar as boas-vindas à sua querida Emma. O projeto de Emma de esquecer Sr. Elton por um tempo foi um pouco abalado quando tomaram seus lugares na sala de estar e ela constatou que ele se sentara ao lado dela. Teve grande dificuldade em tirar da mente sua estranha insensibilidade em relação à Harriet, pois ele não só estava sentado junto ao seu cotovelo, como impunha-lhe seu feliz semblante e dirigia-lhe a palavra a todo o momento.

O comportamento de Sr. Elton era tal que Emma, em vez de esquecê-lo, não pode evitar pensar que "Será que meu cunhado tem razão? Será possível que este homem esteja transferindo suas atenções de Harriet para mim?... Absurdo e intolerável!..". Ainda assim ele parecia tão ansioso para que ela não sentisse frio, interessava-se tanto por seu pai, estava tão encantado com Sra. Weston, e por fim parecia admirar suas pinturas com tanto zelo e tão pouco conhecimento como faria um futuro namorado, que custou algum esforço a Emma manter as boas maneiras. Por si mesma não podia ser rude, e por Harriet ela foi até mesmo bastante educada, na esperança de que logo as coisas voltassem ao normal entre os dois. Mas o esforço foi grande, especialmente quando os outros comentaram um assunto que ela desejava muito ouvir, bem no momento em que Sr. Elton estava no auge da tolice.

Ela conseguiu ouvir o bastante para entender que Sr. Weston estava falando do filho, ouviu as palavras "meu filho" e "Frank" repetidas vezes, e por algumas outras palavras esparsas suspeitou que ele anunciasse uma visita do filho para breve. Mas antes que ela pudesse calar Sr. Elton o assunto já terminara, e perguntar alguma coisa agora pareceria estranho.

Apesar da decisão de Emma de nunca se casar havia algo no nome, na própria ideia de Sr. Frank Churchill, que sempre a interessara. Ela pensava com frequência, especialmente depois do casamento do pai dele com Srta. Taylor, que se ela tivesse que se casar, ele era a pessoa adequada, pela idade, caráter e condição social. Ele parecia quase pertencer-lhe, dada a ligação entre as duas famílias. Emma supunha que esse casamento era a ideia de todas as pessoas que os conheciam. Acreditava firmemente que Sr. e Sra. Weston pensavam assim. Emma tinha grande curiosidade em conhecê-lo, desejava que fosse agradável e que tivesse algum grau de afeto por ela, e sentia certo prazer na ideia de que formassem um casal na imaginação dos amigos, apesar de não ser induzida pelos Weston, nem por ninguém, a trocar sua situação atual que era melhor que qualquer outra pelo casamento.

Com tais pensamentos, as delicadezas de Sr. Elton pareciam terrivelmente fora de hora. Mas ela teve o consolo de parecer muito polida, enquanto se sentia irritada... Pensou que a visita não terminaria sem que o assunto voltasse a ser discutido, e ela obtivesse a informação do afável Sr. Weston. E assim aconteceu. Quando foi aliviada da presença de Sr. Elton e sentou-se junto a Sr. Weston para o jantar, ele aproveitou a primeira oportunidade que surgiu entre seus deveres de anfitrião, o primeiro descanso oferecido pela perna de carneiro, para dizer a ela:

– Faltam apenas duas pessoas para termos o número certo de convidados. Gostaria de ver mais duas pessoas aqui, sua linda amiguinha Srta. Smith e meu filho... e aí eu poderia dizer que somos um grupo completo. Acredito que você não me ouviu contar aos outros na sala de estar que estamos esperando Frank. Recebi uma carta dele esta manhã e ele diz que estará aqui dentro de quinze dias.

Emma respondeu com bastante alegria, e concordou amplamente que Sr. Frank Churchill e Srta. Smith tornariam o grupo completo.

– Ele está nos devendo essa visita – continuou Sr. Weston – desde setembro passado. Todas as cartas falavam disso, mas ele não é dono do próprio tempo. Tem que agradar àqueles que precisam ser agradados, e que, aqui entre nós, muitas vezes só se sentem agradados com grandes sacrifícios. Mas agora não tenho mais dúvidas de que ele estará aqui na segunda semana de janeiro.

– Que grande prazer essa visita vai lhe trazer! E Sra. Weston está tão ansiosa por conhecê-lo, que deve estar quase tão feliz quanto o senhor.

– Sim, ela deveria estar, mas acha que pode haver outro adiamento. Ela não conta com sua visita tanto quanto eu: mas também não conhece as pessoas envolvidas tanto quanto eu. O caso é que (mas isso fica só entre nós, não disse uma palavra sobre o assunto na outra sala, todas as famílias tem segredos, como sabe... O caso é que um grupo de amigos foi convidado para uma visita a Enscombe em janeiro; e a vinda de Frank depende da desistência deles. Se eles não adiarem a visita, Frank não poderá vir. Mas eu sei que vão adiar, pois na família de Enscombe há uma certa dama, bastante importante, que não gosta deles. E apesar de que isso não os impeça de convidá-los uma vez a cada dois ou três anos, eles sempre desistem quando chega a hora. Não tenho a menor dúvida sobre isso. Tenho tanta certeza de ver Frank aqui em janeiro quanto sei que eu mesmo estarei aqui. Sua boa amiga, porém – indicando o outro lado da mesa –, tem tão poucos caprichos, e foi tão pouco acostumada a isso em Hartfield, que não pode calcular seus efeitos assim como eu que tenho longa prática nesses assuntos.

– Lamento que exista ainda alguma dúvida sobre o caso – respondeu Emma –, mas estou disposta a concordar com o senhor, Sr. Weston. Se acredita que ele virá pensarei o mesmo, pois o senhor conhece Enscombe.

– Sim... Conheço bastante bem, embora nunca tenha estado lá em toda minha vida... Ela é uma mulher muito estranha!... Mas nunca me permito falar mal dela, por causa de Frank. Acredito que ela seja muito afeiçoada a ele. Eu costumava pensar que não fosse capaz de gostar de ninguém, exceto de si mesma, mas sempre foi muito boa com ele do jeito dela: cheia de caprichos e vontades, e querendo todas as coisas a seu modo e é mérito dele, por certo, ter despertado tal afeição. Embora eu não diga isso a mais ninguém, posso afirmar que ela tem uma pedra no lugar do coração no que respeita ao mundo em geral, e um temperamento dos diabos.

Emma apreciara tanto a conversa que tocou no assunto com Sra. Weston logo que retornaram à sala de estar. Desejou-lhe muita alegria, mesmo sabendo que um primeiro encontro podia ser um pouco alarmante. Sra. Weston concordou, e acrescentou que ficaria feliz se pudesse deixar de lado a ansiedade do primeiro encontro "pois não posso contar com a vinda dele, não sou tão otimista quanto Sr. Weston. Tenho medo que tudo acabe em nada. Imagino que Sr. Weston lhe contou exatamente como é a situação?"

– Sim... Parece que tudo depende apenas do mau humor de Sra. Churchill que, eu imagino, seja a coisa mais certa deste mundo.

– Querida Emma! – replicou Sra. Weston, sorrindo. – Qual é a certeza de um capricho? – E voltando-se para Isabella, que não ouvira o que diziam – Deve saber, minha querida Sra. Knightley, que não estamos tão certos de receber a visita de Sr. Frank Churchill quanto seu pai acredita. Tudo depende inteiramente da disposição e vontade da tia dele, quer dizer, do humor dela. Para vocês, minhas duas filhas, eu me animo a contar a verdade. Sra. Churchill reina em Enscombe, e é uma mulher de gênio muito difícil. A vinda de Frank agora depende da sua disposição para dispensá-lo.

– Oh! Sra. Churchill! Todo mundo conhece Sra. Churchill! – respondeu Isabella. – E lhe garanto que nunca penso nesse pobre rapaz sem grande compaixão. Viver sempre com uma pessoa dessas deve ser assustador, ainda bem que nunca soubemos de nenhum detalhe, mas ele deve levar uma vida miserável. É uma benção que ela nunca tenha tido filhos! Pobres criaturas, teriam sido muito infelizes!

Emma desejou que estivesse sozinha com Sra. Weston. Poderia então ouvir mais, pois Sra. Weston falaria com ela com mais intimidade do que com Isabella. Dificilmente tentaria ocultar-lhe alguma coisa relativa aos Churchill, exceto as intenções dela e do marido para o rapaz, que Emma já adivinhara usando sua imaginação. No momento não havia mais nada a ser dito. Sr. Woodhouse logo os seguiu na sala de estar, não suportava ficar sentado muito tempo após o jantar. Nem o vinho nem a conversa significavam alguma coisa para ele, e foi com prazer que se dirigiu até aqueles com quem se sentia à vontade.

Enquanto ele conversava com Isabella, Emma encontrou uma oportunidade para dizer a Sra. Weston:

– Então não considera certa a visita de seu enteado. Lamento por isso. O primeiro encontro com alguém é sempre mais difícil, não importa onde seja. E quanto antes acontecer, melhor.

– Sim, e cada adiamento nos faz temer que outros venham a acontecer. Mesmo que essa família, os Braithwaites, desista da visita, temo que encontrem outra desculpa para nos desapontar. Não posso imaginar que o rapaz tenha alguma relutância em vir, mas estou certa de que os Churchill fazem tudo que é possível para impedi-lo. Existe muito ciúme, eles são ciumentos até do afeto dele pelo pai. Em suma, não conto com a vinda dele, e gostaria que Sr. Weston fosse menos otimista.

– Ele deve vir – disse Emma. – Se puder ficar apenas alguns dias, ele virá. É difícil conceber que um rapaz não tenha a liberdade de fazer uma coisa desse tipo. Uma jovem mulher, se cair em mãos erradas, pode ser mantida a distância daqueles com quem gostaria de estar. Mas não se pode imaginar que um rapaz fique impedido de passar uma semana com o pai, se for o seu desejo.

– É preciso estar em Enscombe, e conhecer os costumes da família antes de decidir sobre o que ele pode ou não fazer – respondeu Sra. Weston. – Devemos usar as mesmas precauções, talvez, para julgar a conduta de qualquer pessoa, de qualquer família. Mas Enscombe, eu creio, não pode ser julgada pelos padrões normais. Ela é tão irracional, e tudo tem que ser do modo dela.

– Mas ela gosta tanto do sobrinho, ele é mesmo seu favorito. Agora, de acordo com a ideia que faço de Sra. Churchill, já que ela não faz sacrifício nenhum para o conforto do marido, a quem deve tudo, já que exercita seus caprichos com ele, seria mais natural que fosse governada pelo sobrinho, a quem não deve nada.

– Querida Emma, com seu caráter tão gentil não deve ter pretensões de entender um mau caráter, ou ditar regras para seu comportamento. Deve deixar as coisas seguirem seu curso. Não tenho dúvidas de que ele tem considerável influência, algumas vezes, mas pode ser que não consiga saber de antemão quando poderá exercê-la.

Emma escutou e então disse calmamente:

– Não ficarei satisfeita até que ele venha.

– Ele pode ter muita influência em certas coisas – continuou Sra. Weston – e muito pouca em outras. E entre estas poucas que estão além do seu alcance, é provável que esteja a questão da sua visita ao pai.

CAPÍTULO 15

O Sr. Woodhouse logo estava pronto para tomar o chá; e quando ele bebeu seu chá, ele estava pronto para ir para casa; e foi tudo o que seus três companheiros puderam fazer para distrair sua atenção sobre o adiantado da hora, até que os outros cavalheiros aparecessem. O Sr. Weston era falador e sociável, e não era favorável a separações precoces de qualquer tipo; mas, por fim, o grupo da sala recebeu um acréscimo. O Sr. Elton, de muito bom humor, foi um dos primeiros a entrar. A Sra. Weston e Emma estavam sentadas juntas em um sofá. Ele se juntou a elas imediatamente e, sem esperar ser convidado.

Emma, de bom humor também, pela diversão proporcionada a sua mente por conta da expectativa do Sr. Frank Churchill, estava disposta a esquecer suas impropriedades e a ficar tão satisfeita com ele quanto antes, e por ele ter feito de Harriet sua primeira conversa, estava pronta para ouvir com o mais amigável dos sorrisos.

Ele se declarou extremamente ansioso a respeito da saúde de sua bela amiga, sua bela, adorável e amável amiga. Ela sabia? Ela ouviu alguma coisa, desde que eles estiveram em Randalls? Ele estava muito ansioso... devia confessar que a natureza de suas queixas o deixara muito alarmado.

E nesse estilo ele falou por algum tempo muito apropriadamente, não prestando muita atenção a qualquer resposta, mas completamente desperto para o terror de uma forte dor de garganta; e Emma era bastante caridosa com ele.

Mas, por fim, tomou um rumo inesperado; parecia, de repente, que ele temia mais que fosse uma forte dor de garganta por causa de Emma do que de Harriet... mais ansioso para que ela escapasse da infecção do que para que não houvesse infecção para lamentar. Ele começou com grande seriedade a suplicar a ela que se abstivesse de visitar o quarto da enferma novamente, por enquanto... a suplicar a ela que lhe prometesse não se aventurar em tal risco até que ele visse o Sr. Perry e soubesse sua opinião; e embora ela tentasse rir disso e trazer o assunto de volta ao seu curso adequado, não havia como acabar com sua extrema solicitude por ela. Ela estava irritada. Parecia – não havia como esconder – exatamente como a pretensão de estar apaixonado por ela, em vez de Harriet; uma inconstância, se real, a mais desprezível e abominável! e ela teve dificuldade em se controlar. Ele se virou para a Sra. Weston para implorar sua ajuda: "Será que ela lhe daria seu apoio? Não poderia juntar seus pedidos aos dele para que Srta. Woodhouse não fosse à casa de Sra. Goddard até que se tivesse certeza de que Srta. Smith não tinha uma infecção? Ele não ficaria satisfeito se Emma não prometesse... será que ela não juntaria seus rogos aos dele para conseguir essa promessa?"

– Tão escrupulosa com os outros – continuou ele – e ainda assim tão descuidada consigo mesma! Ela queria que eu curasse meu resfriado ficando em casa hoje, mas não promete evitar o perigo de ela mesma ter uma úlcera na garganta. Isso é justo, Sra. Weston? Não tenho o direito de reclamar? Conto com seu apoio e ajuda.

Emma viu a surpresa de Sra. Weston, e sentiu que ela estava bastante espantada com as palavras e os modos de Sr. Elton. A forma com que se dirigia a ela parecia indicar que ele se achava no direito de defender os interesses de Emma. A própria Emma se sentia tão chocada e ofendida que não teve condições de dizer diretamente alguma coisa sobre o assunto.

Ela só pôde dar uma olhada nele; mas foi um olhar que ela acreditava que o devolveria a seus sentidos, e então deixou o sofá, sentando-se ao lado de sua irmã, e dando a ela toda a sua atenção.

Ela não teve tempo de saber como Sr. Elton recebeu a reprovação, tão rapidamente outro assunto surgiu; pois o Sr. John Knightley agora entrava na sala depois de examinar o tempo, e surpreendeu a todos com a informação de que o solo estava coberto de neve, e ainda estava nevando intensamente, com um forte vento soprando; concluindo com estas palavras ao Sr. Woodhouse:

– Este será um início animado de seus compromissos de inverno, senhor. Algo novo para o seu cocheiro e cavalos: abrir caminho através de uma tempestade de neve.

O pobre Sr. Woodhouse ficou em silêncio; mas todo mundo tinha algo a dizer. Alguns ficaram surpresos outros não, mas todos tinham algumas perguntas a fazer ou algum conforto a oferecer. A Sra. Weston e Emma tentaram sinceramente animá-lo e desviar sua atenção de seu genro, que gozava seu triunfo de maneira bastante insensível.

– Admirei muito a sua resolução, senhor – disse ele –, em se aventurar nesse clima, pois é claro que o senhor viu que logo nevaria. Todo mundo deve ter visto a neve caindo. Admiro seu espírito, e atrevo-me a dizer que vamos voltar para casa muito bem. Mais uma ou duas horas de neve dificilmente pode tornar a estrada intransitável, e nós temos duas carruagens. Se uma for destruída, haverá a outra à mão. Ouso dizer que estaremos todos seguros em Hartfield antes da meia-noite.

Sr. Weston, com um triunfo diferente, confessou que já sabia que ia nevar há algum tempo, mas não dissera uma palavra, para que não incomodasse Sr. Woodhouse e servisse de desculpa para a sua pressa. Quanto ao fato de haver alguma quantidade de neve caída ou com probabilidade de cair para impedir seu retorno, isso era mera piada; ele esperava que não encontrassem dificuldade alguma. Ele gostaria que a estrada ficasse intransitável, para que pudesse mantê-los todos em Randalls; e com a maior boa vontade estava certo de que acomodação poderia ser encontrada para cada pessoa, pedindo a sua esposa para concordar com ele, que com um pouco de artifício, cada pessoa poderia ser alojada, o que ela mal sabia como fazer, pois sabia que só tinham apenas dois quartos vagos na casa.

– O que deve ser feito, minha querida Emma? O que deve ser feito? – foi o primeiro questionamento do Sr. Woodhouse, e tudo o que ele disse por algum tempo. Buscava consolo em sua filha. Ficou mais animado com suas garantias de segurança, sua representação da excelência dos cavalos e de James, e de eles terem tantos amigos com eles.

O alarme de sua filha mais velha era semelhante ao dele. O horror de ficar presa em Randalls, enquanto seus filhos estavam em Hartfield, tomava seus pensamentos... e imaginando que a estrada agora seria apenas transitável para pessoas aventureiras, mas em um estado que não admitia atrasos, ela estava ansiosa para que seu pai e Emma permanecessem em Randalls, enquanto ela e seu marido deveriam avançar através de todos os possíveis acúmulos de neve que pudessem impedi-los.

– É melhor você encomendar logo a carruagem, meu amor – disse ela. – Ouso dizer que seremos capazes de nos dar bem, se partirmos imediatamente e se acontecer alguma coisa muito ruim, posso sair e caminhar. Não tenho medo algum. Não me importaria de andar metade do caminho... poderia trocar de sapato, sabe, no momento em que chegasse em casa; e não é o tipo de coisa que pode me causar um resfriado.

– Verdade? – respondeu ele – Então, minha querida Isabella, é a coisa mais extraordinária do mundo, pois qualquer coisa lhe causa resfriado... Caminhar até em casa? Seus sapatos são bonitos demais para caminhar, eu diria. Já vai ser bastante ruim para os cavalos!

Isabella se voltou para a Sra. Weston esperando sua aprovação do plano. A Sra. Weston só poderia aprovar. Isabella então foi para Emma; mas Emma não podia desistir totalmente da esperança de que todos fossem capazes de ir; e eles ainda estavam discutindo o ponto, quando o Sr. Knightley, que havia saído da sala imediatamente após o primeiro relato de neve de seu irmão, voltou novamente e disse-lhes que tinha estado fora de casa para examinar e poderia responder por não haver a menor dificuldade para voltarem para casa, quando queriam, seja agora ou daqui a uma hora. Ele tinha ido além da curva – algum caminho ao longo da estrada de Highbury –, a neve não chegava a mais de meia polegada de profundidade – em muitos lugares quase não tinha o suficiente para embranquecer o solo; alguns flocos estavam caindo no momento, mas as nuvens estavam se dissipando e havia toda a aparência de que logo acabaria. Ele tinha visto os cocheiros e ambos concordaram com ele em não haver nada a apreender.

Para Isabella, o alívio de tais notícias foi muito grande, e dificilmente foram menos aceitáveis para Emma por causa de seu pai, que imediatamente ficou tão à vontade com o assunto quanto sua constituição nervosa permitia; mas o alarme que havia sido dado não pôde ser apaziguado de modo a admitir qualquer conforto para ele enquanto continuasse em Randalls. Estava satisfeito por não haver perigo presente em voltar para casa, mas nenhuma garantia poderia convencê-lo de que era seguro ficar; e enquanto os outros estavam insistindo e recomendando de várias maneiras, o Sr. Knightley e Emma resolveram o assunto em algumas frases breves:

– Seu pai não está tranquilo; por que vocês não vão agora?

– Estou pronta, se os outros estiverem.

– Devo tocar a campainha?

– Sim, faça.

E a campainha tocou e as carruagens foram confirmadas. Mais alguns minutos, e Emma esperava ver um companheiro de viagem chegar em sua casa, sóbrio e tranquilo, e o outro recuperar o temperamento e a felicidade quando essa visita tempestuosa terminasse.

A carruagem chegou e Sr. Woodhouse, sempre o primeiro objeto em tais ocasiões, foi cuidadosamente conduzido a ela por Sr. Knightley e Sr. Weston; Mas nada do que qualquer um deles pudesse dizer impediu que ele se sentisse de novo alarmado ao ver a quantidade de neve que efetivamente caíra, e reparar que a noite estava bem mais escura do que pensara. Tinha medo que tivessem uma viagem muito ruim. Temia que a pobre Isabella não gostasse da viagem, e a pobre Emma ficaria na carruagem de trás! Ele não sabia exatamente o que eles deveriam fazer. Deveriam ficar juntos tanto quanto possível.

Falou com James e recomendou-lhe que fosse bem devagar e esperasse a outra carruagem.

Isabella veio atrás de seu pai, e John Knightley, esquecendo que não fizera parte daquele grupo na viagem de ida, subiu naturalmente logo após a esposa. Emma foi escoltada e acompanhada por Sr. Elton até a segunda carruagem. Ao ver a que a porta se fechava após a entrada deles, Emma descobriu que teriam uma viagem a sós. Se não fosse o embaraço que durou só um momento, se não houvesse a suspeita levantada naquele dia, talvez fosse até um prazer, poderia lhe falar de Harriet e a viagem de um quilômetro pareceria apenas alguns metros. Mas agora preferia que isso não tivesse acontecido. Achava que Sr. Elton havia bebido um pouco a mais do que devia do vinho de Sr. Weston e estava certa de que ele haveria de falar algumas bobagens.

Para contê-lo tanto quanto poderia, por seus próprios modos, ela se preparou imediatamente para falar com requintada calma e gravidade sobre o tempo e a noite; mas mal ela começou, mal eles passaram pelo portão de varredura e se juntaram à outra carruagem, ela encontrou seu assunto cortado, sua mão agarrada, sua atenção exigida, e o Sr. Elton fazendo uma calorosa declaração de amor para ela. Aproveitava aquela oportunidade para declarar sentimentos que já deviam ser bem conhecidos, que estava esperançoso, temeroso, que a adorava, e estava pronto a morrer se ela o recusasse. E se gabava de acreditar que sua ardente afeição, inigualável amor e extraordinária paixão não deixariam de ter algum efeito sobre ela e, em suma, estava bastante disposto a acreditar que ela o aceitaria prontamente. Realmente foi assim, sem escrúpulos, sem desculpas, sem muita timidez aparente, Sr. Elton, o amado de Harriet, estava se declarando para ela. Ela tentou impedi-lo, mas em vão. Ele continuaria e diria tudo. Por mais zangada que estivesse, o pensamento do momento a fez decidir se conter quando falasse. Ela sentia que metade dessa loucura devia ser embriaguez e, portanto, podia esperar que pertencesse apenas à hora que passava. Assim, com uma mistura de seriedade e brincadeira, que ela esperava que melhor se adequasse a seu estado, ela respondeu:

– Estou muito surpresa, Sr. Elton. Isso para mim? Você se esquece de si mesmo, você se considera meu amigo, qualquer mensagem para Srta. Smith terei o maior prazer em entregar, mas nada mais disso para mim, por favor.

– Srta. Smith! Mensagem para a Srta. Smith? O que ela poderia querer dizer?

E ele repetiu as palavras dela com tal certeza, tal pretensão arrogante de espanto, que ela não pôde deixar de responder com rapidez:

– Sr. Elton, sua conduta é a mais extraordinária que já vi! E só posso entender isso de uma maneira: você está fora de si, ou não poderia falar comigo ou de Harriet, dessa maneira. Controle-se e não diga mais nada e eu tentarei esquecer tudo isso.

Mas o Sr. Elton só bebeu vinho o suficiente para elevar seu ânimo, nada para confundir seu intelecto. Ele sabia perfeitamente o que estava dizendo e protestou calorosamente contra sua suspeita. Estava tocado pelo respeito que dedicava a Srta. Smith como amiga dela, mas se admirava por achar que ela não tinha por que ser mencionada naquele momento. Retomou o assunto de sua própria paixão e tinha muita urgência por uma resposta favorável.

À medida que pensava menos em sua embriaguez, pensava mais em sua inconstância e presunção; e com menos lutas por polidez, respondeu:

– É impossível para mim duvidar por mais tempo. Você foi muito claro. Sr. Elton, meu espanto está muito além de qualquer coisa que eu possa expressar. Depois de tal comportamento, como testemunhei durante o mês passado, à Srta. Smith, tais atenções que tenho o hábito diário de observar, dirigir-se a mim dessa maneira, isso é uma instabilidade de caráter, de fato, que eu não supunha possível! Acredite em mim, senhor, estou longe, muito longe de gratificada em ser o objeto de tais declarações.

– Meu Deus! – exclamou Sr. Elton. – O que significa isso?... Srta. Smith!... Nunca pensei em Srta. Smith em toda a minha vida, nunca tive uma atenção com ela que não fosse a de um amigo. Nunca me importei, a não ser porque era sua amiga. Se ela imaginou outra coisa, se enganou por conta de seus próprios desejos e sinto muito por isso... muito mesmo. Mas Srta. Smith, francamente! Oh, Srta. Woodhouse, quem poderia pensar em Srta. Smith quando está junto de ti? Não, pela minha palavra, não sou um homem de caráter instável! Sempre pensei apenas na senhorita. Protesto quanto à sua ideia de que eu tenha dado a menor atenção a qualquer outra mulher. Tudo que fiz e disse nas últimas semanas foi com o único propósito de demonstrar minha admiração pela senhorita. Na verdade, a senhorita não pode duvidar disso. Não... – em um tom de voz insinuante – tenho certeza que a senhorita me entendeu.

Seria impossível dizer o que Emma sentiu ao ouvir isso, qual de todas as suas sensações desagradáveis era a que predominava. Ela estava completamente dominada para ser capaz de responder imediatamente: e um momento silêncio serviu como amplo incentivo para o estado de espírito otimista do Sr. Elton. Ele tentou pegar a mão dela novamente, enquanto exclamava alegremente:

– Charmosa Srta. Woodhouse! Permita-me interpretar este silêncio interessante. Ele confessa que você me entendeu...

– Não, senhor – exclamou Emma, – não diga tal coisa. Longe

de tê-lo entendido, estive no mais completo erro a respeito de seus pontos de vista, até este momento. Quanto a mim, lamento muito que você deveria estar cedendo a qualquer sentimento. Nada poderia estar mais longe dos meus desejos, seu apego à minha amiga Harriet, sua busca por ela, busca, ao que parecia, me alegrava muito, e eu tenho desejado sinceramente o seu sucesso: mas se eu supusesse que ela não era sua atração por Hartfield, certamente teria pensado que você julgou mal por fazer suas visitas tão frequentes. Devo acreditar que você nunca procurou se recomendar especialmente para a Srta. Smith? Que você nunca pensou seriamente nela?

– Nunca, senhorita – exclamou ele, ofendido –, nunca, eu garanto. Na verdade, penso bastante nela, pois Srta. Smith é uma moça muito boa, e ficaria feliz de vê-la respeitavelmente estabelecida. Desejo-lhe tudo de bom, e sei que há homens... cada um tem seu nível. Mas quanto a mim, eu acho... não pretendo... Não estou tão desesperado para casar-me a ponto de pretender uma aliança com alguém do nível de Srta. Smith! Não, Srta. Woodhouse, minhas visitas a Hartfield eram só para a senhorita, e o encorajamento que recebi...

– Encorajamento? Eu o encorajei? Você está muito enganado em tal suposição. Eu o via apenas como admirador da minha amiga. O senhor nunca poderia ser nada para mim além de um amigo. Lamento muito, mas é bom que este engano tenha fim agora. Se o seu comportamento continuasse, Srta. Smith poderia interpretar erradamente seus propósitos, pois não deve ter consciência, assim como eu, da enorme desigualdade ao qual o senhor é tão sensível. Mas, da forma como as coisas estão, o desapontamento não será grande, nem deverá durar muito. Não tenho nenhuma intenção de casar no momento.

Ele estava zangado demais para dizer outra palavra, e a atitude de Emma evitam súplicas. Nesse estado de ressentimento crescente e mortificação mutuamente profunda, eles tiveram que continuar juntos por mais alguns minutos, pois os medos do Sr. Woodhouse os haviam confinado a um passo por vez. Se não houvesse tanta raiva, teria havido um constrangimento desesperador; mas suas emoções diretas não deixavam espaço para pequenos ziguezagues de constrangimento.

Sem perceber quando a carruagem virou na alameda do Vicariato, ou quando parou, de repente se viram à porta da casa de Sr. Elton. Ele saiu sem dizer uma palavra... Emma então achou necessário desejar-lhe boa noite. Ele apenas retribuiu seu cumprimento, com orgulho e frieza. Emma fez a viagem de volta a Hartfield na mais completa irritação.

Lá Emma foi recebida, com o maior deleite, por seu pai, que estava tremendo pelos perigos de uma viagem solitária de volta pela alameda do Vicariato. Havia uma curva tão perigosa que ele nem podia pensar, e em mãos estranhas, um cocheiro comum ao invés de James. Parece que só esperavam seu retorno para que tudo voltasse a ficar em paz. Sr. John Knightley, envergonhado de seu mau humor, era agora só bondade e sorrisos. Mostrava-se tão atencioso com o bem estar do sogro que – embora ainda não disposto a acompanhá-lo em um prato de mingau – concordava que o alimento era bastante saudável. O dia estava terminando em paz e conforto para toda a família, exceto para ela. Sua mente nunca estivera em tal perturbação; e era necessário um esforço muito grande para parecer atenta e alegre até que a hora habitual da separação lhe permitisse o alívio da reflexão silenciosa.

CAPÍTULO 16

A criada já havia arrumado seu cabelo e estava indo embora, Emma sentou-se para pensar e se sentir infeliz. Era um negócio horrível, de fato! Tanta destruição de tudo que ela desejava! Que golpe para Harriet! Cada parte disso trazia dor e humilhação, de algum tipo ou outro; mas, em comparação com o mal para Harriet, tudo era leve. E ela teria concordado, em submeter-se a um erro ainda maior, em sentir-se mais enganada, mais infeliz do que já estava por tamanho erro de julgamento, se os efeitos de seus enganos se limitassem a ela mesma.

– Se eu não tivesse persuadido Harriet a gostar do homem, eu poderia ter suportado qualquer coisa. Pobre Harriet!

Como ela pôde ter se enganado tanto? Ele protestou que nunca havia pensado seriamente em Harriet... nunca! Ela concebera uma ideia, fizera suposições, e depois interpretara tudo de modo a se adequar a essa suposição. As maneiras dele, entretanto, não devem ter sido marcadas, vacilantes, duvidosas, ou ela não poderia ter sido tão enganada.

O retrato! Quão ansioso ele estava com o retrato! E a charada e uma centena de outras circunstâncias... com que clareza pareciam apontar para Harriet. Certamente, a charada, sobre a sagaz inteligência, mas também sobre os olhares suaves na verdade não combinava com ninguém; era uma confusão sem gosto ou verdade. Quem poderia ter percebido através de tamanha tolice?

Certamente ela tinha frequentemente, especialmente nos últimos tempos, considerado suas maneiras desnecessariamente galantes; mas tinha passado como seu caminho, como um mero erro de julgamento, de conhecimento, de gosto, como uma prova entre outras de que ele nem sempre viveu na melhor sociedade, que com toda a gentileza de seu endereço, a verdadeira elegância às vezes faltava; mas, até o dia de hoje, ela nunca havia, por um instante, suspeitado que isso significasse qualquer coisa além de um respeito por ela como amiga de Harriet.

Ao Sr. John Knightley ela agradecia pela primeira ideia sobre o assunto, pelo primeiro início de sua possibilidade. Não havia como negar que aqueles irmãos eram bastante observadores. Ela se lembrou do que o Sr. Knightley uma vez disse a ela sobre o Sr. Elton, a advertência que ele deu, a convicção com que ele professou que o Sr. Elton nunca se casaria indiscretamente; e corou ao pensar quão mais verdadeiro o conhecimento de seu caráter havia sido demonstrado do que qualquer outro que ela mesma alcançara. Foi terrivelmente mortificante, mas Sr. Elton estava provando ser, em muitos aspectos, exatamente o contrário do que ela quisera acreditar; orgulhoso, presunçoso, vaidoso; muito cheio de suas próprias reivindicações e pouco preocupado com os sentimentos dos outros.

Ao contrário do curso normal das coisas, o fato de o Sr. Elton querer fazer suas declarações a ela o afundou em sua opinião. Suas propostas não o ajudaram em nada. Ela não se importou com o apego dele e ficou insultada com suas esperanças. Queria casar bem e, tendo a arrogância de erguer os olhos para ela, fingiu estar apaixonado; mas ela foi perfeitamente cuidadosa para ele não sofrer nenhuma decepção que precisasse ser cuidada. Não houvera afeto real nem em sua linguagem nem em seus modos. Suspiros e belas palavras foram proferidas em abundância, mas ela dificilmente poderia conceber qualquer conjunto de expressões, ou imaginar qualquer tom de voz, menos aliado ao amor verdadeiro. Ela não precisava se preocupar em ter pena dele. Ele só queria engrandecer e enriquecer; e se Srta. Woodhouse de Hartfield, a herdeira de trinta mil libras, não fosse tão facilmente obtida como ele imaginava, ele logo tentaria a Srta. Alguém qualquer com vinte, ou com dez mil libras.

Mas o que mais a perturbava era ele ter falado em encorajamento, ter achado que ela sabia de suas pretensões, que estava disposta a aceitar suas palavras, e que desejava se casar com ele! Ter tido a pretensão de considerar-se igual a ela em condição social e em intelecto! Colocara sua amiga num nível tão baixo, demonstrando conhecer bem as gradações de nível que estavam abaixo dele, e era tão cego aos níveis mais elevados, a ponto de imaginar que tivesse o direito de declarar-se a ela!

Talvez não fosse justo esperar que o Sr. Elton sentisse o quanto era inferior em talento e em todas as elegâncias de espírito. A própria falta de tal igualdade pode impedir sua percepção dela; mas ele deveria saber que em fortuna e influência ela era muito superior a ele. Ele deve saber que os Woodhouse estavam estabelecidos por várias gerações em Hartfield, o ramo mais jovem de uma família muito antiga, e que os Elton não eram ninguém. A propriedade fundiária de Hartfield certamente era insignificante, sendo apenas uma espécie de entalhe na propriedade de Donwell Abbey, à qual todo o resto de Highbury pertencia; mas sua fortuna, de outras fontes, era tal que os tornava apenas secundários em relação à própria Donwell Abbey, em qualquer outro tipo de consequência; e os Woodhouse há muito ocupavam um lugar de destaque na consideração da vizinhança em que o Sr. Elton entrara pela primeira vez, há menos de dois anos, para abrir o caminho que pudesse, sem quaisquer alianças, mas no comércio, ou qualquer coisa que o recomendasse notar mas sua situação e sua civilidade. Mas ele a imaginava apaixonada por ele, isso evidentemente deve ter sido sua dependência e depois de delirar um pouco sobre a aparente incongruência de maneiras gentis e uma cabeça presunçosa, Emma foi obrigada com honestidade a parar e admitir que seu próprio comportamento para com ele tinha sido tão complacente e amável, tão cheio de cortesia e atenção, como (supondo seu verdadeiro motivo não percebido) poderia justificar um homem de observação e delicadeza comum, como o Sr. Elton, em se considerar um favorito decidido. Se ela interpretou mal os sentimentos dele, não tinha o direito de se perguntar se ele, com o interesse próprio de cegá-lo, tivesse se enganado com os dela.

O primeiro erro e o pior estava à sua porta. Era uma tolice, era errado, ter um papel tão ativo em reunir duas pessoas. Era aventurar-se longe demais, presumir demais, desprezar o que deveria ser sério, um truque do que deveria ser simples. Ela estava muito preocupada e envergonhada, e decidiu não fazer mais essas coisas.

– Aqui estou – disse ela –, realmente convenci a pobre Harriet a se apegar muito a este homem. Ela poderia nunca ter pensado nele se não fosse por mim, e certamente nunca teria pensado nele com esperança, se eu não tivesse garantido a ela de seu apego, pois ela é tão modesta e humilde quanto eu costumava pensar que ele era. Oh! que eu tivesse ficado satisfeita em persuadi-la a não aceitar o jovem Martin. Aí estava eu totalmente certa. Isso foi muito bem feito da minha parte. Deveria ter parado e deixado o resto ao tempo e ao acaso. Estava apresentando-a em boa companhia e dando-lhe a oportunidade de agradar a alguém que valesse a pena, não deveria ter tentado mais. Mas agora, pobre menina, sua paz está cortada há algum tempo. Sou apenas meio amiga dela; e se ela não sentisse tanto essa decepção, tenho certeza de que não tenho a menor ideia de qualquer outra pessoa que seria de todo desejável para ela. William Coxe? Não, eu não poderia suportar William Coxe... um jovem advogado atrevido.

Ela parou para rir de sua própria recaída, e então retomou uma cogitação mais séria e desanimadora sobre o que tinha sido, poderia ser e deveria ser. A explicação angustiante que ela teria que dar a Harriet, e tudo o que a pobre Harriet sofreria, com a estranheza de encontros futuros, as dificuldades de continuar ou interromper o relacionamento, de subjugar sentimentos, esconder ressentimentos e evitar o êxtase, eram o suficiente para ocupar, por mais algum tempo nas reflexões mais tristes, e ela foi para a cama com nada resolvido, exceto a convicção de que havia cometido um erro terrível.

Para a juventude e a alegria natural como a de Emma, embora sob escuridão temporária à noite, o retorno do dia dificilmente deixará de trazer renovação de espírito. A juventude e a alegria da manhã estão sempre em harmonia; e se a angústia não for pungente o suficiente para manter os olhos abertos, eles certamente se abrirão para as sensações de dor atenuada e esperança mais brilhante.

Emma se levantou no dia seguinte mais disposta ao conforto do que quando foi para a cama, mais pronta para ver o alívio do mal diante dela e para depender de ficar toleravelmente fora dele.

Foi um grande consolo que o Sr. Elton não estivesse realmente apaixonado por ela, ou fosse tão particularmente amável a ponto de tornar-se chocante desapontá-lo. Que a natureza de Harriet não fosse daquele tipo superior em que os sentimentos são mais agudos e retentivos e que não havia necessidade de ninguém saber o que tinha acontecido, exceto os três envolvidos, e especialmente por não causar nem um momento de ansiedade ao pai.

Esses foram pensamentos muito animadores, e a visão de uma grande quantidade de neve no chão serviu-lhe ainda mais, pois qualquer coisa que pudesse justificar que os três estivessem completamente separados no momento era bem-vinda.

O tempo estava muito favorável para ela; embora fosse dia de Natal, ela não podia ir à igreja. O Sr. Woodhouse teria ficado infeliz se sua filha tentasse fazer isso, e ela estava, portanto, a salvo de receber ideias desagradáveis e inadequadas. O chão coberto de neve, e a atmosfera naquele estado instável entre geada e degelo, que é de todas as outras a mais hostil para caminhadas. Todas as manhãs começando com chuva ou neve, e todas as noites com um frio de gelar. Nenhuma comunicação com Harriet seria possível, exceto por notas; nenhuma igreja para ela no domingo mais do que no dia de Natal; e não há necessidade de encontrar desculpas para a ausência do Sr. Elton.

Era um clima que poderia confinar todo mundo em casa, e embora ela esperasse e acreditasse que ele estava realmente se confortando em uma ou outra sociedade, era muito agradável ter seu pai tão satisfeito por estar sozinho em sua própria casa, sábio demais para sair; e ouvi-lo dizer ao Sr. Knightley, a quem nenhum clima poderia separar inteiramente deles:

– Ah! Sr. Knightley, por que você não fica em casa como o pobre Sr. Elton?

Esses dias de confinamento teriam sido, não fosse por suas perplexidades particulares, notavelmente confortáveis, visto que tal reclusão convinha exatamente a seu irmão, cujos sentimentos sempre deveriam ser de grande importância para seus companheiros; e ele havia, além disso, limpado tão completamente seu mau humor em Randalls, que sua amabilidade nunca falhou durante o resto de sua estada em Hartfield. Ele sempre foi agradável e prestativo, e falava agradavelmente de todas as pessoas. Mas, com todas as esperanças de alegria e todo o conforto atual da demora, ainda havia um mal pairando sobre ela na hora da explicação com Harriet, que tornava impossível para Emma estar perfeitamente à vontade.

CAPÍTULO 17

Sr. e Sra. John Knightley não permaneceram muito tempo em Hartfield. Logo o tempo melhorou o suficiente para que aqueles que precisassem pudessem viajar. Sr. Woodhouse, como sempre acontecia, depois de tentar persuadir a filha a ficar com todas as crianças, foi obrigado a ver o grupo inteiro partir, e voltou então às suas lamentações sobre o destino da pobre Isabella... a mesma pobre Isabella que, passando sua vida entre aqueles a quem amava com loucura, orgulhosa de seus méritos, cega às suas faltas, sempre alegremente ocupada, podia ser considerada um modelo da completa felicidade feminina. Ao anoitecer daquele mesmo dia chegou um bilhete de Sr. Elton para Sr. Woodhouse, um longo, bem educado e cerimonioso bilhete para dizer, com os cumprimentos de Sr. Elton "que ele se propunha a deixar Highbury na manhã seguinte para dirigir-se a Bath, onde, atendendo ao insistente convite de alguns amigos, comprometera-se a passar algumas semanas; lamentava muito estar impossibilitado, tanto pela condição do tempo como pelos negócios, de se despedir pessoalmente de Sr. Woodhouse, a quem sempre seria grato pelas imensas gentilezas recebidas... e se Sr. Woodhouse tivesse algum pedido a fazer ficaria feliz de atendê-lo."

Emma ficou agradavelmente surpresa... A ausência de Sr. Elton, justo neste momento, era o que mais desejava. Ela o admirou por ter planejado a viagem, embora não pudesse lhe dar muito crédito pela maneira com que foi anunciada. Não havia como expressar de forma mais clara o ressentimento do que usar de enorme civilidade para com seu pai, enquanto ela era obviamente excluída; seu nome nem fora mencionado. Era uma mudança tão surpreendente, e havia uma solenidade tão imprudente naquela despedida cheia de graciosos agradecimentos, que ela de início pensou que o pai tivesse percebido.

Mas isso não aconteceu... Seu pai foi tomado de surpresa por uma viagem tão repentina e tinha medo que Sr. Elton não chegasse são e salvo ao fim dela, mas não viu nada de extraordinário na linguagem que ele usara. O bilhete foi de grande utilidade, pois forneceu-lhes um novo assunto para pensar e conversar durante o resto daquela noite solitária. Sr. Woodhouse falava de suas preocupações e Emma teve disposição para afastá-las com toda a solicitude costumeira. Ela resolvera que Harriet não devia continuar no escuro por mais tempo. Tinha razões para acreditar que a amiga já estava quase recuperada do resfriado, e seria conveniente que ela tivesse o maior tempo possível para lamentar e recuperar-se antes do retorno do cavalheiro. Com essa intenção Emma foi à casa de Sra. Goddard logo no dia seguinte, disposta a submeter-se às penas impostas pela tarefa, mesmo sendo severas. Devia destruir todas as esperanças que havia cuidadosamente alimentado – para aparecer no infeliz papel de preferida – e admitir que errara grosseiramente em todas as suas ideias sobre o assunto, em todas as observações, convicções e profecias que fizera nas últimas seis semanas.

A confissão a fez reviver a grande vergonha que sentira no primeiro momento, e a visão das lágrimas de Harriet a fez pensar que jamais seria benevolente consigo mesma no futuro. Harriet suportou a notícia muito bem, sem culpar ninguém, e demonstrando grande ingenuidade e uma baixa opinião sobre si mesma que naquele momento pareceram vantagens muito especiais para sua amiga. Emma estava disposta a valorizar ao extremo a simplicidade e a modéstia; e tudo o que era mais amável e mais afetuoso partiu de Harriet, e não dela. Harriet achava que não tinha motivo algum para queixar-se. O afeto de um homem como Sr. Elton era uma distinção grande demais, que ela nunca poderia merecer... e apenas uma amiga tão dedicada e parcial como Srta. Woodhouse poderia acreditar que isso fosse possível.

As lágrimas de Harriet foram abundantes... Mas a tristeza da moça era tão verdadeira e sem artifícios, que nenhuma nobreza seria capaz de torná-la mais respeitável aos olhos de sua amiga... Emma a ouvia e tentava consolá-la com toda a sua compreensão e carinho, convencida, no fundo do seu coração, de que entre as duas Harriet era a criatura superior, e que parecer-se com ela faria mais por seu bem estar e felicidade do que toda a inteligência e espírito do mundo.

Era de fato muito tarde para que Emma pudesse tornar-se simplória e ignorante, mas deixou a amiga com a firme intenção de manter a resolução que tomara, de ser humilde e discreta e reprimir a imaginação pelo resto da vida.

Sua segunda tarefa, abaixo apenas de suas atenções para com o pai, era proporcionar conforto a Harriet, e esforçar-se para provar sua afeição de uma maneira melhor que não fosse arranjar-lhe casamento. Levou-a para Hartfield, e mostrou-se muito carinhosa, procurando ocupá-la e distraí-la, e tentando afastar Sr. Elton de seus pensamentos com leituras e conversas. O tempo, ela sabia, era o mais importante para que o assunto fosse esquecido. Podia considerar-se tudo, menos um juiz indiferente em tais questões em geral, e muito pouco inclinada a manter uma amizade com Sr. Elton em particular.

Parecia-lhe razoável que na idade de Harriet, e com o fim de qualquer esperança, ela poderia progredir até um estado de compostura quando do retorno de Sr. Elton, de modo a permitir que todos se encontrassem outra vez, na rotina normal das amizades, sem nenhum perigo de trair sentimentos ou aprofundá-los. Harriet ainda acreditava que Sr. Elton era a imagem da perfeição, e achava que não existia ninguém igual a ele em aparência e bondade – e na verdade provou-se mais apaixonada do que Emma havia previsto. Parecia-lhe, porém, tão natural, tão inevitável lutar contra um afeto de tal forma não correspondido, que ela não acreditava que esse amor fosse perdurar com igual força. Se, ao voltar, Sr. Elton mostrasse uma indiferença tão evidente e indubitável como ela pensava que ele estaria ansioso por fazer, não podia imaginar que Harriet fosse insistir em colocar sua felicidade apenas na oportunidade de vê-lo ou lembrar-se dele.

O fato de estarem fixados, e tão absolutamente fixados no mesmo lugar, era ruim para todos os três. Nenhum deles tinha o poder de mudar-se, ou mudar sua posição efetiva na sociedade. Deviam encontrar-se e procurar conviver da melhor maneira possível. Harriet era ainda mais desventurada por causa de suas colegas do pensionato de Sra. Goddard, pois Sr. Elton era o queridinho de todas as professoras e das moças da escola. Apenas em Hartfield tinha chance de ouvir alguém falar dele com fria moderação ou amarga veracidade. Onde a ferida fora provocada, lá devia ser buscada a cura, e não em algum outro lugar. Emma sabia que enquanto não visse Harriet a caminho da cura, não haveria paz verdadeira para ela.

CAPÍTULO 18

O Sr. Frank Churchill não apareceu. Quando o tempo proposto se aproximou, os temores da Sra. Weston foram justificados com a chegada de uma carta de desculpas. No momento, ele não podia ser poupado, para sua grande mortificação e pesar, mas ainda esperava com a esperança de chegar a Randalls em um período não distante.

A Sra. Weston ficou extremamente desapontada... muito mais desapontada, na verdade, do que seu marido, embora sua dependência de ver o jovem tivesse sido muito mais sóbria: As pessoas otimistas, embora sempre esperem que coisas melhores ocorram, não pagam por suas esperanças com uma depressão proporcional. Ele logo esqueceu sobre o fracasso atual e começou a ter esperanças novamente. Por meia hora, o Sr. Weston ficou surpreso e arrependido, mas então ele começou a perceber que a vinda de Frank dois ou três meses depois seria um plano muito melhor; melhor época do ano; melhor clima; e que ele seria capaz, sem dúvida, de ficar consideravelmente mais tempo com eles do que se tivesse vindo agora.

Esses sentimentos rapidamente restauraram seu conforto, enquanto a Sra. Weston, de uma disposição mais apreensiva, não previa nada além de uma repetição de desculpas e atrasos, e depois de toda sua preocupação com o que seu marido iria sofrer, ela própria sofreu muito mais.

Emma não estava naquele momento em um estado de espírito para se importar realmente com a não vinda do Sr. Frank Churchill, exceto como uma decepção com Randalls. O conhecido no momento não tinha nenhum encanto para ela. Ela queria, em vez disso, ficar quieta e fora das atenções; mas ainda assim, como era desejável que ela aparecesse, em geral, como sempre, ela teve o cuidado de expressar tanto interesse na circunstância e entrar tão calorosamente no desapontamento do Sr. e Sra. Weston, como poderia naturalmente pertencer a sua amizade.

Ela foi a primeira a anunciar a novidade ao Sr. Knightley, e criticou tanto quanto era necessário a conduta dos Churchill, em mantê-lo afastado. Ela então começou a falar muito mais do que sentia, sobre a vantagem de tal acréscimo à sua confinada sociedade em Surry. O prazer de olhar para alguém novo, o dia de gala para Highbury inteiro, que a visão dele teria feito; e terminando com reflexões sobre os Churchills novamente, viu-se diretamente envolvida em um desacordo com o Sr. Knightley. Para sua grande diversão, percebeu que estava tirando o outro lado da questão de sua opinião real, fazendo uso dos argumentos da Sra. Weston contra ela mesma.

– É muito provável que os Churchill estejam errados – disse o Sr. Knightley, friamente -; mas atrevo-me a dizer que ele pode vir, se quiser.

– Não sei por que diz isso. Ele deseja muito vir, mas seu tio e sua tia não o pouparão.

– Eu não posso acreditar que ele não tem o poder de vir, se ele ffizer questão disso. É muito improvável, para mim, acreditar sem provas.

– Que estranho você é! O que o Sr. Frank Churchill fez para que você o considerasse uma criatura tão desnaturada?

– Não estou supondo que ele seja uma criatura desnaturada, ao suspeitar que ele pode ter aprendido a estar acima de suas conexões, e a se importar muito pouco com qualquer coisa além de seu próprio prazer, de viver com aqueles que sempre lhe deram o exemplo. É muito mais natural do que se poderia desejar que um jovem, criado por aqueles que são orgulhosos, luxuosos e egoístas, seja orgulhoso, luxuoso e egoísta também. Se Frank Churchill quisesse ver seu pai, ele teria planejado isso entre setembro e janeiro. Um homem na idade dele, qual é mesmo? Entre vinte e três e vinte e quatro anos, não pode ser impedido de fazer tal coisa. É impossível.

– Isso é facilmente dito e sentido por você, que sempre foi seu próprio mestre. Você é o pior juiz do mundo, Sr. Knightley, das dificuldades da dependência. Você nãos sabe como é lidar com isso.

– Não se deve conceber que um homem de vinte e três ou vinte e quatro anos não deva ter liberdade de espírito ou de membros nesse ponto. Não lhe falta dinheiro e também não lhe falta tempo. Sabemos, pelo contrário, que ele tem tanto de ambos, que fica feliz em se livrar deles nos lugares mais ociosos do país. Ouvimos sempre falar dele em algum lago ou outro. Há pouco tempo, ele estava em Weymouth. Isso prova que ele pode deixar os Churchill.

– Sim, às vezes ele pode.

– E esses momentos são sempre que ele achar que vale a pena; sempre que houver qualquer tentação de prazer.

– É muito injusto julgar a conduta de qualquer pessoa, sem um conhecimento íntimo da sua situação. Ninguém, que não tenha estado no interior de uma família, pode dizer quais são as dificuldades de qualquer indivíduo dessa família. Familiarize-se com Enscombe e com o temperamento da Sra. Churchill antes de fingirmos que sabemos o que seu sobrinho pode fazer. Ele pode, às vezes, ser capaz de fazer muito mais do que em outras.

– Há uma coisa, Emma, que um homem sempre pode fazer, se ele escolher, e isto é, seu dever; não com manobras e sutilezas, mas com vigor e resolução. É dever de Frank Churchill prestar atenção a seu pai. Ele sabe que é assim, por suas promessas e mensagens; mas se ele quisesse, poderia ser feito. Um homem que se sentisse bem diria imediatamente, simples e resolutamente, à Sra. Churchill: "Sempre estarei pronto a sacrificar qualquer prazer para agradá-la, mas devo partir para ver meu pai imediatamente. Sei que ele deve estar magoado por minha falta de respeito para com ele nessa ocasião. Portanto, vou partir amanhã." Se ele dissesse isso a ela imediatamente, no tom de decisão de se tornar um homem, não haveria oposição à sua partida.

– Não – disse Emma, rindo –, mas talvez houvesse oposição à sua volta. Um homem completamente dependente usar tal linguagem, imagine! Só você mesmo, Sr. Knightley, poderia achar isso possível. O senhor não tem a menor ideia do que é exigido em uma situação tão diferente da sua. Imaginar que Sr. Frank Churchill possa falar dessa maneira com o tio e a tia, que o criaram, e de quem é herdeiro!... De pé no meio da sala, creio eu, e falando tão alto quanto possa!... Como pode achar aceitável essa conduta?

– Acredite no que estou dizendo, Emma, um verdadeiro homem não encontraria dificuldade nisso. Ele estaria no seu direito, e se fizesse tal declaração, na maneira apropriada a um homem de bom senso, é claro... ela atuaria a seu favor, iria elevar seu conceito e firmar seus interesses entre as pessoas das quais depende, muito mais do que qualquer manobra ou expediente poderia fazer. O respeito deve se somar à afeição. Eles sentiriam que podem confiar nele, que o sobrinho que age corretamente com o pai faria o mesmo com eles. Ambos sabem, como ele mesmo sabe, como o mundo inteiro sabe, que Frank Churchill deve fazer essa visita ao pai. E enquanto eles exercem seu poder de impedi-lo, no fundo de seu coração não devem pensar bem dele por submeter-se aos seus caprichos. Todos sentem respeito pela boa conduta. Se ele agisse dessa maneira por princípio, de forma consistente e regular, as mentes estreitas dos Churchill acabariam por curvar-se à dele.

– Não tenho tanta certeza disso. O senhor adora curvar mentes pequenas, mas quando as mentes pequenas pertencem a pessoas ricas e poderosas, acho que têm uma tendência a inchar até se tornarem grandes. Imagino que o senhor, Sr. Knightley, da maneira como é, se fosse transportado e colocado de uma vez na situação de Sr. Frank Churchill, seria capaz de dizer e fazer o que está recomendando a ele, e poderia ter um efeito muito positivo. Os Churchill não conseguiriam dizer uma palavra em resposta, mas o senhor não teria que quebrar um antigo hábito de obediência e longa observância. Para ele que tem, não deve ser fácil revoltar-se até se tornar independente, e fazer voltar à estaca zero todos os direitos dos tios à sua afeição e gratidão. Ele deve ter bastante noção do que é apropriado, tanto quanto o senhor, embora sem poder agir de acordo, em determinadas circunstâncias.

– Essa noção talvez não seja tão forte assim. Se falha em produzir um esforço de acordo, então a convicção pode não ser suficiente.

– Oh! As diferenças de hábitos e de situação! Gostaria que o senhor tentasse entender o que um amável jovem cavalheiro provavelmente sentiria ao se opor diretamente àqueles a quem sempre obedeceu, como criança e rapaz.

– Nosso amável jovem cavalheiro é um jovem muito fraco, se esta for a primeira oportunidade que tem de agir corretamente contra a vontade dos outros. A esta altura da vida esse jovem já deveria ter por hábito fazer o seu dever, ao invés de recorrer a expedientes.

Posso entender o medo de uma criança, mas não o de um homem. Quando se tornou racional Sr.Frank Churchill devia ter se insurgido e se livrado de tudo que fosse indigno na autoridade dos tios. Ele devia ter-se oposto, quando os Churchill tentaram fazê-lo negligenciar o pai pela primeira vez. Se tivesse feito isso antes, agora não teria dificuldade alguma.

– Jamais iremos concordar em relação a ele – exclamou Emma –, mas isso não é nada extraordinário. Nunca tive a impressão de que ele fosse um homem fraco: tenho certeza que não é. Sr. Weston jamais seria cego ao ponto da insensatez, mesmo em se tratando do próprio filho. Mas provavelmente a disposição dele é submissa, obediente e suave demais para adequar-se ao seu ideal de perfeição masculina. Acho que de fato é assim, e se isso lhe tira algumas vantagens, pode lhe trazer muitas outras.

– Sim, todas as vantagens de ficar sentado quando deveria se mover; de levar uma vida de prazeres vazios e se imaginar muito esperto por encontrar desculpas para isso. Ele pode sentar-se e escrever uma bela carta, cheia de floreios, belas declarações e falsidades, e ficar convencido de que encontrou o melhor método do mundo para preservar a paz doméstica e evitar que o pai tenha algum direito de queixar-se. As cartas dele me repugnam.

– Sua reação é estranha. Todos gostaram das cartas.

– Acho que Sra. Weston não gostou. Elas dificilmente satisfariam uma mulher com o bom senso e a sensibilidade dela, que está no lugar de mãe, mas não tem o afeto materno a cegá-la. É por causa dela que ele deve duplamente respeito aos Randalls, e ela deve ter sentido a omissão em dobro. Acho que se ela fosse uma pessoa de importância, ele teria vindo. Pode imaginar sua amiga debatendo-se neste tipo de considerações? Acha que ela não diz isso para si mesma muitas vezes? Não, Emma, seu amável amigo pode ser amável apenas em francês, não em inglês. Ele pode ter boas maneiras e ser muito agradável, mas não tem a delicadeza inglesa para com os sentimentos dos outros. Não há nada de amável nele.

– O senhor está determinado a pensar mal dele.

– Eu? De modo algum! – replicou Sr. Knightley, um tanto aborrecido. – Não quero pensar mal dele. Estou disposto a aceitar seus méritos, como os de qualquer homem. Mas até agora não soube de nenhum, exceto os que são de caráter pessoal: que ele é bem criado, bonito e tem maneiras muito suaves e educadas.

– Bem, se ele não tem nada mais a recomendá-lo, será um tesouro para Highbury. Quase nunca temos oportunidade de admirar jovens belos, bem educados e agradáveis. Não devemos exigir todas as virtudes na mesma barganha. O senhor já imaginou, Sr. Knightley, a sensação que sua chegada irá provocar? Não haverá outro assunto nas paróquias de Donwell e Highbury. Apenas um interesse, um objeto de curiosidade: Sr. Frank Churchill. Ninguém poderá pensar ou falar de outra coisa.

– Peço que me perdoe se exagerei. Se eu o achar sociável terei o maior prazer de conhecê-lo, mas se ele for apenas um janota pretensioso, não ocuparei muito do meu tempo ou do meu pensamento com ele.

– Tenho a impressão que ele saberá adaptar sua conversa ao gosto de todo mundo, e tem o poder e o desejo de ser universalmente agradável. Com o senhor, ele falará sobre fazendas, comigo, sobre pintura ou música, e assim com todos, obtendo informação geral sobre quaisquer assuntos que lhe permitam seguir o rumo, ou definir o rumo de uma conversa, como a educação exige, e a falar muito bem com todas as pessoas. Essa é a minha ideia dele.

– E a minha – disse Sr. Knightley, com ardor – é que, se ele for assim como você diz, vai ser a pessoa mais insuportável do mundo! Era só o que faltava! Aos vinte e três anos ser o rei do seu grupo... o grande homem... o político prático, que consegue ler o caráter de todo mundo e usar os talentos dos outros para colocar em evidência sua própria superioridade. Disparando cortesias por aí, para que todos pareçam tolos comparados a ele! Minha querida Emma, o seu bom senso não lhe permitirá suportar esse cãozinho quando chegar a hora.

– Não vou dizer mais nada sobre ele – exclamou Emma –, o senhor distorce tudo que eu digo. Os dois temos preconceitos: o senhor contra, eu a favor. E não temos nenhuma chance de chegar a um acordo até que ele esteja realmente aqui.

– Preconceito? Eu não sou preconceituoso.

– Pois eu sou, muito, e não tenho vergonha disso. Meu afeto por Sr. e Sra. Weston me leva a ser preconceituosa a favor deles.

– Ele é uma pessoa em quem eu não pensaria do fim de um mês até o início do outro! – disse Sr. Knightley, com um grau de irritação que levou Emma a mudar imediatamente de assunto, embora ela não compreendesse por que ele estava tão zangado.

Não gostar de alguém apenas porque pensa de modo diferente do seu era algo que não combinava com a verdadeira liberalidade de pensamento de Sr. Knightley, a que ela já se acostumara. Com toda a boa opinião que tinha de si mesmo, Emma nunca poderia supor que ele fosse injusto com outras pessoas.

Parte 2

CAPÍTULO 1

Emma e Harriet estavam caminhando juntas uma manhã, e na opinião de Emma, já tinham falado o suficiente sobre o Sr. Elton naquele dia. Achava que aquilo bastava para o consolo de Harriet ou para pagar seus próprios pecados, e enquanto voltavam Emma punha em prática um engenhoso plano para livrar-se do assunto. Quando ela pensou que havia conseguido, porém, o assunto voltou à tona. Após falar um pouco sobre o quanto os pobres deviam sofrer no inverno, e tendo recebido nada mais que um choroso "O senhor Elton é tão bom para os pobres!", Emma achou que era necessário fazer alguma coisa mais.

Eles estavam se aproximando da casa onde a Sra. e a Srta. Bates moravam. Ela decidiu chamá-las e buscar segurança na companhia de outras pessoas. Sempre havia razão suficiente para tal atenção, elas adoravam receber visitas, e Emma sabia que era considerada pelas poucas pessoas que sempre achavam imperfeições nela como negligente a esse respeito, e culpada de não contribuir com alguma coisa para o aumento do escasso conforto das duas senhoras.

Ela tinha recebido muitas dicas do Sr. Knightley e algumas de seu próprio coração, quanto à tal deficiência, mas nada podia diminuir sua certeza de que isso era muito desagradável, uma perda de tempo, eram mulheres cansativas. Além de tudo havia o horror de encontrar-se com o segundo e o terceiro escalões de Highbury, que estavam sempre visitando as Bates, por isso ela raramente passava perto da casa. Mas agora teve a resolução repentina de não passar pela porta sem entrar, e enquanto propunha a visita a Harriet, observou que, tão bem quanto ela pudesse calcular, elas estavam a salvo de qualquer carta de Jane Fairfax.

A casa pertencia a pessoas de negócios. A Sra. e Srta. Bates ocupavam o andar onde estava a sala de estar, e ali, no apartamento de tamanho muito moderado, que era tudo para elas, os visitantes eram acolhidos cordialmente e com gratidão. A velha e ordeira senhora, que se sentava com seu tricô no canto mais aquecido da sala, queria ceder seu lugar a senhorita Woodhouse, e sua filha, a ativa e falante Srta. Bates, parecia pronta a sufocá-las com tanta bondade e cuidados, agradecendo pela visita, preocupada pelo estado de seus sapatos, perguntando ansiosamente pelo estado de saúde de Sr. Woodhouse, fazendo comentários alegres sobre sua mãe, e oferecendo o bolo que estava sobre o bufê... “Sra. Cole, que acabara de ir embora não fazia nem dez minutos, e que estivera com elas durante uma hora, tinha experimentado o bolo e tivera a bondade de dizer que estava muito bom; e ela esperava que a senhorita Woodhouse e a senhorita Smith fizessem o favor de aceitar um pedaço também”.

A menção aos Cole certamente seria seguida pela do Sr. Elton. Havia intimidade entre eles e o Sr. Cole tinha recebido notícias de Sr. Elton desde sua partida. Emma sabia o que estava por vir, Elas deviam mencionar a carta outra vez, e dizer há quanto tempo ele se fora, e quantos novos amigos fizera, e como se tornava o favorito onde quer que fosse, e quão concorrido fora o Baile do Mestre de Cerimônias... Emma suportou tudo muito bem, com todo o interesse e os elogios que se faziam necessários, e sempre se adiantando para impedir que Harriet fosse obrigada a dizer alguma coisa.

Ela estava preparada para isso quando entrou na casa; mas uma vez tendo falado sobre ele generosamente, esperava não ser mais incomodada por nenhum outro tópico problemático, perguntou então longamente por todas as senhoras e senhoritas de Highbury e seus jogos de cartas. Não estava preparada, porém, para ver Jane Fairfax advir a Sr. Elton de novo nos assuntos do dia. Ela fora na verdade trazida para a conversa por Srta. Bates, que pulou abruptamente de Sr. Elton para os Cole e acabou por introduzir uma carta de sua sobrinha.

– Oh! Sim... Sr. Elton, com certeza... parece que foi visto dançando... A Sra. Cole estava me dizendo que dançar nos salões de Bath foi... ela foi tão muito gentil em sentar conosco e falar sobre Jane, pois assim que chegou começou a perguntar por ela, Jane é muito querida lá! Quando ela está aqui conosco, Sra. Cole nem sabe como demonstrar tanta bondade, e devo dizer que Jane de fato merece tudo isso mais do que muita gente. E então ela começou a perguntar por ela diretamente, dizendo: "Eu sei que não devem ter notícias de Jane ultimamente, pois ainda não é a hora dela escrever", e quando eu disse imediatamente: "Mas na verdade nós temos, recebemos uma carta hoje pela manhã", devo dizer que nunca vi uma pessoa mais surpresa. "Você jura que é verdade?", ela disse "Bem, isso é muito inesperado, deixe-me ver o que ela diz".

A polidez de Emma estava bem à mão para poder dizer, com um sorriso interessado:

– Tiveram notícias tão recentes de Srta. Fairfax? Estou extremamente feliz. Ela está bem, espero?

– "Obrigado. Você é tão gentil!" – respondeu feliz a iludida tia, enquanto estava procurando ansiosamente pela carta. – Ah! Aqui está. Sabia que não podia estar longe, mas acabei pondo minha caixa de costura sobre ela, como vê, sem me dar conta, e então ela ficou quase escondida, mas eu estava segurando a carta na minha mão não faz muito tempo, por isso sabia que devia estar sobre a mesa. Eu li a carta para Sra. Cole, e desde que ela foi embora eu li de novo para minha mãe, pois é um prazer tão grande para ela... uma carta de Jane... ela nunca se cansa de ouvir. Eu sabia que não devia estar longe, e aqui está, embaixo da minha caixa de costura... e já que as senhoritas são tão gentis para querer ouvir o que ela diz..., mas antes de tudo eu devo, para fazer justiça a Jane, devo me desculpar por ela ter escrito uma carta tão curta, somente duas páginas... só duas, estão vendo?... e geralmente ela escreve várias folhas, dos dois lados... Minha mãe sempre se admira que eu consiga organizar todas as folhas, e sempre diz, quando abrimos a carta pela primeira vez "Bem, Hetty, agora você vai ter que resolver esse quebra-cabeça"... não é verdade, madame?... E então eu digo a ela, tenho certeza ela que daria um jeito de fazer isso sozinha, se ela não tivesse ninguém para fazer isso por ela, cada palavra dela, tenho certeza que ela iria se debruçar sobre isso até que tivesse colocado em ordem cada palavra.E, na verdade, ainda que os olhos da mamãe não sejam mais tão bons quanto eram, ela ainda enxerga espantosamente bem, graças a Deus! com a ajuda dos óculos... Isso é uma benção! Minha mãe está muito bem, de fato. Jane costuma dizer, quando está aqui: 'Tenho certeza, vovó, que tinha olhos muito fortes para enxergar tão bem, e para fazer os trabalhos de agulha tão lindos que fez! Só espero que meus olhos possam se conservar tão bem quanto os seus".

Depois de falar tudo isso extremamente rápido, Srta. Bates foi obrigada a parar para respirar. Emma então disse alguma coisa muito educada a respeito da excelência da caligrafia de Srta. Fairfax.

– Você é extremamente gentil –, respondeu Srta. Bates, muito satisfeita –; e é o melhor juiz também, pois tem uma letra tão bonita! Tenho certeza que o elogio de ninguém poderia nos dar tanto prazer quanto o da senhorita Woodhouse. Minha mãe não ouve, ela é um pouco surda, como sabe. Madame – dirigindo-se à mãe –, a senhora ouviu o que a senhorita Woodhouse teve a delicadeza de dizer sobre a letra de Jane?

E Emma teve a vantagem de ouvir seu próprio elogio tolo repetido duas vezes antes que a boa senhora pudesse compreender. Nesse meio tempo ela pensava na possibilidade de escapar da carta de Jane Fairfax sem parecer rude. Estava quase decidida a se apressar com uma desculpa esfarrapada, quando a Srta. Bates voltou-se para ela novamente e prendeu sua atenção.

– A surdez de minha mãe é bastante superficial, como a senhorita viu... não é quase nada. Basta eu levantar a voz e repetir alguma coisa duas ou três vezes, e com certeza ela ouve, mas ela está acostumada com a minha voz. O mais interessante é que ela sempre consegue ouvir Jane melhor do que me ouve. Jane fala de uma maneira tão distinta! No entanto, ela não vai achar sua avó mais surda do que ela estava há dois anos, o que já é dizer muito na idade em que minha mãe se encontra, e faz realmente dois anos inteiros, a senhorita sabe, desde que Jane esteve aqui. Nunca ficamos tanto tempo sem vê-la, e eu estava mesmo dizendo à Sra. Cole, não sabemos o que fazer para ela agora.

– Estão esperando a senhorita Fairfax aqui em breve?

– Oh, sim! Na semana que vem.

– É mesmo?... Será um enorme prazer.

– Obrigada. A senhorita é muito gentil. Sim, na semana que vem. Todos estão muito surpresos, e todos dizem as mesmas coisas amáveis. Tenho certeza que ela ficará tão feliz em ver seus amigos em Highbury quanto eles podem estar em vê-la. Sim, sexta-feira ou sábado, ela não sabe bem o dia porque o coronel Campbell vai precisar usar a carruagem num desses dois dias. É tão gentil da parte deles mandá-la de carruagem até aqui! Mas eles sempre fazem isso, a senhorita sabe. Oh sim, sexta-feira ou sábado que vem. É sobre isso que ela escreve. Essa é a razão dela escrever fora da época, como costumamos dizer, pois, se fosse uma situação comum, só devíamos receber notícias dela na próxima terça ou quarta-feira.

– Sim, foi o que imaginei. Eu temia que houvesse pouca chance de saber alguma notícia da senhorita Fairfax no dia de hoje.

– Tão amável da sua parte! Não, não teríamos notícias, se não fosse por esta circunstância particular, de ela vir aqui em breve. Minha mãe está tão feliz! Pois ela vai ficar três meses conosco, no mínimo. Três meses, ela diz, pois vou ter o prazer de ler para vocês. O caso é, você vê, que os Campbell estão indo para a Irlanda. Sra. Dixon convenceu o pai e a mãe a irem visitá-la na Irlanda. Eles não pretendiam ir antes do verão, mas ela está tão impaciente para vê-los, pois até se casar, em outubro passado, ela nunca ficou longe deles por mais de uma semana, e deve ter sido muito estranho viver num reino diferente, quero dizer, num país diferente, e então ela escreveu uma carta com muita urgência para a mãe, ou para o pai, confesso que não sei bem para quem ela escreveu, mas podemos ver na carta de Jane, e escreveu no nome dela e do marido, senhor Dixon, para pedir que fossem imediatamente, e que iriam encontrá-los em Dublin e levá-los até a propriedade deles em Baly-craig, um lugar muito bonito, imagino. Jane ouviu falar muito das belezas do lugar pelo senhor Dixon, quer dizer, acho que ela nunca ouviu falar de lá a não ser por ele; mas é muito natural, a senhorita sabe, que ele gostasse de falar do seu país enquanto estava fazendo a corte à senhorita Campbell... e como Jane costumava estar frequentemente passeando com eles, pois o coronel e a senhora Campbell faziam absoluta questão que a filha não saísse a passear sozinha com o senhor Dixon, pelo que não posso censurá-los. Claro que ela ouviu tudo o que ele dizia à Srta. Campbell sobre seu lar na Irlanda; e acho que ela nos escreveu contando que ele havia mostrado a eles até alguns desenhos do lugar, umas paisagens que ele mesmo fizera. Ele é o jovem mais amável e encantador, creio eu. Jane estava com muita vontade de conhecer a Irlanda, só de ouvi-lo falar de lá.

Neste momento, uma suspeita engenhosa e animadora começou a se formar na cabeça de Emma, e dizia respeito a Jane Fairfax, o encantador senhor Dixon, e o fato dela não ir para a Irlanda. Com a insidiosa intenção de descobrir mais, Emma disse:

– A senhorita deve ter considerado uma sorte que Srta. Fairfax possa vir a Highbury agora. Considerando a amizade tão especial entre ela e a senhora Dixon, seria difícil imaginar que ela não fosse acompanhar o coronel e a senhora Campbell.

– Muito verdadeiro, muito verdadeiro. De fato, é a única coisa que tínhamos muito medo, pois não gostaríamos de tê-la tão distante de nós, por meses, não podendo vir se alguma coisa acontecesse. Mas, a senhorita vê, tudo se resolveu da melhor maneira. Eles, o senhor e senhora Dixon, queriam demais que ela fosse com o coronel e com a senhorita Campbell, já contavam com isso, nada pode ser mais gentil e insistente que o convite que mandaram anexo, conforme Jane disse, e como a senhorita irá ouvir agora mesmo. O senhor Dixon não parece nem um pouco relutante em todas as suas atenções, ele é um jovem muito encantador. Desde o serviço que prestou a Jane em Weymouth, quando eles estavam naquela festa no barco, e alguma coisa se desprendeu das velas e girou de repente na direção de Jane, ela poderia ter sido atirada ao mar, e teria sido de fato, se ele não tivesse, com a maior presença de espírito, segurado Jane pela roupa, nunca consigo me lembrar disso sem tremer. Desde o dia em que ouvi essa história daquele dia, eu gosto tanto do senhor Dixon!

– Mas, apesar de todo a insistência de seus amigos, e seu próprio desejo de conhecer a Irlanda, a senhorita Fairfax prefere dedicar o tempo à senhorita e à senhora Bates?

– Sim... Foi inteiramente ideia dela, inteiramente sua escolha; e o coronel e a senhora Campbell acharam que ela estava muito certa, era exatamente o que eles recomendariam e, na verdade, desejavam que ela viesse tomar o ar de sua terra natal, pois Jane não tem estado muito bem ultimamente.

– Fico triste em ouvir isso. Acho que eles têm razão. Mas a senhorita Dixon deve ter ficado muito desapontada. Segundo eu soube, a senhorita Dixon não é nenhuma beleza notável, pelo menos não pode ser comparada à senhorita Fairfax.

– Oh! Não. A senhorita é muito gentil em dizer essas coisas, mas certamente não é. Não há comparação entre elas. A senhorita Campbell sempre foi absolutamente simples, mas extremamente elegante e amigável.

– Sim, é claro.

– Jane pegou um resfriado terrível, pobrezinha! Faz bastante tempo, foi no dia sete de novembro, como vou ler para a senhorita, e desde então não vem se sentindo bem. É muito tempo para permanecer resfriada, não acha? Ela nunca falou nada disso para ficarmos preocupadas. É bem o jeito dela! Tão atenciosa!... Mas, de qualquer forma, ela está tão longe de ficar boa que seus amáveis amigos, os Campbell, acharam melhor que ela viesse para casa, onde o ar sempre lhe fez bem. Eles não têm dúvida que três ou quatro meses em Highbury vão curá-la inteiramente... E certamente é bem melhor que ela venha para cá do que ir para a Irlanda, se ela não está bem. Ninguém pode cuidá-la como nós.

– Parece-me o melhor arranjo do mundo.

– Então ela virá na próxima sexta-feira ou sábado, e os Campbell vão deixar a cidade a caminho de Holy head na segunda-feira seguinte... como a senhorita vai ver na carta de Jane. Tão de repente!... A senhorita pode adivinhar como fiquei nervosa com isso! Se não fosse o inconveniente da doença dela... tenho medo que ela esteja muito magra, muito abatida. Devo dizer-lhe que isso foi um grande infortúnio para mim. Sempre faço questão de ler as cartas de Jane primeiro, só para mim, antes de lê-las em voz alta para a minha mãe, a senhorita sabe, por medo de haver algo nelas que a aflija. Jane me pediu para fazer assim, então eu sempre faço. E hoje de manhã fiz a mesma coisa, tomando todas as precauções, mas quando cheguei ao ponto em que ela diz que não está bem, eu exclamei, muito assustada: "Meu bom Deus, a pobre Jane está doente!"... e minha pobre mãe, que estava atenta, ouviu muito bem, e ficou bastante alarmada. No entanto, quando continuei a ler vi que ela não estava tão mal quanto pensei a princípio, então acalmei minha mãe e agora ela não pensa muito no assunto. Mas não imagino como pude me descontrolar tanto. Se Jane não melhorar logo, chamaremos o Sr. Perry. Não vamos nem pensar nas despesas, se bem que ele é tão liberal e goste tanto de Jane que ouso dizer que ele não teria a intenção de cobrar nada pelo atendimento, o que não podemos permitir de jeito nenhum, a senhorita sabe. Ele tem uma esposa e filhos para sustentar e não pode desperdiçar seu tempo de graça. Bem, agora que já lhe dei uma ideia do que Jane escreveu podemos ler a carta, e tenho certeza que ela conta sua própria história muito melhor do que eu poderia contar.

– Temo que precisemos ir embora – disse Emma, olhando de relance para Harriet e começando a levantar-se. – Meu pai estará nos esperando. Eu não tinha intenção de demorar tanto, pensei que não ficaria mais do que cinco minutos quando cheguei aqui. Eu meramente chamei, porque eu não iria passar pela sua casa sem perguntar pela senhora Bates. Mas foi uma demora tão agradável! Agora, no entanto, somos obrigadas a desejar um bom dia para a senhorita e para a senhora Bates.

E não houve nada que pudessem fazer para que ela ficasse mais. Emma ganhou a rua feliz, pois embora tivesse sido forçada contra a vontade, embora tivesse que ouvir um resumo do conteúdo da carta de Jane Fairfax, escapou de ouvir a leitura da carta em si.

CAPÍTULO 2

Jane Fairfax era órfã, filha única da filha caçula da Sra. Bates.

O casamento do tenente Fairfax, do Regimento de Infantaria, com a senhorita Jane Bates, havia tido seu dia de fama e esplendor, de esperança e interesse; mas nada restara dele a não ser a melancólica lembrança do jovem tenente morrendo em ação no exterior e da viúva morrendo logo depois, mergulhada na dor e na saudade, e essa menina.

Por nascimento, ela pertencia a Highbury: e quando tinha três anos, quando perdeu a sua mãe, ela se tornou a propriedade, o encargo, o consolo e o amor de sua avó e tia, tudo parecia que ela estaria permanentemente fixada lá, receberia a limitada educação que seus parcos recursos permitiam, e que cresceria sem bons relacionamentos ou vantagens que lhe permitissem melhorar o que a natureza lhe dera: aparência agradável, inteligência, bom coração e facilidade de relacionamento. Mas os sentimentos de compaixão de um amigo de seu pai deram uma mudança para o seu destino. Este era o coronel Campbell, que considerava muito Fairfax, como um excelente oficial e um jovem muito merecedor, e além disso, estava em débito com ele, pois quando o coronel adoecera com tifo o jovem cuidara dele, e o coronel acreditava que lhe devia a vida. Ele nunca esqueceu essa dívida, apesar de terem se passado muitos anos desde a morte do pobre Fairfax e antes que ele próprio voltasse à Inglaterra e tivesse condições de fazer alguma coisa a respeito. Logo que retornou procurou notícias da criança. Ele era um homem casado, com apenas uma filha, uma menina da mesma idade de Jane, e ela tornou-se sua convidada, fazendo-lhes longas visitas e tornando-se a favorita de todos, e antes que ela tivesse completado nove anos, o grande carinho da filha por ela, e seu próprio desejo de ser um verdadeiro amigo, se uniu para produzir uma oferta para encarregar-se completamente da educação de Jane. A proposta foi aceita, e desde então Jane passou a pertencer à família Campbell, vivendo com eles e apenas visitando a avó de tempos em tempos.

A ideia era que ela fosse criada para ser governanta. As poucas centenas de libras que herdara do pai tornavam sua independência impossível. Fazer-lhe um legado estava fora do poder do coronel Campbell, embora sua renda fosse razoável por pagamentos e nomeações, sua fortuna era moderada e deveria deixar tudo para a sua filha, mas ao dar-lhe uma boa educação, ele esperava estar fornecendo os meios de subsistência respeitáveis no futuro.

Essa era a história de Jane Fairfax. Ela caíra em boas mãos, só conhecera bondade da parte dos Campbell e recebera uma excelente educação. Vivendo constantemente com pessoas honestas e bem informadas, seus sentimentos e inteligência receberam as vantagens da disciplina e da cultura. Como a residência do coronel era em Londres, ela teve contato com todos os brilhantes talentos através de mestres de primeira classe. Seu caráter e seus talentos também se beneficiaram dessa amizade. Aos dezoito ou dezenove anos ela era totalmente competente no ofício de educar, tanto quanto uma idade tão tenra permitisse cuidar de crianças. Mas os Campbell a amavam demais para deixá-la partir. Nem o pai nem a mãe aceitariam isso, e ela não conseguiria suportá-lo. O dia fatídico foi adiado. Era fácil para eles argumentar que ela ainda era muito jovem, e Jane permaneceu com eles, dividindo, como se fosse outra filha, todos os prazeres da sociedade elegante e uma judiciosa mistura de lar e divertimento, com a inconveniência de um futuro incerto e as sensatas reflexões do seu bom entendimento a lembrá-la que tudo isso em breve iria terminar.

A afeição de toda a família, em particular o caloroso apego da senhorita Campbell, era ainda mais admirável em função da clara superioridade de Jane, tanto em beleza quanto em capacidade mental. A beleza que a natureza a havia dado não passara despercebida a senhorita Campbell, nem sua grande inteligência deixou de ser notada pelos pais. Continuaram juntas com a mesma profunda afeição, todavia, até o casamento de Srta. Campbell, que por mero acaso, por aquela sorte que desafia os projetos de matrimônio, quando a moderação vence a superioridade, ganhou a afeição do senhor Dixon, um jovem cavalheiro rico e agradável, pouco tempo depois de se conhecerem, e acabou por ficar feliz e convenientemente estabelecida, enquanto Jane Fairfax ainda tinha que ganhar o pão de cada dia.

Esse casamento acontecera há bem pouco tempo. Era recente demais para que a amiga menos afortunada dos Campbell tentasse alguma coisa para iniciar-se no caminho do dever, apesar de já ter atingido a idade que ela própria fixara para começar. Jane resolvera há muito tempo que vinte e um anos seria a idade certa. Com a fortaleza de um devotado noviciado ela chegara à conclusão que com a idade de vinte e um anos faria o sacrifício completo, quando se afastaria de todos os prazeres da vida, das conversas sociais, da paz e da esperança, para enfrentar a penitência e a mortificação para sempre.

O bom senso do coronel e da Sra. Campbell não poderia se opor a tal resolução, embora seus sentimentos o fizessem. Enquanto vivessem ela não precisaria fazer nenhum esforço, teria sempre um lar em sua casa; e para seu conforto a teriam mantido com eles. Mas isso seria egoísta. O que tivesse que ser, era melhor que fosse logo. Talvez eles tenham começado a sentir que seria mais caridoso e sábio se tivessem resistido à tentação de adiar a partida de Jane, e assim poupá-la de ter desfrutado do luxo e dos prazeres para agora ter que abandoná-los. A afeição, entretanto, sempre podia ser usada como desculpa para não terem apressado o infeliz momento. Ela nunca mais estivera bem de saúde, desde o casamento, e os Campbell a proibiram de assumir qualquer compromisso até que estivesse completamente restabelecida. Essa tarefa não era adequada a uma constituição fraca e um espírito inconstante e exigiria, na melhor das circunstâncias, algo mais que a perfeição de corpo e mente para ser desempenhada com tolerável conforto.

No que diz respeito ao fato dela não ter acompanhado os Campbell à Irlanda, o relato que fizera à tia continha apenas a verdade, apesar de que podia haver algumas verdades não ditas. Fora dela a escolha de ficar em Highbury enquanto eles estivessem ausentes. Desejava, talvez, passar seus últimos meses de completa liberdade entre aqueles que a amavam. E os Campbell, qualquer que tenha sido seu motivo ou motivos, se simples, duplo ou triplo, deram seu completo apoio à decisão, e afirmaram que a recuperação da saúde dela dependia mais de que passasse alguns meses respirando o ar da sua terra natal, do que de qualquer outra coisa. O certo era que ela estava chegando, e Highbury, em vez de acolher aquela novidade perfeita que havia sido há tanto tempo prometida, Sr. Frank Churchill, deveria se contentar no momento com Jane Fairfax, que poderia trazer apenas o frescor de uma ausência de dois anos.

Emma estava aborrecida. Ter que se mostrar gentil com uma pessoa de quem não gostava durante três longos meses, sempre fazendo mais do que queria e menos do que deveria! A razão pela qual não gostava de Jane Fairfax era uma questão difícil de responder. O Sr. Knightley uma vez disse a ela que era porque ela viu nela a jovem realmente realizada, que ela gostaria de ser. E embora a acusação tivesse sido avidamente refutada na época, houve momentos de autoanálise em que sua consciência não poderia absolvê-la completamente. Mas nunca conseguira se dar bem com ela, não sabia o porquê, mas sentia certa frieza e reserva, uma aparente indiferença quer ela gostasse ou não, e depois sua tia era uma eterna tagarela! E fazia tanto estardalhaço a respeito de qualquer pessoa! E todos sempre imaginavam que elas deviam ser amigas íntimas, só porque tinham a mesma idade, e que deviam gostar muito uma da outra. Estas eram as suas razões, ela não tinha outras melhores.

Era um desprezo tão injusto... Emma, em sua imaginação, aumentava cada pequena falta dela a ponto de não conseguir ver Jane, após qualquer ausência mais prolongada, sem sentir-se ofendida por ela. E agora, depois que fizera a visita obrigatória às Bates na chegada de Jane, após dois anos de ausência, ficara particularmente impressionada com a aparência e as maneiras dela, que Emma tanto depreciara durante esse tempo. Jane Fairfax era muito elegante, notavelmente elegante, e Emma valorizava muito a elegância. Sua altura era perfeita, apenas o suficiente para que todos a considerassem alta, sem que fosse considerada alta demais, a figura dela particularmente graciosa, o corpo harmonioso, nem magra nem gorda, ainda que uma leve aparência de saúde abalada pusesse em evidência o pior dos dois. Emma não podia deixar de notar tudo isso. Seu rosto, seus traços... havia mais beleza em seu conjunto do que ela se lembrava, não eram traços regulares, mas sua beleza era muito agradável. Seus olhos, de um cinza profundo, com cílios e sobrancelhas escuras, não negavam a beleza de seu rosto, mas a pele, que ela costumava reparar, estava carente de cor, mas tinha uma transparência e delicadeza que não necessitava de colorido. Era um estilo de beleza, no qual a elegância era o traço mais notável, e que Emma, honrando seus princípios, só podia admirar. Tal elegância, de aparência ou caráter, raramente se via em Highbury. E Jane, longe de ser vulgar, possuía distinção e mérito.

Resumindo, durante aquela primeira visita, Emma ficou sentada, olhando para Jane Fairfax com dupla complacência. O senso de prazer e o senso de fazer-lhe justiça foram determinantes para que resolvesse deixar de lado a antipatia por ela. Quando ela considerou sua história, de fato, sua situação de vida, bem como sua beleza, no destino que teria toda esta elegância, no que ela teria que enfrentar e breve, parecia impossível sentir qualquer coisa, exceto compaixão e respeito. Se cada detalhe de sua vida lhe despertava o interesse, este aumentava ainda mais quando considerava a circunstância altamente provável de que ela estivesse apaixonada pelo senhor Dixon, e que este interesse iniciara por ela. Nesse caso, nada podia ser mais honrado e digno de pena do que o sacrifício que ela impusera a si própria. Estava bastante decidida a aceitar que ela não tentara roubar a afeição do senhor Dixon pela esposa, nem agira da maneira danosa que sua imaginação tinha sugerido a princípio. Se fora amor, devia ter sido simples e não correspondido, apenas do lado dela. Ela podia ter inconscientemente absorvido esse veneno enquanto trocava confidências com a amiga. E com os melhores e mais puros motivos recusara a viagem à Irlanda, e resolvera de fato afastar-se dele e de seu círculo de amizades e começar logo a trabalhar.

No geral, Emma a deixou com sentimentos tão amenos e caridosos, o que a fez olhar em volta quando voltava para casa, e lamentar que Highbury não tivesse nenhum jovem cavalheiro capaz de dar independência a Jane, ninguém que ela pudesse incluir num esquema apropriado para ela.

Eram sentimentos encantadores, mas não duradouros. Antes que ela tivesse se comprometido com qualquer declaração pública de amizade eterna por Jane Fairfax, ou de retratar preconceitos do passado e erros, apenas dizendo ao Sr. Knightley: "Ela certamente é bonita; mais do que bonita!" Jane passou uma noite em Hartfield com a avó e tia, e todas as coisas voltaram ao estado usual. Antigas provocações reapareceram. A tia estava tão cansativa como sempre; mais cansativa ainda, pois juntou à sua admiração pelos talentos da sobrinha a ansiedade pela saúde dela. Tiveram que ouvir a descrição exata da pequenina quantidade de pão e manteiga que ela comera no café da manhã e da fina fatia de carneiro que almoçara, além de terem que admirar os novos chapéus e sacolas de costura que ela fizera para a tia e a avó. E as ofensas de Jane voltaram. Como se houvesse música, Emma foi obrigada a tocar. Os agradecimentos e elogios que necessariamente se seguiram pareciam ter uma falsa candura, um ar de grandeza, como se Jane quisesse apenas mostrar em alto estilo a superioridade de seu próprio desempenho. Além disso, o que era ainda pior, ela parecia tão fria e cautelosa! Não havia como saber a verdadeira opinião de Jane. Envolta em uma capa de polidez parecia determinada a não arriscar coisa alguma. Sua reserva chegava a ser suspeita e repulsiva.

Onde tudo era reservado, se alguma coisa podia ser ainda mais reservada era o assunto de sua viagem à Weymouth e os Dixon. Parecia inclinada a não dar indicação alguma sobre o caráter de Sr. Dixon, ou do valor que atribuía à companhia dele, ou ainda sua opinião sobre a conveniência do casamento. Tudo era apenas aprovação e suavidade, nada de positivo ou determinante. Mas de nada adiantou, sua reserva foi desconsiderada. Emma percebeu seu artifício e voltou às suas primeiras suposições. Com certeza havia alguma coisa a esconder, além da preferência dela. O senhor Dixon provavelmente trocara uma amiga pela outra, ou se fixara apenas na senhorita Campbell, a fim de garantir suas doze mil libras para o futuro. A reserva prevaleceu sobre outros assuntos. Ela e o senhor Frank Churchill estiveram em Weymouth ao mesmo tempo. Sabia-se que eles se conheciam um pouco, mas Emma não conseguiu sequer uma informação concreta sobre como ele realmente era. "Ele é bonito?"

"Ela acreditava que ele tinha a reputação de ser um jovem muito refinado", "Ele é agradável?", "Ele era geralmente considerado assim". "Ele parecia um jovem sensível, culto?", "Em uma estação de águas, ou em uma reunião social na casa de conhecidos em Londres, era muito difícil avaliar essas coisas. Conhecendo o senhor Churchill há bastante tempo só podiam avaliar suas boas maneiras. Ela acreditava que todos consideravam suas maneiras agradáveis". Emma não podia perdoá-la.

CAPÍTULO 3

Emma não podia perdoá-la, mas nenhuma provocação nem ressentimento foram discernidos pelo Sr. Knightley, que fazia parte do grupo, e tinha visto apenas a atenção adequada e o comportamento agradável de ambas as moças. Na manhã seguinte ele retornou a Hartfield para tratar de negócios com o senhor Woodhouse, e expressou sua aprovação geral, não tão abertamente como teria falado se o pai não estivesse na sala, mas de maneira simples o suficiente para ser bem entendido por Emma. Ele costumava criticá-la por ser injusta com Jane, e estava muito satisfeito de ver que ela melhorara nesse aspecto.

Tão logo Sr. Woodhouse determinou o que era necessário, disse que entendera tudo e os papéis foram guardados, Sr. Knightley começou dizendo:

– Uma noite muito agradável, especialmente agradável. Você e a senhorita Fairfax nos brindaram com excelente música. Não conheço luxo maior, senhor, do que ficar sentado confortavelmente e ser entretido a noite toda por duas jovens como essas, às vezes com música, outras com conversa. Tenho certeza que a senhorita Fairfax achou a noite agradável, Emma. Você cuidou de tudo perfeitamente. Fiquei feliz de ver que você conseguiu que ela tocasse bastante. Como não existe piano na casa da avó, deve ter sido uma verdadeira satisfação para ela.

– Estou feliz que você tenha aprovado –, disse Emma, sorrindo, mas espero não ser muito deficiente quanto às cortesias devidas aos hóspedes de Hartfield. –

– Não, minha querida –, disse o pai instantaneamente –; tenho certeza de que não há ninguém tão atenciosa e gentil quanto você.

Para as mínimas coisas, você sempre está atenta. Mas os muffins a noite passada, se tivessem sido passados apenas uma vez acho que teria sido o bastante.

– Não – disse Sr. Knightley, quase ao mesmo tempo –, você não é sempre deficiente, não é deficiente nem em boas maneiras nem em discernimento. Acho que você me entende...

Com uma sobrancelha erguida Emma expressou que estava entendendo perfeitamente bem, mas falou apenas:

– A senhorita Fairfax é muito reservada.

– Eu sempre lhe disse que ela era... um pouco. Mas logo você irá superar essa reserva, pois ela tem fundamento na desconfiança. O que nasce da discrição deve ser honrado.

– O senhor a considera desconfiada, eu não vejo assim.

– Minha querida Emma –, disse ele, passando de sua cadeira para outra perto dela –, você não vai me dizer, eu espero, que não teve um agradável noite ontem.

– Ah, não. Fiquei feliz com a minha perseverança em fazer perguntas, e me diverti com a pouca informação que consegui.

– Estou desapontado – foi a única resposta dele. – Espero que todos tenham tido uma noite agradável – disse o senhor Woodhouse, em seu jeito calmo. – Sei que eu tive. Uma vez, durante a noite, achei que a lareira estava esquentando demais, então movi minha cadeira um pouquinho para trás, só um pouquinho, e não me senti mais incomodado. A senhora Bates estava muito tagarela e bem-humorada, como sempre é, embora ela fale um pouco rápido demais. No entanto, ela é muito agradável, e a Sra. Bates também, de uma maneira diferente. Gosto de velhos amigos, e a Srta. Jane Fairfax é uma moça muito bonita, uma moça muito bonita e muito comportada na verdade. Ela deve ter achado a noite agradável, Sr. Knightley, porque teve a companhia de Emma.

– É verdade, senhor, e Emma gostou porque teve a companhia da senhorita Fairfax.

Emma viu a ansiedade dele e, com a intenção de acalmá-lo, pelo menos no momento, disse com uma sinceridade que ninguém poderia questionar:

– Ela é uma criatura tão elegante que não se consegue tirar os olhos dela. Gosto muito de admirá-la, e sinto pena dela com todo o meu coração.

O Sr. Knightley parecia mais satisfeito do que poderia expressar, e antes que ele pudesse dar qualquer resposta o senhor Woodhouse disse, ainda com os pensamentos nos Bates:

– É uma pena que as condições delas sejam tão restritas! É mesmo uma pena! Eu sempre desejei..., mas é tão pouco o que podemos fazer... Alguns pequenos presentes, algumas coisas especiais... Agora mesmo matamos um porco e Emma pensou em enviar-lhes um pernil ou um lombo. É algo pequeno e delicado... os porcos de Hartfield são diferentes dos outros... Mas mesmo assim ainda é um porco... E, além disso, minha querida Emma, a menos que tenhamos certeza que elas irão preparar o lombo em pequenos bifes, bem fritinhos, assim como os nossos, sem a menor gordura, e não assado, pois nenhum estômago pode suportar carne de porco assada... Penso que seria melhor mandar-lhes o pernil... Não acha, minha querida?

– Meu querido papai, mandei-lhes todo o quarto traseiro. Sei que o senhor gostaria que fosse assim. Elas terão o pernil para salgar, que é muito bom, o senhor sabe, e o lombo para ser preparado da maneira que preferirem.

– Muito bem, minha querida, muito bem. Eu não tinha pensado nisso, mas é a melhor maneira. Elas não devem salgar demais o pernil; e se não salgarem demais, e ele for levemente cozido, como Serle cozinha os nossos, e comido com bastante moderação, com nabo cozido, e um pouco de cenoura ou batata, acho que não será prejudicial.

– Emma – atalhou Sr. Knightley –, tenho uma notícia para você. Você gosta de novidades, e ouvi uma coisa quando vinha para cá que eu acho que vai interessá-la.

– Novidades! Ah, sim, eu sempre adoro novidades. O que é?... Porque está rindo?... Onde ouviu a novidade? Em Randalls?

Ele teve tempo apenas para dizer:

– Não, não foi em Randalls, nem estive perto de lá...

Nesse momento a porta foi aberta e a senhorita Bates e a senhorita Fairfax entraram na sala. Cheia de agradecimentos e de novidades, a senhorita Bates não sabia o que devia dizer primeiro. O senhor

Knightley percebeu que perdera a oportunidade e que não conseguiria dizer nem mais uma palavra.

– Oh! Meu caro senhor, como você está esta manhã? Minha querida Srta. Woodhouse, estou encantada. Que lindo quarto de porco! Vocês são muito generosos! Ouviste as notícias? O Sr. Elton vai se casar.

Emma não teve tempo nem para pensar no Sr. Elton, e ficou tão surpresa que não conseguiu evitar um pequeno sobressalto, nem de ficar ruborizada, quando ouviu aquilo.

– Esta era a minha novidade... Achei que iria interessá-la – disse Sr. Knightley, com um sorriso que indicava a presunção de pelo menos uma parte do que acontecera entre eles.

– Mas como o senhor soube disso? – a senhorita Bates exclamou. – Como é possível que o senhor tenha tomado conhecimento disso, Sr. Knightley? Pois não faz cinco minutos que recebi o bilhete do senhor Cole... não, não pode fazer mais de cinco minutos... talvez dez... pois eu vesti meu chapéu e meu casaco e me aprontei para sair... e tinha acabado de descer para falar de novo com Patty sobre o porco... Jane estava de pé no corredor... não é mesmo, Jane? Mamãe estava preocupada que não tivéssemos uma panela grande o bastante para salgar o porco. Então eu lhe disse que ia descer e verificar, e Jane disse "Posso ir em seu lugar? pois eu acho que você está um pouco resfriada, e a Patty está lavando a cozinha". "Oh, minha querida" eu disse... bem, e aí chegou o bilhete. Uma senhorita de Bath chamada Hawkins, isso é tudo o que sei. Mas, Sr. Knightley, como soube disso? Pois no mesmo momento em que o senhor Cole contou isso a senhorita Cole ela sentou-se e me escreveu. Senhorita Hawkins...

– Estive com o Sr. Cole há uma hora e meia a negócios. Ele tinha acabado de ler a carta do Sr. Elton quando cheguei, e me deu para que lesse.

– Bem! Isso é realmente... Creio que nunca houve uma notícia tão interessante para toda a Highbury. Meu caro senhor, é realmente muito generoso da sua parte. Minha mãe lhe manda seus melhores cumprimentos e lembranças, e milhões de agradecimentos, ela diz que o senhor quase a sufoca com tanta gentileza.

– Consideramos nosso porco, aqui de Hartfield – replicou Mr.

Woodhouse –, ele realmente é, de fato, tão superior aos outros porcos, que Emma e eu não poderíamos ter maior prazer que...

– Oh, meu caro senhor, como diz minha mãe, nossos amigos são bons demais para nós. Se alguma vez houve pessoas que, sem ter grande riqueza, tinha tudo o que poderia desejar, tenho certeza que somos nós. Podemos dizer que "nosso lote fica em uma boa propriedade". Bem, senhor Knightley, então o senhor realmente viu a carta. Muito bem...

– A carta era curta, apenas para anunciar..., mas o tom era alegre, exultante, é claro. – E o senhor Knightley lançou um olhar de relance para Emma. – Ele teve sorte o bastante para... eu esqueço as palavras exatas... para não ter com que se preocupar. A informação era essa mesma que a senhora está afirmando, que ele iria se casar com a senhorita Hawkins. Pela maneira que se expressou, imagino que já esteja tudo acertado.

– Então Sr. Elton vai se casar! – disse Emma, assim que conseguiu recuperar a fala. – Ele receberá de todos os melhores votos de felicidades.

– Ele é muito jovem para se casar –, foi a observação do Sr. Woodhouse. – Era melhor não ter pressa. Ele me parecia muito bem do jeito que estava, sempre ficamos felizes de vê-lo em Hartfield.

– Uma nova vizinha para todos nós, senhorita Woodhouse! – disse a senhorita Bates, alegremente. – Diz que não suportava mais ver o pobre e velho Vicariato sem uma senhora. São excelentes notícias, de fato. Jane, você nunca viu o senhor Elton! Não é de admirar que tenha tanta curiosidade de conhecê-lo.

A curiosidade de Jane não parecia ser tão absorvente para que tomasse conta de seu pensamento.

– Não, eu nunca vi o Sr. Elton –, ela respondeu ao apelo da tia. – Ele é, ele é um homem alto?

– Quem deve responder a essa pergunta? – exclamou Emma. – Meu pai diria "sim", o senhor Knightley diria "não", e a senhorita Bates e eu diríamos que ele é apenas de uma conveniente altura média. Quando estiver aqui por algum tempo, senhorita Fairfax, vai perceber que o senhor Elton é o modelo de perfeição de Highbury, tanto física como mentalmente.

– É verdade, senhorita Woodhouse, ela vai perceber. Ele é o melhor jovem cavalheiro..., mas, minha querida Jane, você deve lembrar-se que eu lhe disse ontem que ele é exatamente da altura de Sr. Perry. A senhorita Hawkins, atrevo-me a dizer, é uma excelente jovem. Sua extrema atenção à minha mãe, querendo que ela se sentasse no banco do Vicariato, para que ela ouvisse melhor, pois minha mãe é uma pouco surda, você sabe, não é muito, mas ela não ouve muito rápido. Jane disse que o coronel Campbell é um pouco surdo. Ele pensou que os banhos pudessem fazer-lhe bem, os banhos termais..., mas Jane disse que ele não teve nenhuma melhora. O coronel Campbell é um anjo para nós. E o senhor Dixon parece ser um jovem tão encantador, bastante merecedor de entrar para a família. É uma felicidade quando as pessoas boas se unam... e elas sempre se unem. Agora temos o senhor Elton e a senhorita Hawkins, e há os Cole, pessoas excelentes; e os Perry também... acho que nunca houve um casal mais feliz que o senhor e a senhora Perry. Eu sempre digo, senhor – voltando-se para o senhor Woodhouse –, eu acho que há poucos lugares com uma sociedade como Highbury. Sempre digo que somos abençoadas com os vizinhos que temos... Meu caro senhor, se há uma coisa que minha mãe adora acima de tudo é porco... um belo lombo de porco assado...

– Quanto a quem ou o que é essa Hawkins, ou há quanto tempo ele a conhece – disse Emma –, suponho que ninguém saiba. Não deve ser um conhecimento muito longo, faz só quatro semanas que ele viajou.

Ninguém tinha informação alguma, e após refletir um pouco Emma disse:

– Você está muito calada, Srta. Fairfax, mas espero que pretenda se interessar por essa notícia. Imagino que tenha ouvido e visto muita coisa ultimamente a respeito desse tipo de assunto, deve estar bastante informada sobre isso, pois assistiu ao namoro da senhorita Campbell. Não vamos aceitar que fique tão indiferente ao casamento do senhor Elton com a senhorita Hawkins.

–Quando eu conhecer o Sr. Elton –, respondeu Jane – atrevo-me a dizer que ficarei interessada, mas acredito que isso dependa apenas de mim. E como já faz alguns meses que Srta. Campbell se casou, minhas lembranças podem estar um pouco desgastadas.

– Sim, faz apenas quatro semanas que ele viajou, como a senhorita observou muito bem, senhorita Woodhouse – disse Srta. Bates –, fez quatro semanas ontem... Quanto a senhorita Hawkins!... Bem, eu sempre imaginei que ele se casaria com alguma moça aqui da região. Não que eu alguma vez... O senhor Cole uma vez me segredou alguma coisa..., mas eu retruquei imediatamente "Não, o senhor Elton é o homem mais digno que existe", mas... Eu acho que não sou muito esperta nesse tipo de descoberta. Nem pretendo ser. O que está diante de mim eu vejo. E também, ninguém sabe se realmente o senhor Elton alguma vez desejou... a senhorita Woodhouse me deixa ficar falando, tão bem humorada que ela é. Ela sabe que jamais a ofenderia, por nada no mundo. O que a senhorita Smith pode fazer? Ela parece estar recuperada agora. Tiveram notícias do senhor John Knightley ultimamente? Ah, aquelas crianças adoráveis! Jane, você sabia que eu sempre imaginei o senhor Dixon parecido com o senhor Knightley?... Quero dizer, na aparência... alto, com aquele tipo de olhar... e um pouco calado.

– Muito errado, minha querida tia; não há nenhuma semelhança.

– Muito estranho! Mas nunca se tem uma ideia justa de qualquer pessoa de antemão. A gente se apega a uma noção e tudo gira em torno dela. Mas você disse que o senhor Dixon não é bonito, estritamente falando?

– Bonito? Oh, não, longe disso. Ele é bastante comum. Eu disse à senhora que ele era comum.

– Minha querida, você disse que a senhorita Campbell jamais permitiria que ele fosse comum, e que você mesma...

– Oh! Quanto a mim, meu julgamento não vale nada. Quando tenho consideração por alguém sempre acho que tem uma boa aparência. Mas eu falei o que é considerado a opinião geral, quando disse que ele era comum.

– Bem, minha querida Jane, acho que devemos nos apressar. O tempo não parece bom, e vovó deve estar inquieta. A senhorita é muito amável, minha querida senhorita Woodhouse, mas nós realmente devemos ir. Essa foi uma notícia muito agradável, de fato. Eu agora devo passar na casa da senhora Cole, mas não vou demorar nem três minutos... Jane, é melhor você ir direto para casa... Não gostaria que apanhasse chuva! Achamos que o melhor para ela é

Highbury, de fato. Muito obrigado, mas temos mesmo que ir. Acho que não vou tentar convidar a senhora Goddard, pois penso que ela não gosta de outra coisa a não ser porco cozido, mas quando prepararmos o nosso pernil vamos fazer de outro jeito. Bom dia, meu caro senhor Woodhouse. Oh! senhor Knightley também está indo. Bem, isso é tão apropriado! Tenho certeza que se Jane estiver cansada o senhor será bastante gentil de lhe oferecer seu braço... senhor Elton e senhorita Hawkins, imaginem!... Bom dia para todos.

Emma, quando estava sozinha com seu pai, dedicava metade de sua atenção a ele, enquanto o senhor Woodhouse lamentava que as pessoas jovens se apressassem tanto para casar... e casar-se com estranhos, ainda por cima... e a outra metade ela dedicava aos seus próprios pensamentos a respeito do assunto. Para ela esta notícia era divertida e muito bem-vinda, pois demonstrava que ele não sofrera muito. Mas lamentava por Harriet, que devia sentir bastante. Tudo que podia esperar era dar ela mesma a notícia, antes que Harriet soubesse disso abruptamente pelos outros. Estava quase na hora em que Harriet costumava visitá-la. E se ela encontrasse a senhorita Bates no caminho?! Como começou a chover Emma temeu que ela ficasse detida na casa da senhora Goddard e que acabasse por saber da notícia sem estar preparada.

A chuva foi pesada, mas de curta duração, e havia parado não mais de cinco minutos quando Harriet chegou. Tinha o olhar brilhante e agitado, como se tivesse corrido de casa com o coração transtornado. E o "Oh, senhorita Woodhouse, não imagina o que aconteceu" que lhe escapou imediatamente, correspondia à agitação em que estava. Já que o mal estava feito, Emma sentiu que a única forma de se mostrar gentil seria ouvi-la. E Harriet, descontrolada, começou ansiosamente a contar-lhe o que se passara. "Ela saíra da casa da senhora Goddard há meia hora... tinha medo que fosse chover, achava que a chuva ia desabar a qualquer momento..., mas pensou que conseguiria chegar a Hartfield antes disso, e correu tanto quanto podia; e quando passou por uma loja onde tinha mandado fazer um vestido resolveu entrar um instantinho, só para ver como estava indo o trabalho; embora não tenha ficado mais de um momento ali, assim que saiu começou a chuva, e ela não sabia o que fazer; então correu e abrigou-se na Ford's". Ford's era a principal loja de artigos de lã, roupa de cama e artigos masculinos, tudo junto, a maior e mais elegante loja do lugar. "E ela ficara ali, sem pensar em nada, durante dez minutos, talvez... quando, de repente, imagine quem chegou... por certo que era muito estranho! Mas eles sempre compravam na Ford's... quem chegou, senão Elizabeth Martin e seu irmão!"

Querida senhorita Woodhouse, imagine. Achei que ia desmaiar. Não sabia o que fazer. Eu estava sentada perto da porta e Elizabeth me viu logo que entrou. Mas ele não, estava ocupado com o guarda-chuva. Tenho certeza que ela me viu, mas desviou o olhar diretamente e não deu atenção, e ambos foram para a outra extremidade da loja, e eu continuei sentada perto da porta! Oh! Querida, eu estava tão aflita! Tenho certeza que estava tão branca quanto meu vestido e não podia ir embora, sabe, por causa da chuva. Queria estar em qualquer outro lugar do mundo que não fosse ali. Oh! Querida senhorita Woodhouse... bem, por fim, eu imagino que ele tenha olhado ao redor e me visto, pois ao invés de continuar com suas compras, eles começaram a sussurrar um para o outro. Tenho certeza que falavam de mim, e acho que ele estava convencendo a irmã a vir falar comigo, acha que ele estava, senhorita Woodhouse?, pois ela se adiantou e veio direto para mim, me perguntou como eu estava passando, e parecia disposta a apertar minha mão, se eu permitisse. Ela não falou comigo da forma como estava acostumada, logo vi que estava alterada. Mas, no entanto, ela estava tentando parecer muito amigável, e então nós apertamos as mãos e ficamos conversando um pouco. Nem me lembro do que disse... eu tremia tanto! Recordo-me dela dizer que lamentava que não tivéssemos nos encontrado mais. Achei até bastante gentil! Querida senhorita Woodhouse, eu estava completamente infeliz. Nesse momento a chuva estava parando, e decidi que nada iria me impedir de ir embora, e então... imagine!... vi que ele mesmo estava se dirigindo para mim, bem devagar, a senhorita sabe, como se não soubesse bem o que fazer. Ele veio, falou comigo e eu respondi, e fiquei parada um minuto parecendo apavorada, a senhorita nem imagina quanto! Então tomei coragem, disse que não estava mais chovendo e que eu precisava ir. Assim que saí, não tinha me afastado nem três metros da porta quando ele veio atrás de mim, só para dizer que, se eu estivesse indo para Hartfield, devia dar a volta pelos estábulos do senhor Cole, pois o caminho mais perto estava encharcado. Meu Deus!

Achei que ia morrer! Então eu disse que agradecia muito, sabe, não poderia fazer outra coisa, depois ele voltou para junto de Elizabeth e eu vim, dando a volta pelos estábulos... pelo menos eu acho que fiz isso, mal sabia onde estava, ou por onde andava. Oh, senhorita Woodhouse, eu não teria feito nada para que isso acontecesse. Mas agora, a senhorita sabe, fiquei bem satisfeita de vê-lo comportar-se com tanta gentileza e bondade. E Elizabeth, também. Oh, senhorita Woodhouse, fale comigo e faça com que eu me sinta bem de novo.

Emma desejava sinceramente fazer isso, mas não conseguia no momento. Ela foi obrigada a parar e pensar. E não se sentia confortável. A conduta do rapaz e da irmã parecia revelar um afeto verdadeiro, e ela só podia sentir pena deles. Da forma como Harriet descrevera a cena, houvera uma interessante mistura de afeição ferida e genuína delicadeza no comportamento dos dois. Ela sempre acreditara que eles fossem pessoas bem intencionadas e dignas, mas que diferença isso faria se a ligação era imprópria em si? Era tolice ficar incomodada com isso. Claro que eles lamentaram perdê-la... todos eles deviam lamentar. A ambição, assim como o amor, provavelmente os mortificou, pois pretendiam ascender socialmente através da amizade com Harriet. Além disso, que valor tinha a descrição que Harriet fizera? Tão facilmente satisfeita, tão pouco discernente, o que podiam significar os seus louvores?

Ela se esforçou e tentou deixá-la confortável, considerando tudo o que passou como uma bobagem, e que não merecia maiores preocupações.

– Pode parecer angustiante no momento – disse ela –, mas você se comportou extremamente bem. Agora acabou, e pode ser que nunca mais aconteça um encontro desse tipo, portanto, não pense mais nisso.

Harriet disse: "muito verdadeiro", e disse que "não pensaria mais nisso", mas ela continuou falando sobre o assunto e não conseguia falar de mais nada, e Emma, finalmente, para tirar os Martin da cabeça dela, foi obrigada a se apressar com as notícias, que pretendia dar com muita cautela, Emma não sabia se devia ficar alegre ou zangada, envergonhada ou divertida diante do estado da pobre Harriet, ao perceber quanto o senhor Elton era pouco importante para ela!

Aos poucos, porém, o senhor Elton recuperou seus direitos. Apesar de Harriet não sentir a notícia como teria feito um dia antes, ou mesmo uma hora antes, logo seu interesse cresceu. Antes que terminassem de conversar ela passara por todas as sensações, desde a curiosidade, o espanto, o remorso, a dor e o prazer, pensando na afortunada senhorita Hawkins, que conseguira desbancar os Martin na sua imaginação.

Emma acabou por ficar feliz que tivesse ocorrido esse encontro, pois abrandou o primeiro choque sem deixar nenhuma influência digna de alarme. Da maneira que Harriet vivia agora, os Martin não poderiam mais ter acesso a ela sem que fossem procurá-la, o que não teriam nem a coragem nem a complacência de fazer. Desde que ela recusara a proposta do irmão as jovens Martin nunca mais foram à casa da senhora Goddard, e podia se passar um ano sem que voltassem a se encontrar, não havendo nenhuma necessidade ou possibilidade de conversarem.

CAPÍTULO 4

A natureza humana é tão indulgente com aqueles que se encontram em situações interessantes que um jovem, quer venha a se casar ou morrer, com certeza será elogiado nas conversas de todos.

Não se passou uma semana desde que o nome da senhorita Hawkins fora mencionado pela primeira vez em Highbury, antes que se descobrisse de uma forma ou de outra, que ela possuía as mais altas recomendações, tanto de aparência quanto de caráter. E quando o senhor Elton finalmente voltou para concretizar em triunfo seus felizes planos e fazer circular a fama dos méritos de sua futura esposa, havia muito pouco a fazer, além de revelar seu nome de batismo e que tipo de música, principalmente, ela tocava.

O senhor Elton retornou como um homem muito feliz. Partira rejeitado e mortificado, desapontado na sua otimista esperança, após uma série de coisas que lhe pareceram decididos encorajamentos. Não apenas perdera a moça certa como se vira rebaixado ao nível da moça errada. Partira profundamente ofendido, e voltara noivo de outra, e outra tão superior, é claro, à primeira, e sob tais circunstâncias que ganhara tudo que antes havia perdido. Voltara alegre e satisfeito consigo mesmo, animado e cheio de planos, não se importando com a senhorita Woodhouse e desdenhando a senhorita Smith.

A encantadora Augusta Hawkins, além das óbvias vantagens da beleza perfeita e dos méritos pessoais, estava de posse de uma fortuna independente de vários milhares de libras, que se estimava em torno de dez mil. Um ponto para a dignidade do senhor Elton, assim como para sua conveniência, como a história contava: ele não fora prejudicado, pois havia ganhado uma esposa de dez mil libras ou mais. E a conquistou com muita facilidade, pois depois da primeira hora que se seguira à apresentação logo surgiu um distinguido interesse. A história que ele contara à senhora Cole sobre o início e o progresso do namoro foi tão gloriosa... os passos tão rápidos, desde o encontro acidental no jantar da senhora Green, a festa na casa da senhora Brown... sorrisos e rubores crescendo em importância... consciência e agitação ricamente dispersas. A moça impressionada com tanta facilidade, tão suavemente disposta e, para usar uma frase mais comum, tão disposta a aceitá-lo, que a vaidade e a prudência foram igualmente contentadas.

Ele conquistara tanto riqueza quanto segurança, fortuna e afeição, e tornara-se o homem feliz que devia ser. Falava apenas de si mesmo e de seus próprios interesses, esperando congratulações, pronto para rir de tudo, e agora se dirigia com cordiais e destemidos sorrisos a todas as jovens do lugar, com quem, algumas semanas atrás, teria sido mais cautelosamente galante.

O casamento iria se realizar em breve, já que só tinham a si mesmos para dar satisfações, e nada além dos preparativos necessários para esperar, e quando ele partiu para Bath novamente, havia uma expectativa geral, que um certo olhar da Sra. Cole não parecia contradizer, de que, quando voltasse, iria trazer consigo a esposa.

Durante esta curta estada Emma quase não o viu. Sentiu apenas alívio após o primeiro encontro, e ele lhe deixara a impressão de não ter melhorado nada com a mistura de ressentimento e pretensão, que agora tomava conta de toda a sua pessoa. Ela começou, na verdade, a se questionar se alguma vez realmente o achara agradável. E a visão dele estava tão ligada a sentimentos ruins que ela ficaria agradecida se nunca mais precisasse vê-lo, exceto como uma circunstância moral, como um castigo, uma lição, uma fonte de apropriada penitência para sua própria presunção. Desejava-lhe todo o bem, mas ele lhe trouxera sofrimento e ficaria bastante satisfeita se a riqueza desse cavalheiro fosse localizar-se a trinta quilômetros de distância.

A mágoa causada pela sua residência permanente em Highbury, no entanto, certamente seria diminuída pelo casamento. Muitas gentilezas inúteis seriam evitadas e muitos constrangimentos suavizados por essa circunstância. Uma Sra. Elton, seria uma desculpa para qualquer mudança de tratamento entre eles, a intimidade anterior poderia ser esquecida sem que se notasse. Seria quase como começar um novo e educado relacionamento social. Quanto à senhorita Hawkins em si, Emma sabia muito pouco. Ela era boa o suficiente para o senhor Elton, sem dúvida; perfeita o suficiente para Highbury, e com certeza bonita o suficiente para parecer uma beleza comum ao lado de Harriet. Quanto a algum contato, Emma estava tranquila, persuadida de que após suas arrogantes afirmações e do desdém por Harriet, ele nada mais faria. Nesse aspecto, era possível descobrir a verdade. O que ela era não se sabia, mas quem ela era podia ser descoberto, e fora as dez mil libras não parecia superior a Harriet em nenhum aspecto. A senhorita Hawkins não tinha nome, nem sangue, nem alianças favoráveis, era apenas a mais nova das duas filhas de um comerciante de Bristol, por assim dizer. Os lucros do seu negócio pareciam ter sido tão moderados que se podia supor que sua linha de negócios também fosse modesta. Ela costumava passar parte do inverno em Bath, mas Bristol era o seu lar, o próprio coração de Bristol. Tanto o pai quanto a mãe haviam morrido anos atrás, e restara um tio, na linha direta de sucessão.

Nada era possível dizer de mais honorável sobre ele, a não ser que era um parente direto e a filha vivia com ele. Emma o imaginava como o burro de carga de algum advogado, muito estúpido para subir na profissão. Toda a grandeza da ligação parecia depender da irmã mais velha, que era muito bem casada, com um cavalheiro de grande projeção, morava perto de Bristol e possuía duas carruagens. Este era o fim da história, esta era a glória da senhorita Hawkins.

Se ao menos Emma pudesse falar a Harriet do que sentia sobre tudo isso! Ela a tinha levado ao amor, mas, quem dera, não era fácil desviá-la dele. Depois que alguma coisa ocupava os pontos vazios da cabeça de Harriet, não havia como tirá-la de lá. O senhor Elton devia ser substituído por outro. E ele certamente seria, isso era claro, até um Robert Martin serviria para isso. Mas nada mais seria capaz de curá-la, Emma temia. Harriet era do tipo que, uma vez que se apaixonasse, amaria para sempre. E agora, pobrezinha, ficara pior com o reaparecimento do senhor Elton. Ela sempre o veria por ali, em um lugar ou outro. Emma o viu apenas uma vez, mas Harriet estava certa de quase tê-lo encontrado duas ou três vezes por dia, quase topado com ele, quase ouvido sua voz, ou visto seu ombro, quase o esquecera, mas sempre ocorria alguma coisa para mantê-lo na mente dela, com todo o favorável entusiasmo das surpresas e das conjecturas. Além disso, ouvia falar nele o tempo todo. Exceto quando estava em Hartfield, vivia cercada por pessoas que não viam defeitos em Sr. Elton e não tinham nada mais interessante para discutir a não ser sobre ele e seus assuntos. Assim, cada relato e cada suposição sobre tudo que ocorrera ou deveria ocorrer nos assuntos relativos ao casamento, incluindo sua renda, seus criados e seu mobiliário, viviam em perpétua agitação à volta de Harriet. Seu afeto estava sendo fortalecido pelos frequentes elogios que eram feitos a ele, sua tristeza era mantida viva, e seus sentimentos irritados pelas incansáveis menções à felicidade da senhorita Hawkins e as contínuas observações sobre como eles deviam estar apaixonados!... A expressão do senhor Elton quando andava pela casa, o próprio local onde colocava o chapéu, tudo era prova de como ele estava apaixonado!

Se fosse um divertimento apropriado e não causasse dor para Harriet, nem reprovação ao seu próprio comportamento, Emma acharia até divertidas estas variações na mente de Harriet. Às vezes o senhor Elton predominava, outras vezes eram os Martin, e um servia para comparar com o outro. O noivado do senhor Elton fora a cura para o encontro com o senhor Martin, e a infelicidade causada pela notícia do casamento ficara um pouco de lado pela visita de Elizabeth Martin à casa da senhora Goddard alguns dias depois. Harriet não estava em casa, mas fora deixado um bilhete, escrito num estilo bastante comovente: uma pequena mistura de reprovação com uma grande dose de bondade. E até que o próprio senhor Elton aparecesse, ela ficou ocupada lendo o bilhete, ponderando sobre qual deveria ser sua resposta, e desejando fazer mais do que ousava confessar. Mas o senhor Elton em pessoa espantou todos esses cuidados. Enquanto ele esteve na cidade os Martin foram esquecidos, e na própria manhã em que ele partiu para Bath, Emma julgou melhor que Harriet retornasse a visita de Elizabeth, para dissipar a angústia que a tal viagem havia provocado.

Como essa visita se daria, o que seria necessário de atenções, e o que seria mais seguro, foram alguns pontos de hesitantes considerações. Harriet não poderia negligenciar totalmente o convite da mãe e das irmãs para visitá-las, seria ingratidão. Não era possível, mas havia o perigo da renovação da amizade!

Depois de muito pensar Emma chegou à conclusão de que o

melhor seria retornar a visita, mas de uma forma que, se eles tivessem bom entendimento, os convencesse que a amizade seria apenas formal. Ela pensara em levar Harriet de carruagem até Abbey-Mill, deixá-la ali, seguir um pouco mais adiante e pegá-la na volta, de modo que não houvesse tempo para insidiosas insinuações nem deliciosas lembranças do passado. Ao mesmo tempo ela daria a mais decidida prova do grau de intimidade que estava reservado para o futuro.

Emma não conseguiu pensar em nada melhor, e embora houvesse alguma coisa nisso que seu coração não aprovava, algo como uma ingratidão simplesmente descartada, teria que ser feito, senão o que seria de Harriet?

CAPÍTULO 5

Apenas meia hora antes de Emma buscá-la na casa da senhora Goddard, a má sorte de Harriet levou-a ao exato lugar onde, naquele momento, um baú endereçado ao Rev. Philip Elton, White Hart, Bath estava para ser erguido até a carroça do açougueiro, que o levaria ao local de despacho. Tudo mais desapareceu da sua mente, exceto o baú e o endereço.

No entanto, ela foi, quando chegaram e Harriet ia descer, no fim do largo e limpo caminho de cascalhos, coberto de macieiras, que levava à porta de entrada, a vista de cada uma das coisas que haviam lhe dado tanto prazer no outono anterior provocou-lhe uma leve agitação. E quando se separaram Emma observou que ela olhava ao redor com temerosa curiosidade, o que a levou à decisão de não permitir que a visita durasse mais do que os quinze minutos combinados. Ela continuou pensando em ocupar aquele tempo visitando uma velha criada que se casara e vivia em Donwell. Depois de quinze minutos Emma estava de volta diante do portão branco. E a senhorita Smith, tendo sido avisada, logo se juntou a ela, sem a companhia de nenhum rapaz alarmado. Ela veio sozinha pelo caminho de cascalho e a senhorita Martin ficou na porta, depois de despedir-se dela com cerimoniosa civilidade.

Nos primeiros momentos Harriet foi incapaz de fazer um relato inteligível da visita. Seus sentimentos estavam à flor da pele, mas, por fim, Emma conseguiu que ela falasse o suficiente para saber como fora o encontro, e que tipo de dor havia causado. Ela vira apenas a senhora Martin e as duas moças, que a receberam com frieza. Falaram apenas de assuntos corriqueiros quase o tempo todo, até que a senhora Martin disse repentinamente, quase ao final da visita, que achava que a senhorita Smith havia crescido. A conversa se tornou mais interessante e mais calorosa, pois haviam medido suas alturas nesta mesma sala, em setembro passado. Ainda havia as marcas de lápis e as anotações na moldura da janela. Ele as fizera. Todas pareciam lembrar o dia, a hora, as pessoas presentes, a própria ocasião, e tinham o mesmo sentimento, as mesmas lembranças. Pareciam dispostas a retornar ao bom entendimento de antes, e quando estavam voltando a ser as mesmas (Harriet, Emma suspeitava, mais disposta do que as demais a ser cordial e feliz), a carruagem chegou e tudo se acabou. O estilo da visita e a pequena duração foram o fator decisivo para impedir isso. Passar apenas quatorze minutos com aquelas pessoas com quem convivera durante seis semanas, há menos de seis meses!... Emma só podia imaginar tudo isso e sentir como eram justos os ressentimentos, como Harriet devia estar sofrendo, o que era natural. Fora uma situação terrível. Ela daria tudo para que os Martin estivessem mais bem colocados socialmente. Eles mereciam tanto, que um pouco mais de importância social seria suficiente. Mas assim como estavam as coisas, o que ela poderia fazer?... Era impossível!... Ela não podia se arrepender. Eles deviam se afastar, mas esse processo trazia uma grande dor. A própria Emma estava sofrendo tanto que sentia necessidade de um pouco de consolo, e por isso resolveu ir até Randalls. Sua mente estava quase doente com esse assunto dos Martin e do senhor Elton. O consolo propiciado por Randalls era absolutamente necessário. Fora uma boa ideia, mas ao chegar ouviram que "nem o senhor nem a senhora" estavam em casa, haviam saído por algum tempo. O criado acreditava que tinham ido a Hartfield.

– Que pena! – exclamou Emma, enquanto voltavam. – Agora vamos nos desencontrar deles, que coisa irritante! Não me lembro da última vez em que estive tão desapontada.

Emma reclinou-se no canto da carruagem para entregar-se aos seus murmúrios ou afastá-los, talvez as duas coisas, o que era comum quando sua mente estava pouco disposta. A carruagem parou de repente e ela olhou para fora. Foram detidos pelo senhor e senhora Weston, que estavam de pé desejando falar-lhe. Ficou imediatamente contente ao vê-los, e mais ainda ao ouvi-los, pois o senhor Weston logo disse:

– Onde você foi?... Onde esteve?... Estivemos conversando com seu pai, ficamos contentes por ver que ele está bem. Frank chega amanhã. Recebemos uma carta hoje cedo, ele estará aqui amanhã mais ou menos na hora do jantar, com certeza... Está em Oxford hoje e vem para ficar quinze dias. Eu sabia que seria assim, se tivesse vindo no Natal não poderia ficar mais do que três dias. Sempre preferi que ele não tivesse vindo no Natal, pois agora teremos o tempo perfeito para recebê-lo, tempo firme e claro. Vamos aproveitar completamente a companhia dele, tudo acabou melhor do que poderíamos desejar.

Não havia como resistir a tão boas notícias. Era impossível evitar a felicidade estampada no rosto do senhor Weston, confirmada também pelas palavras e pela expressão de sua esposa que, embora menos agitada e mais contida, não estava menos feliz. Saber que ela considerava a vinda do rapaz como certa, era o suficiente para Emma acreditar nisso também, e participou sinceramente da alegria deles. Era a mais deliciosa maneira de animar um espírito cansado. O desencanto do passado fora anulado pelo frescor do que estava por vir e, com a rapidez de um raio, Emma pensou que agora não se falaria mais do senhor Elton.

O senhor Weston fez-lhe um relato dos compromissos em Enscombe que permitiram a Frank escrever contando que dispunha de quinze dias para fazer-lhe uma visita, assim como a rota a ser seguida e os meios que utilizaria para viajar. Emma ouviu, sorriu e congratulou-se com eles.

– Eu logo o levarei a Hartfield – disse ele, ao concluir o relato.

Emma teve a impressão que sua esposa lhe tocava o braço, ao ouvir isso.

– É melhor irmos, senhor Weston – disse ela –, estamos atrasando as meninas.

– Está bem, está bem, eu estou pronto. – E voltando-se para Emma: – Mas não espere ver um jovem muito refinado, você tem apenas a minha opinião a respeito. Ouso dizer que ele, na verdade, não é tão extraordinário.

Seus olhos brilhantes ao falar disso, no entanto, manifestavam uma opinião bem diferente. Emma conseguiu parecer perfeitamente inocente e inconsciente, e respondeu de forma correta, sem expressar coisa alguma.

– "Pense em mim amanhã, em torno das quatro horas", foram

as palavras de despedida do senhor Weston. Ela falara com certa ansiedade, especialmente para Emma.

– Quatro horas!... Aposto como ele chegará às três!... – corrigiu prontamente o senhor Weston.

Assim terminou este encontro tão agradável. O espírito de Emma chegara quase à felicidade, tudo tinha um ar diferente. James e os cavalos não pareciam tão lerdos como antes. Quando ela olhou para as sebes, pensou que o filho pródigo logo voltaria, e ao olhar para Harriet viu um terno sorriso, como um ar de primavera. – "Será que o senhor Frank Churchill passará por Bath, ao vir de Oxford?" Foi a pergunta de Harriet, que não prenunciava nada de bom.

Mas nem a geografia nem a tranquilidade costumam vir juntas, e Emma estava disposta a acreditar que com o tempo ambas chegariam.

A manhã do dia prometido chegou, e a fiel pupila da senhora Weston não se esqueceu nem as dez, nem as onze, nem ao meio-dia que devia pensar nela às quatro horas.

"Minha querida e ansiosa amiga", pensava Emma, em seu monólogo mental, enquanto descia as escadas ao sair do quarto, "sempre pensando na felicidade de todos, menos na sua própria. Vejo-a agora um pouco inquieta, voltando várias vezes ao quarto dele para ter certeza de que tudo está arrumado". O relógio bateu as doze horas enquanto ela passava pelo vestíbulo. "Não me esqueço de pensar em você nas quatro horas que faltam, e a essa hora amanhã, ou talvez um pouco mais tarde, poderei estar recebendo todos aqui. Tenho certeza que logo irão trazê-lo a Hartfield".

Emma abriu a porta da sala e viu dois cavalheiros sentados com seu pai, senhor Weston e o filho. Haviam chegado há cinco minutos, e o senhor Weston terminava a explicação de que Frank chegara um dia antes do programado. O pai ainda estava embrulhado em uma bela recepção de boas-vindas muito civilizada e congratulava o senhor Weston, quando ela apareceu para participar da surpresa, das apresentações e do prazer do encontro.

O Frank Churchill de quem tanto se falava, que provocava tanto interesse, estava finalmente diante dela. Ao ser apresentada ao cavalheiro, ela achou que o que se dissera dele ficava aquém da realidade. Ele era um jovem muito bonito; sua altura, aparência e porte eram excepcionais e seu temperamento possuía muito da alegria e vivacidade do pai. Parecia inteligente e sensível. Ela sentiu logo que poderia gostar dele. Além disso, ele tinha maneiras descontraídas, mas muito bem educadas, e falava com franqueza, Emma percebeu que ele viera com a intenção de conhecê-la, o que logo iria acontecer.

Ele tinha chegado a Randalls na noite anterior. Emma ficou contente de ver a sua pressa em chegar, por isso alterou seus planos partindo antes, viajando mais rápido e por mais tempo, a fim de ganhar meio dia.

– Eu lhes disse ontem – exclamou senhor Weston, exultante –, eu disse a todos que ele estaria aqui antes do dia marcado. Lembro-me de que eu mesmo costumava agir assim. Não conseguia atrasar uma viagem, não podia evitar ir mais depressa do que o planejado, e o prazer de chegar à casa dos amigos antes que estivessem me esperando era tão grande que não precisava de incentivo.

– É uma grande alegria quando se consegue fazer isso –, disse o jovem –, embora existam poucas casas a que eu me esforçaria para chegar, mas como vinha para a minha casa pensei que poderia fazê-lo.

As palavras minha casa fizeram o pai olhá-lo com gentileza. Emma estava certa que o jovem sabia como agradar, e sua convicção se fortaleceu com o que veio a seguir. Ele estava encantado com Randalls, considerava-a uma casa admiravelmente bem planejada, não admitia que fosse assim tão pequena, admirou sua localização, o caminho até Highbury, a própria Highbury e Hartfield ainda mais, confessou sempre haver sentido um interesse pela região que só pode ser proporcionado pela própria região de nascimento, e tinha grande curiosidade de conhecê-la. Rapidamente passou uma suspeita pela mente de Emma, ao pensar no porque ele não se permitira tão encantador sentimento antes. Mas se era uma falsidade, pelo menos era lisonjeira e fora dita de forma muito agradável. O senhor Frank Churchill não tinha um ar artificial ou exagerado, realmente parecia e falava como se estivesse muito feliz.

Os assuntos tratados, de forma geral, foram aqueles usuais no início de um relacionamento. Ele fizera perguntas: "Ela cavalgava?", "Quais os melhores locais para cavalgar?", "E para um passeio a pé?", "Tinham muitos vizinhos?", "Havia atividade social em Highbury?", "Havia várias casas bonitas na cidade?", "Costumavam fazer bailes?", "Era uma sociedade musical?"

Quando todas as questões foram respondidas e seu relacionamento gradualmente avançava, ele aproveitou uma oportunidade, enquanto seus pais conversavam entre si, para falar de sua madrasta. Referiu-se a ela com tão bonitos elogios, tão calorosa admiração, tanta gratidão pela felicidade que ela proporcionava ao pai, e como o recebera com tanta bondade, que constituía uma prova a mais de que ele sabia como agradar... e que certamente pensava que valia a pena tentar agradar a ela, Emma. Não fez um elogio além daquilo que ela sabia que a senhora Weston merecia, mas, sem dúvida, devia saber muito pouco sobre o assunto. Entendeu o que seria bem recebido, e estava certo de pouco mais.

– O casamento de meu pai – ele disse –, foi a medida mais sábia, todos os amigos deviam ficar felizes com isso. E a família de quem ele recebera tal benção, deveria ser considerada por ele credora da mais alta admiração.

Ele chegou perto de agradecer a Emma pelos méritos da senhorita Taylor, sem esquecer que, no curso natural das coisas, podia-se supor que a senhorita Taylor formara o caráter da senhorita Woodhouse. E, ao final, para qualificar completamente sua opinião, passando de leve ao redor do assunto, contou a surpresa que tivera pela beleza e juventude da madrasta.

– Eu estava preparado para encontrar uma senhora elegante e de boas maneiras – disse ele –, mas confesso que, considerando tudo, não esperava mais que uma pessoa de certa idade, razoavelmente bonita. Não imaginei uma mulher jovem e bonita como a senhora Weston.

– Não podia esperar ver mais perfeição na senhora Weston do que eu vejo – disse Emma – Quando diz que imaginou que ela tivesse dezoito anos, eu ouço com alegria. Mas ela pode discutir com o senhor por usar tais palavras. Não a deixe saber que a chamou de jovem e bonita mulher.

– Espero aprender mais coisas com o tempo – ele respondeu –, mas, pode contar com isso – fez uma reverência galante – que ao me dirigir à senhora Weston eu sei a quem devo elogiar sem o perigo de ser inconveniente nas palavras.

Emma se perguntava se a mesma suspeita que tomava conta da mente dela, sobre o que deveria acontecer quando se conhecessem, alguma vez passara pela mente dele. E também se os cumprimentos que ele lhe dirigia deviam ser aceitos como sinais de concordância ou provas de desafio. Desejava conhecê-lo melhor para entender suas maneiras; até o momento só sabia que eram agradáveis.

Ela não tinha dúvida alguma sobre o que o senhor Weston estava pensando a respeito do assunto. Observara que ele os olhava de relance repetidas vezes, com ar bastante satisfeito. E mesmo quando se determinava a não olhar, ela sabia que estava escutando.

A ausência de qualquer pensamento dessa ordem por parte de seu pai, sua total deficiência para todo tipo de percepção ou suspeita, era uma circunstância bastante favorável. Felizmente ele estava tão longe de aprovar o matrimônio quanto de prevê-lo. Apesar de sempre objetar a qualquer casamento que era arranjado, nunca sofria antecipadamente pela possibilidade de nenhum. Parecia que nunca conseguia pensar tão mal da capacidade mental de duas pessoas a ponto de imaginar que pretendessem se casar, até que o fato fosse comprovado. Ela bendizia essa favorável cegueira. O senhor Woodhouse podia assim, sem a desvantagem de uma única conjectura inquietante, sem prever qualquer possível deslealdade por parte do seu hóspede, dar vazão a toda sua natural amabilidade, com solícitas perguntas a respeito das acomodações do senhor Frank Churchill durante a viagem, sobre o terrível mal de passar duas noites na estrada, e expressar sua genuína ansiedade por ele ter escapado de pegar um resfriado, do que, aliás, só se poderia ter certeza depois de passada mais uma noite.

Após o tempo apropriado para a visita o senhor Weston começou a levantar-se. "Ele devia ir. Tinha negócios a tratar na Crown sobre seu feno, e várias encomendas da senhora Weston para buscar na Ford's, mas não queria apressar ninguém". Seu filho, muito educado para entender a insinuação, levantou-se imediatamente, dizendo:

– Como o senhor tem negócios a tratar, meu pai, aproveitarei a oportunidade para fazer uma visita que pode ser feita outro dia, mas também pode ser agora. Tenho a honra de conhecer uma vizinha dos senhores – virando-se para Emma –, uma senhora que reside em Highbury ou perto dali a família tem o nome de Fairfax. Não encontrarei dificuldade em achar a casa, imagino. Embora Fairfax não seja o nome exato dos familiares... eu acho que deve ser Barnes ou Bates. A senhorita conhece uma família com esse nome?

– Certamente que conhecemos – exclamou seu pai. – Senhora Bates, passamos pela casa dela, cheguei a ver a senhorita Bates na janela. Claro, claro, você conhece a senhorita Fairfax, me lembro que a conheceu em Weymouth, ela é uma ótima moça. Vá visitá-la, de qualquer maneira.

– Não há necessidade de ir hoje pela manhã – disse o jovem –, outro dia servirá também. Mas houve um grau de conhecimento em Weymouth que...

– Oh! Vá hoje mesmo, vá hoje mesmo. Não adie a visita. Nunca é cedo demais para fazer o que deve ser feito. Além disso, Frank, vou lhe dar um conselho. Deve evitar cuidadosamente qualquer falta de atenção para com ela aqui. Você a conheceu com os Campbell, onde ela era igual a todas as outras pessoas, mas aqui ela vive com uma avó muito pobre, que mal tem como viver. Se não for visitá-la logo, pode parecer falta de consideração.

O filho pareceu convencido.

– Eu ouvi falar que se conheceram – disse Emma. – Ela é uma jovem muito elegante.

Ele concordou com um "sim" tão fraco que Emma estava inclinada a duvidar de sua real concordância. Além disso, devia haver um tipo muito diferente de elegância no mundo da alta sociedade, se Jane Fairfax podia ser considerada apenas comum neste aspecto.

– Se o senhor não se impressionou particularmente com as maneiras da senhorita Fairfax – disse ela –, creio que hoje isso acontecerá. Verá que ela está muito melhor, poderá vê-la e ouvi-la... Não, acho que não conseguirá ouvi-la, pois ela tem uma tia que não para de falar um minuto.

– O senhor conhece a senhorita Jane Fairfax, não é? – disse o senhor Woodhouse, sempre o último a entrar na conversa. – Então me permita assegurar-lhe que vai achá-la uma jovem muito agradável. Está aqui visitando a avó e a tia, pessoas muito boas. Eu as conheço durante a minha vida inteira. Elas ficarão muito felizes em vê-lo, tenho certeza. Um dos nossos criados pode acompanhá-lo, para mostrar-lhe o caminho.

– Meu caro senhor, por nada deste mundo. Meu pai poderá levar-me.

– Mas seu pai não está indo até lá, ele vai apenas até a Crown, quase do outro lado da rua. Além disso, existem várias casas grandes, o senhor pode se perder, e o caminho está cheio de lama, a não ser que o senhor se mantenha na trilha para pedestres. Meu cocheiro, porém, pode indicar-lhe o melhor lugar para atravessar a rua.

O senhor Frank Churchill ainda assim declinou, parecendo muito sério, e seu pai lhe deu cordial apoio dizendo:

– Meu bom amigo, isso não é necessário. Frank conhece uma poça de água quando a vê, e quanto a senhorita Bates, poderá ir da Crown até lá num instante.

O senhor Woodhouse, por fim, permitiu que fossem sozinhos, com um cordial aceno de um e uma graciosa reverência do outro, os dois cavaleiros partiram. Emma ficou muito feliz com este início de amizade, e podia agora pensar em todos eles em Randalls a qualquer hora do dia, com plena confiança na felicidade dos amigos.

CAPÍTULO 6

A manhã seguinte trouxe novamente o senhor Frank Churchill. Ele viera com a senhora Weston, a quem parecia considerar com muita cordialidade, assim como a Highbury. Estivera sentado com a madrasta em casa, ao que parece, até que chegou a hora em que ela costumava fazer sua caminhada. Desejando escolher o caminho, Frank sugerira Highbury. "Ele não duvidava que houvesse vários caminhos interessantes, mas se fosse deixado à sua escolha, sempre iria escolher o mesmo. Highbury, essa arejada, aprazível e feliz, Highbury, seria sua atração constante". Highbury, onde a senhora Weston sempre parava em Hartfield. Ela achava que o mesmo pensamento se passava na mente do enteado. Vieram então diretamente.

Emma não os esperava. O senhor Weston, que passara ali por alguns minutos, nada sabia dos planos deles, ficara apenas o suficiente para ouvir que o filho era muito bonito. Foi uma agradável surpresa para ela, portanto, vê-los chegar caminhando de braços dados. Ela desejava vê-lo de novo, especialmente na companhia da senhora Weston, pois sua opinião sobre o jovem dependia do comportamento dele para com a madrasta. Se fosse deficiente nesse aspecto, não poderia haver reparação, mas Emma ficou perfeitamente satisfeita ao vê-los juntos. O rapaz não cumpria com seu dever apenas com palavras bonitas ou elogios hiperbólicos. Suas maneiras para com a senhora Weston não podiam ser mais apropriadas ou gentis, nada podia denotar mais agradavelmente seu desejo de tê-la como amiga e conquistar sua afeição. Emma teve tempo o bastante para formar seu julgamento, pois a visita estendeu-se pelo resto da manhã. Estiveram caminhando todos juntos por uma ou duas horas, primeiro pelo bosque de Hartfield, depois por Highbury. Ele estava encantado com tudo, admirou Hartfield suficientemente para a alegria do senhor Woodhouse, e quando se dispunham a ir mais longe confessou seu desejo de conhecer todos na cidade, e achou muito mais assuntos dignos de comentários e de interesse do que Emma poderia supor.

Alguns dos seus objetos de interesse demonstravam os mais louváveis sentimentos. Pediu para ver a casa onde seu pai vivera por longo tempo, e desejava saber qual havia sido o lar de seu avô. Quando soube que uma velha senhora que havia sido sua ama ainda vivia, andou de uma ponta à outra da rua perguntando pela casinha dela; e apesar de não haver grande mérito em alguns pontos pelos quais demonstrou interesse, mostrava uma grande boa vontade em relação à Highbury de forma geral, o que impressionou muito bem as damas com quem estava.

Emma observava e decidiu que, à vista dos sentimentos que ele agora demonstrava, não seria justo supor que ficara ausente dali por sua vontade. Resolveu que ele não estava representando um papel ou sendo falso, e que o senhor Knightley com certeza não lhe fizera justiça.

A primeira parada deles foi na Hospedaria Crown, um prédio insignificante, apesar de ser o único do gênero, onde eram mantidos alguns pares de cavalos de aluguel, mais para a conveniência da vizinhança do que para algum trajeto mais longo na estrada. Suas companheiras não esperavam ser detidas por nada de mais interessante ali, mas ao passar contaram-lhe da grande sala que fora visivelmente adicionada ao prédio. Tinha sido construída há muitos anos para ser um salão de baile, e enquanto a população de Highbury era maior e mais adepta de danças, foi ocasionalmente usada como tal. Esses dias gloriosos, no entanto, há muito haviam terminado e agora o local abrigava um clube de uíste, do qual participavam os cavalheiros e os menos cavalheiros do lugar. O senhor Frank Churchill se interessou imediatamente. Sua qualidade de salão de baile prendeu-lhe a atenção e, ao invés de passar direto, ele parou durante alguns minutos para olhar pelas duas janelas decoradas que estavam abertas, imaginando sua capacidade e lamentando que não fosse mais usado para seu propósito original. Não viu defeitos no salão, e não concordou com os defeitos que elas mencionaram. Não, o salão era longo, largo e bonito o bastante. Comportaria o número certo de pessoas com conforto. Seria possível organizar bailes pelo menos uma vez a cada quinze dias, durante o inverno. Por que a senhorita Woodhouse não revivia os velhos bons tempos do lugar?... Ela podia fazer qualquer coisa em Highbury! Mencionou-se a falta de famílias adequadas em número suficiente na cidade, bem como a certeza de que as famílias das vizinhanças não se sentiriam motivadas a vir, mas ele não se contentou. Recusava-se a acreditar que, com tantas casas bonitas que vira na vizinhança, não houvesse pessoas em número bastante para um baile. E mesmo quando lhe deram os detalhes e descreveram as famílias, o senhor Frank Churchill não conseguia admitir a inconveniência dessa mistura, que isso poderia ser ruim, ou que houvesse a menor dificuldade em que todos retornassem para casa na manhã seguinte. Falava como um jovem bastante apreciador de danças. Emma ficou surpresa ao ver a personalidade dos Weston sobrepor-se aos hábitos dos Churchill. Ele parecia ter toda a vivacidade, o ânimo, os calorosos sentimentos e a disposição social de seu pai, e nada do orgulho e da reserva de Enscombe. Orgulho, de fato, ele tinha muito pouco. Sua indiferença à mistura de classes, beirava quase a deselegância. Não poderia julgar, todavia, o mal que não levava em conta. Esse entusiasmo não era senão o extravasamento de um espírito intenso.

Foi persuadido, afinal, a sair da frente da Crown, e como agora passavam pela casa das Bates, Emma lembrou-se da visita que ele pretendia fazer no dia anterior, e perguntou-lhe se de fato fora visitá-las.

– Ah, sim! Sim! – ele respondeu. – Eu ia justamente mencionar isso. Uma visita de grande sucesso, vi todas as três senhoras, e lhe agradeço muito por haver-me prevenido. Se a tia falante me tivesse pego de surpresa teria sido a morte para mim. Da forma como foi, estava preparado para fazer uma visita razoável. Dez minutos seria o suficiente, talvez até o mais apropriado, então disse a meu pai que provavelmente estaria em casa antes dele. Mas não havia pausa no assunto, e para meu espanto, quando meu pai, não me encontrando em lugar algum, foi buscar-me lá, descobri que havia passado ali quase três quartos de hora. A gentil senhora não me deu oportunidade de escapar antes.

– E o que achou da aparência da senhorita Fairfax?

– Doente, muito doente... isto é, se for permitido achar que uma jovem pode parecer doente. Mas é uma expressão pouco admissível, não acha senhora Weston? As damas nunca devem parecer doentes. Mas, falando sério, a senhorita Fairfax é naturalmente tão pálida que dá a impressão de má saúde. Uma falta de cor na pele muito lamentável.

Emma não concordava com isso, e começou a defender calorosamente a cor de pele da senhorita Fairfax. "Com certeza, a pele dela não era brilhante, mas não se podia dizer que tivesse aspecto doentio, além disso, tinha uma suavidade e delicadeza que conferiam uma elegância peculiar ao seu feitio de rosto". Ele escutou com a devida atenção. Admitiu que ouvira muitas pessoas dizerem o mesmo..., mas ainda assim devia confessar que, para ele, nada poderia substituir o colorido de uma pele saudável. Quando os traços eram comuns, um belo tom de pele conferia-lhes beleza. E se os traços fossem belos, o efeito era... felizmente ele não precisava tentar descrever esse efeito.

– Bem – disse Emma –, gosto não se discute. Afinal, o senhor a admira em tudo, exceto no tom da pele.

Ele balançou a cabeça e riu.

– Não consigo separar a senhorita Fairfax de seu tom de pele.

– O senhor a viu muitas vezes em Weymouth? Frequentavam o mesmo grupo social?

Nesse momento aproximavam-se da Ford's, e ele rapidamente exclamou:

– Ah! Essa deve ser a loja à qual todo o mundo vem todos os dias de suas vidas, segundo meu pai me informou. Ele mesmo vem a Highbury seis dias por semana, e sempre tem coisas a fazer na Ford's. Se não for inconveniente para as senhoras, permitam-me entrar, assim sentirei que faço parte do lugar, que sou um verdadeiro cidadão de Highbury. Preciso comprar algo na Ford's. Isso vai garantir a minha liberdade... Imagino que eles vendam luvas.

– Oh, sim! Luvas e tudo que precisamos. Admiro seu patriotismo, vai ser adorado em Highbury. O senhor já era bastante popular antes de vir, só por ser filho do senhor Weston. Mas gaste apenas meio guinéu na Ford's e verá sua popularidade superar suas próprias virtudes.

Entraram na loja, e enquanto os macios e bem embrulhados pacotes de "Men's Beavers" e "York Tan" eram retirados das prateleiras e colocados no balcão, ele disse:

– Peço-lhe perdão, senhorita Woodhouse, mas a senhorita estava dizendo alguma coisa bem no momento em que tive essa explosão de amor patriarcal. Não me deixe perder o que ia dizer. Asseguro-lhe que nem a mais clamorosa fama pública me compensaria a perda dessa felicidade na minha vida privada.

– Apenas perguntei se o senhor chegou a conhecer bem a senhorita Fairfax e o grupo que ela frequentava, em Weymouth.

– Agora que sei o que perguntou, digo que essa questão é muito injusta. É sempre um direito da dama decidir o grau de amizade. A senhorita Fairfax já deve ter lhe falado sobre isso. Não devo me comprometer dizendo mais do que ela desejaria revelar.

– Dou a minha palavra! O senhor respondeu com mais discrição ainda do que ela. Mas o relato da senhorita Fairfax sobre qualquer coisa sempre deixa muito a desejar, ela é tão reservada, tão relutante em dar qualquer informação sobre qualquer pessoa, que acho que o senhor pode dizer o que quiser a respeito de sua amizade com ela.

– Posso mesmo? Então vou falar a verdade, e nada me é mais conveniente. Eu a encontrava frequentemente em Weymouth. Conhecia os Campbell de vista, na cidade, mas em Weymouth ficamos no mesmo grupo. O coronel Campbell é um homem muito agradável e a senhora Campbell é muito bondosa e amável. Gosto muito de todos eles.

– O senhor conhece a situação da senhorita Fairfax, eu suponho, e o que ela está destinada a ser.

– Sim... – um pouco hesitante – acredito que sim.

– Você está tocando em assuntos delicados, Emma – disse a senhora Weston, sorrindo –, lembre-se de que estou aqui. O senhor Frank Churchill mal sabe o que dizer quando você fala da situação de vida da senhorita Fairfax. Vou me distanciar um pouco.

– É verdade, me esqueci de pensar nela – disse Emma –, pois sempre considerei a senhora Weston minha amiga, minha melhor amiga.

Sr. Frank pareceu compreender totalmente e admirar tal sentimento.

Quando já haviam comprado as luvas e deixado a loja, o senhor Frank Churchill disse:

– Você já viu a moça de quem falávamos tocando piano?

– Eu sempre a ouço – respondeu Emma. – O senhor se esquece do quanto ela pertence à Highbury. Eu a ouvi tocar durante cada ano de nossas vidas, desde que começamos. Ela toca de forma encantadora.

– Realmente acha isso, não é?... Queria a opinião de alguém que pudesse avaliar de fato. Eu acho que ela toca muito bem, com bastante gosto, mas não sou entendido no assunto. Adoro a música, embora não tenha a menor habilidade para tocar nem o direito de julgar o talento de ninguém. Acostumei-me a ver que a elogiavam, e lembro-me de uma prova do quanto ela tocava bem. Um homem, com muito gosto por música, e apaixonado por outra pessoa... noivo desta outra, prestes a casar-se... nunca pedia que a própria noiva se sentasse ao piano, se a dama em questão pudesse fazê-lo. Parecia nunca gostar de ouvir a noiva quando podia ouvir a outra. Acho que isso é uma prova, vinda de um homem de conhecido talento musical.

– É uma prova, de fato! – disse Emma, achando muito engraçado. – O senhor Dixon é muito musical, então? Conseguimos saber mais sobre todos eles em meia hora, pelo senhor, do que a senhorita Fairfax dignou-se a nos dizer em meio ano.

– Sim, essas pessoas eram o senhor Dixon e a senhorita Campbell. E penso que é uma prova muito importante.

– Com certeza... muito importante. Para dizer a verdade, mesmo sendo uma prova importante, se eu fosse a senhorita Campbell, isso não seria agradável para mim. Não poderia admitir que um homem gostasse mais da música do que do amor... desse mais importância aos ouvidos do que aos olhos... tivesse uma sensibilidade mais aguçada para os belos sons do que para os meus sentimentos. E a senhorita Campbell parecia gostar disso?

– Elas eram grandes amigas, a senhorita sabe.

– Grande consolo! – disse Emma, rindo. – É melhor ver uma estranha preferida a nossa melhor amiga... uma estranha podemos deixar de encontrar, mas é terrível ter ao lado uma amiga íntima que faz tudo melhor do que nós fazemos. Pobre senhora Dixon! Bem, estou feliz que ela tenha ido morar na Irlanda.

– A senhorita tem razão. Não era muito lisonjeiro para a senhorita Campbell, mas ela realmente parecia não sentir assim.

– Tanto melhor... ou tanto pior. Não sei qual dos dois. Mas fosse isso doçura de temperamento ou estupidez, força da amizade ou lentidão de raciocínio... havia uma pessoa que devia ter se importado com isso: a própria senhorita Fairfax. Ela deve ter sentido a impropriedade e o perigo dessa distinção.

– Quanto a isso, eu não...

– Oh! Não pense que espero um relato dos sentimentos da senhorita Fairfax, do senhor ou de qualquer outra pessoa. Eles não são conhecidos por nenhum ser humano, a não ser ela mesma. Mas se ela continuava a tocar toda vez que o senhor Dixon pedia, pode-se adivinhar o que cada um escolhe.

– Eles pareciam todos se dar perfeitamente bem – ele começou, rápido. Pensou um pouco, porém, e acrescentou: – Se bem que é impossível dizer em que termos eles realmente estavam... Como as coisas deviam ser além das aparências. Apenas posso dizer que eles aparentavam estar em harmonia. Mas a senhorita, que conhece a senhorita Fairfax desde criança, pode julgar melhor do que eu o seu caráter e a sua conduta em situações críticas.

– Conheço-a desde criança, sem dúvida. Fomos crianças e nos tornamos adultas ao mesmo tempo. É natural supor que devíamos ser íntimas, que fizéssemos confidências uma à outra sempre que ela visitava os amigos. Mas nunca foi assim. Mal posso saber como isso aconteceu. Talvez por alguma fraqueza minha que me levou a sentir aversão por uma menina tão idolatrada e louvada como ela sempre foi, pela tia e pela avó, e todos os seus amigos. E depois, ela é muito reservada... Nunca pude me afeiçoar a alguém que fosse tão reservado.

– É uma qualidade que afasta as pessoas, de fato – disse ele. – Às vezes é bastante conveniente, sem dúvida, mas nunca é agradável. Há segurança na reserva, mas não atração. Não se pode amar uma pessoa reservada.

– Não até que a reserva deixe de existir em relação a uma determinada pessoa; então a atração pode vir a ser maior do que nunca. Mas eu teria que estar muito necessitada de uma amiga, ou de uma companhia agradável, para me dar ao trabalho de acabar com a reserva de alguém a fim de conquistar sua amizade. Intimidade entre a senhorita Fairfax e eu está fora de questão. Não tenho motivos para pensar mal dela, de modo algum, exceto por sua extrema e perpétua reserva no falar e no agir; esse medo de dar uma ideia clara a respeito de qualquer pessoa, que passa a suspeita de que ela tem algo a esconder.

Ele concordava inteiramente com ela. Depois de caminharem juntos por longo tempo, e pensarem de forma semelhante, Emma sentia-se tão próxima dele que mal podia acreditar que era apenas o segundo encontro entre os dois. Frank Churchill não era exatamente o que ela esperava: muitas de suas ideias não eram as de um homem do mundo e também não era uma criança rica e mimada, o que vinha a ser melhor do que ela esperava. Suas ideias pareciam mais moderadas e seus sentimentos mais intensos do que pensara. Ela ficou particularmente impressionada por sua maneira de considerar a casa do senhor Elton, que, assim como a igreja, ele quis visitar. Não concordou com elas, que viam muitos defeitos na casa. Não, a casa não era assim tão má, pelo menos não era uma casa que nos fizesse ter pena de quem morasse nela. Se fosse para dividir com a mulher amada, não se poderia ter pena do homem que morasse ali. Devia haver peças amplas que propiciassem conforto. O homem que desejasse mais devia ser um tolo.

A senhora Weston riu e disse que ele não sabia do que estava falando. Acostumado com uma casa grande, e sem pensar em quantas vantagens e confortos estavam relacionados ao seu tamanho, o senhor Frank Churchill não podia julgar as privações que uma casa pequena trazia. Mas Emma, em sua mente, estava certa de que ele sabia do que estava falando, e que mostrava uma agradável inclinação para estabelecer-se cedo na vida, e casar-se por motivos dignos. Ele podia não estar a par dos problemas causados pela falta de um quarto para a governanta, ou uma copa inadequada, mas não havia dúvida de que ele pensava que Enscombe não podia torná-lo feliz. E que quando se apaixonasse, desistiria voluntariamente de muito de sua riqueza para ter seu próprio lar.

CAPÍTULO 7

A ótima visão de Emma sobre Frank Churchill foi abalada no dia seguinte, quando soube que ele fora a Londres apenas para cortar o cabelo. Durante o café da manhã ele pareceu tomado por uma ansiedade. Mandou chamar a carruagem e saiu com a intenção de retornar para o jantar, ao que parece sem nenhum propósito mais importante do que cortar o cabelo. Com certeza não tinha nada de errado em viajar vinte e cinco quilômetros de ida e outro tanto de volta para uma incumbência desse tipo, mas havia nessa atitude um tanto de presunção e tolice que Emma não podia aprovar. Não estava em conformidade com a racionalidade, a moderação de despesas e mesmo a generosidade de coração que ela julgara ver nele no dia anterior.

Impaciência, vaidade, extravagância... são coisas que podiam ser boas ou ruins. Negligência para com os sentimentos do pai e de Sra. Weston, indiferença aos comentários que sua conduta podia despertar nas demais pessoas; ele tornou-se culpado de todos estes males. Seu pai o chamou apenas de dândi vaidoso, e achou a história muito boa. Mas ficou muito claro que Sra. Weston não havia gostado, pois encerrou logo o assunto dizendo que "todos os jovens tem seus pequenos caprichos". Com exceção dessa pequena mancha, Emma achou que a visita dele, até o momento, despertara apenas boas impressões em sua amiga. Sra. Weston estava sempre disposta a declarar como ele era um companheiro atencioso e amável, e o quanto apreciava sua disposição para tudo.

O temperamento do jovem parecia muito franco, com certeza era muito alegre. Emma não observou nada errado em suas ideias, que mostravam bastante juízo. Falou do tio com cálida afeição e adorava falar nele – disse que o tio seria o melhor homem do mundo se o deixassem à vontade. Embora não fosse apegado à tia, reconheceu sua bondade e mostrou-se grato, e falava dela sempre com grande respeito. Tudo isso era muito promissor, e exceto pela inoportuna vaidade de cortar o cabelo em Londres, não havia nada que o fizesse não ser digno da honra que a imaginação de Emma lhe havia atribuído.

A honra de amá-la, ou pelo menos algo perto disso, salvo apenas pela própria indiferença de Emma (ela ainda mantinha a decisão de não se casar). A honra, em suma, de ser destinado a ela pelos laços entre as duas famílias. Sr. Weston, por sua vez, acrescentou a virtude de uma revelação que devia ter algum peso. Deu a entender para Emma que Frank tinha uma gigantesca afeição por ela, achava-a muito bonita e encantadora. E com tantas coisas boas para se dizer sobre ele, ela achou que não devia julgá-lo com muita severidade.

Como Sra. Weston observou "todos os jovens tem seus pequenos caprichos". Havia uma pessoa, entre os novos conhecidos de Frank Churchill em Surry, que não estava disposto a considerá-lo com tanta brandura. De forma geral, ele era julgado com muita boa vontade nas paróquias de Donwell e Highbury, onde todos faziam concessões liberais aos pequenos excessos de um jovem tão bonito... ninguém sorria com tanta frequência ou fazia reverências tão graciosas como ele. Mas havia um espírito entre eles cujo poder de censura não podia ser aplacado por sorrisos ou reverências: Sr. Knightley.

Ele soube do fato em Hartfield e, por um momento, ficou em silêncio. Mas Emma ouviu-o dizer a si mesmo, logo após, sobre um jornal que segurava nas mãos:

– Hum! É bem o rapaz bobo e frívolo que pensei que fosse.

Emma tinha motivos para se ressentir, mas após uma breve observação convenceu-se que ele dissera aquilo apenas para aplacar os próprios sentimentos, e não para provocá-la. Então, deixou passar.

Embora não fossem portadores de boas notícias, a visita de Sr. e Sra. Weston nesta manhã revelou-se particularmente oportuna em outro aspecto. Algo ocorreu enquanto estavam em Hartfield, que fez com que Emma procurasse seu conselho. E, o que era ainda melhor, o conselho que ela desejava ouvir foi exatamente o que eles lhe deram. O que ocorreu foi o seguinte: Os Cole estavam estabelecidos em Highbury há muito tempo, e eram pessoas muito boas, amigáveis, liberais e despretensiosas. Por outro lado, eram de origem inferior, do comércio, e apenas moderadamente educados. Logo que chegaram à região viviam conforme com a sua renda, modestamente, recebendo poucas pessoas, e mesmo assim com poucas despesas; nos últimos dois anos, porém, sua renda cresceu muito, o estabelecimento que tinham na cidade dera muito lucro, e a fortuna lhes sorriu.

Os horizontes dos Cole aumentaram com sua riqueza, desejavam uma casa melhor e receber mais pessoas. Aumentaram a casa, o número de criados, e as despesas de todo tipo; por essa época já tinham se tornado, na fortuna e estilo de vida, a segunda família mais importante do lugar, abaixo apenas de Hartfield. Seu amor pela sociedade, e sua nova sala de jantar, estavam preparados para receber convidados; já haviam realizado algumas reuniões, principalmente de homens solteiros.

Emma dificilmente poderia supor que eles se atrevessem a convidar as melhores famílias: nem Donwell, nem Hartfield, nem Randalls. Nada faria com que ela fosse, mesmo que os outros aceitassem. Apenas lamentava que os conhecidos hábitos do pai tornassem sua recusa menos significativa do que ela desejava. Os Coles eram muito respeitáveis à sua maneira, mas deviam aprender que não lhes competia estabelecer os termos nos quais as melhores famílias passariam a visitá-los. Temia que eles deveriam receber essa lição somente dela, tinha pouca esperança em Sr. Knightley e nenhuma em Sr. Weston. Ela havia se preparado para esta circunstância com tantas semanas de antecedência, que quando o insulto finalmente aconteceu afetou-a de forma diferente do que esperava.

As famílias de Donwell e de Randalls receberam seus convites, mas nenhum foi enviado para ela ou o pai. As palavras ditas por Sra. Weston: "Imaginei que eles não tomariam a liberdade de convidá-los. Sabem que vocês não costumam jantar fora", não foram suficientes para acalmá-la. Emma achava que devia ter o direito de recusar.

Além disso, o encontro a ser realizado contava exatamente com as pessoas mais queridas para ela, e não sabia se não seria tentada a aceitar, caso viesse a receber um convite. Harriet estaria lá, assim como as Bates. Haviam conversado sobre isso enquanto passeavam por Highbury no dia anterior, e Frank Churchill lamentou profundamente a ausência dela. Perguntara mesmo se "a noite não vai terminar com um baile?". A mera possibilidade de isso acontecer a irritava profundamente, e era um pobre consolo ficar solitária em sua grandeza, mesmo que a omissão pretendesse ser um cumprimento.

Foi a chegada do próprio convite, no momento em que os Weston estavam em Hartfield, que tornou a presença deles tão oportuna. Embora a primeira coisa que Emma notou ao lê-lo fosse a observação ao final "é evidente que pode ser declinado", ela começou logo a perguntar-lhes o que devia fazer, e o conselho deles para que aceitasse foi muito bem recebido. Emma merecia isso; considerando-se tudo, ela não deixava de sentir vontade de ir à festa. Os Cole haviam se expressado de forma tão apropriada – havia verdadeira atenção nos termos do convite – e com muita consideração por seu pai. "Eles teriam solicitado a honra com mais antecedência, mas estavam aguardando a chegada de um biombo vindo de Londres que, esperavam, poderia manter Sr. Woodhouse abrigado de qualquer corrente de ar, e assim induzi-lo com mais facilidade a dar-lhes a honra de sua companhia". Emma logo se deixou persuadir.

E os três rapidamente acertaram entre si o que deveria ser feito para que o conforto do idoso cavalheiro não fosse negligenciado – com certeza podia-se contar com Sra. Goddard, senão com Sra. Bates, para fazer-lhe companhia.

Deveriam conseguir a anuência de Sr. Woodhouse para que sua filha saísse para jantar fora e passasse a noite toda longe dele. Quanto à ida dele, Emma não queria que ele a julgasse possível, pois a festa terminaria tarde demais e haveria muita gente. Ele logo se conformou.

– Nunca gostei de jantares – ele disse –, jamais gostei. Emma também não. Nós não gostamos de horas tardias. Sinto que Sr. e Sra. Cole tenham organizado dessa forma. Acho que seria bem melhor se eles viessem aqui em uma tarde do próximo verão para tomar chá conosco, ou para um passeio à tarde, o que eles por certo poderiam fazer, pois nossos horários são bem razoáveis, e podem voltar para sua casa antes que caia o orvalho da noite. Eu não exporia ninguém ao orvalho de uma noite de verão. No entanto, se querem tanto que a querida Emma vá jantar com eles, e como vocês dois irão, e Sr. Knightley também, para cuidar dela, não desejo impedir isso, desde que o tempo esteja bom, sem umidade, sem frio e sem vento. – Voltando-se, então, para Sra. Weston, com um leve ar de censura – Ah, Srta. Taylor! Se a senhora não tivesse se casado poderia ficar em casa comigo!

– Bem, senhor – exclamou Sr. Weston –, como fui eu que levei Srta. Taylor embora, é minha incumbência arranjar-lhe uma substituta, se puder. Vou pedir a Sra. Goddard no momento, se não se opõe.

Mas a ideia de fazer qualquer coisa no momento aumentava a ansiedade de Sr. Woodhouse, ao invés de diminuí-la. As senhoras sabiam melhor como lidar com isso. Bastava Sr. Weston se calar que tudo se arranjaria. Com as atenções das duas logo Sr. Woodhouse acalmou-se o suficiente para falar da forma usual. "Ficaria feliz de ver Sra. Goddard. Gostava muito da Sra. Goddard, e Emma devia escrever uma carta convidando-a. James poderia levar o bilhete. Mas antes de tudo deviam escrever a resposta para Sra. Cole".

– Você deverá pedir desculpas por mim, minha querida, com a maior gentileza possível. Pode dizer-lhes que estou quase inválido, que não vou a lugar algum, por isso me vejo obrigado a declinar do seu amável convite. Comece com os meus cumprimentos, é claro. Mas tenho certeza que fará tudo certo, não preciso dizer-lhe o que escrever. Não podemos esquecer-nos de avisar a James que a carruagem deverá estar à disposição na terça-feira. Não tenho medo algum sabendo que ele a levará. Nunca estivemos lá, desde que foi aberta a nova estrada, mas ainda assim não tenho dúvidas que James a levará com toda a segurança. E quando chegar lá deverá avisá-lo a que horas poderá retornar para buscá-la. É bom que venha cedo, pois eu sei que não gosta de voltar tarde. Você já estará muito cansada depois que servirem o chá.

– Mas o senhor não gostaria que eu voltasse antes de ficar cansada, não é, papai?

– Ah, não, meu amor. Mas logo estará cansada. Haverá muitas pessoas falando ao mesmo tempo, e sei que você não gosta de barulho.

– Mas, meu caro senhor – exclamou Sr. Weston –, se Emma sair cedo vai estragar a festa....

– Será até bom que isso aconteça, quanto mais cedo acaba uma festa, melhor.

– Mas o senhor não está considerando como isso vai afetar os Cole. Se Emma sair logo após o chá pode parecer ofensa. São pessoas muito bondosas, e pensam pouco de seus próprios direitos, mas ainda assim irão sentir que não é muito lisonjeiro que as pessoas saiam apressadamente da festa. E sentirão mais se Srta. Woodhouse fizer isso do que qualquer outra pessoa presente. O senhor com certeza não deseja desapontar e ofender os Cole. Eles são tão amigáveis, as melhores pessoas do mundo, e são seus vizinhos há dez anos.

– Não, por nada no mundo, Sr. Weston, sou-lhe muito agradecido por me lembrar disso. Eu ficaria extremamente aflito se causasse algum aborrecimento aos Cole. Sei o quanto são dignos. Perry disse-me que Sr. Cole nunca bebe nenhuma bebida alcoólica de malte. Não se pode adivinhar só de olhá-lo, mas ele é bilioso. Sr. Cole é muito bilioso. Não, eu jamais desejaria lhe causar qualquer mal-estar. Minha querida Emma, devemos considerar isso. Tenho certeza que você preferirá ficar na festa um pouco mais do que gostaria do que correr o risco de magoar os Cole. Você não vai se importar se ficar cansada, estará perfeitamente segura entre os amigos, você sabe.

– Oh, sim, papai. Não tenho medo nenhum por mim mesma, e não me importaria de ficar até mais tarde com Sra. Weston, a não ser por sua causa, papai. Só tenho medo que o senhor fique sentado me esperando. Tenho certeza que vai ficar muito confortável com Sra. Goddard. Ela adora piquet, o senhor sabe, mas quando ela for embora temo que o senhor fique sentado sozinho, ao invés de ir para a cama no seu horário normal e a ideia de que isso possa acontecer destruiria minha tranquilidade por completo. O senhor deve me prometer que não ficará acordado.

Ele prometeu, em troca de algumas promessas da parte da filha. Tais como: se ela chegasse com frio, deveria se aquecer completamente; se estivesse com fome, teria que comer alguma coisa; que a criada particular dela a esperasse acordada; e que Serle e o mordomo deviam verificar se tudo estava seguro na casa, como sempre.

CAPÍTULO 8

Sr. Frank Churchill voltou finalmente. Se o pai atrasou o jantar para esperá-lo ninguém ficou sabendo em Hartfield, pois Sra. Weston desejava que ele caísse nas graças de Sr. Woodhouse, e não mencionava nenhum defeito dele que pudesse ser escondido. Ele voltou com o cabelo devidamente cortado, e riu de si mesmo com muita desenvoltura, não parecendo de fato envergonhado pelo que havia feito.

Não tinha motivos para manter o cabelo longo, nem para evitar alguma confusão, se houvesse; também não tinha razão nenhuma para economizar dinheiro, se isso melhorasse sua disposição. Estava tão destemido e animado como sempre, e quando o viu Emma deu uma lição de moral a si mesma: "Não sei se é assim ou não, mas com certeza as coisas bobas deixam de ser bobas quando são feitas por pessoas sensíveis de forma destemida. A maldade é sempre maldade, mas a tolice nem sempre é tolice. Depende do caráter de quem a pratica. Sr. Knightley, ele não é um rapaz tolo e frívolo. Se fosse, teria feito isso de outra forma. Teria se vangloriado do fato, ou se mostraria envergonhado. Seria a ostentação de um vaidoso, ou a evasão de uma mente fraca demais para sustentar sua própria vaidade. Não, tenho certeza absoluta que ele não é bobo nem frívolo".

Com a terça-feira chegou para Emma a agradável possibilidade de vê-lo novamente, e desta vez por um tempo mais longo que antes. Esperava poder julgar melhor suas maneiras de forma geral, e em especial as maneiras dele para com ela. Poderia também imaginar quanto tempo levaria para dissipar a frieza dele, e observar as reações das outras pessoas em relação aos dois, já que era a primeira vez que os veriam juntos. Ela desejava divertir-se muito, apesar do cenário não ser muito bonito na casa de Sr. Cole. Também não era capaz de esquecer que, entre as falhas de Sr. Elton mesmo nos seus dias favoráveis, nada a incomodava mais do que sua propensão a jantar com os Cole.

O conforto de seu pai estava amplamente assegurado. Tanto Sra. Bates, quanto Sra. Goddard foram passar o serão com ele. A obrigação mais prazerosa de Emma, antes de sair de casa, foi cumprimentá-las respeitosamente, enquanto as duas damas sentavam-se juntas após o jantar. O pai, encantado, elogiava a beleza do seu vestido, enquanto Emma fazia todas as recomendações ao seu alcance, ajudando-as a servir-se de grandes pedaços de bolo e a encher os copos de vinho. Estas recusavam contra a vontade, pois precisavam cuidar-se depois do que haviam comido no jantar.

Emma providenciara um jantar completo, queria ter certeza de oferecer-lhes uma boa refeição. Ao chegar à porta de Sr. Cole viu uma carruagem à sua frente, e ficou contente ao ver que se tratava da carruagem de Sr. Knightley. Uma vez que ele não possuía cavalos, gastava menos dinheiro, além de aumentar sua saúde, atividade e independência. Estava muito apto, na opinião de Emma, a caminhar para onde quisesse, e não usava sua carruagem tanto quanto se esperaria do proprietário de Donwell Abbey.

Ela tinha agora uma oportunidade de manifestar sua aprovação e seu carinho, pois ele estendera a mão para ajuda-la a descer.

– O senhor sempre deveria chegar assim, como um cavalheiro – disse ela.

– Estou muito feliz em vê-la. – Ele lhe agradeceu, observando: – Que sorte chegarmos juntos! Pois se nos encontrássemos na sala de estar duvido que tivesse me considerado mais cavalheiro do que o normal. Não saberia, pela minha aparência ou modos, como vim para cá.

– Saberia sim, claro que saberia. Há sempre um ar de consciência ou de agitação quando uma pessoa chega de um jeito que todos sabem ser superior a eles. O senhor pensa que disfarça muito bem, mas ouso dizer que com o senhor se trata de um tipo de bravata, um ar de delicioso pouco caso que sempre observei quando o encontro nessas circunstâncias. Agora o senhor não tem mais o que provar. Não teme que possam achar que se sente envergonhado. Não precisa lutar para parecer maior do que os outros. Agora me sinto realmente contente de entrar com o senhor na mesma sala.

– Menina absurda! – foi a resposta dele, mas não estava zangado.

Emma tinha razão para estar tão satisfeita com os demais convidados como estava com Sr. Knightley. Foi recebida com um cordial respeito e todas as honras que poderia desejar, o que só podia agradá-la. Quando os Weston chegaram, os olhares mais cálidos, a mais forte afeição foram todos para ela, vindos tanto do marido quanto da esposa. O filho aproximou-se com entusiasmada alegria, o suficiente para indicar que ela era a razão das suas atenções.

Frank sentou-se ao seu lado durante o jantar, o que deve ter lhe custado algum esforço, como ela acreditava firmemente. O grupo era grande, pois incluía outra família, uma correta e irrepreensível família residente no campo, de quem os Cole tinham a honra de serem amigos e a parte masculina da família de Sr. Cox, o advogado de Highbury. As senhoras menos importantes iriam chegar para o serão, entre elas Srta. Bates, Srta. Fairfax e Srta. Smith. Durante o jantar, porém, já havia convidados em número suficiente para evitar que qualquer assunto se tornasse geral. Enquanto falavam de política e de Sr. Elton, Emma pôde dedicar sua total atenção ao agradável vizinho. O primeiro som mais distante que ela viu-se obrigada a ouvir foi o nome de Jane Fairfax. Sra. Cole estava contando algo sobre ela que parecia muito interessante. Emma ouviu e achou que valia a pena prestar atenção, pois sua imaginação, parte mais querida do seu ser, recebia um divertido suprimento.

Sra. Cole dizia que fora visitar Srta. Bates, e logo que entrou na sala ficou espantada de ver um piano – um instrumento muito elegante –, não era um piano de cauda, mas do tipo quadrado e grande. A essência da narrativa – o fim de toda conversa que começara com a surpresa, as perguntas, os parabéns da parte dela e a explicação de Srta. Bates – era que o piano havia chegado da Broadwood's no dia anterior. Fora um grande choque para a tia e a sobrinha, algo totalmente inesperado.

A princípio, segundo Srta. Bates contara, a própria Jane ficara perdida, pensando em quem poderia tê-lo mandado, mas agora estavam perfeitamente satisfeitas em pensar que só poderia vir de um lugar – é claro que fora o coronel Campbell quem o enviara.

– Não há outra hipótese – acrescentou Sra. Cole – e fiquei surpresa de que houvesse alguma dúvida a respeito. Mas parece que Jane recebeu uma carta deles recentemente, e não havia uma palavra sobre isso. Ela os conhece melhor do que eu, mas não acho que seu silêncio seja razão para que não mandassem o presente: talvez quisessem surpreendê-la. Havia muitas pessoas dispostas a concordar com Sra. Cole. Todos que comentaram o assunto disseram que devia ter sido mesmo enviado pelo coronel Campbell, e ficaram igualmente felizes por ela ter recebido tal presente.

Como havia várias pessoas falando sobre o assunto, Emma pôde dar asas à imaginação, enquanto ouvia Sra. Cole.

– Confesso que não sei quando foi a última vez que ouvi uma notícia que me desse mais satisfação! Sempre lamentei que Jane não tivesse um piano... ela toca tão bem! Parece-me até vergonhoso, quando penso na quantidade de casas onde existem belos instrumentos totalmente desprezados. É um tapa de luvas, com toda certeza! E pensar que ontem mesmo eu estava dizendo ao Sr. Cole o quanto fico envergonhada de olhar para o nosso novo piano de cauda, que está na sala de visitas, enquanto eu mesma não distingo uma nota de outra, e as nossas meninas recém começaram a aprender, talvez nem venham a tocar. E a pobre Jane, que é mestra em matéria de música, não tem nada que se pareça com um piano, nem mesmo a mais velha e lamentável das espinetas do mundo para se distrair. Eu estava dizendo isso ao Sr. Cole ontem, e ele concordou totalmente comigo; o fato é que meu marido adora tanto a música que não pôde resistir à compra do piano, na esperança de que algum dos nossos bons vizinhos seja amável o suficiente para fazer melhor uso dele do que nós. E foi para isso mesmo que o compramos, do contrário ficaríamos envergonhados. Temos esperança de que Srta. Woodhouse seja persuadida a experimentá-lo esta noite.

Srta. Woodhouse concordou da forma apropriada, e vendo que nada mais poderia ser extraído da comunicação de Sra. Cole, voltou sua atenção para Frank Churchill.

– Por que o senhor está sorrindo? – disse ela.

– Por nada. E a senhorita?

– Eu?... Suponho que seja pela satisfação de ver que o coronel Campbell é tão rico e tão generoso... O presente é muito bonito.

– Muito, de fato.

– Eu me pergunto por que não fizeram isso antes.

– Talvez porque Srta. Fairfax nunca tenha ficado ausente por tanto tempo antes.

– Ou porque ele não permite que ela use seu próprio piano... que agora deve estar na casa deles em Londres, sem ser tocado por ninguém.

– O piano deles é de cauda, ele deve achá-lo grande demais para a casa de Srta. Bates.

– O senhor diz o que é apropriado, mas o seu semblante indica que seus pensamentos a respeito do assunto devem ser parecidos com os meus.

– Não saberia dizer. Prefiro acreditar que a senhorita está concedendo mais crédito à minha perspicácia do que eu mereço. Estou sorrindo porque a senhorita sorri, e pode ser que esteja suspeitando do que a senhorita suspeita; mas no momento não vejo nada para questionar. Se o presente não é do coronel, de quem poderia ser?

– O que acha de Sra. Dixon?

– Sra. Dixon, de fato. Não havia pensado em Sra. Dixon. Ela deve saber, assim como o pai, o quanto esse piano seria apreciado. E talvez a maneira como foi presenteado, a surpresa, o mistério, seja mais própria de uma mulher jovem do que de um homem mais velho. Com certeza deve ser de Sra. Dixon. Eu lhe disse que a sua suspeita iria guiar a minha.

– Se assim for, o senhor deve estender as suas suspeitas de modo a incluir Sr. Dixon.

– Sr. Dixon. É claro... Bem, estou percebendo que deve ter sido um presente conjunto de Sr. e Sra. Dixon. Estávamos falando no outro dia, acho que a senhorita se lembra, do quanto Sr. Dixon admira as execuções musicais de Srta. Fairfax.

– Sim, e o que o senhor me contou a respeito veio confirmar uma ideia que já tinha me ocorrido... Não pretendo duvidar das boas intenções, nem de Sr. Dixon nem de Srta. Fairfax, mas não consigo deixar de pensar que ele pode ter tido a infelicidade de se apaixonar por ela, após ter pedido a amiga em casamento. Ou talvez tenha percebido certo sentimento da parte de Srta. Fairfax. Podemos pensar em mil coisas, sem saber o que houve de fato. Mas imagino que tenha sido uma decisão difícil para ela vir a Highbury, ao invés de ir para a Irlanda com os Campbell. Aqui ela vai viver uma vida de pena e privação, lá tudo seria alegria. Quanto ao motivo de sua vinda, para recuperar-se com o ar de sua terra natal, acho que foi uma mera desculpa. No verão até seria aceitável, mas que bem o ar desta terra natal poderia fazer nos meses de inverno? Boas lareiras e carruagens fechadas podem fazer muito mais pela maioria das pessoas que tem saúde delicada, especialmente no caso dela, devo dizer. Não acho necessário que o senhor compartilhe de todas as minhas suspeitas, apesar de ter feito a nobre promessa de segui-las, mas lhe contei honestamente o que sinto.

– Dou-lhe minha palavra que suas suspeitas tem grande probabilidade de se revelarem verdadeiras. A preferência de Sr. Dixon pela música de Srta. Fairfax, ao invés de preferir a da noiva, acho que é muito sugestivo.

– Além disso, ele salvou a vida dela. Ouviu falar disso? Era uma festa num barco, ao que parece, e por um acidente qualquer ela estava quase caindo na água quando ele a salvou.

– Ele salvou, sim. Eu estava lá, fazia parte do grupo.

– Estava realmente? Bem!... Então não deve ter visto muita coisa, pois essa ideia parece ser nova para o senhor... Se eu estivesse lá tenho certeza de que teria feito algumas descobertas.

– Imagino que faria, sim. Mas eu, simplesmente, não vi nada além do fato: que Srta. Fairfax estava a ponto de ser arremessada do barco quando Sr. Dixon segurou-a... Foi coisa de um momento. E apesar de que o consequente choque e alarme foram muito grandes e duraram bem mais tempo... na verdade acho que se passou meia hora antes que qualquer um de nós se sentisse tranquilo outra vez... bem, ainda assim a sensação de alarme foi tão geral que não deu para observar nada de peculiar. Não quero dizer, no entanto, que a senhorita não teria feito descobertas...

Neste ponto a conversação foi interrompida. Os dois tiveram que participar daquele estranho intervalo que acontece entre dois pratos, e obrigados a agir de modo tão formal e ordeiro quanto os outros. Mas quando a mesa foi novamente coberta com a toalha, cada travessa disposta na forma correta, e todos voltaram a se ocupar com a comida, Emma disse:

– A chegada desse piano foi decisiva, no meu entender. Eu pretendia saber um pouco mais, e esse fato veio dizer-me quase tudo. Pode contar que logo vamos ouvir que foi um presente de Sr. e Sra. Dixon.

– E se os Dixon negarem saber qualquer coisa sobre o assunto devemos concluir que veio dos Campbell.

– Não, tenho certeza que não foi mandado pelos Campbell. Srta. Fairfax sabe disso, senão ela teria adivinhado logo. É evidente que não ficaria confusa se tivesse pensado neles. Posso não ter conseguido convencê-lo, mas eu mesma estou perfeitamente convencida que Sr. Dixon é o personagem principal nessa história.

– A senhorita na verdade me ofende, ao supor que não estou convencido. Suas razões levaram meu julgamento consigo inteiramente. A princípio, quando imaginei que estivesse satisfeita em considerar o coronel Campbell como o responsável pelo presente, eu o vi apenas como bondade paternal, e achei a coisa mais natural do mundo. Mas quando mencionou Sra. Dixon achei muito mais provável que fosse o tributo de uma amizade feminina. E agora só posso considerar o presente à luz de uma oferenda de amor.

Não houve mais oportunidade para que continuassem a discutir o assunto. Ele parecia estar convencido, pelo menos tinha o ar de quem acreditava nisso. Ela não disse mais nada e passaram a tratar de outros assuntos. O resto do jantar transcorreu normalmente, a sobremesa foi servida, as crianças vieram à sala e foram objeto de comentários e afeição no meio da conversação geral. Foram ditas algumas poucas coisas inteligentes, outras completamente tolas, mas a maior parte da conversa não se constituía nem de uma coisa nem de outra, nada pior do que os comentários comuns, repetições aborrecidas, velhas novidades e anedotas pesadas.

As senhoras não se encontravam há muito tempo na sala de estar, quando as outras damas chegaram, cada uma com seu grupo. Emma observou a entrada da sua querida amiguinha e, se não exultou com sua dignidade e graça, não pôde deixar de admirar sua meiguice juvenil e modos ingênuos, assim como pode regozijar-se do fundo do coração com a luminosidade, a alegria e o temperamento sereno de Harriet, que lhe permitiam ter algum alívio em meio aos sofrimentos de uma decepção amorosa.

Ali estava ela sentada... e quem poderia adivinhar quantas lágrimas havia derramado ultimamente? Para a felicidade de Harriet naquele momento bastava estar na companhia de amigos, muito bem vestida e vendo outras pessoas elegantes também, sentar-se, sorrir, parecer bonita e não dizer nada. Jane Fairfax olhava e andava de modo superior, mas Emma imaginava que ela ficaria contente de trocar confidências com Harriet, muito feliz de ter se permitido a mortificação de haver amado – sim, ela também amara Sr. Elton em vão – para submeter-se ao perigoso prazer de saber-se amada pelo marido da amiga. Em uma festa com tantas pessoas não havia necessidade de Emma aproximar-se de Jane Fairfax.

Ela não desejava falar do piano, imaginava saber demais sobre o segredo para achar justo manter uma aparência de curiosidade ou interesse, por isso guardou distância da jovem. As demais pessoas, no entanto, entraram quase imediatamente no assunto, e ela viu o rubor da consciência pesada com que ela recebia as congratulações, e o rubor da culpa que acompanhava o nome do "meu excelente amigo coronel Campbell". Sra. Weston, bondosa e amante da música, estava particularmente interessada pela circunstância, e Emma não ajudava, mostrando-se divertida com sua insistência no assunto. Ela tinha tanto a perguntar e a dizer sobre coisas como o tom do piano, o toque e os pedais, que nem sequer suspeitava do desejo de falar o menos possível sobre isso, desejo que Emma leu claramente no semblante da bela heroína da festa. Logo alguns dos cavalheiros juntaram-se a elas, e o primeiro de todos era Frank Churchill.

Era o cavalheiro mais importante e o mais bonito, e depois de cumprimentar de passagem Srta. Bates e a sobrinha, dirigiu-se ao extremo oposto do círculo, onde estava Srta. Woodhouse. Não se sentou enquanto não pudesse arranjar um lugar ao lado dela, e Emma adivinhava o que todos os presentes estavam pensando. Ela era o alvo das atenções dele, e todos podiam perceber isso. Emma o apresentou à sua amiga Srta. Smith, e mais adiante, no momento oportuno, ouviu o que cada um pensava do outro. "Ele nunca havia visto um rosto tão adorável, e estava encantado com sua ingenuidade". E ela "com certeza ele lhe fazia um grande cumprimento, mas achava que ele tinha uma expressão um pouco parecida com Sr. Elton". Emma conteve a indignação e apenas voltou-se para ela em silêncio. Emma e o cavalheiro trocaram sorrisos de cumplicidade, quando pela primeira vez dirigiram o olhar para Srta. Fairfax, mas era mais prudente evitar comentários. Ele contou-lhe que estivera impaciente para deixar a sala de jantar, detestava ficar sentado muito tempo, sempre era o primeiro a levantar-se assim que fosse permitido fazê-lo. O pai dele, Sr. Knightley, Sr. Cox e Sr. Cole permaneceram sentados, ocupados em discutir assuntos da paróquia e, enquanto ele esteve ali tivera muito prazer com a conversa, considerava a todos verdadeiros cavalheiros e homens muito sensíveis. Falou de forma tão bonita sobre Highbury em geral – achava que tinha tantas famílias agradáveis – que Emma começou a sentir que talvez o desprezo que ela costumava ter pelo lugar fosse excessivo. Emma perguntou-lhe sobre a sociedade em Yorkshire – a extensão e o tipo de vizinhança que tinham em Enscombe, e pôde descobrir pelas suas respostas que, no que dizia respeito à Enscombe havia pouco movimento. Seus visitantes pertenciam a algumas poucas e destacadas famílias, nenhuma residindo muito perto. E mesmo quando marcavam a data e os convites eram aceitos, Sra. Churchill nem sempre estava com saúde ou disposição para ir.

Os Churchill haviam decidido não visitar nenhuma pessoa recém conhecida, e isso oferecia algumas dificuldades, apesar dele ter suas próprias amizades; precisava de muita habilidade para poder sair algumas vezes, ou apresentar algum amigo que viesse visitá-lo. Emma percebeu que Enscombe não podia satisfazê-lo e que Highbury, no que tinha de melhor, podia agradar de forma razoável um jovem cavalheiro que era retido em casa mais do que gostaria. A importância dele em Enscombe era evidente. Frank Churchill não se vangloriava, mas traiu-se naturalmente ao dizer que podia persuadir a tia quando o próprio Sr. Churchill nada conseguia. Diante do riso de Emma ao saber disso, afirmou acreditar que (exceto em um ou dois pontos) ele poderia, com o tempo, persuadi-la de qualquer coisa. Mencionou então um dos pontos em que sua influência falhara. Desejava muito viajar para o exterior – tinha insistido muito, de fato, que lhe fosse permitido viajar –, mas a tia não queria ouvir falar no assunto. Isso acontecera no ano anterior. Agora, dizia ele, seu desejo não era mais tão intenso. Não mencionou qual era o outro ponto em que não conseguira persuadi-la, e Emma adivinhou tratar-se do pai dele.

– Fiz uma triste descoberta – ele disse, após uma curta pausa. – Amanhã vai fazer uma semana que estou em Highbury, a metade do tempo que disponho. Nunca pensei que os dias passassem tão depressa. Uma semana, amanhã! E eu mal comecei a me divertir, recém comecei a ficar amigo de Sra. Weston e das outras pessoas! Detesto me lembrar disso.

– Talvez agora o senhor comece a lamentar por ter perdido um dia inteiro apenas para cortar o cabelo, já que dispõe de poucos dias.

– Não – ele disse, sorrindo. – Não me arrependo disso, absolutamente. Não tenho prazer em ver meus amigos se não me sentir em condições de ser visto.

Os demais cavalheiros chegavam agora à sala, e Emma foi obrigada a desviar sua atenção por alguns minutos e dedicá-la ao Sr. Cole. Quando Sr. Cole afastou-se e Emma voltou-se para ele, viu Frank Churchill olhando intensamente para Srta. Fairfax, que estava sentada do outro lado da sala, exatamente em frente a eles.

– Qual é o problema? – ela disse.

Ele teve um sobressalto:

– Obrigada por me despertar – ele replicou. – Acho que fui muito rude. Mas estava observando que Srta. Fairfax arrumou seu cabelo de um jeito tão esquisito, muito esquisito mesmo, que não pude deixar de olhá-la. Nunca vi nada mais antiquado!... E aqueles cachos!... Deve ter sido ideia dela. Não vi nenhuma outra jovem com um penteado parecido! Acho que vou perguntar-lhe se isso é moda na Irlanda, acha que devo?... Sim, eu vou... Afirmo que vou... e a senhorita poderá observar como ela reage, se vai ficar ruborizada.

Ele foi imediatamente e Emma logo o viu de pé junto a Srta. Fairfax, falando com ela; no entanto, Emma não pôde ver nada da reação da jovem, pois ele postou-se entre as duas. Antes que ele pudesse retornar ao seu lugar, Sra. Weston sentou-se na cadeira ao lado de Emma.

– Este é o luxo de uma grande festa – disse ela –, podemos nos sentar perto de qualquer pessoa e dizer o que quisermos. Minha querida Emma, há algum tempo que venho querendo falar-lhe. Fiz algumas descobertas e elaborei alguns planos, como você sempre faz, e quero lhe contar enquanto as ideias ainda estão frescas na memória. Você sabe como Srta. Bates e a sobrinha vieram para cá?

– Como? Elas foram convidadas, não foram?

– Oh, sim. Mas como foram transportadas até aqui?... De que modo vieram? Caminhando, eu imagino. De que outro modo viriam?

– "É verdade. Bem, há pouco me ocorreu como seria triste se Jane Fairfax tivesse que voltar andando para casa, tarde da noite, e com o frio que está fazendo. E quando olhei para ela, apesar de nunca tê-la visto melhor, me ocorreu que ela está tão bem porque está aquecida, por isso mesmo estaria mais exposta a pegar um resfriado. Pobre menina! Não posso suportar essa ideia e, assim que Sr. Weston voltou à sala, aproximei-me dele e lhe falei sobre a carruagem. Ele prontamente concordou, como pode adivinhar, e contando com sua aprovação fui direto a Srta. Bates avisá-la que a carruagem estaria à disposição delas antes de nos levar para casa. Achei que assim ela se sentiria mais confortável. Que boa alma! Ela ficou tão agradecida, pode ter certeza! Agradeceu muito, muito mesmo e disse que "ninguém era tão afortunada como ela, mas não havia razão para nos incomodar, pois a carruagem de Sr. Knightley fora buscá-las e estava à disposição para levá-las para casa". Fiquei totalmente surpresa, bastante feliz, com certeza, mas muito surpresa. Que atenção da parte dele... E tão conveniente! O tipo de coisa em que poucos homens teriam pensado. E, em suma, por conhecê-lo tão bem, acho que foi só por causa delas que ele usou a carruagem esta noite. Suspeito que não teria mandado atrelar um par de cavalos só para ele, era apenas uma desculpa para servi-las."

– Muito provável – disse Emma – nada mais provável. Não conheço nenhum outro homem, além de Sr. Knightley, capaz de tomar semelhante atitude. É algo tão bondoso e útil, um ato de consideração e benevolência. Ele não é um homem galante, mas é muito humano. E essa situação, considerando a saúde delicada de Jane Fairfax, deve ter-lhe parecido um caso de humanidade. Só posso pensar em Sr. Knightley para agir de forma tão bondosa sem ostentação. Vi que ele chegou de carruagem, pois chegamos juntos, e eu ri dele por causa disso, mas não falou uma palavra que pudesse traí-lo.

– Bem – disse Sra. Weston, sorrindo –, você lhe dá mais crédito por esse ato de bondade, simples e desinteressado, do que eu. Pois enquanto Srta. Bates estava falando, passou-me uma suspeita pela mente, e não fui mais capaz de me livrar dela. Quanto mais penso nisso, mais provável me parece. Em resumo: imaginei um casamento entre Sr. Knightley e Jane Fairfax. Viu o que me acontece por estar sempre em sua companhia? O que pensa disso?

– Sr. Knightley e Jane Fairfax! – exclamou Emma. – Minha querida Sra. Weston, como pode pensar em uma coisa dessas?... Sr. Knightley!... Sr. Knightley não pode se casar!!... A senhora gostaria de ver o pequeno Henry impedido de herdar Donwell?... Oh, não! De jeito nenhum! Henry tem que ser o dono de Donwell. Não posso aceitar de modo algum que Sr. Knightley se case, e tenho certeza que isso não vai acontecer. Estou espantada que a senhora tenha pensado em uma coisa dessas.

– Emma, minha querida, apenas lhe disse o que me levou a pensar nisso. Não que eu queira o casamento... não tenho a menor intenção de ofender o pequeno Henry, mas a ideia me veio em vista das circunstâncias. E se Sr. Knightley realmente quiser se casar, Emma, você não pode esperar que ele deixe de fazê-lo por causa de Henry, um garoto de seis anos que nada sabe do assunto.

– Posso, sim. Não suporto a ideia de ver Henry prejudicado... Sr. Knightley casar-se!!... Não, jamais essa ideia me passou pela cabeça, e não vou aceitá-la agora. E logo com Jane Fairfax, entre tantas mulheres!

– Não sei por quê... Ela sempre foi a preferida dele, você sabe disso muito bem.

– Mas seria um casamento muito imprudente!

– Não estou falando de imprudência, apenas considero a probabilidade.

– Não vejo nenhuma probabilidade, há menos que a senhora tenha razões melhores do que essas que apresentou. Ele pode ter cedido a carruagem apenas por sua boa natureza e humanidade, como eu lhe disse. Sr. Knightley tem muita estima pelas Bates, a senhora sabe, independente de Jane Fairfax... e está sempre pronto a ser atencioso com elas. Minha querida amiga, não tente fazer casamentos, pois faz isso muito mal. Jane Fairfax senhora de Donwell Abbey!... Oh, não, não! Fico revoltada só de pensar em tal coisa! Pelo próprio bem dele, espero que não cometa uma loucura dessas.

– Imprudente até pode ser... mas não é nenhuma loucura. A não ser pela desigualdade de fortuna e talvez uma pequena diferença de idade, não vejo nada inconveniente.

– Mas Sr. Knightley não deseja se casar. Tenho certeza que nem sequer pensa nisso. Não ponha essa ideia na cabeça dele. Por que ele se casaria?... Está muito feliz consigo mesmo: tem sua fazenda, seus carneiros, sua biblioteca e toda a paróquia para administrar. Além disso, ele adora os filhos do irmão. Sr. Knightley não tem motivos para se casar, seja para preencher seu tempo ou seu coração.

– Minha querida Emma, enquanto ele pensar desse modo, que assim seja. Mas se ele realmente amar Jane Fairfax...

– Que tolice! Ele não se importa com Jane Fairfax. Não no sentido de amor, tenho certeza. Ele faria qualquer coisa de bom para ela ou sua família, mas...

– Bem – disse Sra. Weston, sorrindo –, talvez a melhor coisa que ele possa fazer por elas seja dar a Jane um lar respeitável.

– Se isso for bom para ela, tenho certeza que seria o pior para ele; um casamento muito vergonhoso e degradante. Como Sr. Knightley suportaria ter Srta. Bates morando com ele?... Vê-la assombrando Donwell Abbey e lhe agradecendo o dia inteiro por sua grande bondade em casar-se com Jane?... "Tão amável e atencioso!... Mas ele sempre foi o melhor dos vizinhos". E então mudar de assunto de repente, no meio de uma frase, para a saia velha da mãe. "Não que seja uma saia assim tão velha, ainda deve durar um bom tempo... e, na verdade, tinha que agradecer por suas saias serem todas muito duráveis".

– Que vergonha, Emma. Não a imite! Você me faz rir, mesmo contra a minha consciência. E posso assegurar que Sr. Knightley não ficaria muito perturbado com a presença de Srta. Bates. As pequenas coisas não o irritam. Ela poderia falar sem parar, e se ele quisesse dizer alguma coisa bastaria apenas falar mais alto, e a voz dela sumiria. Mas a questão não é se essa ligação seria ruim para ele, mas se ele a deseja. Eu sempre ouvi Sr. Knightley falar muito bem de Jane Fairfax, e você também ouviu. O interesse que tem por ela, a ansiedade que demonstra pela sua saúde, a preocupação de que Jane não tenha boas perspectivas na vida! Sempre o ouvi falar com tanto ardor a respeito dessas coisas. Além disso, ele admira tanto a execução dela ao piano e a sua voz! Eu o ouvi falar que poderia escutá-la para sempre. Ah, ia me esquecendo de outra ideia que me ocorreu: esse piano, que foi mandado por alguém... Apesar de ficarmos todos contentes em pensar que foi um presente dos Campbell, não poderia ter vindo da parte de Sr. Knightley? Não posso evitar essa suspeita. Acho que ele é o tipo de pessoa que faria isso, mesmo sem estar apaixonado.

– Então não existe argumento algum para provar que ele está apaixonado. Mas não acredito que ele tenha feito isso. Sr. Knightley não faz nada escondido.

– Eu o ouvi lamentar que ela não tivesse um piano para tocar diariamente. E falou tantas vezes que eu pensei que, no curso natural das coisas, tal ideia pudesse ter lhe ocorrido.

– Muito bem. Mas se ele pretendesse dar-lhe um piano, teria contado a ela.

– Poderia haver escrúpulos de delicadeza, minha querida Emma. Tenho quase certeza que foi ele quem mandou. Pelo menos ficou particularmente silencioso quando Sra. Cole contou-nos durante o jantar.

– Quando a senhora tem uma ideia, Sra. Weston, segue em frente com ela, como tantas vezes me reprovou por fazê-lo. Não vejo sinal nenhum de afeição, não creio na história do piano, e as provas só me convencem de que Sr. Knightley não tem a menor intenção de se casar com Jane Fairfax.

Elas discutiram o assunto ainda por algum tempo, da mesma maneira; Emma parecia ganhar um pouco de terreno sobre a mente da amiga, pois, entre as duas, era Sra. Weston quem estava mais acostumada a ceder. Uma pequena agitação na outra sala indicou-lhes que o chá fora servido, e que o piano estava sendo preparado. No mesmo momento Sr. Cole aproximou-se para pedir a Emma que lhes desse a honra de ouvi-la tocar. Sr. Frank Churchill, a quem no calor da discussão com Sra. Weston ela não vira mais, e apenas notara que ele encontrara um lugar ao lado de Srta. Fairfax, seguiu Sr. Cole para juntar suas súplicas às dele.

E como Emma gostava mais de liderar, em qualquer coisa que fosse, concordou amavelmente. Ela conhecia bem demais suas próprias limitações, o suficiente para não tentar ir além das músicas que conseguisse executar com perfeição. Não lhe faltava gosto nem disposição para as pequenas coisas que eram agradáveis a todos, e pôde acompanhar com sucesso sua própria voz.

Emma teve uma surpresa ao ouvir outro acompanhamento para sua música – uma segunda voz foi feita com suavidade e correção por Sr. Frank Churchill. Ao fim da execução ele pediu-lhe perdão, educadamente, e seguiram-se as manifestações usuais. Todos o cumprimentaram por ter uma bela voz e perfeito conhecimento de música. O cavalheiro negou apropriadamente, dizendo não conhecer nada de música e não possuir uma boa voz, em hipótese alguma.

Cantaram juntos mais uma vez, e Emma então podia ceder o lugar para Srta. Fairfax, cuja execução, tanto vocal quanto instrumental, era infinitamente superior à dela, o que Emma não podia esconder nem de si mesma. Com pensamentos contraditórios, ela sentou-se um pouco distante das pessoas que rodeavam o piano para ouvir melhor. Frank Churchill cantou novamente, parece que já haviam cantado juntos uma ou duas vezes antes, em Weymouth. A visão de Sr. Knightley, entre os ouvintes mais atentos, logo prendeu metade da atenção de Emma. Ela viu-se a pensar sobre as suspeitas de Sra. Weston, e o suave som das belas vozes unidas apenas propiciava interrupções momentâneas. Suas objeções ao casamento de Sr. Knightley não se sustentavam mais, mas ela só podia ver mal nisso. Seria um grande desapontamento para Sr. John Knightley, e logo para Isabella. Uma verdadeira afronta às crianças... uma mudança atroz e uma grande perda para todas.

Seria um motivo de desconforto diário para seu pai, e quanto a ela, não podia de jeito nenhum suportar a ideia de Jane Fairfax em Donwell Abbey. Uma Sra. Knightley para se sobrepor a todos eles! Não... Sr. Knightley nunca deveria se casar. O pequeno Henry deveria continuar sendo o herdeiro de Donwell. Naquele momento Sr. Knightley olhou para trás, viu-a e veio sentar-se ao seu lado. Falaram primeiro apenas da música de Srta. Fairfax, e a afeição dele era com certeza muito calorosa, mas ela pensou que, se não fosse por Sra. Weston, isso não a teria impressionado. Como pedra de toque, Emma começou a falar da sua bondade em oferecer transporte para Srta. Bates e a sobrinha. Achou que as respostas dele eram curtas o suficiente para acabar com o assunto, mas acreditava que isso era apenas falta de vontade de falar de sua própria bondade.

– Eu sempre lamentei – disse ela – que nossa carruagem não seja mais útil em tais ocasiões. Não é que me falte vontade, mas sabe como papai iria considerar impensável que James fosse ocupado para tais propósitos.

– Isso está fora de questão, totalmente fora de questão – ele replicou –, mas você deve ter sentido assim, tenho certeza. Ele então sorriu com tão aparente prazer ao dizer isso que Emma resolveu avançar mais um passo.

– Esse presente dos Campbell – ela disse – foi muita bondade deles mandarem o piano.

– Sim – respondeu ele, sem demonstrar sinais aparentes de embaraço. – Mas acho que teriam feito melhor se a avisassem do presente. Surpresas são coisas muito tolas. O prazer de quem recebe não é maior, e a inconveniência muitas vezes é considerável. Eu esperava melhor julgamento da parte do coronel Campbell.

A partir desse momento Emma poderia jurar que Sr. Knightley não havia presenteado o piano. Mas ainda lhe restavam dúvidas sobre os interesses dele, se realmente estava livre de algum apego por Jane Fairfax, se não tinha uma preferência por ela. Ao final da segunda música, a voz de Jane tornou-se rouca.

– Aí está – ele disse, pensando alto, enquanto Jane terminava de cantar. – Você já cantou o suficiente por uma noite, agora pode calar-se.

Logo pediram uma nova canção. "Só mais uma canção... isso não cansaria Srta. Fairfax de modo algum, só o que pediam era mais uma". Ouviram então a voz de Frank Churchill dizendo "Acho que a senhorita vai conseguir sem nenhum esforço, a primeira voz é muito fraca. A força do som fica com a segunda voz".

Sr. Knightley ficou furioso.

– Esse janota – ele disse, indignado – não pensa em outra coisa além de exibir a própria voz. Isso não pode continuar.

E interpelou Srta. Bates, que nesse momento passava perto dele.

– Srta. Bates, a senhora está louca em permitir que sua sobrinha cante rouca dessa maneira? Vá lá e interfira. Eles não têm piedade dela.

Srta. Bates, na sua ansiedade pela saúde de Jane, mal teve tempo para agradecer antes de entrar no salão e acabar com qualquer ideia de cantoria. Assim terminou a parte da noite dedicada aos concertos, pois Srta. Fairfax e Srta. Woodhouse eram as únicas jovens damas que tocavam e cantavam. Mas, logo depois (cerca de cinco minutos) a proposta de dançar, surgida não se sabia bem de onde, foi tão bem divulgada por Sr. e Sra. Cole, que logo abriram o espaço apropriado para o baile. Sra. Weston, mestra em danças campestres, sentou-se e começou uma irresistível valsa. Sr. Frank Churchill, dirigindo-se a Emma com imensa galanteria, tomou-a pela mão e levou-a ao centro do salão. Enquanto esperava que os outros jovens formassem seus pares, e apesar dos cumprimentos que recebia pela sua voz e seu bom gosto, Emma achou tempo para olhar ao redor e ver o que era feito de Sr. Knightley. Isso seria uma prova cabal.

Ele não gostava de dançar, mas se fizesse um esforço para dançar com Jane Fairfax agora, poderia significar alguma coisa importante. Não conseguiu vê-lo logo. Não, ele estava conversando com Sra. Cole e olhava distraído. Jane foi convidada por algum outro cavalheiro e ele continuava conversando com Sra. Cole. Emma deixou de se alarmar por causa de Henry: os interesses dele estavam salvos, por enquanto. E ela liderou a dança com verdadeira alegria e prazer. Não havia mais de cinco pares, mas a raridade de dançarinos e a espontaneidade da dança tornavam-no delicioso, e Emma descobriu que tinha um par excelente. Formavam um casal que valia a pena admirar. Infelizmente, duas danças era o máximo que lhes permitiram. Estava ficando tarde, e Srta. Bates ficou ansiosa para voltar para casa, preocupada com sua mãe. Após algumas tentativas de continuar dançando, foram obrigados a agradecer a Sra. Weston e, com tristeza, terminar com o baile.

– Talvez seja melhor – disse Frank Churchill ao levar Emma até a carruagem dela. – Eu teria que convidar Srta. Fairfax, mas a maneira que ela tem de dançar não ia combinar comigo, após dançar com a senhorita.

CAPÍTULO 9

Emma não se arrependeu de ter feito a concessão de ir à festa dos Cole. A visita lhe proporcionara muitas recordações agradáveis no dia seguinte. E tudo que ela poderia supor ter perdido em função de seu majestoso isolamento, podia ser amplamente compensado pelo esplendor da popularidade. Ela devia ter agradado muito aos Cole – pessoas muito dignas, que mereciam ser feitas felizes! E deixara atrás de si uma reputação que não se apagaria tão cedo. A felicidade perfeita não é comum, mesmo nas lembranças; e havia dois pontos sobre os quais Emma não se sentia tranquila. Perguntava a si mesma se não havia transgredido o dever de mulher para mulher, ao revelar suas suspeitas sobre os interesses de Jane Fairfax para Frank Churchill.

Dificilmente podia considerar isso certo, mas sua ideia a respeito era tão forte que acabou escapando; e a concordância dele com tudo que ela falou era um cumprimento à sua argúcia, tornando difícil para ela lembrar-se de que devia segurar a língua. A outra coisa que a incomodava também dizia respeito à Jane Fairfax, mas quanto a essa não havia dúvida. Ela lamentava, sinceramente e sem qualquer equívoco, a sua inferioridade em cantar e tocar. E assim, com profundo pesar pela indolência que a dominara na infância, sentou-se ao piano e praticou com determinação por uma hora e meia. Foi interrompida pela chegada de Harriet. E se os elogios de Harriet pudessem satisfazê-la, logo ela se sentiria confortada.

– Ah, se eu pudesse tocar tão bem como a senhorita e Srta. Fairfax!

– Não nos ponha no mesmo nível, Harriet. Minha execução está tão distante da dela, como uma lâmpada da luz do sol.

– Oh, Deus... Acho que, entre as duas, a senhorita toca melhor. Acho sua execução tão boa quanto à dela, só sei que prefiro ouvir a senhorita. Todos comentaram na noite passada como a senhorita tocou bem.

– As pessoas que conhecem alguma coisa de música devem ter sentido a diferença. A verdade, Harriet, é que toco bem o suficiente apenas para ser elogiada, mas Jane Fairfax está muito acima disso.

– Bem, eu sempre achei que a senhorita toca tão bem como ela, e se houver alguma diferença ninguém nunca irá perceber. Sr. Cole comentou o bom gosto que a senhorita tem, e Sr. Frank Churchill também falou muito sobre o bom gosto da senhorita, e que ele valoriza mais o gosto que a execução.

– Ah, mas Jane Fairfax possui ambos, Harriet.

– A senhorita tem certeza? Eu vi que ela toca muito bem, mas não sabia que tinha bom gosto. Ninguém falou a respeito disso. E eu detesto música italiana... não se entende uma palavra. Além disso, se ela toca tão bem, a senhorita sabe, é porque tem obrigação, afinal vai ter que dar aulas. Os Cox estavam conversando a noite passada se ela poderia ser introduzida em alguma família de renome. O que acha dos Cox, Srta. Woodhouse?

– Exatamente o que são: muito vulgares.

– Eles me contaram uma coisa – disse Harriet, um pouco hesitante – mas não é nada importante.

Emma foi obrigada a perguntar o que eles haviam dito, apesar do temor de que se tratasse de algo a ver com Sr. Elton.

– Eles me disseram... que Sr. Martin jantou na casa deles no sábado passado.

– Ah!

– Ele veio falar com Sr. Cox sobre algum negócio, e Sr. Cox o convidou para ficar e jantar com eles.

– Ah!

– Falaram muito sobre ele, especialmente Anne Cox. Não sei o que ela quis dizer com isso, mas perguntou-me se eu achava que poderia ficar de novo com eles, no próximo verão. Ela pretendia ser impertinente e curiosa, como só uma Anne Cox poderia ser. Ela contou que ele foi muito agradável, no dia que jantou lá, e sentou-se ao lado dela na mesa. Srta. Nash acha que qualquer uma das Cox ficaria muito feliz de casar-se com ele.

– É bem provável... Acho que elas são, sem exceção, as moças mais vulgares de Highbury.

Harriet tinha compras a fazer da Ford's e Emma achou mais prudente acompanhá-la. Poderia acontecer outro encontro acidental com os Martin, e no estado de espírito em que ela se encontrava atualmente isso podia ser perigoso. Harriet, tentada por todas as coisas e facilmente influenciada por qualquer palavra, sempre demorava muito nas compras, e enquanto ela passeava entre os tecidos de musselina, mudando de ideia a cada momento, Emma foi até a porta para distrair-se... Não se podia esperar muita coisa do tráfego de Highbury, mesmo na sua parte mais movimentada. Sr. Perry caminhando apressado, Sr. William Cox chegando à porta do escritório, os cavalos da carruagem de Sr. Cole retornando do seu exercício, ou um garoto de recados perdido com uma mula obstinada eram as coisas mais agitadas que ela poderia esperar. E quando seus olhos por fim se depararam com o açougueiro levando sua gamela, com uma respeitável senhora idosa voltando para casa com a sacola cheia de compras, com dois vira-latas disputando um osso sujo, e com um grupo de crianças vadias grudadas na pequena vitrine da padaria, olhando os pães doces, Emma achou que não tinha motivos para queixar-se, pois se divertira muito, o suficiente para continuar parada na porta.

Uma mente viva e disposta pode fazer muito com o pouco que vê, e pode ver nada que não ofereça respostas. Ela olhou para baixo, na direção da estrada de Randalls. O cenário se tornou mais nítido e duas pessoas surgiram: Sra. Weston e o enteado caminhando em direção a Highbury, provavelmente para irem a Hartfield. Parecia, no entanto, que iam parar antes na casa de Sra. Bates, que ficava um pouco mais perto de Randalls, quase em frente à Ford's. Ainda não haviam batido à porta quando viram Emma.

No mesmo instante cruzaram a rua e vieram falar com ela, e o prazer compartilhado na noite anterior conferiu uma nova alegria ao presente encontro. Sra. Weston informou-a que estava indo visitar as Bates para ouvir o piano novo.

– Pois o meu companheiro me afirma – disse ela – que eu prometi solenemente à Srta. Bates, na noite de ontem, que viria hoje de manhã. Eu mesma não me lembrava disso. Não me recordava de ter marcado o dia, mas como ele disse que marquei, estou indo lá agora.

– E enquanto Sra. Weston faz a visita – disse Frank Churchill – espero que me seja permitido juntar-me à senhorita e esperar por ela em Hartfield, se a senhorita estiver indo para casa.

Sra. Weston ficou desapontada.

– Pensei que pretendia ir comigo. Elas ficariam muito contentes.

– Eu? Acho que só iria atrapalhar. Mas, quem sabe... Posso estar atrapalhando igualmente aqui. Srta. Woodhouse parece que não quer a minha companhia... Minha tia sempre me expulsa de perto dela quando está fazendo compras. Diz que eu a irrito até a morte. E Srta. Woodhouse parece que está a ponto de dizer o mesmo. O que vou fazer?

– Não vim fazer compras para mim – disse Emma –, estou apenas esperando minha amiga. Provavelmente ela logo terminará, e então voltaremos para casa. Mas é melhor que o senhor vá com Sra. Weston e ouça o piano.

– Bem, se esse é o seu conselho... Mas – com um sorriso –, se o coronel Campbell tiver encarregado da compra um amigo descuidado, e o piano não tiver o som correto... o que devo dizer? Não poderei apoiar Sra. Weston. Ela pode sair-se muito bem sozinha. Uma verdade desagradável pode parecer aceitável se ouvida de seus lábios, mas sou a pessoa mais deplorável do mundo para dizer mentiras bem educadas.

– Não acredito em nada disso – respondeu Emma. – Tenho certeza que o senhor pode ser tão pouco sincero quanto seus companheiros, quando é necessário. Mas não há razão para supor que o piano não seja bom. Bem ao contrário, de fato, se entendi corretamente a opinião de Srta. Fairfax na noite passada.

– Venha comigo, Frank – disse Sra. Weston – se não for muito desagradável para você. Não precisamos demorar muito. Depois disso vamos a Hartfield, logo depois delas. Eu gostaria muito que você me acompanhasse na visita, elas vão considerar uma atenção tão grande da sua parte! Pensei que você pretendia ir.

Ele não pôde recusar, e com a promessa de Hartfield como recompensa, retornou com Sra. Weston à porta de Sra. Bates. Emma observou-os entrar e então se juntou à Harriet no interessante balcão. Tentou com toda insistência possível convencê-la de que se ela desejava comprar musselina lisa, de nada adiantava olhar as estampadas; e que aquela fita azul, apesar de bonita, nunca combinaria com o tom amarelo do tecido.

Por fim acertaram tudo, menos a entrega do pacote.

– Devo enviá-lo para a residência de Sra. Goddard, madame? – perguntou Sra. Ford.

– Sim... Não... Sim, envie para a casa de Sra. Goddard. Mas o molde do vestido está em Hartfield. Não, a senhora deve mandá-lo para Hartfield, se não for incômodo. Mas Sra. Goddard vai querer vê-lo... E posso levar o molde do vestido para casa um outro dia. Mas gostaria de levar a fita pessoalmente... então é melhor mandar para Hartfield... pelo menos a fita. A senhora pode fazer dois pacotes, não pode, Sra. Ford?

– Não vale à pena incomodar Sra. Ford para fazer dois pacotes, Harriet.

– Não precisa mais.

– Não é incômodo nenhum, madame – disse a atenciosa Sra. Ford.

– Ah, mas eu de fato prefiro que a senhora faça só um. Então, por favor, mande tudo para a casa de Sra. Goddard. Bem, não sei... Não, acho melhor Srta. Woodhouse, que tudo seja mandado para Hartfield, e então levarei comigo à noite. O que a senhorita acha?

– Que você não precisa pensar nem mais meio segundo nesse assunto. Para Hartfield, por favor, Sra. Ford.

– Bem, será muito melhor – disse Harriet, muito satisfeita –, eu não gostaria mesmo que ele fosse mandado para a casa de Sra. Goddard.

Ouviram vozes que se aproximavam da loja... ou melhor, uma só voz e duas damas. Sra. Weston e Srta. Bates vieram encontrá-las à porta.

– Minha querida Srta. Woodhouse – disse a última –, eu vim correndo apenas para pedir-lhe o favor de vir sentar-se um pouco conosco e dar sua opinião sobre o nosso novo piano. A senhorita e

Srta. Smith também. Como vai, Srta. Smith?... Muito bem, obrigada... Implorei a Sra. Weston que viesse comigo, para ter certeza de que seria bem sucedida.

– Espero que Sra. Bates e Srta. Fairfax estejam...

– Muito bem, obrigada, a senhorita é muito amável. Minha mãe está deliciosamente bem, e Jane não se resfriou a noite passada. Como está Sr. Woodhouse?... Fico tão feliz de ouvir que ele está bem. Sra. Weston me disse que estavam aqui... Bem, eu disse, devo então correr até lá e tenho certeza que Srta. Woodhouse não se negará a vir se eu pedir-lhe que venha; minha mãe ficará tão feliz de vê-la... e o grupo que está reunido aqui é tão agradável, ela não pode recusar... "Por favor, faça isso", foi o que Sr. Frank Churchill disse, "será bom ouvir a valiosa opinião de Srta. Woodhouse sobre o piano". Mas, eu disse, estou certa de que serei mais bem sucedida se um dos senhores for comigo. "Oh", ele disse, "espere um minuto até que eu termine o que estou fazendo". Porque, a senhorita não acreditaria, Srta. Woodhouse, da maneira mais atenciosa do mundo, ele está consertando o pequeno parafuso da haste dos óculos da minha mãe. O parafuso caiu esta manhã, a senhorita sabe?... Tão amável da parte dele! Pois os óculos ficaram imprestáveis, minha mãe não consegue colocá-los. E, de qualquer forma, todo mundo deve ter dois pares de óculos, deve mesmo. Jane também acha isso. Pretendia levá-los para John Saunders, era a primeira coisa que ia fazer hoje de manhã, mas sempre tinha uma coisa ou outra para reter-me durante toda a manhã, primeiro era isso, depois aquilo, nem sei dizer mais o quê, a senhorita sabe. Uma hora Patty veio me dizer que a chaminé da cozinha precisava de limpeza. Oh, eu disse, não venha com más notícias agora, Patty. Veja, caiu o parafuso dos óculos da sua patroa. Então chegaram as maçãs assadas, Sra. Wallis mandou seu menino trazer. Eles são tão gentis conosco, os Wallis, sempre foram... ouvi algumas pessoas dizerem que Sra. Wallis pode ser mal educada e dar respostas rudes, mas nós só recebemos a maior atenção da parte deles. E não deve ser pelo nosso valor como fregueses, pois o nosso consumo de pão é irrisório, sabe? Somos apenas três... além da querida Jane que está conosco no momento... mas ela na verdade não come nada... o café da manhã dela é chocante, a senhorita ficaria apavorada se visse. Nem deixo mamãe saber que ela come tão pouco... então digo uma coisa, depois digo outra, e ela não nota. Mas no meio do dia Jane sente fome, e não tem nada que ela goste mais do que essas maçãs assadas, e elas são muito saudáveis, pois eu aproveitei a oportunidade para perguntar a Sr. Perry outro dia; encontrei Sr. Perry por acaso na rua. Não que eu tivesse alguma dúvida antes... ouvi tantas vezes Sr. Woodhouse recomendar uma maçã assada... Acho que é o único jeito que Sr. Woodhouse acredita que a fruta fica perfeitamente saudável. No entanto, nós temos bolinhos de maçã com frequência. Patty faz excelentes bolinhos de maçã. Bem, Sra. Weston, espero que a senhora prevaleça e que as senhoritas nos deem a honra.

Emma ficaria "muito feliz de esperar na companhia de Sra. Bates, etc.". e finalmente saíram da loja sem mais demora por parte de Srta. Bates, a não ser para que ela dissesse:

– Como vai a senhora, Sra. Ford? Peço perdão, eu não a tinha visto antes. Ouvi dizer que a senhora tem uma encantadora coleção de fitas novas vindas da cidade. Jane voltou para casa encantada, ontem. Muito obrigada, as luvas ficaram muito boas... talvez um pouquinho largas no punho, mas Jane vai usá-las assim mesmo.

– Sobre o que mesmo eu estava falando? – disse ela, recomeçando a falar quando já estavam na rua.

Emma se perguntava qual assunto, no meio daquela miscelânea, ela gostaria de retomar.

– Confesso que não me lembro do que estava falando... Ah, sim! Eu falava dos óculos de minha mãe. Tão amável da parte de Sr. Frank Churchill. "Oh!", ele disse, "acho que posso apertar o parafuso. Adoro esse tipo de trabalho". O que só mostra como ele é tão... Apesar de tudo que ouvi sobre ele antes e do que eu mesma esperava, devo dizer que ele, na verdade, excede toda expectativa... Eu lhe dou os parabéns, Sra. Weston, calorosos parabéns. Ele parece ser tudo o que os pais mais afetuosos podem desejar... "Oh!", ele disse, "posso apertar o parafuso. Adoro esse tipo de trabalho delicado". Nunca esquecerei sua gentileza. E quanto eu tirei as maçãs assadas do armário, esperando que os nossos convidados fizessem a gentileza de aceitar um pouco "Oh!", ele disse diretamente, "não existe nenhuma fruta que eu goste mais, e essas são as mais belas maçãs assadas em casa que eu já vi na minha vida", o que foi muito... E tenho certeza que não era apenas um cumprimento, pela maneira como ele falou. As maçãs são realmente deliciosas, na verdade, e Sra. Wallis as cozinha muito bem... só que nós preferimos que elas sejam cozidas apenas duas vezes, e Sr. Woodhouse nos fez prometer que as cozinharíamos três vezes... mas Srta. Woodhouse será gentil o suficiente para não lhe contar. As maçãs são as melhores que existem para assar, sem dúvida. Vieram todas de Donwell, uma parte do generoso estoque de Sr. Knightley. Ele nos manda um saco todo ano, e nunca reserva para si mais do que a produção de uma das suas macieiras... acho que existem duas delas, de fato. Minha mãe diz que o pomar deles já era famoso quando ela era jovem. Mas fiquei muito chocado no outro dia, pois Sr. Knightley veio nos visitar pela manhã, e Jane estava comendo essas maçãs, então falamos do assunto e de como ela gostava, e ele perguntou se nosso estoque já tinha terminado. "Tenho certeza que já acabou", ele disse, "e vou mandar-lhes outra remessa, pois tenho muito mais do que preciso. William Larkins mandou-me uma quantidade maior do que o normal esse ano. Vou mandar-lhes mais algumas antes que estraguem". Eu implorei para que ele não fizesse isso, mas como as nossas maçãs tinham quase acabado eu não pude dizer que tínhamos muitas, havia ainda meia dúzia, de fato. Elas estavam separadas para Jane, mas eu não podia permitir que ele mandasse mais, por mais generoso que ele seja. E Jane disse o mesmo. E quando ele se foi, Jane quase discutiu comigo. Não, não posso dizer que tenha sido uma discussão, pois nunca discutimos em toda a nossa vida, mas ela estava aflita por eu ter admitido que as maçãs se acabaram, queria que eu fizesse Sr. Knightley acreditar que ainda tínhamos bastante. Então eu disse a ela: "Oh! minha querida, eu disse tanto quanto podia". No entanto, na mesma tarde Sr. Larkins veio com um grande cesto de maçãs... cerca de trinta e seis litros, pelo menos... do mesmo tipo das outras, e fiquei muito agradecida, fui lá e falei com William Larkins e disse tudo que era necessário, como a senhorita deve imaginar. Conheço William Larkins há tanto tempo! Sempre fico feliz de vê-lo. Entretanto, fiquei sabendo por Patty que William disse que essas eram todas as maçãs desse tipo que seu patrão tinha. Ele trouxe todas, e agora seu patrão não tem nenhuma maçã desse tipo, para assar ou cozinhar. William pareceu não se importar muito, ficou feliz em ver que o patrão vendeu tantas esse ano, porque o William, a senhorita sabe, pensa mais nos lucros do seu patrão do que em qualquer outra coisa. Mas Sra. Hodges, ele disse, ficara muito aborrecida por ele ter mandado todas as maçãs. Ela não pode suportar que seu patrão não possa mais comer nenhuma torta de maçã nessa primavera. Ele contou isso a Patty, mas pediu para ela não nos contar nada disso, pois Sra. Hodges podia ser muito rabugenta às vezes, e como venderam muitas sacas não importava quem comesse o restante. Foi o que Patty me contou, e fiquei extremamente chocada, na verdade! Não gostaria que Sr. Knightley soubesse disso por nada no mundo! Ele ficaria tão... Não queria que Jane soubesse disso também, mas acabei deixando escapar antes de me dar conta.

Srta. Bates acabara de falar quando Patty abriu a porta. Os visitantes subiram sem nenhuma narrativa regular para ouvir, seguidos apenas pelos sons um tanto desconexos da sua gentileza.

– Tome cuidado, Sra. Weston, tem um degrau na curva da escada. Tome cuidado, Srta. Woodhouse, nossa escada é muito escura... mais escura e estreita do que desejaríamos. Tome cuidado, Srta. Smith. Srta. Woodhouse, estou consternada, mas tenho certeza que a senhorita tropeçou. Srta. Smith, cuidado com o degrau na curva da escada.

CAPÍTULO 10

A aparência da pequena sala de estar em que entraram era de perfeita tranquilidade. Sra. Bates, impedida de executar seus trabalhos usuais, cochilava junto à lareira; Frank Churchill, em uma mesa ao lado, ocupava-se com o conserto dos óculos e Jane Fairfax, de costas para eles, estava atenta ao piano. Ocupado como estava, no entanto, o jovem cavalheiro ainda foi capaz de mostrar seu contentamento quando viu Emma de novo.

– Este é um prazer – ele disse, falando bem baixinho – que chega pelo menos dez minutos antes do que eu havia previsto. Como pode ver, estou tentando ser útil; diga-me se acha que vou conseguir.

– Como? – disse Sra. Weston – Ainda não terminou? Você não conseguiria ganhar a vida com sucesso trabalhando como artesão em prata, lento desse jeito.

– Não estou trabalhando sem interrupção – ele replicou –, estive ajudando Srta. Fairfax a tentar manter o piano no nível, ele não está muito firme. Uma irregularidade no assoalho, eu acho. Pode ver que preenchemos um dos pés do piano com papel. Foi muita gentileza sua ter concordado em vir. Eu temia que já tivesse voltado para casa.

Ele manobrou para que Emma sentasse ao seu lado, gastou algum tempo procurando a melhor maçã assada para ela, e tentou fazer com que o ajudasse em seu trabalho, ou pelo menos o aconselhasse, até que Jane Fairfax estivesse quase pronta para sentar-se ao piano de novo. Que a jovem não estava totalmente preparada, Emma percebeu pelo seu estado de nervos. O piano ainda não ficara em seu poder por tempo suficiente para que pudesse tocá-lo sem emoção, desejava talvez fazer uma execução perfeita, e Emma só pôde sentir pena dela por esses sentimentos, fosse qual fosse a sua origem. Ela não podia fazer mais nada, apenas resolveu que nunca mais falaria desse assunto com seu vizinho.

Por fim Jane começou a tocar, e apesar dos primeiros acordes saírem um pouco fracos, logo o instrumento revelou-se à altura da intérprete. Sra. Weston ficara encantada antes, e estava encantada de novo. Emma juntou-se a ela nos elogios, e o piano, com todas as discriminações apropriadas, foi declarado altamente prometedor.

– Seja quem for que o coronel Campbell tenha encarregado da compra – disse Frank Churchill com um sorriso para Emma –, essa pessoa não fez uma má escolha. Ouvi falar muito do gosto do coronel Campbell em Weymouth, e a suavidade das notas mais altas é justo o que ele e todo seu grupo apreciariam particularmente, tenho certeza. Eu ouso dizer, Srta. Fairfax, que ele deu instruções minuciosas ao seu amigo, ou ele mesmo escreveu para a Broadwood. Não pensa assim?

Jane não olhou para ele, pois não era obrigada a ouvir. Sra. Weston estava falando com ela nesse mesmo momento.

– Isso não é justo – sussurrou Emma –, fiz apenas uma suposição sem nenhuma base. Não a deixe angustiada.

Frank Churchill sacudiu a cabeça com um sorriso, e olhou como se não tivesse nenhuma dúvida e nenhuma misericórdia, pois logo recomeçou:

– Já imaginou como os seus amigos na Irlanda devem se alegrar com o seu prazer neste momento, Srta. Fairfax? Ouso dizer que eles sempre pensam na senhorita e ficam imaginando qual seria o dia, o dia exato em que o piano chegaria a suas mãos. Acha que o coronel Campbell já sabe que o negócio saiu exato como ele desejava? Acredita que foi o resultado de uma encomenda direta dele, ou que mandou apenas uma instrução geral, uma ordem indefinida que dependeria de contingências e conveniências?

Ele parou. Ela não podia deixar de ouvir, nem podia deixar de responder.

– Até que eu receba uma carta do coronel Campbell – disse ela, fazendo um esforço para manter a voz calma –, não posso imaginar nada com certeza. Tudo seria apenas conjectura.

– Conjecturas, pode ser... algumas vezes as conjecturas estão certas, outras vezes erradas. Quem me dera pudesse conjecturar em quanto tempo posso deixar este parafuso firme. Quantas bobagens dizemos, Srta. Woodhouse, quando estamos entretidos no trabalho e falamos ao mesmo tempo. Suponho que os trabalhadores de verdade seguram suas línguas, mas nós, cavalheiros laboriosos, se pudéssemos conter a palavra... Srta. Fairfax disse algo sobre conjecturas. Aí está, terminei. Tive o prazer, madame – para Sra. Bates –, de consertar os seus óculos, que no momento estão perfeitos.

Tanto a mãe como a filha agradeceram-lhe efusivamente; para escapar um pouco, principalmente da última, ele foi até o piano e pediu a Srta. Fairfax, que ainda estava sentada ao instrumento, para tocar mais uma música.

– Se a senhorita tiver a bondade – ele disse –, gostaria que fosse uma das valsas que dançamos na noite passada... para que eu possa reviver aquele momento. A senhorita não as apreciou tanto quanto eu; parecia estar cansada o tempo todo. Acredito que ficou até feliz por não podermos dançar mais, mas eu teria dado mundos... todos os mundos que alguém poderia dar... por mais meia hora.

Ela tocou.

– Que felicidade ouvir de novo uma música que nos fez felizes um dia!... Se não estou enganado, nenhuma destas foi dançada em Weymouth.

Ela levantou os olhos para ele durante um momento, corou fortemente, e tocou outra música. Frank Churchill pegou algumas partituras de uma cadeira próxima ao piano e, voltando-se para Emma, disse:

– Aqui está uma música nova para mim, a senhorita a conhece? É de Cramer... E aqui temos algumas melodias irlandesas novas. Essas seriam de se esperar, vindo da parte de quem veio. Todas foram mandadas junto com o piano. Muito atencioso da parte do coronel Campbell, não acha? Ele sabia que Srta. Fairfax não tinha partitura alguma aqui. Eu louvo a atenção dele, mostra que o presente foi dado de coração. Não fez nada apressado, nem deixou faltar nada. Apenas uma verdadeira afeição poderia proporcionar isso.

Emma desejava que ele não fosse tão incisivo... mas não deixou de achar divertido. E quando olhou de relance para Jane Fairfax viu a sombra de um sorriso nos lábios dela; percebeu que, mesmo com o profundo rubor da conscientização, ela tinha um sorriso de secreto prazer. Emma então passou a ter menos escrúpulos por estar achando engraçado, e sentiu menos pena dela. Essa agradável, honrada e perfeita Jane Fairfax aparentemente estava acalentando pensamentos reprováveis. Frank Churchill trouxe todas as partituras para Emma e começaram a olhá-las juntos. Emma aproveitou a oportunidade para sussurrar.

– O senhor está falando de forma muito direta. Ela deve ter entendido.

– Espero que sim. Quero que ela me entenda, não estou nem um pouco envergonhado do que disse.

– Mas eu, de fato, estou um pouco envergonhada. Gostaria de jamais ter tido essa ideia.

– Pois eu fico feliz que tenha tido a ideia, e que a tenha comunicado a mim. Agora entendo todos os modos e olhares estranhos dessa moça. Deixe que ela sinta vergonha. Se ela agiu errado, deve mesmo sentir vergonha.

– Ela está um pouco envergonhada, eu acho.

– Não vejo muitos sinais disso.

Ela estava tocando Robin Adair neste momento... a música favorita dele. Pouco depois, Srta. Bates, ao passar perto da janela, viu Sr. Knightley a cavalo, não muito distante.

– Olhem só, é Sr. Knightley! Preciso falar com ele, se for possível, apenas para agradecer-lhe. Não vou abrir esta janela, pois vocês todos ficariam resfriados, mas posso ir até o quarto de minha mãe, vocês sabem. Tenho certeza que ele vai querer entrar quando souber quem está aqui. Que coisa maravilhosa ver todos vocês reunidos aqui!... Nossa pequena sala está tão honrada!

Enquanto falava dirigiu-se ao quarto ao lado e, abrindo a janela, imediatamente chamou a atenção de Sr. Knightley; cada sílaba da conversa entre eles foi distintamente ouvida por todos os outros, como se estivessem na mesma sala.

– Como vai o senhor? Como vai o senhor?... Muito bem, obrigada. Muito obrigada pela carruagem da noite passada. Chegamos bem na hora, minha mãe já estava nos esperando. Entre, por favor, entre... vai encontrar alguns dos seus amigos aqui.

Assim começou Srta. Bates, e Sr. Knightley parecia determinado a se fazer ouvir por sua vez, pois falou com voz resoluta e em tom de comando:

– Como vai a sua sobrinha, Srta. Bates? Vim saber da saúde de todas, mas especialmente da sua sobrinha. Como está Srta. Fairfax? Espero que não tenha se resfriado ontem à noite. Como está ela hoje? Diga-me como Srta. Fairfax está passando.

E Srta. Bates foi obrigada a dar uma resposta direta, antes que ele a ouvisse falar de qualquer outra coisa. Os ouvintes se divertiam, e Sra. Weston deu a Emma um olhar particularmente significativo. Mas Emma sacudiu a cabeça com descrença.

– Agradecemos muito ao senhor! Agradecemos tanto pela carruagem! – recomeçou Srta. Bates.

Ele cortou o assunto, dizendo:

– Estou indo para Kingston. Há alguma coisa que eu possa fazer pela senhorita?

– Ah, Deus! Para Kingston?... Está mesmo indo para lá?... Sra. Cole estava me dizendo outro dia que precisava alguma coisa de Kingston.

– Sra. Cole tem empregados para mandar até lá. Posso fazer alguma coisa pela senhorita?

– Não, eu lhe agradeço. Mas entre, por favor. Quem o senhor acha que está aqui?... Srta. Woodhouse e Srta. Smith são tão gentis de nos visitar para ouvir o piano. Deixe o cavalo na Crown e venha, por favor.

– Bem – ele disse, de forma deliberada –, talvez por cinco minutos.

– E Sra. Weston e Sr. Frank Churchill também estão aqui! Que maravilha! Tantos amigos reunidos!

– Não, agora não é possível. Muito obrigado. Não poderia ficar nem por dois minutos, tenho que ir a Kingston o mais depressa que puder.

– Ah! Entre por favor. Eles vão ficar tão felizes de vê-lo.

– Não, não, sua sala já está muito cheia. Venho visitá-la outro dia para ouvir o piano.

– Bem, lamento tanto!... Sr. Knightley, que festa maravilhosa a de ontem; foi muito agradável... O senhor viu o baile? Não era lindo?... Srta. Woodhouse e Sr. FrankChurchill, nunca vi nada igual.

– Maravilhoso, de fato. Não posso dizer mais nada, pois imagino que Srta. Woodhouse e Sr. Frank Churchill estejam ouvindo cada palavra. E – levantando ainda mais a voz – não sei por que a senhorita não mencionou Srta. Fairfax também. Acho que ela dança muito bem. E Sra. Weston é a maior executante de música campestre da Inglaterra, sem exceção. Agora, se os seus amigos tiverem alguma gratidão, dirão alguma coisa agradável a nosso respeito em voz bem alta, como retribuição... Mas não posso ficar para ouvir.

– Sr. Knightley, só mais uma coisa; é muito importante... Estou tão chocada!... Jane e eu estamos chocadas com a história das maçãs!

– O que aconteceu?

– Imagine nos mandar todo o seu estoque de maçãs! O senhor disse que tinha muitas e agora não tem nem mais uma sequer. Estamos muito chocadas, realmente! Sra. Hodges tem toda razão de estar zangada. Foi William Larkins quem nos contou. O senhor não devia ter feito isso, não devia mesmo. Ele se foi. Não suporta que lhe agradeçam. Mas achei que ele ficaria mais um pouco, e seria uma pena não falar nada... Bem – voltando para a sala –, não fui bem sucedida. Sr. Knightley não pôde ficar. Ele está indo para Kingston. Perguntou-me se podia fazer alguma coisa...

– Sim – apartou Jane –, nós ouvimos o seu generoso oferecimento, ouvimos tudo.

– É claro, minha querida, imagino que ouviram, porque a porta estava aberta, você sabe, e a janela também estava aberta, e Sr. Knightley fala muito alto. Com certeza devem ter ouvido tudo. "Posso fazer alguma coisa pela senhorita em Kingston?", ele disse. Então eu apenas mencionei... Oh! Srta. Woodhouse, a senhorita já vai embora?... Parece que recém chegou... É muita bondade sua.

Emma achou que realmente estava na hora de voltar para casa. A visita já durara muito; quando olharam seus relógios, perceberam que a manhã já se havia passado, e Sra. Weston e seu acompanhante também deviam ir. Tinham tempo apenas para acompanhar as duas jovens até o portão de Hartfield, antes de seguirem direto para Randalls.

CAPÍTULO 11

É totalmente possível ficar sem dançar. São conhecidos muitos casos de jovens que passaram meses sem participar de qualquer espécie de baile, e não sofreram nenhum dano na mente ou no corpo. Mas uma vez que se começa, quando se sente a felicidade da dança, nem que seja só um pouquinho, é muito difícil não desejar dançar novamente...

Frank Churchill havia dançado uma vez em Highbury, e ansiava por dançar novamente. E a última meia hora de um serão que Sr. Woodhouse foi persuadido a passar com a filha em Randalls, foi ocupada com os dois jovens fazendo planos para consegui-lo. A ideia inicial fora de Frank, e também a determinação de pô-la em prática. Para a senhorita foi atribuída a avaliação das dificuldades, e o que seria mais conveniente em termos de aparência e acomodações. Mas, ainda assim, ela estava inclinada o suficiente para mostrar a todos como Srta. Woodhouse e Sr. Frank Churchill dançavam; para fazer uma coisa que não a deixava envergonhada quando comparada à Jane Fairfax; e também pelo simples prazer de dançar, sem nenhum maldoso apelo à vaidade.

Emma ajudou-o a medir a sala em que estavam para ver o que podia comportar. E apesar das afirmações de Sr. Weston de que as salas tinham exatamente o mesmo tamanho, tiraram as medidas do outro salão, na esperança de descobrir que era um pouquinho maior. A primeira proposta e pedido dele, de que o baile que começara na casa de Sr. Cole terminasse ali, de que as mesmas pessoas estivessem presentes e os mesmos músicos fossem contratados, foi prontamente aceita.

Sr. Weston aprovou a ideia com muita alegria e Sra. Weston concordou em tocar durante todo o tempo em que eles desejassem dançar. Prosseguiram com o interessante projeto, calculando exatamente quem estaria presente, e prevendo o espaço indispensável para cada casal.

– A senhorita, Srta. Smith e Srta. Fairfax são três, e com as duas senhoritas Cox, são cinco – foi a frase repetida muitas vezes. – E ainda temos os dois Gilbert, o jovem Cox, meu pai e eu, além de Sr. Knightley. Sim, haverá gente suficiente para uma bela festa.

Mas logo alguém retrucou:

– Será que haverá espaço suficiente para cinco casais? Eu acho, realmente, que não há.

Ou então:

– Afinal de contas, cinco casais não são o bastante para valer a pena uma festa. Cinco casais são quase nada, quando se pensa seriamente no assunto. Não se pode convidar cinco casais. Só se permite isso como uma coisa decidida no último momento.

Alguém disse que Srta. Gilbert era esperada na casa do irmão, e devia ser convidada com os demais. Outro alguém acreditava que Sra. Gilbert teria dançado na outra noite, se a tivessem convidado. Falou-se em convidar o outro jovem Cox. E, por fim, quando Sr. Weston nomeou uma família de primos que devia ser incluída e outra, de velhos amigos, que não poderia ser deixada de fora, ficou evidente que os cinco casais seriam, pelo menos, dez. Seguiu-se uma especulação muito avivada sobre a melhor maneira de acomodá-los. As portas das duas salas eram opostas uma à outra. "Não poderiam usar as duas salas e dançar na passagem entre elas?"

Parecia a melhor solução, mas ainda assim não era tão boa, pois muitos queriam uma solução melhor. Emma disse que seria embaraçoso. Sra. Weston estava angustiada com o jantar. E Sr. Woodhouse se opôs a isso com veemência, por causa da saúde. Esses planos o deixaram tão triste que não havia como mantê-los.

– Ah, não! – disse ele. – Seria muito imprudente. Não posso permitir isso por causa de Emma!... Emma não é forte. Ela pegaria um resfriado e ficaria doente. E também a pobrezinha da Harriet. E todos vocês. Sra. Weston, a senhora ficaria prostrada, não permita nem que falem em uma coisa tão selvagem. Por favor, não permita que falem mais nisso. Aquele jovem é muito descuidado. Não conte ao pai dele, mas esse jovem não é grande coisa. Andou abrindo as portas muitas vezes esta noite, e as manteve abertas sem ter consideração. Ele não se lembrou das correntes de ar. Não quero colocá-la contra ele, mas ele realmente não é grande coisa.

Sra. Weston ficou triste com tal ataque. Sabia a importância da situação e fez tudo que podia para consertá-la. Todas as portas foram então fechadas, desistiram da ideia da passagem, e voltaram ao primeiro plano de dançar apenas na sala em que estavam. E com toda a boa vontade da parte de Frank Churchill, o espaço que há quinze minutos mal seria suficiente para cinco casais, agora poderia facilmente comportar os dez.

– Fomos muito exagerados – disse ele. – Calculamos espaço demais, dez casais podem acomodar-se aqui muito bem.

Emma discordava.

– Seria uma multidão. O que pode ser pior que dançar sem espaço?

– Concordo – respondeu Frank Churchill, em tom sério –, seria muito ruim. – E voltou a medir a sala, dizendo – Acho que haverá espaço suficiente para dez casais.

– Não – disse ela –, o senhor está sendo inflexível. Seria horrível! Nada pode ser pior do que dançar no meio de uma multidão... e uma multidão em uma sala pequena.

– Não há como negar – ele respondeu. – Concordo com a senhorita. Uma multidão em uma sala pequena... Srta. Woodhouse, a senhorita tem o dom de descrever uma situação com poucas palavras. Maravilhoso, é muito bom! Ainda assim, já que chegamos até aqui, não podemos desistir agora. Seria um grande desapontamento para meu pai, e além do mais... não sei bem... eu ainda sou de opinião que dez casais podem dançar aqui muito bem.

Emma percebeu que a natureza de sua galanteria era um pouco obstinada, e que ele preferia se opor a perder o prazer de dançar com ela. Então aceitou o elogio e esqueceu o resto. Se ela estivesse pensando em se casar com ele, talvez valesse a pena parar e considerar o assunto, tentar entender a importância da sua opinião e o caráter de seu temperamento. Mas, para o propósito único de amizade, ele era bastante agradável. No dia seguinte, antes do meio-dia, Frank Churchill já estava em Hartfield. Entrou na sala com um sorriso tão encantador que confirmava a continuação dos planos, e logo ficou claro que viera anunciar algum progresso.

– Bem, Srta. Woodhouse – começou ele, quase imediatamente –, espero que seu desejo de dançar ainda não tenha sido afastado pelo terror que são as pequenas salas de meu pai. Venho fazer-lhe uma nova proposta: uma ideia de meu pai que espera apenas a sua aprovação para ser posta em prática. Posso ter a honra de ser seu par nas duas primeiras danças desse pequeno baile, que será dado não em Randalls, mas na Hospedaria Crown?

– Na Crown?

– Sim, caso a senhorita e Sr. Woodhouse não forem contra, e creio que não serão, pois meu pai acredita que os amigos serão gentis o bastante para ir até lá. Teremos acomodações melhores, e a recepção não seria menos calorosa do que em Randalls. É tudo ideia dele. Sra. Weston também concordou, desde que a senhorita aprove. É o que todos esperamos. Ah! A senhorita tem toda a razão, dez casais em qualquer uma das salas de Randalls seria insuportável! Eu sabia o tempo todo que a senhorita estava certa, mas estava tão ansioso que faria qualquer coisa para não desistir. Não é uma boa troca? A senhorita concorda? Posso contar com isso?

– Me parece um plano ao qual ninguém poderá fazer qualquer objeção, se Sr. e Sra. Weston o aprovam. Acho a ideia admirável, e no que posso responder por mim, fico muito contente. Parece que era apenas isso que faltava. Papai, o senhor não acha a ideia excelente?

Ela foi obrigada a repetir e explicar tudo, antes que Sr. Woodhouse compreendesse afinal. E, como se tratava de uma ideia nova, eram necessários maiores argumentos e explanações para que fosse aceita. Não, ele achava que estava muito longe de ser uma boa ideia... Era um plano muito ruim, muito pior que o outro. Um salão de hospedaria era sempre perigoso, por causa da umidade, nunca era arejado o suficiente, nem servia para as pessoas ficarem dentro dele. Se fosse para dançar seria melhor dançar em Randalls. Ele nunca estivera no salão da Crown em toda a sua vida, nem conhecia pessoa alguma que sequer o tivesse visto. "Oh! não!" O plano era péssimo. Todos iriam apanhar um resfriado pior na Crown do que em qualquer outro lugar.

– Eu estava a ponto de observar, senhor – disse Frank Churchill

–, que uma das melhores recomendações dessa troca seria a pequena chance de que qualquer pessoa apanhasse um resfriado. O perigo seria muito menor na Crown do que em Randalls! Sr. Perry talvez tenha razões para lamentar a alteração, mas ninguém mais as tem.

– Cavalheiro – disse Sr. Woodhouse, num tom caloroso –, o senhor está muitíssimo enganado, se pensa que Sr. Perry seja esse tipo de pessoa. Sr. Perry se preocupa extremamente se qualquer um de nós fica doente. Mas não entendo como o salão da Crown pode lhe parecer mais seguro do que a sala da casa de seu pai.

– Pelo simples motivo de ser maior, senhor. Não haverá necessidade alguma de abrir as janelas nem uma vez durante a noite inteira. E, como o senhor bem sabe, é esse terrível hábito de abrir as janelas, deixando que o ar frio entre em contato com o calor das pessoas, que provoca todo o problema.

– Abrir as janelas!... Mas certamente, Sr. Churchill, ninguém pensaria em abrir as janelas em Randalls. Ninguém seria tão imprudente! Nunca ouvi uma coisa dessas. Dançar com as janelas abertas! Tenho certeza que nem seu pai nem Sra. Weston, que era a pobre Srta. Taylor, permitiriam isso.

– Bem, senhor, mas às vezes alguma pessoa descuidada entra atrás das cortinas e abre uma vidraça, sem que ninguém perceba. Eu mesmo já vi isso acontecer várias vezes.

– Viu mesmo, senhor?... Por Deus! Eu jamais imaginaria uma coisa dessas. Mas eu vivo afastado do mundo e muitas vezes fico espantado com as coisas que ouço. Isso faz toda diferença, no entanto. Algo assim requer longa consideração. Não se pode decidir de maneira apressada. Se Sr. e Sra. Weston forem gentis de vir nos visitar uma manhã dessas, podemos falar sobre o assunto e ver o que pode ser feito.

– Infelizmente, senhor, meu tempo é tão limitado...

– Ah! – interrompeu Emma. – Haverá tempo suficiente para falar sobre tudo. Não há pressa alguma. Se for combinado que deverá acontecer na Crown, papai, será muito conveniente para os cavalos. Eles estarão muito próximos de seu estábulo.

– De fato, minha querida. Isso é muito bom. Não que James algum dia tenha se queixado, mas é melhor descansar os cavalos quando possível. Se eu tivesse certeza que o local é bem arejado. Será que podemos acreditar no que Sra. Stokes disse? Eu tenho minhas dúvidas, não a conheço, nem de vista.

– Dou garantias a respeito disso, senhor, pois tudo estará sob os cuidados de Sra. Weston. Ela aceitou assumir o controle de tudo.

– Olhe, papai! Agora o senhor deve estar satisfeito. A querida Sra. Weston, que é tão cuidadosa. O senhor se lembra do que Sr. Perry falou, tantos anos atrás, quando tive sarampo? "Se Srta. Taylor se encarregar de cuidar de Emma, o senhor não precisa ter nenhuma preocupação". Quantas vezes o ouvi mencionar isso como um elogio!

– Oh, é verdade! Sr. Perry realmente disse isso. Nunca irei esquecer. Pobre Emma! Você esteve bem mal com o sarampo; quer dizer, você teria ficado muito mal, se não fosse a dedicada atenção de Sr. Perry. Ele veio quatro vezes ao dia, durante uma semana. Disse, no início, que era de um tipo mais brando, o que foi um grande conforto para nós. Mas é terrível, o sarampo. Espero que a pobre Isabella mande chamar Sr. Perry quando as crianças dela estiverem com sarampo.

– Meu pai e Sra. Weston estão na Crown neste momento – disse Frank Churchill –, verificando as condições da casa. Eu os levei lá e vim para Hartfield, ansiando por ouvir sua opinião, e esperando que a senhorita pudesse ser levada a se juntar a eles no local e dizer o que acha. Os dois me pediram para dizer-lhe que seria um grande prazer se a senhorita me permitisse acompanhá-la até lá. Eles não podem decidir nada com certeza sem a sua presença.

Emma estava mais do que feliz de ser convocada para esse tipo de conselho. E seu pai, resolvido a pensar no assunto enquanto ela estava fora, mandou que os dois jovens partissem sem demora para a Crown. Ali encontraram Sr. e Sra. Weston. Os dois ficaram encantados de vê-la e receber sua aprovação, muito ocupados e muito felizes, cada qual à sua maneira. Ela, um pouco ansiosa, e ele achando tudo perfeito.

– Emma – disse Sra. Weston –, o papel de parede está pior do que eu esperava. Olhe! Tem lugares extremamente sujos. E o lambril está mais amarelado e desgastado do que eu jamais poderia imaginar.

– Minha querida, você é muito detalhista – disse o marido. – Que importância têm esses pormenores? Com a luz dos candelabros não se verá nada disso. Ficará tão limpo quanto Randalls, à luz das velas. Nunca reparamos em nada desse tipo quando vamos aos nossos clubes.

As senhoras trocaram olhares que provavelmente significavam "Os homens nunca sabem quando as coisas estão sujas ou não", e os cavalheiros talvez pensassem, cada um para si, "As mulheres se preocupam com bobagens e cuidados desnecessários".

Surgiu, no entanto, uma dificuldade que os cavalheiros não ousaram desdenhar: a questão da sala de jantar. Na época da construção do salão de baile não se pensava em jantares, e uma pequena sala para jogos de cartas era a única anexa ao salão. O que deveria ser feito? Essa sala de jogos seria necessária com o mesmo propósito agora também. E mesmo que os quatro julgassem desnecessário organizar jogos de cartas, ainda assim a sala era pequena demais para o jantar. Havia outra sala, de tamanho bem maior, que serviria para isso. Esta, porém, ficava no outro lado do prédio, e para alcançá-la era necessário percorrer uma longa e estranha passagem.

A situação ficou complicada. Sra. Weston temia que as correntes de ar atingissem os jovens na passagem, enquanto nem Emma nem os cavalheiros toleravam a ideia de ficarem todos amontoados para jantar.

Sra. Weston propôs que não se servisse um jantar tradicional, mas apenas sanduíches. na sala pequena. A ideia foi logo descartada como sendo uma solução deplorável. Um baile particular sem um jantar adequado foi considerado uma fraude infame contra os direitos de homens e mulheres. Sra. Weston não devia nem mencionar isso de novo.

Ela olhou então para a duvidosa sala, e enquanto seus pensamentos tomavam outra direção, observou:

– Não penso que a sala é tão pequena assim. Não seremos tantos, vocês sabem.

Enquanto isso Sr. Weston, caminhando rapidamente em largos passos através da passagem, disse:

– Você exagerou a extensão da passagem, minha querida. Não é quase nada, afinal de contas, e não vem nenhuma corrente de ar da escada.

– Gostaria que pudéssemos saber – disse Sra. Weston – que tipo de arranjo os nossos convidados iriam preferir. O nosso objetivo é fazer o que for do agrado da maioria, o difícil é saber o que preferem.

– Sim, de fato – exclamou Frank –, eu concordo. A senhora deseja a opinião dos seus vizinhos, não discordo da senhora. Se tivéssemos a opinião de um deles: os Cole... eles não moram longe. Devo chamá-los? Ou talvez Srta. Bates? Ela também mora perto, e me parece uma pessoa mais indicada que qualquer outra para conhecer a opinião dos demais. Penso que precisamos de um grupo maior para decidir. O que acham de eu ir até a casa de Srta. Bates e convidá-la para juntar-se a nós?

– Bem, se assim deseja – disse Sra. Weston, um pouco hesitante. – Se acha que ela pode ser de alguma ajuda...

– Não vamos conseguir nada com Srta. Bates nesse caso – replicou Emma. – Ela será todo encanto e agradecimentos, mas não vai dar opinião alguma. Ela nem sequer escuta as perguntas. Não vejo vantagem em consultar Srta. Bates.

– Mas ela é tão divertida! Eu adoro escutar a Srta. Bates. E não precisamos trazer a família toda, a senhorita sabe.

Nesse momento Sr. Weston retornou para junto deles e, ao ouvir o que fora proposto, deu sua imediata aprovação.

– Sim, faça isso, Frank. Vá procurar Srta. Bates e vamos terminar logo com esse assunto. Ela vai adorar o esquema que adotamos, tenho certeza. E não conheço uma pessoa melhor para nos ensinar como superar as dificuldades. Vá procurar Srta. Bates. Estamos ficando gentis demais. Ela é uma lição viva de como ser feliz. Mas traga ambas, convide as duas.

– As duas, senhor? Inclusive a velha senhora?

– A velha senhora não! A jovem senhorita, com certeza. Eu o consideraria um tolo, Frank, se trouxesse a tia sem a sobrinha.

– Peço desculpas, senhor. Não me dei conta logo. Sem dúvida, se o senhor deseja, vou me esforçar para trazer as duas.

E com isso ele se retirou.

Bem antes que ele retornasse, acompanhando a tia pequena, bem arrumada e ativa e sua elegante sobrinha, Sra. Weston, como a mulher de temperamento doce e boa esposa que era, examinou a passagem outra vez, e viu que as desvantagens eram menores do que julgara a princípio, na verdade eram sem importância. E aqui terminaram as dificuldades da decisão. Quanto ao resto, pelo menos nos planos, era bastante simples.

Todos os pequenos arranjos de mesas e cadeiras, luzes e música, chá e jantar foram feitos rapidamente, ou foram deixados para serem acertados depois entre Sra. Weston e Sra. Stokes. Todos os convidados certamente viriam. Frank já escrevera a Enscombe, propondo ficar mais alguns dias além da quinzena determinada, o que não poderia ser recusado.

E seria um baile maravilhoso. Quando chegou, Srta. Bates concordou com tudo, muito cordialmente. Como conselheira ela não seria mais necessária, mas como aprovadora (o que era bem mais seguro) era muito bem-vinda.

Sua aprovação, ao mesmo tempo geral e minuciosa, calorosa e incessante, foi muito apreciada. E por mais meia hora caminharam para lá e para cá, entre as duas salas, alguns sugerindo coisas, outros só acompanhando, e todos felizes com o projeto. O grupo não se separou enquanto Emma não concordou em dançar as duas primeiras músicas com o herói do dia, nem sem que ouvisse Sr. Weston dizer para a esposa:

– Ele pediu a ela, querida. Sim, eu sabia que ele faria isso.

CAPÍTULO 12

Faltava apenas uma coisa para tornar a perspectiva do baile completamente agradável para Emma: que a data fosse marcada dentro do período de quinze dias que Frank Churchill estabelecera para ficar em Surry. Pois, apesar da confiança de Sr. Weston, Emma não achava impossível que os Churchill não concedessem permissão ao sobrinho para ficar um dia além da quinzena programada. Mas o desejo dela não poderia ser atendido. As preparações exigiam tempo, nada ficaria pronto antes de, pelo menos, três semanas. Por alguns dias eles estariam planejando, trabalhando e esperando, sem certeza de nada. Corriam o risco, o grande risco na opinião de Emma, de que tudo isso fosse em vão. Enscombe na verdade foi graciosa, graciosa de fato, não de palavra. O desejo do sobrinho de permanecer por mais tempo não lhes agradou, é evidente, mas não se opuseram. Tudo estava salvo e em ordem. Mas uma preocupação removida sempre dá lugar à outra. Agora que Emma estava certa de que o baile aconteceria, começou a se aborrecer com a indiferença provocante de Sr. Knightley a respeito do assunto.

Fosse porque ele mesmo não dançava, ou porque o plano fora feito sem consultá-lo, resolvera que o baile não era do seu interesse, e determinou-se a evitar qualquer curiosidade sobre o assunto no presente e qualquer esperança de divertimento no futuro. Para a voluntária comunicação que fez, Emma não obteve nada além de:

– Muito bem. Se os Weston acham que vale a pena dar-se a todo este trabalho por algumas horas de diversão barulhenta, não tenho nada contra, mas que não escolham prazeres para mim. Oh! Sim, eu devo ir ao baile, não poderia recusar, e vou tentar ficar acordado o máximo que puder. Mas eu preferiria estar em casa, olhando as contas da semana com William Larkins. Prefiro muito mais isso, eu confesso. Prazer em ver os outros dançarem! Eu não, é evidente! Nunca olho essas coisas, nem sei de alguém que o faça. Acredito que dançar bem, assim como a virtude, deve ser uma recompensa em si. Os que ficam sentados normalmente estão pensando em coisas muito diferentes.

Emma sentiu que isso fora dito para ela e ficou bastante zangada. Todavia, não era como cumprimento à Jane Fairfax que ele se mostrava tão indiferente e tão indignado. Ele não era guiado pelos sentimentos dela ao reprovar o baile, pois ela aprovara a ideia de forma entusiástica. Ficara animada, abrira o coração e espontaneamente dissera:

– Ah! Srta. Woodhouse, espero que não aconteça nada que impeça o baile. Seria um grande desapontamento! Espero ansiosa por ele, será um grande prazer.

Portanto, não era para agradar Jane Fairfax que ele preferia acompanhia de William Larkins. Não! Cada dia ela estava mais convencida que Sra. Weston se enganara em fazer tal conjectura. Da parte dele havia um sentimento de grande amizade e compaixão, mas não amor. Muito bem! Logo não houve mais motivos para discutir com Sr. Knightley, pois dois dias de alegre despreocupação foram seguidos por uma enorme reviravolta. Chegou uma carta de Sr. Churchill pedindo o imediato retorno do sobrinho.

Sra. Churchill não passava bem... Na verdade estava mal o bastante para desejar a presença dele. Ela já estava bem mal (foi o que disse o marido) dois dias antes, quando escrevera para o sobrinho, embora não tenha comentado nada devido ao seu desejo de não causar preocupações aos outros, e também por seu hábito de nunca pensar em si mesma. Mas agora estava mal demais para fingir que nada estava acontecendo e devia pedir ao sobrinho que fosse para Enscombe sem demora.

Assim que recebeu a carta, Sra. Weston mandou um bilhete para Emma, onde relatava o seu conteúdo. Quanto ao retorno de Frank, era inevitável. Devia partir dentro de algumas horas, apesar de não estar tão alarmado pela saúde da tia a ponto de deixar de lado a revolta. Ele conhecia bem seus achaques, que só aconteciam quando era da conveniência dela. Sra. Weston acrescentou "que ele apenas se permitira o tempo de correr até Highbury, após o café da manhã, para se despedir dos poucos amigos que tinham alguma afeição por ele, e que devia ser esperado em Hartfield muito em breve".

Esta nota infeliz foi o toque final do café da manhã de Emma. Depois que a leu, não havia mais nada a fazer além de lamentar. A perda do baile, a perda do jovem cavalheiro e tudo que ele deveria estar sentindo! Era muita infelicidade! Que noite agradável teria sido! Todos tão felizes! Ela e seu acompanhante seriam os mais felizes de todos! "Eu sabia que seria assim", era o que dizia a si mesma como único consolo.

O que seu pai sentiu foi bem diferente. Ele pensava principalmente na doença de Sra. Churchill, e queria saber como ela estava sendo tratada. Quanto ao baile, estava chocado por ver sua querida Emma desapontada, mas ficariam mais seguros em casa. Emma estava à espera do visitante bem antes que ele chegasse. Mas se isso a deixara impaciente, o olhar pesaroso e o total desânimo que ele demonstrou ao entrar podiam redimi-lo. Ele sentia tanto a partida que quase não podia falar. Sua decepção era bastante evidente. Sentou-se e ficou calado, realmente perdido em seus pensamentos por alguns minutos; quando se levantou, foi apenas para dizer:

– De tudo o que é ruim, ir embora é o pior.

– Mas o senhor irá voltar – respondeu Emma. – Esta não será sua única visita a Randalls.

– Oh! – ele exclamou, balançando a cabeça. – A incerteza de quando poderei retornar!... Vou tentar voltar com todas as minhas forças. Será o objetivo final de todos os meus pensamentos e atenções! E se os meus tios forem para a capital nesta primavera... Mas estou receoso, eles não foram na primavera passada. Temo que isso tenha se tornado um hábito eterno.

– Teremos que desistir do nosso pobre baile.

– Oh, o baile! Por que esperamos tanto? Por que não agarramos logo esse prazer? Quantas vezes a felicidade é destruída pela preparação, tola preparação! A senhorita nos avisou que isso poderia acontecer. Ah, Srta. Woodhouse, por que sempre está tão certa?

– Na realidade, estou muito triste por estar certa desta vez. Eu preferia bem mais ser feliz a ser sábia.

– Se eu puder voltar, ainda teremos nosso baile. Meu pai está contando com isso. Não esqueça sua promessa.

Emma olhou-o com graça.

– Que quinzena foi essa! – ele continuou. – Cada dia mais feliz e mais delicioso que o dia anterior! Cada dia me tornou mais incapaz de suportar qualquer outro lugar. Felizes aqueles que podem permanecer em Highbury!

– Como o senhor agora nos faz tão grande justiça – disse Emma, rindo –, eu me aventuro a perguntar-lhe se não duvidou um pouco, no início? Não superamos suas expectativas? Tenho certeza que sim. Tenho certeza que o senhor não esperava gostar de nós. Não teria tardado tanto em vir, se tivesse uma boa impressão de Highbury.

Ele sorriu envergonhado, e apesar de negar tais sentimentos Emma estava convencida de que era assim.

– O senhor vai ainda esta manhã?

– Sim, meu pai vai me encontrar aqui: vamos voltar juntos e parto em seguida. Temo que ele chegue a qualquer momento.

– Não teve cinco minutos para passar com suas amigas Srta. Fairfax e Srta. Bates? Que falta de sorte! A mente poderosa e argumentativa de Srta. Bates poderia fortalecer a sua.

– Sim, eu fui visitá-las. Passei pela porta e, pensando melhor, achei que era a coisa certa a fazer. Entrei por três minutos, e fui retido porque Srta. Bates não estava. Achei, então, que devia esperar até que voltasse. Ela é uma mulher de quem a gente pode, ou até deve rir, mas a quem não se ousa desprezar. Era melhor visitá-la, portanto...

Ele hesitou, levantou-se e foi até a janela.

– Para resumir, Srta. Woodhouse, acho que a senhorita dificilmente não suspeitaria...

Ele a olhou como se quisesse ler seus pensamentos. Ela mal sabia o que dizer. Parecia o preâmbulo de alguma coisa muito séria, que ela não desejava. Forçando-se a falar para superar a situação, ela disse calmamente:

– O senhor fez muito bem, era melhor visitá-las mesmo.

Ele ficou em silêncio. Emma acreditava que ele a olhava, talvez refletindo sobre o que ela dissera, tentando entender o sentido. Ouviu-o suspirar. Era natural para ele achar que tinha motivo para suspirar. Não podia acreditar que ela o estivesse encorajando.

Alguns momentos constrangedores se passaram, e ele sentou-se outra vez. De um modo mais determinado, disse:

– Foi muito bom sentir que todo o resto do meu tempo deve ser dedicado a Hartfield. Meu apego por Hartfield é o mais caloroso...

Ele parou de novo, levantou-se outra vez e pareceu muito embaraçado. Estava mais apaixonado do que Emma havia suposto. E quem sabe como tudo teria terminado se o pai dele não aparecesse naquele momento? Logo Sr. Woodhouse também apareceu, e ele fez um grande esforço para se recompor. A reunião ainda durou mais alguns minutos. Sr. Weston, sempre alerta no que se refere às obrigações, e tão incapaz de retardar qualquer mal que fosse inevitável quanto incapaz de adivinhar um mal incerto, disse:

– Já é hora de ir.

E o jovem cavalheiro, com mais um suspiro, não podia senão concordar em partir.

– Quero ter notícias de todos vocês – disse ele –, é meu único consolo. Quero saber de tudo que acontecer por aqui. Incumbi Sra. Weston de me escrever, e ela foi muito gentil em concordar. Ah! A benção de uma correspondente mulher, quando estamos de fato interessados em outra que está ausente!... Ela vai me contar tudo, ao ler suas cartas me sentirei em Highbury novamente.

Um amigável aperto de mãos e um sincero "até logo" terminaram o discurso e logo a porta foi fechada atrás de Frank Churchill. A notícia viera rápido... e rápido também havia sido o encontro dos dois. Ele se fora. Emma sentiu a sua partida, e previa uma grande perda para a pequena sociedade local com a sua ausência. Logo começou a temer que fosse lamentar demais e sentir demais a falta dele. Foi uma mudança triste. Haviam se encontrado quase todos os dias, desde que ele chegara. Certamente sua vinda a Randalls dera novo ânimo às duas últimas semanas, um ânimo indescritível. A ideia, a expectativa de vê-lo a cada manhã, a certeza de saber que seria alvo de suas atenções, sua vivacidade, suas maneiras elegantes! Havia sido uma quinzena muito feliz, e lastimava vê-la sucumbir no curso normal dos dias de Hartfield. Para completar todas as outras recomendações, ele quase havia dito que a amava. A que força ou a que constância de afeto ele estava submetido era outra questão. Mas, no momento, não podia duvidar de sua calorosa admiração, da sua preferência consciente por ela, e esta certeza, unida a todo o resto, a fazia pensar que devia estar um pouco apaixonada por ele, a despeito de toda sua prévia determinação contra isso.

"Eu certamente devo estar apaixonada", pensava ela. "Esta sensação de letargia, desânimo, estupidez, essa falta de vontade de sentar e me ocupar, esse sentimento de que tudo é sombrio e insípido nesta casa! Devo estar apaixonada! Eu seria a criatura mais estranha do mundo se não estivesse, pelo menos por algumas semanas. Bem! O mal de alguns é o bem de outros. Eu verei muita gente se lamentando pelo baile, senão por Frank Churchill, mas Sr. Knightley vai ficar feliz. Ele agora poderá passar a noite com seu querido William Larkins se quiser".

Sr. Knightley, entretanto, não demonstrou uma felicidade triunfante. Não podia dizer que lamentava por Frank Churchill, seu olhar de alegria o teria denunciado se o fizesse. Mas ele disse, com muita firmeza, que sentia pelo desapontamento dos outros, e com considerável gentileza, acrescentou:

– E você, Emma, que tem tão poucas oportunidades de dançar, está realmente sem sorte. Está mesmo com pouca sorte!

Isso fora poucos dias antes que Emma encontrasse Jane Fairfax, e pudesse julgar a honestidade de sua tristeza por esta lastimável mudança. Mas quando se encontraram, a correta compostura dela foi odiosa. Jane estivera particularmente mal, no entanto, sofrendo de terríveis dores de cabeça, a ponto de sua tia declarar que, caso o baile acontecesse, Jane não teria podido participar. E era caridoso imputar parte de sua inconveniente indiferença ao mal estar produzido pela doença.

CAPÍTULO 13

Emma continuou a acreditar que estava apaixonada. Sua ideia apenas mudava em relação à extensão desse amor. No início pensou que fosse muito, mais tarde achou que era pouco. Tinha grande prazer em ouvir falar dele. E, por afeto a ele, tinha um prazer ainda maior em visitar Sr. e Sra. Weston. Pensava nele frequentemente e estava impaciente por receber uma carta, para que pudesse saber como ele estava, qual era seu estado de ânimo, como estava a tia dele, e qual era a chance dele vir a Randalls de novo nesta primavera. Mas, por outro lado, não podia admitir que estivesse triste, nem, após a primeira manhã, que estava menos disposta para suas atividades habituais. Continuava ocupada e alegre, e apesar do quanto ele era agradável ela podia ainda imaginar que Frank Churchill tivesse defeitos. E, mais do que pensar muito nele, enquanto se sentava para desenhar ou trabalhar, criava milhares de esquemas divertidos para o progresso e o fim do seu relacionamento; imaginava diálogos interessantes e inventava cartas elegantes; a conclusão de cada declaração imaginária da parte dele era que ela o recusava.

O afeto deles sempre se transformava em amizade. Cada cena terna ou encantadora era para marcar sua separação, e sempre deviam se separar. Quando percebeu isso, ocorreu-lhe a ideia de que não devia estar assim tão apaixonada, pois, a despeito de sua prévia determinação de jamais deixar o pai, de nunca se casar, um afeto de fato profundo devia provocar uma luta interna maior do que ela podia adivinhar em seus próprios sentimentos. "Não posso me imaginar fazendo uso da palavra sacrifício", pensava Emma. "Em nenhuma das minhas respostas inteligentes, minhas delicadas negativas, há alguma alusão a sacrifício. Suspeito que Frank Churchill não seja realmente necessário para a minha felicidade. Tanto melhor. Não vou me persuadir a sentir mais do que sinto, com certeza. Estou amando o suficiente, e lamentaria se estivesse mais".

De forma geral, ela estava igualmente contente com sua visão dos sentimentos dele.

"Ele certamente está bem mais apaixonado, tudo denota isto. Bem mais apaixonado, de fato! E quando ele voltar, se a afeição dele permanecer, devo cuidar para não encorajá-lo. Seria imperdoável fazer outra coisa, já que estou bastante decidida. Não que eu imagine que algum dia o tenha encorajado. Não, se ele acreditasse que eu correspondia aos seus sentimentos, não estaria tão infeliz. Se estivesse se sentisse encorajado, seus olhares e palavras ao partir teriam sido diferentes. Ainda assim devo ficar atenta. Isto na suposição de que seu afeto continue como está agora, mas não sei se continuará. Não consigo vê-lo como esse tipo de homem. Também não consigo confiar na sua firmeza ou constância. Seus sentimentos são ardorosos, mas acho que mudam muito. Em suma, qualquer consideração que eu faça sobre esse assunto, me faz agradecer pela grande felicidade de não estar mais profundamente envolvida. Devo me sentir muito bem de novo, depois de algum tempo. E, então, isso será uma boa lembrança. Dizem que todos amam pelo menos uma vez na vida, e devo deixar que esse amor se acabe naturalmente".

Quando chegou a carta de Frank Churchill para Sra. Weston, Emma a leu com muita atenção. E sentiu tal prazer e admiração ao lê-la, que primeiro sacudiu a cabeça ao pensar em suas próprias sensações, imaginando que subestimara a força do que sentia. Era uma carta longa e bem escrita, explicando os pormenores da viagem e dos sentimentos dele; expressando toda a afeição, gratidão e respeito, o que era natural e honrado; e descrevendo com espírito e precisão cada detalhe exterior e local que pudesse ser considerado atraente. Não havia nenhum indício de desculpas ou preocupação. Era a expressão de real sentimento por Sra. Weston. E a transição de Highbury para Enscombe, o contraste entre os dois lugares em algumas das primeiras bênçãos da vida social eram mencionados de forma breve, apenas o bastante para mostrar quão profundamente ele as sentia, e quanto mais ele diria, se não fossem as restrições apropriadas. O charme de seu próprio nome não fora esquecido. Srta. Woodhouse aparecia mais de uma vez, e nunca sem alguma conexão agradável, seja um cumprimento ao seu gosto, ou uma lembrança de algo que ela havia dito. E na última vez em que se seus olhos se haviam encontrado, quando haviam expressado os sentimentos dele sem nenhuma galanteria, ela ainda podia distinguir o efeito da sua influência e modo de pensar, o que era o maior cumprimento de todos.

Comprimidas no último canto vazio da folha de papel estavam estas palavras: "Não tive tempo na terça, para despedir-me da bela amiguinha de Srta. Woodhouse. Por favor, mande-lhe minhas desculpas e despedidas". Isso, Emma não podia duvidar, era para ela mesma. Harriet era lembrada apenas por ser amiga dela. As informações e projetos dele para Enscombe não eram nada mais do que Emma havia antecipado. Sra. Churchill estava se recuperando e ele não ousara ainda, mesmo em pensamento, fixar uma data para seu retorno a Randalls.

A carta era bastante gratificante e muito estimulante no aspecto material. Apesar disso, ao dobrá-la e devolvê-la à Sra. Weston, ela descobriu que não adicionara nenhum entusiasmo que ela não pudesse sentir sem a influência de seu autor, e que ele devia aprender a viver sem ela. Suas intenções não haviam mudado. A decisão de recusá-lo apenas tornou-se mais interessante pela adição de um esquema para o subsequente consolo e felicidade dele. Sua lembrança de Harriet e as palavras que fecharam a carta, "bela amiguinha", sugeriram-lhe a ideia de Harriet sucedê-la no afeto dele. Seria impossível?... Não. Harriet era muito inferior a ele em inteligência, mas o deixara bastante impressionado com a beleza de seu rosto e a calorosa simplicidade de seu temperamento. E todas as probabilidades de circunstâncias e amizades estavam a favor dela. Para Harriet seria ao mesmo tempo vantajoso e agradável. "Não devo insistir nessa ideia", ela pensava. "Nem devo pensar nisso. Conheço o perigo de fazer tais especulações. Mas coisas estranhas aconteceram; e quando deixarmos de nos preocupar um com o outro, como fazemos agora, será a maneira de passarmos a ter uma amizade desinteressada, que já posso vislumbrar no futuro com muito prazer".

Era bom ter uma possibilidade à mão, para o bem de Harriet, embora fosse mais sábio não permitir que a imaginação tomasse conta, pois nestes casos o mal ficava à espreita. Assim como a chegada de Frank Churchill sucedera o casamento de Sr. Elton nas conversas de Highbury, o interesse mais novo sempre sepulta o anterior. Agora, com o desaparecimento de Frank Churchill, as preocupações com Sr. Elton estavam de novo assumindo uma atração irresistível. O dia do casamento foi anunciado. Logo ele estaria de novo em Highbury, junto com a noiva. Mal houve tempo para comentar a primeira carta vinda de Enscombe quando as palavras "Sr. Elton e sua noiva" já estavam na boca de todos, e Frank Churchill foi esquecido. Emma ficava doente só de ouvir.

Ficara livre de Sr. Elton durante três felizes semanas, e estava disposta a acreditar que a mente de Harriet começara a recobrar-se nos últimos tempos. E também com a perspectiva do baile de Sra. Weston houvera grande desinteresse por outros assuntos. Mas agora estava bastante evidente que Harriet ainda não tinha atingido um estado de compostura que pudesse suportar a realidade que se aproximava: carruagem nova, sinos badalando e tudo o mais. A pobre Harriet ainda estava em uma confusão de sentimentos que requeria todos os arrazoados, incentivos e atenções, de todos os tipos, que Emma pudesse lhe dar. Emma sentia que não poderia fazer muito por ela, e que Harriet tinha direito a toda a sua espontaneidade e toda a sua paciência. Mas era um trabalho difícil tentar ser convincente sem obter qualquer resultado. Apesar de concordarem, não conseguia fazer com que suas opiniões fossem as mesmas. Harriet ouviu submissa e disse "é verdade... exatamente como Srta. Woodhouse disse que seria... não vale a pena pensar nisso... e ela não pensaria mais nisso". No entanto, não adiantava mudar de assunto, pois na meia hora seguinte voltava a ficar tão ansiosa e agitada a respeito dos Elton como antes. Por fim, Emma resolveu atacar em outra frente.

– Permitir-se ficar tão ocupada e infeliz a respeito do casamento de Sr. Elton, Harriet, é a maior reprovação que você pode fazer a mim. Não poderia reprovar-me de modo pior do que esse, pelo erro que cometi. Foi tudo obra minha, eu sei. Não me esqueci disso, posso lhe assegurar. Decepcionei a mim mesma por ter lhe causado tamanha decepção, e isso para mim será uma dor eterna. Não pense que corro o risco de esquecer.

Harriet sentiu tanto ao ouvir isso que não pôde pronunciar mais que umas poucas palavras desconexas. Emma continuou:

– Eu não lhe pedi que se esforçasse mais por minha causa; nem lhe pedi que pensasse menos ou falasse menos em Sr. Elton, por minha causa. Gostaria que isso acontecesse, não por minha causa, mas por algo mais importante que a minha tranquilidade: para que passe a ter o hábito do autocontrole, para que reflita sobre as suas obrigações, para que respeite o que é apropriado e faça um esforço para evitar as suspeitas dos outros; e também para salvar sua saúde e sua reputação, e restaurar sua tranquilidade. Estes foram os motivos pelos quais insisti com você. Eles são muito importantes e estou muito sentida, por ver que você não os considera o bastante para agir como deve. Poupar-me da tristeza é uma consideração muito secundária. Quero ver você a salvo de uma dor maior. Gostaria de sentir que não irá esquecer o seu dever.

Este apelo à sua afeição fez mais do que todo o resto. A ideia de estar faltando com a consideração e a gratidão à Srta. Woodhouse, por quem tinha profundo afeto, angustiou Harriet por algum tempo. Mas quando a violência de sua dor foi suavizada, ainda lhe restava força suficiente para fazer o que era certo e para ajudá-la a suportar a situação de modo tolerável.

– A senhorita, que foi a melhor amiga que já tive na vida... Que falta de gratidão da minha parte! Ninguém é igual à senhorita! Não me preocupo com ninguém, só com a senhorita! Oh, Srta. Woodhouse! Como tenho sido ingrata!

Tais expressões, que eram acompanhadas por olhares e gestos eloquentes, fizeram Emma sentir que nunca amara tanto Harriet, nem jamais valorizara tanto sua amizade.

"Não existe maior encanto que a ternura de coração", pensava Emma consigo mesma, mais tarde. "Nada se compara a isso. Calor e ternura de coração, aliadas a um temperamento afetuoso e franco, são muito mais atraentes que toda a clareza e inteligência do mundo, estou certa disso. É o coração terno que torna meu querido pai tão amado por todos, e o que dá a Isabella toda a sua popularidade. Não possuo essa qualidade, mas sei como valorizá-la e respeitá-la. Harriet é superior a mim por todo o encanto e felicidade que essa ternura lhe confere. Querida Harriet! Eu não a trocaria pela mulher mais inteligente, de melhor discernimento ou mais sensata desse mundo. Ah! A frieza de uma Jane Fairfax! Harriet vale cem vezes mais. E como esposa, esposa de um homem sensível, seu valor é incalculável. Não direi nomes, mas será feliz o homem que trocar Emma por Harriet!"

CAPÍTULO 14

Sra. Elton foi vista primeiro na igreja. Mas apesar da devoção poder ser interrompida, a curiosidade não podia ser satisfeita apenas com a visão de uma noiva num banco de igreja. Isso devia ser deixado para as visitas que seriam feitas, e que serviriam para determinar se ela era de fato muito bonita, apenas um pouco bonita, ou não era bonita de modo algum. Emma tinha sentimentos, menos de curiosidade do que de orgulho ou senso de propriedade, que a fizeram decidir que não seria a última a apresentar seus respeitos ao casal.

Fez questão de que Harriet fosse com ela, pois era melhor acabar logo com esse assunto desagradável. Não poderia entrar de novo na casa, nem estar na mesma sala em que entrara graças ao vão artifício de amarrar o cadarço da botina, três meses atrás, sem que as lembranças a atingissem. Teve mil pensamentos vexatórios. Cumprimentos, charadas e horríveis asneiras.

E era de se supor que a pobre Harriet também estivesse se lembrando. Mas ela se comportou muito bem, apesar de estar um pouco pálida e silenciosa. A visita foi curta, evidentemente, mas havia tanto embaraço e as mentes se ocupavam tanto em diminuí-lo, que Emma não pôde se permitir formar uma opinião definitiva sobre a dama, e não tinha nada para falar, além dos termos banais "muito elegante e agradável". Emma realmente não gostou de Sra. Elton. Não pretendia se apressar em encontrar falhas, mas suspeitava que não houvesse verdadeira elegância nela; desembaraço, sim, mas não elegância. Estava quase certa que para uma jovem, uma estranha, uma recém-casada, havia desembaraço demais. Sua aparência era bastante aceitável, o rosto não era feio, mas nem as feições, nem o jeito, nem a voz, nem os modos eram elegantes. Emma pensou, por fim, que acabaria sendo assim mesmo.

A respeito de Sr. Elton, suas maneiras não pareciam... Mas não, ela não se permitiria qualquer gracejo sobre as maneiras dele. Era uma cerimônia embaraçosa, a qualquer tempo, receber visitas de cumprimentos pelo casamento, e um homem necessita de toda sua presença de espírito para suportar isso com desenvoltura. A mulher se sente mais à vontade, pois tem a ajuda de belas roupas e o privilégio da timidez, mas o homem só pode contar com seu bom senso. E quando ela considerava o quanto Sr. Elton devia estar particularmente infeliz, por estar na mesma sala em companhia da mulher com quem acabara de se casar, da mulher com quem ele desejava se casar e da mulher com quem se esperava que se casasse, ela podia conceder-lhe o direito de parecer pouco inteligente e de estar tão emocionalmente afetado quanto pudesse.

– Veja, Srta. Woodhouse – disse Harriet, quando saíram, após esperar em vão que a amiga falasse primeiro. – O que pensa dela? Não acha que é um encanto?

Houve uma pequena hesitação antes que Emma respondesse.

– Oh, sim, muito... uma jovem muito encantadora.

– Acho que é bonita... bastante bonita.

– Muito bem vestida, com certeza; usava um vestido bem elegante.

– Não me surpreende que ele tenha se apaixonado.

– Oh, não... não é mesmo uma surpresa, de forma alguma. Uma bela fortuna! E ela lhe atravessou o caminho.

– Eu ouso dizer – continuou Harriet, suspirando outra vez –, eu ouso dizer que ela está muito apaixonada por ele.

– Talvez... mas não é o destino dos homens casarem-se com as mulheres que mais os amam. Srta. Hawkins talvez quisesse ter seu próprio lar, e achou que essa era a melhor oferta que poderia receber.

– Verdade – disse Harriet, com ar sério –, e penso que ela fez muito bem, ninguém teria uma oferta melhor. Bem, desejo-lhes felicidades, de todo o coração. E agora, Srta. Woodhouse, não acho que me importaria se tivesse que vê-los novamente. Ele continua tão superior como sempre... mas agora está casado, o que é muito diferente. Não, Srta. Woodhouse, a senhorita não precisa se preocupar, agora posso sentar-me e admirá-lo sem me sentir muito infeliz. E saber que ele não se desesperou é um grande conforto!... Ela parece uma jovem encantadora, justo o que ele merece. Que criatura feliz! Ele a chamou de "Augusta". Que romântico!

Assim que o casal retornou a visita, Emma já estava preparada. Podia agora observar mais e julgar melhor. Como Harriet não se encontrava em Hartfield no momento, e com seu pai entretido com Sr. Elton, ela pôde conversar unicamente com a jovem dama durante um quarto de hora, e observá-la com calma. Esse quarto de hora foi suficiente para convencê-la que Sra. Elton era uma mulher superficial, extremamente satisfeita consigo mesma, e que valorizava demais sua própria importância. Pretendia ser brilhante e superior, mas como suas maneiras vieram de uma escola ruim, parecia apenas atrevida e sem cerimônia. Todas as suas noções provinham de um único tipo de pessoas e de um único estilo de vida. Se não era tola, era ignorante, e uma associação desse tipo não faria nenhum bem a Sr. Elton. Harriet teria sido uma escolha melhor. Se ela mesma não era refinada ou inteligente, poderia levá-lo a conviver com pessoas que fossem. Mas Srta. Hawkins, como se podia facilmente supor pelo alto conceito que tinha de si mesma, devia ser o melhor que havia em seu grupo social. O rico cunhado que vivia perto de Bristol (orgulhoso de sua casa e suas carruagens) era o trunfo desse casamento.

O primeiro assunto da conversa, logo que se sentaram, fora comparar Maple Grove "o lar de meu cunhado, Sr. Suckling" com Hartfield. Os campos de Hartfield não eram muito grandes, mas eram bonitos e bem cuidados, e a casa era moderna e sólida. Sra. Elton pareceu muito impressionada pelo tamanho da sala, a entrada e tudo que podia ver ou imaginar. "Parece tanto com Maple Grove!... Estava muito impressionada com a semelhança!... Esta sala tinha o mesmo tamanho e formato da sala do café da manhã em Maple Grove, a sala preferida de sua irmã". Sr. Elton foi chamado a confirmar. "Não era impressionante a semelhança?... Ela podia até se imaginar em Maple Grove".

– E a escada – ela continuou. – A senhorita sabe? Quando cheguei eu logo vi como a escada é parecida, colocada exatamente na mesma parte da casa. Não pude deixar de me espantar! Eu lhe asseguro, Srta. Woodhouse, é muito agradável para mim ser lembrada de um lugar pelo qual tenho tanta afeição como Maple Grove. Passei tantos meses felizes lá! – Com um pequeno suspiro de saudade: – Um lugar encantador, sem dúvida. Todo mundo que o vê fica impressionado com sua beleza, mas para mim tem sido um verdadeiro lar. Sempre que se é obrigada a viver longe de casa, como eu, Srta. Woodhouse, não imagina a delícia que é encontrar um lugar quase igual ao que deixamos para trás. Eu sempre digo que este é um dos males do casamento.

Emma respondeu tão brevemente quanto pôde, mas foi o bastante para Sra. Elton, que só queria continuar falando.

– Muita parecida com Maple Grove! E não é apenas a casa... os terrenos também, tanto quanto pude observar, são extremamente parecidos, eu lhe asseguro. Os loureiros em Maple Grove crescem em profusão, assim como aqui, e estão quase nos mesmos lugares, logo após o gramado. E vislumbrei uma árvore muito grande, com um banco em volta, que me lembrou tanto de lá! Minha irmã e meu cunhado ficariam maravilhados com este lugar. As pessoas que possuem grandes propriedades sempre ficam encantadas quando veem qualquer outra no mesmo estilo.

Emma duvidava da veracidade desse sentimento. Ela sabia que as pessoas que possuíam grandes extensões de terra ligavam muito pouco para as grandes extensões de terra dos outros. Mas não valia a pena discutir por um erro tão grosseiro, então disse apenas em resposta:

– Quando a senhora tiver visto mais desta região, temo que vá achar que valorizou Hartfield demais. Surry possui muitas belezas.

– Ah, sim, estou consciente disso. É o jardim da Inglaterra, a senhorita sabe. Surry é o jardim da Inglaterra!

– Sim, mas não devemos aceitar essa distinção. Muitas regiões, eu creio, são consideradas o jardim da Inglaterra, tanto quanto Surry.

– Não, acredito que não – respondeu Sra. Elton, com um sorriso satisfeito. – Nunca ouvi outra região ser chamada assim, apenas Surry.

Emma permaneceu em silêncio.

– Meu cunhado e minha irmã prometeram nos visitar na primavera ou, o mais tardar, no verão – continuou Sra. Elton –, e esse será o período para explorações. Quando estiverem aqui devemos fazer muitos passeios, ouso dizer. Eles virão com seu landau, é claro, que comporta muito bem quatro pessoas. Portanto, sem precisar utilizar a nossa carruagem, poderemos explorar as diferentes belezas daqui com extremo conforto. Nessa época do ano acho que não virão com a caleche, na verdade, mas quando o tempo melhorar, eu decididamente recomendarei que venham com o landau. Será bem melhor. Quando alguém vem para uma região tão linda como essa, Srta. Woodhouse, a senhorita sabe que desejamos que vejam tantas belezas quanto for possível, e Sr. Suckling adora explorações. Estivemos explorando King's Weston duas vezes no verão passado, logo que eles compraram o landau, e foi delicioso. Suponho que aqui costumem fazer muitos passeios como esse no verão, não é Srta. Woodhouse?

– Não, aqui não. Estamos um pouco distantes dessas belezas tão impressionantes que possam atrair o tipo de grupos a que a senhora se refere. E somos muito caseiros, de fato. Preferimos ficar em casa a nos aventurar em viagens de prazer.

– Ah! Não há nada como ficar em casa para ter conforto de verdade. Ninguém pode ser mais devotada ao lar do que eu. Isso já era uma tradição em Maple Grove. Mais de uma vez Selina disse, quando estava indo para Bristol "eu realmente não consigo que essa menina saia de casa. Preciso mesmo ir, apesar de detestar andar sozinha no landau, mas Augusta, por sua própria vontade, nunca passaria do jardim". Mais de uma vez ela disse isso, mas mesmo assim não sou a favor da completa reclusão. Eu acho, pelo contrário, que quando as pessoas se isolam totalmente da sociedade, é muito ruim. É muito mais aconselhável misturar-se ao mundo em um grau adequado, sem dedicar-se a ele demais nem de menos. Entendo perfeitamente sua situação, no entanto, Srta. Woodhouse. – Olhando para Sr. Woodhouse. – O estado de saúde de seu pai deve ser um grande impedimento. Por que ele não vai a Bath? Ele devia ir, sem dúvida. Permita-me recomendar-lhe que vá a Bath, eu lhe asseguro que fará muito bem a seu pai.

– Meu pai já tentou algumas vezes, tempos atrás, mas não obteve benefício algum. E Sr. Perry, de quem a senhora já deve ter ouvido falar, não crê que isso possa ser de alguma utilidade agora.

– Oh! É realmente uma pena. Eu lhe asseguro, Srta. Woodhouse, é maravilhoso o alívio que proporcionam. Nas minhas temporadas em Bath, vi isso muitas vezes! E é um lugar tão alegre, que não deixaria de fazer bem ao espírito de Sr. Woodhouse, que, pelo que entendi, às vezes fica muito deprimido. E quanto às recomendações para a senhorita, imagino que não precise fazer um esforço para dizer-lhe quais são. As vantagens de Bath para os jovens são bastante conhecidas. Seria uma apresentação encantadora para a senhorita, que viveu uma vida tão reclusa. Posso lhe apresentar à melhor sociedade local. Bastaria que eu escrevesse uma linha para lhe garantir um pequeno séquito de amigos. E minha amiga particular, Sra. Partridge, a dama com quem sempre me hospedo quando vou a Bath, ficaria felicíssima de recebê-la com todas as atenções, e seria a pessoa adequada para a senhorita aparecer em público.

Aquilo era mais do que Emma podia suportar sem ser mal educada. A ideia de que devesse a Sra. Elton o que ela chamava de apresentação, e, além de tudo, sair em público sob os auspícios de uma amiga de Sra. Elton – provavelmente alguma viúva vulgar e escandalosa, que fazia o possível para sobreviver com a ajuda de algumas pensionistas!... A dignidade de Srta. Woodhouse, de Hartfield acabaria por afundar, sem dúvida! Ela se controlou, no entanto, evitando dar uma das respostas que passaram por sua mente, e apenas agradeceu friamente a Sra. Elton "infelizmente não havia como irem a Bath agora, e não tinha certeza se o lugar faria mais bem a ela do que fizera ao pai". E então, para evitar qualquer outro ultraje ou desconsideração, mudou imediatamente o assunto.

– Não vou lhe perguntar se a senhora aprecia música, Sra. Elton. Nesses casos, a reputação de uma dama geralmente a precede, e Highbury há muito tem conhecimento que a senhora é uma exímia musicista.

– Ah, não! Na verdade não. Devo protestar contra tal ideia. Uma exímia musicista!... Bem longe disso, lhe asseguro. Considere que a sua informação veio de uma fonte muito parcial. Tenho profundo gosto por música, uma verdadeira paixão, e meus amigos dizem que não sou inteiramente destituída de bom gosto, mas quanto ao resto, lhe dou minha palavra que minha execução é medíocre, no máximo. Mas a senhorita, Srta. Woodhouse, eu já ouvi falar que toca divinamente. Posso lhe garantir que para mim foi a maior satisfação, conforto e alegria saber que eu estou prestes a entrar em uma deliciosa sociedade musical. Eu não vivo sem música, absolutamente. Para mim é uma necessidade vital, e como sempre fui acostumada a fazer parte de uma sociedade onde se cultiva muito a música, tanto em Maple Grove como em Bath, teria sido um sacrifício muito grande ficar longe dela. Eu disse isso sinceramente a Sr. E quando ele estava falando do nosso futuro lar. Ele expressou sua preocupação de que a tranquilidade do lugar pudesse ser desagradável, e também quanto à inferioridade da casa, sabendo a que estou acostumada... naturalmente que ele estava apreensivo. Quando ele falava dessa forma, eu honestamente disse que poderia desistir do mundo: festas, bailes, jogos –, pois não tenho medo de me isolar. Abençoada com tantos recursos em mim mesma, o mundo não era necessário para mim. Posso passar muito bem sem ele. Para aqueles que não possuem recursos, as coisas são diferentes, mas meus recursos me tornam bastante independente. E quanto às salas serem menores do que eu estava acostumada, não dei a menor importância. Esperava estar à altura de qualquer sacrifício desse tipo. Certamente me acostumei com todo o luxo de Maple Grove, mas eu lhe assegurei que duas carruagens não eram necessárias para a minha felicidade, e nem acomodações espaçosas. "Mas", eu disse, "para ser honesta não acredito que poderia viver sem música. Não imponho nenhuma outra condição, mas sem música, a vida não teria sentido para mim".

– Não pode se esperar – disse Emma, sorrindo – que Sr. Elton tenha hesitado em lhe assegurar que existe uma sociedade muito musical em Highbury. E espero que ele não tenha ultrapassado a verdade para além do que é permitido, considerando seus motivos.

– Não, de fato, não tenho a menor dúvida nesse sentido. Estou encantada por encontrar-me em tal círculo. Espero que possamos fazer alguns pequenos concertos juntas. Acho, Srta. Woodhouse, que a senhorita e eu podemos criar um clube musical e ter encontros semanais regulares, na sua casa ou na nossa. Não seria um belo plano? Se nos esforçarmos acho que logo teremos muitos associados. Algo assim seria particularmente interessante para mim, pois me ajudaria a manter a prática. As mulheres casadas, a senhorita sabe... há muitas histórias tristes. Em geral estão sempre prontas a desistir da música.

– Mas a senhora, que gosta extremamente de música, não corre esse risco, eu imagino...

– Espero que não, mas quando olho à minha volta, para minhas amigas, chego a tremer. Selina desistiu inteiramente da música, nem sequer chega perto do piano, apesar de tocar de forma muito doce. O mesmo pode ser dito de Sra. Jefferey, Clara Partridge, quando solteira e das duas Milmans, agora Sra. Bird e Sra. James Cooper; e tantas outras que poderia enumerar. Dou-lhe minha palavra que isso me dá medo. Eu costumava ficar muito zangada com Selina, mas agora começo a compreender que uma mulher casada tem muitas coisas a exigir-lhe a atenção. Creio que passei meia hora esta manhã fechada com minha governanta.

– Mas as coisas desse tipo – disse Emma – logo estarão correndo da maneira que devem.

– Bem – disse Sra. Elton, rindo –, veremos.

Emma, percebendo que ela estava determinada a não negligenciar sua música, não encontrou mais nada para dizer. E, após uma pausa, Sra. Elton encontrou outro assunto.

– Estivemos visitando Randalls – disse ela – e encontramos os dois em casa. São pessoas muito agradáveis. Gostei extremamente deles. Sr. Weston parece uma excelente criatura... já é um dos meus favoritos, lhe asseguro. E ela parece tão bondosa, de verdade... Há alguma coisa de maternal e de bom coração em Sra. Weston que nos conquista de imediato. Ela foi sua governanta, eu creio...

Emma ficou quase chocada demais para responder, mas Sra. Elton dificilmente esperava pela confirmação antes de continuar.

– Sabendo disso, eu fiquei um tanto espantada de achá-la tão parecida com uma verdadeira dama! Mas ela é realmente muito gentil.

– As maneiras de Sra. Weston – disse Emma – sempre foram particularmente boas. Seu caráter, simplicidade e elegância, fazem dela o melhor modelo para qualquer jovem dama.

– E quem a senhorita acha que apareceu enquanto estávamos lá?

Emma ficou sem saber o que dizer. O tom dela indicava que devia ser alguma amizade antiga. Mas como ela poderia adivinhar?

– Knightley! – continuou Sra. Elton – O próprio Knightley! Não foi uma sorte? Como eu não estava em casa quando ele veio nos visitar, não o conhecia pessoalmente. E, é claro, sendo um amigo tão próximo de Sr. E eu estava bastante curiosa. "Meu amigo Knightley" foi pronunciado tantas vezes que eu estava impaciente para conhecê-lo. E devo fazer justiça ao meu caro esposo ao lhe dizer que ele não tem motivo para se envergonhar de seu amigo. Knightley é um verdadeiro cavalheiro! Gostei muitíssimo dele. Decididamente, acho que ele é um verdadeiro cavalheiro.

Felizmente, chegara a hora de se despedirem. Eles se foram, e Emma respirou aliviada.

"Mulher insuportável!", foi sua imediata exclamação mental. "Ela é muito pior do que eu imaginava. Absolutamente insuportável! Knightley! Nem pude acreditar nisso. Knightley!... Nunca o viu na vida e o chama de Knightley!... E descobriu que ele é um cavalheiro! Uma pequena arrogante, uma criatura vulgar, com seu Sr. E, e seu caro esposo, e seus recursos, e todos os seus ares de pretensão e fineza mal educada. Realmente, descobrir que Sr. Knightley é um cavalheiro! Duvido que ele vá retribuir o cumprimento descobrindo que ela é uma dama. Nem pude acreditar nisso. E propor que nos unamos para formar um grupo musical! Vão imaginar que somos amigas íntimas. E Sra. Weston!... Admirar-se que a pessoa que me criou seja uma dama! Pior e pior. Nunca conheci ninguém igual. Muito pior do que eu esperava. Harriet já está desgraçada por qualquer comparação. Oh! O que Frank Churchill diria dela, se estivesse aqui? Como ficaria zangado e divertido! Ah! Aqui estou eu pensando de novo nele. Sempre a primeira pessoa em quem eu penso! Como me pego em erro. Frank Churchill a toda hora me vem à mente!"

Isso tudo passava apressadamente pelos seus pensamentos, mas quando o pai se recompôs após o alvoroço da partida dos Elton, e estava pronto para falar, ela já se achava em condições de se comportar de maneira tolerável.

– Veja, minha querida – ele começou, entrando no assunto –, considerando que nunca a vimos antes ela parece uma jovem dama muito bonita. E ouso dizer que gostou muito de você. Ela fala um pouco rápido demais, e essa rapidez às vezes fere os ouvidos. Mas acho que me comportei bem. Não gosto de vozes estranhas, e ninguém fala como você e a pobre Srta. Tay lor. No entanto, ela parece muito amável e bem educada, sem dúvida vai ser uma boa esposa para Sr. Elton. Apesar de eu achar que ele não devia ter se casado.

Desculpei-me o melhor que pude por não ter podido visitar a ela e a Sr. Elton, por ocasião do casamento. Disse que talvez eu possa durante o verão. Mas eu devia ter ido antes. Não visitar uma noiva é uma falta imperdoável. Ah! Isso mostra que triste inválido eu me tornei! Mas não gosto da esquina da alameda do Vicariato.

– Acredito que suas desculpas tenham sido aceitas, senhor. Sr. Elton o conhece bem.

– Sim, mas uma jovem dama, uma noiva, eu deveria ter ido apresentar meus respeitos a ela, se possível. Foi um grande erro.

– Mas, meu querido papai, o senhor não é a favor do matrimônio. Por que então ficar tão ansioso para apresentar seus respeitos a uma noiva? Não seria uma boa recomendação para o senhor. Se fizesse isso estaria encorajando as pessoas a se casarem.

– Não, minha querida, nunca encorajei ninguém a se casar, mas sempre demonstrei a atenção devida a uma dama... e uma noiva, especialmente, não deve ser negligenciada. Ela tem direito ao maior reconhecimento. Uma noiva, você sabe, minha querida, é sempre a primeira nas atenções, deixa os outros em segundo plano.

– Bem, papai, se isso não é encorajar o matrimônio, não sei o que possa ser. E nunca esperaria que o senhor desse sua aprovação a essas tais vaidades– iscas para as pobres jovens damas.

– Minha querida, você não está me entendendo. Isso é uma mera questão de polidez comum e boa educação, não tem nada a ver com encorajar as pessoas a se casarem.

Emma não disse mais nada. Seu pai estava ficando nervoso, e não podia entendê-la. Sua mente retornou às ofensas de Sra. Elton, que a ocuparam por um longo período de tempo.

CAPÍTULO 15

Emma não fez nenhuma descoberta subsequente que a fizesse retratar-se de sua má opinião sobre Sra. Elton. Suas observações haviam sido absolutamente corretas. Da mesma forma que se mostrara em seu segundo encontro, Sra. Elton também se mostrara nos encontros que se seguiram – arrogante, presunçosa, atrevida, ignorante e mal educada. Tinha alguma beleza e algum talento, mas um julgamento tão falho a ponto de acreditar que possuía um conhecimento superior do mundo, e por isso poderia enriquecer e melhorar seus vizinhos do campo. Imaginava que, como Srta. Hawkins, ocupara um lugar tão elevado na sociedade que só a importância de Sra. Elton poderia sobrepujar.

Não havia razões para supor que Sr. Elton pensasse de forma diferente da esposa. Ele parecia não apenas feliz com ela, mas orgulhoso. Tinha o ar de quem se congratulava intimamente por ter trazido tal mulher para Highbury, a quem nem Srta. Woodhouse poderia se igualar. E grande parte de seus novos amigos, dispostos a aprovar, ou não tendo o hábito de julgar, mostrava-se satisfeita com ela, seguindo a liderança da boa natureza de Srta. Bates, ou tomando como certeza que a noiva era tão inteligente e agradável como ela mesma se dizia. Assim, os elogios a Sra. Elton passavam de boca em boca, como devia ser, sem intervenção da parte de Srta. Woodhouse, que prontamente confirmava sua primeira opinião, dizendo com extrema graça que ela era "muito agradável e muito bem vestida".

Num aspecto, porém, Sra. Elton tornou-se ainda pior do que a princípio se mostrara. Seus sentimentos se modificaram em relação à Emma. Provavelmente ofendida pelo pouco entusiasmo que suas propostas de intimidade haviam despertado, ela recuou e se tornou aos poucos mais fria e distante. Apesar de o resultado ser agradável, a má vontade que o acompanhava estava aumentando a antipatia de Emma em relação a ela. As maneiras do casal eram muito desagradáveis para com Harriet. Eram sarcásticos e negligentes. Emma esperava que isso apressasse a cura da jovem, mas as sensações provocadas por tal comportamento abatiam muito as duas moças. Não havia dúvida de que o afeto demonstrado pela pobre Harriet tinha intenções matrimoniais, e seu próprio papel na história provavelmente também fora comunicado à esposa com um colorido desfavorável a ela e favorável a ele. Harriet, é claro, era o objeto do desprezo do casal. Quando não tinham nada para falar, era fácil começarem a dizer coisas maldosas sobre Srta. Woodhouse; e a animosidade e o desrespeito que não ousavam demonstrar abertamente por ela, encontrara um objetivo mais adequado no tratamento desprezível que davam a Harriet.

Sra. Elton teve grande simpatia por Jane Fairfax, e desde o início. Não apenas porque a guerra declarada a uma mulher supostamente a inclinasse a gostar de outra, mas fora assim desde o princípio. E ela não ficava satisfeita em demonstrar uma afeição natural e razoável, mas sem nenhuma solicitação, privilégio ou desculpa, desejava por todos os meios ser amiga de Srta. Fairfax. Antes que Emma houvesse lhe recusado sua confiança, na terceira vez que se encontraram, tivera que ouvir todo o quixotismo de Sra. Elton a respeito do assunto.

– Jane Fairfax é absolutamente encantadora, Srta. Woodhouse... Eu a adoro, de verdade! Que criatura doce e interessante! Tão meiga, educada... e tão talentosa! Ela tem um talento extraordinário, posso lhe assegurar. Não tenho escrúpulos em dizer que ela toca extremamente bem. Conheço o suficiente de música para dar minha opinião cabal sobre isso. Oh! Ela é absolutamente encantadora! Você vai rir do meu entusiasmo, mas dou-lhe minha palavra que não consigo falar de outra coisa além de Jane Fairfax! E a situação dela é de cortar o coração! Srta. Woodhouse, devemos juntar nossos esforços para fazer algo por ela. Precisamos ampará-la. Um talento como o dela não pode permanecer desconhecido. Acredito que a senhorita conheça estes belos versos do poeta: "Muitas flores desabrocham para não serem vistas E desperdiçam sua fragrância no ar do deserto". Não podemos permitir que isso aconteça com a doce Jane Fairfax.

– Acho que não há perigo de que isso aconteça – foi a calma resposta de Emma – e quando a senhora ficar conhecendo melhor a situação de Jane Fairfax e entender o tipo de lar que ela teve, com o coronel e Sra. Campbell, tenho certeza que irá perceber que seu talento jamais passará despercebido.

– Mas, querida Srta. Woodhouse, ela está agora em tal isolamento, tal obscuridade, tão desperdiçada. Qualquer vantagem que possa ter usufruído com os Campbell agora está chegando ao fim! E acho que ela sente isso. Estou certa que sim. Ela é muito tímida e silenciosa, mas pode-se ver que sente a falta de encorajamento. Gosto ainda mais dela por isso. Devo confessar que essa maneira de ser é uma recomendação para mim. Sou uma grande defensora da timidez, e estou certa que não se encontra isso com frequência. Mas naqueles que são inferiores em tudo, é extremamente simpático. Oh! Jane Fairfax tem um caráter adorável, posso lhe assegurar, e me interessa mais do que posso expressar.

– A senhora parece gostar muito dela. Mas não sei por que a senhora, ou qualquer outra conhecida de Srta. Fairfax aqui, nenhuma daquelas que a conhecem há mais tempo do que a senhora, possam mostrar por ela mais atenção do que...

– Minha querida Srta. Woodhouse, muita coisa pode ser feita por aqueles que ousam agir. A senhorita e eu não precisamos ter medo. Se nós dermos o exemplo, muitos nos seguirão enquanto puderem, apesar de não se encontrarem na nossa situação. Nós temos carruagens para pegá-la e levá-la em casa, e nós vivemos em um estilo em que a adição de Jane Fairfax não causará o menor inconveniente, em tempo algum. Eu ficaria muito contrariada se tivesse que retribuir o convite que Wright nos fez para jantar, e depois me lamentasse por não ter insistido mais para que Jane Fairfax participasse dele. Não tenho ideia de como são essas coisas. Não é de se esperar que eu tenha, considerando o nível a que estou acostumada. Meu grande risco, talvez, como dona de casa, seria bem o contrário, de fazer demais, e ser muito descuidada com as despesas. Maple Grove acabaria por ser meu modelo, mais do que deveria, pois não podemos, de modo algum, nos igualar ao meu cunhado, Sr. Suckling, em termos de renda. No entanto, minha decisão está tomada quanto a conhecer melhor Jane Fairfax. Eu sei, com certeza, que a terei frequentemente em minha casa, vou apresentá-la aonde eu for, farei saraus musicais para mostrar seu talento, e vou estar sempre em busca de uma situação adequada para casamento. Tenho tantas amizades, que não duvido de encontrar alguém conveniente para ela. Eu devo apresentá-la, naturalmente, para minha irmã e meu cunhado, quando vierem nos visitar. Tenho certeza de que vão gostar dela extremamente. E quando Jane os conhecer melhor seus temores deixarão de existir, pois as maneiras deles são bastante conciliadoras. Devo recebê-la muitas vezes enquanto eles estiverem comigo, e tenho certeza que vamos encontrar um lugar para ela no nosso landau quando sairmos em exploração.

"Pobre Jane Fairfax!", pensava Emma. "A senhorita não merece isso. Mesmo que tenha agido errado em relação a Sr. Dixon essa é uma punição muito além do que a senhorita merece! A bondade e a proteção de Sra. Elton! 'Jane Fairfax isso, Jane Fairfax aquilo' Deus do Céu! Espero que ela não faça o mesmo comigo, e saia falando o tempo todo de Emma Woodhouse por aí! Mas parece não haver limite para a licenciosidade da língua dessa mulher".

Emma não iria ouvir tais disparates novamente, pelo menos nenhum tão diretamente dirigido a ela, tão desagradavelmente enfeitado com um "querida Srta. Woodhouse". Logo em seguida Sra. Elton mudou de lado e ela foi deixada em paz. Nem foi forçada a ser a amiga muito especial de Sra. Elton, nem, sob o comando de Sra. Elton, ser a ativa benfeitora de Jane Fairfax. Passara a conviver com elas de modo geral, sabendo o que era sentido, o que pensado e o que era feito.

Ela observava tudo com algum divertimento. A gratidão de Srta. Bates pelas atenções de Sra. Elton para com Jane era naquele seu estilo de franca simplicidade e calor. Ela era uma pessoa das mais valiosas, a mais amigável, mais afável e mais adorável mulher que havia, tão talentosa e condescendente quanto Sra. Elton pretendia ser considerada. Emma só ficou surpresa por Jane Fairfax aceitar tais atenções e tolerar Sra. Elton como ela parecia fazer. Passava o tempo todo ouvindo que Jane fora passear com os Elton, que se sentara com os Elton, que passara o dia com os Elton! Era espantoso! Ela não podia acreditar que fosse possível que o gosto ou o orgulho de Srta. Fairfax pudesse aceitar manter o tipo de amizade que os moradores do Vicariato tinham para oferecer.

"Ela é um enigma, um verdadeiro enigma!", pensava Emma. "Escolher ficar aqui, mês após mês, sofrendo privações de todo tipo! E agora preferir a mortificação da amizade de Sra. Elton e a penúria de sua conversa, em vez de retornar para a companhia muito superior daqueles que sempre a amaram com real e generosa afeição".

Jane viera para Highbury por três meses, em princípio. Os Campbell foram para a Irlanda por três meses, mas agora haviam prometido à filha que ficariam pelo menos até a metade do verão, e um novo convite foi enviado a Jane para juntar-se a eles lá. De acordo com Srta. Bates – as informações vinham todas dela –, Sra. Dixon havia escrito insistindo para que ela fosse. Se Jane resolvesse ir, tomariam as providências, enviariam criados, pediriam a ajuda dos amigos e não haveria dificuldade alguma para viajar. Mas, ainda assim, ela recusou!

"Jane Fairfax deve ter algum motivo, mais poderoso do que parece, para recusar o convite", foi a conclusão de Emma. "Ela deve estar sofrendo algum castigo, infligido pelos Campbell ou por ela mesma. Existe um grande medo, uma grande cautela, e uma grande determinação em algum lugar. Ela não deve visitar os Dixon. Alguém dera essa ordem. Mas por que ela concordava em ficar com os Elton? Essa era uma outra charada". Quando Emma falou de suas especulações a respeito para os poucos que conheciam sua opinião sobre Sra. Elton, Sra. Weston arriscou esta justificativa para Jane:

– Não podemos supor que ela tenha grande divertimento no Vicariato, minha querida Emma, mas é melhor que estar sempre em casa. Sua tia é uma criatura muito boa, mas deve ser cansativa como companheira constante. Devemos pensar no que Srta. Fairfax evita, antes que possamos condenar seu gosto por aquilo que aceita.

– A senhora está certa, Sra. Weston – disse Sr. Knightley, de forma calorosa –, Srta. Fairfax é tão capaz como nós de formar uma opinião justa sobre Sra. Elton. Se ela pudesse escolher as pessoas com quem se associa, não a teria escolhido. Mas – com um sorriso de reprovação para Emma –, ela recebe atenções de Sra. Elton que mais ninguém lhe concede.

Emma sentiu que Sra. Weston dava-lhe um olhar de relance. Ela mesma estava espantada com a veemência dele, e ruborizando levemente respondeu:

– Essas atenções de Sra. Elton, eu creio, deviam antes desgostar do que gratificar Srta. Fairfax. Preferiria qualquer coisa, menos aceitar os convites de Sra. Elton.

– Pergunto-me – disse Sra. Weston – se Srta. Fairfax não foi levada a isso, contra sua própria vontade, apenas pela ansiedade de sua tia em aceitar as atenções de Sra. Elton. A pobre Srta. Bates muito possivelmente comprometeu a sobrinha e levou-a a mostrar mais intimidade do que seu bom senso teria recomendado, a despeito de algum desejo natural de um pouco de mudança.

As duas estavam ansiosas para ouvir a opinião de Sr. Knightley e, depois de alguns minutos de silêncio, ele disse:

– Outra coisa também deve ser levada em consideração... Sra. Elton não fala tanto com Srta. Fairfax quanto fala de Srta. Fairfax. Todos sabemos a diferença entre os pronomes ele, ela e você, os mais simplesmente usados entre nós. Todos sentimos a influência de algo além da simples boa educação nas nossas relações com os outros, alguma coisa implantada anteriormente. Não podemos dar a ninguém a desagradável impressão de que estamos aborrecidos pelo que fizemos na hora anterior. Sentimos as coisas de forma diferente. Além disso, como princípio geral, pode-se estar certo de que Srta. Fairfax impressiona Sra. Elton por sua superioridade, tanto de mente como de maneiras. E que, face a face, Sra. Elton a trata com todo o respeito que ela merece. Uma mulher como Jane Fairfax provavelmente nunca apareceu na vida de Sra. Elton antes, e nenhum grau de vaidade pode impedir que essa senhora reconheça sua própria inferioridade, tanto em atitudes como em pensamentos.

– Sei o quanto o senhor aprecia Jane Fairfax... – disse Emma. Pensava no pequeno Henry, e um misto de alarme e delicadeza impediu-a de dizer mais.

– Sim – ele respondeu –, todos devem saber o quanto eu a aprecio.

– Mesmo assim...

Emma começou a falar com um olhar atravessado, mas se conteve. Então achou que era melhor que ele soubesse logo do pior, e apressou-se em dizer:

– Talvez o senhor não possa avaliar o quanto a aprecia. A extensão de sua admiração pode surpreendê-lo qualquer dia desses.

Sr. Knightley estava ocupado neste momento, mexendo nos botões de suas grossas polainas de couro e, seja pelo esforço de abotoá-los, seja por qualquer outro motivo, ficou ruborizado enquanto respondia:

– Oh! Você já chegou a esse ponto?... Pois saiba que está miseravelmente atrasada. Sr. Cole já me insinuou a mesma coisa seis semanas atrás.

Ele se calou. Emma sentiu que Sra. Weston cutucava-lhe o pé, e ela mesma não sabia o que dizer. Um momento depois, ele continuou:

– Isso nunca vai acontecer, posso lhe assegurar. Ouso dizer que Srta. Fairfax não me aceitaria se eu a pedisse. E tenho absoluta certeza de que jamais pedirei.

Emma cutucou o pé de Sra. Weston por sua vez. E foi com satisfação que exclamou:

– O senhor não é fútil, Sr. Knightley. Admiro isso no senhor.

Ele mal pareceu ouvi-la, estava pensativo. Pouco depois ele disse, aparentando desagrado:

– Então você andou decidindo que devo me casar com Jane Fairfax?

– Não, na verdade, não. O senhor me repreendeu demais sobre minha mania de tentar fazer casamentos para que eu possa tomar tal liberdade a seu respeito. O que acabei de dizer não significa nada. Falamos esse tipo de coisas, é claro, sem nenhum significado sério. Oh, não! Dou-lhe minha palavra que nunca desejei que o senhor se casasse com Jane Fairfax nem com Jane nenhuma. O senhor não poderia mais vir e sentar-se conosco como faz agora se fosse casado.

Sr. Knightley ficou pensativo de novo. O resultado de seu devaneio foi:

– Não, Emma, não acho que a extensão de minha admiração por ela algum dia vá me pegar de surpresa. Nunca pensei nela dessa forma, lhe asseguro. Jane Fairfax é uma moça muito encantadora, mas nem Jane Fairfax é perfeita. Ela tem um defeito. Não tem o temperamento franco que um homem deseja em uma esposa.

Emma só podia se alegrar por saber que ela tinha um defeito.

– Bem – disse ela –, imagino que o senhor tenha silenciado Sr. Cole imediatamente.

– Sim, imediatamente. Ele me fez uma insinuação clara. Eu disse-lhe que estava enganado. Ele pediu-me desculpas e não disse mais nada. Cole não quer ser mais inteligente ou mais esperto que seus vizinhos.

– Quanto a isso, como é diferente da querida Sra. Elton, que quer ser mais inteligente e mais esperta do que todo o mundo! Imagino como ela fala dos Cole, como os chama! Que apelido será que lhes deu, com sua vulgaridade sem cerimônia? Se ela chama o senhor de Knightley... como será que chama Sr. Cole? E ainda assim eu não deveria estar surpresa de Jane aceitar suas atenções e consentir em ser sua amiga. Sra. Weston, seu argumento tem grande peso sobre mim. Posso cair mais prontamente na tentação de afastar-me de Srta. Bates, do que acreditar no triunfo da mente de Srta. Fairfax sobre a de Sra. Elton. Não acredito que Sra. Elton se dê conta de sua inferioridade, seja em pensamento, palavra ou ação, ou que tenha qualquer contenção, além de sua deficiente regra a respeito de ser bem nascido. Não creio que ela deixe de insultar sua visitante com elogios, encorajamentos e ofertas de favores. Que não esteja continuamente detalhando suas magníficas intenções, tanto em conseguir-lhe uma situação permanente, como em incluí-la nessas maravilhosas excursões de exploração que devem ter lugar no landau do cunhado.

– Srta. Fairfax possui intuição – disse Sr. Knightley –, não a estou acusando de não ter intuição. Sua sensibilidade, imagino, é poderosa, e tem um temperamento excelente no que se refere à paciência e ao autocontrole, mas falta-lhe franqueza. Ela é reservada, mais reservada, eu acho, do que costumava ser. E eu gosto de um temperamento franco, aberto. Não, até que Cole aludisse ao meu suposto interesse por ela, isso nunca tinha passado pela minha mente. Eu sempre vi e conversei com Jane Fairfax com admiração e prazer, mas nunca tive um pensamento além disso.

– Veja, Sra. Weston – disse Emma, triunfantemente, quando ele as deixou –, o que tem a me dizer agora sobre Sr. Knightley casar-se com Jane Fairfax?

– Veja, na verdade, minha querida Emma, digo que ele está tão ocupado em afirmar que não está apaixonado, que eu me pergunto se ele não vai acabar exatamente assim, afinal. Não me critique.

CAPÍTULO 16

Todos em Highbury e arredores que já haviam visitado Sr. Elton, estavam dispostas a prestar-lhe homenagens pelo casamento. Foram oferecidos jantares e festas à noite para ele e a esposa. E os convites se sucediam em tal quantidade, que ela logo teve a satisfação de perceber que não tinham sequer uma noite livre.

– Já vi como vai ser – ela disse. – Já sei que vida deverei levar entre vocês. Posso garantir que vamos ficar esgotados. Nós realmente estamos ditando moda. Se isso é viver no campo, não pode haver nada melhor. De domingo a sábado, posso lhe afirmar que não temos sequer um dia livre! Uma mulher que tivesse menos recursos do que eu tenho talvez não soubesse lidar com isso.

Nenhum convite pareceu-lhe inoportuno. Seu hábito de viver em Bath tornava as festas noturnas absolutamente naturais para ela, e em Maple Grove aprendera a apreciar jantares. Ficara um pouco chocada pela ausência de duas salas de estar, pelas pobres tentativas de fazer bolos especiais, e por não haver gelo nas reuniões para jogos de cartas em Highbury. Sra. Bates, Sra. Perry, Sra. Goddard e outras, estavam bastante atrasadas em conhecimento do mundo, mas ela logo iria mostrar-lhes como as coisas deviam ser feitas.

No decorrer da primavera poderia retribuir suas atenções com uma festa muito superior – na qual as mesas de jogo seriam montadas cada uma com suas próprias velas, e com maços de cartas fechados, no verdadeiro estilo – e mais criados contratados para essa noite, além dos que possuíam, apenas para passar as bebidas exatamente na hora apropriada, e na ordem apropriada. Emma, nesse meio tempo, não poderia ficar satisfeita se não organizasse um jantar em Hartfield para homenagear os Elton. Não deviam fazer menos que os outros, ou ela estaria exposta a odiosas suspeitas, e imaginariam que era capaz de um ressentimento digno de pena. Deviam fazer um jantar. Depois que Emma falou disso por dez minutos, Sr. Woodhouse não pôde negar-se, e apenas fez o pedido usual de não sentar-se à cabeceira da mesa, seguido pela usual dificuldade de decidir quem deveria fazer isso por ele.

A respeito dos convidados, era necessária bem pouca reflexão. Além dos Elton, deviam vir os Weston e Sr. Knightley, isso era evidente. E também era evidente que não podiam evitar convidar a pobre Harriet para formar oito pessoas. Mas esse convite não foi feito com a mesma satisfação, e Emma, por várias razões, ficou particularmente satisfeita quando Harriet lhe implorou para que lhe permitisse recusar. "Ela preferia não estar em companhia dele se pudesse evitar. Ainda não estava em condições de vê-lo e à sua encantadora esposa juntos sem se sentir desconfortável. Se Srta. Woodhouse não ficasse ofendida, ela preferia ficar em casa". Era exatamente o que Emma teria desejado, se achasse isso possível o bastante para ser desejado. Estava encantada com a fortaleza de caráter de sua jovem amiga, achou corajoso da parte dela abrir mão do prazer de estar em companhia para ficar em casa. Ela poderia então convidar a pessoa que realmente desejava para formar os oito: Jane Fairfax. Desde sua conversa com Sra. Weston e Sr. Knightley ficara mais consciente em relação à Jane Fairfax do que costumava. As palavras de Sr. Knightley calaram fundo em sua mente. Ele dissera que Jane Fairfax recebia de Sra. Elton atenções que ninguém mais lhe concedia.

"Isso é a mais pura verdade", pensava Emma "pelo menos no que se refere a mim, que era o que ele queria dizer, e me deixou envergonhada. Temos a mesma idade... Eu a conheço desde criança, deveria ter sido mais amistosa. Ela nunca mais vai gostar de mim, eu a negligenciei por tempo demais. Mas vou mostrar mais atenção para com ela do que fiz até agora".

Os convites foram todos aceitos. Ninguém tinha outros compromissos e ficaram felizes. Os preparativos, no entanto, ainda não estavam concluídos quando uma circunstância bastante infeliz ocorreu. Os dois meninos Knightley mais velhos deveriam fazer uma visita de algumas semanas ao avô e à tia, na primavera. O pai dos meninos se propunha a trazê-los e passar o dia todo em Hartfield nessa ocasião, mas o dia marcado era exatamente o dia da festa.

Os compromissos profissionais não permitiam a Sr. John Knightley modificar a data de sua visita, mas tanto Emma quanto seu pai ficaram perturbados com isso. Sr. Woodhouse achava que oito pessoas à mesa era o máximo que seus nervos podiam suportar, e agora haveria uma nona. Emma imaginava que seria uma nona pessoa muito mal humorada, por não poder vir nem a Hartfield por quarenta e oito horas sem se deparar com um jantar.

Ela confortou o pai melhor do que a si mesma, dizendo-lhe que apesar de serem nove, Sr. John sempre falava tão pouco que o acréscimo de ruído seria mínimo.

No íntimo, porém, achava a troca muito desfavorável, pois teria o olhar sério e a conversa relutante do cunhado bem em frente a ela, ao invés do irmão. O evento foi mais favorável a Sr. Woodhouse do que a Emma. John Knightley compareceu, mas Sr. Weston foi chamado à cidade com urgência e estaria ausente justo naquele dia. Deveria voltar a tempo de juntar-se a eles à noite, mas não para jantar. Sr. Woodhouse estava bastante à vontade e, vendo-o assim, feliz com a chegada das crianças, e observando a filosófica compostura do cunhado em aceitar sua desventura, Emma perdeu boa parte de sua ansiedade.

Chegou o dia, o grupo se reuniu pontualmente, e Sr. John Knightley parecia seriamente disposto a mostrar-se agradável. Ao invés de carregar o irmão para junto de uma janela enquanto esperavam pelo jantar, ele se dedicava a conversar com Jane Fairfax. Olhava para Sra. Elton, tão elegante quanto os laços e as pérolas podiam torná-la, em profundo silêncio – desejando apenas observar o suficiente para informar Isabella. Mas Srta. Fairfax era uma velha conhecida e uma moça tranquila, e podia conversar com ela. Ele a encontrara pela manhã, quando voltava de um passeio com os garotos, justo quando começava a chover. Era natural que comentasse sobre o assunto:

– Espero que não tenha ido muito longe essa manhã, Srta. Fairfax, pois tenho certeza que ficaria molhada. Nós mal conseguimos chegar em casa a tempo, espero que tenha voltado diretamente.

– Fui apenas até o correio – disse ela – e cheguei em casa antes que a chuva ficasse forte. É minha tarefa diária. Sempre sou eu quem busca as cartas quando estou aqui. Evita preocupações e me permite sair um pouco. Um passeio antes do café da manhã me faz muito bem.

- Mas não um passeio na chuva, eu imagino.

- Não, mas não estava chovendo quando saí.

Sr. John Knightley então sorriu e respondeu:

- Quer dizer que decidiu fazer seu passeio mesmo assim, pois a senhorita não estava a mais de dez metros da porta de sua casa quando tive o prazer de encontrá-la. Henry e John viram mais pingos de chuva do que podiam contar. O correio exerce uma grande atração em determinado período de nossas vidas. Quando chegar à minha idade vai se dar conta que as cartas não valem o transtorno de andar na chuva.

Ela ficou um pouco ruborizada, e então respondeu:

- Não espero nunca ter uma situação como a sua, no meio de tantas pessoas queridas. E, portanto, não tenho esperança de que simplesmente ficando mais velha possa me tornar indiferente às cartas.

- Indiferente! Oh, não! Nunca pensei que a senhorita pudesse ficar indiferente. As cartas nunca são objeto de indiferença, geralmente são uma maldição muito positiva.

- O senhor está falando de cartas de negócios, as minhas são cartas de amizade.

- Sempre achei que fossem as piores das duas - respondeu ele, com frieza. - Negócios, a senhorita sabe, podem trazer dinheiro; mas a amizade dificilmente o faz.

- Ah! O senhor não pode estar falando sério. Conheço Sr. John Knightley muito bem e sei que ele entende o valor da amizade tão bem quanto qualquer um. Posso imaginar com facilidade que as cartas representem pouco para o senhor, muito menos que para mim. Não é o fato de o senhor ser dez anos mais velho do que eu, porém, que faz a diferença; não é a idade, mas a situação. O senhor está próximo de todas as pessoas a quem ama, enquanto eu, provavelmente, nunca mais as terei por perto. E, portanto, até que eu tenha sobrevivido a todas as minhas afeições, uma agência de correio sempre terá o poder de me fazer sair, mesmo com um tempo pior do que o de hoje.

– Quando me referi à sua alteração pelo tempo, pelo passar dos anos – disse John Knightley –, quis me referir a uma mudança de situação que os anos geralmente trazem. Acho que uma inclui a outra. O tempo diminui o interesse por qualquer afeição que não esteja dentro do nosso circulo de convívio diário, mas não é essa a mudança que imaginei para a senhorita. Como um velho amigo, espero que me permita esperar, Srta. Fairfax, que daqui a dez anos a senhorita tenha tantas afeições junto a si como eu tenho.

Essas palavras foram ditas com muita gentileza, e muito longe de causar ofensa. Um agradável "obrigada" seria o suficiente como resposta bem humorada, mas um rubor, um lábio que tremia e uma lágrima furtiva, mostravam que elas foram sentidas de modo bem diferente da alegria. A atenção da moça foi então solicitada por Sr. Woodhouse que, conforme seu costume nessas ocasiões, circulava entre os convidados cumprimentando especialmente as damas, e agora se dirigia a ela. Com toda a sua meiga civilidade, o velho cavalheiro disse:

– Fiquei triste em ouvir que a senhorita tomou chuva esta manhã, Srta. Fairfax. As jovens damas devem se cuidar muito bem, pois são como plantas delicadas. Devem tomar conta da saúde e da aparência. Minha querida, você trocou as meias?

– Sim, eu troquei. E agradeço muito sua bondosa solicitude para comigo.

– Minha querida Srta. Fairfax, as jovens damas devem ser bem cuidadas. Espero que sua boa avó e sua tia estejam bem. São algumas das minhas mais antigas amigas. Gostaria que minha saúde me permitisse ser um vizinho melhor. A senhorita muito nos honra vindo aqui esta noite, certamente. Minha filha e eu estamos altamente sensibilizados com sua bondade, e temos a maior satisfação de vê-la em Hartfield.

O velho cavalheiro, tão bondoso e bem educado, sentou-se então com o sentimento de haver cumprido seu dever. Fizera cada uma das senhoras sentir-se bem-vinda e à vontade. A essa altura, a caminhada na chuva já havia chegado aos ouvidos de Sra. Elton, e seu desagrado agora desabava sobre Jane.

– Minha querida Jane, o que foi que ouvi?... Ir ao correio na chuva! Isso não pode acontecer, eu lhe asseguro. Menina travessa, como pode fazer uma coisa dessas? Só porque eu não estava lá para tomar conta de você.

Jane lhe assegurou de que não pegara nenhum resfriado.

– Ah! Não diga isso a mim. Você é mesmo uma menina travessa e não sabe cuidar de si mesma. Ir ao correio, francamente! Sra. Weston, já ouviu falar de algo assim? A senhora e eu devemos, de fato, exercer nossa autoridade.

– Certamente – disse Sra. Weston, de modo bondoso e persuasivo –, sinto-me tentada a dar meu conselho. Srta. Fairfax, a senhorita não deve correr tais riscos. Como é sujeita a resfriados fortes, deve ser particularmente cuidadosa, em especial nesta época do ano. Sempre achei que a primavera requer um maior cuidado que o normal. É melhor esperar uma ou duas horas, ou até mesmo meio dia pelas suas cartas do que correr o risco da tosse voltar. Ainda não sentiu isso, sentiu? Sim, estou certa que a senhorita é bastante razoável. Acredito que não fará isso outra vez.

– Ah! Ela não vai mesmo fazer isso de novo – apartou ansiosamente Sra. Elton. – Não vamos permitir que faça tal coisa outra vez – e meneou a cabeça de modo significativo. – Devemos tomar alguma providência, devemos mesmo, vou falar com Sr. E. O homem que busca nossas cartas todas as manhãs – um dos nossos homens, eu esqueço seu nome –, pode pegar as suas também e entregá-las. Isso vai eliminar todas as dificuldades. Eu acho, minha querida Jane, que você realmente não deve ter escrúpulos em aceitar tal oferta de nossa parte.

– A senhora é extremamente bondosa – disse Jane – mas não quero desistir da minha caminhada matinal. Fui aconselhada a ficar ao ar livre tanto quanto pudesse e, como devo caminhar um pouco, ir ao correio é um bom objetivo. Asseguro-lhe que nunca tive uma manhã tão ruim antes.

– Minha querida Jane, não diga mais uma palavra a respeito. Está tudo acertado, isto é – rindo com afetação –, tanto quanto posso acertar alguma coisa sem a concordância do meu amo e senhor. Como sabe, Sra. Weston, a senhora e eu devemos ser cautelosas na maneira como nos expressamos. Mas estou envaidecida, minha querida Jane, por ver que a minha influência não está sendo totalmente desperdiçada. Se eu não encontrar nenhuma dificuldade insuperável, considere este ponto acertado.

– Desculpe-me – disse Jane, com ar sério –, mas não posso consentir nesse arranjo de modo algum, seria um trabalho desnecessário para o seu criado. Se a tarefa não fosse um prazer para mim, ela seria feita pela criada de minha avó, como sempre acontece quando não estou aqui.

– Ah, querida, mas Patty tem tanto o que fazer! E é uma gentileza utilizar nossos criados.

Jane olhou como se não desejasse ceder, mas em vez de responder, voltou a falar com Sr. John Knightley.

– O correio é um estabelecimento maravilhoso! – ela disse. – A regularidade e rapidez com que agem! Se pensarmos em tudo o que é preciso fazer e em tudo que fazem tão bem, é de fato impressionante!

– De fato, é muito bem gerenciado.

– É muito difícil ocorre algum erro ou negligência! E raramente, entre as milhares de cartas que circulam constantemente por todo o país, uma delas é entregue em endereço errado. Nem uma em um milhão, eu creio, é efetivamente perdida! E quando se imagina a variedade de letras, algumas muito ruins, que devem ser decifradas, isso aumenta a maravilha.

– Por conta do hábito, os funcionários são excelentes. Eles devem ter agilidade de vista e rapidez com as mãos para começar, e o exercício acaba por melhorá-los. E se a senhorita quiser alguma explicação mais completa – continuou ele, sorrindo –, eles são pagos para isso. Esta é a chave para uma grande capacidade. O público paga e deve ser bem servido.

Falaram sobre as diversas variedades de caligrafia, e foram feitas as observações usuais.

– Ouvi dizer – disse John Knightley – que o mesmo tipo de letra sempre prevalece em uma família e onde o mesmo professor ensina, o que é bastante natural. Mas, por essa razão, imagino que a semelhança seja principalmente da parte das meninas, pois os meninos tem muito pouco ensino de caligrafia após certa idade, e rabiscam de qualquer jeito que encontram. Isabella e Emma escrevem de modo muito parecido, eu acho. Eu mesmo nem sempre consigo distinguir a letra de uma e de outra.

– Sim – disse seu irmão, hesitante –, existe uma semelhança. Sei o que quer dizer, mas a letra de Emma é mais forte.

– Tanto Isabella como Emma têm uma letra muito bonita – disse Sr. Woodhouse – e sempre tiveram. E a pobre Sra. Weston também – olhando para ela com um meio sorriso e um leve suspiro.

– Nunca vi a letra de um cavalheiro... – Emma começou, também olhando para Sra. Weston.

Parou de falar quando percebeu que Sra. Weston dava atenção à outra pessoa, e a pausa deu-lhe tempo para refletir. "Como vou introduzi-lo na conversa? Serei capaz de falar seu nome na frente de todas estas pessoas? Será que preciso usar uma frase que faça um rodeio? Seu amigo de Yorkshire... Seu correspondente em Yorkshire... esses seriam os termos, suponho, se eu fosse muito má. Não. Posso pronunciar o nome dele sem nenhuma aflição. Com certeza estou melhorando a cada dia... Então vamos a isso!"

Sra. Weston ficou livre novamente e Emma recomeçou:

– Sr. Frank Churchill tem uma das melhores letras que já vi, para um cavalheiro.

– Eu não a admiro – disse Sr. Knightley. – É muito pequena, falta-lhe força. É como a letra de uma mulher.

Nenhuma das damas concordou. Elas o defenderam contra esta indigna calúnia. "Não, não lhe faltava força de modo algum. Não era uma letra grande, mas muito clara e certamente forte. Sra. Weston por acaso não teria uma carta dele consigo para mostrar?". Não, ela recebera notícias do enteado recentemente, mas guardara a carta depois de respondê-la.

– Se estivéssemos na outra sala – disse Emma –, se eu tivesse aqui a minha escrivaninha, tenho certeza que poderia encontrar uma amostra. Tenho um bilhete dele. Não se lembra, Sra. Weston, de ter-lhe pedido que escrevesse em seu lugar uma vez?

– Ele preferiu dizer que gostaria de ocupar-se...

– Veja bem... Eu tenho esse bilhete. Vou mostrá-lo após o jantar para convencer Sr. Knightley.

– Oh! Mas quando um jovem galante como Sr. Frank Churchill – disse secamente Sr. Knightley – escreve para uma linda moça como

Srta. Woodhouse, ele certamente dará o melhor de si.

O jantar foi servido. Sra. Elton estava pronta antes de ser chamada a falar; e antes que Sr. Woodhouse pudesse chegar junto dela e oferecer seu braço para conduzi-la até a sala de jantar, já estava dizendo:

– Devo ir à frente? Fico tão envergonhada de ser sempre a primeira!

A preocupação de Jane em buscar suas próprias cartas não escapou à Emma. Ela vira e ouvira tudo, e tinha alguma curiosidade em saber se a caminhada na chuva daquela manhã rendera alguma carta. Ela achava que sim, que ela não teria ido ao correio tão resolutamente se não fosse para ter notícias de alguém muito querido, e que isso não fora em vão. Achava que Jane Fairfax ostentava um ar de alegria maior do que o normal, um brilho que tanto emanava do espírito quanto do semblante. Ela poderia fazer uma pergunta ou duas, a respeito da expedição ou do custo de uma carta para a Irlanda.

Estava na ponta da língua... mas Emma se conteve. Estava disposta a não dizer uma palavra que pudesse ferir os sentimentos de Jane Fairfax. E as duas jovens seguiram as demais damas para a outra sala, de braços dados, com uma aparência de boa vontade que aumentava significativamente a beleza e elegância de cada uma.

CAPÍTULO 17

Assim que as damas retornaram à sala de estar, após o jantar, Emma descobriu que dificilmente poderia impedir que formassem dois grupos distintos. Com enorme perseverança em julgar e comportar-se mal, Sra. Elton juntou-se à Jane Fairfax e desprezou a companhia de Emma. Ela e Sra. Weston eram quase sempre obrigadas a conversar entre si ou a ficar caladas. Sra. Elton não lhes deu outra chance. Se Jane a continha por algum tempo, ela logo recomeçava a falar. Embora falassem através de sussurros, especialmente Sra. Elton, não havia como evitar ouvir seus principais assuntos: o correio, pegar um resfriado, buscar cartas e amizade, temas longamente discutidos.

A isso se seguiu outro assunto, que devia ser desagradável pelo menos para Jane: perguntas sobre se ela já soubera de alguma colocação que lhe fosse conveniente, e declarações de Sra. Elton de que estava meditando sobre o assunto.

– Já é praticamente abril! – ela disse. – Estou muito preocupada contigo, logo será Junho.

– Mas eu não me fixei em junho ou qualquer outro mês, falei apenas no verão de modo geral.

– Mas realmente não soube de nada?

– Eu, na verdade, nem sequer procurei; não desejo fazer isso agora.

– Oh, minha querida, nunca é cedo para começar. Você não tem ideia da dificuldade de encontrar exatamente o que se deseja.

– Não tenho ideia? – disse Jane, sacudindo a cabeça. – Cara Sra. Elton, quem pensa nisso mais do que eu?

– Você não viu tanto do mundo quanto eu. Não sabe quantos

candidatos existem sempre para as melhores colocações. Vi muito disso nos arredores de Maple Grove. Uma prima de Sr. Suckling, Sra. Bragge, tinha uma infinidade de solicitações, todos queriam trabalhar para a família dela, pois pertencia ao círculo mais elevado da sociedade. Velas de cera na sala de estudos! Pode imaginar como era agradável! De todas as casas do país, a casa de Sra. Bragge é a única na qual eu gostaria de vê-la.

– O coronel e Sra. Campbell devem retornar à cidade pela metade do verão – disse Jane. – Devo ficar algum tempo com eles, sei que desejam isso. Depois disso é provável que fique feliz em dispor de mim mesma. Mas eu não gostaria que a senhora se desse ao trabalho de procurar alguma coisa no momento.

– Trabalho! Bem, conheço seus escrúpulos. Está com medo de me causar preocupações. Mas lhe asseguro, minha querida Jane, que os Campbell dificilmente poderiam estar mais interessados em você do que eu. Escreverei a Sra. Partridge em um ou dois dias, e vou dar-lhe a estrita incumbência de procurar por alguma colocação adequada.

– Obrigada, mas preferia que a senhora não mencionasse o assunto para ela. Enquanto não chegar o momento, não desejo causar problemas a ninguém.

– O tempo está passando, minha querida criança. Estamos quase em abril, logo estaremos em junho, ou mesmo julho, e temos tanto trabalho a realizar. Sua inexperiência realmente me surpreende! Uma colocação como você merece, e na qual seus amigos desejariam vê-la, não é uma coisa que acontece todos os dias. Devemos começar a procurar imediatamente, na verdade!

– Me perdoe, madame, mas essa não é minha intenção, absolutamente. Eu mesma não procurei ainda, e lamentaria se meus amigos o fizessem. Quando eu me decidir a respeito da época apropriada, não tenho medo algum de ficar desempregada. Na cidade existem lugares, escritórios, onde uma busca logo traria resultados... Escritórios para a venda, não de carne humana, mas sim de intelectos humanos.

– Oh, minha querida, carne humana? Você me choca, realmente; se estiver se referindo ao comércio de escravos, asseguro-lhe que Sr. Suckling sempre foi um amigo da abolição.

– Não falo sobre isso, não falei do comércio de escravos – respondeu Jane. – Comércio de governantas era o que eu tinha em mente. É bastante diferente, com certeza, no que se refere à culpa daqueles que o realizam, mas para a grande miséria das vítimas, não sei o que fere mais. Eu queria dizer apenas que existem escritórios de anúncios, e se eu me inscrever em um deles, não tenho dúvidas de logo em seguida encontrar alguma coisa que me sirva.

– Algo que lhe sirva! – repetiu Sra. Elton. – Isso deve satisfazer sua humilde ideia a respeito de si mesma. Sei o quanto você é modesta, mas suas amigas não ficarão satisfeitas de vê-la aceitar qualquer emprego que lhe seja oferecido, alguma situação comum e inferior, em uma família que não pertença aos altos círculos, ou que não seja capaz de viver com os refinamentos da vida.

– A senhora é muito adorável, mas sou indiferente a tudo isso. Não faço questão de viver entre os ricos, pois acho que minha mortificação seria maior, eu sofreria mais com a comparação. A família de um cavalheiro é tudo que desejo.

– Eu a conheço, eu a conheço! Você ficaria contente com qualquer coisa. Mas eu serei um pouco mais amável e tenho certeza de que os bons Campbell estarão do meu lado. Com seu talento superior você tem direito a mover-se na alta roda. Seu conhecimento musical, sozinho, lhe dá o direito de ditar seus próprios termos, ter à disposição as acomodações que desejar, e participar da vida da família tanto quanto queira. Isto é, eu não sei... se você souber tocar harpa também, tem direito a tudo isso, tenho certeza. Mas você canta tão bem quanto toca. Eu realmente acho que, mesmo sem tocar harpa, pode estipular suas condições. E você deverá estar deliciosa, honrada e confortavelmente instalada antes que os Campbell e eu tenhamos algum descanso.

– Pode-se colocar a honra e o conforto de uma situação como essa sempre juntos – disse Jane –, eles certamente se equivalem. No entanto, falo seriamente quando digo que não desejo que nada seja feito no momento. Sou extremamente grata à senhora, Sra. Elton, sou grata a todos que sentem algo por mim, mas estou seriamente decidida a não querer que nada seja feito até o verão. Por mais dois ou três meses eu pretendo continuar onde estou e da forma que estou.

– E eu também falo sério, posso lhe garantir – disse Sra. Elton, brincando –, quando digo que estarei sempre buscando alguma coisa, e empregarei meus amigos para fazer o mesmo, de modo que nada realmente excepcional nos escape.

E ela continuou nesse estilo, sem nada que a fizesse parar, até que Sr. Woodhouse entrou na sala.

A vaidade dela então mudou de objeto, e Emma a ouviu dizer para Jane, no mesmo tom de sussurro:

– Então vem este velho e querido admirador meu, posso afirmar! Pense só na galanteria dele em vir antes dos outros homens! Que criatura adorável ele é! Asseguro-lhe que gosto dele excessivamente. Admiro toda essa pitoresca polidez à moda antiga, é muito mais ao meu gosto do que os costumes modernos, que às vezes me desagradam. Mas este bom e velho Sr. Woodhouse gostaria que ouvisse o modo galante com que se dirigiu a mim durante o jantar. Oh! Asseguro-lhe que comecei a pensar que meu caro esposo ficaria absolutamente enciumado. Imagino que eu seja sua favorita, pois ele notou o meu vestido. O que acha dele? Foi escolha de Selina, é bonito, eu acho, mas não sei se não é enfeitado demais. Detesto a ideia de parecer enfeitada demais... tenho horror de enfeites. Preciso usar alguns ornamentos agora, porque é o que se espera de mim. Uma noiva, você sabe, deve parecer uma noiva, mas meu gosto natural é mais para a simplicidade. Um estilo simples de vestir é tão preferível aos enfeites! Mas estou em minoria, poucas pessoas parecem valorizar a simplicidade no vestir, ostentação e requinte é que são importantes. Pensei em colocar algum enfeite igual a este no meu vestido branco e prata de popelina. Acha que estará tudo bem?

O grupo inteiro mal voltara a se reunir na sala de estar, quando Sr. Weston chegou finalmente. Ele voltara para jantar em casa e, logo que terminou, caminhou até Hartfield. Não se esperava que fosse uma surpresa, mas houve grande alegria. Sr. Woodhouse estava tão contente de vê-lo agora quanto teria lamentado se o visse chegar antes. Apenas John Knightley estava mudo de espanto... um homem que podia passar a noite tranquilamente em casa, depois de um dia de negócios em Londres, se dignava a sair novamente e caminhar oitocentos metros até a casa de outro homem, apenas pelo prazer da companhia de um grupo de pessoas até a hora de dormir. Que esse homem passasse o final de seu dia em demonstrações de civilidade entre o barulho dos convidados, era uma circunstância que o impressionava profundamente. Um homem que estava em movimento desde as oito horas da manhã, e podia agora estar parado, que passara o dia inteiro falando e podia estar calado, que estivera em mais de uma multidão e podia estar sozinho!

Um homem que deixara a tranquilidade e independência de sua própria lareira e que, na noite de um gelado dia de abril, correra para misturar-se de novo ao mundo! Se ele pudesse, com um toque de seus dedos, levar a esposa de volta imediatamente, então haveria um motivo. Mas sua chegada provavelmente prolongaria a festa, ao invés de encerrá-la.

John Knightley olhava para ele com espanto, então deu de ombros e pensou "eu nunca acreditaria nisso, mesmo vindo dele".

Enquanto isso Sr. Weston, sem nem suspeitar da indignação que causava, alegre e feliz como sempre – e com todo o direito de ser o principal a falar, pois passara o dia longe de casa – estava ficando à vontade na companhia dos demais. E tendo respondido às perguntas de sua esposa quanto ao jantar, convencendo-a de que nenhuma das suas cuidadosas instruções aos criados fora esquecida, contou aos outros as novidades que ouvira, e começou uma comunicação familiar. Embora principalmente dirigida à Sra. Weston, não havia a menor dúvida que interessaria a todos os presentes na sala. Ele lhe entregou uma carta de Frank endereçada a ela, que pegara no caminho e tomara a liberdade de abrir.

– Leia – ele dizia –, você vai gostar. São só algumas linhas, não vai demorar, leia a carta para Emma.

As duas damas leram a carta juntas. Ele sentou-se com elas, sorrindo e falando o tempo todo, em uma voz um tanto baixa, mas bastante audível para todos.

– Bem, ele está vindo, como pode ver. São boas notícias, creio. O que acha disso? Sempre lhe disse que ele voltaria logo, não disse? Anne, minha querida, não lhe falei sempre isso e você não me acreditou? Chegará à cidade na semana que vem, no máximo, eu acredito. Pois ela é tão impaciente quanto o cavaleiro negro, quando é preciso fazer alguma coisa. É mais provável que estejam aqui amanhã ou sábado. Quanto à doença dela, não foi nada, é claro. Mas é muito bom ter Frank de novo entre nós, na cidade, aqui tão perto.

Quando vierem vão ficar uma boa temporada e ele passará a metade desse tempo conosco. É precisamente o que desejo. Bem, as notícias são ótimas, não acha? Já terminou de ler? Guarde, guarde a carta, vamos falar sobre isso com calma, depois, mas não agora. Apenas queria comunicar a notícia aos outros de forma geral.

Sra. Weston estava o mais feliz que podia com a notícia. Seus modos e olhares não faziam nada para refrear esta alegria. Estava feliz, sabia que estava feliz e sabia que merecia estar feliz. Suas congratulações ao marido foram calorosas e francas, mas Emma não podia expressar-se com tanta fluência. Ela estava um tanto ocupada em pesar seus próprios sentimentos, tentando entender a extensão da agitação que a dominava, que achou bastante considerável.

Sr. Weston, entretanto, ansioso demais para ser bom observador, comunicativo demais para permitir que os outros falassem, ficou muito satisfeito com o que Emma disse, e logo se dirigiu aos outros para fazer os amigos felizes, comunicando parcialmente algo que toda a sala já tinha ouvido. Foi muito bom que Sr. Weston tomasse a alegria de todos como certa, ou não teria considerado nem Sr. Woodhouse nem Sr. Knightley particularmente encantados com a notícia. Eles eram os primeiros que deveriam ficar felizes, após Sra. Weston e Emma. Depois viria Srta. Fairfax, mas ela estava muito entretida conversando com John Knightley e não seria correto interromper. E achando-se perto de Sra. Elton, que não conversava com ninguém, imediatamente entrou no assunto com ela.

CAPÍTULO 18

– Estou ansioso para lhe apresentar meu filho – disse Sr. Weston Sra. Elton, supondo que a esperança mencionada era um cumprimento especial para ela, sorriu com infinita graça.

– A senhora com certeza já ouviu falar de um certo Frank Churchill, eu suponho – continuou ele –, e sabe que se trata de meu filho, embora não use o meu nome.

– Ah, sim, e ficarei muito feliz em conhecê-lo. Tenho certeza que Sr. Elton não perderá tempo em visitá-lo, e nós dois ficaremos muito felizes em recebê-lo no Vicariato.

– A senhora é adorável, Frank ficará extremamente feliz, tenho certeza. Ele deverá chegar à capital na próxima semana, se não antes. Soubemos disso por uma carta que recebemos hoje. Peguei as cartas quando estava a caminho de Londres, hoje de manhã, e vendo a letra de meu filho me permiti abri-la, embora não fosse dirigida a mim diretamente. Era para Sra. Weston, ela é a principal correspondente dele, asseguro-lhe. Eu mesmo raramente recebo uma carta.

– E então o senhor simplesmente abriu a que estava endereçada a ela! Oh, Sr. Weston! Devo protestar contra isso. – Rindo afetadamente. – Um precedente muito perigoso, de fato! Espero que não permita que seus vizinhos sigam seu exemplo. Se é isso que devo esperar, nós, mulheres casadas, devemos começar a nos cuidar! Oh, Sr. Weston, eu nunca poderia acreditar que fosse capaz de fazer isso!

– Bem, nós, homens, somos terríveis. A senhora deve tomar cuidado, Sra. Elton. Esta carta nos diz... É uma carta curta, na verdade, escrita às pressas, apenas para nos dar a notícia... A carta diz que estão todos vindo diretamente para a capital por causa de Sra. Churchill, que não passou bem durante todo o inverno, e acha que

Enscombe é fria demais. Assim, decidiram partir para o sul sem mais demora.

– Não me diga! Eles vêm de Yorkshire, eu acho. Enscombe fica em Yorkshire?

– Sim, a cerca de trezentos quilômetros de Londres. É uma distância considerável.

– De fato, muito considerável. São cem quilômetros a mais do que de Maple Grove a Londres. Mas o que significa a distância, Sr. Weston, para as pessoas ricas? O senhor ficaria espantado de saber quantas vezes meu cunhado, Sr. Suckling, viaja por aí. O senhor mal vai acreditar, mas ele e Sr. Bragge foram a Londres e voltaram duas vezes na mesma semana com quatro cavalos.

– O problema da distância de Enscombe – disse Sr. Weston – é que Sra. Churchill, tanto quanto nós sabemos, não foi capaz de deixar o sofá por uma semana inteira. Na última carta de Frank ele se queixava de que ela estava tão fraca que não era capaz de ir até a estufa, a não ser que tivesse o apoio do braço dele e do marido! Isso mostra um alto grau de fraqueza, a senhora sabe, mas agora ela está tão impaciente para ir à cidade que pretende dormir apenas duas noites no caminho. Foi o que Frank nos contou na carta. Certamente, as damas delicadas têm constituições muito fortes, Sra. Elton. A senhora há de concordar comigo nisso.

– Não, de fato, não concordo absolutamente. Sempre tomo o partido do meu próprio sexo, sempre mesmo. E lhe digo que vai encontrar em mim uma antagonista formidável nessa questão. Sempre defendo as mulheres, e posso lhe afirmar que se o senhor soubesse como Selina se sente a respeito de dormir em uma estalagem, não se espantaria de Sra. Churchill fazer incríveis esforços para evitar isso. Selina diz que é um horror, e acho que peguei um pouco de seu refinamento. Ela sempre viaja com seus próprios lençóis, o que é uma excelente precaução. Sra. Churchill faz o mesmo?

– Pode acreditar que Sra. Churchill faz todas as coisas que qualquer outra dama refinada faria. Sra. Churchill nunca fica atrás de nenhuma dama do mundo no que diz respeito...

Sra. Elton interrompeu ansiosamente, dizendo:

– Ah! Sr. Weston, não me entenda mal. Selina não é uma dama refinada, eu lhe garanto. Não leve adiante essa ideia.

– Ah, não? Então ela não serve de exemplo para Sra. Churchill, que é uma dama completamente refinada, como nunca se viu outra.

Sra. Elton começou a pensar que errara em discordar com tanta veemência. Não era absolutamente sua intenção que alguém acreditasse que sua irmã não era uma dama refinada. Talvez faltasse algum espírito nessa afirmativa.

Ela estava pensando em qual seria a melhor forma de retratar-se quando Sr. Weston continuou:

– Sra. Churchill não desfruta das minhas boas graças, como a senhora deve suspeitar... mas isso fica entre nós. Ela é muito afeiçoada a Frank e, portanto, não vou falar mal dela. Além disso, ela está doente no momento. Mas isso, na verdade, segundo suas próprias palavras, ela sempre esteve. Eu não costumo dizer isso para todo mundo, Sra. Elton, mas não acredito muito na doença de Sra. Churchill.

– Se ela está doente, por que não vai para Bath, Sr. Weston? Ou para Clifton?

– Ela se apegou à ideia de que Enscombe é frio demais para ela. O fato é, creio eu, que está cansada de Enscombe. Ela está ali há muito tempo, mais tempo do que ficou em qualquer outro lugar, e começa a desejar uma mudança. É um lugar muito retirado. Muito bonito, mas muito retirado.

– Oh! É como Maple Grove, ouso dizer. Nenhum lugar fica tão afastado da estrada como Maple Grove. Tem uma enorme plantação em volta! Sinto-me excluída de tudo, no mais completo isolamento. E Sra. Churchill provavelmente não possui saúde ou espírito como Selina para apreciar esse tipo de reclusão. Ou talvez ela não possua em si os recursos necessários para qualificar-se para a vida no campo. Sempre digo que uma mulher não deve ter muitos recursos... e me sinto agradecida por possuir tantos, o bastante para ser independente na sociedade.

– Em fevereiro, Frank esteve aqui por quinze dias.

– É o que me lembro de ter ouvido. Ele encontrará uma adição à sociedade de Highbury quando voltar, isto é, se tenho o direito de declarar a mim mesma uma adição. Mas talvez ele nunca tenha ouvido falar de que existe tal criatura no mundo.

Esta era uma insinuação tão grande para um cumprimento, que ele não pode ignorar. Sr. Weston então exclamou imediatamente, com muita graça:

– Madame! Ninguém a não ser a senhora poderia imaginar tal coisa possível. Não ouvir falar da senhora! Creio que as últimas cartas de Sra. Weston trataram de muito poucos assuntos além de Sra. Elton. Tendo feito sua obrigação, podia retornar ao filho. Quando Frank nos deixou – continuou ele –, ficamos na incerteza de quando ele poderia voltar, o que torna as notícias de hoje duplamente felizes. Foi totalmente inesperado. Isto é, eu sempre tive a forte impressão de que ele voltaria logo, sempre achei que alguma coisa muito favorável iria acontecer, mas ninguém acreditava em mim. Ele e Sra. Weston estavam ambos terrivelmente desanimados. "Como ele poderia ser persuadido a vir? E como supor que a tia e o tio pudessem dispensá-lo de novo?", e assim por diante. Eu sempre acreditei que algo aconteceria para nos favorecer, e assim aconteceu, como pode ver. No decorrer da minha vida, Sra. Elton, observei que se as coisas estavam ruins em um mês, sempre melhoravam no mês seguinte.

– É verdade, Sr. Weston, absolutamente verdade. Era justo o que eu costumava dizer para certo cavalheiro que estava sempre em minha companhia, nos dias em que me fazia a corte. Pois quando as coisas não iam muito bem e não seguiam adiante com toda a rapidez que ele desejava, começava a entrar em desespero e exclamar que estava certo, a essa altura, que chegaria o mês de maio antes que o manto cor de açafrão de Himeneu fosse estendido para nós. Ah! As dificuldades que tive para expulsar essas ideias sombrias e lhe trazer perspectivas mais alegres! A carruagem, então... Tivemos muitos problemas com a carruagem. Lembro-me que uma manhã ele me procurou em tal desespero. Ela foi obrigada a parar por causa de uma leve tosse, e Sr. Weston imediatamente aproveitou a oportunidade para prosseguir.

– A senhora mencionou o mês de maio. Maio é justo o mês em que ordenaram a Sra. Churchill, ou ela ordenou a si mesma, para passar em algum lugar mais quente que Enscombe. Em suma, ela virá para Londres, e assim teremos a agradável perspectiva das visitas frequentes de Frank durante toda a primavera, precisamente a estação do ano que se costuma escolher para uma visita. Os dias são bastante longos, o tempo é ameno e claro, convidativo a sair, e não é muito quente para caminhadas. Quando ele esteve aqui antes, nós aproveitamos bastante. Mas houve vários dias chuvosos, úmidos e nublados. Em fevereiro sempre é assim, a senhora sabe, e não pudemos fazer metade dos passeios que desejávamos. Agora teremos tempo. Será uma enorme alegria, e eu mesmo não sei, Sra. Elton, se a incerteza de nossos encontros, a constante expectativa da vinda dele para hoje ou amanhã, a qualquer hora, não seria mais propícia a nos trazer felicidade do que tê-lo realmente em casa. Creio, de fato, que é assim. Acho que é o estado da mente que nos traz mais ânimo e delícia. Espero que a senhora goste do meu filho, mas não espere um prodígio. Ele é tido como um jovem cavalheiro muito agradável, mas não deve esperar um prodígio. O afeto de Sra. Weston por Frank é muito grande, com a senhora pode supor, e muito gratificante para mim. Ela acha que não existe ninguém igual a ele.

– E eu lhe asseguro, Sr. Weston, que tenho poucas dúvidas de que minha opinião será decididamente a favor dele. Ouvi tantos elogios a Sr. Frank Churchill! Ao mesmo tempo, é justo observar que sou uma daquelas pessoas que sempre julgam por si mesmas, e não me deixo guiar pelos outros de forma alguma. Eu lhe digo que tão logo conheça seu filho, farei o julgamento dele. Não sou uma aduladora.

Sr. Weston estava meditando.

– Espero – disse ele, então – não ter sido muito severo a respeito da pobre Sra. Churchill. Se ela está mesmo doente, ficaria triste por fazer-lhe uma injustiça. Mas há alguns traços em seu caráter que tornam difícil para eu falar dela com a indulgência que eu gostaria. A senhora não deve ignorar, Sra. Elton, o tipo de ligação que tenho com a família, nem o tratamento que recebi da parte deles. E, cá entre nós, a culpa disso tudo é inteiramente dela. Ela foi a instigadora. A mãe de Frank jamais teria sido desprezada como foi se não fosse por ela. Sr. Churchill é orgulhoso, mas seu orgulho não significa nada para a esposa. O orgulho dele é do tipo calmo, cavalheiresco e indolente, incapaz de ferir alguém, e apenas o torna um tanto desamparado e aborrecido. Mas o orgulho dela é arrogância e insolência! E o que leva as pessoas a não suportarem Sra. Churchill, é que ela não tem nenhum direito de família ou de sangue. Não era ninguém quando se casou com ele, mal se podia dizer que era a filha de um cavalheiro. Desde que se tornou uma Churchill, no entanto, passou a usar o nome para exigir tudo de todos. Mas em si, garanto-

-lhe, ela é uma nova rica.

– Bem, isso deve ser infinitamente irritante! Eu tenho profundo horror a novos ricos. Maple Grove me ensinou a detestar gente desse tipo, pois existe uma família na vizinhança que é um aborrecimento para minha irmã e meu cunhado, pelos ares de grandeza que têm! Sua descrição de Sra. Churchill me levou imediatamente a pensar neles. O nome da família é Tupman, estão estabelecidos lá há pouco tempo, e se misturaram com pessoas muito inferiores, mas se dão ares de grandeza, esperando ficar no mesmo nível das famílias mais antigas. Devem estar em West Hall no máximo há um ano e meio, e ninguém sabe de que modo fizeram fortuna. Vieram de Birmingham, que não é um lugar muito promissor, como o senhor sabe, Sr. Weston. Não se deve esperar muito de quem vem de Birmingham. Sempre digo que existe algo de pavoroso no som desse nome, mas nada mais se sabe sobre os Tupman, embora haja muitas suspeitas, garanto-lhe. E pelos seus modos é evidente que se imaginam iguais até mesmo ao meu cunhado, Sr. Suckling, que por acaso é um dos seus vizinhos mais próximos. É uma situação muito ruim. Sr. Suckling, que vive em Maple Grove há onze anos, e cujo pai possuía essa propriedade antes dele... Pelo menos eu acho, estou quase certa de que o velho Sr. Suckling adquiriu a propriedade antes de morrer.

Foram interrompidos, pois o chá estava sendo servido. Sr. Weston, tendo dito tudo o que queria dizer, logo aproveitou a oportunidade para afastar-se. Após o chá, Sr. e Sra. Weston e Sr. Elton sentaram-se com Sr. Woodhouse para jogar cartas. Os outros cinco ficaram por sua conta, e Emma duvidava que conseguissem se sair bem. Sr. Knightley não parecia disposto a conversar, Sra. Elton queria atenções que ninguém desejava lhe dar, e ela mesma estava com o espírito tão agitado que preferia ficar calada. Sr. John Knightley mostrou-se mais falante que o irmão. Devia deixá- los bem cedo na manhã seguinte, e logo começou a dizer:

– Veja, Emma, acho que não preciso dizer-lhe mais nada a respeito dos meninos. Você tem a carta de sua irmã, e tudo está muito bem explicado nela, tenho plena certeza. Minha recomendação seria muito mais concisa do que a dela, e provavelmente não teria o mesmo espírito, pois tudo o que teria para recomendar se resume a não mimá-los e não medicá-los.

– Espero muito poder satisfazê-lo em ambas as coisas – disse Emma –, pois farei tudo ao meu alcance para deixá-los felizes, o que dever ser suficiente para Isabella. E a felicidade deve excluir a falsa indulgência e a medicação.

– Caso você os ache cansativos pode mandá-los de volta para casa.

– Isso é possível. O senhor realmente acha isso, não é?

– Tenho consciência que eles podem ser barulhentos demais para o seu pai, ou talvez sejam um empecilho para você, se os seus compromissos sociais continuarem a aumentar da forma que aumentaram ultimamente.

– Aumentar?

– Certamente. Você deve estar ciente que os últimos seis meses fizeram uma grande diferença no seu modo de vida.

– Diferença? Não, eu de fato não estou ciente disso.

– Não há dúvida de que você está muito mais envolvida com suas companhias do que costumava estar. Agora mesmo, por exemplo. Vim aqui para ficar apenas um dia, e você está dando um jantar! Pode me dizer se isso ou alguma coisa parecida já aconteceu antes? Sua vizinhança está crescendo, e você se relaciona mais com ela. Há algum tempo que qualquer carta sua para Isabella traz um relato de novas festividades: jantares na casa de Sr. Cole ou bailes na Crown. É bastante grande a diferença para a época em que Randalls, e apenas Randalls, era o destino de seus passeios.

– Sim – disse seu irmão rapidamente –, e é de Randalls que vem tudo isso.

– Certo. E como Randalls, provavelmente, não possui menos influência do que antes, me ocorreu, Emma, que Henry e John talvez possam atrapalhar algumas vezes. E se isso acontecer, só lhe peço que os mande de volta para casa.

– Não – exclamou Sr. Knightley. – Não é preciso chegar a esse ponto. Mande-os para Donwell, eu certamente estarei livre.

– Dou-lhe minha palavra – disse Emma –, o senhor me diverte! Gostaria de saber em quantos dos meus numerosos compromissos o senhor não estava presente também. E por que supõem que eu corra o risco de não ter tempo para os meninos? Esses meus espantosos compromissos... quais foram? Jantar uma vez com os Cole, e ter ajudado a organizar um baile que nunca chegou a se realizar. Posso entender o senhor – fazendo um gesto na direção de Sr. John Knightley –, a sua sorte de encontrar tantos de seus amigos reunidos aqui, de uma vez só, o deixa tão encantado que não pode deixar de mencionar. Mas o senhor – voltando-se para Sr. Knightley –, que sabe muito bem como raramente fico mais de duas horas afastada de Hartfield, não posso imaginar por que prevê tal dissipação da minha parte. E quantos aos meus queridos meninos, se a Tia Emma não tiver tempo para eles, não sei se estarão mais bem servidos com o Tio Knightley, que fica fora de casa por cinco horas enquanto ela fica uma. E que, além de tudo, quando está em casa passa o tempo lendo ou cuidando das contas.

Sr. Knightley parecia esforçar-se para não rir. E conseguiu controlar-se com facilidade, pois Sra. Elton começou a falar com ele.

Parte 3

CAPÍTULO 1

Uma pequena e calma reflexão foi suficiente para satisfazer Emma quanto à natureza de sua agitação ao ouvir essas notícias sobre Frank Churchill. Logo se convenceu de que não era por ela que estava apreensiva ou embaraçada, mas por ele. Seu sentimento por Frank Churchill logo se reduziu a nada, nem valia a pena pensar nisso. Mas se ele, que sem dúvida era o mais apaixonado dos dois, voltasse com os mesmos sentimentos ardorosos de quando partira, seria muito angustiante. Se uma separação de dois meses não o tivesse esfriado, teria perigos e males pela frente. Seria necessária cautela, por si mesma e também por ele. Não desejava ver sua afeição novamente envolvida, e teria a tarefa de evitar encorajá-lo de qualquer maneira que fosse. Desejava que ele se abstivesse de fazer uma declaração direta. Seria uma conclusão tão dolorosa para o seu relacionamento! E assim mesmo ela não podia deixar de antecipar que algo decisivo aconteceria.

Achava que a primavera não terminaria sem trazer alguma crise, algum evento, ou outro fato que viesse alterar seu atual estado de espírito composto e tranquilo. Não demorou muito, apesar de demorar mais do que Sr. Weston previra, para que tivesse oportunidade de formar uma opinião sobre os sentimentos de Frank Churchill. A família de Enscombe não viera para a cidade tão cedo como ele imaginava, mas ele viera a Highbury logo depois. Cavalgara por umas duas horas, pois não poderia ter feito mais. Como viera de Randalls direto para Highbury, ela pôde então exercitar seu profundo poder de observação, e rapidamente determinar qual era a disposição dele e como ela deveria agir.

Encontraram-se com a maior amizade. Não havia dúvida quanto ao grande prazer que ele sentia ao vê-la. Emma teve, no entanto, um instante de dúvida quanto a Frank ainda sentir o mesmo por ela, ou que a ternura que demonstrara ainda tivesse a mesma intensidade. Ela o observou bem. Era evidente que estava menos apaixonado. A ausência, assim como a convicção da indiferença dela, produzira este efeito muito natural e muito desejável. Ele estava muito animado, pronto para brincar e rir como sempre, e parecia deliciado em falar de sua visita anterior, recordando velhas histórias. Não parava de se agitar, não era na sua calma que Emma percebia a diferença de seus sentimentos. Mostrava-se bastante nervoso, seu espírito estava evidentemente inquieto, não conseguia se tranquilizar.

Frank Churchill sempre fora vivaz, mas essa vivacidade não parecia mais ser suficiente para satisfazê-lo. O que a fez ter certeza de que havia algo diferente, porém, foi o fato dele passar apenas quinze minutos em Hartfield, e depois correr a Highbury para fazer outras visitas. "Ele vira um grupo de amigos na rua quando passou - não podia parar, é claro, não iria parar por nada no mundo - mas teve a vaidade de acreditar que eles ficariam desapontados se ele não os visitasse, e por mais que desejasse ficar mais tempo em Hartfield, devia se apressar". Não havia dúvida que ele estava menos apaixonado, mas seu espírito agitado e sua pressa em sair pareciam indicar que a cura talvez não tivesse sido perfeita. Ela preferia acreditar que isso significava o medo de que os sentimentos voltassem, e uma discreta resolução de não confiar em si mesmo enquanto estivesse ao lado dela. Esta foi a única visita de Frank Churchill em dez dias. Ele estava sempre esperando, pretendendo vir, mas era sempre impedido.

A tia ainda não podia suportar que ele a deixasse, pelo menos foi o que contou em Randalls. Se fora sincero, se realmente tentou vir, podia-se deduzir que a vinda de Sra. Churchill para Londres de nada adiantara para a teimosia dela ou para a parte nervosa de sua doença. Que ela estava de fato doente era algo certo. Ele se declarou convencido disso em Randalls. Mesmo que uma parte da doença pudesse ser fantasia, não podia duvidar, quando olhava para trás, que ela estava em um estado de saúde pior do que há seis meses. Ele não acreditava, no entanto, que acabasse se tornando tão grave que os cuidados e a medicina não pudessem resolver, ou pelo menos achava que ela tinha muitos anos de vida pela frente. Não podia dizer, apesar de todas as dúvidas do pai, que os males dela eram meramente imaginários, e que estava tão forte como antes. Logo se tornou evidente que Londres não era o local adequado para Sra. Churchill. Não conseguia suportar o barulho. Seus nervos estavam sob contínua tensão e sofria muito, e ao fim de dez dias, a carta que o sobrinho enviou a Randalls comunicava uma mudança de planos. Iriam partir imediatamente para Richmond. Recomendaram à Sra. Churchill um competente médico naquela cidade, e ela sempre tivera desejo de conhecer o lugar.

Conseguiram uma casa mobiliada num local elegante e esperavam grandes benefícios com a mudança. Emma ouviu dizer que Frank escrevera com grande animação sobre essa nova decisão, e parecia encantado com a benção de ter diante de si dois meses em uma vizinhança tão próxima de tantos amigos queridos, pois a casa fora alugada pelos meses de maio e junho. Disseram-lhe que agora ele escrevera com grande confiança de poder vê-los com frequência, quase tanto quanto podia desejar. Emma viu como Sr. Weston estava interpretando esses felizes projetos. Ele estava considerando que ela era a fonte de toda essa felicidade. Ela esperava que não. Dois meses seriam o suficiente para prová-lo. A própria felicidade de Sr. Weston era indiscutível. Estava de fato deliciado. Era essa a circunstância que ele tanto desejava, agora sim teria Frank na vizinhança. O que eram quatorze quilômetros para um homem jovem? Uma viagem de uma hora. Ele viria vê-los sempre. A diferença entre a distância de Londres e de Richmond para Highbury, era a diferença entre vê-lo seguidamente e não vê-lo quase nunca. Vinte e cinco quilômetros – não, vinte e oito, pois deviam ser exatos vinte e oito quilômetros até a Manchester Street – eram um sério obstáculo.

Se ele conseguisse sair, o dia seria perdido apenas em ir e voltar. Não havia vantagem em tê-lo em Londres, era como se estivesse em Enscombe. Mas Richmond era a distância perfeita para uma viagem fácil. Era melhor que estivesse tão perto! Uma coisa foi imediatamente acertada graças a essa mudança: o baile na Crown. Não que houvesse sido esquecido, mas ficara decidido que não adiantava determinar uma data. Agora, no entanto, aconteceria de qualquer maneira. Os preparativos foram retomados. Tão logo os Churchill partiram para Richmond, algumas linhas de Frank dizendo que a tia já se sentia muito melhor com a mudança, e que ele não duvidava que a qualquer momento pudesse juntar-se a eles por vinte e quatro horas, levou-os a marcar a data mais próxima possível.

O baile de Sr. Weston seria um acontecimento. Uns poucos dias se interpunham entre os jovens de Highbury e a felicidade. Sr. Woodhouse se conformou. A época do ano diminuíra seus temores. Maio era muito melhor para qualquer coisa do que fevereiro. Sra. Bates foi convidada a passar a noite em Hartfield, James já fora avisado, e ele esperava de coração que não acontecesse nada nem com o pequeno Henry nem com o pequeno John, enquanto Emma estivesse ausente.

CAPÍTULO 2

Nenhum infortúnio aconteceu dessa vez para impedir o baile. O dia se aproximou e finalmente chegou. E depois de uma manhã de ansiosa espera, Frank Churchill, com toda a confiança que tinha em si mesmo, chegou a Randalls antes do jantar, e tudo ficou em ordem. Não houvera ainda um segundo encontro entre ele e Emma. O salão do Crown deveria ser o palco desse evento – mas seria melhor que um encontro comum no meio da multidão. Sr. Weston pedira com muita insistência que ela chegasse tão cedo quanto possível, logo depois deles, para poder dar sua opinião sobre o conforto e a adequação das salas antes da chegada dos demais convidados. Emma não pôde recusar e pretendia passar algum tempo na companhia do jovem cavalheiro.

Foi buscar Harriet, e ambas chegaram ao Crown na hora combinada, logo depois da família de Randalls. Frank Churchill parecia estar à espera, e embora não dissesse muita coisa, seus olhos mostravam que esperava ter uma noite maravilhosa. Percorreram as salas todos juntos, para ver se tudo estava como devia. Dentro de alguns minutos se juntaram a eles os ocupantes de outra carruagem. Emma ficou surpresa, pois não ouvira o barulho. Estava a ponto de exclamar "Vieram tão cedo!" quando se deu conta de que era uma família de velhos amigos que viera mais cedo atendendo ao pedido especial de Sr. Weston para opinar. E à carruagem deles seguiu-se outra, de primos, que também fora convidada a vir mais cedo distinguida com a mesma tarefa. Parecia que metade dos convidados estava chegando antes com o propósito de fazer uma inspeção preparatória. Emma percebeu que o seu gosto não era o único com o qual Sr. Weston contava, e sentiu que ser a favorita e amiga intíma de um homem que tinha tantos favoritos e amigos íntimos não era a maior distinção na escala das vaidades. Gostava de suas maneiras francas, mas um pouco menos de franqueza teria tornado seu caráter melhor. Benevolência geral, mas não amizade geral, era o que fazia de um homem o que ele devia ser. Ela podia imaginar esse tipo de homem.

O grupo inteiro caminhou pelos salões, olhando e elogiando de novo. E então, como não tinham mais o que fazer, formaram um semicírculo em volta da lareira, fazendo observações sobre diversos assuntos. Mesmo sendo maio, uma lareira à noite ainda era muito agradável. Emma descobriu que não era por culpa de Sr. Weston que o grupo de conselheiros privados não era ainda maior. Pararam à porta de Sra. Bates para oferecer a carruagem, mas a tia e a sobrinha deviam vir com os Elton. Frank estava de pé junto dela, mas não parava quieto. Havia uma agitação nele que revelava uma mente inquieta. Olhava para os lados, ia até a porta, parava para ouvir o barulho de alguma carruagem, impaciente para que começasse o baile ou temeroso de ficar muito próximo dela. Falaram de Sra. Elton.

– Acredito que ela logo estará aqui – ele disse. – Tenho grande vontade de conhecê-la, ouvi tantas coisas a respeito dela. Não deve demorar a chegar.

Foi ouvida uma carruagem. Ele se moveu imediatamente, mas logo retornou dizendo:

– Esqueci que não a conheço. Nunca a vi, nem o Sr. Elton. Não tenho motivos para ser o primeiro a cumprimentá-los.

Sr. e Sra. Elton apareceram nesse momento, e seguiram-se todos os sorrisos e cumprimentos de praxe.

– Mas não vejo Srta. Bates e Srta. Fairfax – disse Sr. Weston. – Achei que iriam trazê-las.

O engano não fora grave. A carruagem foi enviada então para buscá-las. Emma desejava saber qual seria a opinião de Frank sobre Sra. Elton, o quanto ele seria afetado pela estudada elegância de seu vestido e seus sorrisos graciosos. Ele estava justamente formando uma opinião, dando-lhe a necessária atenção logo após terem sido apresentados. Poucos minutos depois a carruagem voltou. Alguém falou em chuva.

– Vou procurar algum guarda-chuva, senhor – disse ele ao pai. – Não devemos esquecer de Srta. Bates.

O rapaz saiu e Sr. Weston se preparava para segui-lo quando foi detido por Sra. Elton, que pretendia gratificá-lo com sua opinião sobre o filho. E começou a falar tão depressa que o jovem cavalheiro, apesar de não andar devagar, não pôde deixar de ouvir o que ela dizia ao pai.

– Um homem muito elegante, de fato, Sr. Weston. O senhor se lembra que eu lhe disse que possuo minha própria opinião. E devo dizer que ele me agradou extremamente. Pode acreditar, eu nunca elogio ninguém sem motivo. É um jovem muito bonito, e seus modos são exatamente do tipo que eu gosto e aprovo. Um verdadeiro cavalheiro, sem a menor arrogância ou afetação. O senhor sabe que eu detesto gente afetada, tenho horror deles. Nunca foram tolerados em Maple Grove. Nem eu nem Sr. Suckling temos paciência com eles, e costumamos dizer coisas muito duras! Selina, que é meiga até não poder mais, lida com eles muito melhor.

Enquanto ela falava de seu filho a atenção de Sr. Weston estava garantida, mas quando começou com Maple Grove ele se lembrou que havia senhoras chegando a quem devia receber, e com muitos sorrisos tratou de afastar-se correndo. Sra. Elton então se voltou para Sra. Weston.

– Tenho certeza que é a nossa carruagem que chegou trazendo Srta. Bates e Jane. Nosso cocheiro e cavalos são tão rápidos! Acho que somos mais rápidos que qualquer outro. Que prazer mandar a carruagem para uma amiga! Soube que a senhora foi gentil o bastante para oferecer, mas agora não será mais necessário. Pode ficar certa de que sempre tomarei conta delas.

Srta. Bates e Srta. Fairfax entraram na sala, escoltadas pelos dois cavalheiros. E Sra. Elton parecia pensar que era sua obrigação recebê-las, tanto quanto de Sra. Weston. Seus gestos e movimentos podiam ser compreendidos por qualquer pessoa que observasse, como Emma. Mas suas palavras, assim como as dos outros, logo foram abafadas pelo fluxo incessante das palavras de Srta. Bates, que chegou falando e ainda não tinha terminado seu discurso quando se juntou ao círculo junto à lareira. Logo que a porta se abriu já podiam ouvi-la:

– Adorável de sua parte! Não, não está chovendo, absolutamente. Pelo menos não uma chuva forte. Não me preocupo por mim mesma. Meus sapatos são bem grossos. E Jane diz... Bem!... – E logo que entrou pela porta. – Bem! Está de fato brilhante!... Realmente admirável!... Foi muito bem planejado, dou minha palavra. Não falta nada. Nem poderia imaginar isso... Tão bem iluminado!... Jane, Jane, olhe isso! Você já viu alguma coisa parecida? Ah! Sr. Weston o senhor deve realmente ter a lâmpada de Aladim. A boa Sra. Stokes nem conseguiria reconhecer sua própria sala. Eu a vi quando cheguei, estava parada à entrada. Então eu disse "Oh! Sra. Stokes!", mas não tive tempo de dizer mais nada.

Nesse momento Sra. Weston aproximou-se para recebê-la.

– Muito bem, obrigada, madame. Espero que a senhora esteja passando bem. Fico muito feliz em ouvir isso... Tive tanto medo que a senhora arranjasse uma dor de cabeça! Eu a via passar muitas vezes, sabendo quantos problemas devia estar tendo. Fico feliz em ouvir isso, de fato. Ah! Cara Sra. Elton. Agradeço-lhe tanto pela carruagem! Chegou bem a tempo, Jane e eu estávamos prontas. Os cavalos não esperaram nem um momento. A carruagem é muito confortável. Oh! Tenho certeza que devo agradecer à senhora, Sra. Weston, neste aspecto. Sra. Elton foi gentil de enviar um bilhete para Jane, ou nós teríamos ficado... Mas duas ofertas no mesmo dia!... Nunca houve vizinhos melhores. Eu disse à minha mãe "Dou-lhe minha palavra, madame". Muito obrigada, minha mãe está muito bem, foi à casa de Sr. Woodhouse. Eu a fiz levar o xale, pois as noites não são quentes ainda... o xale novo, grande, que foi presente de casamento de Sra. Dixon.... Tanta bondade da parte dela pensar em minha mãe! Foi trazido de Weymouth, a senhora sabe, foi escolha da própria Sra. Dixon. Jane disse que havia outros três, e Sra. Dixon hesitou durante algum tempo. O coronel Campbell preferia o xale cor de oliva. Minha querida Jane, tem certeza que não molhou os pés? Não foi mais que uma gota ou duas, mas tenho tanto medo... Sr. Frank Churchill, contudo, foi extremamente... e havia um tapete sobre o qual caminhar. Nunca vou esquecer sua extrema educação. Oh! Sr. Frank Churchill, quero dizer-lhe que os óculos de minha mãe nunca mais se estragaram, o parafuso nunca mais caiu. Minha mãe seguidamente fala de sua bondade, não é verdade Jane?... Não falamos sempre de Sr. Frank Churchill?... Ah! Aqui está Srta. Woodhouse... Querida Srta. Woodhouse, como vai a senhorita?... Muito bem, obrigada, muito bem. Isso é um encontro no reino das fadas!...

Que transformação!... Não devo cumprimentá-la, eu sei – olhando Emma de modo complacente –, seria muito rude... mas, dou-lhe minha palavra, Srta. Woodhouse, a senhorita parece... O que acha do cabelo de Jane? A senhorita vai ser a juíza... ela fez tudo sozinha. É espantoso como ela consegue arrumar seu próprio cabelo!... Acho que nem uma cabeleireira de Londres seria capaz de fazer um penteado igual. Ah! Se não é o Dr. Hughes... e Sra. Hughes. Devo falar um instante com o doutor e Sra. Hughes... Como vai? Como vai?... Muito bem, obrigada. Isso é maravilhoso, não acha?... Onde está o querido Sr. Richard? Ah! Lá está ele. Não o perturbe, está muito ocupado falando com as damas. Como vai, Sr. Richard?... Eu o vi outro dia, cavalgando pela cidade... Ora, se não é Sra. Otway!... e o bom Sr. Otway, e Srta. Otway e Srta. Caroline... Quantos amigos reunidos!... E Sr. George e Sr. Arthur! Como vão? Como estão todos?... Muito bem, lhe agradeço muito. Nunca estive melhor... Não ouviram outra carruagem?... Quem poderia ser?... É provável que sejam os queridos Cole... Dou minha palavra, é absolutamente encantador estar entre tais amigos! E que fogo maravilhoso! Estou quase assando. Café para mim não, muito obrigada. Nunca tomo café... Um pouco de chá, se não for incômodo. Mas não se apresse... Ah, aqui está. Tudo tão bem organizado!

Então, Frank Churchill retornou ao seu lugar junto de Emma. E no momento em que Srta. Bates parou de falar Emma pôde ouvir a conversa de Sra. Elton e Srta. Fairfax, que estavam paradas um pouco atrás dela. Ele estava pensativo. Se ele ouvia ou não a conversa, ela não saberia dizer. Após muitos cumprimentos a Jane pelo seu vestido e pelo cabelo, recebidos com bastante calma e propriedade, Sra. Elton estava obviamente esperando ser também elogiada, então começou com "O que achou do meu vestido?... O que achou dos enfeites?... Como ficou o cabelo que Wright fez?", e várias outras questões no mesmo estilo, todas respondidas com paciente educação. Sra. Elton disse então:

– Ninguém se importa menos com vestidos do que eu... mas em uma ocasião como esta, em que todos os olhos estarão voltados para mim, não queria parecer inferior aos outros. E também como cumprimento aos Weston, pois não tenho dúvida que estão dando este baile principalmente em minha honra. Vejo tão poucas pérolas no salão, além das minhas. Então Frank Churchill é um excelente dançarino, pelo que ouvi. Vamos ver se nossos estilos combinam. Ele é um jovem muito elegante, gostei muito dele.

Naquele instante Frank começou a falar tão calorosamente, que Emma só podia imaginar que ele estivesse querendo esconder os elogios, e não desejava ouvir mais nada. As vozes foram abafadas por um tempo, até que uma nova pausa trouxe a voz de Sra. Elton outra vez, distintamente.

Sr. Elton havia se juntado a elas, e sua esposa exclamava:

– Oh! Finalmente você nos encontrou em nosso isolamento, não é? Eu estava dizendo agora mesmo à Jane que você devia estar impaciente por nos encontrar.

– Jane! – exclamou Frank Churchill, com um ar de surpresa e desgosto. – Que falta de cerimônia... mas suponho que Srta. Fairfax não seja contra isso isso.

– Gostou de Sra. Elton? – perguntou Emma, sussurrando.

– Nem um pouco.

– O senhor é ingrato.

– O que quer dizer com isso? – Então mudou a feição franzido para um sorriso. – Não, não me conte, não quero saber o que significa. Onde está meu pai? Quando vamos começar a dançar?

Emma mal conseguia entendê-lo. Frank parecia estar com um humor estranho. Saiu para buscar o pai, mas logo voltou com Sr. e Sra. Weston. Ele os encontrara um pouco perplexos e queriam expor a situação para Emma. Ocorrera a Sra. Weston que deviam convidar Sra. Elton para abrir o baile.

Certamente ela esperava por isso, o que contrariava todos os desejos deles de conceder a Emma tal distinção. Emma ouviu a dura verdade com coragem.

– De que maneira encontraremos um parceiro adequado para ela? – disse Sr. Weston. – Ela deve estar esperando que Frank a convide.

Frank virou-se para Emma, cobrando sua antiga promessa das duas danças, e declarou que já estava comprometido, o que o pai aprovou imediatamente. Então pareceu que Sra. Weston desejava que ele mesmo dançasse com Sra. Elton, e o trabalho deles seria persuadi-lo a concordar, o que foi feito logo. Sr. Weston e Sra. Elton abriram o cortejo, seguidos por Sr. Frank Churchill e Srta. Woodhouse. Emma teve que submeter-se a ficar atrás de Sra. Elton, embora sempre tivesse considerado o baile especialmente seu. Era quase o bastante para fazê-la pensar em se casar. Sra. Elton, sem dúvida, tinha a vantagem no momento de ver sua vaidade completamente satisfeita. Embora pretendesse abrir o baile com Frank Churchill, não saíra perdendo com a troca, pois Sr. Weston era superior ao filho.

Fora esse pequeno embaraço, Emma estava bastante feliz, encantada de ver a fila de pares que se formara, e por saber que ainda teria muitas horas de divertimento à sua frente. O que mais a perturbava, porém, era ver que Sr. Knightley não estava dançando. Lá estava ele, entre os observadores, onde não devia estar; deveria estar dançando, e não em companhia dos maridos, pais e jogadores de uíste, que fingiam sentir interesse pela dança enquanto as mesas de jogos não estavam prontas. Tão jovem como ele era! Nunca parecera levar tanta vantagem sobre os outros como agora, no local em que se encontrava. Sua figura alta, firme e esguia, entre as formas volumosas e os ombros caídos dos homens mais velhos, se destacava tanto que Emma sentiu que devia atrair todos os olhares. E, exceto seu parceiro, não havia um entre todo o grupo de homens mais jovens que pudesse se comparar a ele. Sr. Knightley avançou alguns passos, e com isso apenas demonstrou com que cavalheirismo e graça natural teria dançado, se apenas se desse ao trabalho. Sempre que seus olhos se encontravam Emma o fazia sorrir, mas em geral ele permanecia sério. Ela gostaria que ele apreciasse mais os bailes, e apreciasse mais Frank Churchill. Sr. Knightley parecia estar sempre a observá-la.

Emma não podia se orgulhar do que ele pensava de sua dança, mas não tinha medo algum de sofrer críticas ao seu comportamento. Não havia nada parecido com um flerte entre ela e seu parceiro. Pareciam mais como bons e alegres amigos do que namorados. Sem dúvida, Frank Churchill pensava menos nela agora do que antes. O baile prosseguiu agradavelmente. Os ansiosos cuidados e as incessantes atenções de Sra. Weston não foram desperdiçados. Todos pareciam felizes, e os elogios sobre a beleza do baile, que em geral eram concedidos depois que a festa terminava, foram feitos de forma constante desde o princípio. Quanto aos eventos importantes, do tipo que fica na lembrança, o baile foi tão produtivo como qualquer outra festa desse tipo. Havia um, no entanto, que preocupava Emma. As duas últimas danças antes do jantar já tinham começado e Harriet não tinha parceiro. Era a única jovem dama que estava sentada. O número de dançarinos era tão justo que ter um cavalheiro sobrando seria um sonho! Mas a esperança de Emma diminuiu logo depois, ao ver Sr. Elton perambulando por ali. Ele não convidaria Harriet para dançar, se pudesse evitar, tinha certeza que não. Ela esperava que a qualquer momento ele escapasse para a sala de jogos. Escapar, entretanto, não estava nos planos dele. Sr. Elton dirigiu-se à parte da sala onde os observadores estavam reunidos, caminhou na frente deles e falou com alguns, como para mostrar que estava livre e pretendia manter-se assim. Não evitou ficar bem diante de Srta. Smith algumas vezes, ou falando com pessoas próximas a ela. Emma observou tudo isso, pois não dançava naquele momento, estava caminhando para o fundo do salão e podia olhar ao redor, bastava-lhe virar um pouco a cabeça. Quando se encontrava no meio da pista de dança, com o grupo todo atrás dela, não podia mais olhar para trás. Mas Sr. Elton estava tão próximo que Emma não pôde deixar de ouvir o diálogo que se seguiu entre ele e Sra. Weston. Percebeu também que sua esposa, colocada imediatamente à frente dela, não só observava tudo isso como dava ao marido significativos olhares de encorajamento.

A gentil Sra. Weston deixara sua cadeira para juntar-se a ele, dizendo:

– Sr. Elton, o senhor não dança?

– Com muito prazer, Sra. Weston, se me der a honra de dançar comigo – respondeu ele, prontamente.

– Eu? Ah, não! Vou lhe arrumar uma parceira melhor do que eu. Não sou boa dançarina.

– Caso Sra. Gilbert queira dançar – disse ele –, terei grande prazer, com certeza. Embora comece a me sentir um velho homem casado, e que meus dias de dançarino acabaram, teria grande prazer em dançar com uma velha amiga como Sra. Gilbert, a qualquer momento.

– Sra. Gilbert não pretende dançar, mas há uma jovem dama sem par que eu gostaria muito de ver dançando: Srta. Smith.

– Srta. Smith? Ah! Não tinha percebido. A senhora é muito gentil, e se eu não fosse um velho homem casado... Mas meus dias de dançarino estão acabados, Sra. Weston, peço-lhe que me perdoe. Faria qualquer outra coisa que me pedisse, mas meus dias de dançarino realmente acabaram.

Sra. Weston não disse mais nada, e Emma podia imaginar com que surpresa e mortificação ela retornou para sua cadeira. Este era Sr. Elton! O educado, amável e gentil Sr. Elton. Ela olhou ao redor por um momento. Ele se juntara ao Sr. Knightley, a uma pequena distância, e estava se preparando para iniciar uma conversa, enquanto trocava olhares de grande satisfação com a esposa. Emma não quis mais olhar. Seu coração estava em fogo, e achava que seu rosto devia estar igualmente quente. No momento seguinte uma visão feliz apresentou-se diante de seus olhos: Sr. Knightley conduzia Harriet para a pista de dança! Ela nunca estivera mais surpresa, nem mais encantada, do que naquele instante. Era toda prazer e gratidão, tanto por Harriet quanto por ela, e ansiava por agradecer-lhe. Embora não pudesse falar, seu semblante dizia muito assim que conseguiu encontrar o olhar dele outra vez. Ele era um excelente dançarino, exatamente como ela imaginara, e Harriet seria a mulher mais feliz do salão, se não fosse a crueldade da cena que acontecera antes.

O rosto feliz de Harriet demonstrava a mais completa alegria e o alto senso da distinção de que fora alvo. O gesto dele não foi em vão, ela dançou com mais leveza e graça do que nunca, sorrindo o tempo todo. Sr. Elton retirou-se para a sala de jogos parecendo (era o que Emma achava) muito tolo. Ela não acreditava que ele fosse tão insensível como a esposa, apesar de estar ficando igual a ela. Sra. Elton tratou de expressar seus sentimentos, dizendo em voz bem alta para seu parceiro.

– Knightley ficou com pena da pobrezinha da Srta. Smith!... Ele tem um coração tão bom!

O jantar foi anunciado, e as pessoas começaram a se movimentar. Srta. Bates poderia ser ouvida a partir daquele momento, sem interrupção, até se sentar à mesa e pegar sua colher.

– Minha querida Jane, onde você está? Aqui está seu xale, Sra. Weston pediu que você colocasse o xale. Ela acha que pode haver correntes de ar na passagem, embora tudo tenha sido feito para evitar. Uma porta foi pregada, uma quantidade de metais... Minha querida Jane, você deve mesmo colocar o xale. Oh! Sr. Churchill! O senhor é tão amável. Como colocou o xale tão bem! Muito obrigada! A dança foi excelente, de fato!... Sim, querida, corri até em casa, como eu disse que faria, para ajudar vovó a deitar-se, e voltei logo, ninguém notou a minha falta... Saí sem dizer uma palavra, como eu disse que ia fazer. Vovó está muito bem, teve uma noite encantadora com Sr. Woodhouse, eles conversaram muito e jogaram gamão... O chá foi servido no andar de baixo, com biscoitos, maçãs assadas e vinho, antes que ela voltasse para casa. Ela teve muita sorte em algumas jogadas. Perguntou muito sobre você, se estava se divertindo, e quem eram seus parceiros de dança. E eu disse "Oh! Não vou me antecipar a Jane, deixei-a dançando com Sr. George Otway, mas ela mesma vai adorar lhe contar tudo amanhã. Seu primeiro parceiro foi Sr. Elton, não sei quem vai convidá-la a seguir, talvez Sr. William Cox. Meu caro senhor, é tão amável!... Não há mais ninguém a quem prefira acompanhar?"... Não sou uma inválida. Ah, como o senhor é bondoso. Juro por Deus, Jane em um braço e eu no outro!... Pare, pare, vamos nos atrasar um pouco, Sra. Elton está vindo... A querida Sra. Elton, como está elegante!... Que rendas bonitas!... Agora podemos seguir atrás dela. Ela é mesmo a rainha da noite!... Bem, aí está a passagem. Olhe os dois degraus, Jane, tome cuidado com os dois degraus. Ah! Só tem um...Bem, eu tinha certeza que eram dois. Que estranho! Estava de fato convencida que eram dois, mas só tem um. Nunca vi nada igual, com tanto conforto e estilo... Há velas por toda a parte!... Mas eu estava lhe contando sobre a sua avó, Jane... houve um pequeno desapontamento. As maçãs assadas e os biscoitos estavam muito bons a seu modo. Mas antes disso serviram um delicado fricassê de pão doce e aspargos, e o bom Sr. Woodhouse, achando que os aspargos não estavam bem cozidos, mandou levar tudo de volta... E você sabe que não há nada no mundo que a sua avó goste tanto quanto pão doce e aspargos... então ela ficou um tanto desapontada, mas concordamos em não falar disso para ninguém, pois pode acontecer de cair nos ouvidos da querida Srta. Woodhouse, e ela ficaria tão preocupada!... Bem, está tudo tão brilhante! Tão maravilhoso! Eu jamais imaginaria uma coisa assim!... Tanta elegância em profusão!... Não vejo nada assim desde... Bem, aonde vamos nos sentar? Aonde vamos nos sentar? Oh, pode ser qualquer lugar desde que Jane não fique exposta a uma corrente de ar. Onde eu vou sentar não tem a menor importância. Ah, o senhor recomenda este lado?... Bem, tenho certeza, Sr. Churchill... é que parece um lugar tão bom... mas é claro, já que o senhor deseja... Tudo que o senhor aconselha nesta casa não pode estar errado. Querida Jane, como vamos recordar de todos os pratos servidos para contar à sua avó? Sopa, também! Deus me abençoe! Não esperava ser servida tão cedo, mas o cheiro está tão bom, mal posso esperar para começar.

Emma não teve chance de agradecer ao Sr. Knightley antes que o jantar terminasse, mas quando estavam todos no salão de baile novamente, os olhos dela o convidaram para se aproximar e receber os agradecimentos. Ele condenou com veemência a conduta de Sr. Elton, fora uma grosseria imperdoável. E os olhares de Sra. Elton também receberam a devida cota de censura.

– Eles tinham a intenção de ferir mais do que Harriet – disse ele. – Diga-me, Emma, porque eles são seus inimigos?

Sr. Knightley sorriu como se entendesse o que se passava, e não recebendo nenhuma resposta, acrescentou:

– Ela não devia estar brava com você, embora ele possa estar... Você não vai dizer nada a esse respeito, é claro, mas confesse Emma, você queria que ele se casasse com Harriet.

– É verdade – ela concordou. – E eles não conseguem me perdoar.

Ele sacudiu a cabeça, mas havia um sorriso no seu rosto, e disse:

– Não vou repreendê-la. Deixo isso com a sua consciência.

– Você vai confiar em mim ou nesses bajuladores? Será que o meu fútil espírito vai-me dizer que estou errada?

– Não suas futilidades, mas suas seriedades. Se uma a leva para o caminho errado, tenho certeza que a outra a faz perceber o erro.

– Admito que me enganei completamente com Sr. Elton. Há uma mesquinhez nele que o senhor percebeu e eu não. Além disso, eu estava plenamente convencida de que ele estava apaixonado por Harriet. Foi uma série de pequenos erros!

– E, como retribuição por você ter admitido isso, vou fazer a justiça de dizer-lhe que você teria escolhido por ele melhor do que ele escolheu por si próprio. Harriet Smith tem algumas qualidades admiráveis, que faltam totalmente à Sra. Elton. Uma menina despretensiosa, educada e sem maldade, infinitamente preferível para qualquer homem de bom senso e bom gosto do que uma mulher como Sra. Elton. Achei que Harriet conversa bem melhor do que eu esperava.

Emma ficou extremamente agradecida. Foram interrompidos pela agitação de Sr. Weston, que chamava a todos para dançarem outra vez.

– Vamos, por favor, Srta. Woodhouse, Srta. Otway, Srta. Fairfax, o que estão esperando?... Venha, Emma, dê o exemplo às suas companheiras. Todos estão muito preguiçosos! Estão muito sonolentos!

– Estou pronta – disse Emma –, assim que for convidada.

– Com quem você vai dançar? – perguntou Sr. Knightley.

Ela hesitou por um momento, e então disse:

– Com o senhor, se tiver a bondade de me convidar.

– Você gostaria? – disse ele, estendendo-lhe a mão.

– Adoraria. O senhor mostrou que dança muito bem, e sabe que não somos realmente irmão e irmã para tornar isso impróprio.

– Irmão e irmã? Realmente, não somos...

CAPÍTULO 3

Tal conversa com Sr. Knightley deu a Emma grande prazer. Era uma das agradáveis recordações que ela tinha do baile, enquanto passeava pelo jardim na manhã seguinte. Ficara feliz de que tivessem chegado a tão bom entendimento a respeito dos Elton, e que as opiniões deles sobre marido e mulher fossem tão parecidas. E seu elogio a Harriet, sua concessão em favor dela, foi especialmente gratificante para Emma.

A impertinência dos Elton, que por alguns minutos ameaçou arruinar o restante da noite, revelou-se a causadora de uma das suas maiores satisfações. Ela olhava para o futuro na esperança de outro resultado feliz: a cura da paixão de Harriet. Pela maneira como a amiga falou da circunstância antes que deixassem o salão de baile, Emma tinha grandes esperanças. Foi como se os seus olhos de repente se abrissem, e ela fosse capaz de ver que Sr. Elton não era a criatura superior que ela acreditava. A febre passara, e Emma não tinha mais medo que seu pulso fosse acelerado novamente por cortesias injuriosas. Ela contava com os maldosos sentimentos dos Elton para suprir-lhe toda a disciplina necessária a fim de tratá-los com a mais contundente indiferença dali em diante.

Com Harriet racional outra vez, Frank Churchill menos apaixonado, e Sr. Knightley evitando discutir com ela, que verão feliz teria pela frente! Ela não deveria encontrar Frank Churchill naquela manhã. Ele dissera que não poderia permitir-se o prazer de passar em Hartfield, pois deveria estar em casa ao meio-dia. Emma não lamentou. Depois de ter pensado, analisado e colocado em ordem todos esses assuntos, Emma estava justamente voltando para a casa com o espírito renovado, pronta para atender as demandas dos dois pequenos sobrinhos e do avô deles, quando o imenso portão de ferro abriu-se e duas pessoas entraram. Ela nunca imaginara ver essas duas pessoas juntas: Frank Churchill de braço dado com Harriet. Harriet!... Bastou um momento para convencê-la que algo de extraordinário havia ocorrido. Harriet parecia pálida e assustada, e ele tentava acalmá-la...

Os portões de ferro não distavam mais que vinte metros da porta da casa, e logo os três se encontravam no vestíbulo. Harriet afundou em uma cadeira e desmaiou. Uma jovem dama que desmaia deve ser socorrida. Perguntas devem ser feitas e respondidas, e surpresas explicadas. Esses eventos são muito interessantes, mas o suspense não pode se prolongar muito. Poucos minutos foram suficientes para que Emma ficasse a par de tudo.

Srta. Smith e Srta. Bickerton, outra pensionista de Sra. Goddard e que também estivera no baile, saíram para passear e pegaram uma estrada, a estrada de Richmond, que embora fosse movimentada o suficiente para ser segura, levou-as a uma situação de alarme. A cerca de oitocentos metros além de Highbury, quando a estrada fazia uma curva repentina, e era profundamente sombreada por duas fileiras de olmos, uma de cada lado, o lugar tornava-se bastante ermo. Quando as jovens avançaram um pouco por esse trecho, subitamente perceberam um grupo de ciganos, a pouca distância, em uma área aberta ao lado da estrada. Uma criança que estava de vigia veio até elas para pedir alguma coisa. Srta. Bickerton, muito assustada, deu um grito alto e, dizendo a Harriet que a seguisse, subiu em um barranco íngreme, pulou uma pequena sebe lá no alto e correu de volta à Highbury por um atalho. Mas a pobre Harriet não pôde segui-la. Tivera muitas cãibras depois de dançar, e sua primeira tentativa de subir o barranco trouxe as cãibras de volta e deixou-a completamente sem ação. Nesse estado, e totalmente apavorada, ela foi obrigada a ficar. Não se pode saber como os vadios teriam se comportado, caso as moças tivessem sido mais corajosas, mas tal oportunidade para atacar não podia ser desperdiçada. Harriet foi logo cercada por meia dúzia de crianças, lideradas por uma mulher corpulenta e um garoto maior; todos muito barulhentos e olhando de modo impertinente, mas sem pronunciar nenhuma palavra. Cada vez mais apavorada, Harriet imediatamente lhes prometeu dinheiro, e pegando da bolsa deu-lhes um xelim, suplicando que não lhe pedissem mais e não lhe fizessem mal. Só então ela foi capaz de caminhar, embora devagar, e conseguiu se afastar um pouco. Seu terror e sua bolsa, porém, eram tentadores demais e ela foi seguida, ou melhor, cercada pela gangue inteira, que exigia mais.

Frank Churchill a encontrou nesse estado... Aterrorizada, cercada pelo bando barulhento e insolente. Por um acaso do destino a partida dele de Highbury fora retardada, e permitiu-lhe prestar assistência à jovem naquele momento crítico. A beleza da manhã o induzira a caminhar, e combinara que seus cavalos deviam esperá-lo um pouco mais adiante na estrada, a dois ou três quilômetros de Highbury. Como havia pegado uma tesoura emprestada de Srta. Bates na noite anterior, fora até sua casa na intenção de devolvê-la, e vira-se obrigado a entrar por alguns minutos; por isso atrasou-se e, estando a pé, não foi visto pelo bando até que estivesse bem próximo.

O terror que a mulher e o rapaz haviam provocado em Harriet foi o mesmo que o cavalheiro provocou neles. Deixou-os completamente apavorados, e Harriet ansiosamente agarrou-se a ele, mal podendo falar; teve força apenas para chegar até Hartfield, antes que seu espírito se recobrasse. Fora ideia dele vir a Hartfield, não conseguiu pensar em nenhum outro lugar. Esta era a história inteira, contada por ele e depois por Harriet, assim que recobrou os sentidos e a voz. Ele só podia ficar o tempo suficiente para vê-la recuperada, os sucessivos atrasos não lhe permitiam perder nem mais um minuto. Emma comprometeu-se a mandar notícias à Sra. Goddard, informando que Harriet estava bem, e também avisar ao Sr. Knightley sobre a presença daquela gente na vizinhança. Ele então partiu, após receber todos os agradecimentos que ela pôde fazer por si própria e pela amiga. Uma aventura como esta, um belo jovem cavalheiro e uma linda jovem dama, reunidos de tal forma, não podia deixar de dar certas ideias nem ao mais frio dos corações nem ao mais inflexível dos cérebros. Pelo menos foi o que Emma pensou.

Poderia um linguista, um gramático, ou até mesmo um matemático ter visto o que ela vira, testemunhado a chegada dos dois juntos e ouvido sua história, sem sentir que as circunstâncias haviam conspirado para torná-los especialmente interessantes um para o outro? E uma mente imaginativa como a dela, com muito mais razão arderia no fogo de especulações e previsões! Ainda mais com o terreno preparado pelas ideias sobre o assunto que já lhe haviam passado pela mente. Era uma coisa extraordinária! Nunca ocorrera nada desse tipo com nenhuma jovem dama do lugar, tanto quanto se sabia; nenhum encontro, nenhum alarme parecido. E agora acontecia com uma determinada pessoa, na hora exata em que outra determinada pessoa estava passando por acaso para socorrê-la! Era realmente extraordinário! E conhecendo, como ela conhecia, o estado de espírito favorável de cada um nessa ocasião, era ainda mais impressionante. Ele estava tentando melhorar seu relacionamento com ela, Harriet mal estava recuperada de sua obsessão por Sr. Elton.

A reunião dessas duas coisas parecia prometer os mais interessantes resultados. Não era possível que tal ocorrência não os levasse a se interessar fortemente um pelo outro. Nos poucos minutos em que Emma pôde conversar com ele, enquanto Harriet ainda estava parcialmente consciente, Frank Churchill falou com encantadora e deliciosa sensibilidade sobre o terror de Harriet, sua ingenuidade e seu desespero quando se agarrou ao braço dele. E depois que Harriet deu sua própria versão, ele expressou indignação pelo abominável comportamento de Srta. Bickerton nos mais calorosos termos. No entanto, tudo deveria seguir seu curso natural, sem que fosse impelido ou conduzido. Ela não iria mexer um dedo, nem fazer qualquer insinuação. Não, já interferira demais. Mas não poderia haver mal em um esquema, um simples esquema passivo. Na verdade, não era mais que um desejo. Não iria além disso, em hipótese alguma. A primeira decisão de Emma foi impedir que o pai tomasse conhecimento do que acontecera, sabendo a ansiedade e o alarme que isso lhe provocaria. Mas logo sentiu que seria impossível esconder a situação, pois depois de meia hora o fato já era conhecido de toda Highbury. Era o tipo de acontecimento que interessava aos que mais apreciavam falatórios: os jovens e os criados. E toda a juventude e a criadagem de Highbury logo estavam gozando a felicidade dessas excitantes notícias.

O baile da noite passada foi esquecido por causa dos ciganos. O pobre Sr. Woodhouse tremeu sentado em sua poltrona e, como Emma previra, não ficou satisfeito enquanto elas não prometessem que não iriam até o bosque novamente. O cavalheiro ficou um pouco confortado pelo fato de terem feito muitas perguntas a ele e Srta. Woodhouse, assim como a Srta. Smith, durante o resto do dia (seus vizinhos sabiam que ele adorava responder perguntas). Teve o prazer de responder que todos estavam indiferentes, o que Emma permitiu, embora não fosse exatamente a verdade, já que ela estava muito bem e Harriet apenas um pouco menos. Emma possuía um infeliz estado de saúde para a filha de alguém como Sr. Woodhouse, pois raramente sentia alguma indisposição. E se ele não inventasse doenças para ela, Emma jamais poderia fazer boa figura nas suas interessantes conversas. Os ciganos não esperaram pela ação da justiça, eles próprios se retiraram apressadamente do lugar. As jovens damas de Highbury podiam novamente passear em segurança desde que o pânico começara. A história logo se transformou em um incidente de pouca importância, a não ser para Emma e os sobrinhos.

Na imaginação dela a situação ainda permanecia, e Henry e John todos os dias lhe pediam que contasse a história de Harriet e os ciganos; e ainda a corrigiam tenazmente se ela mudava o menor detalhe da história original.

CAPÍTULO 4

Poucos dias haviam se passado desde esse acontecimento quando Harriet foi visitar Emma com um pequeno pacote na mão. Sentou-se e, após hesitar um pouco, disse:

– Srta. Woodhouse, se a senhorita tiver tempo... existe algo que gostaria de lhe contar... Tenho que lhe confessar algo... e então, tudo estará terminado.

Emma ficou bastante surpresa, mas pediu-lhe que continuasse. Havia uma seriedade tanto no semblante quanto nas palavras de Harriet que a prepararam para algo fora do comum.

– É o que devo fazer, e também meu desejo – ela continuou –, não esconder nada da senhorita a respeito deste assunto. Como sou uma pessoa bastante mudada em um aspecto, acho que é certo que a senhorita tenha a satisfação de saber disso. Não quero dizer mais do que o necessário... Estou muito envergonhada por ter permitido que isso acontecesse, mas espero que a senhorita me entenda.

– Sim – disse Emma –, espero que sim.

– Como pude me iludir por tanto tempo!... – exclamou Harriet, calorosamente, – Parece que foi uma loucura! Agora não consigo ver mais nada de extraordinário nele... Não me importo se vou encontrá-lo ou não, apesar de que entre as duas opções prefiro não encontrá-lo; na verdade, percorreria qualquer distância para evitá-lo. Mas não invejo sua esposa em nada; nem a admiro nem a invejo, como fiz antes. Ela é encantadora e tudo o mais, admito, mas acho que tem um temperamento muito ruim e é desagradável... Nunca vou esquecer o seu olhar na outra noite! Entretanto, eu lhe asseguro, Srta. Woodhouse, que não desejo mal a ela. Não, desejo que sejam felizes juntos, isso não vai me provocar a menor dor. E para convencê-la de que estou falando a verdade, vou destruir agora o que já deveria ter destruído há muito tempo, o que nunca deveria ter juntado. Sei disso muito bem. – Ficando corada enquanto falava. – No entanto, agora vou destruir tudo, e é meu particular desejo fazer isso na sua presença, para que possa ver como me tornei mais racional. – E acrescentou: – A senhorita não faz ideia do que está neste pacote?

– Não faço a menor ideia... Ele chegou a lhe dar alguma coisa?

– Não... Não posso dizer que sejam presentes, mas são coisas que eu valorizava muito.

Harriet segurava o pacote na direção de Emma e ela leu "Tesouros Muito Preciosos" escrito em cima. Sua curiosidade aumentou muito. Harriet desembrulhou o pacote enquanto Emma olhava impaciente. Enrolada em uma enorme quantidade de papel prateado estava uma bela caixinha Tunbridge que Harriet abriu:

Era forrada pelo mais suave algodão, mas além do algodão Emma viu apenas um pequeno pedaço de esparadrapo.

– Agora – disse Harriet – a senhorita deve lembrar.

– Não me lembro.

– Ah, meu Deus! Não posso acreditar que a senhorita tenha esquecido o que se passou aqui mesmo nesta sala, com o esparadrapo, em uma das últimas vezes que o encontramos!... Foi apenas alguns dias antes que eu tivesse aquela dor de garganta, pouco antes da chegada de Sr. e Sra. John Knightley... Acho até que foi na mesma noite. Não se lembra que ele cortou o dedo com seu canivete novo e a senhorita recomendou que pusesse um esparadrapo? Mas como a senhorita não tinha nenhum consigo e sabia que eu tinha, pediu-me que eu o fornecesse a ele. E assim eu peguei o meu e cortei um pedaço, mas era muito grande e o corte era pequeno, e ele ficou segurando um tempo o pedaço que sobrou, antes de me devolver. Então, em minha loucura, não pude evitar transformar isso em um tesouro. Guardei-o para que nunca fosse usado e olhava para ele de vez em quando como um grande presente.

– Querida Harriet! – exclamou Emma, colocando as mãos no rosto e levantando-se. – Você me faz ter mais vergonha de mim mesma do que posso suportar. Lembrar-me disso? Sim, eu agora me lembro de tudo, de tudo exceto de você guardando essa relíquia... Não sabia nada disso até agora, mas me lembro do dedo cortado, de minha recomendação do esparadrapo, e de dizer que não tinha nenhum comigo!... Oh, meus pecados, meus pecados! E eu tinha tantos no meu bolso! Foi mais um dos meus truques insensatos! Mereço ficar ruborizada pelo resto de minha vida! Bem... – Sentando-se novamente. – Prossiga... E o que mais?

– A senhorita tinha mesmo algum esparadrapo à mão? Nunca suspeitei disso, a senhorita agiu de modo tão natural.

– E você, realmente, guardou este pedaço de esparadrapo por amor a ele! – disse Emma, recobrando-se da sua vergonha e sentindo-se dividida entre o espanto e o divertimento.

Secretamente ela dizia a si mesma: "Deus me abençoe! Eu jamais pensaria em guardar no algodão um pedaço de esparadrapo que Frank Churchill tivesse segurado! Nunca faria nada igual".

– Veja – disse Harriet, retornando à sua caixinha –, aqui tem algo ainda mais valioso, quero dizer, que foi mais valioso, porque realmente pertencia a ele, enquanto o esparadrapo nunca pertenceu.

Emma estava bastante ansiosa para ver esse supremo tesouro. Era o toco de um velho lápis, que já estava sem grafite.

– De fato, isto pertencia a ele – disse Harriet. – A senhorita não se lembra daquela manhã? Não, imagino que não se lembre. Mas certa manhã... eu esqueço o dia exato... talvez tenha sido a terça ou a quarta-feira antes daquela noite, ele queria fazer uma anotação na sua caderneta; era algo sobre cerveja caseira. Sr. Knightley estava contando a ele algo sobre fazer cerveja e ele quis anotar. Mas quando pegou seu lápis havia tão pouca grafite que logo acabou; como não dava para escrever a senhorita lhe emprestou outro, e ele deixou este toco sobre a mesa, como se fosse lixo. Mas eu mantive os olhos sobre ele e, assim que foi possível, peguei-o e desde então nunca mais me separei dele.

– Lembro... – respondeu Emma. – Eu me lembro perfeitamente disso. Lembro que falávamos de cerveja... Ah, sim! Sr. Knightley e eu dizíamos que gostávamos dela, e Sr. Elton resolveu que aprenderia a gostar dessa cerveja também... Espere!... Sr. Knightley estava parado bem aqui, não estava? Eu me lembro que ele estava bem aqui.

– Oh! Eu não sei. Não consigo me lembrar. É muito estranho, mas não me lembro. Sr. Elton estava sentado aqui, eu me lembro, exatamente onde estou agora...

– Bem, continue.

– Ah, isso é tudo. Não tenho mais nada para mostrar, ou para dizer... Exceto que eu agora vou jogar tudo no fogo, e gostaria que a senhorita me visse fazendo isso.

– Pobre e querida Harriet! Você se sentiu realmente feliz em guardar essas coisas?

– Sim, como fui boba!... Mas estou muito envergonhada disso agora, e espero poder esquecer tudo assim que terminar de queimá-las. Foi muito errado da minha parte, a senhorita sabe, guardar estas lembranças depois que ele se casou. Eu sabia disso... mas não tinha coragem suficiente para me desfazer delas.

– Mas, Harriet, é preciso queimar o esparadrapo? Não tenho nada contra queimar o lápis, mas o esparadrapo ainda pode ser útil.

– Eu ficarei mais feliz se queimá-lo – respondeu Harriet. – É uma visão desagradável para mim. Quero me livrar de tudo! Aí vão elas e, graças a Deus, isto é o fim de Sr. Elton.

"E quando será o começo de Sr. Churchill?", pensou Emma. Pouco depois disso, ela teve razões para acreditar que o começo já acontecera, e podia apenas esperar que a cigana, embora não tivesse predito a sorte de Harriet, podia tê-la trazido para ela. Mais ou menos quinze dias depois do susto, as duas jovens encontraram uma explicação, embora sem pretendê-lo. Emma não estava pensando nisso no momento, o que tornava ainda mais valiosa a informação que recebera. Ela apenas disse, em uma conversa trivial "Bem, Harriet, quando você se casar, eu vou dar-lhe conselhos sobre várias coisas". Não pensou mais nisso até que, após um minuto de silêncio, ouviu Harriet dizer em um tom muito sério "Eu nunca vou me casar". Emma levantou os olhos e imediatamente viu o que acontecia. Depois de pensar um pouco se devia ou não deixar passar essa observação, respondeu:

– Não vai se casar? Esta é uma decisão nova!

– Sim, mas esta eu jamais irei mudar.

Depois de outra curta hesitação, Emma disse:

– Espero que não seja por causa de... Não seria um cumprimento a Sr. Elton, seria?

– Sr. Elton, francamente! – exclamou Harriet, indignada. – Ah, não...

Emma pôde apenas ouvir as palavras finais. "Tão superior a Sr. Elton!", Emma ficou um longo tempo pensando. Devia deter-se naquele momento? Devia deixar passar e não demonstrar nenhuma suspeita? Talvez Harriet acreditasse que ela ficaria fria ou zangada, se soubesse. Ou, talvez, se ficasse totalmente em silêncio, isso apenas levaria Harriet a pedir-lhe para ouvir mais. E como era contrária a qualquer coisa reservada, que não fosse aberta a uma discussão de esperanças e possibilidades, ela por fim se resolveu. Acreditava que seria mais conveniente falar e saber tudo de uma só vez, tudo que ela desejava dizer e saber. Agir com franqueza era sempre melhor. Ela já havia previamente determinado até onde iria em uma situação como aquela, e seria mais seguro para as duas ter a judiciosa lei de seu cérebro aplicada com rapidez. Ela se decidiu, e então disse:

– Não vou fingir que estou em dúvida sobre o que você quis dizer, Harriet. Sua resolução, ou melhor, sua expectativa de nunca vir a se casar, resulta da ideia de que a pessoa que você poderia preferir estaria em uma situação muito superior para nem sequer pensar em você. Não é assim?

– Ah, Srta. Woodhouse, acredite, não tenho a presunção de supor... Não sou tão louca, na verdade. Mas é um prazer para mim admirá-lo à distância, pensar na sua infinita superioridade em relação ao resto do mundo, com a gratidão, o deslumbramento e a veneração que são tão próprios, especialmente em mim.

– Isso não me surpreende nem um pouco, Harriet. O serviço que ele lhe prestou foi o bastante para aquecer seu coração.

– Serviço? Oh, foi uma obrigação tão inexpressiva! A simples lembrança disso, e tudo que senti no momento... quando o vi chegando, seu olhar nobre e meu estado infeliz momentos antes. Que mudança! Em apenas um momento houve uma completa mudança! Da perfeita miséria para a perfeita felicidade.

– É louvável. Sim, louvável, eu penso, escolher tão bem e com tanta propriedade. Mas que seja uma preferência afortunada é mais do que posso prometer. Não a aconselho a levar isso adiante, Harriet, nem posso me comprometer que ele vá retribuir. Considere tudo que está envolvido. Talvez seja mais sensato que você analise seus sentimentos enquanto pode e, sobretudo, não os deixe levá-la muito longe, a não ser que esteja persuadida de que ele gosta de você. Observe-o, deixe o comportamento dele servir de guia para os seus sentimentos. Eu lhe dou este conselho agora porque nunca mais vou falar do assunto, estou determinada a não interferir. Daqui por diante não sei nada sobre isso. Não permita jamais que seus lábios pronunciem nenhum nome. Erramos muito antes, agora vamos ser mais cautelosas. Ele é superior a você, não há dúvida, e existem objeções e obstáculos de natureza muito séria. Ainda assim, Harriet, coisas mais maravilhosas já aconteceram, já houve casamentos de maior disparidade. Mas, tome cuidado, não gostaria que ficasse muito animada. No entanto, qualquer que seja o fim disso, saiba que você ter voltado seus pensamentos para ele, é um sinal de bom gosto que eu sempre saberei valorizar.

Harriet beijou-lhe a mão em silenciosa e submissa gratidão. Emma estava decidida a pensar que este relacionamento não seria ruim para sua amiga.

A tendência seria elevar e refinar a mente de Harriet e devia salvá-la do risco da degradação.

CAPÍTULO 5

Foi nesse meio de esquemas, esperanças e conivências que junho chegou a Hartfield. Para Highbury, de forma geral, o mês não trouxe nenhuma mudança material. Os Elton continuavam falando de uma visita dos Suckling, e do uso que deviam fazer do famoso landau. Jane Fairfax continuava na casa da avó e, como o retorno dos Campbell da Irlanda fora novamente adiado – fixaram o mês de agosto ao invés da metade do verão – ela provavelmente ainda permaneceria ali por mais dois meses, desde que fosse capaz de escapar das ações que Sra. Elton fazia a seu favor, e evitasse sair correndo para ocupar uma situação deliciosa contra sua vontade. Sr. Knightley que, por alguma razão conhecida apenas dele mesmo, desgostara de Frank Churchill desde o início, passara a desgostar dele ainda mais. Começou a suspeitar que o jovem fizesse um jogo duplo na sua perseguição a Emma. Parecia indiscutível que Emma era seu objetivo. Tudo mostrava isso: as próprias atenções dele, as insinuações de Sr. Weston, o silêncio reservado da madrasta, estava tudo em uníssono. Palavras, atitudes, discrição e indiscrição, tudo contava a mesma história. Mas enquanto tantos empurravam o jovem cavalheiro para Emma, e Emma por sua vez o levava para o lado de Harriet, Sr. Knightley começou a suspeitar que ele tivesse alguma inclinação por Jane Fairfax. Ele não podia compreender bem, mas havia sinais de um entendimento entre os dois, pelo menos foi o que ele achou.

Sintomas de admiração da parte de Frank Churchill que, uma vez observados, não podiam convencê-lo de que fossem simplesmente desprovidos de sentido. Sr. Knightley desejava escapar, no entanto, a qualquer erro de imaginação como aqueles cometidos por Emma. Ela não estava presente quando a suspeita surgiu. Sr. Knightley estava jantando na casa dos Elton, juntamente com a família de Randalls e Jane, quando vira um olhar, mais do que um simples olhar, para Srta. Fairfax que, vindo de um admirador de Srta. Woodhouse, pareceu um tanto fora de lugar. Quando estava novamente em companhia deles, não pôde evitar lembrar-se do que vira, nem evitar observações que, a menos que isso fosse como Cowper e seu fogo no crepúsculo: Eu mesmo criando o que vi. Trouxeram-lhe suspeitas ainda mais fortes de que havia um enamoramento privado, até mesmo um entendimento secreto entre Frank Churchill e Jane.

Certo dia, após o jantar, ele foi a pé até Hartfield para passar o serão, como sempre fazia. Emma e Harriet estavam saindo para caminhar e ele se juntou a elas. Quando voltavam encontraram um grande grupo que, como eles, achara mais conveniente fazer seu exercício mais cedo, pois ameaçava chover. O grupo que se encontrara por acaso era constituído por Sr. e Sra. Weston, seu filho, Srta. Bates e a sobrinha. Todos se juntaram e, ao chegarem aos portões de Hartfield, sabendo que esse era o tipo de visita que agradava a seu pai, Emma insistiu para que todos entrassem para tomar o chá.

A família de Randalls logo aceitou, e após um longo discurso de Srta. Bates, que poucos escutaram, ela achou que seria possível aceitar o amável convite da querida Srta. Woodhouse. Quando entravam nos terrenos da mansão, Sr. Perry passou a cavalo. Os cavalheiros falaram do cavalo dele.

– A propósito – disse Frank Churchill então para Sra. Weston –, o que aconteceu com o plano de Sr. Perry de comprar uma carruagem?

Sra. Weston pareceu surpresa e respondeu:

– Eu jamais soube que ele tivesse algum plano desse tipo.

– Como assim? Foi a senhora quem me informou. Escreveu-me uma palavra a respeito, três meses atrás.

– Impossível!

– Mas você fez isso, de fato. Lembro-me perfeitamente. Mencionou que isso devia acontecer logo. Sra. Perry havia contado a alguém e estava muito feliz com isso. Tudo se devia à persuasão dela, pois achou que o fato dele se expor ao mau tempo estava lhe fazendo muito mal. A senhora lembra?

– Garanto que não sabia nada disso até este momento.

– Deus me abençoe, como pode ser? Devo ter sonhado, então... mas eu estava inteiramente convencido disso. Srta. Smith, a senhorita está caminhando como se estivesse cansada, parece que não lamentaria estar em sua casa agora.

– O que foi?! – exclamou Sr. Weston. – É sobre Perry comprar uma carruagem? Perry vai comprar uma carruagem, Frank? Estou feliz que ele tenha condições para isso. Foi ele mesmo que lhe contou, é?

– Não, senhor – replicou o filho, rindo. – Parece que eu soube do assunto sem ninguém me contar. É muito estranho!... Eu estava convencido de que Sra. Weston havia mencionado isso em uma de suas cartas a Enscombe, várias semanas atrás, com todos os detalhes. Mas como ela declara que nunca ouviu uma palavra a respeito, é claro que deve ter sido um sonho. Sou um grande sonhador. Sonho com as pessoas de Highbury quando estou longe daqui. Como já sonhei com todos os meus amigos, comecei agora a sonhar com Sr. e Sra. Perry.

– É bastante esquisito – observou seu pai – que você sonhe regularmente com pessoas sobre as quais não é provável que pense quando está em Enscombe. Perry comprando uma carruagem! E sua esposa persuadindo-o a fazer isso por causa de sua saúde... Isso vai acabar acontecendo, eu acho, um dia ou outro, é só um pouco prematuro. Como uma pequena probabilidade às vezes leva a um sonho! E alguns são bem absurdos! Bem, Frank, seu sonho apenas mostra que Highbury permanece em seus pensamentos, quando não está aqui. Emma, você sonha muito, não é?

Emma estava fora do alcance da voz dele. Saíra apressada na frente dos hóspedes para avisar ao pai da sua chegada, e não conseguira ouvir a insinuação de Sr. Weston.

– Veja, para dizer a verdade – exclamou Srta. Bates, que estava em vão tentando falar nos últimos dois minutos –, se posso dar minha opinião sobre isso, não há como negar que Sr. Frank Churchill deve ter... Não quero dizer que ele não tenha sonhado, sei que às vezes tenho os sonhos mais estranhos do mundo... mas, se me perguntassem, eu diria que ouvi comentários sobre essa ideia na última primavera, pois a própria Sra. Perry mencionou isso para minha mãe, e os Cole também sabiam... Mas era um segredo, ninguém mais sabia, e ele pensou nisso só por uns três dias. Sra. Perry estava muito ansiosa para que ele comprasse a carruagem, e veio conversar com minha mãe muito animada um dia, porque achou que o tinha convencido. Jane, você não se lembra da vovó contando-nos isso quando chegamos em casa? Não me lembro por onde andávamos passeando, acho que perto de Randalls... Sim, acho que era Randalls. Sra. Perry sempre gostou muito de minha mãe, na verdade não sei de alguém que não goste... e contou a ela em segredo. Não fez nenhuma objeção a que ela nos contasse, é claro, mas não devia ir além. E desse dia em diante nunca falei uma palavra para ninguém que eu conheça. Ao mesmo tempo, não posso garantir que não tenha insinuado isso, pois muitas vezes eu acabo falando uma coisa sem me dar conta. Eu falo muito, e aqui ou ali, deixo escapar alguma coisa que não devia. Não sou como Jane. Quem me dera eu fosse! Posso afirmar que ela nunca traiu segredo algum no mundo. Onde está ela?... Oh, vem ali atrás... Lembro-me perfeitamente da chegada de Sra. Perry... Que sonho extraordinário, de fato!

Entravam no vestíbulo. Os olhos de Sr. Knightley procuraram Jane antes de Srta. Bates. Quando olhou para Frank Churchill e pensou ver um ar de confusão reprimido ou disfarçado por um sorriso, involuntariamente se virou para ela. Mas Jane estava realmente mais para trás, muito ocupada com seu xale. Sr. Weston já havia entrado. Os dois outros cavalheiros esperavam na porta para deixá-la passar. Sr. Knightley suspeitou que Frank Churchill estava determinado a atrair o olhar dela... parecia que a fitava intensamente. Se ele tinha essa intenção foi em vão, pois Jane passou entre eles sem olhar para ninguém. Não houve tempo para mais observações ou explicações. O sonho devia ser aceito como tal e Sr. Knightley teve que ocupar seu lugar junto aos outros em volta da grande e moderna mesa circular, que Emma havia introduzido em Hartfield. Ninguém além dela teria a ousadia de utilizar uma mesa assim, e persuadir o pai a aceitá-la, ao invés da pequena mesa Pembroke em que Sr. Woodhouse fizera suas duas refeições diárias durante quarenta anos. O chá transcorreu agradavelmente e ninguém parecia apressado em sair.

– Srta. Woodhouse – disse Frank Churchill, após examinar uma mesa atrás dele, que podia alcançar de onde estava sentado –, seus sobrinhos levaram o alfabeto deles... a caixa de letras? Ela costumava ficar aqui. Onde está? Esta parece ser uma tarde monótona e merece ser tratada mais como uma tarde de inverno do que de verão. Divertimos-nos muito com aquelas letras, certa manhã. Gostaria de jogar outra vez.

Emma ficou feliz com a lembrança e foi buscar a caixa. As letras logo foram dispostas sobre a mesa, mas ninguém parecia tão interessado como os dois. Começaram rapidamente a formar palavras para si mesmos ou para os outros completarem. A quietude do jogo o tornava especialmente aprazível para Sr. Woodhouse que teria ficado perturbado com alguma brincadeira mais animada, como Sr. Weston costumava fazer. E agora o velho senhor se encontrava sentado, agradavelmente ocupado em lamentar a partida dos "pobres menininhos", ou em comentar com grande animação, quando pegava alguma letra perto dele, como Emma as desenhara tão bem. Frank Churchill colocou uma palavra diante de Srta. Fairfax, que deu um rápido olhar ao redor e se concentrou no jogo. Frank estava ao lado de Emma, Jane do lado oposto e Sr. Knightley em uma posição que lhe permitia ver a todos. E ele tinha mesmo o objetivo de ver tudo o que pudesse, sem despertar muita atenção. A palavra foi descoberta e posta de lado com um leve sorriso.

Devia ser imediatamente misturada com as outras e escondida de vista, mas Jane deveria ter olhado para a mesa, ao invés de olhar para frente, pois as letras não foram misturadas. E Harriet, ansiosa por achar qualquer palavra nova, e não encontrando outra, pegou-a e imediatamente começou a trabalhar. Estava sentada ao lado de Sr. Knightley e virou-se para ele pedindo ajuda.

A palavra era tolice, e quando Harriet a soletrou em voz alta, exultante, as faces de Jane ficaram coradas, o que deu à palavra um significado que de outra forma não seria percebido. Sr. Knightley ligou isso ao sonho de Frank Churchill, mas não conseguiu compreender tudo que se passava. Como a sua favorita pudera permitir que sua delicadeza e discrição ficassem entorpecidas! Ele temia que houvesse algum envolvimento entre os dois. Falsidade e jogo duplo pareciam envolvê-lo a todo o momento. As letras não foram mais que o motivo para galanterias e brincadeiras ardilosas. Era um jogo de criança, escolhido para esconder um jogo mais profundo por parte de Frank Churchill. Sr. Knightley continuou a observá-lo indignado, e com grande alarme e desconfiança observava também suas duas ingênuas companheiras. Viu que Frank preparou uma pequena palavra para Emma, e deu a ela com um olhar astuto e discreto.

Emma logo a decifrou e achou altamente divertido, embora fosse algo que ela julgava censurável, pois disse:

– Que besteira! Devia ter vergonha!

Ouviu Frank Churchill dizer, olhando rapidamente para Jane.

– Vou dar para ela, então... Será que devo?

E viu Emma se opor, com uma ansiosa e calorosa risada.

– Não... claro que não deve... de modo algum.

Porém, já tinha acontecido. Este jovem e galante cavalheiro, que parecia amar sem sentimentos e recomendar-se sem nenhuma complacência, entregou a palavra diretamente à Srta. Fairfax, e com um alto grau de tranquila civilidade insistiu para que ela a estudasse. A grande curiosidade de Sr. Knightley em descobrir qual era a palavra o fazia aproveitar qualquer ocasião para esticar-se e lançar os olhos sobre ela; não demorou muito a ver que as letras formavam o nome Dixon.

A percepção de Jane Fairfax pareceu acontecer ao mesmo tempo. Só que a compreensão dela era mais adequada a descobrir o sentido escondido, o significado superior daquelas cinco letras colocadas em ordem. Srta. Fairfax ficou evidentemente incomodada, olhou para ele e, vendo que estava sendo observada, corou tão fortemente como Sr. Knightley jamais havia visto, e disse apenas:

– Eu não sabia que era permitido usar nomes próprios.

Empurrou as letras um tanto raivosa, e pareceu decidida a parar de jogar. Desviou o rosto daqueles que fizeram o ataque e virou-se para a tia.

– Sim, sim, é verdade, minha querida – exclamou esta última, embora Jane não tivesse dito uma palavra. – Eu ia dizer a mesma coisa. Está na hora de irmos, de fato. A noite está chegando e a vovó deve estar nos esperando. Meu caro senhor, é muito amável. Nós realmente precisamos despedir-nos, tenha uma boa noite.

A presteza de Jane em partir demonstrou que estava pronta. Levantou-se imediatamente, deixando a mesa, mas muitos outros se levantaram também. Sr. Knightley pensou ter visto outro grupo de letras ser ansiosamente empurrado na direção dela, que as espalhou sem olhar.

Depois disso começou a procurar o xale, e Frank Churchill ajudou-a a procurar. Começava a escurecer e a sala ficou imersa em confusão; como conseguiram partir Sr. Knightley não saberia dizer. Ele permaneceu em Hartfield depois que todos se foram, pensando no que acabara de ver. E estava tão impressionado que, quando as velas foram acesas, ele pensou que devia – sim, certamente devia, como amigo, um amigo preocupado – dar a Emma alguma indicação do que se passava, fazer-lhe algumas perguntas. Não poderia vê-la em uma situação de tamanho perigo sem tentar preservá-la. Era seu dever.

– Me diga, Emma – disse ele –, posso perguntar em que consistia o grande divertimento, ou a estocada certeira, da última palavra mostrada a você e a Srta. Fairfax? Eu vi a palavra, e queria saber por que foi tão divertida para uma e tão perturbadora para a outra.

Emma ficou muito confusa. Ela não suportaria dar-lhe a verdadeira explicação, pois embora suas suspeitas permanecessem, estava muito envergonhada de tê-las partilhado com alguém.

– Ah! – exclamou ela, com evidente embaraço. – Não significa nada. É uma simples brincadeira entre nós.

– A brincadeira – ele respondeu com gravidade – parece ter ficado restrita a você e Sr. Churchill.

Ele esperava que ela falasse mais, mas ela não o fez; preferia se ocupar com qualquer outra coisa a falar. Sr. Knightley sentou-se em dúvida, por algum tempo, e uma variedade de males cruzou pela sua mente. Interferência – infrutífera, além do mais. A confusão de Emma e a intimidade percebida por ele pareciam indicar que o afeto dela estava comprometido. Assim mesmo ele falaria. Devia isso a ela, pelo seu bem estar, mesmo aceitando o risco de que sua interferência fosse mal recebida. Preferia enfrentar qualquer coisa a lamentarse depois por ter sido negligente num caso desses.

– Querida Emma – ele disse, afinal, com muita bondade –, acha que entende perfeitamente o grau de relacionamento entre o cavalheiro e a jovem dama de quem estivemos falando?

– Entre Sr. Frank Churchill e Srta. Fairfax? Oh, sim, perfeitamente. Por que dúvida disso?

– Você nunca teve motivos para pensar que ele a admira, ou que ela tenha admiração por ele?

– Nunca! – exclamou ela, com franca certeza. – Nunca, nem por um vigésimo de segundo, me ocorreu tal ideia. Como isso surgiu na sua mente?

– De uns tempos para cá acredito ter notado alguns sintomas de afeto entre eles, alguns olhares expressivos, que não acredito que eles pretendam tornar público.

– Oh, o senhor me diverte muito. Estou encantada por saber que o senhor permite que sua imaginação se solte, mas não deu certo... lamento muito dar-lhe essa notícia em sua primeira tentativa, mas com certeza não é verdade. Não há admiração entre eles, eu lhe asseguro. E as aparências que o surpreenderam foram provocadas por algumas circunstâncias particulares; sentimentos de uma natureza totalmente diferente. É impossível explicar-lhe exatamente, há muita coisa sem sentido envolvida nisso. Mas o que pode ser dito, e que é mais sensato, é que eles estão longe de qualquer admiração ou afeto um pelo outro, tanto quanto é possível que duas pessoas possam estar. Isto é, eu presumo que deve ser assim da parte dela, e posso afirmar que é assim da parte dele. Posso responder pela indiferença do cavalheiro nesse aspecto.

Emma falou com tal confiança e satisfação que chocou e silenciou Sr. Knightley.

Estava com o espírito alegre, e teria prolongado a conversa para ouvir os detalhes das suspeitas dele, a descrição de cada olhar e todos os "comos" e "ondes" de uma circunstância que a divertia imensamente. Mas a alegria dela não encontrou respaldo nele. O cavalheiro percebeu que não poderia ser útil e sentia-se irritado demais para conversar. Antes que sua irritação se transformasse em uma febre fortíssima, com a ajuda da lareira acesa que os delicados hábitos de Sr. Woodhouse exigiam quase todas as noites do ano, ele partiu logo em seguida; fez o caminho de volta para casa, a fria e solitária Donwell Abbey.

CAPÍTULO 6

Após ser alimentado com a expectativa de uma pronta visita de Sr. e Sra. Suckling, o mundo de Highbury foi obrigado a suportar a mortificação de saber que eles não poderiam vir antes do outono. Uma novidade importada como essa não iria enriquecer suas reservas intelectuais no momento. No intercâmbio diário de notícias deveriam ficar novamente restritos a outros tópicos que, por um tempo, estiveram relegados a um segundo plano pela visita dos Suckling – como as últimas notícias sobre Sra. Churchill, cuja saúde era objeto de um relato diferente a cada dia, e a situação de Sra. Weston, que deveria ver sua felicidade muito aumentada pela vinda de um filho, assim como a de todos os seus vizinhos, felizes com a notícia. Sra. Elton estava muito desapontada com o adiamento de seus vários prazeres e festividades.

Suas apresentações e recomendações deveriam esperar, e cada festa projetada, por enquanto, ficaria apenas nas palavras. Assim ela pensou a princípio, mas uma pequena consideração convenceu-a de que nem tudo precisava ser adiado. Por que não poderiam fazer um passeio de exploração à Box Hill, embora sem os Suckling? Poderiam voltar lá com eles no outono. Ficou decidido que iriam a Box Hill. Há muito circulavam rumores sobre esta pretensa excursão, o que lhes deu a ideia de outra. Emma nunca tinha ido a Box Hill, queria conhecer o que as pessoas julgavam que valia tanto a pena ver.

Ela e Sr. Weston concordaram então em escolher uma bela manhã para fazer o passeio. Aceitariam a companhia de mais duas ou três pessoas apenas, e tudo deveria acontecer de modo calmo, despretensioso e elegante – muito superior ao alarido da preparação das comidas e bebidas comuns e dos piqueniques dos Elton e dos Suckling. Ficara tudo tão bem acertado entre eles, que Emma não pôde evitar certa surpresa e uma pequena contrariedade, ao ouvir Sr. Weston dizer que havia proposto aos Elton, já que a irmã e o cunhado não poderiam vir, que os dois grupos se unissem e fossem juntos. E que Sra. Elton estava pronta a concordar, desde que ela não tivesse objeções. Bem, como sua objeção nada mais era senão o fato de não gostar de Sra. Elton, o que Sr. Weston já devia estar perfeitamente a par, não valia a pena mencionar isso de novo. Não poderia fazer isso sem reprová-lo, o que causaria desgosto à sua esposa.

Emma se viu então obrigada a aceitar uma situação que faria tudo para evitar, um arranjo que poderia expô-la até mesmo à degradação de ouvir dizer que fizera parte do grupo de Sra. Elton! Seus sentimentos estavam ofendidos, e a paciência de ostentar uma aparente subSrta. ão deixou uma pesada dívida, devido à severidade de suas reflexões sobre a incontrolável boa vontade de Sr. Weston.

– Estou contente que tenha aprovado o que fiz – disse ele, tranquilamente. – Mas sabia que aprovaria. Um passeio como esse precisa de mais gente. Não poderíamos ter um grupo tão grande, e um grupo assim garante sua própria diversão. E ela é uma boa mulher, afinal. Não podíamos deixá-la de fora.

Emma não contestou nada em voz alta, nem concordou com nada em seu interior. Estavam agora no meio de junho e o tempo era bom. Sra. Elton estava ficando impaciente para fixar a data, e combinara com Sr. Weston de levar tortas de pombo e carneiro frio, quando um dos cavalos da carruagem ficou doente e colocou todo o plano em triste incerteza. Poderia levar dias ou semanas até que pudessem usar o cavalo novamente, mas não era possível prosseguir nos preparativos e tudo ficou em uma melancólica estagnação. Os famosos recursos de Sra. Elton não eram de nenhuma valia em uma situação dessas.

– Não é a coisa mais irritante, Knightley? – ela exclamou. – E um tempo maravilhoso como esse para explorar! Esses atrasos e desapontamentos são odiosos. O que vamos fazer? Desse jeito o ano vai acabar antes que possamos fazer alguma coisa. Por essa época, no ano passado, afirmo-lhe que já tínhamos feito um delicioso passeio de Maple Grove a Kings Weston.

– Seria melhor se fossem para Donwell Abbey – respondeu Sr. Knightley. – Lá se pode ir sem cavalos. Venham provar os meus morangos, estão amadurecendo bem rápido.

Se Sr. Knightley não falara seriamente a princípio, acabou obrigado a fazê-lo, pois sua proposta foi recebida com enorme entusiasmo. E o "Oh! Eu gostaria disso mais do que tudo" não foi discreto nem nas palavras nem nas maneiras. Donwell era famosa por suas plantações de morangos, que pareciam implorar por um convite, mas não era preciso implorar. Plantações de repolho seriam o suficiente para tentar a dama, que só queria ir a algum lugar. Ela prometeu e tornou a prometer-lhe que iria – muito mais do que ele duvidava – e ficara muito gratificada por essa prova de intimidade, que considerava o mais distinto cumprimento.

– Pode contar com minha presença – disse ela. – Eu irei com certeza. Diga a data e eu irei. Permite que eu leve Jane Fairfax?

– Não posso fixar uma data – respondeu ele – sem falar com outras pessoas que eu gostaria que também a acompanhassem.

– Ah! Deixe tudo comigo. Apenas me dê carta branca. Eu sou a Senhora Patrocinadora, como sabe. É a minha festa, levarei alguns amigos comigo.

– Espero que leve Elton – disse ele –, mas não gostaria de lhe dar o trabalho de fazer os outros convites.

– Ah! Agora está parecendo muito dissimulado... não precisa ficar com medo de delegar poderes a mim. Não sou uma jovem dama novata. Mulheres casadas, como sabe, podem ser autorizadas com segurança. É a minha festa, deixe tudo comigo. Eu farei os convites.

– Não – ele respondeu, calmamente –, só existe uma mulher casada no mundo a quem eu permitiria que convidasse as pessoas que desejasse para ir a Donwell, e essa mulher é...

– Sra. Weston, eu imagino – interrompeu Sra. Elton, um tanto ofendida.

– Não... Sra. Knightley, e até que ela exista, eu cuidarei dessas coisas sozinho.

– Ah, mas você é uma criatura peculiar! – ela exclamou, satisfeita por não ser preterida por outra. – Você é um brincalhão, e pode dizer o que quiser. Que brincalhão! Bem, vou levar Jane comigo, ela e a tia. O resto eu deixo com você. Não tenho objeção alguma quanto à família de Hartfield. Não tenha escrúpulos, sei que é ligado a eles.

– Certamente a senhora os encontrará, se a minha opinião prevalecer, e eu mesmo visitarei Srta. Bates no meu caminho para casa.

– Isso é totalmente desnecessário, eu vejo Jane todos os dias. Mas faça como quiser. Deve ser um passeio pela manhã, você sabe, Knightley, uma coisa bem simples. Vou usar um grande chapéu, e levarei uma cestinha pendurada no braço. Aqui, veja, talvez esta cesta com a fita cor-de-rosa. Nada pode ser mais simples. E Jane também vai usar algo parecido. Não haverá nenhuma formalidade ou ostentação, será um tipo de festa cigana. Vamos caminhar pelos seus jardins, colher nós mesmas os morangos, e sentar debaixo das árvores... E qualquer outra coisa que você queira oferecer, mas deve ser tudo ao ar livre. Uma mesa colocada na sombra, você sabe... Tudo o mais natural e simples possível. Não é essa a sua ideia?

– Minha ideia de simples e natural é colocar a mesa na sala de jantar. A natureza e a simplicidade das damas e cavalheiros, com seus servos e móveis, acho que pode ser mais bem observada nas refeições dentro de casa. Quando se cansarem de comer morangos ao ar livre, haverá uma refeição de carnes frias dentro da casa.

– Como desejar... Mas que não seja nada muito elaborado. E, a propósito, eu ou minha governanta podemos ser de alguma ajuda para você com nossas opiniões? Peço que seja sincero, Knightley. Se desejar que eu fale com Sra. Hodges ou que inspecione alguma coisa...

– Não preciso de nada. Muito obrigado.

– Bem, mas se houver alguma dificuldade, minha governanta é muito competente.

– Responderei a isso dizendo-lhe que a minha se acha mais do que competente, e desprezaria a ajuda de qualquer pessoa.

– Gostaria que tivéssemos um burrinho. Seria interessante se chegássemos montadas em burrinhos... Jane, Srta. Bates e eu... e meu caro esposo caminhando ao lado. Eu de fato vou falar com ele sobre comprar um burrinho. Na vida do campo acho que é uma necessidade, pois se uma mulher não possui muitos recursos, não deve ficar sempre trancada em casa. E quanto às longas caminhadas, você sabe... no verão existe a poeira, no inverno o barro.

– Não vai encontrar nenhum dos dois entre Donwell e Highbury. O caminho para Donwell nunca fica empoeirado, e agora está perfeitamente seco. Venha num burrinho, no entanto, se assim desejar. Pode pedir emprestado o de Sr. Cole. Gostaria que tudo fosse feito de acordo com o seu gosto, tanto quanto possível.

– Tenho certeza que sim. De fato, devo fazer-lhe justiça, meu amigo. Sob seus modos peculiarmente bruscos e secos, sei que existe um grande coração. Como eu digo a Sr. E, você é um grande humorista. Sim, pode acreditar, Knightley, que tenho plena certeza de sua atenção para comigo em todo esse esquema. Cuidou de cada coisa para me agradar.

Sr. Knightley tinha outra razão para evitar a mesa sob as árvores. Tinha intenção de persuadir Sr. Woodhouse, assim como Emma, a juntarem-se ao grupo. E sabia que obrigá-los a sentar ao ar livre para uma refeição deixaria o velho senhor doente. Sr. Woodhouse não devia, sob o pretexto de um passeio matinal para passar uma ou duas horas em Donwell, ser tentado a concordar com algo que lhe faria sentir-se infeliz. Ele foi convidado de boa fé. Não haveria terrores à espreita para aproveitar-se de sua ingênua credulidade. Ele concordou, pois fazia dois anos que não ia à Donwell. "Em uma manhã bonita, ele, Emma e Harriet podiam ir muito bem. E ele poderia sentar-se com Sra. Weston, enquanto as queridas meninas passeassem nos jardins. Ele acreditava que não deveria haver umidade, no meio do dia. Desejava muito ver de novo a antiga casa, e ficaria muito feliz de encontrar Sr. e Sra. Elton e outros de seus vizinhos. Não faria objeção alguma, nem ele, nem Emma e nem Harriet, iriam todos lá em uma bela manhã.

Achou muito bonito da parte de Sr. Knightley convidá-los... muito gentil e atencioso, muito mais inteligente do que um convite para jantar. Ele não gostava de jantar fora". Sr. Knightley foi feliz na escolha dos convidados. Todos receberam muito bem os convites, a ponto de parecer que, como Sra. Elton, cada um considerava a festa como uma homenagem pessoal. Emma e Harriet demonstraram altas expectativas de prazer na festa. Sr. Weston, sem que lhe fosse pedido, prometeu levar Frank consigo, se possível. Sr. Knightley teria de bom grado dispensado essa prova de aprovação e gratidão, mas foi obrigado a dizer que teria muito prazer em vê-lo. Sr. Weston então não perdeu tempo em escrever ao filho, sem poupar argumentos para convencê-lo a vir.

Nesse meio tempo o cavalo doente recuperou-se com tal rapidez, que voltaram a considerar alegremente a ideia de formar um grupo para ir a Box Hill. No final, marcaram de ir a Donwell num dia e a Box Hill no dia seguinte, visto que o tempo estava perfeito. Sob o brilhante sol do meio-dia, em pleno verão, Sr. Woodhouse foi transportado com segurança em sua carruagem, com uma das janelas aberta, para participar dessa festa ao ar livre. Instalaram-no alegremente em uma das mais confortáveis salas de Donwell Abbey, especialmente preparada para ele e aquecida pela lareira que fora acesa durante toda a manhã. Ficou muito à vontade, pronto a falar com satisfação da proeza que acabara de realizar, e aconselhando a todos que se sentassem e não se aquecessem demais. Sra. Weston, que parecia ter caminhado até lá com o único propósito de se cansar e sentar-se o tempo todo ao lado dele, ficou fazendo companhia ao velho cavalheiro como ouvinte tomada de paciência, enquanto os demais foram convidados ou convencidos a sair.

Fazia tanto tempo que Emma não ia à Abbey que, tão logo se assegurou que o pai estava confortável, ficou feliz de deixá-lo para dar uma volta pela casa. Estava ansiosa para refrescar e corrigir sua memória com uma cuidadosa observação e melhor compreensão da casa e das terras, que sempre haviam sido tão interessantes para ela e toda a sua família. Sentiu todo o honesto orgulho e benevolência que sua ligação com o presente e o futuro proprietário poderia garantir. Observou o tamanho respeitável e o estilo do prédio, que era baixo e abrigado, assim como sua localização característica e atraente – seus amplos jardins descendo até a pradaria, cortada por um riacho que se perdia na distância, mal podendo ser avistado da casa. E a abundância de árvores, formando extensas alas e avenidas, que nem a maior extravagância conseguiria abater.

A casa era maior que Hartfield, e totalmente diferente: espalhava-se por um bom pedaço do terreno irregular, com muitas salas confortáveis e uma ou duas bastante bonitas. Era exatamente como devia ser, e parecia o que realmente era. Emma sentiu um grande respeito por isso, pois era a residência de uma família da mais genuína nobreza, sem mistura de sangue. John Knightley podia ter algumas falhas de caráter, mas Isabella fizera um casamento excepcional. Ela não lhes dera pessoas, nem nomes, nem lugares que pudessem provocar constrangimento. Eram sentimentos agradáveis, e ela caminhou por ali acalentando esses pensamentos até que fosse necessário fazer o mesmo que os outros, então foi colher morangos. Estavam todos juntos, exceto Frank Churchill, que viria de Richmond e estava sendo esperado a qualquer momento. Sra. Elton, com todo o seu aparato de felicidade, o grande chapéu de abas largas e o cestinho, estava muito feliz de liderar o grupo enquanto juntavam os morangos e conversavam.

O assunto agora era morangos, e não era permitido falar de outra coisa. "A melhor fruta da Inglaterra, a favorita de todos, sempre saudável... Esses eram os melhores canteiros e as melhores espécies... Encantada de colher os próprios morangos... a única forma de apreciá-los realmente... pela manhã era sempre melhor, com certeza... não se cansava nunca... todos os tipos eram bons... infinitamente superior... sem comparação... os outros mal se podiam comer... alguns tipos eram muito raros... havia um que era o mais saboroso... o preço dos morangos em Londres... eram abundantes em Bristol... Maple Grove... cultivo... quando os canteiros precisam ser replantados... os jardineiros achavam o contrário... não, não havia regra geral... os jardineiros nunca deviam fazer alguma coisa que não quisessem... frutos deliciosos... muito nutritivos, não se deve comer em excesso... inferior às cerejas... groselhas são mais refrescantes... a única objeção a colher morangos era ter que se abaixar... sol forte... cansada demais... não podia suportar mais... devia ir sentar à sombra". Essa foi a conversa durante meia hora. Houve apenas uma interrupção de Sra. Weston, que em sua solicitude pelo enteado veio perguntar se ele já chegara, e parecia um pouco preocupada. Tinha alguns receios em relação ao cavalo dele.

Acharam assentos relativamente bons na sombra, e Emma então foi obrigada a ouvir a conversa de Sra. Elton e Jane Fairfax. Falavam de uma colocação, a colocação mais desejável que podia haver. Sra. Elton soubera disso pela manhã e estava exultante. Não era na casa de Sra. Suckling, nem na de Sra. Bragge, mas em felicidade e esplendor era quase como se fosse. Tratava-se de uma prima de Sra. Bragge, uma dama amiga de Sra. Suckling, muito conhecida em Maple Grove. Agradável, encantadora, superior, de primeira classe, das principais esferas, linhas e posições sociais. Tudo!... Sra. Elton estava ansiosa para que a oferta fosse aceita imediatamente. Da parte dela, tudo era animação, energia e triunfo. Decididamente se recusava a aceitar uma negativa, embora Srta. Fairfax continuasse lhe dizendo que não queria comprometer-se com nada no momento, repetindo os mesmos motivos que mencionara antes. Ainda assim Sra. Elton insistia em que a autorizasse a escrever uma carta aceitando, para ser enviada pelo correio logo na manhã seguinte. Emma não compreendia como Jane podia suportar aquilo. Parecia irritada, falava com severidade e, por fim, com uma decisão de ação incomum para ela, propôs que saíssem dali. "Não era melhor caminhar um pouco? Sr. Knightley não ficara de lhes mostrar os jardins? Todos os jardins? Ela queria conhecer tudo". A pertinácia da amiga parecia mais do que Jane Fairfax podia suportar. Estava bastante quente.

Depois de caminharem por um tempo pelos jardins, dispersos em pequenos grupos de no máximo três pessoas, os convidados se encaminharam, quase sem perceber, para a deliciosa sombra de uma larga alameda de limeiras, que se estendia além do jardim, a uma distância sempre igual do rio, e parecia delimitar o final da área própria para passeios. Dali para diante não havia nada, a não ser a vista para além de um muro baixo de pedras com altos pilares que, em sua forma ereta, parecia tratar-se de um portal para a casa, que nunca fora colocado. Embora o bom gosto desse tipo de acabamento pudesse ser discutível, era uma caminhada encantadora em si mesma, e a vista que se descortinava dali era extremamente bonita. A encosta de altura considerável, em cujo sopé se encontrava Abbey, adquiria gradualmente um perfil mais íngreme nos terrenos mais afastados da casa. A cerca de oitocentos metros ficava uma abrupta encosta de considerável grandeza, bem coberta por árvores, e ao fundo dela, num lugar favorável e abrigado, encontrava-se a fazenda Abbey-Mill, com os prados à frente e rodeada pela curva fechada e bonita que o rio fazia naquele lugar. Era uma vista cativante, tão doce para os olhos quanto para a mente. A vegetação inglesa, a cultura inglesa, o conforto inglês, vistos sob um sol brilhante, sem ser opressivo.

Durante a caminhada Emma e Sr. Weston notaram que os outros haviam voltado a se reunir. Olhando para o grupo, Emma percebeu imediatamente Sr. Knightley e Harriet, um pouco à frente dos demais, calmamente liderando o grupo. Sr. Knightley e Harriet!... Era uma estranha conversa particular, mas ela ficou feliz de vê-lo. Houvera um tempo em que ele teria evitado a companhia dela, e se afastado sem muita cerimônia. Agora eles pareciam conversar agradavelmente. Houvera um tempo também em que Emma teria lamentado ver Harriet num lugar tão perto da fazenda Abbey-Mill, mas agora não temia isso. A fazenda podia ser vista com todos os seus belos e prósperos anexos, seus ricos pastos, os enormes rebanhos espalhados, o pomar coberto de frutos e a leve coluna de fumaça que subia da chaminé. Emma se juntou a eles próximo ao muro, e descobriu que estavam mais interessados na conversa do que em olhar a vista. Ele estava explicando a Harriet as várias modalidades de agricultura, etc., e sorriu para Emma como se dissesse "Estas são as minhas preocupações, tenho direito de falar desses assuntos sem levantar suspeitas de me referir a Robert Martin". Emma não suspeitava de Sr. Knightley, aquela história já ficara no passado. Robert Martin provavelmente já nem pensava mais em Harriet. Caminharam um pouco juntos. A sombra era muito refrescante, e Emma considerou aquela a melhor parte do dia.

A próxima caminhada seria em direção a casa, onde deviam fazer a refeição. Já estavam todos sentados à mesa, ocupados em comer, e Sr. Frank Churchill ainda não chegara. Sra. Weston olhava para a porta a todo o momento, mas em vão. Sr. Weston não se permitia ficar preocupado e ria dos temores da esposa, que não podia evitar o desejo de que ele tivesse vindo na sua égua preta. Frank Churchill tinha dito que viria com a mais plena certeza. "Sua tia havia melhorado tanto, que ele não tinha a menor dúvida de que poderia vir". Sra. Churchill, no entanto, como muitos gostavam de lembrá-la, era sujeita a variações repentinas de humor, que poderiam obrigar o sobrinho a permanecer. Sra. Weston foi afinal convencida a acreditar, ou a fingir que acreditava, que ele não pudera vir devido a algum ataque de Sra. Churchill. Emma olhou para Harriet enquanto discutiam o assunto, mas ela comportou-se muito bem, sem trair a menor emoção. A refeição fria terminara, e o grupo saiu outra vez para ver o que ainda não tinham visto: os antigos tanques de peixes de Abbey; talvez para ir até o campo de trevos, que começariam a ser cortados no dia seguinte ou, em último caso, para ter o prazer de se aquecer ao sol e refrescar-se novamente.

Sr. Woodhouse, que já fizera um pequeno passeio na parte mais elevada dos jardins, onde não havia nenhuma umidade do rio, não pretendia mais sair. Emma decidiu ficar com ele, para que Sra. Weston pudesse sair com o marido, a fim de exercitar-se e distrair um pouco o espírito. Sr. Knightley fizera tudo ao seu alcance para entreter Sr. Woodhouse. Livros de gravuras e desenhos, caixas com medalhas, camafeus, corais, conchas e todas as outras coleções da família que estavam nos armários foram dispostas para seu velho amigo se distrair durante toda a manhã. A bondade dele rendeu frutos, pois Sr. Woodhouse estava extremamente bem disposto. Sra. Weston estivera mostrando-lhe todas essas coisas, e agora ele poderia mostrá-las a Emma. Por sorte o velho senhor não se parecia com uma criança, a não ser na total falta de gosto em apreciar aquelas coisas, pois era lento, constante e metódico. Antes que começasse essa segunda passagem pelas coleções, Emma foi até o vestíbulo, para ter o prazer de olhar livremente para a entrada da casa e o jardim em frente.

Mal tinha chegado lá quando Jane Fairfax entrou, vindo apressada do jardim com um olhar de quem desejava escapar. Como não esperava encontrar Srta. Woodhouse tão cedo, teve um momento de surpresa; mas Emma era justamente a pessoa que ela estava procurando.

– A senhorita poderia... – disse ela – dizer que eu já fui para casa, quando derem pela minha falta?... Estou indo neste momento... Minha tia não se deu conta da hora, nem de quanto tempo estivemos fora, mas tenho certeza que precisam de nós, e estou determinada a ir sem mais demora. Não disse nada a ninguém, pois só traria problemas e nervosismo. Alguns foram até os tanques e outros para a alameda de limeiras. Não darão pela minha falta até que retornem e, quando vierem, a senhorita teria a bondade de dizer que eu já fui?

– Certamente, se é o que você quer. Mas a senhorita vai voltar para Highbury sozinha?

– Sim, não há perigo algum, e eu caminho muito rápido. Estarei em casa em vinte minutos.

– Mas é muito longe, no entanto, para caminhar sozinha. Deixe que o criado de meu pai a acompanhe, deixe-me pedir a carruagem, estará aqui em cinco minutos.

– Muito obrigada, muito obrigada... mas não é preciso, de modo algum. Eu prefiro andar. Imagine, eu ter medo de andar sozinha! Eu que muito breve tomarei conta de outras pessoas!

– Isso não é motivo para que se exponha a algum perigo agora. Vou pedir a carruagem. Até mesmo o calor pode ser perigoso e a senhorita já está cansada.

– Estou – ela respondeu –, estou mesmo fatigada, mas não desse tipo de fadiga; uma caminhada rápida vai me animar. Srta. Woodhouse, todos nós sabemos o que é estar cansada de espírito, algumas vezes. O meu, confesso, está exausto. A maior gentileza que a senhorita pode me fazer é deixar que eu siga o meu caminho, e apenas dizer que já fui embora, quando for necessário.

Emma não se opôs mais. Compreendeu tudo; percebendo os sentimentos da outra, ajudou-a a ir embora imediatamente, observando-a sair em segurança, com o zelo de uma amiga.

Jane deu-lhe um olhar de gratidão e disse:

– Ah, Srta. Woodhouse, como é reconfortante ficar sozinha às vezes!

Essas palavras de despedida pareceram sair de um coração angustiado, e mostravam a contínua pressão que era exercida sobre ela, mesmo por alguns daqueles que mais a amavam. "Que casa ela tem, realmente! E que tia!", pensava Emma, enquanto voltava ao vestíbulo. "Tenho pena de você. E quanto mais sensibilidade demonstrar pelos horrores que sofre, mais gostarei de você".

Fazia pouco tempo que Jane partira, e Emma e o pai tinham apenas começado a olhar algumas gravuras da Praça São Marcos, em Veneza, quando Frank Churchill entrou na sala. Emma não estava mais pensando nele, esquecera dele por completo, mas ficou muito contente em vê-lo. Sra. Weston ficaria tranquila. A égua preta não tinha culpa alguma, aqueles que disseram que Sra. Churchill era a causa do atraso é que estavam certos. Ele fora detido temporariamente por um agravamento da doença da tia, um choque nervoso que durara algumas horas; ele quase desistira de vir, até que fosse bem mais tarde. Se soubesse como seria quente a cavalgada, e como estaria atrasado, com toda essa correria, talvez nem tivesse vindo. O calor era excessivo, nunca sofrera algo assim... quase desejava ter ficado em casa... nada o deixava mais prostrado que o calor. Podia suportar qualquer grau de frio, mas o calor era intolerável, e sentou-se à maior distância possível dos resquícios do fogo da lareira de Sr. Woodhouse. Estava num estado lastimável.

– O senhor vai refrescar-se logo, se permanecer parado – disse Emma.

– Assim que me refrescar já estará na hora de voltar. Eu podia ter sido poupado de vir... Mas fizeram tanta questão da minha vinda! Todos logo estarão partindo, eu creio, o grupo todo vai se dispersar. Encontrei uma, quando vinha para cá... Que loucura, com um tempo desses! Completa loucura!

Emma percebeu que o estado de espírito de Frank Churchill poderia ser mais bem definido pela expressão de mau humor. Algumas pessoas sempre ficavam infelizes quando sentiam calor, este devia ser o caso dele. Como ela sabia que comida e bebida eram normalmente a cura dessas queixas incidentais, recomendou-lhe beber alguma coisa. Encontraria todo tipo de bebida e comida na sala de jantar, e indicou-lhe a porta. "Não, ele não queria comer. Não tinha fome, isso só o deixaria com mais calor".

Dois minutos depois, no entanto, ele agiu a seu favor; murmurando algo sobre cerveja, saiu da sala. Emma voltou toda sua atenção para o pai, dizendo secretamente a si mesma: "Estou feliz de não ter me apaixonado por ele. Não gostaria de um homem que é tão afetado por uma manhã de calor. O doce e tranquilo temperamento de Harriet não se importaria com isso". Ele partira há tempo suficiente para ter feito uma boa refeição quando voltou sentindo-se melhor. Estava mais refrescado e voltara às boas maneiras que costumava ter. Foi capaz de pegar uma cadeira e aproximar-se deles, interessando-se pelo que faziam, e lamentou, com as maneiras corretas, que tivesse chegado tão tarde. Não estava no seu melhor espírito, mas tentava melhorar sua disposição.

Ao final, já estava falando amenidades e se tornara muito agradável. Estavam olhando gravuras da Suíça.

– Logo que minha tia se recuperar quero ir para o exterior – disse ele. – Não me sentirei feliz até que tenha visto alguns desses lugares. Daqui a algum tempo a senhorita terá os meus esboços para olhar, ou meus relatos para ler, ou meus poemas. Devo fazer alguma coisa para me tornar conhecido.

– Isso pode ser, mas não com esboços da Suíça. O senhor nunca irá à Suíça, sua tia e seu tio jamais permitirão que saia da Inglaterra.

– Poderei convencê-los a ir também. Recomendaram um clima

quente para minha tia. Tenho muita esperança de que possamos todos ir para o exterior. Garanto que tenho. Tive uma forte impressão, esta manhã, de que logo estarei no exterior. Devo mesmo viajar, estou cansado de não fazer nada. Preciso de uma mudança. Falo sério, Srta. Woodhouse, seja o que for que seus penetrantes olhos possam imaginar. Estou enjoado da Inglaterra. Partiria amanhã, se pudesse.

– O senhor está enjoado da prosperidade e da indulgência. Não poderia criar algumas dificuldades para si mesmo e contentar-se em ficar aqui?

– Eu, enjoado da prosperidade e da indulgência? Está completamente enganada. Não me vejo como próspero ou indulgente. Tudo que é material me contraria. Não me considero uma pessoa afortunada, absolutamente.

– O senhor não parece tão infeliz, no entanto, como quando chegou. Vá, coma e beba mais um pouco, e vai se sentir ainda melhor. Mais um pedaço de carne fria, outro cálice de vinho Madeira e um pouco de água vão deixá-lo quase igual ao resto de nós.

– Não, não tenho o intuito de sair. Vou ficar sentado ao lado da senhorita e de seu pai. Vocês são a minha melhor cura.

– Todos nós vamos para Box Hill amanhã, pode se juntar a nós? Não é a Suíça, mas deve significar algo para um jovem cavalheiro que deseja uma mudança. Vai ficar para ir conosco?

– Não, com certeza não. Devo partir no frescor do final da tarde.

– Mas pode voltar no frescor da madrugada, amanhã.

– Não vale a pena. Se eu vier vou sentir-me infeliz.

– Então, por favor, fique em Richmond.

– Mas, se ficar, vou me sentir ainda mais infeliz. Não posso suportar a ideia de que todos vocês estejam lá sem mim.

– Estas dificuldades o senhor mesmo terá que resolver. Escolha o seu grau de infelicidade, não vou insistir mais.

O resto do grupo começava a retornar, e logo estavam todos juntos. Alguns ficaram muito felizes ao ver Frank Churchill, outros o receberam com formalidade. Mas todos sem exceção ficaram perturbados e angustiados quando foi explicado o desaparecimento de Srta. Fairfax. A conclusão foi que todos resolveram que era hora de irem embora. E, com uma rápida combinação para o passeio do dia seguinte, eles partiram. A pouca vontade de Frank Churchill de participar do grupo aumentou muito, tanto que suas últimas palavras para Emma foram:

– Bem, se a senhorita deseja que eu fique e vá ao passeio amanhã, eu irei.

Ela sorriu, concordando.

Nada, a não ser uma convocação para voltar a Richmond, seria capaz de levá-lo de volta antes da noite seguinte.

CAPÍTULO 7

O dia estava lindo para ir a Box Hill, e todos os demais detalhes de organização, acomodação e pontualidade colaboraram para um passeio agradável. Sr. Weston organizou tudo, dirigindo os grupos de Hartfield e do Vicariato, e todos estavam prontos a tempo. Emma e Harriet foram juntas, Srta. Bates e a sobrinha, com os Eltons e os cavalheiros, a cavalo. Sra. Weston ficou com Sr. Woodhouse. Nada mais faltava, a não ser que fossem felizes quando chegassem lá. Viajaram onze quilômetros na expectativa de diversão, e todos tiveram exclamações de admiração quando chegaram. Mas, no cômputo geral do dia, houve deficiência. Havia um langor, uma falta de ânimo, uma falta de união que não podiam passar despercebidos. Separaram-se em grupos muito pequenos. Os Elton caminhavam juntos, Sr. Knightley tomou conta de Srta. Bates e de Jane, e Emma e Harriet ficaram sob os cuidados de Frank Churchill. Sr. Weston tentou, em vão, fazer com que se harmonizassem melhor. No início pareceu uma divisão acidental, mas os grupos permaneceram os mesmos. Sr. e Sra. Elton, na verdade, demonstravam disposição para se juntar aos demais, e eram tão agradáveis quanto podiam. Mas durante as duas horas que passaram na colina, pareceu haver um princípio de separação entre os outros grupos, forte demais para ser removido por qualquer perspectiva mais aprazível, pela ótima refeição fria ou pela alegria de Sr. Weston. Emma sentiu-se decididamente entediada, a princípio. Nunca vira Frank Churchill tão silencioso e letárgico. Não disse nada que valesse a pena ouvir, olhava sem ver, admirava sem conhecimento, ouvia sem entender o que ela dizia. Como ele se mostrava tão lerdo, não é de se estranhar que Harriet fosse igualmente lerda, e os dois estavam insuportáveis. Quando se sentaram todos juntos as coisas melhoraram, e para o gosto de Emma melhoraram muito, pois Frank Churchill tornou-se falante e alegre, dedicando-se a ela. Qualquer gesto de atenção que tivesse era dirigido a Emma. Parecia que tudo o que desejava era diverti-la e ser agradável aos seus olhos, e Emma, feliz por ser notada e apreciando muito ser elogiada, ficou alegre e tranquila também, e deu-lhe todo o amigável encorajamento e o direito de ser galante como nunca fizera no período inicial e mais intenso de seu relacionamento. Mas agora, no que lhe dizia respeito, isso já não significava nada. No julgamento das pessoas que assistiam à cena, no entanto, apenas uma palavra na língua inglesa poderia descrever com exatidão o que viam: flerte. "Sr. Frank Churchill e Srta. Woodhouse estão flertando em excesso". Eles estavam merecendo esse tipo de comentário, e ele foi escrito em uma carta enviada a Maple Grove por uma dama, e em outra carta para a Irlanda, remetida por outra dama. Não que Emma estivesse alegre por sentir uma felicidade real, era mais porque se sentia menos feliz do que esperava. Ela ria porque estava desapontada, e ainda que apreciasse as atenções dele – mesmo que fossem de amizade, de admiração, de brincadeira ou extremamente judiciosas – não estavam reconquistando seu coração. Ainda tinha intenções de tê-lo apenas como amigo.

– Quanta gentileza da sua parte – disse ele – ter insistido para que eu viesse hoje! Se não fosse pela senhorita, eu perderia toda a alegria deste passeio. Eu estava determinado a voltar ontem.

– Sim, o senhor estava muito mal-humorado. E não sei bem a razão, exceto que chegou atrasado para colher os melhores morangos. Fui uma amiga mais bondosa do que merecia. Mas o senhor é humilde, implorou para ser convidado a vir.

– Não diga que eu estava mal-humorado. Eu estava fatigado por causa do calor.

– Hoje está ainda mais quente do que ontem.

– Não para os meus sentidos. Hoje estou perfeitamente confortável.

– Está confortável porque está sob controle.

– Controlado pela senhorita?... Sim, claro.

– Talvez eu pretendesse ouvir isso também, mas na verdade quis dizer autocontrole. O senhor ultrapassou alguns limites ontem, de uma forma ou de outra, e escapou de seu próprio controle, mas hoje retornou a ele. Como não posso estar sempre com o senhor, é melhor que mantenha seu temperamento sob seu próprio comando do que sob o meu.

– Vem a ser a mesma coisa. Não posso ter autocontrole sem um motivo. A senhorita me controla, quer expresse isso em voz alta ou não. E pode estar sempre comigo. Está sempre comigo.

– Desde ontem às três da tarde. Minha influência perpétua não pode ter começado antes, ou o senhor não teria se descontrolado tanto.

– Desde ontem às três da tarde! Então essa é a sua data. Pensei que a tivesse conhecido em fevereiro. – Sua galanteria é realmente insuperável. Mas – baixando a voz – ninguém está falando a não ser nós dois. E é demais ficar falando bobagens para a diversão de sete pessoas silenciosas.

– Não me envergonho de nada – ele respondeu, com atrevida imprudência. Eu a vi pela primeira vez em fevereiro. Deixe que todos aqui me escutem, se quiserem. Deixe que minhas palavras ecoem até Mickleham de um lado e Dorking do outro. Eu a conheci em fevereiro. – E então, sussurrando – Nossos companheiros são muito lerdos. O que podemos fazer para animá-los? Qualquer bobagem serve. Eles devem falar. Damas e cavalheiros! Srta. Woodhouse, que, onde quer que se encontre, é quem comanda, ordenou-me que lhes dissesse que deseja saber o que todos estão pensando.

Alguns riram e responderam bem humorados. Srta. Bates falou bastante; Sra. Elton reclamou da ideia de Srta. Woodhouse comandar. A resposta de Sr. Knightley foi a mais distinta:

– Srta. Woodhouse tem certeza que gostaria de ouvir o que todos estamos pensando?

– Oh, não, não... – exclamou Emma, rindo da forma mais encantadora que conseguiu. – Por nada deste mundo. O impacto seria forte demais para que eu pudesse suportar. Digam-me qualquer coisa, menos o que estão pensando realmente. Não me refiro a todos. Há um ou dois, talvez – dando um rápido olhar para Sr. Weston e Harriet –, cujos pensamentos não tenho medo algum de conhecer.

– É o tipo de coisa – exclamou Sra. Elton, enfática – que eu não me considero privilegiada o suficiente para perguntar. Exceto, talvez, como a guardiã moral do grupo... nunca estive em um círculo... grupos de exploração... jovens damas... mulheres casadas... Seus murmúrios eram basicamente para o marido, e ele murmurava também em resposta.

– É verdade, minha querida, é verdade... Exatamente isso, de fato... não ouvi bem... Mas há damas que dizem o que querem. Melhor deixar passar como brincadeira. Todos sabem muito bem quem você é.

– Não vai dar certo – sussurrou Frank para Emma – a maioria deles ficou ofendida. Vou fazer-lhes um ataque mais certeiro. Damas e cavalheiros! Srta. Woodhouse ordenou-me que dissesse que ela renuncia a seu direito de saber exatamente o que todos estão pensando e apenas pede que digam alguma coisa engraçada, de forma geral. Aqui estão sete pessoas, além de mim, que, ela tem o prazer de dizer, já fui divertido o bastante. Ela apenas pede que digam uma coisa inteligente, seja em prosa, em verso, original ou conhecida, ou duas coisas modestamente inteligentes, ou três coisas decididamente tolas, e promete de coração rir de todas elas.

– Oh, muito bem! – exclamou Srta. Bates. – Então não preciso me preocupar. "Três coisas muito tolas", de fato. Isso serve muito bem para mim, vocês sabem. Tenho certeza que digo mais de três coisas muito tolas sempre que abro a boca, não é? (olhou ao redor contando com a divertida concordância de todos). Não concordam comigo?

Emma não pôde resistir.

– Ah, madame, há uma dificuldade. Perdoe-me, mas existe uma limitação de número: somente três coisas de cada vez.

Srta. Bates, enganada pela imitação cerimoniosa que Emma fizera de suas maneiras, a princípio não entendeu bem. Mas, quando entendeu, não ficou zangada, apenas corou levemente, mostrando o quanto se sentira ofendida.

– Ah, bem... Certamente... Sim, entendo o que ela quer dizer... – Virandose para Sr. Knightley. – Tentarei segurar minha língua. Devo ter sido muito desagradável, ou ela não teria dito uma coisa dessas a uma velha amiga.

– Gosto da sua ideia – exclamou Sr. Weston. – De acordo, de acordo. Farei o melhor possível. Estou fazendo uma charada. Uma charada conta muitos pontos?

– Temo que conte muito pouco, senhor – respondeu-lhe o filho

– mas seremos indulgentes. Especialmente com a pessoa que nos trouxe aqui.

– Não, não – disse Emma –, não conta pouco, não. Uma charada de Sr. Weston contará por ele e pela pessoa que estiver ao seu lado. Por favor, senhor, permita-me ouvir sua charada.

– Eu mesmo duvido que seja muito inteligente – disse Sr. Weston. – É bem comum, mas aí está. Quais são as duas letras do alfabeto que expressam perfeição?

– Duas letras!... Expressam perfeição?... Tenho certeza que não sei.

– Ah, nunca vai adivinhar. A senhorita – para Emma –, tenho certeza que nunca irá adivinhar. Mas eu vou lhe dizer. São o M e o A... Em-ma... Entende agora?

A compreensão e a gratificação vieram juntas. Era uma adivinhação um tanto simplória, mas Emma riu muito e gostou, assim como Frank e Harriet. O resto do grupo, porém, não pareceu igualmente tocado. Alguns olhavam com um olhar um tanto tolo, e Sr. Knightley disse:

– Bem, isso explica o tipo de coisa inteligente que foi solicitada. Sr. Weston saiu-se muito bem, mas tirou a oportunidade do resto do grupo. A perfeição não deveria vir tão depressa.

– Oh! Por mim eu peço que me dispensem – disse Sra. Elton –, eu realmente não consigo fazer isso... não gosto nem um pouco deste tipo de coisa. Uma vez alguém fez um acróstico com o meu nome do qual eu não gostei nada. Lembro-me de quem o mandou, era um rapaz abominável! Você sabe de quem eu falo – fazendo um sinal para o marido. – Essas coisas ficam muito bem no Natal, quando sentamos ao redor do fogo. Mas em minha opinião ficam fora de lugar num passeio ao ar livre, no verão. Srta. Woodhouse deve desculpar-me. Não sou daquelas que tem coisas inteligentes à disposição dos outros. Não pretendo ser uma intelectual. Tenho grande vivacidade ao meu próprio estilo, mas quero que me permitam decidir quando devo falar e quando devo segurar minha língua. Eu passo, se me permite, Sr. Churchill. Sr. E também passa, assim como Knightley, Jane e eu mesma. Não temos nada inteligente para dizer, nenhum de nós.

– Sim, sim, eu passo também, por favor – disse seu marido, com um tipo de sorriso escarninho. – Eu não tenho nada a dizer que possa entreter Srta. Woodhouse, ou nenhuma outra jovem. Sou um velho homem casado, que não serve mais para nada. Vamos caminhar, Augusta?

– Com muito prazer. Estou cansada de ficar parada tanto tempo em um mesmo lugar. Venha, Jane, tome o meu outro braço.

Jane declinou, e o casal afastou-se.

– Que casal feliz! – disse FrankChurchill, logo que eles se distanciaram. – Como são perfeitos um para o outro! Tiveram muita sorte de casar-se como fizeram, depois de se conhecerem apenas em um lugar público!... Creio que se conheceram apenas durante umas poucas semanas em Bath! Tiveram uma sorte peculiar! Pois em Bath, ou qualquer outro lugar público, o conhecimento que se pode ter de uma pessoa é praticamente nenhum. Somente quando se conhece uma mulher em sua própria casa, entre as pessoas com quem convive, como ela é realmente, pode-se formar algum julgamento mais preciso. Fora isso, o resto é adivinhação e sorte... o que geralmente significa má-sorte. Quantos homens já se comprometeram após um curto conhecimento e se arrependeram pelo resto de suas vidas!

Srta. Fairfax, que praticamente não falara antes, exceto com aqueles de seu pequeno grupo, falou nesse momento.

– Essas coisas podem acontecer, sem dúvida. Foi interrompida por um acesso de tosse, e Frank Churchill virou-se para ouvir melhor.

– A senhorita estava dizendo... – disse ele, gravemente.

Ela recobrou a voz.

– Eu ia apenas observar que, embora estas circunstâncias infelizes possam ocorrer às vezes, tanto com homens quanto com mulheres, não acho que sejam muito frequentes. Pode surgir uma ligação apressada e imprudente, mas geralmente há tempo para recuperar-se dela depois. O que eu quero dizer é que apenas as pessoas de caráter fraco e indeciso, cuja felicidade sempre estará ao sabor do acaso, permitem que uma ligação menos afortunada se torne um inconveniente, uma opressão para sempre.

Ele não respondeu, simplesmente olhou e meneou a cabeça em assentimento. Logo depois, disse num tom animado:

– Bem, tenho tão pouca confiança em meu próprio julgamento

que quando vier a me casar espero que alguém escolha a esposa para mim. A senhorita fará isso? – Virando-se para Emma. – Escolherá uma esposa para mim?... Tenho certeza que gostarei de qualquer pessoa escolhida pela senhorita. Estará trabalhando pelo bem da família, como sabe. – Com um sorriso para seu pai. – Encontre alguém para mim. Não tenho pressa, adote-a, eduque-a.

– Para torná-la parecida comigo.

– Pode ser, se conseguir.

– Muito bem, eu aceito a Srta. ão. O senhor terá uma esposa encantadora.

– Ela deve ser animada e ter olhos castanhos. Não exijo mais nada. Devo viajar para o exterior por um ou dois anos, e quando retornar virei procurá-la para conhecer minha esposa. Não esqueça.

Emma não corria o risco de esquecer. Era o tipo de missão que tocava cada um dos seus sentimentos favoritos. Não era Harriet exatamente a criatura que ele descrevera? Fora os olhos, mais dois anos a tornariam tudo o que ele desejava. Ele já poderia até estar pensando em Harriet no momento. Quem poderia dizer? O fato de referir-se à educação da futura esposa parecia indicar que falava dela.

– Bem, madame – disse Jane para a tia –, podemos nos juntar à Sra. Elton?

– Se deseja, minha querida. Com todo o meu coração. Já estou pronta. Eu já estava pronta para ir com ela antes, mas vamos agora. Logo vamos ultrapassá-la. Aí esta ela!... Não, é outra pessoa. É uma das damas do grupo irlandês, não parece com ela... Bem, eu acho que...

Elas se afastaram, imediatamente seguidas por Sr. Knightley. Ficaram apenas Sr. Weston, o filho, Emma e Harriet. A animação do rapaz aumentara, a ponto de se tornar quase desagradável. Até Emma já estava cansada de lisonjas e divertimentos; preferia caminhar tranquila com qualquer um dos outros, ou sentar-se sozinha e despreocupada, apreciando a linda vista.

A visão dos criados a procurá-los para dar notícias sobre as carruagens foi um alívio para ela. E mesmo a agitação dos preparativos para a partida, e a ansiedade de Sra. Elton em ter sua carruagem preparada primeiro, foram suportadas com alegria, na perspectiva da tranquila viagem de volta que encerraria os divertimentos um tanto questionáveis desse dia de prazer. Ela esperava nunca mais ser envolvida num esquema desse tipo, composto por pessoas tão mal escolhidas. Enquanto esperava a carruagem, Emma notou que Sr. Knightley estava ao seu lado.

Ele olhou ao redor, para ver se não havia mais ninguém por perto, e então disse:

– Emma, necessito falar com você mais uma vez de modo franco, como tenho feito. Sei que é um privilégio mais suportado do que permitido, talvez, mas ainda assim devo usá-lo. Não posso vê-la agindo errado, sem fazer-lhe uma advertência. Como pôde ser tão insensível com Srta. Bates? Como pôde ser tão insolente usando sua sagacidade com uma mulher com o caráter, a idade e a situação dela? Emma, jamais pensei que isso fosse possível.

Emma relembrou a situação, ficou corada, lamentou e tentou rir.

– De que maneira poderia ter evitado dizer o que disse? Ninguém poderia evitar. Não foi tão ruim assim, acho que ela nem entendeu direito.

– Afirmo para você que ela entendeu. Compreendeu exatamente o que você quis dizer, e desde então só fala disso. Gostaria que tivesse ouvido como ela falou a respeito... com tanta candura e generosidade. Gostaria que tivesse ouvido como era agradecida pela sua paciência em conceder a ela tantas atenções, como aquelas que ela sempre recebeu de você e de seu pai, quando a companhia dela é tão aborrecida.

– Ah! – exclamou Emma. – Sei que não há criatura melhor no mundo. Mas o senhor deve admitir que tudo o que é bom e o que é ridículo estão misturados nela, infelizmente.

– Realmente estão – disse ele –, eu reconheço. Se ela fosse rica, eu poderia admitir que há um ocasional domínio do ridículo sobre o bom. Se ela fosse uma mulher de fortuna, deixaria qualquer absurdo inofensivo dela seguir seu curso, não discutiria com você por tomar essa liberdade. Se ela tivesse a mesma situação que você... mas, Emma, pense quão longe isso está de ser verdade. Ela é pobre, perdeu os confortos com os quais nasceu, e se viver muitos anos perderá ainda mais. A situação dela deveria garantir sua compaixão. Você fez muito mal, sem dúvida! Logo você, que ela conhece desde criança, a quem ela viu crescer, quando a atenção dela era uma honra. E ver você agora, com a maior desatenção e num momento de orgulho, rir dela, humilhá-la... e na frente da sobrinha. E perante os outros, também... muitos dos quais, ou, pelo menos, alguns, serão levados a dispensar a ela o mesmo tratamento que você. Isso não é agradável para você, Emma, e está longe de ser agradável para mim. Mas eu posso, e devo, dizer-lhe algumas verdades enquanto puder, satisfeito em provar que sou seu amigo e confiável conselheiro, acreditando que um dia ou outro você me fará mais justiça do que faz agora.

Avançavam, enquanto conversavam, na direção da carruagem, que já estava preparada. E antes que ela pudesse falar alguma coisa ele estendeu-lhe a mão para ajudá-la a subir. Sr. Knightley entendera errado os sentimentos que a faziam manter o rosto baixo e a boca calada. Tratava-se apenas de raiva contra si mesma, mortificação e profunda inquietação. Ela não fora capaz de falar, e entrando na carruagem, recostou-se nas almofadas por um momento. Depois se reprovou por não ter dito nada, por não ter reconhecido seu erro, e ter partido aparentemente ofendida. Olhou para fora pronta a mostrar-lhe que não se tratava disso, mas já era tarde demais. Ele voltara-lhe as costas e os cavalos já começavam a movimentar-se. Emma continuou a olhar para trás, mas em vão. E no que parecia uma velocidade maior do que o normal, logo estavam a meio caminho colina abaixo, e tudo ficou para trás. Sentia-se angustiada além do que poderia expressar, quase mais do que conseguiria esconder. Nunca, em nenhuma circunstância de sua vida, se sentira tão agitada, mortificada e triste. Estava muito impressionada. Não havia como negar a verdade do que ele havia dito. Sentiu isso dentro do coração. Como pudera ser tão brutal, tão cruel com Srta. Bates? Como pudera expor-se a uma opinião tão cruel de alguém a quem estimava tanto? E como pudera permitir que ele a deixasse sem dizer-lhe uma palavra de gratidão, de concordância, ou de simples bondade? O tempo não a ajudou a se recompor. Quanto mais refletia, mais sentia o que fizera. Nunca estivera tão deprimida. Felizmente, não precisava falar. Estava sozinha com Harriet, que também parecia pensativa, cansada e desejosa de ficar em silêncio. E Emma sentiu as lágrimas correrem por seu rosto durante todo o caminho de volta, sem se dar ao trabalho de escondê-las, tão extraordinárias elas eram.

CAPÍTULO 8

O passeio a Box Hill ficou em sua mente durante toda a noite. Como isso seria considerado pelo resto do grupo ela não saberia dizer. Em seus diferentes lares, e de modos distintos, eles deviam estar olhando para trás com prazer. Mas, na opinião de Emma, aquela fora uma manhã totalmente desperdiçada, despida de qualquer satisfação racional o tempo todo, pior do que qualquer outra manhã que já vivera, e se aborrecia ainda mais ao relembrá-la. Uma tarde inteira jogando gamão com o pai era a felicidade para ela. Nisso, realmente, estava o real prazer, pois estaria dando as mais doces das vinte e quatro horas do seu dia para o conforto dele. Sentia que, mesmo não merecendo a profunda afeição e a confiante estima que o pai lhe dedicava, ela não poderia receber nenhuma reprovação severa por sua conduta em relação a ele. Como filha, acreditava que não pudessem considerá-la sem coração. Esperava que nunca alguém lhe dissesse "Como pôde ser tão desalmada em relação ao seu pai? Eu devo e vou dizer-lhe algumas verdades enquanto puder". Srta. Bates nunca a perdoaria, não, nunca! Se as atenções que lhe dirigisse no futuro pudessem compensar o passado, ela teria esperanças de ser perdoada. Fora negligente muitas vezes, sua consciência lhe dizia. Negligente, talvez, mais em pensamento do que de fato; indelicada, desdenhosa. Mas não seria mais assim. No calor do arrependimento, decidiu que visitaria Srta. Bates na manhã seguinte, e isso seria o começo, da parte dela, de um relacionamento regular, igual e gentil. Continuava com a mesma determinação quando chegou a manhã, e foi logo cedo, para que nada pudesse impedi-la. Não era improvável que encontrasse Sr. Knightley no caminho, pensou Emma. Ou talvez ele viesse enquanto ela estivesse visitando Srta. Bates. Não tinha objeções. Ela não ficaria envergonhada se parecesse estar cumprindo uma penitência, pois seria muito verdadeira e justa. Os olhos dela se voltavam para Donwell enquanto caminhava, mas não o viu.

– As senhoras estão todas em casa.

Nunca antes ficara tão contente com o som dessas palavras. Também nunca entrara no corredor, nem subira as escadas, com tanto desejo de causar alegria. Sempre entrara ali como uma obrigação, o que agora parecia ridículo. Houve alguma agitação enquanto ela se aproximava. Ouviu ruídos de movimentos e vozes. Escutou a voz de Srta. Bates dizendo que algo devia ser feito às pressas. A empregada parecia assustada e embaraçada. Esperava que lhe pedissem para esperar um momento, mas foi logo conduzida para a sala. A tia e a sobrinha pareciam estar fugindo para o aposento ao lado, e viu Jane de relance, parecendo estar doente. Antes que a porta fosse fechada ouviu Srta. Bates dizer:

– Veja, minha querida, eu vou dizer que você está de cama. Tenho certeza mesmo que está doente...

A pobre Sra. Bates, educada e humilde como sempre, dava a impressão de não entender bem o que se passava.

– Temo que Jane não esteja muito bem – ela disse –, mas não sei com certeza. Disseram-me que ela está bem. Minha filha logo vai chegar, Srta. Woodhouse. Espero que encontre uma cadeira. Gostaria que Hetty não tivesse descido. Eu não sou capaz de fazer muita coisa... Achou uma cadeira, madame? Está sentada onde deseja? Tenho certeza que ela logo estará aqui.

Emma esperava sinceramente que ela viesse. Temeu por um momento que Srta. Bates não quisesse recebê-la, mas ela logo chegou... "muito feliz pela gentileza"... mas a consciência de Emma lhe disse que ela não agia com a mesma alegre volubilidade de antes, havia menos tranquilidade no olhar e nas maneiras. Emma calculava que um amigável questionário sobre Srta. Fairfax abriria o caminho para a volta dos antigos sentimentos. O resultado pareceu imediato.

– Oh, Srta. Woodhouse! Como a senhorita é gentil!... Creio que ouviu dizer... e que por isso veio nos dar essa alegria. Não parece uma grande alegria para mim, de fato – derramando uma ou duas lágrimas –, mas será muito difícil para nós nos separarmos dela, após ter estado conosco por tanto tempo, e ela teve uma terrível dor de cabeça justamente hoje. Escreveu cartas tão longas, a senhorita sabe, para o coronel Campbell e Sra. Dixon. "Minha querida", eu disse "você vai ficar cega"... pois havia lágrimas perpetuamente nos olhos dela. Não dá para imaginar, não dá mesmo para imaginar. É uma mudança grande demais, e ainda que ela seja imensamente venturosa... uma colocação tal que nenhuma moça consegue no seu primeiro emprego... não pense que não somos gratas, Srta. Woodhouse, por esta grande felicidade – novamente derramando algumas lágrimas –, mas a minha pobre querida! Se visse a dor de cabeça com que ela está. Quando se sente uma grande dor não podemos agradecer as bênçãos que recebemos como merecem. Ela está muito mal. Se olhar para ela ninguém dirá que está feliz por conseguir uma colocação tão boa. Deve desculpá-la por não vir recebê-la, mas ela não é capaz, foi para seu próprio quarto... Quero que ela se deite um pouco. "Minha querida", eu disse, "vou dizer que você está de cama", mas, no entanto, ela não está deitada. Está caminhando pelo quarto sem parar. Mas, agora que escreveu as cartas, ela diz que ficará bem. Jane vai lamentar muito não ter visto a senhorita, Srta. Woodhouse, mas sei que a perdoará, na sua bondade. A senhorita teve que esperar na porta... Fiquei tão envergonhada! Mas houve uma pequena agitação, pois não ouvimos a senhorita bater, e até que estivesse na escada não sabíamos que havia alguém chegando. "É apenas Sra. Cole", eu disse "posso apostar. Ninguém mais viria tão cedo". E ela então disse "Bem, todos saberão um dia ou outro, então pode muito bem ser agora". Então Patty chegou e disse que era a senhorita. "Oh", eu disse "é Srta. Woodhouse, tenho certeza que gostará de vê-la". "Não posso ver ninguém", ela disse, então se levantou e saiu da sala. E foi por isso que a deixamos esperando, estamos muito sentidas e envergonhadas. "Se você deve ir, minha querida, então vá", eu disse "vou dizer a ela que você está de cama".

Emma estava sinceramente interessada. Seu coração vinha ficando mais gentil em relação à Jane. E esse quadro vivo dos sofrimentos dela agiu como uma cura para qualquer ingrata suspeita que pudesse ter tido; Emma não podia sentir outra coisa a não ser piedade. A lembrança das sensações menos justas e menos gentis do passado obrigavam-na a admitir que Jane pudesse ter naturalmente resolvido ver Sra. Cole ou qualquer outra amiga fiel, enquanto não aceitava recebê-la. Ela falou do que sentia, com arrependimento e solicitude, desejando sinceramente que as circunstâncias que Srta. Bates acabara de mencionar, realmente trouxessem a maiores vantagens e confortos para Srta. Fairfax. "Seria uma severa prova para todas elas. Havia entendido que isso deveria ser adiado até o retorno do coronel Campbell".

– Que bondade a sua! – respondeu Srta. Bates. – Mas a senhorita sempre é bondosa.

Emma não conseguiu aceitar o "sempre" e, para interromper essa espantosa gratidão, perguntou diretamente:

– E para onde, se posso perguntar, Srta. Fairfax está indo?

– Para a casa de Sra. Smallridge... uma dama encantadora... muito superior. Vai encarregar-se de suas três meninas, crianças maravilhosas. Não pode existir uma colocação que lhe ofereça mais conforto, a não ser, talvez, a própria família de Sra. Suckling ou de Sra. Bragge. Mas Sra. Smallridge é íntima das duas e mora na mesma vizinhança... a apenas seis quilômetros de Maple Grove. Jane vai estar a apenas seis quilômetros de Maple Grove.

– Sra. Elton, eu acredito, é a pessoa a quem Srta. Fairfax deve...

– Sim, nossa querida Sra. Elton. A amiga mais verdadeira e infatigável. Ela não aceitaria uma negativa. Não deixaria que Jane dissesse "não", pois quando Jane ouviu falar disso pela primeira vez – foi antes de ontem, na própria manhã em que fomos a Donwell, quando Jane soube disso, estava bastante decidida a não aceitar a oferta, pelas razões que mencionou. Exatamente o que a senhorita disse, ela decidira não aceitar nada até que o coronel Campbell voltasse e nada a teria levado a aceitar um compromisso no momento... Ela disse isso a Sra. Elton várias vezes... E nem ela mesma sabia que mudaria de opinião! Mas a boa Sra. Elton, cujo bom senso jamais falha, viu mais longe do que eu. Não é qualquer uma que se manteria firme do mesmo modo que ela, pois se recusou a aceitar a recusa de Jane. Disse que não iria mandar uma carta de negativa ontem, como Jane desejava. Pretendia esperar e, então, ontem à noite tudo foi acertado para que Jane fosse. Foi uma enorme surpresa para mim! Eu não tinha a menor ideia! Jane chamou Sra. Elton à parte e lhe disse que após pensar nas vantagens da colocação na casa de Sra. Smallridge tomara a decisão de aceitar. Eu não soube de uma palavra sobre isso até que estivesse decidido.

– Então as senhoras estiveram com Sra. Elton na noite de ontem?

– Sim, todas nós. Sra. Elton nos convidou. Isso foi combinado no passeio, em Box Hill, enquanto caminhávamos com Sr. Knightley. "Vocês todos devem passar o serão lá em casa", ela disse, "eu faço questão absoluta que todos venham".

– E Sr. Knightley também foi?

– Não, Sr. Knightley não. Ele declinou do convite desde o início e, embora eu pensasse que ele iria porque Sra. Elton disse que não o deixaria escapar, ele não foi. Mas minha mãe, Jane e eu fomos todas para lá e tivemos uma noite muito agradável. São amigos tão bons, Srta. Woodhouse, foram sempre agradáveis, apesar de todos estarem cansados depois do passeio da manhã. Até o prazer, a senhorita sabe, às vezes cansa, e não posso dizer que algum deles pareça ter apreciado muito aquele passeio. No entanto, eu sempre pensarei que foi um passeio agradável, e me sinto extremamente grata aos bons amigos que me convidaram para acompanhá-los.

– Srta. Fairfax, imagino, embora a senhora não soubesse de nada, deve ter passado o dia todo pensando nisso?

– Ouso dizer que sim.

– Assim que chegar a hora dela partir vai ser muito doloroso, tanto para ela como para todos os seus amigos... Mas espero que a sua colocação lhe traga todo o alívio possível, quero dizer, no que se refere ao caráter e posição da família.

– Agradeço, minha querida Srta. Woodhouse. Sim, de fato, lá há de tudo que possa existir no mundo para fazê-la feliz. Excetuando-se os Suckling e os Bragg, não há nenhuma outra colocação para cuidar de crianças tão liberal e elegante, entre todas as amizades de Sra. Elton. Sra. Smallridge é a dama mais adorável! O estilo de vida deles é quase igual ao de Maple Grove... E quanto às crianças, exceto os pequenos Suckling e Bragg, não há crianças mais encantadoras em nenhum outro lugar. Jane será tratada com tanta consideração e bondade! Tudo será só alegria para ela. E o salário! Realmente, não posso lhe dizer o salário dela, Srta. Woodhouse. Mesmo a senhorita, acostumada como está às grandes somas, dificilmente acreditará que possam pagar tanto a uma pessoa tão jovem como Jane.

– Oh, madame – exclamou Emma –, se as outras crianças forem todas como eu me lembro de ter sido, acho que um salário cinco vezes maior do que o maior salário que ouvi dizer que é pago para essa função, seria muito bem merecido.

– A senhorita tem ideias tão nobres!

– E quando Srta. Fairfax deverá partir?

– Muito breve, muito breve, na verdade. Isso é o pior de tudo, daqui a quinze dias. Sra. Smallridge tem muita pressa. Minha pobre mãe nem sabe como vai suportar isso. Então tento tirar isso dos seus pensamentos e digo "Ora, madame, não vamos mais pensar nisso!"

– Todos os amigos de Srta. Fairfax sentirão muito perdê-la. E o coronel e Sra. Campbell, não vão lamentar que ela tenha se comprometido antes do retorno deles?

– Sim, Jane tem certeza que sim, mas, como a senhorita vê, essa é uma colocação que ela não poderia recusar. Fiquei tão espantada quando ela me contou o que estivera falando com Sra. Elton, e ao mesmo tempo Sra. Elton veio me dar os cumprimentos por isso! Foi antes do chá... Espere, não, não pode ter sido antes do chá, pois íamos começar a jogar cartas... mas foi mesmo antes do chá, pois eu me lembro de ter pensado... Oh! Não, não, agora me lembro, lembro direitinho, aconteceu alguma coisa antes do chá, mas foi outra coisa. Sr. Elton foi chamado e afastou-se da sala antes do chá, pois o filho do velho John Abdy queria falar com ele. Pobre velho John, tenho grande consideração por ele, ele foi escrivão do meu pobre pai durante vinte e sete anos. Agora, pobre homem, está preso à cama, e sofre muito de reumatismo e gota nas juntas. Devo ir visitá-lo hoje, e Jane também irá, estou certa, se ela resolver sair afinal de contas. E o filho do pobre John veio falar com Sr. Elton sobre o alívio da paróquia. Ele se saiu muito bem, a senhorita sabe, pois é o encarregado da Crown, é cavalariço e outras coisas desse tipo, mas ainda assim não pode sustentar o pai sem alguma ajuda. Quando Sr. Elton voltou nos disse o que o John estivera lhe contando, falou sobre a chaise que mandara a Randalls para levar Sr. Frank Churchill de volta a Richmond. Isso foi o que aconteceu antes do chá. Foi depois do chá que Jane falou com Sra. Elton. Srta. Bates dificilmente daria a Emma tempo para dizer que essa circunstância era nova para ela. E prosseguiu contando tudo, sem supor que ela podia ignorar qualquer detalhe da partida de Sr. Frank Churchill, mas não tinha importância.

"O que Sr. Elton soubera do cavalariço a respeito do assunto era a soma do que o próprio cavalariço sabia mais o que os criados de Randalls tinham contado, ou seja, que chegara um mensageiro de Richmond, logo depois que o grupo havia retornado de Box Hill. A mensagem, no entanto, não fora mais do que se esperava: Sr. Churchill escrevera algumas linhas ao sobrinho contendo, em resumo, um relato da saúde de Sra. Churchill e pedindo-lhe que não deixasse de voltar na manhã seguinte, bem cedo. Mas Sr. Frank Churchill resolvera partir no mesmo instante, sem esperar, e como seu cavalo parecia ter pego um resfriado, mandaram Tom buscar uma chaise imediatamente na Crown. O cavalariço o vira passar, e o rapaz ia a uma boa velocidade, dirigindo com firmeza".

Nada havia de espantoso ou interessante nesse relato, e Emma só se interessou porque se relacionava com uma ideia que já estava em sua mente. Ficara impressionada com o contraste entre a importância, no mundo, de Sra. Churchill e a de Jane Fairfax. Uma era tudo e a outra, nada... E Emma ficou pensando na diferença de destino entre as mulheres, sem se dar conta do que os seus olhos fixavam, até que foi despertada pela voz de Srta. Bates, que dizia:

– Oh, eu sei no que a senhorita está pensando... O piano. O que vamos fazer com ele?... É verdade. A pobre Jane estava falando nisso agora mesmo. "Você deve ir embora", ela disse. "Você e eu devemos nos separar. Você não terá utilidade lá"... "Deixe que fique, no entanto...", ela disse, "Deixe que fique aqui até que o coronel volte. Vou falar com ele sobre o assunto; ele vai resolver isso para mim. Vai me ajudar em todas as dificuldades". E até agora, eu creio, ela não sabe se foi presente dele ou da filha.

Agora, Emma via-se obrigada a pensar no piano. E a lembrança de todas as suas fantasiosas e injustas conjeturas era tão desagradável que ela logo se convenceu de que a visita já durara o bastante.

Repetindo tudo o que podia se aventurar a dizer sobre as coisas boas que desejava e que de fato sentia, ela foi embora.

CAPÍTULO 9

Os pensamentos de Emma, enquanto caminhava de volta para casa, não foram interrompidos. Mas, ao entrar na sala, encontrou aqueles que deviam provocá-las. Sr. Knightley e Harriet haviam chegado durante a sua ausência, e estavam sentados com seu pai.

Sr. Knightley levantou-se de imediato e, de modo decididamente mais grave do que o habitual, disse:

– Não iria embora sem que pudesse vê-la, mas não tenho tempo a perder, e daqui estou partindo diretamente. Vou a Londres, passar alguns dias com John e Isabella. Você tem alguma coisa a mandar ou dizer, além do "amor" que não é preciso carregar?

– Não tenho nada. Essa não é uma decisão muito repentina?

– Sim, um pouco! Andei pensando nisso por algum tempo.

Emma tinha certeza de que ele não a havia perdoado, nem parecia o mesmo. O tempo, todavia, iria mostrar-lhe que deviam voltar a ser amigos. Enquanto o cavalheiro estava de pé, como se pretendesse ir embora, mas sem conseguir sair. Sr. Woodhouse começou com suas perguntas.

– Veja, minha querida, conseguiu chegar lá a salvo?... E como estão minha boa e velha amiga e sua filha?... Garanto que ficaram encantadas com sua visita. A querida Emma foi visitar Sra. e Srta. Bates, Sr. Knightley, como eu já lhe disse. Ela é sempre tão atenciosa com as Bates!

Emma ficou ruborizada diante desse elogio que não merecia. Então, com um sorriso e um meneio de cabeça, que diziam muito, olhou para Sr. Knightley... Pareceu-lhe que houvera uma impressão instantânea a seu favor, como se os olhos dele captassem a verdade nos olhos dela, e tudo de bom que havia nos sentimentos dela fosse, ao mesmo tempo, percebido e apreciado. Seus olhos a fitaram com um brilho de afeição.

Ela ficou muito grata, e essa gratidão aumentou no momento seguinte, quando ele fez um movimento que mostrava mais do que amizade... Tomou a mão dela... se fora ela que fizera o primeiro movimento, Emma não saberia dizer, talvez tivesse oferecido a mão... Ele então a pegou, apertou-a e certamente estava a ponto de levá-la aos lábios, quando de repente desistiu por algum motivo. Ela não podia entender porque ele sentira tal escrúpulo, porque mudara de ideia quanto já tinha chegado quase ao ponto de beijar-lhe a mão. Talvez houvesse pensado melhor, imaginou Emma.

Era indiscutível, no entanto, que a intenção existira. E fosse porque Sr. Knightley, de forma geral, não era dado a galanteios, fosse por qualquer outra coisa que acontecesse, ela achou o gesto adequado. Era próprio dele, com sua natureza tão simples e ao mesmo tempo tão digna. Emma só podia lembrar com grande satisfação daquele impulso contido, pois mostrava uma perfeita amizade. Sr. Knightley partiu em seguida... saiu rapidamente. Ele sempre agia com a vivacidade característica de sua mente, que não era indecisa nem hesitante, mas no momento da partida sua atitude pareceu ainda mais decidida do que o normal. Emma não se arrependia de ter ido visitar Srta. Bates, mas desejava ter saído de lá uns dez minutos antes. Teria sido um grande prazer falar sobre a situação de Jane Fairfax com Sr. Knightley. Também não poderia lamentar a partida dele para Brunswick Square, pois sabia o quanto sua visita seria apreciada, mas poderia acontecer em uma ocasião melhor; e se tivessem conhecimento dela antes, a visita seria mais apreciada. Eles se separaram como amigos, no entanto, e ela não poderia se enganar sobre o significado da expressão dele e do galanteio não concluído. Tudo fora feito para assegurar-lhe que recuperara completamente seu bom conceito junto a ele. Soube que Sr. Knightley estivera em Hartfield por meia hora. Era uma pena que não tivesse retornado antes!

Na esperança de distrair o espírito de seu pai do desagrado da partida de Sr. Knightley para Londres – e de forma tão rápida, e ainda por cima a cavalo, o que ela sabia que tornaria tudo pior –, Emma contou as novidades sobre Jane Fairfax. Sua esperança no efeito dessas notícias foi justificada, pois forneceu um assunto muito útil e interessante que não perturbava o velho senhor. Há muito tempo ele já aceitara a ideia de Jane Fairfax tornar-se governanta em outro local, e pôde falar disso com satisfação. Mas a ida de Sr. Knightley para Londres era um golpe inesperado.

– Fico bastante contente, minha querida, de saber que ela estará tão bem instalada. Sra. Elton tem uma boa natureza, é muito agradável, e ouso dizer que suas amizades são justamente o que deveriam ser. Espero que o lugar seja bastante seco e que a saúde de Srta. Fairfax receba bons cuidados. Isso deve ser prioridade para eles, assim como a saúde de Srta. Taylor sempre foi para mim. Você sabe, minha querida, Srta. Fairfax vai ser para essa dama o mesmo que Srta. Taylor foi para nós. E espero que seja melhor em um aspecto: que não seja induzida a ir embora depois de fazer da casa dessa senhora o seu lar por muito tempo.

O dia seguinte trouxe notícias de Richmond que deixaram tudo o mais em segundo plano. Um correio expresso chegou a Randalls para anunciar a morte de Sra. Churchill! Embora o sobrinho não tivesse nenhuma razão particular para se apressar por causa dela, a senhora não vivera mais do que trinta e seis horas após o retorno dele. Um repentino ataque apoplético, de natureza diferente de qualquer outra coisa que seu estado geral de saúde indicava, provocara sua morte, após uma curta agonia.

A grande Sra. Churchill não existia mais.

O acontecimento foi sentido como essas coisas devem ser sentidas. Todos estavam graves e tristes de alguma maneira, sentiam ternura pela pessoa que partira, solicitude para com os amigos sobreviventes e, depois de um espaço de tempo razoável, curiosidade para saber onde ela seria enterrada. Segundo Goldsmith, quando uma mulher adorável se inclina à insensatez, nada mais tem a fazer senão morrer; e quando se torna desagradável a morte é igualmente recomendada como forma de acabar com a má-fama. Sra. Churchill, após ser detestada por pelo menos vinte e cinco anos, era agora lembrada com compassiva tolerância. Em um ponto ela recebeu plena justiça: ninguém jamais admitira que ela estivesse seriamente doente. A morte absolveu-a de todas as acusações de fingimento, de egoísmo e de queixas imaginárias. "Pobre Sra. Churchill, com certeza estava sofrendo muito, mais do que qualquer um jamais poderia supor... e a dor contínua é uma prova para o espírito. Foi uma coisa muito triste... um grande choque... Apesar de todas as suas falhas, o que seria de Sr. Churchill sem ela? A falta de Sra. Churchill seria terrível para Sr. Churchill, realmente. Ele jamais se recuperaria..".

Até mesmo Sr. Weston sacudiu a cabeça, solenemente, e disse:

– Oh... Quem poderia imaginar uma coisa dessas!

E resolveu que o seu luto deveria ser o mais elegante possível. Sua esposa permaneceu sentada, suspirando e falando sobre as grandes qualidades da falecida com comiseração e bom senso, verdadeira e firme. Como isso afetaria Frank foi uma das primeiras preocupações de ambos. Essa também foi uma especulação que logo surgiu na mente de Emma. Ela dedicou alguns pensamentos ao caráter de Sra. Churchill e à tristeza do marido, com reverência e compaixão, e então passou a considerar outros sentimentos mais suaves, como o modo com que Frank seria afetado, quais os benefícios que teria, se passaria a ter mais liberdade. Ela viu, num momento, tudo de bom que poderia advir dessa circunstância. Agora, um relacionamento com Harriet não encontraria oposição.

Sr. Churchill, sem a esposa, não era temido por ninguém. Era um homem tranquilo, manejável, que podia ser persuadido pelo sobrinho a fazer qualquer coisa. Tudo que restava a Emma desejar era que o sobrinho de fato quisesse o compromisso, pois com toda sua boa vontade, ela não sentia que ele já houvesse se decidido. Harriet se comportou muito bem na ocasião, com grande autocontrole. Se ela sentiu alguma esperança, não manifestou nada. Emma ficou gratificada por observar tamanha prova de força de caráter, e evitou fazer qualquer alusão que pudesse colocar em risco essa força. Falaram de Sra. Churchill, portanto, com mútua contenção. Chegaram a Randalls algumas breves cartas de Frank, comunicando o que era mais urgente em relação ao seu estado e seus planos. Sr. Churchill estava melhor do que se esperava. Sua primeira atitude, depois que o caixão fúnebre foi enviado para Yorkshire, foi visitar um grande e velho amigo em Windsor, a quem Sr. Churchill vinha prometendo uma visita havia dez anos.

No momento, não havia nada a fazer por Harriet. Só o que restava a Emma era desejar-lhe felicidades no futuro. Havia mais urgência em mostrar atenção para com Jane Fairfax, cujos projetos estavam por ser concluídos, enquanto os de Harriet apenas começavam, e cujo compromisso de trabalho não permitia nenhum atraso por parte de ninguém, em Highbury, que desejasse demonstrar-lhe gentileza. Para Emma, esse desejo era de primeira ordem. Sentia um grande arrependimento por sua antiga frieza, e a pessoa a quem ela passara tantos meses desprezando era a mesma a quem agora desejava dar mostras de afeto e simpatia. Desejava ser útil, desejava mostrar que dava valor à sua amizade e que tinha respeito e consideração por ela. Resolvera insistir para que a moça passasse um dia em Hartfield, e mandara um bilhete convidando-a. O convite foi recusado com uma mensagem verbal "Srta. Fairfax não se sentia bem o suficiente para escrever". E quando Sr. Perry visitou Hartfield, naquela mesma manhã, parecia que ela estava tão indisposta que não poderia sequer receber visitas, mesmo contra a vontade dela. Srta. Fairfax vinha sofrendo de crises severas de enxaqueca e de uma febre nervosa, a tal ponto que ele achava que ela não poderia ir para a casa de Sra. Smallridge na data combinada.

Sua saúde estava completamente abalada no momento – não tinha quase apetite algum – e embora não houvesse sintomas que provocassem alarme, nada relacionado ao problema pulmonar que era a preocupação da família, Sr. Perry estava preocupado com ela. Achava que a jovem fizera um esforço maior do que poderia suportar, e que ela própria sentia isso, embora não pudesse fazer nada. Seu espírito estava abatido. Além disso, pelo que ele observara, a casa da avó não era o lugar adequado para uma pessoa que sofresse de uma doença nervosa. Ficava confinada apenas ao seu quarto, e ele desejasse que fosse diferente. Sua boa tia, mesmo sendo uma velha amiga, não era a companhia adequada para uma doente desse tipo. Seus cuidados e atenções não podiam ser questionados, eram grandes até demais, na verdade. Mas temia que isso fizesse mais mal do que bem à Srta. Fairfax.

Emma ouviu com a mais profunda consternação. Sentia pena dela, cada vez mais, e olhava ao redor ansiosa por achar algum modo de ser útil. Pensou em tirá-la da companhia da tia, nem que fosse por uma ou duas horas, para que pudesse respirar ar puro e mudar um pouco de cenário, além de ouvir uma conversa racional. Mesmo que fosse por apenas uma ou duas horas, devia fazer-lhe bem. No dia seguinte escreveu novamente para dizer, na linguagem mais delicada que pode, que mandaria a carruagem buscá-la na hora que ela determinasse, dizendo que Sr. Perry decididamente aprovara tal exercício para sua paciente. A resposta fora este curto bilhete:

"Srta. Fairfax manda seus cumprimentos e agradece, mas não pode fazer qualquer exercício."

Emma sentiu que seu bilhete merecia uma resposta melhor, mas era impossível discutir com palavras, cujo desenho trêmulo e desigual mostrava claramente a indisposição da remetente. Então apenas pensou em como poderia combater essa falta de vontade da moça em ser vista ou ajudada. A despeito da resposta, pediu a carruagem e dirigiu-se à casa de Srta. Bates, na esperança de que Jane fosse convencida a juntar-se a ela, mas isso não aconteceu. Srta. Bates veio até a carruagem, cheia de gratidão, concordando plenamente que um passeio ao ar livre faria muito bem à sobrinha, e que tentara tudo que a mensagem dela dizia, mas fora em vão. Foi obrigada a admitir que não tivera sucesso, Jane estava irredutível, a mera ideia de sair fazia com que se sentisse pior. Emma desejava vê-la para tentar persuadi-la, mas antes que pudesse insinuar isso, Srta. Bates deu a entender que prometera à sobrinha não deixar que Srta. Woodhouse entrasse sob nenhum pretexto.

"A verdade é que a pobre Jane não suportava ver ninguém – ninguém mesmo. Sra. Elton, na verdade, não podia ser impedida, e Sra. Cole insistira tanto... e Sra. Perry dissera tanta coisa... mas, exceto elas, Jane realmente não podia receber ninguém."

Emma não desejava ser incluída na mesma classe que as Sra. Elton, Perry ou Cole, que forçavam sua presença em qualquer lugar. Nem achava que tinha algum direito de preferência, portanto submeteu-se e apenas perguntou à Srta. Bates sobre o apetite e a dieta da sobrinha, no que ela achava que podia ajudar. Quanto a isso a pobre Srta. Bates foi muito infeliz e muito comunicativa. Jane mal tocava na comida. Sr. Perry recomendara uma comida nutritiva, mas nada do que mandavam (e ninguém nunca tivera vizinhos tão bons) era do agrado dela. Assim que chegou em casa Emma chamou a governanta, pensando em examinar a dispensa, e logo despachou para a casa de Srta. Bates uma porção de ararutas da mais alta qualidade, com um bilhete amigável. Meia hora depois as ararutas foram devolvidas, com milhões de agradecimentos de Srta. Bates, mas "a querida Jane não ficaria satisfeita se não devolvesse, era algo que ela não podia aceitar e, além disso, ela insistia em dizer que não precisava de nada."

Mais tarde Emma soube que Jane Fairfax fora vista passeando pelos campos, a alguma distância de Highbury, na tarde do mesmo dia em que, sob a alegação de que não estava em condições de fazer qualquer exercício, recusara peremptoriamente acompanhá-la em sua carruagem. Não teve mais dúvida então, considerando todas as coisas, que Jane resolvera não aceitar nada dela. Ficou triste, muito triste.

Seu coração estava aflito, deixando-a em um estado lamentável, por conta da impotência a que se via reduzida, da inquietude de espírito e da impossibilidade de ação. E o que mais a mortificava era receber tão pouco crédito por seus sentimentos, ou ser tão pouco estimada como amiga, mas tinha o consolo de saber que suas intenções eram boas. Era capaz de dizer a si mesma que, se Sr. Knightley tivesse conhecimento de todas as suas tentativas de ajudar Jane Fairfax, se pudesse enxergar dentro do seu coração, ele não teria, nesse momento, encontrado nada para reprovar.

CAPÍTULO 10

Aproximadamente dez dias após a morte de Sra. Churchill, Emma foi avisada que Sr. Weston estava no andar de baixo e "não poderia ficar mais de cinco minutos, mas precisava falar com ela em particular". Ele a encontrou na porta da sala de estar e, depois de perguntar rapidamente como ela estava no seu tom normal de voz, logo passou a falar baixo, par que o pai dela não ouvisse:

– Pode vir a Randalls ainda esta manhã? Sra. Weston deseja muito vê- la. Precisa vê-la, na verdade.

– Ela não está se sentindo bem?

– Não... não é nada disso... está só um pouco agitada. Ela podia ter pedido a carruagem e vindo aqui vê-la, mas quer falar com você a sós e aqui é difícil, como sabe – fazendo um gesto em direção a Sr. Woodhouse. – Humm!... Será que pode vir?

– Com certeza! Neste exato momento, se quiser. É impossível recusar um convite dessa ordem. Mas o que pode ter acontecido? Ela de fato não está doente?

– Confie em mim... mas não me pergunte mais nada. Vai saber de tudo logo, é a coisa mais inexplicável. Mas fale baixo, silêncio!

Era impossível até mesmo para Emma adivinhar o que se passava. Era alguma coisa muito importante, a julgar pela aparência dele. Mas como a amiga estava bem, ela esforçou-se para não ficar ansiosa. Dizendo ao pai que sairia para fazer sua caminhada habitual, ela e Sr. Weston logo saíram a passos rápidos em direção a Randalls.

– Veja, Sr. Weston – disse Emma, quando tinham se afastado bastante dos portões – agora pode dizer-me o que aconteceu.

– Não, não – ele respondeu, gravemente. – Não me pergunte. Prometi a minha esposa que deixaria tudo por conta dela. Ela saberá lhe dar a notícia melhor do que eu. Não seja impaciente, Emma, logo vai saber de tudo.

– Me conte a notícia! – exclamou Emma, parando aterrorizada. – Santo Deus!... Sr. Weston, diga-me de uma vez... Aconteceu alguma coisa em Brunswick Square? Eu sei que foi isso. Diga-me, eu lhe imploro, diga-me agora mesmo o que aconteceu.

– Não é isso, você está enganada.

– Sr. Weston, não brinque comigo... Considere quantas das pessoas mais queridas para mim estão agora em Brunswick Square. De quem se trata? Peço-lhe, por tudo que é mais sagrado, que não tente esconder nada de mim.

– Garanto com minha palavra, Emma.

– Sua palavra? Por que não jura pela sua honra?... Por que não jura pela sua honra que não aconteceu nada com nenhum deles? Meu bom Deus!... Que notícia devo receber que não se relacione com alguém dessa família?

– Juro pela minha honra – disse ele, com seriedade. – Não é isso. Não é nada relacionado nem remotamente com alguém da família Knightley.

A coragem de Emma retornou, e ela voltou a andar.

– Eu errei – continuou ele –, quando lhe falei em dar a notícia. Não deveria ter usado essa expressão. Na verdade não se refere a você, mas apenas a mim... quer dizer, nós esperamos... Bem! Em suma, querida Emma, não há motivos para ficar infeliz por causa disso. Não posso dizer que o assunto não seja desagradável, mas as coisas poderiam ter sido bem piores. Se andarmos rápido logo chegaremos a Randalls.

Emma percebeu que teria de esperar, mas agora não era preciso muito esforço. Não perguntou mais nada e começou a usar a imaginação. Logo lhe ocorreu que poderia tratar-se de algum problema de dinheiro, algo desagradável devia ter surgido, relacionado com a família Weston – algo que o luto recente em Richmond trouxera à tona. Sua imaginação estava muito ativa. Meia dúzia de filhos naturais, talvez, e o pobre do Frank cortado do testamento! Isso, ainda que indesejável, não seria motivo de agonia para ela. Inspirava-lhe nada mais que uma animada curiosidade.

– Quem é aquele cavalheiro? – disse ela, enquanto prosseguiam.

Falava mais para ajudar Sr. Weston a manter seu segredo do que por algum real interesse.

– Não reconheço... talvez algum dos Otway. Não é Frank... não é Frank, posso lhe afirmar. Você não vai vê-lo. Ele está a caminho de Windsor neste momento.

– Então seu filho esteve aqui?

– Ah, sim! Você não soube?... Bem, não importa.

Sr. Weston ficou em silêncio por um momento, depois acrescentou, em um tom mais cuidadoso.

– Sim, Frank veio esta manhã, apenas para saber como estamos.

Eles se apressaram e logo estavam em Randalls.

– Veja, minha querida – disse ele, enquanto entravam na sala –, eu a trouxe. Espero que logo você esteja melhor. Vou deixá-las a sós, não há porque adiar isso. Estarei por perto, se precisar de mim.

E Emma ouviu distintamente que ele dizia, em voz mais baixa:

– Mantive minha palavra. Ela não tem a mínima ideia.

Sra. Weston parecia tão abatida e tinha um ar tão perturbado que a preocupação de Emma aumentou. E assim que ficaram a sós, ela disse, com ansiedade:

– O que está acontecendo, minha querida amiga? Alguma coisa muito desagradável aconteceu, imagino. Diga-me logo do que se trata. Vim o caminho todo em completo suspense. Nós duas detestamos suspense, não deixe que o meu se prolongue por mais tempo. Vai fazer-lhe bem falar de sua preocupação, qualquer que ela seja.

– Não tem a menor ideia, então? – disse Sra. Weston, com a voz trêmula. – Não pode imaginar... Não consegue imaginar o que estou para lhe contar?

– Só posso imaginar que se trate de Frank Churchill.

– Você tem razão. Trata-se de Frank e vou contar-lhe sem rodeios – retomando seu trabalho manual, decidida a não olhar para Emma. – Ele esteve aqui hoje de manhã bem cedo, para realizar uma tarefa extraordinária. É impossível expressar a nossa surpresa. Veio falar com o pai sobre um assunto... para anunciar um compromisso...

Ela parou para respirar. Emma pensou primeiro em si mesma, depois em Harriet.

– Na verdade, é mais que um compromisso – continuou Sra. Weston –, trata-se de um noivado... decididamente um noivado... O que você diria, Emma, o que todos dirão, quando souberem que Frank Churchill está noivo de Srta. Fairfax?... Pois é, eles estão noivos há bastante tempo!

Emma quase pulou com a surpresa. Horrorizada, exclamou:

– Jane Fairfax? Meu bom Deus! Não está falando sério, está? Não quer realmente dizer isso...?

– Você deve mesmo estar surpresa – continuou Sra. Weston, ainda evitando os olhos de Emma. Falava de modo ansioso, sem dar tempo à jovem de se recuperar. – Você deve mesmo estar surpresa. Mas é assim mesmo. Há um compromisso formal entre eles desde outubro passado, desde que estiveram em Weymouth, e que foi mantido em segredo de todos. Ninguém sabia disso, a não ser os dois... nem os Campbell, nem a família dela, nem a dele. É tão surpreendente, que apesar de estar perfeitamente convencida do fato, ainda me parece inacreditável. Mal posso crer nisso, pensei que o conhecesse.

Emma mal ouvia o que ela dizia. Sua mente estava dividida entre duas ideias: suas antigas conversas com ele sobre Srta. Fairfax e a pobre Harriet.

E, por algum tempo, ela só podia exclamar sua surpresa e pedir confirmação, repetida confirmação.

– Bem – ela disse, afinal, tentando se recobrar –, esta é uma circunstância em que eu preciso pensar por pelo menos meio dia, antes que possa compreendê-la. Imagine! Estiveram noivos durante todo o inverno, antes mesmo que qualquer dos dois viesse a Highbury?

– Estão comprometidos desde outubro, secretamente noivos. Isso me feriu muito, Emma, e feriu o pai dele igualmente. Essa parte da conduta dele nós não podemos perdoar.

Emma refletiu por um tempo, e então respondeu:

– Não vou fingir que não a compreendo. E para proporcionar-lhe todo alívio que posso, pode ter certeza que as atenções dele para comigo não surtiram o efeito que imagina. Sei que está apreensiva por isso.

Sra. Weston olhou-a, com receio de acreditar, mas o semblante de Emma transmitia a mesma firmeza de suas palavras.

– Para que possa compreender melhor como posso me gabar de ser perfeitamente indiferente a ele – ela continuou – vou contar-lhe que houve uma época, no início do nosso relacionamento, em que eu gostava dele, em que estava bastante disposta a me apaixonar por ele... não, na verdade cheguei a me apaixonar. Como isso veio a acabar, é talvez o mais fantástico. Felizmente, no entanto, isso acabou. Já há algum tempo, pelo menos nos últimos três meses, não tenho mais pensado nele. Deve acreditar em mim, Sra. Weston. É a mais pura verdade.

Sra. Weston beijou-a entre lágrimas de alegria. E quando recobrou a palavra assegurou que essas palavras tinham-lhe feito mais bem que qualquer outra coisa no mundo.

– Sr. Weston vai ficar quase tão aliviado como eu – disse ela. – Estávamos profundamente infelizes por causa disso. Era o nosso desejo secreto que vocês viessem a se apaixonar... e estávamos convencidos de que era assim. Imagine o que sentimos quando ele nos contou.

– Eu consegui escapar, e o fato de ter escapado deve ser motivo de assombrosa gratidão para mim e para a senhora. Mas isso não desculpa o que ele fez, Sra. Weston. Devo dizer que o considero grandemente culpado. Que direito ele tinha de vir para o nosso meio, com seu afeto e sua palavra empenhados, e agir como se estivesse livre? Que direito ele tinha de esforçar-se para agradar, como certamente fez –, e de distinguir qualquer jovem dama com suas perseverantes atenções, como certamente fez –, enquanto pertencia à outra? Como ele pode dizer que não estava causando algum dano? Como ele pode dizer que não estava me fazendo ficar apaixonada por ele? Foi muito errado da parte dele, muito errado mesmo.

– Por uma coisa que ele disse, minha querida Emma, eu imagino...

– E como ela pôde aceitar tal comportamento? Manteve-se firme enquanto testemunhava tudo! Observava enquanto ele oferecia suas atenções à outra, na frente dela, e não ficou ressentida. Esse é um grau de placidez que não consigo compreender nem respeitar.

– Houve alguns desentendimentos entre eles, Emma, ele disse

isso expressamente. Não teve tempo para explicar muita coisa. Ficou aqui apenas por quinze minutos, e estava tão agitado que mesmo esse tempo não foi completamente aproveitado. Mas ele com certeza disse que houve desentendimentos. A crise atual, na verdade, parece que foi provocada por eles mesmos, e aqueles desentendimentos devem ter tido origem na conduta imprópria de Frank.

– Imprópria! Ah! Sra. Weston... é uma censura muito branda. Foi muito mais que imprópria, muito mais! Como ele caiu... não posso dizer o quanto ele caiu no meu conceito. Tão diferente do comportamento de um verdadeiro cavalheiro! Ele não tem nada da integridade, da estrita observância à verdade e aos princípios, que despreza a artimanha e a mesquinhez, e que deve pautar o comportamento de um homem em qualquer coisa que faça na vida.

– Não, minha querida Emma, agora devo tomar o partido dele. Mesmo que Frank tenha errado nesse caso, eu o conheço há tempo suficiente para saber que possui muitas, muitas boas qualidades, e...

– Meu Deus! – exclamou Emma, sem ouvi-la. – E Sra. Smallridge, também! Jane na verdade estava a ponto de tornar-se governanta! O que ele pretendia com tão completa indelicadeza? Tolerar que ela se comprometesse... tolerar que ela tenha mesmo pensado em uma medida dessas!

– Ele não sabia de nada disso, Emma. Nesse ponto posso absolvê-lo completamente. Foi uma decisão só dela, que não comunicou nada a ele... ou pelo menos não falou de modo a tornar-se convincente. Frank disse que até ontem não sabia nada dos planos dela. Tomou conhecimento, não sei bem como, por alguma carta ou mensagem. E foi a descoberta do que ela pretendia fazer, desse plano dela, que o decidiu a resolver a situação de uma vez, contar tudo ao tio e sujeitar-se à sua bondade; em suma, colocar um ponto final nessa miserável situação de segredo que eles vêm mantendo há tanto tempo.

Emma começava a ouvir com mais atenção.

– Terei notícias em breve – prosseguiu Sra. Weston. – Quando partiu ele me disse que logo escreveria, e falou de uma maneira que parecia prometer alguns detalhes que não podem ser explicados agora. Vamos esperar pela carta dele, então. Deve trazer muitas explicações. Deve tornar mais compreensíveis e desculpáveis algumas coisas que agora não estão claras. Não vamos ser tão severas, não nos apressemos em condená-lo. Precisamos ter paciência. Eu devo amá-lo, e agora que estou satisfeita em um ponto, o único que realmente me importa, estou ansiosa para que tudo termine bem e pronta a esperar que seja assim. Eles devem ter sofrido muito com todo esse esquema de segredo e dissimulação.

– O que ele está sofrendo – replicou Emma, secamente – não parecem ter-lhe causado muito dano. Bem, e como Sr. Churchill recebeu a notícia?

– Da forma mais favorável para o sobrinho, deu seu consentimento praticamente sem dificuldade alguma. Pense como os acontecimentos de apenas uma semana afetaram aquela família! Enquanto a pobre Sra. Churchill era viva, imagino que não devia haver esperança, nenhuma chance, nem possibilidade... Mas, assim que seus restos mortais passaram a descansar na sepultura da família, seu marido foi persuadido a agir da forma exatamente oposta ao que ela teria exigido. É uma benção que tal influência negativa não tenha sobrevivido ao túmulo! Sr. Churchill deu seu consentimento com um mínimo de persuasão.

"Oh!", pensou Emma, "ele teria dado o mesmo consentimento para Harriet."

– Foi tudo acertado ontem à noite, e Frank partiu com a primeira luz da manhã. Parou em Highbury por algum tempo, na casa das Bates, eu imagino, e depois veio direto para cá. Mas estava com muita pressa de voltar para junto do tio, a quem agora é mais necessário do que nunca... por isso ficou aqui apenas um quarto de hora, como eu lhe disse. Estava muito agitado, muito, mesmo... a tal ponto que parecia uma criatura bastante diferente do que sempre foi. Além de tudo, teve o choque de encontrá-la tão doente, o que ele nem sequer suspeitava. Pela aparência dele posso dizer que estava sofrendo muito.

– E a senhora acredita que o caso foi mantido em tão perfeito segredo? Os Campbell, os Dixon, ninguém sabia nada do noivado?

Emma não conseguia falar o nome Dixon sem ficar levemente ruborizada.

– Ninguém sabia. Ele afirmou categoricamente que o fato não era conhecido de ninguém no mundo, apenas dos dois.

– Veja – disse Emma –, suponho que aos poucos possamos nos acostumar com a ideia e desejo que sejam felizes. Mas sempre vou achar que foi um procedimento abominável. Não foi outra coisa além de um esquema de hipocrisia, fraude... espionagem e traição. Vir para o nosso meio se dizendo uma pessoa franca e simples, e depois agir em segredo para nos julgar a todos! E aqui estávamos nós, durante o inverno e a primavera, completamente enganados, e nos imaginando todos no mesmo nível de verdade e honra, com duas pessoas no nosso meio que estavam comparando e julgando sentimentos e palavras que nunca deveriam ter visto ou ouvido. Eles devem aceitar as consequências, se alguma vez ouviram falar de um ou de outro de uma forma não exatamente agradável.

– Fico tranquila a esse respeito – respondeu Sra. Weston. – Tenho certeza que nunca falei nada de um para o outro que ambos não pudessem ter ouvido.

– Você tem sorte... Seu único engano foi ouvido somente por mim, quando imaginou que um certo amigo nosso pudesse estar apaixonado pela dama.

– É verdade. Mas como sempre tive uma excelente opinião de Srta. Fairfax, nunca poderia cometer o erro de falar mal dela. Quanto a falar mal dele, disso eu estou protegida.

Nesse momento viram Sr. Weston pela janela, a certa distância, evidentemente observando-as.

Sua esposa olhou-o de forma a convidá-lo a entrar e, enquanto ele se aproximava, ela disse:

– Agora, minha querida Emma, deixe-me pedir-lhe que diga tudo que estiver ao seu alcance para deixá-lo tranquilo e inclná-lo a ficar satisfeito com o casamento. Vamos tirar o melhor desta situação e, na verdade, quase tudo de bom pode ser dito com justiça sobre ela. Não é um casamento que traga grande gratificação, mas se Sr. Churchill não se importou com isso porque nós deveríamos? E pode ser muito bom para ele, para Frank quero dizer, estar ligado a uma moça de tanta firmeza de caráter e bom senso. Sempre pensei isso dela, e continuo disposta a dar-lhe crédito por isso, a despeito deste grande desvio da estrita regra do que é certo. E quanto pode ser dito da situação dela para justificar esse erro!

– Demais, na verdade – exclamou Emma, calorosamente. – Se

uma mulher pode ser desculpada por pensar apenas em si mesma é alguém na situação de Jane Fairfax. Quanto a isso podemos até dizer que "o mundo não é deles, nem o são as leis do mundo".

Emma encontrou Sr. Weston na entrada e, mostrando alegria, exclamou:

– Que belo truque o senhor me aplicou! Foi uma artimanha para incitar a minha curiosidade e exercitar meu poder de adivinhação. Mas o senhor chegou a me assustar! Pensei que tivesse perdido metade da sua propriedade, pelo menos. E quando cheguei aqui, em vez de ter motivo para condolências, descubro que tenho motivo para congratulações. Eu o felicito, Sr. Weston, com todo meu coração, pela perspectiva do senhor ter uma das mais adoráveis e completas jovens damas da Inglaterra como nora.

Um ou dois olhares trocados entre ele e a esposa o convenceram que tudo estava tão bem quanto as palavras de Emma diziam. E o efeito feliz dessas palavras no espírito dele foi imediato. Seu rosto e sua voz recobraram a vivacidade habitual. Ele apertou a mão de Emma com emocionada gratidão, e entrou no assunto de modo a provar que apenas precisava de um pouco de tempo para persuadir-se de que o casamento não era ruim. Emma e Sra. Weston sugeriram só o que pudesse reduzir a imprudência e suavizar as objeções. Depois que falaram de tudo outra vez juntos, ele acompanhou Emma de volta a Hartfield e, no caminho, falou de tudo novamente.

A essa altura Sr. Weston já estava perfeitamente reconciliado com a ideia e faltava pouco para dizer que esta fora a melhor coisa que Frank poderia ter feito.

CAPÍTULO 11

"Harriet, pobre Harriet!"... Essas foram as palavras; nelas repousavam as ideias atormentadas das quais Emma não conseguia se livrar, e que constituíam a verdadeira infelicidade que sentia diante de toda a situação. Frank Churchill tinha se comportado muito mal em relação a ela – e de vários outros modos também –, mas não era tanto o comportamento dele, mas o dela mesma, que a deixava tão zangada com ele. Era a enrascada na qual Frank Churchill a envolvera por causa de Harriet que dava um tom mais profundo à ofensa dele. Pobre Harriet!... Pela segunda vez seria a vítima das suas concepções erradas e lisonjas.

Sr. Knightley havia sido profético quando dissera: "Emma, você não tem sido amiga de Harriet Smith". Temia que não tivesse feito nada por ela além de prestar-lhe um desserviço. Era verdade que não tinha nada por que culpar-se agora, como na outra vez, em que fora a única autora do engano, ao ter sugerido sentimentos que de outra forma nunca teriam sido cogitados por Harriet. Sua amiga havia falado da própria admiração e preferência por Frank Churchill antes que ela pudesse fazer-lhe qualquer insinuação a respeito. Sentia-se, porém, culpada por ter encorajado o que deveria ter reprimido. Devia ter evitado a indulgência e o aumento da força desses sentimentos. Sua influência teria sido o bastante. E agora tinha plena consciência de que devia tê-los impedido. Sentiu que pusera em risco a felicidade da amiga sem nenhuma base. O bom senso devia ter feito com que dissesse a Harriet que não devia pensar em Frank Churchill, e que havia quinhentas chances contra uma de que ele algum dia gostasse dela. "Mas, com bom senso", ela pensou "temo que tivesse pouco a fazer". Estava muito zangada consigo mesma. Se não pudesse ficar zangada também com Frank Churchill teria sido terrível.

Quanto à Jane Fairfax, podia finalmente aliviar seu coração da necessidade de alguma solicitude em relação a ela no momento. Harriet já constituía ansiedade suficiente para Emma. Não precisava mais ficar infeliz por causa de Jane, cujos problemas e cuja doença tinham, é evidente, a mesma origem, e deviam estar igualmente sendo curados. Seus dias de privações e de ostracismo estavam terminados. Logo ela estaria bem de saúde, feliz e próspera. Emma podia agora imaginar por que suas atenções para com ela foram desprezadas. Essa descoberta esclarecia muitas pequenas questões. Não havia dúvida de que fora por ciúmes. Aos olhos de Jane ela era uma rival e, por isso, qualquer oferecimento de ajuda ou consideração devia ser recusado. Um passeio na carruagem de Hartfield teria sido uma tortura, e a araruta da dispensa de Hartfield devia estar envenenada. Ela entendeu tudo isso –, e tanto quanto sua mente podia se distanciar da injustiça e do egoísmo provocados por sentimentos de raiva –, dava-se conta que Jane Fairfax nunca teria nem elevação nem felicidade além do seu deserto. Mas a pobre Harriet era um fardo tão pesado! Ela tinha pouca simpatia para dispensar a qualquer outra pessoa. Emma temia que esse segundo desapontamento fosse mais severo que o primeiro. Achava que podia ser assim, considerando-se o valor muito superior do segundo objeto de interesse. E devia mesmo ser assim, a julgar pelo seu efeito aparentemente mais forte na mente de Harriet, produzindo reserva e autocontrole. No entanto, ela devia comunicar a dolorosa verdade, e o mais cedo possível.

Houvera um pedido de segredo nas palavras de despedida de Sr. Weston. "No momento, o caso todo devia ficar em completo segredo. Sr. Churchill fizera questão disso, como mostra de respeito pela esposa recentemente falecida; e todos concordaram que isso não era mais que o devido decoro". Emma havia prometido. Mesmo assim Harriet devia ser excluída da promessa, era sua obrigação contar-lhe. A despeito da vergonha, não podia deixar de achar quase ridículo que ela tivesse que desempenhar em relação à Harriet a mesma tarefa angustiante e delicada que Sra. Weston acabara de desempenhar junto dela. A informação que lhe fora dada com tanta ansiedade, Emma devia agora dar ansiosamente à outra. Seu coração bateu mais forte ao ouvir os passos e a voz de Harriet, assim como o coração da pobre Sra. Weston devia ter disparado ao vê-la se aproximar de Randalls. Se a revelação ao menos tivesse o mesmo desfecho! Mas quanto a isso, infelizmente, não havia a menor chance.

– Veja, Srta. Woodhouse! – exclamou Harriet, entrando ansiosamente na sala. – Essa não é a notícia mais estranha do mundo?

– De que notícia está falando, Harriet? – respondeu Emma, incapaz de adivinhar, pela voz ou pela expressão, se a amiga já recebera alguma informação a respeito.

– A respeito de Jane Fairfax. Já ouviu alguma coisa mais estranha? Oh!... A senhorita não deve ter medo de me contar, pois o próprio Sr. Weston me disse. Acabei de encontrá-lo. Ele me falou que era um grande segredo. Eu não pensaria em mencionar isso para ninguém, a não ser a senhorita, mas ele disse que a senhorita já sabia.

– O que Sr. Weston lhe contou? – disse Emma, ainda perplexa.

– Ah! Ele me contou tudo sobre isso! Que Jane Fairfax e Sr. Frank Churchill vão se casar e que estiveram noivos em segredo por um bom tempo. Que estranho!

Era, de fato, muito estranho. O comportamento de Harriet era tão estranho que Emma não sabia como interpretá-lo. Parecia que seu caráter mudara completamente. Estava decidida a não mostrar nenhuma agitação ou desapontamento, ou qualquer preocupação especial pela descoberta.

Emma olhava para ela sem conseguir falar.

– A senhorita sabia – exclamou Harriet – que ele estava apaixonado por ela? A senhorita talvez tivesse... É capaz de enxergar o que se passa no coração de qualquer pessoa. Mas ninguém mais poderia.

– Dou-lhe minha palavra – disse Emma – que começo a duvidar de ter algum talento desse tipo. Você pode me perguntar com seriedade, Harriet, se eu imaginava que ele estava comprometido com outra mulher ao mesmo tempo em que encorajava você a dar vazão aos seus sentimentos? Creio que o fiz pelo menos de forma tácita, se não abertamente. Nunca tive a menor suspeita, até uma hora atrás, de que Sr. Frank Churchill tivesse qualquer sentimento por Jane Fairfax. Pode ter certeza de que, se eu soubesse, teria prevenido você.

– Me prevenido?! – exclamou Harriet, atônita e ruborizando intensamente. – Por que deveria me prevenir?... A senhorita não pode estar pensando que gosto de Sr. Frank Churchill...

– Fico feliz por vê-la falar com tanta firmeza sobre esse assunto – respondeu Emma, sorrindo. – Mas não deve negar que houve um tempo, que não está muito distante, em que me deu razões para acreditar que estava interessada nele.

– Nele? Nunca, nunca... Querida Srta. Woodhouse, como pôde ter me entendido tão mal? – Virando-se angustiada.

– Harriet! – exclamou Emma, após um momento. – O que quer dizer com isso?... Deus do céu! O que quer dizer?... Entendê-la mal!... Devo supor, então...

Ela não podia dizer mais nenhuma palavra... Perdera a voz, e sentou-se, esperando aterrorizada pela resposta de Harriet. Harriet, que estava sentada a alguma distância, e com o rosto virado para o outro lado, não disse nada por algum tempo. E, quando falou, sua voz estava quase tão agitada quanto à de Emma.

– Nunca pensei que fosse possível – ela começou – que a senhorita me entendesse mal! Sei que combinamos de nunca mencionar o nome dele... mas considerando como ele é superior a todos os outros, não achei que fosse possível a senhorita pensar que eu falava de outra pessoa. Sr. Frank Churchill, realmente! Não sei quem poderia olhar para ele na presença do outro. Espero ter um gosto bem melhor do que pensar em Sr. Frank Churchill, que não é ninguém ao lado dele. E que a senhorita tenha se enganado tanto, é espantoso! Eu acreditava que a senhorita aprovava e encorajava o meu afeto. Em princípio, considerei uma grande presunção de minha parte ousar pensar nele. Em princípio, se a senhorita não tivesse me dito que coisas mais espantosas já aconteceram, que já houve casamentos de maior disparidade, essas foram suas palavras exatas, eu não teria ousado me permitir... não teria pensado possível... Mas se a senhorita, que o conhece há longos anos...

– Harriet! – exclamou Emma, recompondo-se. – Vamos nos entender agora, de uma vez por todas, sem deixar qualquer possibilidade de engano. Você está falando de... Sr. Knightley?

– Por certo que estou. Nunca pensei em mais ninguém... e achei que a senhorita soubesse. Quando falamos nele, ficou tão claro quanto possível.

– Nem tanto – respondeu Emma, com calma forçada –, pois tudo que você me disse na ocasião parecia referir-se à outra pessoa. Eu posso quase jurar que você disse o nome de Sr. Frank Churchill. Tenho certeza que falamos do serviço que Sr. Frank Churchill lhe prestou, salvando-a dos ciganos.

– Ah, Srta. Woodhouse! Como pôde se esquecer?

– Querida Harriet, lembro-me perfeitamente do teor do que eu lhe disse naquela ocasião. Disse-lhe que não me surpreendia com o seu interesse, considerando o serviço que ele lhe prestou, e que era muito natural. E você concordou, falando calorosamente de sua consciência a respeito disso, e mencionando até mesmo o que sentiu quando o viu aproximar-se para salvá-la. Isso tudo está bem vivo na minha memória.

– Ah, meu Deus! – exclamou Harriet. – Agora entendo o que quer dizer. Mas eu pensava em algo bem diferente no momento. Não me referia aos ciganos... nem a Sr. Frank Churchill. Não! – Levantando-se. – Pensava em uma circunstância muito mais importante... em Sr. Knightley caminhando na minha direção e me convidando para dançar, quando Sr. Elton recusou-se a fazê-lo e não havia outro cavalheiro disponível no salão. Foi a essa boa ação que me referi, um ato de nobre generosidade e benevolência. Foi essa atitude que me fez pensar em como ele era superior a qualquer outro ser humano na face da terra.

– Meu bom Deus! – exclamou Emma. – Esse foi o mais infeliz... o mais deplorável dos enganos!... O que se pode fazer?

– A senhorita não teria me encorajado, então, se tivesse me compreendido? Pelo menos não posso estar pior do que estaria, se o outro fosse a pessoa em questão. E agora, acho que existe uma possibilidade.

Ela fez uma pausa por alguns momentos. Emma não conseguia falar.

– Eu não duvido, Srta. Woodhouse – ela prosseguiu –, que a senhorita veja uma grande diferença entre os dois, no que se refere a mim ou a qualquer outra pessoa. Deve achar que ele está quinhentos milhões de vezes acima de mim, muito mais do que o outro. Mas espero, Srta. Woodhouse, que... mesmo que possa parecer estranho... A senhorita sabe que foram suas próprias palavras, que coisas mais maravilhosas já aconteceram, casamentos de maior disparidade já ocorreram, até mais do que entre Frank Churchill e eu. E se uma coisa como essa já ocorreu antes, e se eu for bastante afortunada para... Se Sr. Knightley realmente desejar, se não se importar com a disparidade, eu espero, minha querida Srta. Woodhouse, que a senhorita não seja contra, que não tente colocar dificuldades no meu caminho. Mas a senhorita é boa demais para isso, tenho certeza.

Harriet estava parada junto a uma das janelas. Emma virou-se para ela, consternada, e disse apressadamente:

– Você tem alguma ideia se Sr. Knightley corresponde à sua afeição?

– Sim – respondeu Harriet, com modéstia, mas sem temor. – Devo dizer que sim.

Os olhos de Emma se fecharam imediatamente. Ela ficou sentada, meditando em silêncio sem se mover por alguns minutos. Esses poucos minutos foram suficientes para que conhecesse os segredos de seu próprio coração.

Uma mente como a dela, uma vez aberta para a suspeita, fazia progressos rápidos. Ela entreviu... ela admitiu... ela soube a verdade inteira. Por que sentia que era muito pior que Harriet estivesse apaixonada por Sr. Knightley em vez de Frank Churchill? Por que o mal se tornou ainda maior ao descobrir que Harriet tinha esperanças de ser correspondida? E a verdade atravessou sua mente, com a rapidez de uma flecha: Sr. Knightley não podia se casar com ninguém a não ser com ela. Nesses poucos minutos, sua própria conduta, assim como seu próprio coração, estavam diante dela. Viu com clareza tudo que nunca vira antes. Como agira de modo impróprio por Harriet! Como sua conduta fora irracional, indelicada e sem consideração! Que cegueira, que loucura a tinham conduzido! Foi atingida pela força terrível dessas revelações, e estava pronta a dar os piores nomes do mundo para o seu comportamento. No entanto, um pouco de respeito próprio, a despeito de todos esses deméritos, deu-lhe forças para sentar-se e suportar o restante com calma, até mesmo com aparente gentileza. Preocupava- se um pouco com sua aparência, e devia fazer justiça a Harriet, embora não necessitasse ter compaixão pela moça que acreditava ser amada por Sr. Knightley.

Seu senso de justiça, porém, lhe dizia que não devia tornar Harriet infeliz, tratando-a com frieza. Para sua própria tranquilidade, de fato, devia perguntar a respeito da extensão das esperanças de Harriet. A jovem, afinal, não fizera nada para ser privada da amizade e do interesse que lhe tinham sido tão voluntariamente oferecidos, nem merecia ser desprezada pela pessoa cujos conselhos nunca lhe fizeram bem. Emma despertou dessas reflexões e, dominando a emoção, voltou-se de novo para a amiga. Com uma voz mais convidativa, retomou a conversa, pois o assunto que a introduzira, a incrível história de Jane Fairfax, estava quase esquecida. Nenhuma das duas pensava em outra coisa que não fosse Sr. Knightley e elas mesmas. Harriet, que estivera mergulhada em um sonho nem um pouco infeliz, ainda assim ficou muito contente de vê-lo interrompido pela maneira encorajadora de tão grande juíza e grande amiga como Srta. Woodhouse, e precisava apenas de um estímulo para contar a história completa de suas esperanças com grande e emocionado deleite.

Emma escondia melhor seu tremor do que Harriet, enquanto perguntava e ouvia, embora ele não fosse menor do que o da jovem. Mantinha a voz firme, mas sua mente estava bastante perturbada por essa descoberta de si mesma, pela eclosão de um mal traiçoeiro e pela confusão e perplexidade de emoções inesperadas. Ouviu os detalhes contados por Harriet com grande sofrimento interior, mas aparentando paciência. Não podia esperar que o relato dela tivesse qualquer método ou arranjo conveniente de ideias, ou mesmo que fosse bem descrito. Mas quando se separava toda a fraqueza e tautologia da narração, continha o bastante para deprimir seu espírito, ainda mais com as circunstâncias que o corroboravam, que sua própria memória adicionava em favor da alta opinião que Sr. Knightley tinha de Harriet.

Harriet notara uma diferença no comportamento dele desde aquelas duas danças decisivas. Emma sabia que Sr. Knightley, naquela ocasião, achara Harriet muito superior às suas expectativas. Desde aquela noite, ou pelo menos desde que Srta. Woodhouse encorajou-a a pensar nele, Harriet começou a notar que ele conversava com ela muito mais do que costumava, e falava de uma maneira diferente, com mais gentileza e suavidade! Nos últimos tempos estava cada vez mais consciente disso.

Quando estavam todos caminhando juntos, ele com frequência vinha caminhar ao lado dela, e falava de maneira tão deliciosa! Parecia querer conhecê-la melhor. Emma sabia que esse era exatamente o caso. Ela tinha notado a mudança, quase com a mesma extensão da amiga. Harriet repetia expressões de aprovação e elogios ao Sr. Knightley que, pelo que Emma sabia, estavam bem de acordo com a opinião dele sobre Harriet. Ele a elogiara por ser uma moça sem artifícios ou afetação, por ter sentimentos simples, honestos e generosos. Ela sabia que ele vira essas qualidades em Harriet, falara delas com Emma mais de uma vez. Muito do que Harriet guardara na memória, vários pequenos detalhes das atenções que recebera dele, um olhar, uma fala, uma mudança de cadeira, um cumprimento implícito, uma suposta preferência, não foram notados por Emma porque ela não tinha suspeita alguma. Circunstâncias que poderiam intensificar um relacionamento de meia hora, e que continham muitas provas para ela que as vira, passaram-lhe despercebidas, e agora as reconhecia ao ouvi-las. Mas as duas últimas ocorrências que Harriet mencionara, e que continham as maiores promessas para ela, foram também testemunhadas pela própria Emma.

A primeira fora a caminhada dele ao lado dela, separados dos demais, na alameda de limeiras em Donwell, onde andaram caminhando por algum tempo antes de Emma juntar-se a eles. Parecia que ele tomava cuidado (como Harriet estava convencida) de afastá-la dos outros para retê-la junto a si. Pela primeira vez falara com ela de forma particular, como nunca falara antes. De modo bastante particular, na verdade! (Harriet não conseguia lembrar-se disso sem corar). Ela parecia quase a ponto de perguntar se sua afeição já estava comprometida... Mas assim que ela (Srta. Woodhouse) se aproximara com a intenção de juntar-se a eles, ele mudou de assunto e começou a falar sobre a fazenda. A segunda fora quando Sr. Knightley sentara-se com ela conversando por quase meia hora, enquanto esperavam Emma voltar da sua visita, exatamente na última manhã em que ele estivera em Hartfield, mesmo tendo dito, quando chegou, que não poderia ficar mais do que cinco minutos. E ele contou-lhe, durante essa conversa, que embora estivesse indo para Londres, deixava sua casa muito contra a vontade. Isso era muito mais (Emma sentiu) do que ele havia dito a ela. Esse grau de confiança em relação à Harriet, mostrado apenas por esse fato, causou-lhe enorme dor.

Depois de alguma reflexão em relação à primeira das duas circunstâncias, Emma aventurou-se a perguntar:

– Será que ele não pretendia, quando lhe perguntou, como você imagina, sobre o comprometimento de sua afeição... Será que ele não estava se referindo ao Sr. Martin?... Ou tinha o interesse de Sr. Martin em vista?

Mas Harriet rejeitou a suspeita com veemência.

– Sr. Martin? Oh, não, de forma alguma!... Não houve nem sequer uma insinuação sobre Sr. Martin. Espero me conhecer melhor agora, a ponto de não me interessar por Sr. Martin, ou ser suspeita de fazê-lo.

Assim que concluiu o seu relato, Harriet apelou para sua querida Srta. Woodhouse, para dizer-lhe se tinha motivos para ter esperanças.

– Nunca teria a pretensão de pensar nisso, no início – disse ela –, se não fosse a senhorita. Foi a senhorita que me disse para observá-lo cuidadosamente e deixar que o comportamento dele servisse de guia para o meu. E assim fiz. Mas agora sinto que posso merecê-lo. E se ele me escolher, isso não será uma coisa assim tão extraordinária.

Os amargos sentimentos provocados por essa declaração, os muitos sentimentos amargos, na verdade, exigiram um último esforço da parte de Emma, de forma a poder dar uma resposta para Harriet.

– Harriet, a única coisa que ouso dizer é que Sr. Knightley é o último homem no mundo que intencionalmente daria para qualquer mulher a ideia do sentimento dele por ela ser maior do que realmente é.

Harriet parecia disposta a adorar a amiga por uma resposta tão satisfatória. Emma só foi salva de suas expressões de profundo afeto e gratidão, que nesse momento teriam lhe causado uma terrível dor, pelo som dos passos de seu pai. Ele vinha para o vestíbulo. Harriet estava muito agitada para encontrá-lo. "Ela não conseguia se recompor, Sr. Woodhouse ficaria alarmado, era melhor ela ir"... Com o mais pronto encorajamento da parte de Emma ela passou pela outra porta da sala. No momento em que Harriet saía da casa, Emma desabafou seus sentimentos, dizendo a si mesma: "Oh, Deus! Gostaria que nunca a tivesse visto".

O resto do dia e a noite que se seguiu mal foram suficientes para seus pensamentos. Estava perplexa com a confusão de tudo que a acometera nas últimas horas. Cada momento trazia uma nova surpresa, e cada surpresa devia ser motivo de humilhação para ela. Como compreender tudo aquilo? Como entender as decepções que ela mesma provocara para si, e viver com isso? Os enganos, a cegueira de sua própria mente e coração! Ela ficara sentada pensativa, caminhara pelos jardins, tentara ficar no quarto, tentara passear no bosque... Em cada lugar, em cada atitude, percebeu que agira com fraqueza, que lhe fora imposto pelos outros o mais alto grau de sofrimento, e que ela mesma se impusera um grau de sofrimento ainda maior. Que estava infeliz, e que no futuro descobriria que esse dia era apenas o começo do seu sofrimento.

Tentar compreender, compreender totalmente seu próprio coração, era o primeiro esforço. Para isso utilizaria qualquer momento livre que seus cuidados com o pai permitissem, e qualquer momento de distração involuntária. Há quanto tempo Sr. Knightley se tornara tão querido para ela, como cada sentimento demonstrava agora que ele era? Quando a influência dele, aquela influência, começara? Quando ele alcançara esse lugar na sua afeição que Frank Churchill ocupara uma vez, por pouco tempo? Ela olhou para o passado e comparou os dois... Comparou-os pelo lugar que sempre ocuparam em sua estima, desde o momento em que conhecera o último... E como deviam ter sido comparados por ela há muito tempo.

Ah! Que abençoada felicidade se tivesse lhe ocorrido fazer essa comparação antes! Percebeu que nunca houve um tempo em que não tivesse considerado Sr. Knightley infinitamente superior, ou que seu afeto por ela não fosse infinitamente mais apreciado. Percebeu que, convencendo-se de certas coisas, fantasiando, agindo contra as circunstâncias, incorrera no mais completo engano, ignorando totalmente seu próprio coração... E, em suma, que nunca se importara com Frank Churchill, afinal de contas!

Esta foi a conclusão da primeira série de reflexões. Este foi o conhecimento de si mesma que alcançou com a primeira inquirição, e sem demorar muito a consegui-lo. Estava indignada e triste, envergonhada de cada sensação, menos da que se revelara a ela: sua afeição por Sr. Knightley. Tudo o mais em sua mente era repulsivo.

Com que insuperável vaidade ela acreditara estar de posse do segredo do coração de todas as pessoas, com que imperdoável arrogância se propusera a arranjar o destino dos outros! Provou estar universalmente errada, e não conseguira quase nada... apenas causar mal. Causara mal a Harriet, a si mesma, e temia que a Sr. Knightley também. Caso essa união, que era a mais desigual do mundo, chegasse a acontecer, ela deveria arcar com o desgosto de ter começado tudo, pois o afeto dele só poderia existir pela consciência do afeto de Harriet. E mesmo que não fosse esse o caso, ele jamais teria reparado em Harriet se não fosse a sua loucura.

Sr. Knightley e Harriet Smith! Era uma união para provocar choque e espanto além de qualquer imaginação. A ligação entre Frank Churchill e Jane Fairfax tornava-se apenas um lugar comum comparada a essa, apenas uma bobagem que não causaria a menor surpresa, não mostraria a menor disparidade, nem provocaria comentários de espécie alguma. Sr. Knightley e Harriet Smith! Que elevação seria para ela! Que queda seria para ele! Era horrível para Emma pensar em quanto isso o diminuiria perante a opinião pública. Previa os sorrisos de chacota, os narizes torcidos, o divertimento que causaria. O sofrimento e o desprezo de seu irmão, e outras milhares de inconveniências para si mesmo. Será que isso poderia acontecer? Não, era impossível. E, no entanto, estava longe, muito longe, de ser impossível. O que há de novo em um homem de primeira classe ser cativado por uma jovem de nível inferior? O que havia de novo em um cavalheiro, talvez muito ocupado para procurar, ser o prêmio de uma moça que o procurasse? Seria isto uma novidade no mundo por ser desigual, inconsistente, incongruente... ou pelo fato do acaso e as circunstâncias (como segundas causas) dirigirem o destino humano? Ah! Se ao menos não houvesse incentivado Harriet! Se a tivesse deixado no lugar a que pertencia, e ao qual Sr. Knightley lhe dissera que ela pertencia!...

Se não tivesse, com uma tolice que não havia palavras para expressar, impedido que ela desposasse o irrepreensível jovem que a teria feito feliz e respeitável no nível de vida a que ela devia pertencer – tudo poderia ter sido salvo. Nenhum desses terríveis acontecimentos teria ocorrido. Como Harriet tivera a presunção de levantar os olhos para Sr. Knightley? Como ousara imaginar que pudesse ser escolhida por tal homem, até ter quase certeza disso? Mas Harriet estava menos humilde, tinha menos escrúpulos do que antes. Parecia perceber muito pouco sua inferioridade, fosse de mente ou de situação. Parecera mais sensível à possibilidade de Sr. Elton não querer casar-se com ela, do que mostrava sentir agora com Sr. Knightley. Ah! Por acaso isso também não era obra dela? Quem se dera ao trabalho de dar ideias de grandeza a Harriet, se não ela? Quem, se não ela, ensinara Harriet a elevar-se o mais possível e a pensar que tinha direito a conseguir um lugar melhor no mundo? E se Harriet passara de humilde a vaidosa, também era sua culpa.

CAPÍTULO 12

Até o momento em que se vira ameaçada com essa perda, Emma nunca soubera quanto sua felicidade dependia de ser a primeira aos olhos de Sr. Knightley, primeira em interesse e afeição. Satisfeita de saber que era assim, e acreditando que era seu direito, desfrutara disso sem refletir, e apenas quando sentiu o temor de ser suplantada percebeu o quanto isso era importante. Havia muito, muito tempo que era a primeira. Como ele não tinha amigas entre as jovens damas, somente Isabella possuía direitos iguais aos seus, e ela sabia exatamente o quanto ele amava e estimava Isabella. Ela fora a primeira por longos anos, mas não merecera isso; muitas vezes fora negligente ou perversa, desprezando seus conselhos ou se opondo a ele com veemência; fora insensível à metade dos seus méritos, discutindo com ele porque não aceitava a falsa e insolente avaliação que ela fazia de si mesma. Ainda assim, por hábito e afeto familiar, e pela total excelência de sua mente, ele a amara e zelara por ela desde criança, esforçando-se para que se tornasse melhor; ansiava por vê-la agir certo, o que nenhuma criatura no mundo fizera. A despeito de todas as suas falhas ela sabia que era querida para ele – e por que não dizer, muito querida? Quando surgiram as sugestões de esperança que deviam se seguir, entretanto, Emma não pôde ter a pretensão de ceder a elas. Harriet Smith devia achar que merecia ser singular, exclusiva e apaixonadamente amada por Sr. Knightley. Ela não podia. Ela não podia se vangloriar de imaginar que Sr. Knightley ficaria cego aos seus defeitos por amor a ela. Tivera uma prova muito recente de sua imparcialidade. Como ele ficara chocado com seu comportamento para com Srta. Bates! Como fora direto e incisivo, ao proclamar seu desgosto pela atitude dela! Não fora incisivo a ponto de ofendê-la... mas o suficiente para se distanciar de qualquer sentimento mais suave do que a justiça e a boa vontade.

Ela não tinha qualquer esperança, nada que pudesse merecer o nome de esperança, de que ele tivesse por ela o tipo de afeto que agora estava em questão. Mas havia uma esperança (às vezes fraca, às vezes bem forte) de que Harriet viesse a se decepcionar, e que tivesse exagerado o significado das atenções dele. Ela desejava que assim fosse, pelo bem dele; quanto a ela não haveria consequências, se ele permanecesse solteiro pelo resto da vida. Se pudesse ter certeza de que ele nunca se casaria, acreditava que ficaria perfeitamente satisfeita. Que ele permanecesse o mesmo Sr. Knightley, para ela e o pai, o mesmo Sr. Knightley para todo o mundo. Que Hartfield e Donwell não perdessem nada daquela troca diária de amizade e confiança, e sua paz estaria garantida. O casamento, na verdade, não servia para ela. Seria incompatível com seus sentimentos para com o pai e seus deveres de filha. Nada devia separá-la do pai. Ela não se casaria, mesmo que Sr. Knightley a pedisse.

Era seu ardente desejo que Harriet estivesse enganada. Ela esperava que quando voltasse a vê-los juntos fosse capaz de determinar quais as chances disso acontecer. Devia observá-los de perto, dali para frente. E apesar dos erros que cometera nas observações que fizera até então, não podia admitir que fosse se enganar agora. Sr. Knightley estava sendo esperado de volta a qualquer momento, e logo teria o poder de observar. Parecia-lhe assustadoramente cedo, quando seus pensamentos seguiam em uma determinada direção. Nesse meio tempo resolveu não ver Harriet novamente. Não faria bem a nenhuma das duas falar mais disso, não acrescentaria nada ao que fora dito. Ela resolvera não se convencer, enquanto pudesse haver dúvidas, mas ainda assim não tinha autoridade para se opor à confiança de Harriet. Falar serviria apenas para irritá- la.

Escreveu para a amiga, com bondade, mas de modo decidido, pedindo-lhe que no momento evitasse vir a Hartfield, declarando que era sua convicção que toda discussão sobre determinado assunto devia ser evitada. Esperava que alguns dias se passassem antes que voltassem a se encontrar, exceto na companhia de outras pessoas, tinha objeções apenas a uma conversa privada. Deviam agir como se tivessem esquecido a conversa do dia anterior. Harriet aceitou, aprovou e ficou grata. Esse ponto acabara de ser acertado quando chegou uma visitante para distrair um pouco seus pensamentos do assunto que a obcecava, dormindo ou acordada, nas últimas vinte e quatro horas. Tratava-se de Sra. Weston, que fora fazer uma visita à futura nora, e passara em Hartfield a caminho de casa, tanto por dever para com Emma como pelo seu próprio prazer, para relatar todos os detalhes dessa visita tão interessante.

Sr. Weston acompanhara a esposa à casa de Sra. Bates, e se comportara da forma mais agradável nessa visita de cortesia. Como Sra. Weston convencera Srta. Fairfax a acompanhá-la em um passeio, agora tinha muito mais a contar, e com muito maior satisfação do que o quarto de hora passado na sala de visitas de Sra. Bates poderia proporcionar, com todo o ônus daqueles sentimentos embaraçosos.

Emma tinha alguma curiosidade, que satisfez quase totalmente ao ouvir o relato da amiga. Sra. Weston saíra para fazer a visita em grande estado de agitação. No início pensou em não ir, pelo menos no momento e, em vez disso, escrever apenas uma carta a Srta. Fairfax. Pretendia adiar a visita de cerimônia até que passasse algum tempo e Sr. Churchill pudesse aceitar que o noivado se tornasse público, pois, considerando tudo, ela achava que uma visita dessas acabaria suscitando comentários. Sr. Weston, no entanto, pensava diferente, e estava bastante ansioso em mostrar sua aprovação à Srta. Fairfax e à família dela. Não admitia que surgisse nenhuma suspeita dessa visita e, caso surgisse, não teria consequência alguma, pois, como ele observou, "essas coisas sempre se sabem". Emma sorriu e concordou que Sr. Weston tinha boas razões para dizer tal coisa. Enfim resolveram ir, e a moça estava evidentemente em grande angústia e confusão. Mal conseguira dizer uma palavra, e cada um dos seus olhares e atitudes mostrava o quanto ela sentia a consciência culpada.

A calma e emocionada satisfação da velha senhora, e o barulhento deleite da filha – que provara estar feliz demais para falar como de hábito – tinha sido uma cena muito gratificante e afetiva. Ambas eram tão genuinamente respeitáveis em sua felicidade, tão desinteressadas em cada atitude, pensavam tanto em Jane e em todo o mundo, e tão pouco em si mesmas, que esses bons sentimentos só podiam resultar em extrema felicidade. A recente doença de Jane oferecera um pretexto a Sra. Weston para convidá-la a dar um passeio.

A princípio a jovem se retraíra e recusara, mas quando insistiram voltou atrás. No decorrer do passeio Sra. Weston conseguira, através de gentil encorajamento, superar o embaraço da moça a ponto de fazê-la falar sobre o importante assunto. As desculpas de Jane pelo seu desagradável silêncio na primeira recepção oferecida por eles, e as maiores expressões da gratidão que ela sempre sentira pelo casal deviam necessariamente começar a conversa. E quando estas primeiras efusões foram postas de lado, as duas conversaram longamente sobre o presente e o futuro do noivado. Sra. Weston estava convencida que essa conversa representara um grande alívio para Srta. Fairfax, pois lhe permitira falar de coisas que guardava dentro de si há muito tempo, e ficara bastante contente com tudo que ela dissera.

– Sobre a infelicidade que ela sofreu, escondendo isso por tantos meses – continuou Sra. Weston –, ela foi enfática. Uma de suas expressões foi "Não vou dizer que, desde que fiquei comprometida, não tive alguns momentos de felicidade; mas posso dizer que nunca conheci a benção de uma hora tranquila", e o tremor dos seus lábios, Emma, foi um atestado da verdade do que ela dizia. Senti isso de todo coração.

– Pobre menina! – disse Emma. – Então ela acha que está errada por ter concordado em esconder o noivado?

– Errada? Ninguém, eu acho, pode culpá-la mais do que ela mesma se culpa. "A consequência", disse-me ela, "foi um estado de perpétuo sofrimento para mim, e deve mesmo ser assim. Por mais que a má conduta seja punida, continua sendo má conduta. A dor não é expiação. Nunca vou me livrar desta culpa. Venho agindo contra o meu senso de certo e errado; a afortunada reviravolta dos acontecimentos, e a bondade que venho recebendo agora, é tudo que minha consciência diz que não mereço". E ela continuou "Não imagine, madame, que eu fui mal educada. Não deixe que qualquer reflexo disso caia sobre os princípios ou os cuidados das pessoas que me criaram. O erro foi todo meu, e eu lhe asseguro que, apesar de toda a desculpa que as presentes circunstâncias possam propiciar, eu ainda temo contar a história ao coronel Campbell".

– Pobre menina! – disse Emma novamente. – Ela o ama excessivamente, eu imagino. Deve ter sido apenas por amor que ela consentiu no noivado. Sua afeição deve ter suplantado seu julgamento.

– Claro, não tenho dúvidas que ela o ama extremamente.

– Tenho medo de... – continuou Emma, suspirando – que muitas vezes tenha contribuído para torná-la infeliz.

– Da sua parte, meu amor, foi algo totalmente sem intenção. Mas ela devia estar pensando nisso quando aludiu aos mal entendidos da parte dele, que poderiam ter nos dado alguma pista antes. Uma consequência natural desse esquema em que ela se envolveu, segundo me disse, foi tornar-se pouco razoável. A consciência de ter agido mal a expôs a milhares de inquietudes e tornou-a desconfiada e irritável, até um grau que deve ter sido muito difícil para ele suportar. "Não fiz as concessões", disse-me ela, "que devia ter feito para o temperamento e o espírito dele... seu delicioso espírito, essa alegria, essa disposição para brincar que, em outras circunstâncias, teriam me deixado encantada, como foi no início". Ela começou então a falar de você, Emma, e da grande bondade que mostrou durante a doença dela. Com um rubor que demonstrava como tudo estava ligado, pediu-me que lhe agradecesse assim que tivesse uma oportunidade. E eu nunca poderia agradecer-lhe o suficiente por todo o desejo e os esforços no sentido de fazer-lhe o bem. Ela tem consciência de que você nunca recebeu o devido reconhecimento da parte dela.

– Se eu não soubesse que ela agora está feliz – disse Emma, seriamente –, como deve estar, a despeito de cada uma das reações da sua escrupulosa consciência, eu não poderia aceitar esses agradecimentos. Ah, Sra. Weston! Se fosse feito um balanço de todo o bem e todo o mal que eu fiz a ela! Bem – recompondo-se e tentando parecer mais animada –, devemos esquecer tudo isso. A senhora foi muito bondosa de ter me contado esses detalhes. Eles melhoram muito o conceito dela. Tenho certeza que ela é uma pessoa muito boa, e espero que venha a ser muito feliz. É justo que a fortuna tenha sorrido para Frank, embora eu ache que o mérito é todo dela.

Tal conclusão não podia deixar de suscitar uma resposta da parte de Sra. Weston. Ela tinha bom conceito de Frank em quase todos os aspectos e, além disso, amava-o de todo coração e o defendeu com ardor. Falou com muita razão e igual afeição, mas isso foi demais para a atenção de Emma, que logo voou em direção a Brunswick Square e Donwell. Esqueceu-se de prestar atenção, e quando Sra.

Weston terminou com "Ainda não recebemos a carta pela qual ansiamos tanto, você sabe, mas acho que logo chegará", Emma teve que parar para pensar antes de responder, e foi obrigada a dar uma resposta aleatória, antes que pudesse lembrar-se qual era a carta que os deixava tão ansiosos.

– Você está bem, Emma? – foi a pergunta de Sra. Weston ao partir.

– Oh, perfeitamente! Sempre estou bem, a senhora sabe. Lembre-se de me avisar sobre a carta assim que possível.

As notícias de Sra. Weston alimentaram ainda mais as desagradáveis reflexões de Emma, aumentando sua estima e compaixão por Jane Fairfax, assim como o senso das injustiças passadas que cometera em relação a ela. Lamentou amargamente não ter se tornado mais amiga da jovem, e corou ao reconhecer os sentimentos de inveja que foram, em grande parte, responsáveis por isso. Se tivesse seguido os desejos de Sr. Knightley e dado mais atenção a Srta. Fairfax, o que, aliás, era sua obrigação; se tentasse conhecê-la melhor; se tivesse procurado ser mais íntima dela; se procurasse torná-la sua amiga, ao invés de Harriet Smith, ela teria, muito provavelmente, sido poupada de todo o sofrimento que agora sentia. O nascimento, os talentos e a educação, tudo a recomendava como amiga de Emma, para ser recebida com gratidão. E a outra... quem ela era? Mesmo supondo que nunca tivessem se tornado amigas, que ela nunca houvesse desfrutado da confiança de Srta. Fairfax naquele importante assunto – o que era o mais provável – ainda assim, conhecendo-a como conhecia, e como devia conhecer, nunca deveria ter se permitido suspeitar que ela estivesse apaixonada por Sr. Dixon. No entanto, ela não só criara e alimentara loucamente tal fantasia, como acabara por passá-la adiante de forma imperdoável. Esse fato, ela temia, devia ter provocado imensa dor para os delicados sentimentos de Jane, pela leviandade e negligência de Frank Churchill. De todas as fontes de maldades que espreitavam Srta. Fairfax desde que chegara a Highbury, Emma estava persuadida de que ela devia ser a pior. Devia ter sido a perpétua inimiga. Eles nunca podiam estar os três juntos, sem que ela acabasse com a paz de Jane em poucos momentos. E em Box Hill, talvez, Jane devia ter atingido um estado de agonia mental que não pudera mais suportar.

A tarde desse dia foi muito longa e melancólica em Hartfield. O tempo escuro colaborava com essa tristeza. Esfriou e caiu uma tempestade, e nada parecia típico do verão, a não ser a folhagem das árvores e arbustos, que o vento arrancava; e a duração dos dias, que só tornava esses cruéis sinais visíveis por mais tempo. O clima afetara Sr. Woodhouse, e ele só podia ficar toleravelmente confortável com as incessantes atenções da filha, cujos esforços nunca haviam custado a ela a metade do que custavam agora. Emma lembrou-se de seu infeliz tête a tête na noite que se seguira ao casamento de Sra. Weston. Mas Sr. Knightley havia chegado, logo após o chá, e dissipara qualquer pensamento melancólico. Ah, essas deliciosas provas de sua atração por Hartfield, como esse tipo de visita, logo estariam acabadas. A ideia que fizera então sobre as privações do inverno que se aproximava mostrou-se errada; nenhum amigo desertara, nenhum prazer se perdera. Mas achava que a previsão que fazia no momento não iria experimentar uma contradição similar. A perspectiva que se apresentava a ela agora era uma ameaça de um nível que não poderia ser inteiramente dissipado, nem ao menos parcialmente atenuado. Se acontecesse tudo que estava para acontecer no círculo de seus amigos, Hartfield ficaria comparativamente deserta. E ela seria deixada ali para animar o pai, com o pensamento apenas na felicidade perdida. A criança que estava para nascer em Randalls representava um laço maior do que ela mesma, e o tempo e o coração de Sra. Weston seriam agora ocupados pelo filho.

Emma e o pai iriam perdê-la, e provavelmente ao marido também, em grande parte. Frank Churchill não mais retornaria para junto deles, e Srta. Fairfax, era razoável supor, logo deixaria de pertencer à Highbury. Eles deviam se casar e morar em Enscombe ou perto de lá. Tudo o que era bom devia acabar. E se a essas perdas fosse acrescentada a perda de Donwell, o que sobraria de uma sociedade alegre e inteligente para ocupar seu tempo? Sr. Knightley não viria mais para confortar as noites deles! Não chegaria mais caminhando a qualquer hora, como se quisesse trocar seu próprio lar pelo deles! Como iria suportar isso? E se tivessem que perdê-lo pelo bem de Harriet, se dali em diante ele achasse na companhia de Harriet tudo o que precisava, se Harriet fosse a escolhida, a primeira, a mais querida, a amiga, a esposa em quem ele buscaria as maiores bênçãos da existência... O que poderia aumentar ainda mais a infelicidade de Emma, a não ser a reflexão que estaria sempre em sua mente de que tudo fora obra sua? Quando chegava a esse ponto não podia impedir um sobressalto, ou um suspiro profundo, ou mesmo levantar-se e caminhar pela sala por alguns momentos.

A única fonte de consolo ou qualquer coisa semelhante que possuía era a resolução de melhorar sua conduta, e a esperança de que, embora o inverno seguinte, ou qualquer outro inverno de sua vida futura fosse inferior em alegria e animação, iria encontrá-la mais racional, conhecendo melhor a si mesma, e deixaria menos arrependimentos ao partir.

CAPÍTULO 13

Na manhã seguinte, o tempo continuou o mesmo. A mesma solidão e a mesma melancolia pareciam reinar em Hartfield. Mas o clima melhorou durante a tarde, o vento tornou-se uma brisa suave, as nuvens se dispersaram, o sol voltou a brilhar: era verão novamente. Com todo o entusiasmo trazido por uma mudança dessa ordem, Emma decidiu sair de casa tão logo fosse possível. Nunca a deliciosa vista, o cheiro, a sensação da natureza, a tranquilidade, o calor e o brilho que surgiam após uma tempestade foram tão atraentes para ela. Ansiava pela serenidade que eles gradualmente trariam. E quando Sr. Perry chegou, logo após o jantar, para fazer sua costumeira visita ao pai dela, Emma não perdeu mais tempo e se apressou em direção ao bosque. Ali, com o espírito renovado e os pensamentos mais aliviados, deu algumas voltas, até que viu Sr. Knightley passando pela porta do jardim e vindo em sua direção. Era a primeira notícia que tinha de que ele retornara de Londres. Havia pensado nele momentos antes, como se estivesse a vinte e cinco quilômetros de distância. Havia tempo apenas para recompor os pensamentos rapidamente.

Ela devia mostrar-se tranquila e composta. Em meio minuto estavam juntos. Os "como vai" foram calmos e constrangidos de ambos os lados. Ela perguntou pelos parentes comuns. Estavam todos bem... E quando ele deixara Londres? Apenas esta manhã... Devia ter cavalgado sob a chuva. Sim... Emma achou que ele pretendia caminhar com ela. Ele então dissera que "acabara de olhar na sala de jantar, e como vira que sua presença não era necessária ali, preferiu sair para os jardins"... Ela percebeu que ele não falava nem parecia alegre ou animado. A primeira causa possível que Emma encontrou, em seu pensamento, era que ele devia ter comunicado seus planos ao irmão, e estava incomodado pela maneira com que foram recebidos. Caminharam juntos. Sr. Knightley estava silencioso. Emma achou que ele a olhava a todo o momento, tentando ver melhor a expressão do rosto dela, mais do que mostrava. E essa crença produziu outro temor. Talvez ele quisesse falar com ela do seu afeto por Harriet. Devia estar esperando ser encorajado para começar. Ela não podia, não queria nem pensar em levar o assunto nessa direção. Ele devia fazer tudo por si. Ainda assim, Emma não podia suportar esse silêncio, que era tão pouco natural nele. Ela considerou, decidiu e, tentando sorrir, disse:

– O senhor tem algumas notícias para ouvir, agora que voltou, que vão surpreendê-lo bastante.

– Tenho? – disse ele, calmamente, olhando para ela. – De que natureza?

– Ah! Da melhor natureza possível: um casamento.

Depois de esperar um momento, como se pretendesse ter certeza de que ela não diria mais nada, ele respondeu:

– Se você está dizendo a respeito de Srta. Fairfax e Frank Churchill, eu já soube.

– Como é possível? – exclamou Emma.

Virou o rosto ruborizado para ele. Enquanto falava, ocorreu-lhe que ele poderia ter passado na casa de Sra. Goddard no caminho.

– Recebi um bilhete de Sr. Weston sobre negócios esta manhã, e no final ele me fez um breve relato do que aconteceu.

Emma ficou muito aliviada, e pôde então dizer, com um pouco mais de compostura.

– Provavelmente, o senhor ficou menos surpreso do que qualquer um de nós, pois já suspeitava disso. Não esqueci que uma vez tentou me advertir a respeito. Se ao menos eu o tivesse ouvido... Mas – com uma voz baixa e olhar triste – parece que fui condenada à cegueira.

Por um momento ou dois nada foi dito, e Emma não suspeitava ter despertado qualquer interesse, até que ele tomou seu braço e apertando sua mão contra o peito, disse em voz baixa, com grande entusiasmo:

– O tempo, minha querida Emma, o tempo vai curar a ferida. Seu próprio bom senso, seus esforços para o bem de seu pai... sei que não vai se permitir... – Sua mão foi apertada novamente, enquanto ele acrescentava, num tom menos seguro – Os sentimentos da mais calorosa amizade... Indignação... Abominável patife! – e com voz mais firme, concluiu – Ele logo irá embora. Logo os dois estarão em Yorkshire. Sinto pena dela, merecia um destino melhor.

Emma compreendeu-o, e logo que pode se recobrar da onda de prazer provocada por essa terna consideração, respondeu:

– O senhor é muito bom, mas está enganado... e devo corrigi-lo. Não necessito desse tipo de compaixão. Minha cegueira para o que estava acontecendo levou-me a agir em relação a eles de um modo de que sempre me envergonharei. Fui tolamente tentada a dizer e fazer coisas que poderiam me expor a considerações desagradáveis. A única coisa que tenho a lamentar, no entanto, é não ter sabido do segredo antes.

– Emma – exclamou ele, olhando-a com ansiedade –, isso é verdade? – Interrompendo-se em seguida. – Não, não, eu a compreendo... perdoe-me. Fico feliz de ouvi-la dizer até mesmo algo assim. Ele não é motivo de lamentações, de fato! E não falta muito, eu espero, para que sua razão leve esse conhecimento ao seu coração. Por sorte, sua afeição não foi totalmente comprometida!... Confesso que nunca consegui ter certeza, pela maneira que você agia, da extensão dos seus sentimentos... Só tinha certeza que havia uma preferência... e uma preferência que nunca achei que ele merecesse. Ele é uma desgraça para o sexo masculino... e recebe como prêmio essa doce criatura? Jane, Jane, você vai ser muito infeliz.

– Sr. Knightley – disse Emma, tentando ser eloquente, mas na verdade estava confusa –, eu me encontro em uma situação extraordinária. Não posso permitir que continue persistindo em seu engano. E, no entanto, talvez porque minhas maneiras deram essa impressão, tenho tantas razões para me sentir envergonhada de confessar que nunca, em absoluto, estive apaixonada pela pessoa de quem falamos –, tanto quanto seria natural para uma mulher sentir em confessar exatamente o contrário. Mas eu nunca estive, de fato.

Ele ouviu em perfeito silêncio. Emma desejava que ele falasse, mas Sr. Knightley não o fez. Ela achou que devia dizer mais alguma coisa, antes que conseguisse obter a sua clemência, mas era difícil ser obrigada a degradar-se ainda mais na opinião dele. No entanto, ela continuou:

– Não sei o que dizer sobre a minha conduta. Fui tentada pelas atenções dele, e me permiti ser apreciada. É uma história antiga, provavelmente, um caso comum... não mais do que já aconteceu com centenas de pessoas do meu sexo antes. Ainda assim não serve como desculpa para alguém como eu, que tem em alta conta a inteligência. Muitas circunstâncias colaboraram para a tentação. Ele é o filho de Sr. Weston... estava sempre aqui... eu o achava muito agradável. Em resumo – suspirando –, deixe que eu separe as causas tão engenhosamente criadas por mim para lhe dizer... bem, elas se resumem em uma coisa: minha vaidade se sentiu recompensada e por isso aceitei as atenções. Nos últimos tempos, no entanto... já há algum tempo, na verdade, elas não significavam coisa alguma para mim. Tratava-as como um hábito, um jogo, nada que exigisse seriedade da minha parte. Ele me impressionou, mas não me ofendeu. Nunca estive apaixonada por ele. E agora posso compreender em parte seu comportamento. Ele nunca pensou em me dar sua afeição, era só uma cortina para esconder sua real situação com outra pessoa. Era sua intenção cegar a todos, e ninguém, tenho certeza, poderia ser mais útil para esse propósito do que eu... Exceto pelo fato de que eu não estava cega, e essa foi a minha sorte. Em suma, de um modo ou de outro eu me salvei.

Ela parou para esperar uma resposta... Algumas palavras que dissessem que sua conduta fora, ao menos, compreensível. Mas Sr. Knightley mantinha-se em silêncio e, tanto quanto ela podia perceber, imerso em pensamentos. Por fim, quase no seu tom normal de voz, ele disse:

– Nunca tive uma boa opinião de Frank Churchill. Suponho, no entanto, que devo tê-lo subestimado. Meu conhecimento dele foi superficial. E mesmo que eu não o houvesse subestimado até esse ponto, ele ainda poderia sair-se bem. Com uma mulher como Jane ele tem uma chance. Não tenho motivos para desejar-lhe mal, e para o bem dela, cuja felicidade dependerá do bom caráter e conduta dele, eu certamente desejo-lhe o bem.

– Não tenho dúvidas de que serão felizes juntos – disse Emma. – Acredito que os dois estão sinceramente apaixonados um pelo outro.

– Ele é um homem afortunado! – continuou Sr. Knightley, com energia. – Tão cedo na vida, aos vinte e três anos, um período em que, se um homem escolhe uma esposa, geralmente escolhe mal. Aos vinte e três anos ganhar um prêmio dessa ordem! Quantos anos de felicidade esse homem, por todos os cálculos humanos, tem diante de si! Certo do amor de tal mulher, um amor desinteressado, pois o caráter de Jane Fairfax mostra seu total desinteresse. Tudo está a favor dele... igualdade de situação, pelo menos no que se refere à sociedade, e todos os hábitos e modos que são importantes. Igualdade em todos os pontos, menos um. E este um, já que a pureza do coração dela é indubitável, o que muito aumenta a sua felicidade, permitirá a ele proporcionar-lhe a única vantagem que falta a ela. Um homem sempre deseja dar a uma mulher um lar melhor do que aquele do qual ele a tirou. E aquele que consegue isso, desde que não haja dúvida do amor dela, deve, no meu entender, ser o mais feliz dos mortais. Frank Churchill é, sem dúvida, um favorito da sorte. Todas as coisas se resolvem para o bem dele. Ele conhece uma jovem em uma estação de águas, ganha o coração dela, não consegue afastá-la nem com seu tratamento negligente... e mesmo que ele e toda a sua família procurassem uma esposa ao redor do mundo, não poderiam ter encontrado ninguém superior a ela. A tia está no caminho... a tia morre. Ele nada mais precisa fazer a não ser falar, e seus amigos estão ansiosos para promover a sua felicidade. Ele usou todo mundo, e todos ficam deliciados em perdoá-lo! Ele é um homem de muita sorte, de fato!

– O senhor fala como se o invejasse.

– E eu de fato o invejo, Emma. Em um aspecto ele é objeto da minha inveja.

Emma não pôde dizer mais nada. Pareciam estar a ponto de falar de Harriet, e o primeiro sentimento de Emma foi evitar o assunto, se pudesse. Elaborou um plano. Falaria de algo totalmente diferente... seus sobrinhos de Brunswick Square, por exemplo.

Respirou fundo e ia começar a falar quando Sr. Knightley a surpreendeu:

– Não vai me perguntar qual é o ponto em que o invejo?... Está determinada, pelo que vejo, a não ser curiosa. Sábia decisão... mas eu não posso ser sábio, Emma. Devo dizer-lhe aquilo que não quer perguntar, mesmo que, no momento seguinte, me arrependa de ter falado.

– Ah! Então não fale, não fale – ela exclamou, ansiosamente. – Espere um pouco, pense no assunto, não se comprometa.

– Agradeço – disse ele, num tom de profunda mortificação. E não falou nem mais uma sílaba.

Emma não suportava provocar-lhe sofrimento. Ele desejava fazer-lhe uma confidência, talvez até consultá-la... Custasse o que custasse, deveria ouvi-lo. Devia ajudar na decisão dele, ou reconciliá-lo com sua decisão. Devia fazer os justos elogios a Harriet ou, mostrando-lhe sua própria independência, aliviá-lo desse estado de indecisão, que era o que podia haver de pior para uma mente como a dele. Nesse momento chegaram a casa.

– Você vai entrar, imagino? – disse ele.

– Não – respondeu Emma, confirmando suas apreensões pelo tom depressivo com que ele falava. – Gostaria de dar mais uma volta. Sr. Perry ainda não saiu.

Depois de andarem alguns passos, ela acrescentou:

– Eu o interrompi de forma desgraciosa agora há pouco, Sr. Knightley, e temo que o tenha ofendido. Mas se o senhor tem algum desejo de me falar abertamente como amigo, ou pedir minha opinião sobre algum assunto como amiga, pode falar. Vou ouvir o que desejar me contar, e lhe direi exatamente o que penso.

– Como amiga! – repetiu Sr. Knightley. – Emma, o que eu temo é uma palavra... Não, não desejo... Espere... Sim, por que estou hesitando?... Já fui longe demais para tentar esconder alguma coisa... Emma, aceito sua oferta, por mais extraordinário que possa parecer eu aceito, e vou me dirigir a você como amigo... Diga-me, então, tenho alguma chance de ser bem sucedido?

Ele parou na sua seriedade para ver como ela receberia a pergunta, e a expressão dos olhos dele subjugou-a.

– Minha querida Emma – ele disse –, pois você sempre será querida, não importa o resultado dessa hora de conversa. Minha querida, minha amada Emma... Diga-me de uma vez. Diga "não" se essa for a sua resposta.

Emma não conseguia dizer mais nada.

– Você fica em silêncio – exclamou ele, com grande animação. – Absolutamente silenciosa! No momento, não peço mais nada.

Emma estava a ponto de sucumbir à agitação desse momento. O medo de ser despertada de um sonho feliz foi talvez o sentimento predominante.

– Não tenho habilidade com discursos, Emma – ele logo recomeçou, num tom de sincera e decidida ternura, que foi bastante convincente. – Se eu a amasse menos, poderia ser capaz de dizer mais sobre isso. Mas você sabe como eu sou, não vai ouvir de mim senão a verdade. Eu a culpei e a repreendi, e você suportou isso como nenhuma mulher na Inglaterra teria feito. Peço que suporte as verdades que vou lhe dizer agora, querida Emma, tão bem como suportou as outras. O modo como vou dizer, talvez, faça pouco por recomendá-las. Deus sabe que tenho sido um apaixonado muito indiferente. Mas você me entende... Sim, veja, você entende meus sentimentos... e irá retribuí-los, se puder. No momento desejo apenas ouvir sua voz, pelo menos uma vez.

A mente de Emma estava agitada e, graças à espantosa velocidade de seu pensamento, sem perder uma palavra, foi capaz de ouvir e compreender exatamente o sentido do que ele dizia. Foi capaz de ver que as esperanças de Harriet eram inteiramente infundadas, um erro, uma ilusão, uma completa ilusão como qualquer uma das suas... Que Harriet não representava nada, e que ela era tudo! Compreendeu que o que havia dito em relação à Harriet foi entendido como a linguagem de seus próprios sentimentos. E que sua agitação, suas dúvidas, sua relutância, seu desânimo, tinham sido recebidos como desalento da parte dela... Entendeu que chegara o momento de convencer-se dessas verdades, com todo o brilho de felicidade que prometiam, e que devia se alegrar por não ter revelado o segredo de Harriet, que ele não devia e não seria revelado. Isso era tudo o que ela podia fazer agora por sua pobre amiga, pois não possuía o heroísmo de sentimentos que a teria levado a rogar a Sr. Knightley que transferisse sua afeição dela para Harriet, que era a mais merecedora das duas. Também não podia realizar o sublime gesto de recusá-lo de uma vez para sempre, sem apresentar nenhum motivo, uma vez que ele não poderia casar-se com as duas. Sentia por Harriet, dolorosa e contritamente. Mas nenhuma louca generosidade, oposta a tudo que podia ser provável ou razoável, apoderou-se de sua mente. Ela levara a amiga a erro, e sempre se reprovaria por isso. Mas seu juízo era tão forte quanto seus sentimentos, e tão forte como sempre fora, reprovando uma aliança que fosse desigual e degradante para ele.

O caminho a seguir era claro, ainda que não fosse suave... Ela falou, então. O que ela disse? Só o que devia, claro. Uma dama sempre age assim. Disse o suficiente para mostrar que não havia necessidade de desespero... e para convidá-lo a dizer mais. Ele tinha se desesperado por um tempo, recebera esse silêncio e cautela como o fim de qualquer esperança... Ela começara por recusar-se a ouvi-lo. A mudança talvez tenha sido um tanto repentina. A proposta dela de caminhar um pouco mais, depois voltar atrás e renovar a conversa que ela mesma terminara talvez tivesse sido um pouco extraordinária! Ela sentia que estava sendo inconsistente, mas Sr. Knightley foi amável o suficiente para deixar isso de lado e não pedir explicações adicionais. Raramente, muito raramente a verdade é totalmente revelada; raramente acontece de não ficar alguma parte um pouco disfarçada, ou um pouco mal compreendida. Mas num caso como esse, onde apesar da conduta estar errada os sentimentos estão certos, não pode haver maiores consequências. Sr. Knightley não poderia exigir de Emma um coração mais brando do que ela possuía, ou um coração mais disposto a aceitá-lo.

Na realidade, Sr. Knightley não suspeitava da sua própria influencia. Ele a seguira até o jardim sem intenção de tentar nada. Viera ansioso para saber como ela estava suportando o noivado de Frank Churchill, sem nenhuma intenção egoísta, sem nenhuma intenção, na verdade. Pretendia apenas tentar consolá-la ou aconselhá-la, caso ela lhe desse alguma oportunidade. O resto fora obra do momento, o efeito imediato daquilo que ouvira sobre os seus sentimentos. A deliciosa certeza de que Emma era totalmente indiferente a Frank Churchill, e que estava com o coração completamente livre para ele, dera lugar à esperança de que, com o tempo, pudesse conquistar a afeição dela. Mas não havia esperanças para o presente. No momento em que a ansiedade sobrepujou a razão, ele desejava apenas saber que ela não proibiria sua tentativa de fazer-se amado. As supremas esperanças que foram gradualmente aumentando, era o mais encantador de tudo. A afeição que ele desejava apenas ter permissão para criar, já pertencia a ele! Em apenas meia hora passara de um estado mental de profundo desespero para algo bem parecido com a felicidade perfeita, ou algo que não merecia qualquer outro nome.

A mudança nela havia sido igual. Essa meia hora dera a cada um deles a mesma preciosa certeza de ser amado, tirara de cada um o mesmo grau de desconhecimento, ciúme ou desconfiança. Da parte dele havia ciúmes de longa data, desde a chegada de Frank Churchill, e até antes, desde a expectativa da chegada do jovem. Ele estava apaixonado por Emma e com ciúmes de Frank Churchill desde essa época. Provavelmente, um sentimento jogara luz sobre o outro e o alertara. Fora o ciúme de Frank Churchill que o fizera afastar-se de Highbury. A excursão à Box Hill o levara à decisão de ir embora. Queria evitar testemunhar novamente aquelas atenções permitidas e encorajadas. Partira para aprender a ser indiferente. Mas tinha ido para o lugar errado.

Havia muita felicidade doméstica na casa do irmão, o papel da mulher era agradável demais, e Isabella era muito parecida com Emma, diferia apenas naquelas notáveis inferioridades que sempre fizeram a outra brilhar ainda mais perante ele. E, no entanto, ele ficara lá, esforçando-se para fazer o melhor, suportando tudo com vigor dia após dia, até que o correio desta mesma manhã trouxera a história de Jane Fairfax. Então, com a alegria que sentiu... Bem, que não teve escrúpulos de sentir, pois nunca acreditara que Frank Churchill merecesse Emma. Não pôde ficar mais, tamanha era sua solicitude e ansiedade em relação a ela. Fizera a viagem de volta sob a chuva, cavalgando, e seguira a pé para Hartfield logo após o jantar, para ver como a melhor e mais doce de todas as criaturas – perfeita apesar de todos os defeitos – suportara a revelação. Ele a encontrara agitada e triste. Frank Churchill era um vilão... Depois a ouvira declarar que nunca o amara, e o caráter de Frank Churchill deixou de ser desesperador. Ela era sua Emma, prometida por palavra e sentimento, enquanto se dirigiam para a casa.

E se ele conseguisse pensar em Frank Churchill naquele momento, teria até achado que era uma boa pessoa.

CAPÍTULO 14

Como eram diferentes os sentimentos de Emma ao voltar para casa, comparados aos que sentira ao sair! Quando saíra, estava apenas buscando algum alívio para o sofrimento. Agora sentia uma agradável palpitação de felicidade, e acreditava que a felicidade seria ainda maior quando a palpitação passasse. Sentaram-se para tomar chá – o mesmo grupo em volta da mesma mesa –, quantas vezes haviam se reunido assim! Quantas vezes seus olhos se dirigiram para os mesmos arbustos na alameda e observaram os mesmos belos efeitos do pôr-do-sol a oeste! Mas nunca em tal estado de espírito, pois nunca vivera algo assim. Foi com dificuldade que conseguiu reunir o suficiente do seu modo usual de ser para agir como a atenta dona da casa, ou mesmo como a filha devotada.

Sr. Woodhouse mal desconfiava da conspiração que se armava contra ele no peito do homem a quem recebia tão cordialmente, e que esperava não tivesse apanhado um resfriado durante sua viagem na chuva. Se ele pudesse ver o coração de Sr. Knightley, ligaria muito pouco para os pulmões dele. Mas, sem a mais remota ideia do mal iminente, sem a menor percepção de nada extraordinário nos olhares e modos dos dois, o velho senhor lhes repetia, com muita tranquilidade, todas as novidades que recebera de Sr. Perry. Falava com muita disposição, sem sequer suspeitar daquilo que eles poderiam ter contado a ele em retribuição. Enquanto Sr. Knightley esteve com eles, Emma continuava naquele estado febril. Mas quando ele se foi, ela começou a ficar mais tranquila e, no decorrer da noite insone, que era o preço de uma tarde como aquela, encontrou um ou dois pontos que mereciam ser seriamente considerados, como se sentisse que até mesmo a sua felicidade devia ter um preço. Seu pai... e Harriet. Não podia ficar sozinha sem sentir o peso do que era devido a cada um. Como poderia manter o conforto de ambos, essa era a questão. No que dizia respeito ao pai, logo a questão foi respondida. Ela não sabia ainda o que Sr. Knightley lhe pediria, mas uma breve consulta ao seu coração resultou na solene resolução de nunca deixar seu pai. Ela chegou a chorar ante a ideia, como se fosse um pecado. Enquanto ele vivesse, deviam ficar apenas noivos. Mas ela se orgulhava de que, longe do perigo de afastá-la do pai, aquele compromisso devia aumentar o conforto dele. Como fazer o melhor por Harriet era uma decisão mais difícil. Como poupá-la de qualquer sofrimento desnecessário, como proporcionar-lhe uma reparação, como não parecer sua inimiga? Estas questões lhe provocaram enorme perplexidade e angústia. Sua mente passou muitas e muitas vezes por cada uma das amargas reprovações e dos dolorosos arrependimentos que sempre envolviam estas questões. Por fim, ela apenas resolveu que continuaria a evitar um encontro com Harriet agora, e que lhe comunicaria tudo o que precisasse por carta. Iria dizer-lhe que seria expressamente desejável que ela saísse de Highbury por um tempo e, permitindo-se planejar apenas mais um esquema, calculou que seria fácil conseguir que ela fosse convidada para a casa da irmã em Brunswick Square. Isabella gostara de Harriet, e algumas semanas em Londres deviam proporcionar-lhe algum divertimento. Ela achava que a natureza de Harriet não escaparia à tentação de distrair-se com a novidade e a variedade, com as crianças, as ruas e as lojas. De qualquer forma seria uma prova de atenção e bondade para com alguém que merecia tudo que ela pudesse fazer. Seria uma separação no presente, um adiamento daquele dia em que deveriam se encontrar novamente.

Ela levantou-se cedo e escreveu a carta para Harriet, uma tarefa que a deixou tão séria, tão triste, que Sr. Knightley, tendo ido a Hartfield para o café da manhã, não chegou cedo demais. A meia hora que passou com ele andando pelos jardins foi, tanto literal quanto figurativamente, necessária para recolocá-la no mesmo estado de felicidade do dia anterior.

Não fazia muito tempo que ele a deixara, pelo menos não o suficiente para permitir-lhe pensar em qualquer outra coisa, quando chegou uma carta vinda de Randalls. Era uma carta tão volumosa que ela perguntou-se o que poderia conter, lamentando a necessidade de lê-la. Estava agora em perfeita paz em relação a Frank

Churchill. Não queria explicações, queria apenas ser deixada com seus pensamentos. Além disso, achava-se incapaz de entender qualquer coisa que ele pudesse ter escrito. Mas teria que lê-la. Abriu o pacote, e havia um bilhete de Sra. Weston para ela, incluído na carta de Frank Weston para Sra. Weston.

"Tenho o grande prazer, minha querida Emma, de enviar-lhe a carta anexa. Sei que lhe fará total justiça, e tenho pouca dúvida de seus felizes efeitos... Acho que não vamos discordar a respeito do missivista outra vez, mas não vou atrasá-la com um longo prefácio. Estamos muito bem. Esta carta foi a cura de todo o nervosismo que vinha sentindo nos últimos dias. Não gostei da sua aparência na terça-feira passada, mas foi uma manhã incomum. E ainda que você nunca tenha sido afetada pelo tempo, acho que todos sentem o vento nordeste. Senti temor pelo seu pai devido à tempestade da tarde de terça e de ontem de manhã, mas tive a satisfação de ouvir ontem à noite de Sr. Perry, que ele não ficou doente".

"Sempre sua" "A. W".

"(Para Sra. Weston)"

"Windsor – Julho" "Minha querida madame"

"Se me fiz entender bem ontem, esta carta deve estar sendo esperada; mas, esperada ou não, sei que será lida com imparcialidade e indulgência. A senhora é só bondade, e creio que será preciso mesmo toda a sua bondade para aceitar algumas passagens da minha conduta passada. Mas fui perdoado por aquela que tinha ainda mais motivos para estar ressentida. Minha coragem aumenta enquanto escrevo. É muito difícil para o próspero ser humilde. Já obtive sucesso em dois pedidos de perdão, a ponto de me arriscar a pensar que devo obter também o seu, assim como o dos amigos que eu possa por algum motivo ter ofendido. Peço-lhe todo o empenho em compreender a exata natureza da minha situação quando cheguei a Randalls pela primeira vez. Deve considerar que eu tinha um segredo que devia ser mantido a qualquer custo. Este era o fato. Meu direito de colocar-me em uma situação que exigisse tal encobrimento é outra questão. Não vou discutir isto aqui. Quanto à minha tentação de pensar que eu tinha esse direito, transfiro todas as cavilações para uma casa de tijolos em Highbury, com

janelas de guilhotina embaixo e venezianas em cima. Não ousava dirigir-me a ela abertamente. As dificuldades que eu tinha em Enscombe na ocasião são bastante conhecidas para dispensar explicações. Tive a sorte de fazer prevalecer a minha vontade e, antes de partirmos de Weymouth, induzir a mais correta mente feminina da criação a submeter-se, por caridade, a um noivado secreto. Se ela tivesse recusado, eu teria enlouquecido... A senhora pode estar pronta a questionar o que eu pretendia com isso. O que esperava do futuro? Eu esperava alguma coisa, qualquer coisa: tempo, sorte, circunstâncias, efeitos lentos, explosões repentinas, perseverança e fadiga, saúde e doença. Todas as possibilidades do bem estavam diante de mim, e a primeira das bênçãos estava assegurada, já que obtivera a promessa dela de confiança e retribuição. Se a senhora precisa de mais explicações, eu tenho a honra, minha querida senhora, de ser o filho do seu marido, e a vantagem de ter herdado sua disposição de esperar sempre o melhor, herança essa que nenhum legado de casas ou cavalos jamais poderá igualar em valor. Peço que me veja à luz dessas circunstâncias, quando cheguei para a minha primeira visita a Randalls. E aqui eu tenho a consciência de ter errado, pois essa visita deveria ter sido realizada antes. Se a senhora olhar para trás, verá que eu não cheguei até que Srta. Fairfax já estivesse em Highbury. E como a senhora foi a pessoa que eu desconsiderei, sei que vai me perdoar imediatamente. Mas devo esforçar-me para obter o perdão do meu pai, lembrando-o que quanto mais me abstive de visitá-lo, mais fui privado da benção de conhecê-la. Meu comportamento durante aquela quinzena tão feliz que passei em Randalls não deixou margem a repreensões, eu espero, exceto em um ponto. E agora chego ao ponto principal, a única parte importante da minha conduta no que diz respeito à senhora que provoca minha ansiedade, e requer a mais ampla explicação. Com o maior respeito e a mais calorosa amizade, menciono Srta. Woodhouse. Meu pai talvez espere que eu acrescente que essa menção deve ser feita também com a mais profunda humilhação. As poucas palavras que ele deixou escapar, ontem, revelaram sua opinião e também a censura que julgo merecer. Meu comportamento com Srta. Woodhouse, acredito, indicava mais do que eu pretendia. Para manter um segredo tão essencial para mim, fui levado a fazer mais do que o uso apropriado da intimidade que logo se estabeleceu entre nós. Não posso negar que Srta. Woodhouse era o objeto ostensivo de minhas atenções. Mas estou certo que a senhorita vai acreditar se eu disser que, caso não estivesse convencido da indiferença dela, não teria sido induzido por qualquer desejo egoísta a prosseguir nessa atitude. Amigável e gentil como é Srta. Woodhouse, ela nunca me deu a ideia de uma jovem dama disposta a se comprometer. Parecia totalmente livre de qualquer disposição a se apaixonar por mim, e esta era minha profunda convicção, assim como meu desejo. Recebeu minhas atenções com uma graça natural, amigável e bem humorada, que era exatamente o que me convinha. Nós parecíamos nos entender. Considerando as nossas situações, estas atenções eram um direito dela, e eram sentidas dessa forma. Se Srta. Woodhouse chegou realmente a me entender antes que terminasse a quinzena, eu não saberia dizer. Quando a visitei para despedir-me, lembro-me que houve um momento em que quase lhe contei a verdade, e imaginei que ela já havia suspeitado do meu segredo. Não tinha dúvidas de que percebera o que ocorria, ao menos em parte. Talvez não soubesse de tudo, mas com sua rapidez de pensamento deve ter desconfiado de alguma coisa. Não tenho dúvida disso. A senhora perceberá, quando este assunto não for mais restrito, que ela não foi apanhada totalmente de surpresa. Srta. Woodhouse muitas vezes me deu indicações disso. Lembro-me de ela ter dito no baile que eu devia agradecer a Sra. Elton pelas suas atenções para com Srta. Fairfax. Espero que a história de minha conduta em relação a ela seja considerada, pela senhora e pelo meu pai, como uma justificativa para os erros que me viram cometer. Enquanto considerarem que cometi um pecado contra Emma Woodhouse, não posso merecer nada dos dois. Peço que me absolvam disso, e obtenham para mim, assim que for possível, o perdão e os votos de felicidade de Emma Woodhouse, a quem estimo com um afeto de irmão, e desejo que logo esteja tão profundamente enamorada e feliz como eu estou. Sejam quais forem as coisas estranhas que eu fiz ou disse naqueles quinze dias, a senhora agora tem uma explicação para compreendê--las. Meu coração estava em Highbury, e meu esforço era dirigido a evitar qualquer suspeita. Se a senhora se lembrar de qualquer estranheza, leve-a pelo lado bom. Sobre o piano de que tanto se falou, acho apenas necessário dizer que ele foi encomendado sem o menor conhecimento de Srta. F., e que ela nunca teria permitido que eu o enviasse, se tivesse oportunidade. A delicadeza dos sentimentos dela durante todo o noivado, minha querida senhora, está muito além do meu poder de fazer-lhe justiça. Logo a senhora vai conhecê-la melhor, e espero isso ansiosamente. Não há palavras para descrevê-la. Ela logo lhe contará quem é – não através de palavras, pois nunca houve uma criatura que tão ostensivamente diminua seus próprios méritos. Desde que comecei esta carta, que será mais longa do que previ, tive notícias dela. Fez-me um bom relato de sua saúde, mas como nunca se queixa, não ouso depender disso. Quero saber a opinião da senhora sobre a aparência dela. Sei que logo irá visitá-la, e que ela está temendo essa visita, que talvez até já tenha acontecido. Mande-me notícias sem mais demora, estou impaciente por saber os milhares de detalhes. Lembre-se do meu estado nos poucos minutos em que estive em Randalls, como estava confuso e fora de mim. Ainda não estou recuperado, continuo enlouquecido, seja pela felicidade ou pela angústia. Quando penso na gentileza e consideração que recebi, na bondade e paciência dela e na generosidade de meu tio, fico louco de alegria. Mas quando me lembro da inquietude que causei, e como mereço pouco ser perdoado, fico louco de raiva. Não desejo nada além de vê-la novamente! Mas não devo me propor a isso agora. Meu tio foi bom demais para que eu abuse de sua boa vontade. Devo ainda acrescentar algo a esta longa carta. A senhora e meu pai ainda não souberam de tudo que precisam saber. Não pude dar-lhes nenhum detalhe ontem, mas a forma súbita e, sob certo aspecto, intempestiva com que o caso foi revelado, necessita explicação. Mesmo que o triste evento do dia vinte e seis passado, como a senhora deve ter concluído, imediatamente me abrisse as mais felizes perspectivas, eu não teria consentido em tais medidas tão cedo, porém surgiram circunstâncias particulares que não me permitiram perder uma hora sequer. Eu devia ter evitado algo assim tão apressado, e sei que ela teria os mesmos escrúpulos, com multiplicada força e refinamento. Mas não tive escolha. O apressado compromisso de trabalho que ela firmou com aquela dama... Neste ponto, minha cara senhora, fui obrigado a sair imediatamente de casa, para pensar e me recompor. Estive caminhando pela região, e agora acredito estar racional o suficiente para terminar a carta do modo como deve ser. É, realmente, uma lembrança mortificante para mim. Eu me comportei de forma vergonhosa. E aqui, devo admitir, minhas maneiras para com Srta. W., por serem descorteses em relação à Srta. F., foram altamente reprováveis. Ela as desaprovou, e tinha bastante razão. Não achou suficiente o motivo que aleguei, de que agia assim para esconder a verdade. Ficou aborrecida. Pensei ter alguma razão ao achar que ela agia, muitas vezes, com excessiva cautela e escrúpulos. Parecia até mesmo fria. Mas ela sempre esteve certa. Se eu tivesse seguido o julgamento dela e me submetido ao que ela considerava apropriado, teria escapado à maior infelicidade que já sofri. Nós discutimos. A senhora deve se lembrar da manhã que passamos em Donwell. Naquela ocasião, todas as pequenas insatisfações que ocorreram antes levaram a uma crise. Eu estava atrasado. Encontrei-a caminhando sozinha para casa e quis acompanhá-la, mas ela não permitiu. Recusou-se absolutamente a permitir que eu a acompanhasse, o que achei um grande absurdo. Agora, entretanto, consigo ver nisso apenas um grau de discrição muito natural e consistente. Enquanto eu, para cegar o mundo ao nosso compromisso, me comportava dedicando condenáveis atenções a outra mulher, deveria ela consentir num passeio que tornaria todas as cautelas anteriores inúteis? Se tivéssemos caminhado sozinhos entre Donwell e Highbury, teriam suspeitado da verdade. Eu fui louco o bastante para ficar ressentido. Duvidei da afeição dela, e duvidei ainda mais na manhã seguinte em Box Hill, quando ela falou de seu ressentimento com palavras perfeitamente claras para mim, provocada pela minha conduta e pela vergonhosa e insolente negligência em relação a ela, além da aparente devoção a Srta. W., que seria impossível para qualquer mulher de bom senso suportar. Em suma, minha querida senhora, foi uma discussão em que ela não teve nenhuma culpa, mas eu fui abominável. E retornei a Richmond na mesma noite, embora devesse ficar com a senhora e meu pai até o dia seguinte, apenas porque estava zangado com ela até o limite. Mesmo então, eu não estava louco o bastante para não procurar uma reconciliação em seguida. Mas me sentia ofendido, ofendido pela frieza dela, e fui embora determinado a esperar que ela desse o primeiro passo. Sempre agradeci a Deus que a senhora não tivesse feito parte do grupo que foi a Box Hill. Se tivesse testemunhado meu comportamento na ocasião, duvido que algum dia viesse a pensar bem de mim novamente. O efeito sobre ela foi a imediata decisão que tomou: assim que descobriu que eu partira de Randalls aceitou a oferta dessa prestativa Sra. Elton. O tratamento geral que ela dava a Srta. F., a propósito, enchia-me de indignação e ódio. Não devo discutir com um espírito de paciência que me envolveu tão prodigamente, mas de outra forma teria protestado em altos brados contra a participação dessa senhora no episódio. Chamá-la de 'Jane', imagine! A senhora deve observar que eu ainda não me permi-

ti chamá-la por esse nome, mesmo me dirigindo à senhora. Pense, então, no que eu tive que suportar ao ouvir o nome dela sendo brandido pelos Elton com toda a vulgaridade da repetição desnecessária e toda a insolência da imaginária superioridade deles. Peço-lhe que tenha paciência comigo, logo concluirei. Ela aceitou aquela oferta de emprego, resolvida a terminar inteiramente comigo, e no dia seguinte escreveu-me para dizer que nunca mais deveríamos nos encontrar. Sentia que o noivado era uma fonte de sofrimento e arrependimento para ambos e, portanto, estava terminado. Esta carta chegou às minhas mãos na mesma manhã da morte de minha pobre tia. Eu a respondi menos de uma hora depois, mas, com a confusão em minha mente e todas as coisas acontecendo ao mesmo tempo, a resposta, ao invés de ser enviada junto com as outras cartas daquele dia, ficou trancada na minha escrivaninha. E eu, acreditando ter escrito o suficiente para satisfazê-la, embora em poucas linhas, permaneci à espera sem qualquer inquietação. Fiquei desapontado por não ter notícias tão rapidamente quanto esperava, mas imaginava desculpas para ela, estava muito ocupado e... devo acrescentar?... muito confiante no futuro para imaginar algum mal. Eu e meu tio fomos para Windsor, e dois dias depois recebi um pacote da parte dela, com todas as minhas cartas de volta! Junto chegou um bilhete, no qual ela manifestava sua extrema surpresa por não ter tido uma resposta à última carta que escrevera e acrescentando que, como tal silêncio não podia ser interpretado de maneira errada, e que seria igualmente desejável para os dois terminar o compromisso o mais rápido possível, ela estava remetendo, pelo transporte mais seguro, todas as minhas cartas. Pedia-me que, caso não pudesse mandar as dela para Highbury dentro de uma semana, deveria mandá-las depois para... E seguia-se o endereço completo de Sra. Smallridge, perto de Bristol, que saltou diante de meus olhos. Eu conhecia o nome, o lugar, sabia tudo sobre o assunto e imediatamente vi o que ela pretendia fazer. Estava perfeitamente de acordo com a firmeza de caráter que eu sabia que ela possuía. E o segredo que mantivera com tanto cuidado na última carta era igualmente um indício de sua ansiosa delicadeza. Jamais poderia parecer, perante o mundo inteiro, que ela tentasse ameaçar-me. A senhora pode imaginar o choque, até que eu descobrisse meu próprio erro fiquei culpando o correio. O que devia ser feito? Apenas uma coisa: eu devia falar com meu tio. Sem o consentimento dele, não tinha esperanças de que ela me ouvisse. Falei com ele e as circunstâncias estavam a meu favor. O evento recente havia suavizado seu orgulho, e ele tornou-se, muito antes do que eu imaginara, bastante reconciliado com a ideia e conformado. Por fim, o pobre homem conseguiu dizer, com um profundo suspiro, que desejava que eu encontrasse no casamento a mesma felicidade que ele tivera no dele. Senti que a minha felicidade seria de um tipo diferente... A senhora estaria disposta a ter pena de mim por tudo que sofri ao contar a situação a ele, por todo o meu suspense enquanto a situação não se resolvia? Não, não me perdoe antes de eu lhe contar o que senti ao voltar a Highbury e ver como a deixei doente. Não me perdoe antes de saber como a aparência dela era pálida e doentia. Cheguei a Highbury em uma hora do dia em que, conhecendo o horário tardio em que tomavam o café da manhã, sabia que teria uma boa chance de encontrá-la sozinha. Não me desapontei, nem tampouco me decepcionei com o objetivo da minha viagem. Tive que lutar para persuadi-la e desfazer todos os desagrados que causei, que com justa razão a magoaram. Mas está feito, estamos reconciliados. Ela me é muito querida, muito mais do que antes, e nem uma inquietação momentânea poderá ocorrer entre nós outra vez. Agora, minha cara senhora, devo liberá-la, mas não posso concluir ainda. Milhares e milhares de agradecimentos pela bondade que a senhora sempre demonstrou para comigo, e dezenas de milhares pelas atenções que o seu coração dará a ela. Se acha que estou a caminho de ser mais feliz do que mereço, sou da mesma opinião. Srta. W. diz que sou um favorito da fortuna. Espero que esteja certa. Em um aspecto minha fortuna é certa, o de ser capaz de me subscrever".

"Seu grato e afetuoso filho" "F. C. Weston Churchill"

CAPÍTULO 15

Esta carta deve ter encontrado o caminho para o coração de Emma. Como Sra. Weston previra, ela foi obrigada a fazer total justiça a ele, apesar de sua prévia determinação em contrário. Assim que chegou à parte em que seu nome era citado, ficou irresistível. Cada linha que se referia a ela era interessante, e quase tudo era agradável. E quando este encanto cessou, ainda assim o assunto se manteve por si só, devido ao retorno natural de seu antigo afeto pelo autor da carta, e a forte atração que qualquer história de amor exercia sobre ela no momento.

Emma não parou até ler tudo, e ainda que fosse impossível deixar de sentir que ele errara, estivera menos errado do que ela havia pensado. Além disso, ele sofrera e sentia tanto... e era tão agradecido a Sra. Weston, e tão apaixonado por Srta. Fairfax, e ela mesma estava tão feliz que não podia ser muito severa. Se ele entrasse na sala naquele momento, ela o teria cumprimentado tão calorosamente como sempre. Ficara tão bem impressionada com a carta que, quando Sr. Knightley voltou a visitá-la, pediu que ele a lesse. Estava certa de que Sra. Weston gostaria que o seu conteúdo fosse comunicado, especialmente para alguém como Sr. Knightley, que vira tantas coisas condenáveis na conduta de Frank Churchill.

– Eu ficaria muito contente em ler a carta – disse ele –, mas me parece um tanto longa. Vou levá-la para casa à noite.

Mas não era possível, Sr. Weston viria visitá-los à tardinha e Emma deveria devolver a carta por ele.

– Eu preferia ficar conversando com você – ele respondeu –, mas como é uma questão de justiça, então que seja.

Sr. Knightley começou a ler, mas parou logo em seguida para dizer:

– Se tivessem me oferecido para ler uma das cartas desse cavalheiro para sua madrasta alguns meses atrás, Emma, eu não agiria com a mesma indiferença de agora.

Continuou lendo para si mesmo por mais algum tempo. E então, com um sorriso, considerou:

– Uma bela introdução, com os cumprimentos, bem no estilo dele. O estilo de um homem não deve servir de regra para outro. Não devemos ser severos.

– Diria minha opinião em voz alta enquanto leio – observou, pouco depois. – Dessa maneira eu sentiria que estou perto de você, e não consideraria uma perda tão grande de tempo. Mas se você não gosta...

– Certamente. Gostaria muito disso.

Sr. Knightley retornou à leitura com grande entusiasmo.

– Ele está gracejando quanto à tentação – disse ele. – Sabe que está errado e não tem nada racional para alegar como motivo. Mau... Não devia ter ficado noivo. "A índole do pai", ele é injusto com o pai, no entanto. O temperamento otimista de Sr. Weston foi uma benção em todos os seus honrados e corretos esforços; mas Sr. Weston merecia que ele primeiro o confortasse antes de pretender ganhar o seu perdão... Verdade, ele não chegou até que Srta. Fairfax estivesse aqui.

– E eu não esqueci – disse Emma – como você estava seguro de que ele poderia ter vindo antes, se quisesse. Você foi muito elegante em não mencionar isso... mas estava perfeitamente certo.

– Eu não estava sendo imparcial no meu julgamento, Emma... Mas, mesmo que você não estivesse envolvida no caso, ainda assim eu acho que não confiaria nele.

Quando ele chegou à parte que mencionava Srta. Woodhouse, obrigou-se a ler em voz alta tudo o que se referia a ela, parando às vezes para um sorriso, um olhar, um meneio de cabeça, uma ou duas palavras de concordância ou desaprovação, ou simplesmente de amor, conforme o assunto requeria.

No entanto, concluiu com seriedade e, depois de uma profunda reflexão, disse:

– Muito mau, embora pudesse ter sido pior. Ele fez um jogo

muito perigoso. A dívida moral dele em toda essa situação é muito grande para permitir sua absolvição. Não julgue as atitudes dele pelas suas. Sempre decepcionado em seus próprios desejos, e pouco se importando com nada que não fosse sua própria conveniência. Imaginou que você tivesse descoberto seu segredo. Bastante natural! Como a mente dele estava cheia de intrigas, achava a mesma coisa dos outros. Mistério, refinamento... Como ele subverte a compreensão! Minha Emma, isso tudo não serve para provar cada vez mais a beleza da verdade e da sinceridade que sempre estão presentes no modo com que lidamos um com o outro?

Emma concordou, mas ficou corada ao pensar em Harriet, em relação a quem não podia dar nenhuma explicação sincera.

– É melhor continuar a ler – disse ela.

Ele o fez, mas logo parou novamente para dizer:

– O piano! Ah! Esse foi o ato de um homem jovem, jovem demais para considerar que a inconveniência de tal presente poderia suplantar o prazer de recebê-lo. Uma atitude infantil, na verdade! Não posso compreender que um homem decida dar a uma mulher uma prova de amor que ela não deseja. E ele sabia que ela teria impedido a chegada do instrumento, se pudesse.

Depois disso ele seguiu com a leitura, sem fazer mais pausas. A confissão de Frank Churchill, de que se comportara de modo vergonhoso, foi a primeira coisa que requeria mais do que uma palavra a respeito.

– Plenamente, Sr. Frank Churchill – foi a observação de Sr. Knightley. – O senhor agiu de forma vergonhosa. Nunca escreveu uma frase mais verdadeira.

E começando a ler o que se seguia, sobre os motivos do seu desentendimento, e a persistência dele em agir contra os princípios de certo e errado de Jane Fairfax, Sr. Knightley fez uma longa pausa para dizer:

– Isto é pessimo. Ele a induziu, pelo bem dele, a colocar-se em uma situação de extrema dificuldade e desconforto, quando o primeiro objetivo dele deveria ser o de evitar qualquer sofrimento a ela. Ela deve ter tido muito mais problemas do que ele, para manter esse tipo de situação. Ele deveria ter respeitado os escrúpulos dela, até mesmo os menos razoáveis, se fosse o caso. Mas eram todos muito razoáveis. Devemos considerar que a única falta dela, quando agiu errado em concordar com o noivado secreto, não merecia ser punida com tal rigor.

Ela sabia que agora ele estava chegando à parte da excursão a Box Hill, e tornou-se mais inquieta. O comportamento dela mesma havia sido tão impróprio! Estava profundamente envergonhada, e um pouco temerosa do próximo olhar dele. No entanto, ele terminou a leitura de modo firme e atento, sem fazer a menor observação. Exceto por um único olhar, que ele logo desviou para não causar-lhe dor, não parecia existir mais nenhuma lembrança de Box Hill.

– Não há muito que dizer sobre a delicadeza de nossos bons amigos, os Elton – foi a próxima observação dele. – Os sentimentos dele são muito naturais... O quê? Ela decidiu terminar tudo com ele?... Sentia que o noivado era uma fonte de sofrimento e arrependimento para ambos, e terminou com tudo... Que boa noção isso nos dá da percepção dela sobre o comportamento dele!... Bem, esse rapaz deve ser o mais extraordinário...

– Continue a ler!... Verá o quanto ele realmente sofreu.

– Espero que sim – respondeu Sr. Knightley, friamente, retomando a leitura. – Smallridge! O que significa isso?

– Jane Fairfax havia concordado em trabalhar como governanta das crianças de Sra. Smallridge... uma querida amiga de Sra. Elton, vizinha de Maple Grove. E, a propósito, como será que Sra. Elton suportou a decepção?

– Não diga mais nada, minha querida Emma, enquanto sou obrigado a ler... Nem mesmo sobre Sra. Elton. Só mais uma página, e logo vou terminar. Que carta enorme esse rapaz escreveu!

– Queria que tivesse lido com um espírito mais benevolente em relação a ele.

– Veja bem, existe realmente sentimento no que ele escreve... Parece ter de fato sofrido ao vê-la doente. Certamente não posso ter dúvida de que ele realmente a ama. "Querida, mais querida do que nunca"... Espero que ele continue por muito tempo a sentir todo o valor dessa reconciliação. Ele agradece de modo muito liberal, com seus milhares e dezenas de milhares. "Mais feliz do que mereço" Ele conhece bem a si mesmo, de fato... "Srta. Woodhouse diz que sou um favorito da fortuna" Estas foram mesmo as palavras de Srta.

Woodhouse, então?... E um belo final. Aqui está a carta... O favorito da fortuna! Foi assim que o chamou, não é?

– Você não parece tão satisfeito com a carta quanto eu. Ainda assim acho que deve, pelo menos eu espero que deva, pensar melhor dele por causa disso. Espero que a carta o ajude a aceitá-lo um pouco mais.

– Com certeza isso aconteceu. Ele cometeu muitos erros, de falta de consideração, falta de raciocínio, e concordo plenamente com a opinião dele de que provavelmente será mais feliz do que merece. Mas ele está, sem dúvida nenhuma, muito apaixonado por Srta. Fairfax, e logo terá, eu espero, a vantagem de estar constantemente com ela. Estou pronto a acreditar que seu caráter irá melhorar, e que deve adquirir pela convivência com ela a firmeza e delicadeza de princípios que lhe faltam. Agora, gostaria de falar-lhe de outra coisa. Tenho os interesses de outra pessoa tão presentes no meu coração, no momento, que não posso pensar muito tempo sobre Frank Churchill. Desde que a deixei hoje de manhã, Emma, tenho pensado muito em outro assunto.

O assunto foi dito simplesmente, naquele inglês sem afetação e cortês que um cavalheiro como Sr. Knightley usava mesmo com a mulher a quem amava. Tratava-se de pedi-la em casamento sem prejudicar a felicidade de seu pai. A resposta de Emma estava na ponta da língua. "Enquanto seu querido pai vivesse, não deveria mudar sua condição. Jamais poderia deixá-lo". No entanto, apenas parte desta resposta foi aceita por ele. Sr. Knightley sentia que a impossibilidade de ela deixar o pai era tão forte quanto ela mesma, mas não podia concordar que não fosse possível qualquer outra mudança. Ele estivera pensando nisso, profunda e intensamente. A princípio pensara em convencer Sr. Woodhouse a mudar-se para Donwell com eles. Desejava acreditar que era possível, mas conhecia bem demais Sr. Woodhouse para não suportar decepcioná-lo. Acabou por convencer-se que essa mudança seria um risco para o conforto de Sr. Woodhouse, talvez até para sua vida, que não podia ser arriscada absolutamente. Tirar Sr. Woodhouse de Hartfield! Não, sentia que não devia tentar uma coisa assim. Mas o plano que surgiu, quando este foi posto de lado, ele achava que não iria encontrar nenhuma objeção por parte de sua querida Emma. Era a proposta de que ele mesmo se mudasse para Hartfield, enquanto a felicidade ou a vida de Sr. Woodhouse dependesse de continuar em Hartfield que era o lar dele. Neste caso passaria a ser o lar de Sr. Knightley também.

Emma já havia pensado na possibilidade de todos se mudarem para Donwell. Como ele, pensara nesse plano e o rejeitara, mas não lhe ocorrera outra possibilidade. Ela tinha consciência de todo o afeto que ele demonstrava. Sentia que, ao deixar Donwell, Sr. Knightley estaria sacrificando uma grande parte de sua independência de tempo e hábitos. Que viver constantemente com seu pai, e em uma casa que não era a sua, implicaria suportar muitas coisas.

Ela prometeu pensar no assunto, e aconselhou-o a pensar mais sobre isso também, mas Sr. Knightley tinha certeza que nenhuma reflexão posterior iria alterar seus desejos ou sua opinião sobre o assunto. Ele considerara todas as possibilidades, longa e calmamente, podia garantir a ela. Afastara-se de William Larkins durante toda a manhã, para poder pensar no assunto.

– Oh! Aí está uma dificuldade em que não pensou – exclamou Emma. – Garanto que William Larkins não vai gostar disso. Deve pedir o consentimento dele antes de pedir o meu.

Ela prometeu, no entanto, pensar sobre isso. E prometeu ainda um pouco mais, que pensaria no assunto com a intenção de considerá-lo um bom esquema. É impressionante que Emma, nos muitos e muitos pontos de vista sob os quais agora considerava Donwell Abbey, não fosse acometida por nenhum senso de injustiça em relação ao seu sobrinho Henry, cujos direitos como herdeiro foram outrora tão tenazmente defendidos por ela. Considerou a possível diferença que isso faria para o pobre garoto, e mesmo assim apenas sorriu ao pensar no assunto. Achou divertido descobrir a verdadeira causa de seu desgosto com a ideia de ver Sr. Knightley casado com Jane Fairfax, ou qualquer outra dama, que na época ela imputara apenas à sua amável solicitude de tia e irmã. A proposta dele, de que se casassem e continuassem em Hartfield, quanto mais Emma a considerava, mais agradável lhe parecia. Os problemas pareciam diminuir, as vantagens para ela aumentavam, e o bem de todos parecia superar qualquer inconveniente. Ter tal companheiro junto dela nas horas de ansiedade e alegria que viriam no futuro! Um companheiro como ele para ajudá-la em todos aqueles cuidados e obrigações, que com o tempo apenas aumentariam em melancolia!

Ela estaria muito feliz, se não fosse pela pobre Harriet. Cada benção que caía sobre ela, porém, parecia aumentar os sofrimentos da amiga, que agora deveria ser até mesmo excluída de Hartfield. O delicioso grupo familiar que Emma estava assegurando para si não poderia contar, por caridosa cautela, com a presença da pobre Harriet. Ela seria desafortunada em qualquer sentido e Emma não podia deplorar a sua futura ausência como qualquer diminuição de seu próprio prazer. Em tal grupo Harriet seria mais um peso morto que o contrário, mas para a pobre moça devia parecer uma necessidade cruel e peculiar, que a colocaria em um estado de punição imerecida. Com o tempo, é claro, Sr. Knightley seria esquecido, isto é, suplantado, mas não se poderia esperar que fosse logo. Sr. Knightley, por si mesmo, nada faria para apressar a cura, como Sr. Elton fizera. Sr. Knightley, sempre tão bondoso, tão sensível, tão cheio de consideração por todos, nunca mereceria ser menos adorado do que era agora.

Seria demais esperar, mesmo de Harriet, que ela se apaixonasse por mais do que três homens no mesmo ano.

CAPÍTULO 16

Foi um grande alívio para Emma perceber que Harriet estava tão desejosa de evitar um encontro quanto ela própria. Sua comunicação por carta já fora dolorosa o suficiente, quanto pior seria se elas fossem obrigadas a se encontrar! Harriet expressou-se muito melhor do que seria de se esperar, sem reprovações ou consciência aparente de ter sido maltratada. Emma imaginava, no entanto, que devia haver um pouco de ressentimento, algo que parecia envolver o sentido de suas palavras, o que aumentava a conveniência de ficarem separadas. Podia ser apenas sua própria consciência, mas lhe parecia que só um anjo não se ressentiria diante de tal golpe. Emma não teve dificuldade em obter um convite de Isabella, e foi afortunada em ter um bom motivo para isso sem recorrer a mentiras. Harriet tinha um problema nos dentes e, já há algum tempo, desejava realmente consultar um dentista. Sra. John Knightley ficara encantada em ajudar, tudo que se referisse a problemas de saúde era uma recomendação para ela. Embora não confiasse tanto num dentista quanto em Sr. Wingfield ficou ansiosa para ter Harriet sob seus cuidados. Depois de acertar tudo com a irmã, Emma fez a proposta para a amiga, e achou-a bastante receptiva. Harriet resolveu aceitar e foi convidada a ficar pelo menos quinze dias; a carruagem de Sr. Woodhouse deveria levá-la.

Foi tudo organizado e acertado, e logo depois Harriet estava a salvo em Brunswick Square. Agora Emma podia, de fato, apreciar as visitas de Sr. Knightley. Agora podia falar e ouvir com verdadeira felicidade, sem ser acometida por aquela sensação de injustiça, de culpa, ou até de algo mais doloroso que a assombrava quando se lembrava da amiga, ali tão perto dela e com o coração partido. Era difícil pensar em quanto Harriet devia estar triste no momento, suportando um sofrimento que fora provocado por ela. A diferença de Harriet na casa de Sra. Goddard ou em Londres era bastante grande para os sentimentos de Emma. Talvez fosse até pouco razoável, mas ela não podia pensar na amiga em Londres sem ter diversas coisas para diverti-la e ocupá-la, que fariam com que evitasse pensar no passado, levando-a a passar por cima.

Emma não permitiria que outra preocupação tomasse o lugar que Harriet tinha ocupado em sua mente. Havia uma comunicação que apenas ela era encarregada de fazer: a confissão de seu noivado ao pai. Mas não faria nada no momento, resolvera postergar a revelação até que Sra. Weston estivesse tranquila e bem. Nenhuma outra agitação deveria surgir nesse período entre aquelas pessoas a quem amava... Não se permitiria sofrer por antecipação, antes do tempo certo. Devia ter para si pelo menos quinze dias de lazer e paz de espírito, para coroar aquele cálido deleite, sem qualquer preocupação. Ela logo decidiu, tanto por dever como por prazer, usar meia hora desse período tão tranquilo para visitar Srta. Fairfax. Devia ir, realmente, e estava ansiosa por vê-la. A semelhança de suas situações aumentava os motivos que já tinha para demonstrar sua boa vontade. Seria uma satisfação secreta, mas a consciência de que estavam diante de perspectivas bastante similares com certeza aumentava muito o interesse com que ela esperava qualquer coisa que Jane desejasse confidenciar-lhe. Ela foi, afinal. Já havia batido na porta sem sucesso uma vez, mas não havia entrado na casa desde a manhã seguinte ao passeio a Box Hill, quando a pobre Jane estava de tal forma angustiada que a enchera de compaixão, ainda que não suspeitasse a causa do seu maior sofrimento.

O medo de ser novamente mal recebida, apesar da certeza de que estavam em casa, levou-a a esperar no corredor e pedir que anunciassem seu nome. Ouviu que Patty a anunciava, mas não houve a agitação que houvera da outra vez, quando a pobre Srta. Bates se alarmou. Não, desta vez não ouviu nada além da imediata resposta "Peça-lhe que suba". Um momento depois foi recebida ainda na escada pela própria Jane, que se adiantara ansiosamente, como se nenhuma outra recepção fosse digna dela. Emma nunca a vira tão bem, tão adorável, tão cativante. Havia nela confiança, animação e vivacidade; havia tudo que sempre faltara à sua aparência e maneiras. A moça adiantou-se com a mão estendida e disse, com voz baixa e com muita emoção:

– É muita bondade sua, sem dúvida!... Srta. Woodhouse, é impossível para eu expressar... espero que acredite... Desculpe-me por estar completamente sem palavras.

Emma ficou gratificada, e logo mostraria que a ela não faltavam palavras, se não ouvisse a voz de Sra. Elton vinda da sala de estar. Ao invés de falar, Emma teve que expressar todos os seus sentimentos de amizade e congratulações num sincero e entusiasmado aperto de mãos.

Sra. Bates fazia companhia a Sra. Elton. Srta. Bates não estava, o que contribuía para a tranquilidade do ambiente. Emma desejaria que Sra. Elton estivesse em qualquer outro lugar, mas seu humor atual a levava a ter paciência com todos. E como Sra. Elton cumprimentou-a com uma amabilidade pouco usual, ela esperou que o encontro não a aborrecesse.

Logo percebeu o que se passava na cabeça de Sra. Elton, e entendeu por que essa senhora estava, assim como ela, em tão bom humor. Ela estivera ouvindo as confidências de Srta. Fairfax, e imaginava saber de algo que ainda era um completo segredo para todo mundo. Emma logo viu sintomas disso na expressão do seu rosto e, enquanto cumprimentava Sra. Bates e aparentava ouvir a gentil resposta da velha senhora, viu Sra. Elton dobrar uma carta – que aparentemente estivera lendo em voz alta para Srta. Fairfax – com gestos misteriosos, e colocá-la na pequena bolsa cor de púrpura e dourada que estava ao seu lado. Em seguida disse, com acenos significativos:

– Podemos terminar isso outra hora, você sabe. Não faltarão oportunidades para você nem para mim. E, na verdade, você já ouviu o principal. Eu apenas queria provar-lhe que Sra. S. aceitou nossas desculpas e não está ofendida. Você viu como ela escreve de forma deliciosa! Oh! Ela é uma doce criatura! Você teria gostado dela, se fosse para lá. Mas não falemos mais disso. Vamos ser discretas... e manter o bom comportamento. Silêncio!... Lembra-se daqueles versos... esqueci o poema no momento... Quando uma dama está em relevância tudo o mais perde a importância... Mas eu diria que no nosso caso, minha querida, quando se fala em dama deve-se entender... Humm! Não devo dizer mais nada... Estou muito animada hoje, não acha? Mas quero deixar você tranquila com relação à Sra. S. A minha intervenção acalmou-a bastante.

Assim que Emma virou a cabeça para olhar o tricô que Sra. Bates fazia, ela acrescentou, sussurrando:

– Não mencionei nenhum nome, você viu... Oh! Não! A cautela é uma questão de estado. Sei lidar com isso muitíssimo bem.

Emma não tinha a menor dúvida. Era um lugar comum, repetido sempre que havia ocasião. Depois que falaram um pouco, em completa harmonia, sobre o tempo e Sra. Weston, Sra. Elton dirigiu-se abruptamente a Emma, dizendo:

– A senhorita não acha, Srta. Woodhouse, que nossa esperta amiguinha recuperou-se encantadoramente? Não acha que Perry tem um alto crédito por tê-la curado? – E lançou um olhar muito significativo para Jane. – Posso lhe afirmar que Perry restaurou-lhe a saúde num tempo espantosamente curto!... Ah! Se a senhorita a tivesse visto, como eu, quando ela estava muito pior!...

No momento em que Sra. Bates dizia alguma coisa para Emma, Sra. Elton voltou a sussurrar:

– Não dissemos nada sobre alguma consulta que Perry possa ter feito. Nem uma palavra sobre certo jovem médico de Windsor. Oh, não! Perry deve ter todo o crédito.

– Raras as vezes em que tive o prazer de vê-la, Srta. Woodhouse, desde a excursão a Box Hill – ela recomeçou logo em seguida. – Um passeio muito agradável. Ainda assim acho que faltou alguma coisa. As coisas pareciam um tanto... quer dizer, algumas pessoas estavam um tanto sombrias... Pelo menos foi o que achei, mas posso ter me enganado. De qualquer forma, acho que deveríamos fazer esse passeio outra vez. O que vocês duas acham de reunirmos o mesmo grupo e irmos de novo lá enquanto o tempo ainda está bom? Tem que ser o mesmo grupo, exatamente o mesmo, sem uma exceção sequer.

Logo depois disso, Srta. Bates chegou e Emma não pôde evitar se distrair com a perplexidade da primeira resposta dela. Achava que, pelo visto, isso se devia ao fato de Srta. Bates não saber o que dizer, e também à impaciência para dizer tudo.

– Obrigada, Srta. Woodhouse, a senhorita é tão bondosa... É

impossível expressar... Sim, de fato, entendo perfeitamente... As perspectivas da querida Jane, quero dizer, não sei se... Mas ela está bastante recuperada... Como está Sr. Woodhouse?... Fico tão feliz... Não está em minhas mãos... Que bela reunião temos aqui... Sim, de fato... Um jovem encantador!... Isto é... Tão amigável. Refiro-me ao nosso querido Sr. Perry ! Foi tão atencioso com Jane!...

Pela demonstração de sua enorme, sua mais do que habitual enorme delícia de ver Sra. Elton ali, Emma suspeitou que devesse ter havido algum ressentimento em relação à Jane, da parte do Vicariato, e que agora já estava graciosamente superado. Após mais alguns sussurros, que só vieram confirmar as suspeitas de Emma, Sra. Elton falou de novo:

– Estou aqui, minha boa amiga. E aqui estou há tanto tempo que acredito ser necessário desculpar-se. A verdade é que estou esperando pelo meu amo e senhor. Ele prometeu vir buscar-me aqui e apresentar-lhes seus respeitos.

– Como? Então teremos o prazer de uma visita de Sr. Elton? Seria uma grande honra, de fato! Eu sei que os cavalheiros não gostam de fazer visitas matinais, e ele está sempre tão ocupado!

– Dou-lhe minha palavra que é mesmo assim, Srta. Bates. Ele realmente vive ocupado da manhã à noite. Não dá para contar a quantidade de pessoas que o procuram, por um motivo ou outro. Os magistrados, os supervisores, os administradores da igreja estão sempre lhe pedindo opiniões. Parece que não são capazes de fazer nada sem ele! "Pelo amor de Deus, Sr. E", eu lhe digo sempre, "antes o senhor do que eu... não sei o que seria dos meus lápis de desenho ou do meu piano, se eu tivesse a metade dos seus requerentes". O pior de tudo é que venho negligenciando a música e a pintura até um grau imperdoável. Não creio que tenha tocado um acorde sequer na última quinzena. Bem, ele está chegando, posso assegurar. Não creio que devam esperar muito. – Então colocou uma mão sobre a boca, para que Emma não ouvisse o que ia dizer – Uma visita de congratulações, como sabe... Oh, sim! É indispensável!

Srta. Bates olhava para ela com tanta felicidade!

– Ele prometeu que viria assim que conseguisse se liberar da reunião com Knightley. Ele e Knightley estão juntos em profunda consulta. Sr. E é o braço direito de Knightley.

Emma não iria sorrir por nada deste mundo, e apenas perguntou:

– Sr. Elton foi a pé até Donwell? Vai ser uma caminhada um tanto quente.

– Ah, não! É uma reunião na Crown, uma das reuniões periódicas.

Weston e Cole vão estar lá também, mas devemos falar apenas dos que dirigem. Imagino que Sr. E e Knightley façam as coisas todas do seu modo.

– A senhora não se enganou sobre o dia? – disse Emma. – Estou quase certa de que a reunião na Crown será amanhã... Sr. Knightley esteve em Hartfield ontem e disse que seria no sábado.

– Ah, não... a reunião é hoje, com certeza – foi a abrupta resposta, que demonstrava a impossibilidade de qualquer erro da parte de Sra. Elton. – Acredito – continuou ela – que esta seja a paróquia mais cheia de problemas que já existiu, nunca ouvi falar de tais coisas em Maple Grove.

– Mas a paróquia de lá deve ser pequena – disse Jane.

– Dou-lhe minha palavra que não sei, minha querida, jamais ouvi falar disso.

– Mas está provado pelo pequeno tamanho da escola, da qual a senhora me falou, que está sob os cuidados da sua irmã e de Sra. Bragge. É a única escola, e não tem mais de vinte e cinco crianças.

– Oh, quanta esperteza. Que cabecinha pensante você tem! Olhe, Jane, fico pensando em que criatura perfeita nós faríamos, se fôssemos misturadas. Minha vivacidade e a sua firmeza produziriam a perfeição. Não que eu pretenda insinuar que alguém não imagine que você já é perfeita como está. Mas, silêncio! Nem uma palavra, por favor.

Parecia uma cautela desnecessária, pois Jane pretendia falar com Srta. Woodhouse e não com Sra. Elton, como Emma claramente notou. O desejo de distingui-la, tanto quanto a civilidade permitia, era bastante evidente, embora não pudesse muitas vezes passar de um olhar.

Sr. Elton chegou, e sua esposa saudou-o com um pouco de sua luminosa vivacidade.

– Bonito... meu senhor! Mandar-me para cá, para estorvar meus amigos até que o senhor se dignasse vir buscar-me!... Mas conhece a criatura obediente com a qual está lidando. Sabe que eu não iria embora até que meu amo e senhor aparecesse. Estive aqui na última hora, dando a essas damas um exemplo de obediência conjugal... pois quem poderá dizer, você sabe, se logo não irão precisar dela?

Sr. Elton estava com tanto calor, e tão cansado, que toda essa esperteza parecia desperdiçada. No entanto, devia apresentar seus cumprimentos às outras damas. Logo em seguida começou a lamentar-se sobre o calor que sentia e a caminhada que fizera à toa.

– Quando cheguei a Donwell – ele disse – não encontrei Knightley. Muito esquisito! Inexplicável, até, depois do bilhete que mandei esta manhã e que ele respondeu dizendo que estaria em casa até a uma hora.

– Donwell! – exclamou sua esposa. – Meu querido Sr. E, você não foi a Donwell!... Você quer dizer a Crown, está voltando da reunião na Crown.

– Tal reunião é amanhã, e eu queria conversar com Knightley hoje, justo sobre isso. Que manhã terrivelmente quente! Eu fui pelos campos, também... – falando num tom de profunda irritação – o que tornou tudo ainda pior. E no final não o achei em casa! Garanto-lhe que não estou nem um pouco satisfeito. Ele não deixou nem um bilhete de desculpas. A governanta disse que ele não sabia de nada sobre a minha vinda... Realmente extraordinário! E ninguém sabia sequer a direção que tomou. Talvez tivesse ido a Hartfield, talvez a Abbey-Mill, talvez para os bosques. Srta. Woodhouse, isso não é próprio de Sr. Knightley ! Será que pode explicar?

Emma divertiu-se muito em dizer que era realmente extraordinário, mas que não tinha nada a dizer sobre ele.

– Não acredito – disse Sra. Elton –, não posso imaginar como ele pôde fazer uma coisa dessas com você, entre todas as pessoas no mundo! A última pessoa que se imaginaria pudesse ser esquecida!... Meu querido Sr. E, ele deve ter lhe deixado uma mensagem, tenho certeza que deixou. Nem mesmo Knightley pode ser tão excêntrico. Talvez os empregados tenham esquecido a mensagem, pode contar que foi isso que aconteceu. E isso só poderia ter acontecido com os criados de Donwell que, como eu mesma observei, são todos muito desajeitados e relapsos. Tenho certeza que não gostaria de ter aquele tal de Harry na nossa sala de jantar, de maneira nenhuma. E quanto a Sra. Hodges... Wright acha que ela é muito vulgar, de fato. Prometeu uma receita para Wright e nunca a enviou.

– Encontrei William Larkins – continuou Sr. Elton –, quando estava perto da casa, e ele me disse que não encontraria seu patrão em casa, mas não acreditei nele. William parecia um tanto mal humorado. Disse que não sabia o que estava acontecendo com o patrão ultimamente, mas que raramente conseguia falar com ele. Não sei nada das necessidades de William, mas é realmente muito importante que eu converse com Knightley hoje. E foi um transtorno muito sério, fazer essa caminhada no calor a troco de nada.

Emma sentiu que o melhor a fazer era ir para casa diretamente. Era provável que já estivessem esperando por ela, e talvez conseguisse evitar que Sr. Knightley fosse ainda mais agressivo com relação a Sr. Elton, para não falar de William Larkins. Ela ficou contente, quando saiu, de ver que Srta. Fairfax estava determinada a acompanhá-la na saída da sala, descendo até mesmo as escadas com ela.

Isto lhe forneceu uma oportunidade para que ela logo aproveitasse para dizer:

– Talvez seja melhor que eu não tenha tido a possibilidade de falar-lhe a sós. Se a senhorita não estivesse cercada de amigos, talvez eu ficasse tentada a mencionar um determinado assunto, a fazer perguntas, e acabaria falando mais abertamente do que seria estritamente correto. Sinto que, com certeza, teria sido impertinente.

– Ah! – exclamou Jane, com um rubor e uma hesitação que Emma achou que lhe ficavam infinitamente melhor que toda a elegância de sua compostura habitual. – Não haveria perigo algum. O perigo teria sido eu incomodá-la. A senhorita não poderia me agradar mais do que manifestando seu interesse. Na verdade, Srta. Woodhouse – falando mais recatadamente – com a consciência que tenho de ter errado em minha conduta, e errado bastante, é um grande consolo saber que aqueles entre os meus amigos cuja opinião é mais importante para mim, não ficaram desgostosos comigo ao ponto de... Não tenho tempo para dizer nem a metade do que gostaria. Eu ansiava por me desculpar, justificar minhas atitudes. Sei que é meu dever. Mas, infelizmente... Em resumo, se a sua compaixão me permitir ser sua amiga...

– Oh, a senhorita é muito escrupulosa, de fato é – exclamou Emma, calorosamente, pegando a mão da amiga. – A senhorita não me deve desculpas, e todas as pessoas com quem acha que deve se desculpar estão tão satisfeitas, até mesmo deliciadas...

– Muito bondosa, mas eu sei como me comportei com a senhorita... Fui tão fria e artificial!... Estava sempre representando. Foi uma vida de farsa, de enganos! Sei que devo tê-la desgostado.

– Por favor, não diga mais nada. Sou eu que devo pedir todas as desculpas. Vamos perdoar uma à outra de uma vez por todas. Façamos isso o mais breve possível para que nossos sentimentos não percam mais tempo com isso. Espero que tenha notícias boas de Windsor?

– Certamente.

– A próxima, acredito, é que devemos perdê-la... justo quando começo a conhecê-la.

– Bem, quanto a isso nada foi decidido ainda. Vou ficar aqui até ser chamada pelo coronel e Sra. Campbell.

– Talvez nada tenha sido decidido ainda – disse Emma, sorrindo –, mas, perdoe-me, já devem ter pensado a respeito.

Jane sorriu também, ao responder:

– A senhorita está certa, já pensamos nisso. E vou lhe confessar... tenho certeza que guardará o segredo, que já está tudo acertado quanto a vivermos com Sr. Churchill, em Enscombe. Devemos aguardar pelo menos três meses, por causa do luto fechado, mas quando esse período terminar imagino que não teremos mais motivo para esperar.

– Obrigada, agradeço... Era disso que eu queria ter certeza. Oh, se a senhorita soubesse quanto fico feliz que as coisas estejam decididas e claras!

CAPÍTULO 17

Todos os amigos de Sra. Weston ficaram muito felizes de saber que ela estava bem. E se fosse possível aumentar a satisfação de Emma em ver a amiga bem de saúde, só podia ser por saber que ela se tornara mãe de uma menininha. Emma decidira torcer pela chegada de uma senhorita Weston, e não admitiria jamais que era com intenção de conseguir-lhe um casamento com algum dos meninos de Isabella.

Estava convencida, porém, que uma menina seria o melhor para os dois, pai e mãe. Seria um grande conforto para Sr. Weston quando começasse a envelhecer – mesmo que Sr. Weston só fosse começar a envelhecer dali a uns dez anos – ter ao seu lado junto à lareira o alento das brincadeiras e diversões, dos caprichos e fantasias de uma criança que nunca precisasse ser banida do lar. E quanto a Sra. Weston, ninguém podia duvidar que uma filha fosse o melhor para ela, pois seria uma pena que alguém tão capacitada para educar uma criança não pudesse mais exercitar suas aptidões.

– Praticar comigo foi uma vantagem que ela teve – continuou Emma –, como a baronesa d'Almane fez com a condessa d'Ostalis, em "Adelaide e Theodore", de Madame de Genlis. Agora poderemos ver Sra. Weston educar a sua própria Adelaide de acordo com o plano mais perfeito.

– Isso quer dizer – respondeu Sr. Knightley – que ela vai ser ainda mais indulgente com a filha do que foi com você, acreditando que não está, em absoluto, sendo indulgente. Será a única diferença.

– Pobre menina! – exclamou Emma – Desse jeito, o que será dela?

– Não é tão ruim assim. Terá o mesmo destino de milhares de outras. Será desagradável na infância e aprenderá a se corrigir na medida em que crescer. Estou perdendo toda minha amargura contra crianças mimadas, minha querida Emma. Logo eu, que devo toda minha felicidade a você, não estaria sendo terrivelmente ingrato se fosse severo para com elas?

Emma sorriu e respondeu:

– Mas eu contei com todos os seus esforços no sentido de contrabalançar a indulgência das outras pessoas. Duvido que meu próprio bom senso tivesse me corrigido, se não fosse isso.

– Acha mesmo? Eu não tenho dúvidas, a natureza lhe deu compreensão e Srta. Taylor lhe deu princípios. Você teria se saído bem. Minha interferência poderia causar tanto bem quanto mal. Seria muito natural para você dizer "que direito ele tem de me repreender?"... E temo que também seria natural se achasse que eu o fazia de forma muito desagradável. Não acho que tenha lhe feito algum bem. O bem foi todo para mim, por fazer de você o objeto da minha mais terna afeição. Não poderia pensar tanto em você, se não lhe tivesse amor, apesar das suas falhas. E à custa de imaginar tantos erros, acabei me apaixonando por você desde que tinha no mínimo treze anos.

– Estou certo de que foi muito útil para mim – exclamou Emma. – Muitas vezes fui influenciada positivamente por você, mais do que podia admitir na época. Estou bastante certa que me ajudou muito. E se a pobrezinha da Anna Weston vier a ser mimada, seria um gesto de grande humanidade de sua parte fazer por ela o mesmo que fez por mim... exceto apaixonar-se pela menina quando tiver treze anos.

– Quantas vezes, quando era uma garotinha, você me dizia, com um daqueles olhares atrevidos "Sr. Knightley, pretendo fazer isso e aquilo; papai diz que posso", ou então "Tenho a permissão de Srta. Taylor"... Era algo que você sabia que eu não aprovava. Nesses casos, minha interferência lhe dava dois sentimentos ruins, ao invés de um.

– Que criaturinha agradável eu era!... Não é de admirar que guarde lembranças tão afetuosas dos meus desmandos...

– "Sr. Knightley "... Você sempre me chamava de Sr. Knightley e, por força do hábito, não me parecia tão formal. Mas, ainda assim, é muito formal. Gostaria que me chamasse de outra coisa, mas não sei de quê.

– Lembro de tê-lo chamado de "George" uma vez, quando estava em uma das minhas disposições mais amigáveis, há uns dez anos atrás. Falei aquilo porque queria ofendê-lo, mas como você não reclamou, nunca mais o chamei desse modo.

– E não pode me chamar de George agora?

– Nunca poderei chamá-lo de outra coisa que não seja "Sr. Knightley ". Não prometo nem igualar a elegante concisão de Sra. Elton, chamando-o de Sr. K... Mas prometo – ela acrescentou, rindo e ficando ruborizada –, prometo que vou chamá-lo pelo seu nome de batismo pelo menos uma vez. Não posso dizer quando, mas talvez você adivinhe onde... No recinto onde os noivos recebem um ao outro, para o melhor e o pior.

Emma afligia-se por não poder falar mais abertamente sobre algo em que o bom senso dele teria sido de grande valia, pois poderia dar-lhe o conselho que a salvaria da pior de todas as suas tolices femininas: sua obstinada amizade com Harriet Smith. O assunto, porém, era muito delicado... Não podia falar disso, Harriet raramente era mencionada entre eles. Da parte dele, isso podia simplesmente significar que não pensava muito na moça. Mas Emma estava mais inclinada a achar que ele agia assim por delicadeza, e por uma suspeita, provocada por algumas evidências, de que a amizade delas estava declinando. Emma tinha consciência de que, fossem outras as circunstâncias, elas certamente estariam se correspondendo com mais frequência, e que as notícias de Harriet não viriam, como era o caso, apenas das cartas de Isabella. Ele devia ter observado isso. No entanto, a dor de ter que esconder alguma coisa dele era ainda menor que a dor de ter feito Harriet infeliz. Isabella mandava relatos tão bons sobre a visitante quanto seria de se esperar. Logo que Harriet chegara, Isabella havia achado que ela estava um tanto desanimada, o que parecia bastante natural, visto que teria que consultar um dentista. Mas, uma vez feito isso, ela não parecia achar que Harriet estivesse diferente de quando chegara. Isabella, com certeza, não era uma observadora muito boa, mas se Harriet não estivesse disposta a brincar com as crianças ela teria notado.

Emma sentiu-se mais confortável e segura, porém, ao saber que Harriet deveria ficar por mais tempo. Seus quinze dias acabariam se tornando um mês, pelo menos. Sr. e Sra. John Knightley deveriam vir a Hartfield em agosto, e a convidaram a ficar até que pudesse fazer a viagem de volta em companhia deles.

– John não menciona sua amiga – disse Sr. Knightley. – Eis a carta, se quiser ver.

Era a resposta à carta em que Sr. Knightley comunicava ao irmão sua intenção de casar-se. Emma pegou-a ansiosamente, impaciente para saber o que ele diria a respeito, e nem um pouco preocupada em saber que sua amiga não fora mencionada.

– John aceita a minha felicidade como um irmão deve fazer – continuou Sr. Knightley –, mas não é pródigo em elogios. E mesmo que eu saiba que ele tem, provavelmente, o afeto de um verdadeiro irmão por você, ele está longe de fazer floreios, e qualquer outra mulher acharia que está sendo frio demais na maneira como se expressa. Mas não temo que você veja o que ele escreveu.

– Escreve como um homem sensível – respondeu Emma, após ler a carta. – Louvo a sinceridade dele. Está muito clara sua convicção de que a vantagem do casamento é inteiramente para mim, mas tem esperanças de que, com o tempo, eu venha a me tornar merecedora do seu afeto, da forma que você já me considera agora. Se ele tivesse se expressado de forma diferente, eu não teria acreditado na sua sinceridade.

– Minha Emma, ele não quis dizer isso. Apenas quis dizer...

– Eu e ele diferimos muito pouco em nossas opiniões a respeito um do outro – interrompeu ela, com um sorriso um pouco triste –, menos, talvez, do que ele imagina, se é que podemos falar sobre esse assunto sem reserva ou cerimônia.

– Emma, minha querida Emma...

– Ah! – exclamou ela, com mais alegria. – Se você acha que seu irmão não me faz justiça, espere até que meu querido pai esteja de posse do nosso segredo, e dê a opinião dele. Escute o que digo, ele estará ainda mais distante de fazer justiça a você. Vai achar que toda a felicidade, todas as vantagens serão suas, e todo o mérito será meu. Espero que ele não me deixe oprimida com muitos "pobre Emma" da parte dele. Mas sua terna compaixão para com os oprimidos não vai além disso.

– Oh! – ele exclamou. – Espero que seu pai seja tão facilmente convencido como John será, de que nós dois temos os mesmos direitos de sermos felizes juntos. Fiquei divertido com uma parte da carta de John... Você reparou?... Onde ele diz que a notícia não o pegou inteiramente de surpresa, que ele já esperava ouvir alguma coisa desse tipo.

– Pelo que eu entendi, ele apenas disse algo sobre você ter planos de se casar. Não pensava a meu respeito, estava completamente despreparado para isso.

– De fato, sim... Mas acho interessante que ele tenha conseguido enxergar tão longe nos meus sentimentos. Com base em que ele teria feito esse julgamento? Não tenho consciência de ter mudado alguma coisa na minha disposição ou no meu modo de conversar, que possa tê-lo preparado para a ideia de que eu iria me casar neste momento e não em outro. Mas assim foi, eu creio. Ouso dizer que houve alguma diferença na minha estadia com eles, nessa última vez. Acho que não brinquei com as crianças como sempre fiz. Lembro-me que uma tarde, os pobres garotos disseram "O titio parece que está sempre cansado, agora".

Chegou a hora em que as notícias deviam ser espalhadas, para que fosse testada a sua recepção por outras pessoas. Logo que Sra. Weston recuperou-se o suficiente para receber as visitas de Sr. Woodhouse, Emma, pensando que a gentil compreensão dela podia ser empregada em proveito de sua causa, resolveu primeiro anunciar ao pai, e depois em Randalls. Mas como dar a notícia ao pai, afinal?

Pensou em fazer isso em uma hora em que Sr. Knightley estivesse ausente, ou quando seu coração não aguentasse mais e ela tivesse que falar. Mas Sr. Knightley chegou justo nessa hora, e como já tinha começado, viu-se obrigada a continuar. Teve que contar tudo ao pai, e de modo alegre. Ela não devia transformar a notícia em motivo de tristeza para ele, falando-lhe em tom melancólico. Não devia parecer que considerava isso uma infelicidade. Com todo o controle que conseguiu reunir, preparou-o primeiro para ouvir algo estranho, e então, com poucas palavras, disse que, caso ele concordasse em dar seu consentimento e aprovação – que ela esperava seria concedido sem dificuldade, pois se tratava de um plano para promover a felicidade de todos –, ela e Sr. Knightley desejavam se casar.

Dessa maneira, Hartfield receberia o acréscimo da companhia de uma pessoa que ela sabia que merecia o afeto dele e que, depois das filhas e de Sra. Weston, era quem ele mais amava no mundo.

Pobre homem!... No início ficou muito chocado, e tentou sinceramente fazê-la desistir da ideia. Lembrou a filha de que ela sempre dissera que jamais se casaria, e assegurou-lhe que seria muito melhor se continuasse solteira. Falou da pobre Isabella, e da pobre Srta. Taylor... mas não adiantou. Emma abraçou-o afetuosamente, sorriu e disse que devia ser assim. Pediu-lhe que não a comparasse com Isabella ou Sra. Weston, cujos casamentos fizeram com que se afastassem de Hartfield, produzindo, é verdade, uma melancólica mudança. Ela não sairia de Hartfield, estaria sempre ali, e não haveria mudança alguma nos seus hábitos ou confortos, a não ser para melhor. Ela estava bastante certa de que ele ficaria muito mais feliz por ter Sr. Knightley sempre à disposição, assim que se acostumasse com a ideia. Ele não adorava Sr. Knightley? Não poderia negar isso, ela sabia. A quem ele sempre consultava a respeito de negócios, se não Sr. Knightley? Quem era tão útil para ele, sempre disposto a ler suas cartas, sempre feliz em auxiliá-lo? Quem era tão gentil, tão atencioso e tão apegado a ele? Será que não gostaria de tê-lo sempre por perto?... Sim. Tudo isso era verdade. Sr. Knightley não podia ficar em Hartfield tanto quanto ele desejava. Ficaria contente de vê-lo todos os dias. Mas eles o viam todos os dias, do jeito que as coisas estavam agora... Por que não podiam continuar assim?

Sr. Woodhouse não podia aceitar a situação tão prontamente, mas o pior estava feito, a ideia fora lançada. O tempo e a constante repetição deviam fazer o resto. Aos rogos e promessas dela seguiram-se os de Sr. Knightley, cujos enormes elogios a Emma levaram a situação a um ponto mais favorável. E ele logo se acostumou a ouvi-los falar do assunto, sempre que havia uma oportunidade. Receberam todo o apoio de Isabella, que enviava ao pai cartas com a mais decidida aprovação. No primeiro encontro que tiveram, Sra. Weston também estava pronta a considerar a situação sob a luz mais favorável; primeiro, como coisa já acertada e, segundo, como excelente ideia, sabendo da importância quase igual dessas duas recomendações para a mente de Sr. Woodhouse. Houve uma concordância geral a respeito, e todos aqueles cuja opinião Sr. Woodhouse mais respeitava, asseguraram-lhe que isso seria para a sua felicidade. Como ele mesmo tinha alguns sentimentos que o levavam a quase dar sua aprovação, começou a pensar que dali a algum tempo, dentro de um ou dois anos, talvez, não seria assim tão ruim se o casamento se realizasse. Sra. Weston não estava representando um papel nem fingindo algum sentimento em tudo que dissera a favor do casamento... Havia ficado extremamente surpresa, como nunca acontecera antes, quando Emma contou-lhe sobre o assunto. Mas viu nisso um aumento da felicidade de todos, e não teve escrúpulos em encorajar Sr. Woodhouse a aceitar. Tinha tanto afeto por Sr. Knightley, a ponto de pensar que ele merecia até mesmo a sua querida Emma. E seria, em todos os aspectos, uma ligação apropriada, conveniente e irrepreensível. E havia mais um aspecto, pelo menos, da maior importância: a união era tão perfeitamente adequada, tão singularmente afortunada que agora lhe parecia que Emma jamais poderia apaixonar-se de modo seguro por qualquer outro homem no mundo, e que ela mesma havia sido a mais estúpida das criaturas, por não ter pensado nisso antes e promovido essa união há muito tempo...

Quantos homens em condições de pretender a mão de Emma teriam renunciado ao próprio lar para viver em Hartfield? E quem, além de Sr. Knightley, podia conhecer bem e aceitar as manias de Sr. Woodhouse, a ponto de imaginar um arranjo tão conveniente? A dificuldade da situação do pobre Sr. Woodhouse sempre fora sentida nos planos dela e do marido, quando pensavam num casamento entre Frank e Emma. Como combinar as necessidades de Enscombe e Hartfield era um constante impedimento – menos conhecido de Sr. Weston do que dela mesma –, mas mesmo ele nunca conseguia terminar o assunto sem dizer "Essas coisas se arranjam por si mesmas, os jovens encontrarão uma maneira de resolvê-las". Mas, agora, não havia nada para ser mudado, se fosse feita qualquer especulação quanto ao futuro. Estava tudo certo, tudo claro, tudo igual.

Não haveria nenhum sacrifício de alguma das partes que merecesse esse nome. Era uma união que trazia em si mesma a mais alta promessa de felicidade, sem que houvesse nenhuma dificuldade real ou racional para opor-se a ela ou adiá-la. Sra. Weston, com o bebê no colo, permitindo-se pensar em coisas como essas, era uma das mulheres mais felizes do mundo. Se alguma coisa podia aumentar sua felicidade era perceber que o bebê logo teria crescido o bastante para não caber mais no seu primeiro conjunto de roupinhas. A notícia foi uma surpresa universal, onde quer que se fizesse ouvir. E Sr. Weston teve seus cinco minutos de participação nisso; mas, com sua mente rápida, cinco minutos foram suficientes para que se familiarizasse com a ideia. Viu a conveniência da união e se alegrou com ela tanto quanto sua esposa.

Mas logo o espanto inicial passou e, em menos de uma hora, ele não estava longe de acreditar que sempre previra isso.

– Concluo que tudo isso seja um segredo – disse ele. – Essas coisas sempre são secretas, até que se descobre que todo mundo já sabia. Só me avise quando vou poder falar do assunto. Fico imaginando se Jane tem alguma suspeita...

Ele foi a Highbury na manhã seguinte e satisfez sua curiosidade quanto a esse ponto. Contou-lhe a notícia, afinal ela não era uma espécie de filha, sua filha mais velha?... Devia contar-lhe! E como Srta. Bates estava presente, assim que ouviu a notícia passou-a, é claro, para Sra. Cole, em seguida para Sra. Perry e imediatamente após para Sra. Elton. Isso não era nada mais do que os principais interessados esperavam. Tinham calculado quanto tempo a notícia levaria para se espalhar por toda Highbury, desde que fosse ouvida em Randalls. E quando chegou o entardecer já eram considerados muito sagazes, em vários círculos familiares da redondeza. De forma geral, o casamento foi muito bem aprovado. Alguns achavam que era ele o mais afortunado, outros pensavam que era ela. Uma parte achava que eles deviam se mudar para Donwell e deixar Hartfield para a família de John Knightley; a outra parte previa desentendimentos entre os criados das duas casas. Ainda assim, tudo considerado, ninguém levantou nenhuma objeção séria, exceto os moradores do Vicariato... Lá, a surpresa não foi atenuada por nenhum sentimento de satisfação. Sr. Elton não ligou muito para isso, comparado à sua esposa. Ele apenas esperava que "o orgulho da jovem dama agora estivesse satisfeito" e imaginava que "ela sempre pretendera 'fisgar' Knightley, se pudesse". Quanto a viverem em Hartfield, exclamou:

– Antes ele do que eu!...

Sra. Elton ficou muito mais perturbada, na verdade.

– Pobre Knightley! Pobre homem!... Que situação triste para ele...

Ela estava muito preocupada, pois, apesar de um pouco excêntrico, ele tinha muitas qualidades. Como se deixara agarrar dessa maneira? Não podia imaginar que ele estivesse apaixonado... de forma alguma! Pobre Knightley! As alegres conversas com ele agora teriam fim... Como ele ficava feliz de jantar com eles, sempre que o convidavam! Mas tudo isso agora iria acabar. Pobre homem! Não haveria mais passeios de exploração em Donwell organizados especialmente para ela. Oh, não! Haveria uma Sra. Knightley para jogar água fria em tudo. Era extremamente desagradável! Mas não lamentava ter falado mal da governanta dele, no outro dia... Que plano mais chocante esse de viverem todos juntos.

Nunca iria dar certo. Conhecia uma família, perto de Maple Grove, que havia tentado algo assim e fora obrigada a separar-se em menos de três meses..

CAPÍTULO 18

O tempo passou. Mais alguns dias e a família de Londres estaria chegando. Seria uma mudança alarmante. Certa manhã, Emma estava pensando se isso lhe traria muita agitação ou tristeza quando Sr. Knightley chegou, e ela pôs de lado os maus pensamentos.

Trocaram algumas palavras alegres e ele ficou silencioso. Depois, em tom sombrio, começou:

– Tenho algo para lhe dizer, Emma...

– Bom ou ruim? – perguntou ela, rapidamente, olhando para o rosto dele.

– Não tenho certeza...

– Oh! É boa, tenho certeza, vejo isso no seu rosto. Você está tentando não rir!

– Receio, minha querida Emma – disse ele, recompondo-se –, que você não vai achar engraçado quando ouvir.

– É difícil imaginar que algo que o agrade e divirta desse modo não me agrade também.

– Há um assunto – ele respondeu – a respeito do qual nós não pensamos da mesma maneira. – Ele parou por um momento, sorrindo outra vez, com os olhos fixos no rosto de Emma. – Não lhe ocorre nada? Não se lembra?... Harriet Smith.

As faces de Emma ficaram coradas à menção desse nome, e ela sentiu medo, embora não soubesse de quê.

– Soube alguma coisa dela esta manhã? – exclamou ele. – Você teve sim, eu acho, e já sabe de tudo.

– Não, não soube. Não sei de nada, por favor, diga-me.

– Vejo que está preparada para o pior... e é mesmo ruim. Harriet

Smith vai se casar com Robert Martin.

Emma teve um sobressalto, mostrando que não estava preparada. Seus olhos se abriram espantados, enquanto pensava "Não, é impossível!", mas não disse nada.

– É verdade – continuou Sr. Knightley –, ouvi a notícia do próprio Robert Martin. Estava com ele até meia hora atrás.

Ela ainda olhava para ele com extraordinário espanto.

– Você não ficou satisfeita, minha querida Emma, como eu temia... Gostaria que nossas opiniões fossem as mesmas, mas com o tempo chegarão a ser. O tempo fará um de nós pensar de forma diferente, pode estar certa. E, enquanto isso, não precisamos falar muito no assunto.

– Você não está me entendendo, não está entendendo nada – respondeu Emma, com grande esforço. – Não é que essa circunstância me deixe infeliz, só que eu não consigo acreditar. Parece impossível!... Você não pode estar dizendo que Harriet Smith aceitou Robert Martin. Não pode estar dizendo que ele já propôs casamento a ela novamente... Você quer dizer apenas que ele pretende pedir, não é?

– Quero dizer que ele já fez isso – respondeu Sr. Knightley, sorrindo, mas em tom bastante decidido – e foi aceito.

– Meu Deus! – ela exclamou. – Bem!...

Então recorreu ao seu cesto de costura para esconder o rosto, e evitar que ele visse todos os agradáveis sentimentos de alívio e prazer que deviam estar expressos nele. Controlando-se, acrescentou:

– Conte-me tudo, torne os fatos inteligíveis para mim. Como, onde, quando? Conte-me tudo, nunca fiquei mais surpresa, mas não estou infeliz, asseguro-lhe. Como... Como é possível?

– É simples. Ele teve que ir a Londres a negócios, três dias atrás, e eu lhe pedi que levasse alguns documentos que eu precisava mandar para John. Ele foi até o escritório de John para entregar os papéis, e meu irmão convidou-o para juntar-se a eles naquela tarde no Astley 's. Eles iam levar também os dois meninos mais velhos a essa recepção. O grupo incluía meu irmão, sua irmã, Henry, John e Srta. Smith. O meu amigo Robert não pôde resistir. Eles o pegaram no caminho e todos se divertiram muito. Meu irmão então o convidou para jantar com eles no dia seguinte... e ele aceitou. Durante esse jantar, pelo que entendi, ele encontrou uma oportunidade de conversar com Harriet, e não falou em vão, com certeza. Ela aceitou o pedido e o tornou tão feliz quanto ele merecia. Robert Martin tomou a carruagem de ontem à noite e, na manhã de hoje, logo após o café, veio me ver. Deu-me primeiro as notícias sobre os meus negócios e depois me falou de seus próprios assuntos. Isso é tudo que posso dizer quanto ao onde, como e quando. Sua amiga Harriet vai contar uma história bem mais longa quando você a encontrar. Ela vai lhe dar todos os detalhes que só a linguagem feminina consegue tornar interessantes. Nós, os homens, tratamos apenas do que é essencial. Mas devo dizer que o coração de Robert Martin parece, tanto para ele quanto para mim, transbordante de felicidade. Ele mencionou também, embora não viesse muito a propósito, que quando deixaram Astley, meu irmão tomou uma carruagem com Sra. Knightley e o pequeno John, e Robert foi com Srta. Smith e Henry em outra... E que ela ficava pouco à vontade quando estavam no meio de outras pessoas.

Ele ficou quieto. Emma não ousava dar nenhuma resposta imediata. Estava certa de que, se falasse, iria trair sua absurda felicidade. Devia esperar um momento, ou ele pensaria que ela estava louca.

Sr. Knightley estava perturbado com o silêncio dela e, depois de observá-la por um instante, acrescentou:

– Emma, meu amor, você disse que agora este fato não iria deixá-la infeliz, mas temo que tenha lhe causado mais dor do que esperava. A situação dele não é muito boa, mas você deve considerar que satisfaz sua amiga. E garanto-lhe que, à medida que o conhecer, pensará cada vez melhor dele, seus bons princípios e bom senso vão encantá-la... No que diz respeito ao rapaz, sua amiga não poderia estar em melhores mãos. Se eu puder vou elevar a posição social dele, o que é uma grande coisa, posso lhe assegurar, Emma. Você ri de mim por causa de William Larkins, mas eu podia ser poupado em relação a Robert Martin.

Ele gostaria que ela olhasse e sorrisse daquela observação. E Emma, contendo-se para não rir demais, apenas sorriu e respondeu alegremente:

– Você não precisa se incomodar em me fazer aceitar o casamento. Acho que Harriet está agindo extremamente bem. As ligações familiares dela podem ser piores do que as dele. No que se refere ao caráter, no entanto, não há dúvida de que ambos são respeitáveis. Fiquei calada porque estava surpresa, excessivamente surpresa. Não imagina como isso foi inesperado para mim, como estava despreparada!... Tinha razões para acreditar que, ultimamente, ela estava ainda mais determinada a não aceitá-lo do que antes.

– Você deve conhecer bem a sua amiga – respondeu Sr. Knightley –, mas devo dizer que ela é uma menina de bom temperamento e bom coração, e não é provável que ficasse muito determinada contra um jovem que diga que a ama.

Emma não pôde se impedir de sorrir ao dizer:

– Posso jurar que você a conhece tão bem quanto eu. Mas tem certeza que ela o aceitou, completa e definitivamente? Posso imaginar que ela o fizesse com o tempo... mas agora já?... Será que não o entendeu mal? Vocês dois estavam falando de outras coisas, negócios, mostras de gado ou novas sementeiras... não poderia, na confusão de tantos assuntos, tê-lo entendido mal?... Não era da mão de Harriet que ele estava tão seguro, mas das dimensões de alguns touros famosos.

O contraste entre a aparência de Sr. Knightley e Robert Martin era, nesse momento, tão forte para os sentidos de Emma, quanto forte era a lembrança de tudo que se passara com Harriet. Ainda se recordava vivamente das palavras da moça, ditas com tanta veemência: "Não, acho que já me conheço o suficiente para não me interessar por Robert Martin" – que ela realmente esperava que a notícia se provasse, de alguma forma, prematura. Não podia ser de outro modo.

– De onde tira coragem para dizer algo nesse sentido? – exclamou Sr. Knightley. – Ousa supor que sou estúpido o suficiente para não entender o que um homem diz?... Sabe o que merece?

– Ah, eu sempre mereço o melhor tratamento, pois nunca aceito nenhum outro. E, além disso, você me deve uma resposta simples e direta. Tem certeza que conhece bem os termos em que se encontra agora o relacionamento de Robert Martin e Harriet?

– Tenho certeza – ele respondeu, falando de forma precisa – que Robert Martin me disse que Harriet aceitou seu pedido, e não havia nada de obscuro ou duvidoso nas palavras que ele usou. E acho que posso dar-lhe uma prova de que realmente é assim. Ele pediu minha opinião sobre o que fazer a seguir. Robert Martin não sabe de mais ninguém, além de Sra. Goddard, a quem ele possa pedir informações sobre os parentes ou amigos de Harriet. Pediu-me que dissesse se havia algo mais adequado a fazer, além de dirigir-se a Sra. Goddard. Assegurei-lhe que não, e ele então me disse que iria procurá-la ainda hoje.

– Estou perfeitamente satisfeita – declarou Emma, com seu sorriso mais brilhante – e desejo sinceramente que sejam muito felizes.

– Você mudou muito desde que conversamos sobre o assunto a última vez.

– Sim, pois naquela época eu era uma tola.

– Eu também mudei, pois agora estou bastante disposto a creditar a você todas as boas qualidades de Harriet. Fiquei muito preocupado por você e por Robert Martin, que sempre acreditei estar mais apaixonado por ela do que nunca, se viesse a se casar com Harriet. Falei bastante com ela várias vezes, você deve ter reparado. Em algumas ocasiões imagino que você tenha achado que eu estava defendendo a causa do pobre Robert Martin, o que nunca foi o caso. Mas, pelas observações que fiz, fiquei convencido que ela é uma moça ingênua, amável, de bom senso e de muito bons princípios, que deseja apenas ter a felicidade de possuir um lar e uma família. Não tenho dúvidas de que ela deve muitas dessas coisas a você.

– A mim? – exclamou Emma, sacudindo a cabeça. – Ah! Pobre Harriet!

Ela se conteve, porém, e aceitou um pouco mais de elogios do que realmente merecia. Sr. Woodhouse entrou na sala, interrompendo a conversa. Ela não lamentou, pois queria ficar um pouco sozinha. Sentia a mente flutuar num estado de graça, e achava impossível controlar-se. Seu espírito desejava dançar e cantar, e até que ela parasse para refletir e expressar livremente sua alegria a respeito de tudo isso não estaria pronta para fazer nada que fosse racional. O pai viera anunciar que James estava preparando os cavalos para que fizessem a visita diária a Randalls, e Emma imediatamente aproveitou a desculpa para retirar-se. Pode-se imaginar a sensação de alegria, gratidão e encantamento que tomou conta de Emma. O seu único motivo de queixa e tristeza era agora removido e, com a perspectiva do bem-estar de Harriet, ela estava extremamente segura e feliz.

O que mais poderia desejar? Nada, além de ser ainda mais merecedora dele, cujas intenções e discernimento sempre foram muito superiores aos dela. Nada, a não ser que as lições dos seus erros passados a ensinassem a ser mais humilde e circunspecta no futuro. Ela era muito séria em sua gratidão e em suas resoluções. Ainda assim não podia evitar sorrir enquanto pensava em algumas coisas. Vibrava de alegria com tal desfecho! Um final tão feliz para o terrível desapontamento de cinco semanas atrás! Que coração... que pessoa boa era Harriet! Agora poderia ver com alegria o próximo retorno da jovem. Tudo seria apenas prazer, como seria também um prazer conhecer Robert Martin. A maior de suas alegrias, no entanto, era não precisar mais esconder tudo de Sr. Knightley. A dissimulação, o equívoco, o mistério, essas coisas tão odiosas de manter, logo estariam terminadas. Ela poderia olhar para ele de frente e dar-lhe a perfeita e completa confiança de que estava pronta a cumprir com sua obrigação. Foi com a maior felicidade que Emma saiu com o pai, nem sempre ouvindo o que ele dizia, mas concordando com tudo.

E, em silêncio ou com palavras, congratulando-se pela sua cômoda persuasão de fazê-lo ir a Randalls todo dia, ou a pobre Sra. Weston ficaria desapontada. Eles chegaram e encontraram Sra. Weston sozinha na sala de estar. Mas mal tinham ouvido as notícias do bebê e os agradecimentos da dama pela bondade de Sr. Woodhouse em ter ido até lá, quando perceberam de relance, através da janela, duas pessoas que passeavam no jardim.

– Frank e Srta. Fairfax – disse Sra. Weston. – Eu ia justamente contar-lhes da agradável surpresa que tivemos ao vê-lo chegar hoje cedo. Ele fica até amanhã, e conseguimos persuadir Srta. Fairfax a passar o dia conosco. Eles estão entrando, eu acho.

Em menos de um minuto os jovens entraram na sala. Emma ficou extremamente feliz ao vê-lo, porém, por causa de algumas lembranças embaraçosas da parte de ambos, houve certa perturbação naquele encontro. Cumprimentaram-se sorrindo, mas um pouco constrangidos, o que no início não lhes permitiu falar muito. Logo que se sentaram houve um silêncio geral por alguns momentos, o que levou Emma a perguntar a si mesma se o desejo que há muito sentia de rever Frank Churchill, especialmente ao lado de Jane Fairfax, lhe traria algum prazer. Quando Sr. Weston juntou-se ao grupo, no entanto, e assim que trouxeram o bebê, não faltou mais assunto para uma animada conversa. Isso proporcionou a Frank Churchill a oportunidade e a coragem para aproximar-se dela e dizer:

– Quero lhe agradecer, Srta. Woodhouse, pela bondosa mensagem de perdão que me enviou em uma das cartas de Sra. Weston. Espero que o tempo não a tenha tornado menos disposta a perdoar. Espero que não se retrate do que disse antes.

– Não, de forma alguma! – exclamou Emma, muito feliz com aquele começo. – Estou especialmente feliz em vê-lo e apertar sua mão... E desejar-lhe felicidades pessoalmente.

Ele agradeceu-lhe de todo coração, e continuou a conversar por algum tempo, demonstrando sinceramente sua gratidão e felicidade.

– Ela não está com uma boa aparência? – disse ele, olhando na direção de Jane. – Mais do que costumava estar?... A senhorita sabe como meu pai e Sra. Weston a adoram.

Logo seu espírito estava novamente brincalhão e, com expressão risonha, após falar no esperado retorno dos Campbell, ele mencionou os Dixon. Emma enrubesceu, e proibiu-o de falar novamente nesse nome em sua presença.

– Não consigo pensar nisso – ela exclamou – sem sentir extrema vergonha.

– A vergonha é toda minha – ele respondeu –, ou deveria ser. Mas a senhorita nunca suspeitou?... Digo, no final... No início eu percebi que não tinha suspeita alguma.

– Jamais desconfiei, asseguro-lhe.

– Parece espantoso. Estive muito perto de lhe contar... e quem me dera tivesse feito isso, teria sido muito melhor. Mas eu estava sempre fazendo coisas erradas, foram coisas muito ruins, de fato, e que não me ajudaram em nada. Teria cometido uma transgressão muito melhor se tivesse quebrado o segredo e lhe contado tudo!

– De nada adianta arrepender-se agora – disse Emma.

– Tenho alguma esperança – recomeçou ele – de que meu tio possa ser convencido a visitar Randalls, ele deseja conhecer Jane.

Quando os Campbell voltarem devemos encontrá-los em Londres, e espero continuar lá até que eu possa levá-la ao norte. Mas agora estou tão distante dela... Não é horrível, Srta. Woodhouse?... Até esta manhã, não havíamos nos encontrado desde o dia em que nos reconciliamos. A senhorita não tem pena de mim?

Emma falou de sua piedade com tanta gentileza que ele teve um acesso de riso e exclamou:

– Ah! A propósito – baixando a voz e parecendo tímido por um momento –, espero que Sr. Knightley esteja bem... – Ele fez uma pausa, enquanto Emma corava e sorria. Então continuou: – Sei que a senhorita leu a minha carta, e espero que se lembre do meu desejo a seu favor. Permita que retorne suas congratulações. Asseguro-lhe que soube da notícia com o mais cálido interesse e satisfação... Ele é um homem que dispensa elogios, em todos os aspectos.

Emma ficou encantada e esperava que ele continuasse a falar disso no mesmo tom. Mas a mente do rapaz já voltara aos seus próprios assuntos e à sua querida Jane. Em seguida disse:

– A senhorita já viu uma pele tão suave e delicada como a dela? E sem ser clara. Não se pode dizer que seja clara. Ela tem uma aparência incomum, com seus cílios e cabelos negros e a pele perfeita para isso! A beleza dela é muito peculiar! Sua pele tem apenas cor suficiente para dar-lhe uma beleza especial.

– Sempre admirei a pele de Jane – respondeu Emma –, mas me lembro do tempo em que o senhor a criticava por ser tão pálida... Quando falamos sobre ela a primeira vez... Será que esqueceu?

– Ah, não!... Eu era um cão cínico naquela época!... Como tive essa ousadia?...

Mas ele ria com tanto gosto dessa lembrança que Emma não pode evitar dizer:

– Desconfio que, apesar de suas confusões naquela época, o senhor divertiu-se bastante em enganar a todos nós... Tenho certeza que sim... Tenho certeza que isso lhe serviu de consolo.

– Ah, não! Não, de forma alguma... Como pode me julgar capaz disso? Eu era o mais infeliz dos homens!

– Nem tão infeliz assim a ponto de não ficar alegre. Tenho certeza que foi uma fonte de enorme divertimento sentir que estava enganando a todos nós. Talvez eu seja a pessoa indicada para suspeitar, pois, para dizer a verdade, creio que também me divertiria muito em uma ocasião como essa. Acho que há alguma semelhança entre nós.

Ele fez uma reverência.

– Se não temos naturezas semelhantes – ela acrescentou, com um olhar de profunda reflexão –, há semelhança em nossos destinos, que nos presenteou com duas pessoas de caráter muito superior ao nosso.

– De fato, é bem verdade – ele exclamou, calorosamente.

– Não, não é verdade. Não há ninguém superior à senhorita, mas no meu caso é verdade. Ela é um verdadeiro anjo. Olhe para ela, não é um anjo em cada gesto? Observe a curva do pescoço, os olhos dela enquanto fita meu pai. A senhorita ficará contente em saber – inclinando a cabeça e sussurrando com toda seriedade – que meu tio pretende dar-lhe todas as joias que foram de minha tia. Vou mandar montá-las novamente, e estou disposto a transforma algumas delas em uma tiara. Não ficaria linda nos cabelos negros dela? Muito linda, realmente.

Emma falou com tanta gentileza que ele não se conteve e disse:

– Como fiquei encantado de vê-la novamente! E com uma aparência tão boa! Não gostaria de ter perdido este encontro por nada no mundo. Se a senhorita não viesse, eu teria ido visitá-la em Hartfield.

Os outros continuavam falando da criança e Sra. Weston lhes contava do pequeno alarme que sentira na noite anterior, quando a pequena parecia não estar muito bem. Ela agora achava que tinha sido tola, mas ficara tão alarmada que estivera a ponto de mandar chamar Sr. Perry. Talvez ficasse envergonhada, mas Sr. Weston estava tão alarmado quanto ela... Dez minutos depois, no entanto, a criança parecia perfeitamente bem. Ao ouvir a história Sr. Woodhouse considerou-a particularmente interessante; achara muito conveniente da parte dela ter pensado em chamar Sr. Perry, e apenas lamentava que ela não o tivesse feito. "Ela devia sempre chamar Sr. Perry se a criança apresentasse o menor sinal de distúrbio, mesmo que fosse apenas por um momento. Nunca era cedo para se alarmar, nem era demais chamar Sr. Perry. Era uma pena que o médico não tivesse vindo na noite passada, pois embora a criança parecesse bem agora, provavelmente teria sido melhor se Sr. Perry a tivesse visto". Frank Churchill pegou o nome de Sr. Perry no meio da conversa.

– Perry ! – disse para Emma, enquanto tentava encontrar o olhar de Jane.

– Meu amigo Sr. Perry! O que estão dizendo sobre Sr. Perry?... Ele esteve aqui esta manhã?... E como ele se desloca agora, já comprou a carruagem?

Emma lembrou-se imediatamente e entendeu a brincadeira. E, enquanto ria junto com ele, era evidente pelo semblante de Jane que ela também estava ouvindo, apesar de fingir-se de surda.

– Que sonho extraordinário aquele que eu tive! – ele exclamou. – Não consigo pensar nisso sem rir. Ela está nos ouvindo, Srta. Woodhouse, está ouvindo sim... Vejo isso no seu rosto, no sorriso e na tentativa fracassada de manter-se séria. Olhe para ela. Não dá para perceber que, neste mesmo instante, está passando pela sua mente o trecho da carta em que me contava esse fato? Está pensando no próprio engano... Reparou que ela só consegue ouvir o que digo, enquanto finge escutar os outros?

Jane foi obrigada a abrir um largo sorriso. Ainda sorrindo, virou-se para ele e disse com uma voz baixa, mas firme:

– Como você suporta essas lembranças é algo que ainda me espanta!... Algumas vezes elas com certeza irão impor-se... Mas como pode buscá-las deliberadamente?

Ele tinha muito a dizer em resposta, e de modo bastante divertido.

Emma, porém, concordava com Jane nessa questão. Ao deixar Randalls, Emma começou naturalmente a fazer uma comparação entre os dois homens. Sentia que, mesmo bastante contente por ter encontrado Frank Churchill e apesar de apreciar sua amizade, nunca estivera mais consciente da imensa superioridade de caráter de Sr. Knightley.

Para Emma, a felicidade maior que completou um dia em si tão feliz, foi o alegre reconhecimento dos grandes méritos do noivo, que a comparação com o outro produzira.

CAPÍTULO 19

Emma ainda tinha, de vez em quando, certo sentimento de ansiedade em relação à Harriet. Tinha até uma dúvida momentânea de que fosse possível para ela curar-se realmente de seu afeto por Sr. Knightley, e estar realmente disposta a aceitar outro homem de forma imparcial. Não sofreria destas incertezas por longo tempo, porém. Dentro de poucos dias o grupo chegou de Londres, e Emma logo teve uma oportunidade de passar uma hora sozinha com Harriet, quando ficou perfeitamente satisfeita ao saber que – por mais inacreditável que fosse! – Robert Martin havia suplantado totalmente Sr. Knightley nas afeições da moça e representava agora todos os seus sonhos de felicidade. Harriet ainda estava um pouco angustiada, e pareceu insegura logo que se encontraram. Ao admitir, porém, que fora presunçosa e tola, e que decepcionara a si mesma, sua dor e confusão pareciam dissolver-se com as palavras; demonstrava não se importar mais com o passado, e estava exultante quanto ao presente e o futuro. Harriet temia que a amiga não aprovasse sua decisão, mas Emma imediatamente a tranquilizou quanto a qualquer medo dessa natureza, recebendo-a com as mais sinceras congratulações. Harriet ficou bastante feliz de lhe contar todos os detalhes da noite no Astley's e do jantar do dia seguinte.

Podia falar disso com a maior felicidade, mas o que esses detalhes significavam? Emma agora percebia que Harriet sempre gostara de Robert Martin, e o fato dele continuar a amá-la era algo irresistível. Qualquer coisa além disso seria sempre um mistério para ela. O reencontro, porém, foi muito alegre, e a cada dia Emma tinha novas razões para pensar assim. Descobriu-se a paternidade de Harriet. Ela era a filha de um comerciante, rico o bastante para mantê-la com o conforto que sempre desfrutara, e decente o bastante para sempre ter desejado esconder a verdade. Esse era o sangue nobre que Emma antigamente estava tão disposta a atestar! Era provavelmente menos contaminado que o sangue de muitos nobres, mas que ligação ela estivera preparando para Sr. Knightley... ou para os Churchill... ou mesmo para Sr. Elton!

A mancha da ilegitimidade, não suavizada pela nobreza ou pela riqueza, teria sido sempre uma mancha. Não houve objeção alguma da parte do pai de Harriet, e o rapaz foi tratado com liberalidade. Tudo correu como esperado, e quando Emma passou a conhecer Robert Martin, que foi apresentado em Hartfield, reconheceu nele todo o bom senso e a retidão que desejaria para sua amiga. Emma não tinha dúvida da felicidade de Harriet com qualquer homem de bom temperamento, mas com Robert Martin, e no lar que ele lhe oferecia, havia esperança de mais: segurança, estabilidade e prosperidade. Estaria entre pessoas que a amavam e que tinham melhor senso do que ela própria, viveria retirada o bastante para estar segura e ocupada o bastante para ser alegre. Nunca estaria exposta a tentações, nem ficaria sem proteção, mas seria respeitável e feliz.

Emma acreditava que Harriet tivera a maior sorte do mundo por ter inspirado um afeto tão firme e perseverante num homem como ele. E, se não era a mais protegida pela sorte, vinha logo depois da própria Emma. Harriet passou a ir cada vez com menos frequência a Hartfield, por conta de seus compromissos com os Martin, e isso não era motivo para lamentar. A intimidade entre elas devia diminuir, e sua amizade iria transformar-se num tipo de calmo relacionamento entre pessoas conhecidas. Afortunadamente, o que devia acontecer já estava começando, de forma gradual e com muita naturalidade. Antes que o mês de setembro chegasse ao fim Emma acompanhou Harriet à igreja e viu sua mão ser concedida a Robert Martin. Sentia tamanha satisfação que nenhuma lembrança poderia empanar, nem mesmo aquelas ligadas a Sr. Elton quando se colocou de pé diante deles para celebrar. Talvez até, a esta altura, ela não visse Sr. Elton senão como o clérigo cuja próxima benção nupcial devia recair sobre ela. Apesar de ser o último casal a ficar noivo entre os três, Robert Martin e Harriet Smith era o primeiro a casar-se. Jane Fairfax já deixara Highbury e estava desfrutando do conforto de seu amado lar junto aos Campbell.

Os dois Churchill também estavam na capital, esperando apenas a chegada do mês de novembro, quando terminaria o luto. O mês intermediário, outubro, foi o escolhido por Emma e Sr. Knightley, tanto quanto se permitiam esperar. Haviam determinado que seu casamento devia acontecer enquanto John e Isabella ainda estivessem em Hartfield, a fim de permitir que partissem para uma programada viagem de quinze dias ao litoral. John e Isabella, assim como todos os seus amigos, aprovaram a ideia. Mas quanto a Sr. Woodhouse... como poderiam induzi-lo a consentir nisso?... Logo ele, que ainda falava no casamento de Emma como um evento distante. Quando falaram no assunto pela primeira vez ele ficou tão infeliz que eles quase perderam as esperanças... Uma segunda alusão ao assunto, no entanto, provocou menos dor. Ele começou a aceitar que isso iria acontecer, e que não teria como impedir... um degrau muito promissor da mente no caminho da resignação. No entanto, ele não estava feliz. Parecia, de fato, tão infeliz que a coragem de Emma começou a fraquejar. Ela não suportava vê-lo sofrer, sabendo que se sentiria abandonado. E ainda que Sr. Knightley e o irmão lhe assegurassem que, uma vez acontecido o casamento, ele logo deixaria de ficar tão angustiado, ela hesitava... não podia prosseguir com os planos.

Nesse estado de suspense eles foram ajudados, não por alguma súbita iluminação na mente de Sr. Woodhouse, nem por alguma mudança no seu sistema nervoso, mas pela atuação desse mesmo sistema nervoso de outra maneira. Uma noite, todos os perus do aviário de Sra. Weston foram roubados... Outros aviários das redondezas também sofreram o mesmo dano. Para Sr. Woodhouse, o furto significava que havia ladrões arrombando as casas. Ele ficou muito alarmado. E teria continuado assim por todas as noites restantes de sua vida se não fosse o senso de proteção de seu genro. A força, a resolução e a presença de espírito dos dois irmãos Knightley foram determinantes para sua completa rendição. Enquanto um dos dois estivesse ali para protegê-lo e aos seus, Hartfield estaria segura. Mas Sr. John Knightley devia voltar a Londres no final da primeira semana de novembro. O resultado dessa angústia foi que, com um consentimento muito mais voluntário e alegre do que sua filha teria sequer imaginado naquele momento, ele foi capaz de marcar a data do casamento. Sr. Elton foi então novamente chamado, menos de um mês depois do casamento de Sr. e Sra. Robert Martin, para unir

Sr. Knightley e Srta. Woodhouse.

O casamento parecido com muitos outros, nos quais os convidados nem sempre tem bom gosto, exibindo refinamento ou esbanjando ostentação. Sra. Elton, ao ouvir os detalhes contados pelo marido, achou que o casamento fora extremamente deselegante e muito inferior ao dela própria... "Pouquíssimo cetim branco, poucos véus de renda, verdadeiramente digno de pena!... Selina ficaria chocada quando soubesse".

Mas, apesar dessas deficiências, os votos, as esperanças, a confiança, e as previsões do pequeno grupo de verdadeiros amigos que testemunharam a cerimônia, foram plenamente recompensados pela perfeita felicidade da união.

Pintura a óleo, de 1875, baseada em uma aquarela pintada por sua irmã Cassandra em 1810 – autor desconhecido

JANE AUSTEN (1775 - 1817)

SOBRE A AUTORA

Considerada por muitos como a mais importante escritora inglesa, Jane Austen é conhecida por ter dado aos romances o seu caráter moderno na forma como retrata as pessoas comuns no cotidiano. A autora publicou seis romances durante sua vida: Razão e Sensibilidade, Orgulho e Preconceito, Mansfield Park, Emma, Persuasão e Abadia de Northanger. Em todas essas publicações, Jane Austen retratou de maneira brilhante a sociedade inglesa do século XIX. Seus romances se tornaram clássicos atemporais de sucesso global.